Elena Santiago

Wind der Gezeiten

Roman

blanvalet

Besuchen Sie uns auch auf www.facebook.com/blanvalet und www.twitter.com/BlanvaletVerlag.

FSC
www.fsc.org
MIX
Papier aus verantwortungsvollen Quellen
FSC® C014496

Verlagsgruppe Random House FSC® N001967
Das FSC®-zertifizierte Papier *Holmen Book Cream*
für dieses Buch liefert Holmen Paper, Hallstavik, Schweden

1. Auflage
Taschenbuchausgabe Oktober 2014 bei Blanvalet, einem Unternehmen
der Verlagsgruppe Random House GmbH, München.

Dieses Werk wurde vermittelt durch die
Michael Meller Literary Agency GmbH, München.
Umschlaggestaltung: © www.buerosued.de
Umschlagmotiv: © Trevillion Images / Susan Fox;
Getty Images / Kicka Witta
Redaktion: Rainer Schöttle
ED · Herstellung: sam
Druck und Einband: GGP Media GmbH, Pößneck
Printed in Germany
ISBN: 978-3-442-38363-4

www.blanvalet.de

ELENA SANTIAGO

Wind der Gezeiten

Buch

Elizabeth und Duncan Haynes träumen von einem neuen Leben: Sie wollen Barbados verlassen und auf einer anderen, noch wenig besiedelten Karibik-Insel weit weg von kriegerischen Auseinandersetzungen und ohne Sklavenausbeutung ein dauerhaftes, friedliches Zuhause finden – vor allem da Elizabeth wieder schwanger ist. Ihr Plan sieht vor, zunächst nach England zu segeln, wo Elizabeth auf dem väterlichen Gut nach dem Rechten sehen und ihr Kind zur Welt bringen wird. Duncan will von der großväterlichen Werft Werkzeuge und Ausrüstungen auf die Antillen holen, denn er möchte in der Karibik ein zweites Schiffsbauunternehmen gründen.

Voller Elan und Zuversicht bereiten sie ihre Abreise vor, als Elizabeths kleiner Sohn Jonathan plötzlich an einem lebensbedrohlichen Fieber erkrankt. Als außerdem die englischen Besatzer der Insel Duncan unter Arrest stellen und sein Schiff beschlagnahmen, scheinen dunkle Wolken über Elizabeths hoffnungsvolle Zukunft zu ziehen – und die Vergangenheit sich verhängnisvoll zu wiederholen …

Autorin

Unter dem Pseudonym Elena Santiago schreibt Bestsellerautorin Eva Völler bewegende Familiensagas, die ihre Leser in ferne Gefilde entführen. Zunächst arbeitete sie als Richterin und später als Anwältin in ihrer eigenen Kanzlei, fand aber dann immer mehr Spaß am Schreiben, bis sie die Robe schließlich ganz an den Nagel hängte. »Romane machen einfach zufriedener als Schriftsätze, denn man weiß als Autor immer schon vorher, wie es am Ende ausgeht.« Elena Santiago lebt und arbeitet am Rande der Rhön in Hessen.

Von Elena Santiago bereits erschienen:
Inseln im Wind (37888)

Erster Teil

Barbados

Frühjahr 1652

1

Elizabeth war von Dunkelheit umgeben. Der Himmel war schwarz, voller jagender Sturmwolken, die alles Licht ausgelöscht hatten.

»Mommy?«, fragte Johnny ängstlich.

»Sei still, mein Kleiner. Alles wird gut. Wir müssen nur Daddy finden, dann sind wir in Sicherheit.«

Sie hielt ihren Sohn fest an sich gedrückt, während sie weiterrannte. Um sie herum tobte der Sturm. Äste und Sand wirbelten durch die Luft, man konnte nicht die Hand vor Augen sehen. Der tobende Wind überlagerte alle Geräusche, doch Elizabeth wusste genau, dass ihr Verfolger dicht hinter ihr war, nur wenige Schritte trennten ihn noch von ihr. Böen peitschten ihr ins Gesicht, ihre Füße verfingen sich in Treibgut, das der Sturm über das Land getrieben hatte.

»Bleib stehen«, hörte sie ihn durch den Sturmwind rufen. »Hab keine Angst vor mir!«

Doch sie wusste, dass er sie und Johnny töten würde, wenn sie innehielt.

»Elizabeth«, schrie Harold. »Lauf nicht weg. Ich liebe dich doch!«

Natürlich log er. Jemand, der so abgrundtief böse war, konnte nicht lieben. All seine Gefühle waren nur Zerrbilder des Hasses, mit dem er jeden vernichtete, der sich gegen ihn stellte. Sie fuhr herum und sah sein Messer funkeln. Abwehrend hob sie die Hand und schrie auf.

Im nächsten Augenblick war Duncan bei ihr. Er hielt sie umfangen und wiegte sie in seinen Armen. »Schsch. Ist ja schon gut, Liebes. Es war nur ein Traum.«

Mit einem Aufschluchzen wurde Elizabeth endgültig wach. Sie schmiegte sich an Duncans warmen Körper und umklammerte ihn. »Er war wieder da. Er wollte Johnny und mich töten.«

»Er verrottet in seinem Grab, Lizzie. Er kann niemandem mehr was tun.«

Sie war selbst dabei gewesen, als Harold Dunmore in der Nacht des Hurrikans zur Hölle gefahren war, doch die Ereignisse schienen immer noch allgegenwärtig. Sogar nach seinem Tod gelang es ihrem einstigen Schwiegervater, sich in ihre Träume zu drängen und ihr Angst einzujagen. Mit tiefen Atemzügen versuchte sie, sich zu beruhigen. Duncans Nähe half ihr dabei. Sie spürte, wie sie sich allmählich entspannte.

»Es wird Zeit, dass wir von hier wegkommen«, murmelte sie, das Gesicht an seiner Schulter. »Wir sind sowieso schon viel zu lange hiergeblieben. Ich hasse dieses Haus. Es ist verflucht.«

»Es ist nur ein Haus.«

»Es ist *sein* Haus.«

»Er ist tot.«

»Trotzdem. Es nimmt mir die Luft zum Atmen.«

»Nur noch drei Tage, Lizzie. Die gehen schnell vorbei.«

Duncan hatte die Beine aus dem Bett geschwungen, das Moskitonetz zur Seite geschoben und eine Kerze angezündet. Das flackernde Licht zeichnete die Umrisse seiner Schultern nach, als er sich zu Elizabeth umdrehte. »Geht es wieder?«

Elizabeth nickte wortlos, in dem Wissen, dass es andere Nächte mit weiteren Albträumen geben würde. Doch hier und jetzt war sie sicher, mit Duncan an ihrer Seite. Ihr Sohn schlief geborgen im Nebenraum, und wenn der Himmel ihnen gnädig war, würden sie bald noch ein Kind in den Armen halten.

Duncan zog sie an sich und vergrub sein Gesicht in ihrem Haar. »Alles wird gut.«

Er sagte das mit solcher Entschiedenheit, dass auch sie daran glaubte. Gemeinsam lauschten sie dem Wind und dem Prasseln des nächtlichen Regens. Die hölzernen Läden klapperten im Luftzug, und die Tropfen schlugen monoton gegen die Querstreben vor den Fenstern.

»Es wird bald Tag.« Duncan strich mit der Hand über ihren gerundeten Leib und berührte eine ihrer vollen Brüste. Seine Augen funkelten im Kerzenschein, und sein Lächeln bekam etwas Verwegenes. »Eigentlich lohnt es sich kaum noch, wieder einzuschlafen. Was meinst du?«

Sie murmelte eine Zustimmung und spürte, wie sich seine Erregung auf sie übertrug, als er sie sanft, aber bestimmt in die Kissen zurückdrängte und sie küsste. Er hatte schon immer gewusst, wie er sie auf andere Gedanken bringen konnte.

2

Elizabeth zügelte die Stute auf dem Hügel und blickte über die versteckte kleine Bucht. Pearl schnaubte leise und bewegte witternd den Kopf. In der Nähe raschelte ein Tier im Unterholz. Elizabeth tätschelte der Stute beruhigend den Hals.

Das Meer war in kupferfarbenes Licht getaucht, die Sonne stand bereits tief. In diesen tropischen Breiten kam die Dunkelheit schnell. Ein kurzes, feuriges Farbenspiel, von Orange über Rot bis hin zu dunklem Purpur, das die ganze Welt zum Leuchten brachte – und dann war plötzlich alles Licht verschwunden, bis auf ein samtiges, tiefviolettes Nachglühen auf dem Wasser.

»Viel Zeit bleibt nicht mehr«, sagte Deirdre hinter ihr. »In spätestens einer Stunde ist es dunkel.«

Elizabeth zauderte, jedoch nur kurz. »Es ist vielleicht das letzte Mal. Eine halbe Stunde reicht mir.«

Entschlossen lenkte sie Pearl den Hügel hinab, und die junge irische Magd, die sie schon seit Jahren auf ihren Ausritten begleitete, folgte ihr auf dem Wallach, der früher Robert gehört hatte. Elizabeth bemerkte, dass ihre Gedanken sich in eine unerwünschte Richtung bewegten. Robert war tot, genau wie sein Vater Harold, aber die bösen Erinnerungen an ihn lebten ebenfalls fort. Seine zügellose Vielweiberei, seine unberechenbare Sprunghaftigkeit – ihre Ehe, aus reinen Vernunftgründen geschlossen, war ein Desaster gewesen, eine einzige Verkettung unseliger Irrtümer und Fehler, und Roberts gewaltsamer Tod der Auftakt grauenhafter Ereignisse. Doch das alles war vorbei. Sie und die Menschen, die sie liebte, hatten es überlebt. Wenn sie es sich selbst nur oft genug vorsagte, musste die Vergangenheit ihren Schrecken verlieren.

Elizabeth berührte ihren Ehering, jenen, den Duncan ihr angesteckt und sie damit vor Gott und der Welt zu seiner Frau gemacht hatte. Sie gehörte zu ihm. Mit ihm gemeinsam konnte sie alles hinter sich lassen, die schlimmen Ereignisse ebenso wie die Orte, an denen sie sich zugetragen hatten. In zwei Tagen würden sie in See stechen und Barbados verlassen. Dann fing ihr neues Leben wirklich an.

Sie erreichte den Strand und saß ab. Ohne zu zögern, zog sie sich aus und watete ins Wasser, das köstlich warm über ihre Haut spülte. Die Sonne leuchtete wie ein Flammenball über dem Horizont, und als Elizabeth hinausschwamm und untertauchte, erglühten unter ihr am Meeresgrund die Korallengärten in atemberaubenden Farben. Manche der pflanzenartigen Auswüchse waren geformt wie Blumen, andere wie Buckel, Zacken, Röhren oder Fäden. Sie bewegten sich träge mit der Meeresströmung und boten allerlei Getier Unterschlupf. Entzückt beobachtete Elizabeth einen Schwarm blau schillernder Fische, die, aufgeschreckt durch einen größeren Jäger, aus dem Riff stoben und blitzartig verschwanden. Der Raubfisch, ein kleinerer Hai, ließ sich wieder zwischen die bizarren Formationen des Meeresbodens zurücksinken, um dort auf neue Beute zu warten.

Elizabeth zog eine gemächliche Runde über das Riff und tauchte anschließend auf, um Luft zu holen. Mittlerweile konnte sie recht lange unten bleiben. Es war alles eine Frage der Übung, und davon konnte sie reichlich vorweisen. Duncan fand ihre Leidenschaft fürs Tauchen ein wenig beängstigend. Er befürchtete immer noch, sie könnte aus Versehen einatmen, wenn sie unter Wasser war, was unausweichlich ihren Tod zur Folge haben würde. Wäre es nach ihm gegangen, hätte sie längst damit aufgehört, zumal sie nach seiner Überzeugung wegen ihrer Schwangerschaft mehr Rücksicht auf ihre Gesundheit nehmen sollte. Um seinen Unwillen nicht herauszufordern, war sie in der letzten Zeit nur noch tauchen gewesen, wenn er nicht auf Barbados war, was in den vergangenen Monaten allerdings kaum noch vorgekommen war. Einmal war er nach St. Vincent gesegelt, ein anderes Mal zu den nördlichen Antillen, bis hinauf zu den Bahamas, doch seit zwei Wochen lag die *Elise* in der Bucht von Bridgetown vor Anker – Duncan bereitete an Bord bereits alles für ihre gemeinsame Überfahrt nach England vor.

Gedankenverloren ließ Elizabeth sich auf den Wellen treiben. Sie lag auf dem Rücken und trat langsam Wasser. Der Himmel über ihr war in leuchtendes Rot getaucht, das Meer um sie herum wie flüssiges Gold. Sie spürte einen Tritt des Kindes, und unwillkürlich tastete sie über die glatte Rundung ihres Bauchs.

Der Zweifel der Ungewissheit bemächtigte sich ihrer, und wie so oft in der letzten Zeit fragte sie sich, was die Zukunft für sie und ihre Familie bereithalten mochte. Sie liebte die Karibik über alles, aber auf Barbados wollten sie und Duncan nicht länger leben. Zu viel Schlimmes war hier im vergangenen Jahr geschehen, zu feindselig seither die Stimmung auf der Insel. Wo immer sie erschienen, wurden sie von bohrenden Blicken verfolgt. Es hatte Argwohn und Abneigung bei den Leuten hervorgerufen, dass sie so bald nach Roberts Tod den verrufenen Freibeuter Duncan Haynes geheiratet hatte, und als sie ihre Schwangerschaft nicht mehr hatte verbergen können, war erst recht das Getuschel losgegangen. Bestimmt würde es auch nicht mehr lange dauern, bis den Klatschmäulern die Ähnlichkeit zwischen Jonathan und Duncan auffiel. Der Kleine war erst zwei Jahre alt, aber sogar dem Dümmsten konnte nicht auf ewig verborgen bleiben, dass er Duncan wie aus dem Gesicht geschnitten und folglich nicht Roberts Sohn war. Nur gut, dass sie weg sein würden, bevor jemand es bemerkte.

Davon abgesehen hatte sie schon zu Roberts Lebzeiten viel Gerede auf sich gezogen – eine Frau, die im Herrensattel ritt, das Haar offen trug und ihr Mieder derartig nachlässig schnürte, konnte in den Augen der Leute unmöglich als tugendhaft gelten. Sie stand im Ansehen kaum höher als Claire Dubois, die französische Bordellbesitzerin im Hafen von Bridgetown.

»Mylady!«, rief Deirdre. »Die Sonne geht unter!«

Elizabeth schrak zusammen. Sie hatte völlig die Zeit vergessen. Eilig watete sie zurück zum Strand, mit beiden Händen das nasse Haar auswringend. Deirdre reichte ihr ein sauberes Leinentuch, das sie sich um den Kopf wickelte. Das Kämmen würde sie später erledigen. Mit einem anderen Tuch trocknete sie sich ab, bevor sie in ihre Sachen schlüpfte, die Deirdre über einen Felsen gebreitet hatte. Sie hatten bereits so häufig diese gemeinsamen Ausflüge unternommen, dass sämtliche Handreichungen sich wie von selbst aneinanderreihten. Elizabeth war binnen Minuten bereit zum Aufbruch. Deirdre hatte vorsorglich zwei mitgebrachte Windlichter angezündet, denn mit der sinkenden Sonne schwand bereits das letzte Licht des Tages. Sie würden einen Teil des Heimwegs bei Dunkelheit zurücklegen müssen. Blieb nur zu hoffen, dass Duncan noch nicht zu

Hause war, sonst würde er es fertigbringen, ein Suchkommando auszuschicken.

Elizabeth ritt voran. Die Laterne spendete nicht viel Licht, doch in der aufziehenden Dämmerung reichte es, um den Weg zu erkennen. Sie war ihn schon so oft entlanggeritten, dass sie ihn notfalls auch im Dunkeln gefunden hätte. Deirdre folgte ihr stumm auf dem Wallach. Sie hatte nicht viel geredet seit ihrem Aufbruch am späten Nachmittag. Elizabeth wandte sich zu ihr um.

»Ist alles in Ordnung mit dir?«, fragte sie das Mädchen.

Deirdre nickte stumm, bevor sie die Hand hob und einen Moskito totschlug, der sich auf ihrem Arm niedergelassen hatte. Bei Dämmerung kamen die gierigen kleinen Blutsauger in Schwärmen aus den Zuckerrohrfeldern am Rande des Dschungels und stürzten sich auf jedes Lebewesen in der Nähe.

Eine widerspenstige Locke hatte sich aus Deirdres Haube gestohlen und leuchtete lohfarben im Licht der Laterne an ihrem Sattelhorn. Das Gesicht der jungen Irin war verschlossen und ernst. Elizabeth wusste, was das Mädchen bedrückte – Deirdre hatte immer noch keine Entscheidung getroffen. Elizabeth hatte ihren Schuldkontrakt zerrissen, Deirdre war frei und konnte gehen, wohin sie wollte, doch dazu hätte sie zuerst wissen müssen, wo ihr Ziel lag. Elizabeth hatte ihr anheimgestellt, mit ihr und Duncan fortzusegeln. Zunächst nach England, wo Elizabeth auf dem Landgut ihres Vaters nach dem Rechten sehen und ihr Kind zur Welt bringen wollte, und dann wieder zurück in die Karibik, wo es unzählige Inseln gab, die nicht von bigotten, hartherzigen Sklavenhaltern bevölkert waren und auf denen es sich gewiss besser leben ließ als auf Barbados. Duncan hatte bereits angefangen, sich nach einer neuen Heimat für sie umzutun, und Elizabeth wünschte sich, dass Deirdre mitkam.

Das Mädchen war als Schuldmagd nach Barbados gekommen, aber die gemeinsam durchlebten Schrecken hatte sie beide zusammenrücken lassen. Deirdre war Elizabeth immer mehr ans Herz gewachsen. Außerdem liebte sie Johnny fast wie ein eigenes Kind. Doch da gab es auch Pater Edmond, an dem Deirdre noch mehr hing und den sie nicht verlassen wollte. Ihre innere Zerrissenheit war kaum noch zu übersehen. Elizabeth beschloss, nicht länger um den heißen Brei herumzureden. Sie zügelte Pearl, bis sie mit der Irin auf gleicher Höhe ritt.

»Deirdre, übermorgen gehen wir auf die Reise. Ich weiß, dass dich viel mit Pater Edmond verbindet und du deshalb mit dem Gedanken spielst, seinetwegen auf Barbados zu bleiben. Aber du solltest nicht vergessen, dass du dich dadurch in Gefahr begibst.«

»Ich weiß, Mylady.« Es klang ergeben, aber auch eine Spur trotzig.

»Wie soll dein Leben aussehen, wenn du hierbleibst?«, fragte Elizabeth. »Willst du wieder bei Edmond in den Wäldern hausen? Ständig auf der Flucht, geächtet und verfolgt? So lange, bis sie ihn schnappen und aufknüpfen? Dich würden sie ebenfalls bestrafen, wegen Unterstützung eines entflohenen Schuldknechts.«

»Er ist kein Schuldknecht, sondern ein Priester und aus guter Familie«, protestierte Deirdre heftig. »Er hat sich nie etwas zuschulden kommen lassen! Gemeine Menschenhändler haben ihn in Dublin von der Straße weg entführt und in die Gefangenschaft verkauft!«

»Das weiß ich doch. Aber das schert die Leute hier nicht, so wie es sie auch sonst nicht kümmert, wen sie unterjochen. Hauptsache, sie haben genug Arbeitskräfte für die Zuckerrohrernte, egal woher diese kommen. Wer immer dabei stirbt, wird gleich durch den nächsten ersetzt, seien es Schwarze oder Iren. Ihre Hunde behandeln sie besser als ihre Arbeiter und Sklaven. Du weißt, wie sehr die Engländer die Iren hassen, und noch mehr hassen sie Papisten. Dein Leben in der Nähe dieses Mannes wäre nicht sicher, genauso wenig wie seines!«

Deirdre gab keine Antwort, doch im Schein der Laterne war zu sehen, wie sie sich auf die Lippe biss. Ihr Blick offenbarte die ganze Qual ihrer aussichtslosen, verbotenen Liebe zu einem Mann, zu dem sie niemals würde gehören können, so wenig, wie sie fähig war, ihn zu verlassen.

»Ich hatte dir schon angeboten, dass er mitkommen kann«, sagte Elizabeth. »Er könnte von London aus zu seiner Familie zurückkehren.«

»Er will nicht zurück nach Dublin.« Deirdres Stimme klang verzweifelt. »Ich habe ihn angefleht, dass er mit uns fahren soll, aber er hat gesagt, sein Platz sei hier. Weil sonst niemand den Mühseligen und Beladenen Gottes Wort verkünden würde.«

Elizabeth unterdrückte eine ärgerliche Antwort. Nach ihrem Empfinden gefiel dieser junge Ire sich allzu sehr in der Rolle des katholischen Märtyrers. Es würde nicht lange dauern, bis der Rat der Pflanzer beschloss, dass es wieder einmal an der Zeit für eine Strafexpedition sei. Es kam häufiger vor, dass Sklaven oder Schuldknechte wegliefen und sich im Dschungel versteckten, so wie Edmond. Im letzten Jahr, vor dem großen Sturm, waren die Schuldknechte und Sklaven in Scharen von den Plantagen geflohen, um einen Aufstand anzuzetteln. Daraufhin hatten die Pflanzer bewaffnete Brigaden in die Wälder entsandt, um die Flüchtlinge aufzuspüren. Mit Bluthunden hatten sie die Schwarzen und Iren zusammengetrieben und anschließend viele von ihnen gehängt. Edmond hatte Glück gehabt. Er war einer der wenigen gewesen, die der Menschenjagd entkommen waren. Doch es war nur eine Frage der Zeit, bis sie ihn schnappten, und dann war sein Leben keinen Penny mehr wert.

Vor ihnen tauchte in der Dunkelheit Dunmore Hall auf.

Das von einer hohen Mauer umgebene Anwesen war von Fackeln beleuchtet, die zu beiden Seiten des großen Tores brannten. Harold Dunmore hatte ein Vermögen in den Bau dieses Herrenhauses gesteckt. Nach seinen Vorstellungen hätten hier Generationen von Dunmores heranwachsen sollen – eine Dynastie, von ihm gegründet. Sein großer Traum, für den er zum Mörder geworden war und sogar Robert, seinen eigenen Sohn, getötet hatte, weil er sich in den Kopf gesetzt hatte, Elizabeth für sich selbst zu gewinnen. Bei dem Gedanken an den Wahnsinn ihres Schwiegervaters überlief sie ein Frösteln.

Sid, einer von Duncans Männern, hielt bei der Mauer Wache. Er öffnete ihr das Tor.

»Mylady.« Er tippte mit seiner dreifingrigen Linken an die Mütze und verzog das vernarbte Gesicht zu einem zahnlosen Lächeln. Der Verlust seiner Finger und Schneidezähne war auf eine höchst unangenehme Begegnung mit den Spaniern zurückzuführen. Vor Jahren war er ihnen in die Hände gefallen und gefoltert worden.

Duncan zufolge schreckten die meisten Spanier vor nichts zurück, um an Gold und Silber zu kommen. Auf Schonung konnten nur Gefangene von besserem Stand hoffen. Alle anderen wurden gefoltert, bis sie ihre Geldverstecke verrieten.

»Sid hatte keins, aber das wollten sie ihm nicht glauben«, hatte Duncan erzählt. »Sie fingen mit den Zähnen an. Irgendwann begannen sie, ihm die Finger abzuhacken.«

»Was hat sie dazu gebracht, nach zwei Fingern aufzuhören?«, hatte Elizabeth mit einem Anflug von Grauen gefragt.

»Ich«, kam es lapidar zurück. »Wir hatten zufällig denselben Kurs wie die Spanier, sie lagen genau vor unseren Kanonen. Eine Breitseite, und sie mussten sich ergeben.«

Nachdem Duncan die Galeone geentert und alle Gefangenen befreit hatte, hatte Sid seine gesunde Hand benutzt, um dem spanischen Befehlshaber und dessen Folterknecht dieselbe Behandlung angedeihen zu lassen, die ihm zuteilgeworden war. Daran musste Elizabeth häufig denken, wenn sie Sid gegenübertrat. Er wirkte immer so harmlos und zuvorkommend, doch der Grat zwischen leutseliger Freundlichkeit und erbarmungsloser Gewalt war bei Männern, die zur See fuhren, meist sehr schmal – Duncan nicht ausgenommen. Er war der liebevollste Vater und zärtlichste Liebhaber, aber im Angesicht der Gefahr konnte er töten, ohne mit der Wimper zu zucken. Während des Aufstands im vergangenen Jahr hatte er vor Elizabeths Augen binnen einer Minute drei Männer umgebracht, um Elizabeths Leben zu retten. Dasselbe würde auch Sid tun, wann immer es nötig war.

»Master Haynes hat sich Sorgen gemacht«, sagte er. Seine Stimme klang vorwurfsvoll. »Wir wollten gerade aufbrechen und nach Euch suchen. Euer Gatte holt nur rasch noch frische Munition.«

Im selben Moment, als er das sagte, kam Duncan auch schon aus dem Haus. Im unsteten Licht der Fackeln, die zu beiden Seiten des Eingangs brannten, wirkte seine imposante Gestalt wie die eines Kriegers, der zum Angriff bereit war. Über seiner Brust kreuzten sich zwei Leibgurte mit Patronen, und an seinem Wehrgehenk hingen unübersehbar Pistole, Dolch und Streitaxt. Sein Gesicht offenbarte seine

Erleichterung, als er Elizabeth sah, aber diese Regung verschwand sofort und machte einem undurchdringlichen Ausdruck Platz.

»Du warst tauchen«, sagte er, den Blick auf das feuchte Tuch um ihren Kopf geheftet.

Sie konnte es schlecht abstreiten, da die Tatsachen für sich sprachen.

»Es war das letzte Mal«, sagte sie, um einen versöhnlichen Ton bemüht. »Wer weiß, ob ich jemals in meinem Leben wieder Gelegenheit dazu haben werde.«

»Komm mit, wir müssen reden«, erwiderte er nur knapp, bevor er sich umdrehte und im Haus verschwand. Elizabeth übergab Pearls Zügel Paddy, dem alten Pferdeknecht. Er führte Pearl und den Wallach hinüber zu den Stallungen. Deirdre ging auf ihre Kammer, während Elizabeth mit mulmigen Gefühlen den Durchgang zum Patio ansteuerte, wo Duncan schweigend auf sie wartete.

Er blickte sie eindringlich an, als sie auf ihn zukam.

Ihre Züge offenbarten ihr schlechtes Gewissen, doch er sah auch den Trotz in ihren Augen.

»Ich habe gut aufgepasst und bin in unmittelbarer Nähe des Ufers geblieben. Und Deirdre hat mich keinen Moment aus den Augen gelassen. Ich bin nicht so lange unten geblieben, wie es mir möglich gewesen wäre. Ich fühle mich großartig. Und gesund. Dem Kind habe ich gewiss nicht damit geschadet. Bis zur Geburt dauert es noch an die sechs Wochen.«

Sie gab sich solche Mühe, sich zu rechtfertigen, und für einen Moment wünschte er sich, es hätte für sie beide keinen anderen Grund sich zu sorgen gegeben als den, dass sie tauchen gewesen war. Er trat auf sie zu und hob die Hand. Sie blieb reglos stehen, während er ihr über die Wange strich. Ihre Haut war so unglaublich zart, dass er manchmal Angst hatte, sie zu berühren. Vorsichtig zog er ihr das Tuch vom Kopf. Ihre nassen Locken fielen herab und ringelten sich über ihre Schultern. Im Kerzenlicht hatten sie die Farbe von dunklem Gold. Duncan nahm eine davon und wickelte sie sich um den Finger.

»Ich will dir keine Strafpredigt halten«, sagte er.

»Oh.« Erstaunt und leicht verunsichert blickte sie ihn an. »Wirklich nicht?«

»Wirklich nicht.« Er zupfte kurz an der Haarsträhne und ließ sie wieder los. »Ich weiß, dass du das Tauchen beherrschst und dabei nur das tust, von dem du sicher bist, dass du es kannst. Damit will ich nicht sagen, dass es mir gefällt, wenn du es machst. Lieber wäre mir, du würdest es lassen. Zumindest so lange, bis unser Kind geboren ist. Das zweifellos mit Kiemen auf die Welt kommen wird.« Er unterdrückte ein Lächeln, als er ihre Erleichterung bemerkte. »Du hättest Felicity Bescheid sagen sollen, was du vorhast.«

Er merkte sofort, dass er sich diesen Vorwurf auch hätte sparen können, denn gerade das hatte sie wahrscheinlich absichtlich nicht getan, weil ihre Cousine sonst alles darangesetzt hätte, den Ausritt zu verhindern. Felicity war in ihrer Fürsorge nicht zu bremsen. Wäre es nach ihr gegangen, hätte Elizabeth mit Rücksicht auf die Schwangerschaft von früh bis spät im Lehnstuhl sitzen müssen und höchstens zum Kirchgang aufstehen dürfen. Sie hielt es bereits für lebensgefährlich, dass Elizabeth sich in ihrem Zustand noch auf ein Pferd setzte.

»Felicity wusste, dass ich ein bisschen an die frische Luft wollte.«

»Wusste sie auch, dass du tauchen wolltest?«

Elizabeth schüttelte schuldbewusst den Kopf.

»Du hast zu ihr gesagt, du wärst vor der Dämmerung zurück. Jetzt ist es stockdunkel.«

»Es tut mir leid, dass du dir Sorgen gemacht hast. Ich habe einfach die Zeit vergessen. Außerdem hatte ich ursprünglich früher von hier losreiten wollen, aber Felicity musste unbedingt noch einmal mit mir zusammen die Wäschekiste umpacken, weil sie dachte, sie bekommt dann vielleicht noch mehr hinein …« Sie verstummte und blickte ihn fragend an. »Du siehst so … besorgt aus. Was ist los?«

»Es wird Ärger geben. Der Inselrat hat getagt, und wie es scheint, wollen sie mir vor unserer Abreise noch ans Leder. Ich soll hochoffiziell vorgeladen und vernommen werden.«

Elizabeth stockte vor Schreck der Atem. Duncan sah, wie an ihrem Hals eine kleine Ader anfing zu klopfen. Er überlegte, wie er es ihr schonender hätte beibringen können, doch er fand keine Möglichkeit.

»Warum?«, entfuhr es ihr.

»Sie brauchen dafür keinen besonderen Grund. Du weißt, was sie hier auf Barbados von mir halten.«

Jeder wusste das. Er war auf der Insel nicht gut gelitten. Es war durchgesickert, dass er während des Unabhängigkeitskampfs gegen das englische Mutterland die Seiten gewechselt hatte. Während er nach außen hin als Berater und Emissär des Rates der Pflanzer aufgetreten war, hatte er heimlich die Marinekommandantur Cromwells dabei unterstützt, im Schutze der Nacht Truppen auf die Insel zu bringen. Auf diese Weise hatte er dafür gesorgt, dass die Rebellion der Kolonisten niedergeschlagen wurde, bevor sie richtig anfangen konnte.

»Wie können sie dir dein Verhalten vorwerfen?«, ereiferte Elizabeth sich. »Es war doch nur zu ihrem Besten. Dir allein haben sie es zu verdanken, dass sie alle miteinander ihre Plantagen behalten durften! Ja sogar, dass sie überhaupt noch einen Rat bilden dürfen. Nur du hast Zerstörung und Blutvergießen verhindert und die Insel vor einem viel schlimmeren Schicksal bewahrt. Admiral Ayscue hätte doch sonst mit den Kanonen der *Restitution* ganz Bridgetown in Schutt und Asche geschossen! Und hinterher die Aufständischen aufgehängt, statt ihnen ihre Ämter und Ländereien zu lassen.«

Damit zählte sie unbestreitbare Tatsachen auf, doch längst nicht jeder auf Barbados war ihrer Meinung. Dabei hatten Admiral Ayscues Truppen nicht einmal dem Gouverneur als verantwortlichem Rädelsführer der Rebellion ein Haar gekrümmt. Er hatte lediglich abdanken und die Insel verlassen müssen. Sein nichtsnutziger Neffe Eugene dagegen war in Amt und Würden geblieben und fungierte nun als Adjutant des neuen Gouverneurs.

»Ich wette, Eugene Winston steckt dahinter«, sagte Elizabeth empört. »Dieser intrigante Emporkömmling ist wütend auf dich, weil er Barbados gern selbst an die Admiralität ausgeliefert und dafür Ehren eingeheimst hätte.«

»Das ist nicht auszuschließen. Aber wahrscheinlich ist er eher deshalb wütend auf mich, weil ich seine Pläne durchschaut hatte. Vielleicht auch weil ich ihm bei dieser Gelegenheit sein feines Jabot zerdrückt und ihm gesagt habe, dass sein Verstand zu wünschen übrig lässt. Ah, oder möglicherweise auch wegen meiner Androhung, ihm eins hinter die Löffel zu geben.« Duncan lächelte kurz, aber freudlos, als er sich an seine unersprießliche Begegnung mit Eugene Winston erinnerte, der seither fraglos inbrünstig auf Rache sann. »Davon abgesehen – die Pflanzer sind auch nicht gerade gut auf mich zu sprechen, im Gegenteil. Außer dem werten Lord, der mich aus irgendwelchen Gründen als ehrenhaften Mann schätzt. Und der immerhin so freundlich war, mich davon zu unterrichten, dass mir Ärger ins Haus steht.« Duncan bemühte sich, den Groll aus seiner Stimme herauszuhalten. Es war nicht die passende Zeit, die alte Eifersucht auf William Noringham wiederzubeleben, nur weil dieser einmal in Elizabeth verliebt gewesen war. Der junge Pflanzer, den Duncan zuweilen unverhohlen spöttisch als *Ritter ohne Fehl und Tadel* bezeichnete, war Elizabeth damals auf der Überfahrt von England nach Barbados zum ersten Mal begegnet, und seither verehrte er sie, was bei Duncan im Laufe der Zeit nicht wenig Verdruss hervorgerufen hatte. Dass sie nach Roberts Tod den Antrag des adligen, begüterten William Noringham ausgeschlagen und stattdessen ihn, den ruchlosen Freibeuter mit zweifelhafter Vergangenheit, gewählt hatte, erschien Duncan immer noch ein wenig irreal, obwohl sie nun schon eine Weile seinen Ring am Finger trug und außerdem bereits das zweite Kind von ihm erwartete.

Duncan legte den Waffengurt und das Bandelier mit den Patronen auf der Bank am Rande des Innenhofs ab, bevor er sich wieder zu Elizabeth umwandte. »Noringham zufolge ist es ausgemachte Sache, dass der Pflanzerrat mir was am Zeug flicken will.«

Elizabeth ging aufgebracht hin und her. Die Wachsstöcke, die an den Säulen neben dem Durchgang zum Patio brannten, warfen ein flackerndes Licht auf ihre Gestalt. Ihr Leib wölbte sich wie eine Kugel unter ihrem wallenden Gewand, dessen Farbe das intensive Türkisblau ihrer Augen widerspiegelte. Das feuchte Haar fiel ihr bis zur Hüfte, ihre Augen blitzten. Sie sah aus wie eine Fruchtbarkeitsgöttin auf einem alten Gemälde, das er einmal in einem venezianischen Palazzo gesehen hatte.

»Sie sollten dir lieber dankbar sein!«, sagte sie wütend.

»Wie kann dir der Rat einen Strick daraus drehen, dass du gegenüber Oliver Cromwell loyal warst? Wenn man dir jetzt deswegen Verrat vorwirft, würden die Rundköpfe in London das sofort als Zeichen eines neuen Aufstands werten und abermals ihre Schlachtschiffe herschicken, nur diesmal mit weniger Nachsicht und Langmut als beim letzten Mal.«

»Ich glaube, da misst du mir deutlich mehr Bedeutung zu, als mir gebührt.« Duncan grinste flüchtig. »Bei der Niederschlagung des Freiheitskampfes ging es den Rundköpfen außerdem nicht ums Prinzip, sondern um den regelmäßigen Nachschub an Zucker und die Mehrung ihres Vermögens.« Er schüttelte den Kopf. »Letztlich dreht sich alles nur ums Gold. Hier auf Barbados ist es nicht anders. Die Plantagenbesitzer müssen dringend ihre Kassen auffüllen. Der verlorene Unabhängigkeitskampf und der Sklavenaufstand haben sie einiges gekostet, und noch mehr ist durch die Sturmflut und die Ernteausfälle draufgegangen. Im Augenblick gibt es auf ganz Barbados nur zwei Menschen, die eine nennenswerte Menge Gold besitzen, und einer davon bin ich. Oder genauer: bist du.«

Das weckte erst recht ihre Entrüstung.

»Wenn sie glauben, dass wir es ihnen einfach geben, täuschen sie sich gewaltig!«, rief sie.

»Sie werden einen Prozess inszenieren, an dessen Ende ein Urteil mit einer hohen Geldbuße steht. Und dabei werden sie einkalkulieren, dass du sie für mich begleichst, damit ich nicht zu lange hinter Gittern schmoren muss. Für die Anklage werden sie schon was finden. Verrat, Piraterie, Schmuggel – ganz gleich, Hauptsache, es bringt ihnen genug ein.«

»Aber du hast seit Jahren kein Schiff mehr aufgebracht! Außerdem besitzt du einen Kaperbrief von Cromwells Admiralität. Und geschmuggelt hast du auch nichts.«

»Genau genommen doch, und zwar ständig. Immerhin habe ich bei meinen Handelsfahrten jahrelang tonnenweise Silber und Waffen von London nach Barbados gebracht, und das ist natürlich nach englischen Gesetzen verboten.«

»Aber das war doch alles vor dem Aufstand! Außerdem haben die Pflanzer hier auf Barbados davon profitiert. Sie *wollten* Silber und Waffen, sie haben dir ihren Zucker förmlich aufgedrängt, damit du ihnen genug von beidem brachtest. Wie können sie dich für etwas anklagen, was sie selbst mit solchem Eifer von dir verlangt haben?«

»Mein Liebes, mich musst du nicht davon überzeugen, dass es der pure Widersinn ist. Es liegt auf der Hand, dass sie nur einen Vorwand brauchen, um ihre Börsen zu füllen. Doch das ist im Augenblick gar nicht die Frage.«

»Was ist denn die Frage? Warte, lass mich raten – die Frage ist, wie wir sie reinlegen können, bevor sie uns reinlegen, stimmt's?«

»Kluges Mädchen.« Duncan lächelte sie an. »Du weißt stets im Voraus, worum es mir geht.«

»Dazu braucht es keine große Klugheit. Hast du schon einen Plan?«

»Habe ich den nicht immer? Komm her.« Er streckte die Arme nach ihr aus, und ohne zu zögern kam sie zu ihm. Tief durchatmend, legte sie den Kopf an seine Schulter, und für ein paar kostbare Augenblicke genoss er es einfach nur, sie zu halten. Im Hintergrund plätscherte der Springbrunnen, und der Duft der Frangipanibüsche, die entlang der Umfriedungsmauer wuchsen, mischte sich mit dem Geruch von Meer, der Elizabeths nassem Haar entströmte. Er umfing sie fest und spürte die Rundung ihres Bauchs an seinen Rippen. Eine Aufwallung von Zärtlichkeit erfasste ihn. Er küsste ihre Lippen und zeichnete mit seinem Mund ihre Wangen nach, bevor er sacht in ihr Ohrläppchen biss. »Mhm, du schmeckst nach Salz.«

»Das kommt vom Schwimmen. Was können wir tun, Duncan?«

»Wir haben die ganze Zeit kein Geheimnis daraus gemacht, dass wir übermorgen mit der Mittagsflut auslaufen wollen. Alle Welt weiß es. Also werden sie mir vorher eine Abordnung bewaffneter Soldaten schicken, um mich zu arretieren, damit ich ihnen nicht mit dem ganzen Gold durch die Lappen gehe. Wahrscheinlich kommen sie morgen Abend, denn sie wissen, dass ich um die Zeit immer hier bin, während meine Mannschaft auf dem Schiff ist. Folglich müssen wir vorher verschwinden. Wir brechen noch heute Nacht auf.«

Er merkte, wie sie die Luft anhielt. Es war nicht weiter schwer, ihre Gedanken zu erraten.

»Es geht nicht anders, Lizzie. Zum Abschiednehmen bleibt keine Zeit mehr. Du kannst Anne und William Noringham einen Brief hinterlassen. Rose kann ihn mitnehmen, wenn sie morgen zu ihnen geht.«

Elizabeth nickte. Sie schien sich damit abzufinden, auch wenn es ihr nicht gefiel.

»Und was tun wir, wenn etwas schiefgeht? Gesetzt den Fall, sie kommen uns doch zuvor – was dann?«

»Für diesen Fall habe ich mir ebenfalls etwas ausgedacht.« In knappen Worten schilderte er ihr, was er sich überlegt hatte.

Es erforderte die Mithilfe von William Noringham, doch Duncan wusste, dass der alles für Elizabeth tun würde, wenn sie ihn darum bat. Nach Roberts Tod hatte Noringham um Elizabeths Hand anhalten wollen, und es hatte ihn ziemlich getroffen, dass die Frau seiner Träume sich für einen anderen Mann entschieden hatte, der zudem ein übel beleumundeter Freibeuter war. Doch Noringham war kein nachtragender Mensch, und darauf baute Duncan, trotz seiner gelegentlichen Anwandlungen von Eifersucht auf den gut aussehenden jungen Lord.

»Wir schaffen nachher alles, was noch nicht auf der *Elise* ist, an Bord«, fuhr Duncan fort. »Es sind sowieso nur noch zwei, drei Kisten. Und Pearl natürlich. Ich lasse die *Elise* am Ende der Hundswache von einer Schaluppe aus dem Hafen schleppen. Und ehe die Sonne aufgeht und einer von diesen geldgierigen Zuckersäcken richtig mitgekriegt hat, was los ist, sind wir schon auf hoher See.«

Elizabeth atmete durch und löste sich aus seinen Armen.

»Hast du Felicity schon gesagt, dass wir früher als erwartet abreisen wollen?«

Duncan lächelte ein wenig bemüht.

»Das überlasse ich lieber dir. Sie war sowieso schon die ganze Zeit völlig aufgelöst wegen der Reisevorbereitungen.«

»Wenn das so ist, sollte ich wohl zusehen, dass ich ihr beim Packen helfe.«

Auf dem Weg zur Treppe kam ihr die alte Rose entgegen.

»Mylady, Ihr habt noch nicht zu Abend gegessen. Ich habe Euch etwas hergerichtet. Soll ich es hinauf auf Eure Kammer bringen?«

»Ja, tu das«, sagte Elizabeth. Sie blieb stehen und blickte die Magd an. »Hat Master Duncan heute schon mit dir über unseren Aufbruch geredet?«

»Nein, Mylady. Ich weiß nur, dass Ihr übermorgen fortgeht.«

»Nun, das hat sich geändert. Wir reisen schon heute Nacht.«

Rose nickte nur kurz, zum Zeichen, dass sie verstanden hatte. In diesem Haus hatte sie bereits so viel gehört und gesehen, dass eine vorgezogene Abreise sie nicht in Schrecken versetzen konnte.

»Sollen Paddy und ich dann morgen schon zu unserer neuen Herrschaft gehen?«

»Das steht euch frei. Aber erst am Nachmittag, dann sind wir weit genug fort. Rede bis dahin mit niemandem darüber, sonst könnte Schlimmes geschehen. Sorge auch dafür, dass Paddy den Mund hält. Je später man merkt, dass wir weg sind, desto besser.«

Auch diese Bemerkung quittierte Rose nur mit einem knappen Nicken, bevor sie sich in die Küche zurückzog, um das für Elizabeth vorbereitete Abendessen zu holen. Sie würde keine Fragen stellen und sich nicht beklagen, das hatte sie noch nie getan. Dennoch wusste Elizabeth, dass auf die alte Frau Verlass war. Rose und Paddy waren ihr treu ergeben. Die zwei waren die letzten Dienstboten, die nach Harolds Tod noch im Haus geblieben waren. Von den übrigen waren einige bereits in anderen Haushalten untergekommen. Ein paar hatten auch die Heimreise nach England angetreten, nachdem Elizabeth ihnen ein Handgeld ausgezahlt und ihre Schuldkontrakte gelöst hatte. Die meisten Knechte und Mägde waren jedoch, ebenso wie sämtliche Sklaven der Dunmores, in William Noringhams Dienste getreten. Auf Summer Hill gab es alle Hände voll zu tun. In der Nacht des Hurrikans hatte Harold Dunmore das Herrenhaus der Noringhams niedergebrannt, eine weitere seiner vielen Schandtaten. Derzeit wurde es mit einigem Aufwand wieder aufgebaut. Auch auf den Zuckerrohrfeldern brauchte William viele Arbeitskräfte – Elizabeth hatte ihm die Verwaltung von Rainbow Falls übertragen. Irgendjemand musste sich um die Plantage kümmern, und es war Elizabeth nur folgerichtig erschienen, William das Land zur Nutzung zu überlassen, zumal es unmittelbar an seine eigenen Ländereien grenzte. Dunmore Hall hingegen wollte sie verkaufen – das Stadthaus lag meilenweit von der Plantage entfernt, William konnte damit nichts anfangen. Außerdem verabscheute Elizabeth das Haus, das bis in den letzten Winkel ein beredtes Zeugnis für den Größenwahn ihres Schwiegervaters war.

Plantage und Stadthaus waren durch Harolds Tod an seinen einzigen männlichen Nachkommen gefallen – seinen Enkel Jonathan. Dass Johnny in Wahrheit gar nicht Harolds leiblicher Nachfahre war, wussten nur wenige, und Elizabeth tat ihr Möglichstes, dass es dabei blieb. Sie und Duncan wollten ihrem Sohn das ererbte Land erhalten, auch wenn Elizabeth oft dachte, dass ein Fluch darauf liegen müsse. Rainbow Falls und Dunmore Hall – Harold hatte seinen Besitztümern blumige Namen gegeben, aber hier wie dort hatte er ein Schreckensregiment geführt und Verderben über die Menschen gebracht.

Duncan sah das Ganze wesentlich pragmatischer.

»Landbesitz ist wertbeständig«, hatte er gemeint. »Und vielleicht will Johnny ja eines Tages ein fauler, reicher Pflanzer werden. Das ist immer noch besser als ein Pirat, der immer nur einen Schuss Pulver vom Grab entfernt ist.« Bei diesen Worten war das ihm eigene, verwegene Grinsen aufgeblitzt, bei dem sich Elizabeths Herzschlag immer noch genauso unweigerlich beschleunigte wie zu Beginn ihrer Beziehung.

Sie ging die Treppe hinauf ins Obergeschoss und drückte sich dabei leicht die Hand ins Kreuz. Mittlerweile merkte sie, dass sie einen langen und anstrengenden Tag hinter sich hatte. Vielleicht hätte sie sich besser nicht vorgenommen, unbedingt noch ein letztes Mal zu tauchen. Zwar war ihre Schwangerschaft bisher, abgesehen von der Morgenübelkeit in den ersten Monaten, ohne besondere Beschwernisse verlaufen, doch sie hatte mehr an Leibesumfang zugenommen als damals bei Johnny, und entsprechend mühsamer waren ihre Bewegungen. Vor allem beim Auf- und Absitzen merkte sie ihre wachsende Unbeholfenheit, obwohl ihre kleine Schimmelstute dem riesigen Wallach, den Deirdre ritt, kaum bis zur Schulter reichte. Das Schwimmen war dagegen leicht, denn dabei trug das Wasser ihr Gewicht. Doch damit war es ja nun vorläufig vorbei. Im Grunde traf es sich gut, dass sie jetzt zum Ende der Schwangerschaft hin eine längere Schiffsreise antrat – auf der *Elise* konnte sie sowieso nichts weiter tun, als tatenlos herumzusitzen und sich auszuruhen.

Elizabeth klopfte kurz an die Tür, bevor sie Felicitys Kammer betrat. Ihre Cousine kniete vor einer der Kleiderkisten, die noch an Bord der *Elise* verstaut werden mussten. Überall um sie herum lagen Wäschestücke – auf dem Schemel, dem Bett, der Kommode, den Dielen des Fußbodens. Sie sprang auf, als Elizabeth die Kammer betrat.

»Wie konntest du nur so lange fortbleiben, Lizzie! Ich habe mir Sorgen …« Felicity hielt inne. Empörte Ungläubigkeit zeichnete sich in ihrem Gesicht ab, als sie Elizabeths nasses Haar bemerkte. Sie stemmte die Hände in die üppigen Hüften. »Du warst schwimmen!«

Elizabeth unterbrach ihre Cousine, bevor sie zu langatmigen Vorwürfen ansetzen konnte. »Felicity, unsere Pläne haben sich geändert. Wir müssen schon heute Nacht abreisen.«

Felicity fiel ein Unterkleid zu Boden, sie starrte Elizabeth mit offenem Mund an. Ihr herzförmiges Gesicht war ein einziges entsetztes Fragezeichen.

»*Was* sagst du da?«

»Wir brechen vor dem Morgengrauen auf. Duncan könnte sonst verhaftet werden.«

»Verhaftet?« Felicitys Stimme klang schrill. »Aber warum denn? Was hat er getan?«

Elizabeth erklärte ihr alles, doch Felicity war zu verstört, um ihre Ausführungen richtig zu begreifen.

»Was tun wir denn jetzt?«, rief sie außer sich.

»Packen«, sagte Elizabeth lakonisch. »Und dann aufs Schiff gehen.«

Doch damit konnte sie Felicity nicht beruhigen.

»Und wenn sie ihn doch noch verhaften? Was soll dann aus unserer Reise werden?«

Ihre einzige Sorge war, dass sie womöglich hierbleiben musste. Sie sehnte sich mit einer solchen Inbrunst nach ihrem Verlobten, dass seit Wochen kein Tag vergangen war, an dem sie nicht darauf gedrängt hatte, endlich den Reisetag festzusetzen. Niklas Vandemeer war ein niederländischer Handelskapitän, der aus Amsterdam stammte. Nachdem das englische Rumpfparlament im vergangenen Jahr unter Oliver Cromwell Gesetze erlassen hatte, die den Schiffshandel zwischen den Niederlanden und den englischen Kolonien verboten, hatte Niklas Barbados überstürzt verlassen müssen. Die englische Marine setzte die neuen Vorschriften mit Waffengewalt durch; es waren bereits etliche Kauffahrer holländischer Herkunft aufgebracht worden. Duncan hatte dazu sogar die Einschätzung geäußert, dass es vermutlich noch in diesem Jahr deswegen Krieg geben werde. Seitdem fürchtete Felicity erst recht, Niklas vielleicht nie wiederzusehen. Sie hatte einen Brief von ihm erhalten, den er dem Kapitän eines Sklavenschiffs für sie mitgegeben hatte. Darin hatte er geschildert, wie schwierig seine Lage derzeit sei, und bedauernd gemeint, es sei wenig wahrscheinlich, dass er in der nächsten Zeit nach Barbados käme.

Ursprünglich hatte Felicity mit Elizabeth und Duncan

schon zu Beginn des Jahres nach Europa segeln wollen, doch kurz vor dem geplanten Aufbruch hatte sie eine Fehlgeburt erlitten, und die herbeigerufene Hebamme hatte prophezeit, dass sie sterben werde, wenn sie die strapaziöse Schiffsreise antrat. Daraufhin hatten sie die Reise verschieben müssen. Es hatte lange gedauert, bis Felicity sich von den schweren Blutungen und ihrer tiefen Niedergeschlagenheit erholt hatte, doch mittlerweile ging es ihr wieder gut. Nun konnten sie endlich die Überfahrt wagen, die sie hinter sich bringen wollten, bevor die jährlich wiederkehrende Zeit der Stürme kam und Elizabeths Niederkunft nahte.

Elizabeths Ankündigung, dass es früher als geplant auf die Reise ging, versetzte Felicity in hektische Betriebsamkeit. Aufgescheucht rannte sie herum, suchte nach Kleidungsstücken, von denen sie behauptete, sie eben noch bereitgelegt zu haben, und zerrte anschließend doch wieder alles aus der Truhe, was sie erst kurz zuvor hineingepackt hatte.

»Es reicht nicht!«, klagte sie. »Wir brauchen noch eine Kleiderkiste!«

»Diese da genügt. Sie ist riesig. Pack einfach ein, was hineinpasst, und den Rest lassen wir hier.«

»Bist du von Sinnen? Die gute Wäsche?«

Elizabeth fühlte sich lebhaft an einen ähnlichen Disput vor drei Jahren erinnert, als sie von England aus die Überfahrt in die Karibik angetreten hatten.

»Auf Raleigh Manor haben wir Wäsche in Hülle und Fülle. Übertreib es nicht.«

»Willst du auf dem Schiff wieder ohne saubere Hemden dasitzen? Hast du vergessen, wie wir auf der Herfahrt gestunken haben und wie verdreckt alles war?« Felicity schien es als Frage der persönlichen Ehre zu betrachten, alles mitzunehmen, was ihrer Meinung nach für eine erträgliche Überfahrt nötig war. Elizabeth sah es sich eine Weile lang an und versuchte halbherzig, ihrer Cousine zu helfen, doch dann gab sie es auf.

»Du kriegst das allein sicher besser hin«, sagte sie. »Ich gehe Deirdre Bescheid sagen.«

3

Die junge Irin hatte ursprünglich eine der Dienstbotenkammern im Gesindeanbau von Dunmore Hall bewohnt, war aber nach dem Tod des Hausherrn in die ehemalige Kammer von Martha Dunmore gezogen, Elizabeths Schwiegermutter. Es machte ihr nichts aus, dass Martha in dem Bett gestorben war, in dem sie nun ihre Nächte verbrachte.

»Es ist das erste Bett, in dem ich je geschlafen habe«, hatte sie Elizabeth auf deren Frage, ob es sie deswegen grause, geantwortet. »Bisher habe ich immer auf Matten gelegen. Oder auf dem nackten Boden.« Sie hatte an ihrem pflaumenfarbenen Kleid gezupft. »Seht Ihr das, Mylady? Das hat früher einer alten Frau gehört, der Mutter eines Aufsehers oben bei Speightstown. Sie ist darin gestorben. Eigentlich hätte man sie auch damit begraben müssen, doch die Totengräber zogen es ihr aus, weil sie alles zu Geld machen, was irgendwie geht. Ich hab's ihnen für zwei Pennys abgekauft.« Kopfschüttelnd hatte sie hinzugefügt: »Wie dumm müsste ich sein, eine weiche Matratze und gute Daunenkissen zu verschmähen, nur weil eine Tote darauf lag?«

Diese Unterhaltung hatte Elizabeth deutlich gemacht, wie sehr sich ihr bisheriges Leben von jenem unterschied, das Deirdre geführt hatte. Sie selbst war behütet und in Reichtum aufgewachsen. Als verwöhnte Tochter eines Viscounts hatte sie immer genug zu essen gehabt und konnte sich in die feinsten Gewänder kleiden, während Deirdre aus einer Familie stammte, in der von acht Geschwistern drei verhungert waren und die übrigen nur deshalb noch lebten, weil sie entweder stahlen oder sich prostituierten. Deirdre hatte als Einzige von ihnen weder das eine noch das andere getan, sondern sich per Schuldkontrakt als Dienstmagd in den Kolonien verdingt – für sieben lange Jahre. Sie war gerade erst fünfzehn gewesen, als sie nach Barbados gekommen war.

Es lagen Welten zwischen dem Wohlstand auf Raleigh Manor, dem herrschaftlichen Anwesen, auf dem Elizabeth aufgewachsen war, und den Elendsquartieren am Rande der Dubliner Docks, wo Deirdre ihre frühe Jugend verbracht hatte. Das Mädchen war kaum neunzehn, zwei Jahre jünger als sie selbst, doch oft kam es Elizabeth so vor, als hätte Deirdre die doppelte Anzahl an Jahren gelebt, allein gemessen an dem, was sie schon hatte durchmachen müssen.

Deirdre hatte bereits geschlafen, sie schrak hoch, als Elizabeth ins Zimmer trat.

»Mylady?«

Elizabeth teilte ihr mit knappen Worten mit, was los war, worauf Deirdre sie nur mit schreckgeweiteten Augen anstarrte. Das kastanienfarbige Haar hing in zerzausten Locken um das schmale Gesicht, die zarten Schultern waren verkrampft hochgezogen. Im Licht der kleinen Talgleuchte, die Elizabeth trug, sah Deirdre aus wie eine zerrupfte Elfe. Nicht einmal ihr offenkundiges Entsetzen konnte ihren Liebreiz schmälern.

»Dir bleibt keine Zeit, um Abschied von ihm zu nehmen«, sagte Elizabeth sanft. »Du musst dich jetzt entscheiden.«

Deirdre straffte sich. Plötzlich sah sie sehr entschlossen

aus. »Ich habe mich schon entschieden, Mylady. Ohne Edmond will ich nicht mitkommen.«

Elizabeth seufzte, das Herz wurde ihr schwer.

»Versprich mir, dass du nicht wieder im Dschungel lebst«, bat sie. »Geh mit Rose und Paddy zu den Noringhams, du kannst dort als Hausmagd arbeiten. William wird dir auch nicht verbieten, in deiner freien Zeit auszureiten. Den Wallach darfst du behalten.«

Sie wusste, wie sehr Deirdre das Leben im Dschungel hasste. Die Moskitos, die schwüle, feuchte Luft, die karge Nahrung. Und vor allem die ständige Gefahr, von den Bluthunden der Plantagenbesitzer aufgespürt zu werden. Nach den schlimmen Ereignissen im vergangenen Jahr hatte sie sich dankbar wieder Elizabeths Haushalt angeschlossen und gab sich seither mit verstohlenen Ausritten in die Hügel zufrieden, die meist nur sonntags stattfanden. Häufiger wagte sie es nicht, weil sie keine Aufmerksamkeit auf sich und das Ziel dieser Ausflüge lenken wollte. Doch ihren Gefühlen für Edmond hatte das keinen Abbruch getan.

»Ich lasse dir auf jeden Fall genug Geld da«, fuhr Elizabeth fort. »Falls du es dir anders überlegst, kannst du dir davon eine Überfahrt nach England kaufen und dich irgendwie nach Raleigh Manor durchschlagen. Dort wirst du in Frieden leben können und dein Auskommen haben, dafür sorge ich, auch wenn ich selbst dann bereits wieder woanders sein sollte.«

»Ich danke Euch, Mylady.«

»Du musst mir nicht danken. Ich stehe bis zum Ende meines Lebens in deiner Schuld.« Nur zu gut erinnerte Elizabeth sich an die rabenschwarzen Stunden der Verzweiflung, als Harold ihr Johnny weggenommen und sie und Felicity in der Kammer nebenan eingesperrt hatte. Damals hatte sie einen Blick in den Abgrund der Hölle getan. Deirdre hatte sie in jener Nacht befreit, zusammen mit Pater Edmond. Das würde Elizabeth den beiden niemals vergessen.

Deirdre schlug das Laken zur Seite. Das graue Baumwollhemd fiel ihr bis zu den Knöcheln, als sie aus dem Bett stieg.

»Johnny muss für die Reise fertig gemacht werden, Mylady.« Geschäftig ging sie zur Tür. »Ich muss seine Spielsachen einpacken. Anschließend wecke ich ihn und ziehe ihn an. Und dann werde ich ihm vielleicht noch etwas vorsingen, damit ihm die Zeit bis zum Aufbruch nicht langweilig wird.«

Elizabeth setzte an, Deirdre aufzufordern, sich ruhig wieder hinzulegen, da sie allein mit allem fertigwerden könne, doch dann nickte sie nur. Ihr war unvermittelt klar geworden, worum es Deirdre wirklich ging – sie wollte die noch verbleibende Zeit mit dem Kind verbringen, an dem sie mit solcher Liebe hing. Und das sie nach dieser Nacht vielleicht nie wiedersehen würde.

»Ja«, sagte sie leise. »Sing ihm was vor.«

Sie nahm in ihrer Schlafkammer das Abendessen ein, das Rose ihr heraufgebracht hatte – etwas Käse, kalten Braten und dazu Maisbrot. Sie konnte nicht viel essen, obwohl sie nach dem Schwimmen Hunger gehabt hatte wie ein Wolf. Die Bedrohung durch die neue Situation war ihr auf den Magen geschlagen. Duncan hatte sich schon gegen viele Feinde zur Wehr setzen müssen, aber die hatte er mit Pistolen oder Kanonen beschießen können. Hier war eine stärkere Macht angetreten, die er nicht mit Waffengewalt bekämpfen konnte.

Sie aß einen letzten Bissen von dem Brot und spülte es mit frischem Brunnenwasser herunter. Anschließend ging sie wieder nach unten. Duncan hatte sich eine Pfeife angezündet und stand mit zweien seiner Männer zusammen, die ebenso wie Sid schon seit Jahren zu seiner Mannschaft gehörten. Beide verneigten sich kurz, aber ehrerbietig vor Elizabeth. Der eine wurde Oleg genannt und war ein Riese von Mann, mit schaufelartigen Händen und enormen Muskeln an Armen und Beinen. Sein tintenschwarzes Haar war im Nacken zu einem Zopf gebunden. Duncan hatte gesagt, Oleg stamme aus Kirgisien, einem der weiten Steppenländer östlich des Russenreichs. Die exotischen Gesichtszüge mit den breiten Wangenknochen und den schräg stehenden Augen deuteten jedenfalls darauf hin.

Kein Mensch wusste, ob er wirklich Oleg hieß. Als er auf die *Elise* gekommen war, hatte einer der Matrosen ihn bei diesem Namen gerufen, und dabei war es geblieben. Er konnte nicht sprechen, zumindest hatte ihn noch nie jemand ein Wort sagen hören. Ihm war nicht etwa die Zunge herausgeschnitten worden, so wie vielen anderen bedauernswerten Seefahrern, die man auf diese drakonische Weise für Gesetzesverstöße bestraft hatte – er war ganz einfach stumm. In Ermangelung von Worten verständigte er sich mit Blicken und Gesten. Oder, wenn das nicht weiterhalf, auch durch Taten, die allerdings beim betreffenden Gegenüber zuweilen den Wunsch wachriefen, Oleg nie kennengelernt zu haben. Er trug die typische Seemannskluft – um den Kopf ein Tuch von undefinierbarer Farbe, lederne Breeches, ein weites Hemd unter einer speckigen Weste, ausgebeulte Stiefel. Sein Waffengurt und sein Bandelier waren umfangreich bestückt. Er trug zwei Pistolen, an jeder Seite eine. Man erzählte sich, er könne beidhändig damit schießen, so treffgenau wie kein anderer. Mit diesem Mann legte sich so schnell niemand an.

Auch der andere Mann war schwer bewaffnet, wenngleich

von längst nicht so angsteinflößender Erscheinung wie der Kirgise. Sein Name war Jerry, er war ein zweiundzwanzigjähriger Schotte. Sein karottenrotes Haar stand nach allen Seiten ab, und mit seinem fröhlichen, sommersprossigen Gesicht war er das genaue Gegenteil von Oleg, dessen Miene meist so dunkel und undurchdringlich war wie ein wolkenverhangener Himmel. Jerry lachte gern und viel und hatte immer einen Scherz auf den Lippen. Und er war so etwas wie Olegs Stimme. Auf geheimnisvolle Weise wusste er stets, was der stumme Hüne sagen wollte. Schon beim leisesten Wink erahnte er, worum es Oleg ging, und das gab er dann, so es nötig war, an andere weiter. Wo der große Kirgise sich aufhielt, war auch meist der junge Schotte nicht weit.

Duncan stieß eine Rauchwolke aus. Er gab sich ruhig, doch Elizabeth spürte seine Anspannung. Meist rauchte er nur dann, wenn er nervös war. In der Regel gab er nicht viel auf dieses Laster, zumal er wusste, dass Elizabeth den Qualm nicht ausstehen konnte.

»Oleg und Jerry bringen die letzten Kisten zum Hafen, sobald ihr mit Packen fertig seid«, sagte er. »Und danach schaffen wir deine Stute an Bord.«

»Ich möchte dabei sein, wenn Pearl auf die *Elise* gebracht wird.«

»Du solltest dich besser um Johnny kümmern.«

»Deirdre ist bei ihm.«

»Kommt sie mit auf die Reise?«

Elizabeth schüttelte bedrückt den Kopf. Oleg machte ein paar rasche Handbewegungen, die Jerry für ihn übersetzte.

»Er will wissen, ob sie wieder bei dem Priester im Wald leben will.«

Elizabeth sah Oleg überrascht an. Irgendwer musste ihm von Deirdre und Edmond erzählt haben. Was allerdings nicht erklärte, warum er sich überhaupt dafür interessierte. Seine Miene gab darüber keinen Aufschluss. Sein Gesichtsausdruck war gewohnt unergründlich.

»Sie geht als Hausmagd auf die Plantage von Lord Noringham«, sagte Elizabeth.

Duncan und die beiden Männer blickten an ihr vorbei zur Tür, und Elizabeth drehte sich um. Deirdre stand dort im Durchgang. Sie war nur notdürftig angekleidet. Das Hemd schaute unter dem offenkundig hastig übergestreiften Gewand hervor, und das Haar fiel ihr wirr auf die Schultern. Ihre Augen waren angstvoll aufgerissen.

»Es ist Johnny, Mylady. Er hat Fieber.«

Der Kleine glühte förmlich. Deirdre legte ihm kühle Wickel an und flößte ihm Weidenrindentee ein, was Johnny apathisch über sich ergehen ließ. Er lag schlaff da, ohne seine Umgebung richtig wahrzunehmen. Das sonst so lebhafte Kind, das in seinem Bewegungsdrang nur selten zu bändigen war, konnte kaum die Augen öffnen. Deirdre saß neben ihm und scheuchte die Mücken weg. Den Moskitoschleier hatten sie zurückgeschlagen, damit sie ihn besser beobachten konnten. Im Licht des Kandelabers glühte sein Gesicht hochrot, und die schmale Brust hob sich unter rasselnden, flachen Atemzügen.

Elizabeth ging wie aufgezogen in der Kammer auf und ab. Sie verging fast vor Sorge. In diesen tropischen Breiten kam es nicht selten vor, dass Menschen von plötzlichem Fieber befallen wurden, und besonders schwer traf es Kinder. Johnny war schon gelegentlich krank gewesen, er hatte auch hin und wieder Fieber gehabt, doch er hatte sich stets rasch davon erholt, und es war nie so hoch gewesen wie in dieser Nacht. Felicity saß weinend neben dem Bettchen und betete unter erstickten Schluchzern für eine gnädige und schnelle Genesung, bis Elizabeth ihr befahl, auf ihre Kammer zu gehen.

»Davon, dass du hier herumheulst, wird es ihm nicht besser gehen, und wir kommen dadurch auch nicht schneller von der Insel fort.«

»Glaubst du etwa, ich weine, weil wir hierbleiben müssen?« Felicity schluchzte erneut auf und tupfte sich die Tränen ab, wobei sie es fertigbrachte, zugleich gekränkt und zutiefst verängstigt auszusehen. »Ich liebe Johnny mehr als mein Leben! Ich würde mit Freuden selbst am Fieber sterben, wenn es ihm nur besser ginge!«

»Hör auf damit.« Dieser barsche Befehl kam von Duncan, der vor der offenen Tür stand. »Rede in Johnnys Anwesenheit nicht vom Tod.«

Elizabeth hielt in ihrem Auf-und-ab-Laufen inne und blickte ihn flehend an.

»Wir können ihn nicht aufs Schiff bringen, Duncan.«

»Das werden wir auch nicht. Nicht solange er krank ist. Ich habe die Männer schon zurück auf die *Elise* geschickt. Wir bleiben hier.«

»Aber du musst fort! Sie holen dich sonst!«

»Ja, du solltest unbedingt fahren!«, stimmte Felicity zu. »Denn sonst musst du ins Gefängnis, und wer weiß, was sie sonst noch alles mit dir anstellen! Denk an den armen Teufel, dem sie im Januar die Hand abgeschlagen haben, nur weil er ein Fässchen Rum gestohlen hat!« Rasch fügte sie hinzu: »Ich komme mit. Du kannst mich nach Holland bringen, damit du die Fahrt nicht ganz umsonst antreten musst.«

Duncan betrachtete sie irritiert, dann wandte er sich wieder Elizabeth zu. »Ich lasse nach dem Arzt schicken.«

»Bitte holt nicht den Medicus«, widersprach Deirdre. »Er

würde Johnny nur zur Ader lassen und ihn damit noch kränker machen.« Sie wandte sich an Elizabeth. »Wir sollten Miranda holen. Sie versteht sich auf die Kräuterheilkunde.«

Elizabeth stimmte sofort zu. Sie vertraute Miranda. Die Portugiesin hatte Johnny das erste Jahr seines Lebens als Amme betreut, außerdem war sie eine erfahrene Heilerin. Sie hatte Felicity auch während der Fehlgeburt zur Seite gestanden.

»Ich reite selbst«, sagte Duncan. Seine Stimme klang tonlos, doch Elizabeth hörte die unterdrückten Gefühle heraus, Hilflosigkeit – und vor allem Angst. Sonst fürchtete er weder Tod noch Teufel, doch seinen Sohn dort so liegen zu sehen und dabei die Fassung zu bewahren, überstieg fast seine Kräfte. Elizabeth hatte ihn noch nie so erlebt. Als er gegangen war, nahm sie ihre Wanderung durch das Zimmer wieder auf, von einer Seite zur anderen, ohne innezuhalten. Felicity hatte aufgehört zu schluchzen, stattdessen murmelte sie Gebete vor sich hin, schicksalsschwere Worte, deren trostloser Klang etwas Bedrohliches hatte. Am liebsten hätte Elizabeth sich die Ohren zugehalten. Schließlich hielt sie es nicht mehr aus.

»Schweig!«, fuhr sie ihre Cousine an. Als sie Felicitys entsetztes Gesicht sah, bereute sie es sofort. Doch sie entschuldigte sich nicht. Felicity stand auf und ging mit unsicheren Schritten aus dem Zimmer, das tränenüberströmte Gesicht in ein Tuch gedrückt.

Deirdre tränkte einen weiteren Leinenwickel mit kaltem Wasser und wand ihn dem Kind um die Beine. Jonathan wimmerte leise vor sich hin, und der erbarmungswürdige Anblick, den er dabei bot, schnürte Elizabeth den Atem ab. Sie trat an das Bettchen und legte ihre Hand auf seine Stirn. Seine Haut war so heiß, als stünde sie in Flammen. Kein

Mensch konnte so ein Fieber lange ertragen! Furcht krallte sich mit harten Klauen in ihre Eingeweide.

Auch Deirdre hatte angefangen zu beten, sie rief die Muttergottes um Gnade an. Schließlich hob sie den Kopf und suchte Elizabeths Blick. Ihre Stimme wurde zu einem kaum hörbaren Flüstern, fast so, als wagte sie nicht, die Worte auszusprechen.

»Er sollte die Sakramente bekommen.«

»Nein«, sagte Elizabeth hart. »Er stirbt nicht. Nicht mein Sohn.« Das Kind in ihrem Leib gab ihr einen harten Tritt, als wollte es sie daran erinnern, dass nicht sie diejenige war, die über Leben und Tod bestimmte.

»Gib ihm noch von dem Tee!«, befahl sie. »Er soll trinken. Die Medizin wird ihm helfen.« Sie wollte verzweifelt daran glauben, denn wenn sie es nicht tat, wer dann? Schritt um Schritt lief sie wieder durch die Kammer, vier hin und vier zurück, vom Fenster, dessen Laden zugezogen war, bis zum Bett, und dann denselben Weg erneut, immer hin und her. Die Kerze brannte herunter, und die Minuten verrannen – wie vorbeifliegende Raubvögel, die Stück für Stück das Leben ihres Kindes auffraßen.

4

Die Portugiesin lebte schon seit Menschengedenken auf Barbados. Ein paar Meilen östlich von Bridgetown bewohnte sie ein windschiefes Holzhaus. In dem Gehege dahinter hielt sie Ziegen und ein paar Schafe, und bis vor wenigen Jahren hatte sie sich bei den besser gestellten Pflanzersgattinnen als Amme verdingt. Duncan hämmerte an die Tür, bis Miranda ihm verschlafen öffnete, und als er ihr schilderte, wie es um Jonathan stand, stimmte sie sofort zu, mit nach Dunmore Hall zu kommen. Sie achtete nicht auf das mürrische Gebrabbel ihres kahlköpfigen alten Ehemannes, der vom Bett aus zusah, wie sie ihre feiste Gestalt in einen Umhang hüllte.

Anschließend bestieg sie mit Duncans Hilfe mühselig den Wallach, den er am Zügel hinter sich hergeführt hatte. Duncan selbst ritt auf Pearl, die eigentlich schon längst auf der *Elise* hätte sein sollen. Ebenso wie Elizabeth und Johnny.

Vergeblich versuchte er, gegen die Angst und die Verzweiflung anzukämpfen, die ihn seit Stunden lähmten.

Auf dem Rückweg trieb er Pearl zu schärferem Tempo an. Die Fackel in seiner Hand sprühte Funken im Wind. Miranda, die neben ihm ritt, ächzte im Rhythmus des Hufschlags. Sie umklammerte die Zügel in wilder Entschlossenheit, aber es war nicht zu übersehen, dass sie diese Art der Fortbewegung verabscheute. Auch von Duncan hielt sie nicht sonderlich viel. Ab und zu warf sie ihm einen halb ablehnenden, halb furchtsamen Blick von der Seite zu, der deutlich machte, dass sein Ruf als gottloser Pirat ihm immer noch anhaftete. Jonathan hingegen liebte sie mit kompromissloser Hingabe. Sie hatte den Kleinen ein Jahr genährt und in ihren Armen gewiegt, und ohne Frage würde sie für seine Gesundung alles tun, was in ihrer Macht stand.

Sofern das denn ausreichte.

Sie war verschwitzt und außer Atem, als Duncan sie im Innenhof von Dunmore Hall vom Pferd zog und dabei unter ihrem Gewicht fast zusammenbrach. Ohne Umschweife scheuchte er sie ins Haus, wo sie keuchend die Treppe erklomm. Duncan folgte ihr auf dem Fuße und überholte sie auf dem Weg nach oben. Im Gang vor den Schlafkammern kam ihm Elizabeth entgegen. Ihr Gesicht war weiß und starr, und für einen Augenblick dachte Duncan, er sei zu spät gekommen. Er stürzte an ihr vorbei in die Kammer, wo sich sein stockender Atem löste – Deirdre versuchte, dem Kleinen von dem bitteren Sud einzuflößen, den Rose gekocht hatte. Noch war nichts verloren!

Miranda wälzte ihren massigen Körper an ihm vorbei ins Zimmer. Klaglos machte er ihr Platz und sah zu, wie sie auch Deirdre vom Bett fortwinkte. Sie betastete den Kleinen von oben bis unten und gab dabei ein bedenklich klingendes Schnalzen von sich. Nach einer Weile drehte sie sich zu Duncan um.

»Du hol Wasser«, sagte sie mit ihrem schweren Akzent. »Viele Kübel. Aus dem Brunnen. Schnell.«

Duncan rannte zur Treppe, und unten befahl er Sid und Paddy, mit in den Patio zu kommen und dort am Brunnen Wasser zu schöpfen. Zu dritt holten sie mit Zugeimern Wasser ins Haus und gossen es in den bereitstehenden hölzernen Zuber. Zweimal hasteten sie mit vollen Eimern nach oben, dann erklärte Miranda, es sei genug. Sie hatte in einer irdenen Schale, in der sonst Obst lag, etwas angezündet, das stinkend vor sich hinschwelte und wabernden Rauch verbreitete. Falls das Kräuter waren, so hatte Duncan sie noch nie gesehen oder gerochen.

Mirandas massige Gestalt war wie in Nebel eingehüllt. Sie hatte Jonathan entkleidet und hielt den nackten kleinen Körper in ihren Armen. Ihr rundes, olivbraunes Gesicht glänzte vor Schweiß. Sie murmelte halblaute Worte vor sich hin, die nicht aus dem Portugiesischen stammten. Dennoch meinte Duncan, schon den einen oder anderen Ausdruck aufgeschnappt zu haben. Auf dem Sklavenmarkt vielleicht. Oder in den Häfen, wo die Portugiesen die Schwarzen verschifften. Ein seltsamer, fremdartiger Singsang mit kehligen Lauten.

Ein eisiger Schauer überlief Duncan, als von irgendwoher ein Luftzug kam und den Rauch im Zimmer umherwirbelte, während Miranda sich mit dem Kind in den Armen über den Zuber bückte. Deirdre gab ein unterdrücktes Stöhnen von sich. Sie stand neben dem Kinderbettchen und bekreuzigte sich, und einen Moment lang verspürte Duncan den Drang, dasselbe zu tun.

Miranda tauchte Jonathan in das kalte Wasser, bis nur noch das zerzauste, schwarzlockige Köpfchen herausschaute. Der Kleine schnappte nach Luft und stieß einen klagenden Schrei aus.

Duncan wusste später nicht mehr, wie oft sie den erschreckenden Akt des Eintauchens wiederholt hatte. Zwischendurch musste er mit Sid und Paddy frisches Wasser holen.

Sie leerten den Zuber, indem sie das darin befindliche Wasser aus dem Fenster kippten und ihn dann neu füllten. Jonathan schrie nicht mehr, wenn er eingetaucht wurde, doch seine Zähne schlugen jedes Mal klappernd aufeinander, und seine Augen waren weit aufgerissen. Der Dämmerschlaf, der ihn vorher umfangen hatte, war verflogen. Er war hellwach, und er erkannte die Menschen um ihn herum.

»Mommy?«, fragte er einmal kläglich und ein anderes Mal, als er Duncan mit einem vollen Kübel Wasser hereinkommen sah: »Daddy? Johnny kalt!«

»Es ist alles in Ordnung«, sagte Duncan. »Dir geht es bald wieder gut!«

Irgendwann im Morgengrauen hörte Miranda auf mit der Prozedur, von der Duncan nicht zu sagen wagte, welcher Teil davon heidnischer Hokuspokus war und welcher die Heilbehandlung. Mit einer Hand wedelte sie die letzten dünnen Rauchfäden weg und murmelte eine dumpfe Wortfolge in jener unbekannten Sprache, bevor sie den Kleinen in ein Tuch hüllte und an ihre Brust drückte.

»Limonensaft«, sagte sie zu Deirdre, während sie das Kind wiegte. »Aber heiß.«

Die junge Irin, die stumm in der Ecke des Zimmers gewartet hatte, verschwand nach unten. Elizabeth, die erschöpft an der Wand lehnte, hob den Kopf. Ihr Blick war flehend und voller Angst.

»Wird er leben?«, fragte Duncan die Portugiesin drängend.

Miranda nickte, auf beiläufige, beinahe selbstverständliche Art, so, wie jemand auf die Frage hin nicken würde, ob morgen Sonntag sei. Elizabeth brach in Tränen aus und rutschte, den Rücken an der Wand, zu Boden. Duncan war mit drei Schritten bei ihr und zog sie in seine Arme. Sie schluchzte haltlos, und es kostete ihn ein enormes Maß an Willenskraft, nicht einfach einzustimmen. Rasch trug er sie nach nebenan in ihre gemeinsame Schlafkammer, wo er sie aufs Bett legte und wartete, bis ihr Weinen abebbte.

Als sie sich aufrichten wollte, drückte er sie zurück.

»Du musst jetzt ausruhen«, befahl er.

»Nein, ich will zu Johnny.« Doch ihre Stimme war schwach, ihr fielen bereits die Augen zu. Die übermenschliche Anspannung der vergangenen Stunden forderte ihren Tribut.

»Miranda kümmert sich um ihn, er ist in den besten Händen. Du bleibst hier liegen, und wenn du es nicht freiwillig tust, zwinge ich dich dazu.«

Felicity erschien, das Gesicht rot geweint, die Augen geschwollen.

»Ich kümmere mich um Lizzie.«

Halb wartete er auf die Frage, ob sie nun doch noch aufs Schiff gehen würden, doch sie setzte sich nur stumm auf die Bettkante und umfasste Elizabeths Hand. Anscheinend hatte sie begriffen, dass an eine Abreise in dieser Nacht nicht mehr zu denken war.

»Master Duncan«, sagte Sid von der Tür her. »Auf ein Wort.« Sein Gesicht zeigte einen Ausdruck, der Duncan in höchste Alarmbereitschaft versetzte.

Mit einem Blick auf Elizabeth und Felicity vergewisserte er sich, dass seine Hilfe hier nicht länger vonnöten war, bevor er die Kammer verließ und die Tür hinter sich zuzog.

»Was gibt es?«, fragte er leise.

»Unten im Hof sind Soldaten. Ich glaube, sie wollen Euch verhaften.«

Sie waren zu sechst, und sie waren schwer bewaffnet. Eugene Winston hatte an alles gedacht. Auf seinem rundlichen Gesicht, das von einem allzu gesegneten Appetit zeugte, spiegelte sich ein schadenfrohes Lächeln, während er ein Dokument entrollte und sich gewichtig dabei räusperte.

»Duncan Haynes, im Namen des Parlaments sei Euch hiermit kundgetan, dass Ihr unter Arrest steht.«

»Und wie lautet die Anklage? Ich nehme doch an, es gibt eine.«

Eugene Winston, der wie üblich versucht hatte, seine leicht dickliche Gestalt und den Ansatz eines Doppelkinns mit vornehmer Kleidung zu kaschieren, strich über das Spitzenjabot vor seiner Brust, bevor er sich wieder dem Dokument widmete.

»Euch wird Hochverrat vorgeworfen.«

»Ah. Hochverrat also. Das ist erfinderisch. Wer hat das Dokument aufgesetzt? Ihr persönlich?«

Eugene Winston erhob sich auf die Spitzen seiner eleganten Schnallenschuhe. Er genoss diesen Auftritt sichtlich.

»Wer immer es verfasste – wichtig ist allein, wessen Unterschrift und Siegel darunter zu finden sind. Und wie Ihr leicht erkennen könnt, stammt beides vom Gouverneur.«

Frederic Doyle, der neue Gouverneur, war erst vor wenigen Wochen aus England nach Barbados gekommen und interessierte sich mehr für seine Pferdezucht und fröhliche Geselligkeit als für die Politik. Er veranstaltete laufend Tanzfeste und trank mehr Rum, als einem Mann guttun konnte. Die mit seinem Amt einhergehende Verwaltungsarbeit hatte er bereitwillig dem Mann übertragen, der sich mit den Belangen der Insel auskannte und auch schon dem früheren Gouverneur als Adjutant gedient hatte: Eugene Gerald Winston.

Die eigentlichen Regierungsgeschäfte auf der Insel wurden ohnehin vom Rat der freien Pflanzer geführt, dem auch Lord William Noringham angehörte. Eugene hatte es irgendwie geschafft, aus der ursprünglich vom Rat beschlossenen Vorladung eine Verhaftung zu machen.

Duncan ließ seinen Blick über die Soldaten schweifen und schätzte seine Möglichkeiten ab. Sechs kräftige, gut ausgebildete Männer. Sie gehörten allesamt zu der Besatzungstruppe, die nach der Rebellion von der Admiralität auf die Insel abkommandiert worden war. Ihre Mienen waren im Licht der mitgeführten Fackeln grimmig und wachsam, und die Art, wie sie die Musketen aufgepflanzt hatten, ließ keinen Zweifel daran, dass sie sich auf deren Benutzung verstanden.

Er hatte den Gedanken an einen Kampf bereits verworfen, bevor er richtig Gestalt annehmen konnte.

»Ich komme mit«, sagte er höflich zu Eugene.

Der blickte verdattert drein; anscheinend hatte er mit Gegenwehr gerechnet. Oder doch wenigstens mit wütenden Protesten.

»Bis zum Abend bin ich zurück«, sagte Duncan an Sid gewandt. »Du weißt, was du zu tun hast. Sag Mylady, dass es nur eine Formsache ist. Nichts, worüber sie sich Sorgen machen muss.«

Eugene grinste verhalten, als er das hörte. Er schien sich seiner Sache sehr sicher zu sein.

»Legt ihm die Ketten an«, sagte er zu den Männern.

»Wenn Ihr das tut, töte ich Euch, Eugene.« Duncans Stimme war sanft. »Als Ersten. Mit meinen bloßen Händen, bevor Ihr wisst, wie es geschehen konnte.« Er lächelte freundlich. »Ich sagte doch, ich gehe freiwillig mit. Ich leiste keinen Widerstand. Ihr habt mein Wort.«

Eugene schluckte. Sein Adamsapfel hüpfte, und er blickte hastig von Duncan zu den Soldaten und wieder zurück, als wollte er prüfen, wie ernst er Duncans Drohung nehmen musste. Offensichtlich kam er zu dem Ergebnis, dass es besser war, das Schicksal nicht herauszufordern.

»Nun gut, auf Euer Wort, Haynes. Männer, nehmt ihn in die Mitte. Und schießt ihn tot, wenn er versucht wegzulaufen.« Hämisch sah er zu, wie die Männer Duncan zum Tor hinaus eskortierten, bevor er sich dem kleinen Zug anschloss, die korpulente Gestalt siegesbewusst aufgerichtet. Duncan sah Eugenes Grinsen und musste an sich halten, um es dem Kerl nicht aus der Visage zu prügeln. Sein Inneres vibrierte förmlich vor Zorn, er war bereit, jedem an die Gurgel zu gehen, der Anstalten machte, ihn zu berühren. Hätte in diesem Augenblick jemand gewagt, Hand an ihn zu legen, so hätte es bestimmt Tote gegeben, Eugene vorneweg. Der junge Bursche schien das zu ahnen; er hielt sicheren Abstand zu ihm, was wiederum Duncan half, sich zu besinnen und ruhiger zu werden. Seine Situation würde sich nur verschlimmern, wenn er aus der Haut fuhr. Er tat besser daran, seine Kräfte zu schonen. Schon deshalb, damit es für Elizabeth keinen weiteren Grund zur Aufregung gab. Die vergangene Nacht hatte sie viel Kraft gekostet. Sie musste jetzt ausschlafen und sich erholen. Genau wie der Kleine. Er selbst würde versuchen, es ihnen gleichzutun; die nächsten Stunden würde er vermutlich ohnehin nichts anderes unternehmen können, außerdem war er hundemüde. Das Morgengrauen wich mattem Tageslicht, während er zwischen den Soldaten über den festgetretenen Lehmpfad in Richtung Garnison trottete. Dort würden sie ihn zweifellos in eine Arrestzelle sperren, bis der Gouverneur geruhte, ihn vorführen zu lassen.

Er blickte hinunter zum Hafen, wo sich vor dem heller werdenden Himmel eine Vielzahl von Schiffen abzeichnete, überragt von einem Wald aus Masten und Segeln. Eines dieser Schiffe war die *Elise.* So nah und doch so fern. Ein paar Stunden, höchstens ein Tag, und sie wären fort gewesen. Der Teufel sollte Eugene Winston und dessen Rachsucht holen! Stumm verfluchte Duncan den Kerl. Und sich selbst ebenfalls. Bittere Schuldgefühle bemächtigten sich seiner. Er hätte all das kommen sehen müssen. Lange, bevor die von Cromwell gedemütigten Pflanzer im Inselrat ihre Verschwörung gegen ihn aushecken konnten. Warum war er nicht auf der Hut gewesen? Den Kopf voller düsterer Gedanken, stapfte er den Soldaten hinterher.

5

William Noringham ging zwischen Hibiskusstauden und Farngewächsen hindurch zur Zuckermühle. Der Aufseher sah William kommen und fing prompt an, die Sklaven zu rascherer Gangart anzutreiben, doch unter der sengenden Mittagssonne beschleunigte kaum einer von ihnen seine Schritte, auch nicht als William auf der Bildfläche erschien. Sie wussten, dass ihnen keine Schläge drohten, niemand wurde hier mit der Peitsche zur Arbeit genötigt. Die meisten gaben ohnehin ihr Bestes. William hatte schon vor einer Weile ein ausgeklügeltes System von Belohnungen und Vergünstigungen eingeführt, das sich an der Arbeitsleistung ausrichtete. Es gab Zusatzrationen, Schuhwerk, Kleidung, Kochgeschirr, Nähzeug, Kerzen – was immer den Schwarzen half, ihr Leben ein wenig einfacher und erträglicher zu gestalten. Jene, die schon länger in seinen Diensten standen und sich als fleißige Arbeiter bewährt hatten, durften kleine Äcker bestellen und dort Gemüse und Früchte ziehen. Schwangere Frauen und Kranke mussten nicht arbeiten, und die Kinder seiner Sklaven wurden weder verkauft noch aufs Feld geschickt. Auf Summer Hill lebten sogar einige schwarze Arbeiter, die keine Sklaven mehr waren. Bei ihrer Freilassung hatte William sich an der für die irischen Schuldknechte geltenden Regelung orientiert – wer sieben Jahre gedient hatte, erhielt die Freiheit und konnte gehen, wohin er wollte.

Gern hätte er diese Bestimmung auch in die von ihm mitgeschaffene Verfassung aufgenommen, doch damit war er im Rat der Pflanzer gescheitert. Keiner der anderen war gewillt, auf Eigentum und Vermögen zu verzichten. Was das anging, galt William ohnehin von jeher als weichherziger Sonderling und idealistischer Dummkopf, der aufgrund seiner aristokratischen Herkunft zu wenig von der harten Realität des Lebens verstand. Die Neger, so lautete die allgemeine fest gefügte Meinung, müsse man mit aller Härte zur Arbeit treiben, um Gewinn aus ihnen zu ziehen.

Manch einen dieser Sklaven schindenden Plantagenbesitzer verdross es daher nicht wenig, mit welchem Fleiß die Schwarzen auf Summer Hill bei der Sache waren. Nirgends auf der Insel gab es weniger Todesfälle und Krankheiten unter den Arbeitern und Sklaven, auf keiner anderen Plantage war, gemessen an der bepflanzten Fläche, die Ernte reichhaltiger.

Die Last der gebündelten Zuckerrohre auf dem Rücken, stapften die Sklaven und Knechte in langen Reihen von den Feldern zur Mühle. Das Mahlwerk, pausenlos in Bewegung gehalten von zwei starken, im Kreis gehenden Zugochsen, lief von früh bis spät. Der ausgepresste Saft floss über Holzrinnen zur Siedehütte, wo andere Arbeiter damit beschäftigt waren, die gelbliche Flüssigkeit in dampfenden Kesseln einzukochen und zu klären. Die Männer und Frauen an den großen Gefäßen rührten und schöpften, ihre zumeist nur mit Lendenschurzen oder dünnen Baumwollhemden bekleideten Körper nass geschwitzt in der Hitze, die von den großen gemauerten Öfen abstrahlte. Rauch umwaberte die nach allen Seiten offene Hütte und mischte sich mit dem süßlichen Duft der Melasse.

William besprach sich kurz mit dem Aufseher, der über die verarbeitete Menge Bericht erstattete und ihn davon unterrichtete, dass ein paar der Macheten durch Scharten unbrauchbar geworden waren.

»Wir müssen sie öfter schleifen«, sagte der Mann. »Und wir könnten ein paar zusätzliche gebrauchen, als Reserve.«

»Ich gebe beim Schmied welche in Auftrag«, sagte William. Nachdenklich betrachtete er die Arbeiter, die Bündel um Bündel der abgeernteten Rohre bei der Mühle abluden. Am Nachmittag erwartete er weiteres Rohr von der Nachbarplantage. Rainbow Falls, das jetzt ebenfalls seiner Verwaltung unterstand, war sogar noch größer als Summer Hill, aber die Zuckermühle dort war im vergangenen Jahr von aufständischen Sklaven zerstört worden, weshalb William das geerntete Rohr zum Pressen herholen ließ.

»Wir brauchen bald eine zweite Mühle«, sagte er zu dem Aufseher.

»Die solltet Ihr besser nicht bei dem Schmied in Auftrag geben«, meinte der Aufseher. »Auf Messing versteht er sich nicht. Bestellt sie lieber dort, wo Ihr auch diese herhabt.« Er deutete auf die Walzen des Mahlwerks, dessen Zahnräder mit präziser Wirksamkeit ineinandergriffen, das Beste an Technik, das derzeit auf der Insel im Einsatz war.

William seufzte verhalten. Das Mahlwerk hatte Duncan Haynes ihm beschafft. Es stammte aus London, so wie manches andere auch, was auf Barbados nicht hergestellt werden konnte. Duncan hatte schon viele nützliche und wertvolle Güter aus Europa auf die Insel gebracht, und William hatte einiges davon erworben. Die Lüster und Kandelaber, die früher den Salon seiner Mutter geziert hatten. Den Teppich in der Schlafkammer seiner Schwester. Ballen von Seide und Tuch. Silbernes Tafelbesteck. Das Gemälde und den Globus in seinem Arbeitszimmer.

Das alles gab es nicht mehr, es war mit dem Herrenhaus in

Flammen aufgegangen. William verzog ein wenig angestrengt das Gesicht, als er an jenen unseligen Tag zurückdachte. Das Haus konnte er wieder aufbauen, in ein paar Wochen würde es fertig sein, doch nichts konnte seine Mutter wieder lebendig machen. Harold Dunmores schwarze Seele würde auf ewig dafür in der Hölle schmoren, aber immer wenn William sich daran erinnerte, wie er seine Mutter in ihrem Blut liegend gefunden hatte, spürte er wieder den ohnmächtigen Hass in sich, der durch Dunmores Tod nicht vergangen war.

Wenn er sich abends das Hemd auszog, vermied er es sorgfältig, die Stelle an seiner Brust zu berühren, wo Dunmores Kugel ihn getroffen und ihm um ein Haar das Lebenslicht ausgeblasen hatte. Aber damit konnte er die Albträume nicht verhindern, in denen er wieder und wieder erlebte, wie er mit der Kugel zwischen den Rippen auf dem Boden gelegen hatte. Inmitten von Rauch und glühenden Flammen beugte der verdammte Mörder sich über ihn und trat ihn in die Seite, bis William endlich erwachte und hochfuhr, die Brust zusammengepresst von quälender Atemnot.

Vorbei, dachte er verbissen. Es ist vorbei! Ich habe überlebt, und er ist tot und begraben!

Er stolperte über einen Stein und merkte erst jetzt, dass er das Gelände um die Zuckermühle verlassen und den Weg zum Herrenhaus eingeschlagen hatte. Die Baustelle war von einem Gerüst umgeben, auf dem die Handwerker arbeiteten. Das zweite Stockwerk wuchs Ziegel um Ziegel in die Höhe. Es würde, wenn es fertig war, dem alten Haus ähneln. Ein weiß verputztes, elegantes Gebäude im griechischen Stil, mit einem säulengestützten Vordach über einer dem Meer zugewandten Veranda und einem windgeschützten Innenhof.

Bis zur Fertigstellung des Hauses lebten er und seine Schwester in einer der Arbeiterbaracken. So wie in den frühen Jahren ihrer Kindheit, als sie mit ihren Eltern von England auf die Insel gekommen waren. Damals, als die ersten Pflanzer im Schweiße ihres Angesichts ein paar wenige Felder gerodet hatten, war der Reichtum aus dem Zuckeranbau noch ferne Zukunftsmusik gewesen. Zu jener Zeit war eine Blockhütte ihr Zuhause gewesen, und sie hatten in *Hammocks* geschlafen, um nicht von den roten Ameisen gebissen zu werden, die in Scharen aus dem Dschungel kamen. Gegen die Wolken von Moskitos hatten sie nachts Schwelfeuer entfacht, von denen sich die Augen entzündet hatten.

Es machte William nicht viel aus, vorübergehend wieder in einer Hütte zu schlafen, doch es belastete ihn, wie sehr Anne darunter litt. Seine Schwester war seit den grauenhaften Geschehnissen des letzten Jahres nicht mehr dieselbe. In sich gekehrt und lethargisch saß sie die meiste Zeit des Tages herum und tat so, als würde sie lesen oder sticken, während sie in Wahrheit nur grübelnd ins Leere blickte. Sie hatte Mutters Tod noch schlechter verkraftet als er selbst, der sich immerhin tagein, tagaus mit niemals endender Arbeit ablenken konnte.

Hin und wieder schaute Elizabeth auf Summer Hill vorbei und besuchte Anne, doch damit war es nun auch vorbei, denn schon am kommenden Tag wollte sie abreisen – und möglicherweise nie mehr zurückkehren. Sie und Duncan hatten ursprünglich schon im Januar fahren wollen, doch durch eine plötzliche Erkrankung von Elizabeths Cousine hatte sich die Abreise verzögert. William war dankbar, dass Elizabeth noch eine Weile geblieben war, denn er hatte gehofft, dass sie Anne helfen würde, sich wieder zu fangen. Doch der Zustand seiner Schwester hatte sich nicht wesentlich verbessert, und allmählich begann er sich zu fragen, ob sie jemals wieder aus ihrer Melancholie herausfinden würde.

Als er sich der Hütte näherte, sah er, dass Anne wie üblich

in ihrem Lehnstuhl saß, der auf dem Vorplatz der Hütte im Schatten eines Feigenbaums stand. An einer Seite sprossen Luftwurzeln aus dem Geäst zum Erdboden hin und schirmten sie ab, wie zum Schutz gegen allzu eindringliche Blicke. Sie hielt eine Stickarbeit auf den Knien und blickte nicht auf, als William zu ihr trat.

»Hast du schon zu Mittag gegessen?«, fragte er, einer seiner üblichen hilflosen Versuche, ein Gespräch in Gang zu bringen, obwohl es doch so offensichtlich war, dass sie nichts weiter wollte als ihre Ruhe.

»Celia will mir etwas bringen. Sicher kommt sie gleich.« Ihre sanfte Stimme und ihr ein wenig hageres Gesicht vermittelten den Eindruck von Gleichmut. Ihr adrett gescheiteltes und an den Seiten zu Schnecken aufgerolltes Haar, ihr sauber geplättetes Kleid und die ordentlich nebeneinanderstehenden, in Schuhen aus feinem Saffian steckenden Füße schienen der überzeugende Beweis dafür zu sein, dass sie alles unter Kontrolle hatte. Hätte sie sich gehen lassen, hätte sie geweint oder geklagt oder den Verlust der Mutter betrauert – William hätte damit leichter umgehen können als mit dieser so perfekt aufrechterhaltenen Fassade und der Gleichförmigkeit ihrer geistigen Abwesenheit.

Während er noch überlegte, ob er eine weitere Frage stellen sollte – etwa, ob es ihr in der Mittagshitze nicht zu heiß sei, oder ob sie wisse, wann Elizabeth vorbeikäme, um sich zu verabschieden –, näherte sich Celia. Mit raschen, anmutigen Schritten kam sie von dem Küchenhaus herüber, dem einzigen Nebengebäude, das nach dem Brand noch stehen geblieben war.

»Da kommt Celia mit meinem Essen«, sagte Anne. Sie legte die Handarbeit zur Seite, damit Celia das Tablett mit den Speisen auf ihren Knien absetzen konnte.

»Gebratener Fisch und Kürbis und zum Trinken Limonade«, sagte Celia. »Lasst es Euch schmecken, Lady Anne.«

Anne blickte kaum auf. »Vielen Dank für deine Mühe, Celia. Was täte ich nur ohne dich? Vielleicht möchte William ja auch etwas essen. Ist noch etwas davon da?«

William spürte, was sie in Wirklichkeit sagen wollte: Steh hier nicht herum, sieh mich nicht so an!

Ihre zusammengezogenen Schultern signalisierten, dass sie sich von seiner Anwesenheit in die Enge getrieben fühlte. Dabei forderte er nie etwas von ihr; damit hatte er schon vor Wochen aufgehört. Anfangs hatte er sie noch ermuntert, doch auszureiten oder sich um kranke Arbeiter zu kümmern, so wie sie es früher immer getan hatte. Oder wenigstens einmal mit dem Wagen nach Bridgetown zu fahren, um Elizabeth in Dunmore Hall zu besuchen. Zu allen Vorschlägen hatte sie immer nur matt genickt, und manchmal hatte sie auch nichtssagende Antworten gegeben, etwa: »Ja, das muss ich bald wieder einmal machen.« Unternommen hatte sie jedoch nie etwas.

»Ich habe Lammragout für Mylord auf dem Herd«, sagte Celia. Die junge Mulattin war abwartend neben dem Baum stehen geblieben. Sie trug den üblichen ärmellosen grauen Baumwollkittel, der in der Taille mit einem Strick zusammengehalten wurde. Das lockige dunkle Haar hatte sie im Nacken zu einem festen Zopf geflochten. Auf eine Haube hatte sie wegen der Hitze verzichtet, zumal es in der Küche noch um einiges wärmer war als im Freien. Ihr ebenmäßig geschnittenes Gesicht hatte die Farbe von Zimt und wildem Honig, die leicht schräg stehenden Augen waren hell wie Bernstein. Wie immer war sie barfuß, und der Anblick ihrer grazilen Fesseln sowie der nackten, schlanken Arme irritierte William ein wenig. Er wusste nicht genau, wann er angefangen hatte, Celia als Frau wahrzunehmen. Vielleicht seit jener Nacht, in der sie Harold Dunmore getötet hatte. Ihren leiblichen Vater. Seither erschien sie ihm in manchen Augenblicken fremd, als habe er sie nie wirklich gekannt. Es war ein bestimmter Ausdruck in ihrem Gesicht und in ihrer Körperhaltung, etwas, das sie wild und zugleich erhaben wirken ließ, wie eine Rachegöttin aus einem heidnischen Mythos. Etwas davon nahm er immer noch an ihr wahr, es schien zuweilen in ihren Augen aufzuglimmen wie der Widerschein eines entfernten Wetterleuchtens, und in solchen Momenten fragte er sich, ob es nicht vielleicht schon immer da gewesen war.

William hatte nicht mit ihr über die Ereignisse dieser blutigen Nacht gesprochen, denn es kam ihm so vor, als sei sie, genau wie Anne, darauf erpicht, alles Vergangene in ihrem Inneren zu verschließen und nicht daran zu rühren. Im Gegensatz zu seiner Schwester gestaltete sie jedoch ihren Alltag wie immer. Sie stand mit den Hähnen auf, kochte für die Arbeiter sowie für ihn und Anne, säuberte die Hütte und versorgte die Kranken mit ihrer selbst gemachten Medizin. An den Sonntagen begleitete sie ihn und Anne nach Saint James zur Messe. Sie trug dann ihr gutes Kleid, ein Gewand aus blauem Kattun, sowie abgelegte Schuhe von Anne, die sie jedes Mal sofort nach ihrer Rückkehr wieder auszog. Ihr Haar hatte sie während des Kirchgangs stets sittsam unter einer Haube versteckt, die auch ihr Gesicht beschirmte. Sie hielt sich im Hintergrund, um so wenige Blicke wie möglich auf sich zu ziehen. Die Neugier und die Sensationslust der Leute hatten mit der Zeit nachgelassen. Zwar wurde hier und da immer noch getuschelt, denn alle Welt wusste, dass sie die Tochter des wahnsinnigen Harold Dunmore und einer schwarzen Sklavin war und dass sie ihm eigenhändig den

Dolch in die Brust gestoßen hatte, um Anne, ihre Herrin, vor ihm zu retten. Doch zum Glück wurde mit der Zeit auch die größte Sensation langweilig. Die neugierigen Blicke hatten nachgelassen und irgendwann aufgehört. Celia hatte wieder ihre Ruhe, und darüber war William enorm erleichtert. Vor allem auch darüber, dass niemand ihr anderes, ungleich gefährlicheres Geheimnis gelüftet hatte, denn das hätte sie vielleicht doch noch an den Galgen gebracht: Sie war die Geliebte von Akin gewesen, dem Rädelsführer der aufständischen Sklaven, die im vorigen Jahr Tod und Verderben über die Insel gebracht hatten, bevor sie nach blutigen Kämpfen überwältigt und zusammengetrieben worden waren wie ausgebrochenes Vieh. Etliche waren zur Strafe an Ort und Stelle aufgehängt worden. Akin, ein großer Schwarzer vom Stamm der Yoruba, hatte ein schrecklicheres Schicksal erlitten: Harold Dunmore hatte ihn in einen Käfig gesteckt und bei lebendigem Leib verbrannt. Celia hatte hilflos zusehen müssen.

William und sie teilten folglich ein schlimmes Schicksal – beide hatten sie geliebte Menschen durch die Hand desselben Mörders verloren. Vielleicht war dies ja das Band, das sie enger als zu den Zeiten ihrer gemeinsam auf Summer Hill verbrachten Kindheit zusammenschmiedete.

»Soll ich Euch davon auftun, Mylord?«, fragte Celia ihn. Es klang ungeduldig.

»Was?«, fragte er verwirrt, unvermittelt aus seinen Erinnerungen gerissen.

»Von dem Ragout.«

»Oh. Nein, ich habe keinen Hunger. Ich esse später. Aber von der Limonade würde ich gern trinken.«

Sie machte Anstalten, zum Küchenhaus zurückzugehen, blieb jedoch nach einigen Schritten stehen.

»Master Penn war vorhin da«, sagte sie über die Schulter.

»George? Was wollte er?«

»Dasselbe wie immer. Er hat Lady Anne seine Aufwartung gemacht und ist wieder gegangen.«

In ihrer Miene zeigte sich eine Spur von Verachtung, bevor sie sich abwandte und weiterging. Sie hatte George Penn noch nie leiden können. William unterdrückte ein Seufzen. Anne schien den Umstand, dass sie mit George verlobt war, ebenso verdrängt zu haben wie den Rest ihres früheren Lebens. Sie ließ Georges unbeholfene Versuche, sie an ihre gemeinsamen Hochzeitspläne zu erinnern, mit derselben höflichen Teilnahmslosigkeit an sich abperlen wie alles andere. Es wunderte William, dass George überhaupt noch herkam. Seine Besuche waren zwar seltener geworden, aber bisher hatte er noch keine Anstalten gemacht, die Verlobung zu lösen, was William unter den gegebenen Umständen am liebsten gewesen wäre. Schon deshalb, weil er wusste, dass seine Schwester George nicht sonderlich zugetan war und seinen Antrag im vorigen Jahr nur deshalb angenommen hatte, weil es an passenden Heiratskandidaten auf Barbados mangelte. Sie näherte sich bereits den dreißig, was die Aussichten auf eine akzeptable Verbindung entschieden minderte. George, ein Witwer und ehrbarer Pflanzer in den besten Jahren, war einer der wenigen akzeptablen Bewerber gewesen. Soweit man es akzeptabel nennen konnte, dass er mit einer seiner Sklavinnen bereits zwei Kinder gezeugt hatte, die er, um Anne im Hinblick auf diese Angelegenheit milder zu stimmen, kurzerhand auf eine andere Plantage verkauft hatte. Damit hatte er sie nachhaltig gegen sich aufgebracht. Sie hatte es nicht fassen können, dass jemand seine eigenen Kinder verkaufte.

Und dennoch – in gewisser Weise tat der Mann William

leid. George Penn war eine ehrliche Haut und ein fleißiger, tüchtiger Pflanzer, der seine Arbeiter, auch die schwarzen, gut behandelte. Er wollte es einfach nur jedem recht machen, vor allem aber Anne. Zudem sprach für ihn, dass er, obschon sie nicht das geringste Interesse für ihn bekundete, nicht aufgehört hatte, nach Summer Hill zu kommen. Vielleicht würden die beiden ja doch noch eines Tages …

Williams Gedanken stockten, als er den Hufschlag hörte, und als er die Schimmelstute an der Wegbiegung hinter den Hütten auftauchen sah, spürte er seinen Herzschlag.

Elizabeth kam, um Abschied zu nehmen.

Obwohl sie von ihren eigenen Sorgen geplagt war, schnitt es Elizabeth ins Herz, als sie William drüben bei dem alten Feigenbaum stehen sah. Seine Haltung hatte etwas Mutloses an sich, und der Grund dafür befand sich ganz in seiner Nähe: Halb von den Luftwurzeln verborgen, saß Anne auf ihrem Lieblingsstuhl nahe am Stamm und pickte mit der Gabel halbherzig in ihrem Mittagessen herum. Es tat Elizabeth in der Seele weh, die zwei so zu sehen. Jede Geste, jede Bewegung machte deutlich, wie sehr sie immer noch an den Folgen dessen litten, was ihnen widerfahren war. Sie wünschte sich, dass sie mehr für die beiden hätte tun können, vor allem für Anne. Doch sosehr sie es auch versucht hatte – sie hatte nicht richtig zu ihrer Freundin vordringen können. Felicity hatte gemeint, Anne brauche einfach Zeit, und Elizabeth war nichts anderes übrig geblieben, als ihr zu glauben, denn in diesem Fall wusste ihre Cousine, wovon sie sprach. Felicity hatte, bevor sie damals nach Raleigh Manor gekommen war, ihre ganze Familie bei einem Massaker der Schotten verloren und war selbst brutal vergewaltigt worden. Es hatte Jahre gedauert, aber sie war darüber hinweggekommen.

»Die erste Zeit danach fühlt man sich, als sei man tot«, hatte sie Elizabeth ihre Empfindungen beschrieben. »Man will nicht denken, nicht reden, keine Menschen um sich haben. Mit der Zeit wird es besser. Gib ihr noch ein paar Monate, dann wird sie langsam wieder sie selbst werden.«

Elizabeth hätte den Rat gern befolgt, doch ihnen blieben keine Monate mehr. Sie würde abreisen, und Anne würde hierbleiben, und möglicherweise war es ein Abschied für immer – zumindest war das der Stand der Dinge gewesen, bevor sie Duncan ins Gefängnis gesteckt hatten.

Sie zügelte Pearl und wollte absitzen, doch William war bereits bei ihr und hob sie ohne große Umschweife aus dem Sattel. Er hielt sie mit kräftigem Griff unter den Armen und stellte sie mit Schwung auf die Füße. Sein markantes Gesicht spiegelte Freude wider. Sie spürte, dass er aufgeregt war wegen ihres Besuchs. Er hatte seine Gefühle noch nie besonders gut verbergen können.

»Elizabeth! Du bist noch einmal hergekommen vor deiner Abreise!« Er strahlte sie an und umfasste ihre Hände. »Ich freue mich sehr.«

»Was dachtest du denn? Dass ich ohne ein Wort verschwinde?« Sie verschwieg ihm, dass es um ein Haar dazu gekommen wäre. Rasch zupfte sie ihr Gewand zurecht und kam sich mit ihrem ausladenden Bauch unförmig vor wie ein Wal. Unter ihrem Gewand schwitzte sie heftig, alles an ihr war feucht und klamm. Bevor sie aufgebrochen war, hatte es geregnet – einer jener heftigen, oft unvermittelt einsetzenden Schauer, die nur kurze Zeit währten, aber die Luft in eine Wand aus klebriger, warmer Nässe verwandelten. Wenn dann der Himmel wieder aufriss und die Sonne herabstach, konnte man manchmal kaum atmen, vor allem um die Mittagszeit herum. Die tropische Schwüle lag wie ein dunstiger Schleier über allem und behinderte jede Bewegung. Elizabeth stützte sich eine Hand ins Kreuz und wünschte sich, wieder schlank zu sein, doch sofort wies sie sich in Gedanken für diese selbstsüchtige Anwandlung zurecht. Es gab wahrlich andere Sorgen, die viel ärger waren als ihr Leibesumfang und die damit verbundenen Beschwernisse.

»Wo ist Deirdre?« William musterte sie ein wenig besorgt. »Du solltest nicht mehr allein ausreiten.«

»Sie muss sich um Johnny kümmern. Er hatte letzte Nacht hohes Fieber, eine Zeit lang befürchteten wir … Nun, es geht ihm besser, dem Himmel sei Dank, aber mir ist wohler, wenn Deirdre auf ihn achtgibt. Und Felicity – nun, du weißt ja, dass sie Angst vor Pferden hat.« Sie holte Luft, und mit einem Mal spiegelte sich Verzweiflung in ihrem Blick.

»Duncan sitzt im Gefängnis.«

»Was sagst du da?« William blickte sie entgeistert an.

»Eugene Winston war heute bei Tagesanbruch mit einem halben Dutzend Soldaten da und hat ihn festgenommen. Angeblich auf Verfügung des Gouverneurs.«

»Dieser elende Intrigant!« Williams Kiefer mahlten vor Zorn.

»Gestern hatte ich noch mit Duncan darüber gesprochen. Er meinte, die Pflanzer seien auf unser Geld aus. Du habest ihm diese Information zukommen lassen.«

»Das tat ich«, bestätigte William mit umwölkter Miene. »Aber wie es scheint, habe ich nicht mit Eugene Winstons Niedertracht gerechnet. Von einer konkreten Anklage war in der Ratsversammlung überhaupt keine Rede, so weit waren sie in ihren Überlegungen noch gar nicht vorgedrungen. Eugene muss davon Wind bekommen und es selbst in die Hand genommen haben.«

»Er ist sogar noch weiter gegangen. Bevor ich vorhin losgeritten bin, bekam ich Nachricht von der *Elise.* Die kleine Ratte hat das Schiff beschlagnahmen lassen, vermutlich in der Annahme, unser Gold sei bereits an Bord. Die Soldaten haben schon angefangen, es zu durchsuchen.«

»Wenn ich dein entschlossenes Gesicht betrachte, will mir scheinen, dass das Gold in Wahrheit nicht dort ist.«

»Damit hast du recht.« Sie wandte sich Pearl zu und machte sich an der Satteltasche zu schaffen, um den dort verstauten Sack herauszuholen, doch wieder kam William ihr zuvor und half ihr.

»Lieber Himmel, du hast es mitgebracht!« Er setzte den prallen, schweren Lederbeutel zu seinen Füßen ab.

»In der anderen Tasche ist auch noch einer.« Elizabeth ging um Pearl herum und öffnete die zweite Satteltasche. William nahm den dort befindlichen Sack ebenfalls heraus, um ihn zu dem ersten zu legen und dann beide mit gerunzelter Stirn zu betrachten.

Es war mehr Geld, als alle Pflanzer auf Barbados zusammen besaßen. Bezahlt wurde auf der Insel hauptsächlich mit Zucker, Tabak oder Indigo. Oder mit Wechseln, sofern ausreichendes Vertrauen in die betreffenden Geschäftspartner bestand, was jedoch längst nicht immer der Fall war. Gold und Silber waren knapp auf der Insel, so knapp, dass allein das Wissen um Elizabeths Reichtum Begehrlichkeiten wecken musste. Ihre Mesalliance mit dem verabscheuungswürdigen, verräterischen Freibeuter Duncan Haynes war nur der willkommene Anlass, um auf dem Umweg über eine gegen ihn erhobene Anklage Hand auf dieses Gold zu legen.

Anne hatte sich aus ihrem Lehnstuhl erhoben und kam herüber. Von den Säcken zu Williams Füßen nahm sie keine Notiz.

»Elizabeth. Wie schön, dass du uns besuchen kommst.

Ich werde Celia bitten, dir eine Erfrischung zu bringen.« Es klang höflich und unbeteiligt, als sei Elizabeth nicht ihre beste Freundin, sondern ein beliebiger Gast.

Elizabeth betrachtete Anne in einer Mischung aus Kummer und Wut. Am liebsten hätte sie die Freundin gepackt und geschüttelt, bis sie wieder bei Sinnen war. Sie wollte sie anschreien, ihr klarmachen, dass sie bald fort war und sie einander vielleicht nie wiedersehen würden, doch das wusste Anne ja bereits. Nur schien es ihr nicht im Mindesten nahezugehen, ebenso wenig wie alles andere, was um sie herum geschah.

Mit leichten Schritten ging Anne davon, um Celia zu suchen. Elizabeth blickte ihr bedrückt nach, dann wandte sie sich wieder William zu.

»Es wird nicht besser mit ihr«, sagte sie leise.

Ein wenig angestrengt hob er die Schultern, dann deutete er auf das Gold.

»Was soll damit geschehen?«

»Du sollst es für mich aufbewahren, damit Eugene und der Gouverneur es nicht in die Finger kriegen. Bis auf einen Teil davon, den wir für unseren Plan brauchen. Genau genommen ist es Duncans Plan; er hatte ihn für den Fall geschmiedet, dass doch noch etwas schiefgeht. Aber dazu brauche ich deine Hilfe.«

»Die bekommst du jederzeit, wie du sicher bereits weißt.« Er deutete auf den Lehnstuhl. »Aber erst mal setzt du dich hin, dann können wir in Ruhe reden.«

Celia beugte sich über den Herd und rührte in dem Lammragout, das über dem Kochfeuer auf kleiner Flamme in einem flachen Topf schmorte. William hatte gesagt, dass er später essen wolle, was bedeutete, dass ihn der Hunger überkommen würde, sobald er seine Niedergeschlagenheit wegen Anne wieder ein wenig überwunden hatte. Celia kannte William von klein auf und wusste, dass er sich nie lange von schlechten Gefühlen beeinträchtigen ließ. Nicht etwa weil er der geborene Optimist gewesen wäre, sondern eher weil er sich selbst keine Schwäche erlaubte. Stets nahm er sich in einem Maße in die Pflicht, dass einen Mitleid überkommen musste, wenn man ihm dabei zusah. Er gönnte sich keine Ruhe und kein Innehalten, immer musste unverzüglich alles getan werden, was nötig war. Täglich schindete er sich bis zur Erschöpfung. Er stand im Morgengrauen auf und schuftete bis zum Sonnenuntergang. Überall, wo gearbeitet wurde, war auch er nicht weit – auf den Zuckerfeldern, bei der Mühle, im Siedehaus, auf der Baustelle.

Celia kostete von dem Ragout und gab ein wenig Pfeffer hinzu, um den Geschmack abzurunden. William schätzte ihr Essen, er lobte sie oft dafür, und sie war froh, ihm wenigstens damit etwas Gutes tun zu können. In diesen Tagen hatte er wenig Grund zur Freude. Viel zu selten hatte er Menschen um sich, die erkannten, wie es in ihm aussah. Es gab niemanden, der ihn aufmunterte und tröstete, wenn er das Leid über den Tod seiner Mutter kaum noch aushielt. Niemanden, der ihn dafür bewunderte, was er alles geleistet hatte in den letzten Monaten. Keiner außer ihr sah, welche Kraft es ihn kostete, nach den schlimmen Schicksalsschlägen das Haus wieder aufzubauen, die große Plantage zu bewirtschaften und gleichzeitig voller Pflichtbewusstsein die politischen Geschicke der Insel mitzubestimmen. Keiner außer ihr merkte, dass er das Bein beim Gehen ein wenig nachzog, weil es ihm noch wehtat. Um sein Leben zu retten, hatte er während des Brandes aus dem Fenster springen müssen. Die Verletzung war gut verheilt, aber er hatte zu früh wieder mit der Arbeit angefangen. Er konnte sich einfach nicht schonen, sondern musste sich dauernd um alles und jeden kümmern. Beispielsweise gerade jetzt schon wieder um Lady Elizabeth, obwohl die es am wenigsten nötig hatte. William legte ihr sein Herz zu Füßen, und sie nahm es, quetschte es aus und ließ es blutend liegen. Warum nur sah er nicht, dass er ihr völlig gleichgültig war?

Aus dem nach zwei Seiten offenen Küchenhaus hatte Celia gute Sicht auf die Hütten und den Vorplatz mit dem knorrigen alten Feigenbaum. Mit leisem Groll beobachtete sie, wie Lady Elizabeth in Annes Lehnstuhl Platz nahm und William vor ihr in die Hocke ging, damit sie nicht zu ihm aufschauen musste. Sein Bein schmerzte sicher bei dieser Kniebeuge, doch die Höflichkeit ging anscheinend vor.

Anne kam ins Küchenhaus und stellte ihren halb vollen Teller auf die Anrichte. »Das Essen war sehr gut, vielen Dank«, sagte sie höflich. »Wir haben Besuch. Elizabeth ist gekommen. Ich denke, wir reichen ihr Tee und etwas Gebäck.«

Aber sicher, dachte Celia sarkastisch. Wir reichen Mylady Gebäck. Das ist das wenigste, was wir tun können, um unsere Gastfreundschaft unter Beweis zu stellen.

Wortlos ging sie zum Vorratsschrank und öffnete ihn. Sie hatte in der Vorwoche ein Blech besonderer Kekse gebacken, weil sie wusste, dass William sie mochte. Letzten Monat hatte ein Handelsschiff, das aus Brasilien kam, Kakaobohnen mitgebracht, eine teure Delikatesse, die sich wachsender Beliebtheit erfreute. Zermahlen und mit Kokosfett, Mandeln, Zucker und Mehl vermengt, konnte man die köstlichsten Kekse daraus zubereiten. Sie legte zwei davon auf ein Brett und fügte nach kurzem Überlegen noch einen hinzu. Rückte sie nur zwei heraus, würde William ganz sicher keinen davon essen, sondern beide Elizabeth überlassen. Sie schüttete Tee in die Kanne, zog den Topf mit dem Ragout vom Feuer und hängte den Wasserkessel darüber. Anne war an der Anrichte stehen geblieben und sah ihr zu. Ein wenig verloren lehnte sie sich gegen den schweren Zedernholztisch, die Hände in einer seltsam kindlich anmutenden Geste verschränkt, fast wie zum Gebet. Wäre sie noch sie selbst gewesen und ihre Mutter noch am Leben, hätte sie nach dem Mittagessen mit Lady Harriet auf der Veranda des Herrenhauses gesessen und Tee getrunken. Sie hätten beide eine kleine Stickarbeit auf den Knien gehabt und in aufgeräumter Stimmung über Gott und die Welt geplaudert. Später hätte Anne vielleicht in ihrer Schlafkammer ein Nickerchen gehalten, oder sie hätte sich von der Magd, die sich aufs Schneidern verstand, ein neues Kleid anpassen lassen. Am späten Nachmittag, wenn die Schatten länger wurden, hätte sie sich wieder zu Lady Harriet auf die Veranda gesetzt, diesmal mit einem Buch, und dort den Ausklang des Tages genossen, bis irgendwann William zum Essen eintraf und seine Mutter und seine Schwester auf seine launige, unterhaltsame Art an den Ereignissen des Tages teilhaben ließ, die er auf dem Feld erlebt hatte. Zu dritt hätten sie dann dort bis lange nach Einbruch der Dunkelheit gesessen, und sie selbst wäre hin und wieder lautlos auf der Veranda erschienen und hätte sich erkundigt, ob die Herrschaften noch etwas wünschten.

»Bring bitte noch Tee, Kind«, hätte Lady Harriet gesagt. Oder aber: »Nein, danke, wir haben alles, was wir brauchen. Du kannst jetzt zu Bett gehen, Kind.«

William hätte aufgeblickt und sie angelächelt, vertraut und voller Zuneigung, und sie hätte kurz geknickst und sich zurückgezogen.

Heute knickste sie nicht mehr. Sie neigte nicht den Kopf und beugte nicht das Knie, vor niemandem mehr. Sie war frei.

An einem Abend vor gut zwei Monaten war William auf Krücken an den Strand gehumpelt. Er hatte sich dort auf die Felsen gesetzt, um aufs Meer hinauszuschauen. Als die Sonne unterging, war sie ihm gefolgt, um ihn, wie sonst auch immer, zu fragen, ob er noch etwas brauche. Er hatte aus geröteten Augen zu ihr aufgeblickt.

»Hat dich eigentlich jemals ein Mensch gefragt, ob *du* etwas brauchst, Celia?«

Sie hatte nur stumm und ein wenig überrascht den Kopf schütteln können.

»Künftig wirst du mich das nicht mehr fragen müssen, Celia. Ich hatte dir das schon längst sagen wollen. Ab sofort bist du keine Sklavin mehr. Du bist frei.«

Ja, sie war frei. Celia gönnte sich ein bitteres Lächeln, während sie, Anne im Schlepptau, mit Tee und Keksen zum Feigenbaum hinüberging und nicht zum ersten Mal darüber nachsann, was Freiheit für eine Mulattin wirklich bedeutete. Von Barbados fortgehen? Das sagte sich so leicht, aber wem hätte sie sich anschließen sollen? Akin, der sie von der Insel hatte fortbringen wollen, weit weg ins Land seiner Väter, war nicht mehr am Leben. Sie hatte niemanden außer William und Anne, also blieb sie hier. Davon abgesehen brauchten die beiden sie, denn auch sie hatten sonst niemanden, so seltsam diese Feststellung auch anmuten mochte.

Sie bekam ein bisschen Geld für ihre Arbeit, so viel wie die anderen Mägde auch, zum Leben zu wenig und zum Sterben zu viel. William hätte ihr sicher gern mehr gegeben, das wusste sie, aber durch den Hurrikan war ein Großteil der letzten Ernte vernichtet worden. Die finanziellen Mittel auf Summer Hill waren knapp, zumal auch das Haus neu aufgebaut werden musste. Dutzende Sklaven, Knechte und Mägde mussten verköstigt werden, viele hätten längst neue

Schuhe oder Kleidung gebraucht, aber das musste warten, bis die nächste Ernte verkauft war.

Natürlich hätte sie ihr Heil im Hafen suchen können, wo hübsche junge Frauen wie sie immer willkommen waren. Claire Dubois, die bekannteste Bordellwirtin von Bridgetown, hatte ihr schon vor Jahren angeboten, bei ihr zu arbeiten. Celia unterdrückte den Drang auszuspucken. Stattdessen setzte sie ein unnahbares Lächeln auf und servierte dem Gast Tee und Kekse.

Elizabeth sah erhitzt und mitgenommen aus. Ihr Haar war zerzaust, die Wangen von der Wärme gerötet, das Kleid rettungslos zerknittert und durchgeschwitzt. Doch weder die erkennbare Erschöpfung noch die fortgeschrittene Schwangerschaft konnten ihrer Schönheit etwas anhaben. Ihre amazonenhafte Grazie, das honigblonde Haar, die türkisfarbenen Augen, die pfirsichzarte Haut – es konnte niemanden wundern, dass sie William mit solcher Nachhaltigkeit in ihren Bann gezogen hatte. Mit ihrer bloßen Gegenwart schaffte sie mühelos, was nichts und niemand sonst vermochte, schon gar nicht etwas so Banales wie Ragout oder Kekse – sie heiterte ihn auf und brachte seine Augen zum Strahlen.

Celia fühlte sich unter Elizabeths forschenden Blicken linkisch und nutzlos. Sie hatten im vergangenen Jahr schicksalhafte Augenblicke geteilt, als sie zusammen dafür gesorgt hatten, dass Harold Dunmore zur Hölle fuhr. In jener einen Minute, als Elizabeth ihn niedergeschossen und sie selbst ihm das Messer in sein schwarzes Herz gestoßen hatte, waren keine Unterschiede zwischen ihnen beiden spürbar gewesen, es hatte kein Schwarz oder Weiß gegeben, kein Reich oder Arm. Nur zwei Frauen, die um ihr Leben gekämpft und gewonnen hatten. Gemeinsam. Doch danach war Elizabeth wieder in ihr mit seidenen Laken ausgeschlagenes Bett nach

Dunmore Hall zurückgekehrt und sie selbst auf die Binsenmatte in ihrer Negerhütte am Rande der Zuckerrohrfelder von Summer Hill.

»Mylady, Tee und Gebäck«, sagte sie mit steifer Höflichkeit.

»Danke, Celia.« Elizabeth nahm den Tee und trank davon, ohne Celia aus den Augen zu lassen. »Ich habe gerade mit Master Noringham über einiges gesprochen. Unter anderem auch über dich.«

»Über mich?« Überrascht und misstrauisch erwiderte Celia diesen klaren Blick, der bis auf den Grund ihrer Seele zu dringen schien.

William räusperte sich und erhob sich aus seiner hockenden Haltung. Er rieb sich das Bein. Man sah, dass es ihm wehtat, was Celia mit Ärger erfüllte. Warum konnte er nicht besser auf sich achtgeben?

»Celia, Lady Elizabeth und ich hatten schon vor einer Weile darüber geredet und eben jetzt auch wieder. Zuerst dachte ich, es komme nicht infrage, aber ich habe meine Meinung geändert.«

»Welche Meinung?« Celia fühlte sich unbehaglich. Der Ernst, mit dem er sie musterte, gefiel ihr nicht.

»Du kannst Lady Elizabeth nach England begleiten.«

Celia starrte William an. »Nach England?«

»Du weißt doch, dass wir nach England reisen wollen«, sagte Elizabeth. »Mein Mann, meine Cousine, mein Sohn. Wir werden noch eine Dienerin brauchen, und da haben wir überlegt, dass du dich gut dafür eignen könntest.«

»Aber Ihr habt doch schon eine Magd. Deirdre.«

»Deirdre wird vermutlich auf Barbados bleiben.«

Celia nahm diese Äußerung schweigend zur Kenntnis, während sie angestrengt überlegte, woher Williams Sinneswandel rührte. Wenn er es wirklich zunächst abgelehnt hatte, sie mit Elizabeth auf die Reise zu schicken – warum war er auf einmal dafür?

Er will mich loswerden, dachte sie. Aber wieso?

Gleich darauf traf sie die Erkenntnis wie eine harte Ohrfeige. Wie hatte sie das nur die ganze Zeit übersehen können? Harold Dunmore, sein schlimmster Feind, der Mann, der ihm die Mutter und das Heim genommen und um ein Haar auch noch seine Schwester getötet hatte – er war ihr Vater. Sie war von seinem Blut, ob sie es nun wollte oder nicht. William hatte wahrscheinlich versucht, damit fertigzuwerden, es vor sich selbst herunterzuspielen. Doch im Laufe der Zeit hatte er erkannt, dass es seine Kräfte überstieg. Er wollte sie ganz einfach nicht mehr um sich haben. Jedes Mal, wenn er sie ansah, fühlte er sich an den Mörder erinnert.

Ihr Schreck über diese Einsicht wich jedoch gleich darauf einem Anflug von Grimm. Was maßte er sich an? Immerhin war sie frei, oder nicht?

»Ist meine Abreise schon entschieden, oder darf ich das selbst bestimmen?«

»Natürlich wäre es deine freie Entscheidung«, sagte William. »Wir dachten nur, es sei gut für dich, von hier fortzukommen und vielleicht in einem Land zu leben, in dem es keine Sklaverei gibt. Und bei Elizabeth wirst du es gut haben.«

»Ihr meint, besser als hier?« Sie bemühte sich, ihre Stimme nicht sarkastisch klingen zu lassen, doch ganz gelang es ihr nicht, denn William wirkte befremdet.

»Selbstverständlich würde es dir bei ihr besser gehen. Sieh dich doch an! Du schuftest von früh bis spät. Keine Arbeit ist dir zu schwer oder zu schmutzig, du gönnst dir keine Pause und ruhst dich niemals richtig aus. Nie willst du etwas für dich, du kümmerst dich immer nur um andere.«

Celia starrte ihn an. Es war fast, als hätte er sich selbst beschrieben. Dass er sie mit denselben Augen sah wie sie ihn, erweckte ein vages Erstaunen in ihr.

»Bei mir würdest du dich hauptsächlich um die Wäsche und um meinen kleinen Sohn kümmern«, sagte Elizabeth. »Wirklich leicht ist das Leben bei uns sicher nicht, aber Felicity und ich sind ja auch noch da. Wir tragen während der Überfahrt alle unseren Teil bei. Und auf Raleigh Manor haben wir für die groben Arbeiten Bedienstete. Du hättest kein schweres Leben dort und immer satt zu essen.« Erläuternd setzte sie hinzu: »Raleigh Manor ist mein Zuhause in England. Dort bin ich geboren und aufgewachsen. Wir wollen eine Weile da leben, vielleicht bis zum nächsten Jahr, und dann wieder in die Karibik zurückfahren und uns auf einer der anderen Inseln ein neues Zuhause suchen. Du kannst dich uns anschließen, wenn du willst. Oder aber stattdessen in England bleiben, ganz wie du magst.«

»In England ist es ganz anders als hier«, kam es mit gedämpfter Stimme von Anne. Sie lehnte hinter Celia an den Luftwurzeln des Baums und blickte versunken ins Leere. »Im Winter gibt es Schnee, und an den kalten Tagen weht ein schneidender Wind über das Land. Die Menschen müssen sich in dicke Umhänge aus Wolle hüllen, damit sie nicht erfrieren. An den Abenden zünden sie Feuer im Kamin an. Wenn man schlafen geht, muss man weder Moskitos noch Ameisen fürchten. An den Sonntagen hat Mutter mich manchmal an die Hand genommen, und wir sind durch die Stadt spaziert. Es gab hohe Häuser, aus deren Dächern Rauch kam. In den Straßen fuhren Kutschen mit livrierten Dienern, und die Pferde hatten winzige Glöckchen am Zaumzeug. Es gab keine Sklaven und keine Felder dort. Es war alles … anders.« Sie verstummte und blickte auf. Ihr Gesicht hatte einen beschwörenden Ausdruck angenommen. »Dort waren wir glücklich. Weißt du noch, William?«

»Anne, ich war damals ein kleines Kind.« William lächelte ein wenig gequält. »Ich weiß so gut wie nichts mehr davon.«

»Nun, ich bin älter als du, und ich erinnere mich an vieles«, entgegnete Anne. Eine Spur von Verzweiflung lag in ihrer Stimme. »Wir *waren* glücklich.«

»England würde dir heute vermutlich nicht mehr gefallen«, sagte Elizabeth. »Dort ist es wirklich ziemlich kalt, jedenfalls im Vergleich zu Barbados.«

»In der Tat«, stimmte William zu. »Mir kam es bei meinen beiden letzten Besuchen dort sehr grau und öde vor. Die Häuser in der Stadt stehen dicht an dicht, die Luft ist rauchig von den vielen Kaminfeuern, die Straßen sind schmutzig und voller Bettler.«

»Auf dem Land ist es viel besser«, wandte Elizabeth ein. »Dort lässt es sich leben. Wärest du nicht nur in London gewesen, sondern auf Raleigh Manor, wüsstest du, was ich meine. Der weite Himmel, das grasbewachsene Land. Die wunderbare Zeit, wenn der Frühling kommt und alles grünt und blüht. Die Wälder und Gehöfte im Sonnenschein …« Sie stockte. »Ach, wenn ich so darüber rede, merke ich, welche Sehnsucht ich nach meinem alten Zuhause habe!«

»Ja«, sagte Anne leise. »Man müsste heimkehren können.«

Elizabeth wandte sich ihr in spontanem Eifer zu.

»Du könntest mit mir kommen, Anne!«

»Ihr Heim ist hier«, widersprach William. »Demnächst ist das Haus fertig. Dann werden wir wieder in angemessener Umgebung wohnen, und bald können wir uns auch wieder eine Schneiderin für dich leisten, die dir viele schöne neue Kleider macht.«

»Ich glaube nicht, dass es darum geht, William«, sagte Elizabeth.

Er schien aufbegehren zu wollen, senkte dann aber schweigend den Kopf. Nach einer Weile blickte er grüblerisch auf, und während er geistesabwesend einen der Kekse nahm und ihn in den Händen zerkrümelte, betrachtete er zuerst Elizabeth und dann seine Schwester, bevor er unvermittelt nickte.

»Vielleicht täte es dir wirklich gut. Und wenn es nur für eine Weile ist. Eine neue Umgebung wird dich auf andere Gedanken bringen. Und du hättest immer Gesellschaft um dich herum. Elizabeth, Felicity, der Kleine – ja, ich glaube, das würde dir helfen.« Seine Miene hatte sich zusehends aufgehellt. Je länger er darüber sprach, umso eher schien ihm der Gedanke zuzusagen.

Auch bei Anne bemerkte Celia zum ersten Mal seit langer Zeit so etwas wie Aufregung. Ihre sonst so bleichen Wangen röteten sich, ihr Gesichtsausdruck wurde mit einem Mal lebhaft.

»Dann sollte ich bald packen, nicht wahr? Ihr fahrt doch morgen schon! Oder war es übermorgen?«

Elizabeth und William tauschten einen Blick, als teilten sie ein Geheimnis, und nun bemerkte Celia auch die zwei prall gefüllten Ledersäcke, die ein paar Schritte entfernt neben Elizabeths Stute im Staub lagen.

Als wäre Annes Frage nach dem Zeitpunkt des Aufbruchs das Stichwort gewesen, stemmte Elizabeth sich unbeholfen aus dem Lehnstuhl hoch.

»Es wird Zeit. Ich muss fort.« Sie trat zu Anne und umfasste liebevoll mit beiden Händen deren Schultern. »Es freut mich sehr, dass du mit uns kommen möchtest. Warum packst du nicht heute noch deine Sachen zusammen und lässt dich dann nach Dunmore Hall bringen?«

»Ich fahre sie mit dem Wagen hin«, sagte William. »Dann können wir auch gleich Abschied voneinander nehmen.« Seine Miene war traurig, aber auch voller Anspannung.

Celias Blicke gingen zwischen ihm und Elizabeth hin und her. Die beiden hatten vorhin etwas besprochen, das sie ganz offenkundig für sich behalten wollten, und es hatte mit dem Inhalt der Säcke zu tun.

William wandte sich fragend an Celia.

»Was ist nun mit dir? Willst du auch mit nach England reisen?«

Einen Moment lang war sie versucht, die Frage zu bejahen. Nur um zu sehen, wie sich sein Gesichtsausdruck dabei veränderte. Würde er erleichtert sein, wenn sie fortginge? Oder würde seine Miene Enttäuschung offenbaren, vielleicht sogar Kummer, weil er dann ganz allein zurückbliebe? Und wäre es nicht vielleicht wirklich gut für sie, woanders ein neues Leben anzufangen? Hier auf Barbados würde sie niemals etwas anderes sein können als die Sklavin, die sie zeitlebens gewesen war. Auf dem Papier war sie frei, und auch nach Williams Meinung, aber in den Augen aller Übrigen war sie nicht mehr als ein Stück Vieh, über das die weiße Herrschaft nach Belieben bestimmen konnte.

Der Moment ihrer inneren Ungewissheit schien sich ins Unendliche zu dehnen. Williams Gesichtsausdruck zeigte keine Veränderung. Sie hielt seinem forschenden Blick stand und schüttelte schließlich langsam den Kopf.

»Nein, Mylord, ich glaube nicht, dass ich von der Insel wegwill. Soll ich Euch nun etwas von dem Ragout servieren oder nicht?«

6

Duncan hatte den langweiligsten Morgen seit Jahren verbracht. Er hockte auf einem umgedrehten Kübel in einer Zelle der Garnison und hatte nichts weiter zu tun, als durch die Gitter auf die bröckelnde Tünche der gegenüberliegenden Mauer zu starren. Im Vorraum saßen drei Wachleute und spielten Karten. Auf seine lautstarke Forderung, ihm etwas zu trinken zu geben, hatte ihm ein junger Rekrut wortlos eine Feldflasche gebracht und sich dann ebenso stumm wieder zurückgezogen. Die Flasche war nur zu schnell ausgetrunken, und Duncan schwitzte aus allen Poren. Er hatte das Wams längst abgelegt und das Hemd aus dem Hosenbund gezogen, sonst wäre er in der dumpfen, brütenden Hitze erstickt. Als gegen Mittag endlich ein Korporal auftauchte und die Zellentür aufschloss, musste er an sich halten, den Mann nicht laut zu verfluchen. Flankiert von vier martialisch dreinblickenden Soldaten, wurde Duncan zur Residenz des Gouverneurs geführt. In einem kargen Raum hockte seine Exzellenz Frederic Doyle mit verdrossener Miene hinter dem erhöht angebrachten Amtstisch, rechts und links neben ihm die Beisitzer – sechs Mitglieder des *House of Burgesses.* Duncan hatte sie während der Zeit des Aufstands hin und wieder kurz gesehen, kannte aber keinen von ihnen näher. Ihre Anwesenheit konnte nur eines bedeuten – dies war nicht einfach nur eine Vernehmung, sondern ihm sollte an Ort und Stelle der Prozess gemacht werden. Obwohl er vorhin noch so geschwitzt hatte, wurde ihm plötzlich kalt. Er hatte Eugene unterschätzt. Der Mann musste wirklich sämtliche Hebel in Bewegung gesetzt und alles von langer Hand vorbereitet haben, sonst hätte er dieses Tribunal nicht zusammenbringen können.

Als Duncan vor den Richtertisch geführt wurde, blickte Doyle mit deutlichem Widerwillen auf. Das Amt des Gerichtsvorstands, das er als Sachwalter des englischen Parlaments auszuüben hatte, schien ihm nicht zu behagen. Schweißperlen bedeckten sein Gesicht, das eine ungesunde Röte aufwies. Die schwere, mit Insignien bestickte Robe war in Anbetracht der Hitze zweifellos die reinste Folter für ihn.

Deutlich besserer Laune als der Gouverneur war dagegen Eugene Winston, der an einem Pult neben dem Richtertisch saß, Papier und Schreibzeug vor sich und ersichtlich zu allen nur denkbaren Schandtaten bereit, solange sie nur dazu beitrugen, Duncan Haynes das Leben schwer zu machen. Anscheinend hatte er neben der Rolle des Gerichtsschreibers auch die des öffentlichen Anklägers übernommen, denn er befahl Duncan, die rechte Hand zu heben, was dieser kurzerhand ignorierte.

»Es ist Vorschrift, dass der Angeklagte zur Verlesung der Anklage die Hand hebt«, sagte Doyle verärgert. »Wenn Ihr das Gericht auf diese Weise beleidigt, könnt Ihr an Ort und Stelle wegen Missachtung auf den Richtplatz hinausgeschafft und dort aufgeknüpft werden.«

Duncan hob widerstrebend die Hand, und Eugene waltete seines Amtes.

»Duncan Haynes, Euch wird vorgeworfen, Verrat begangen zu haben, indem Ihr es angreifenden Truppen, die zur Unterwerfung der freien Pflanzer von Barbados angerückt waren, heimlich ermöglicht habt, auf der Insel zu landen und so die Armee, die zur Verteidigung von Barbados aufgestellt war, zu besiegen.«

Stirnrunzelnd hörte Duncan zu, wie Eugene mit blumigen Worten die Anklage ausschmückte, von seiner Gottlosigkeit und seiner gewissenlosen Geldgier sprach, von seinen schurkischen Umtrieben, seiner blasphemischen Gesinnung und seiner opportunistischen Skrupellosigkeit. Kurzum, nach den gegen ihn erhobenen Vorwürfen war Duncan Haynes der schlimmste Verräter auf Erden.

»Das alles ist vollkommen lächerlich«, sagte Duncan, als Eugene endlich seinen Redeschwall zur Gänze herausgebracht hatte. »Merkt denn niemand, was hier gespielt wird?« Doch die Frage hätte er sich auch schenken können. Natürlich war es jedem Einzelnen in diesem Raum klar, welchem Zweck diese ganze Scharade diente. Sie waren alle eingeweiht, was leicht daran zu sehen war, wie sie auf ihren Stühlen herumrutschten und seinen Blicken auswichen.

»Bekennt Ihr Euch schuldig oder nicht schuldig?«, wollte Doyle wissen.

»Falls Euch hier etwas entgangen sein sollte – es sind nicht irgendwelche Feinde auf Barbados eingefallen. Sondern Truppen, die von den rechtmäßigen Herrschern dieses Landes entsandt wurden, um den englischen Gesetzen Geltung zu verschaffen.«

»Bekennt Ihr Euch schuldig oder nicht schuldig?«, wiederholte der Gouverneur. Sein verlebtes Gesicht hatte sich noch stärker gerötet. Ihm war ersichtlich daran gelegen, die ganze Posse schnell hinter sich zu bringen.

Duncan starrte ihn an. »Nicht schuldig.«

»Dann soll der Beweis geführt werden«, sagte Doyle

schlecht gelaunt. Er wandte sich an Eugene. »Gibt es Zeugen für die Anklage?«

»Jawohl, genau, wie es das Gesetz vorschreibt«, erklärte Eugene. Sein rundliches Knabengesicht glänzte vor Schweiß und rosiger Selbstzufriedenheit.

Die Verhandlung nahm ihren Fortgang, indem zwei Männer, die Duncan noch nie gesehen hatte, nacheinander hereingerufen wurden und unter Eid behaupteten, ihn dabei beobachtet zu haben, wie er eine geheime Botschaft auf das Flaggschiff der englischen Flotte geschickt habe. Während sie sprachen, scharrten sie mit den Füßen und blickten zu Boden. Das schlechte Gewissen stand ihnen ins Gesicht geschrieben, doch sie brachten ihre Aussagen flüssig heraus. Eugene musste sie gut bestochen haben. Duncan, der nur wegen der Soldaten, die sich hinter ihm aufgebaut hatten, davon absah, dem Kerl an die Kehle zu gehen, lief unterdessen wegen seines unbotmäßigen Verhaltens Gefahr, dass er an Ort und Stelle wegen Missachtung des Gerichts in Ketten gelegt und zum Galgen geschleift wurde.

»Das ist grotesk!«, rief er, als der Gouverneur die Zeugen entließ. Er deutete mit ausgestrecktem Arm auf Eugene. »Wenn du kleiner Mistkerl ernsthaft glaubst, du könntest …«

»Ihr habt zu schweigen, bis Euch das Wort erteilt worden ist!«, unterbrach Doyle ihn aufgebracht. »Allein für diese Entgleisung droht Euch schon die Todesstrafe!« Er machte ganz den Eindruck, als wollte er selbige sofort verhängen, ungeachtet der Tatsache, dass es eigentlich doch nur um das Gold ging, auf das alle hier im Raum so versessen waren. Eugene erkannte den Ernst der Lage und schritt ein, denn wenn der Angeklagte erst am Galgen baumelte, würde er sich nicht mehr mit dem Gold seiner Frau freikaufen können. Dann wäre die ganze Mühe umsonst gewesen.

»Wir sollten nun zur Urteilsverkündung kommen«, sagte er hastig. Er ordnete die Papiere auf dem Pult und suchte den Blick des Gouverneurs. Dieser nickte grollend und beugte sich über ein Schriftstück, das fraglos den vorformulierten Urteilsspruch enthielt.

»Duncan Haynes, das hier versammelte Gericht befindet Euch im Sinne der Anklage für schuldig, Hochverrat begangen zu haben.« Er räusperte sich und blickte auf, halb ungeduldig, halb erwartungsvoll. »Könnt Ihr Gründe nennen, warum von einer Strafe abgesehen werden sollte?«

Duncan erwiderte Doyles Blick. Das war die Stelle, an der er sich herausreden und ihnen zugleich anbieten konnte, sich vom Galgen freizukaufen. Gnade vor Recht, Gold gegen Freiheit – dies war der Handel, auf den es hinauslief.

»Nein«, sagte Duncan kalt. »Ich sage nichts dazu, denn jedes Wort wäre nur eine Verschwendung kostbaren Atems.«

Doyle blickte ihn an. Die Verblüffung in seiner Miene wich schlagartig einem Ausdruck hellen Zorns. Der Delinquent wagte es, nicht mitzutun! Eugene sah das Unheil kommen und holte schnaufend Luft, doch der Gouverneur sprach bereits weiter. Seine Stimme bebte vor Entrüstung.

»Ich spreche somit folgendes Urteil gegen Euch aus: Ihr sollt für Eure Tat büßen, indem Ihr gehängt, ausgeweidet und gevierteilt werdet. Das Urteil wird in drei Tagen zur Mittagsstunde vollstreckt. Gott sei Eurer Seele gnädig.«

7

Ein Klopfen an der Tür unterbrach Claire Dubois bei dem, was ihr am meisten Geld eintrug. Unwillig hob sie den Kopf.

»Was ist?«, fragte sie.

»Madame, Ihr habt Besuch.«

»Ich habe *hier* Besuch.«

»Sie sagt, es geht um Leben und Tod.«

»Sie?«

Ein Räuspern tönte durch die geschlossene Tür.

»Es ist Mylady.«

Es gab nur eine Mylady auf Barbados. Elizabeth Haynes wurde noch immer von allen Leuten so tituliert, obwohl sie schon in zweiter Ehe verheiratet und keiner ihrer Ehemänner von Adel war. Als Tochter eines Viscounts stieg man anscheinend niemals in die Niederungen des Bürgertums hinab.

»Sie soll in meiner Kammer warten.«

Draußen auf dem Gang entfernten sich die Schritte der Dienstmagd, und Claire beugte sich wieder über ihren Kunden.

»Verzeih die Unterbrechung.«

»Wer ist Mylady?«, wollte der Mann wissen. Er konnte Elizabeth Haynes nicht kennen, denn er war zum ersten Mal auf Barbados, ein aufstrebender, junger Händler von einem englischen Kauffahrer. »Gibt es etwa eine echte Lady auf dieser Insel?«

»Nein, das ist nur ein Spitzname für eine unwichtige Bekannte, die sich manchmal gern für was Besseres hält. Und jetzt zeig mir, wie sehr du mich begehrst.«

Danach war Claire still und er ebenso bis auf ein gelegentliches Keuchen, das zum Schluss in ein lautes, abgehacktes Stöhnen überging. Claire war gut darin, den Männern zu gefallen. Sie zahlten alle bereitwillig den geforderten Preis, denn es war etwas Besonderes, von ihr in dieses Gemach mitgenommen zu werden. Nicht jeder war im *Chez Claire* willkommen. Sie konnte es sich leisten, nur denen Zutritt zu gewähren, die es ihr lohnenswert erscheinen ließen. Mitglieder des Rats, reiche Pflanzer, wohlhabende Händler und Schiffseigner. Mittlerweile ging es ihr besser denn je. Im vorigen Jahr war ihr Etablissement durch die Flutwelle, die der Hurrikan mit sich gebracht hatte, vollständig zerstört worden, doch sie hatte es an derselben Stelle wieder aufgebaut, schöner und größer als vorher.

Das Zimmer, in dem sie ihre Freier empfing, lag wie in dem früheren Gebäude über der Schenke. Von unten tönte der Lärm der Zecher herauf, ein beruhigendes Geräusch, denn solange sie laut waren, tranken sie viel Schnaps, was wiederum eine Menge Geld in ihre Kasse spülte.

Hier oben im Zimmer war die Luft zum Schneiden dick, und es war immer noch mörderisch heiß, obwohl die Sonne bereits untergegangen war. Durch die geschlossenen Läden drang mattes Dämmerlicht. Die Laken waren durchgeschwitzt und mussten dringend gewechselt werden. Die Kerze in der Ecke war fast herabgebrannt, der Docht fing schon an zu qualmen. Claire setzte sich auf und streckte sich. Der Mann neben ihr murmelte einen Protest, doch sie achtete nicht auf ihn. Er hatte bekommen, wofür er bezahlt hatte.

»Du musst gehen«, sagte sie.

»Wieso? Der Tag ist doch noch jung.« Er streckte die Hand aus und wollte eine ihrer Brüste umfassen, doch sie schlug ihm spielerisch auf die Finger.

»Lass das. Und jetzt raus mit dir. Du kannst nächste Woche wiederkommen, wenn du willst. Aber melde dich rechtzeitig an.«

Er wollte widersprechen, doch sie schnitt ihm das Wort ab, indem sie ihm sein Hemd über das Gesicht warf, worauf er verstummte und sich grummelnd anzog. Sie selbst wusch sich sorgfältig hinter einem seidenen Paravent, dann zog sie ein frisches Unterkleid an, darüber das Mieder aus Fischbein sowie ein dünnes Musselinkleid in Flieder, ein Farbton, der sich auf den ersten Blick mit ihrem roten Haar biss, aber in Wahrheit den leuchtenden Kupferton unterstrich und außerdem die zarte Röte ihrer Wangen betonte. Sie warf ihrem jungen Freier eine Kusshand zu, bevor sie nach nebenan in ihre Schlafkammer ging, das Zimmer, in das sie niemals Männer mitnahm. Es war schlicht eingerichtet, mit einem schmalen Bett, einer einfachen Kommode und einem Lehnstuhl, in dem Elizabeth saß und auf sie wartete, das Gesicht ernst und blass. Claire winkte ab, als ihr Gast sich mühsam hochstemmen wollte.

»Nicht doch. Bleibt sitzen.« Sie läutete nach ihrer Zofe. »Ich lasse Euch eine Erfrischung bringen.«

»Das ist nicht nötig«, meinte Elizabeth, doch ihr Gesichtsausdruck sagte etwas anderes. Sie wirkte zutiefst erschöpft. Unter ihren Augen lagen dunkle Ringe, als hätte sie seit Tagen nicht richtig geschlafen – was vermutlich den Tatsachen entsprach, denn ihr Mann sollte in nur zwei Tagen seinem Schöpfer überantwortet werden. Bisher hatte Claire jeden

Gedanken daran erfolgreich verdrängt. Sie hatte nichts mehr mit Duncan Haynes zu schaffen. Es hatte eine Zeit gegeben, da hätte sie alles für ihn getan, auf welche Weise auch immer. Doch das, was sie einst mit ihm verbunden hatte, gehörte der Vergangenheit an. Im Übrigen hatte er ihr weit mehr bedeutet als sie ihm. Sie hatte wirklich geglaubt, mit ihm ein neues Leben anfangen zu können, doch für ihn war sie nur eine Episode gewesen. Jede beliebige andere Frau fürs Bett hätte es auch getan. Er hatte nur jemanden gebraucht, um sich abzureagieren. Und um sich davon abzulenken, dass die Frau, die er in Wahrheit liebte, mit einem anderen verheiratet gewesen war. Dafür war Claire gerade gut genug gewesen – aber auch nur dafür.

»Was führt Euch zu mir?«, wollte sie von Elizabeth wissen, obwohl sie es sich denken konnte.

»Ich brauche Eure Hilfe. Wie Ihr sicher schon gehört habt, soll Duncan übermorgen hingerichtet werden.« Ihre Stimme und ihr Gesicht blieben unbewegt bei diesen Worten. Sie hatte sich bewundernswert gut unter Kontrolle.

»Das weiß jeder hier auf der Insel. Viele denken, es geschehe ihm recht. Er ist ein Freibeuter und Pirat, ein Schurke reinsten Wassers.«

»Denkt Ihr das auch?«

»Ich wüsste nicht, warum es wichtig sein sollte, was ich denke.« Claire merkte, dass sich ihr französischer Akzent stärker bemerkbar machte als sonst, ein Zeichen ihrer inneren Anspannung. In den letzten Jahren hatte sie ihn fast völlig abgelegt, außer im Bett, da griff sie absichtlich darauf zurück – die Männer, denen sie ihren Körper zur Verfügung stellte, mochten es.

»Ihr habt uns schon einmal geholfen, das könnt Ihr nicht vergessen haben. Ihr habt uns vor Harold beschützt.«

Claire verzog das Gesicht. Sie erinnerte sich nicht gern daran, dass ein Monstrum wie Harold Dunmore zu ihren Kunden gehört hatte, obwohl sie sich in der Auswahl ihrer Liebhaber kein empfindsames Gemüt leistete. Je reicher ein Mann war, desto eher konnte sie über charakterliche Mängel hinwegsehen. Harold Dunmore war *sehr* reich gewesen, aber noch nie hatte sie jemanden von so abscheulichem Wesen gekannt. Als sich offenbart hatte, wozu er imstande war, hatte sie Elizabeth und ihrem kleinen Sohn Obdach gewährt. Natürlich hatte sie es hauptsächlich Duncan zuliebe getan, denn sie hatte zu jener Zeit immer noch Gefühle für ihn gehabt. Doch mittlerweile hatte sie sich ihn aus dem Herzen gerissen. Sie war keine Frau, die Männern hinterherweinte, schon gar nicht solchen, die ihr Glück bei einer anderen suchten.

»Er soll nicht einfach nur gehängt werden«, sagte Elizabeth. »Er wurde des Hochverrats für schuldig befunden. Sie werden ihn vom Galgen nehmen, ehe er stirbt. Man wird ihm bei lebendigem Leib den Bauch aufschlitzen und die Gedärme herausreißen, bevor er zwischen die Pferde gespannt wird, die das Vierteilen besorgen sollen. Eugene Winston ist so voller Rachsucht, dass er ganz sicher darauf achtet, dass die Strafe in allen Einzelheiten vollstreckt wird. Wollt Ihr etwa zusehen, wie Duncan auf diese Weise endet?« Sie war doch nicht so gefasst, wie sie tat, Claire merkte es an ihren krampfhaft verschränkten Händen.

Die Zofe brachte Limonade, was Claire Gelegenheit gab, sich eine passende Antwort zurechtzulegen. Sie reichte Elizabeth einen der beiden Becher und nippte selbst an dem anderen.

»Ich gebe nicht viel auf Hinrichtungen und werde daher ganz sicher nicht zusehen.«

»Ihr wisst genau, dass ich es anders meinte.«

»Alors, was wollt Ihr denn hören? Dass ich etwas unternehme, um es zu verhindern?«

»Genau das«, sagte Elizabeth ruhig. Abwägend blickte sie Claire an. »Ihr habt ihn einmal sehr geliebt.«

»Das ist lange her. Was immer ich für ihn fühlte, es ist vorbei. Er ist mir völlig gleichgültig. Alle paar Wochen werden Leute gehängt, darunter manchmal auch solche, die ich gut kannte – warum sollte es mich in seinem Fall stören?« Claire stellte mit einem Ruck den Becher auf der Kommode ab. In dem Wandspiegel, der darüber hing, sah sie, dass ihr Gesicht sich verzerrt hatte. Sie machte eine unwillige Handbewegung und brachte damit die Talgleuchte auf der Kommode fast zum Verlöschen.

»Ich will ihn retten und werde alles dafür tun«, sagte Elizabeth. Ihre Stimme zitterte unmerklich. »Wir wissen beide, dass Ihr immer an einem guten Handel interessiert seid. Es heißt, dass Ihr eine der geschäftstüchtigsten Frauen auf der Insel seid. Ihr besitzt nicht nur dieses … Haus, sondern auch diverse andere Güter, beispielsweise eine Zuckermühle, eine Saline, einen Kaufladen und ein paar Fischerboote. Überall auf Barbados arbeiten Leute in Eurem Auftrag und für Eure Rechnung und erhöhen Eure Gewinne. Ihr seid dafür bekannt, dass Ihr Euer Vermögen stetig mehrt, aber ebenso dafür zu haben seid, Euch weitere Einnahmequellen zu erschließen.«

»Ihr seid gut informiert.«

»Nicht so gut wie Ihr. Niemand weiß so viel über andere Menschen wie Ihr. Vor allem über die Menschen, die auf Barbados die Macht ausüben.«

Dem konnte Claire nicht widersprechen. Es gab kaum ein Geheimnis auf Barbados, das sie nicht kannte. Mit nichts auf der Welt ließ es sich besser handeln als mit dem Wissen über die dunklen Seiten von anderen. Solches Wissen verschaffte Macht und war daher kaum mit Gold aufzuwiegen. Wann immer sich die Gelegenheit ergab, sich derartige Informationen zu verschaffen – Claire setzte alles daran, ihrer habhaft zu werden. Das war schon immer ihre Devise gewesen, denn nur wer mehr wusste als andere, konnte sich im Leben die Vorteile verschaffen, die einen vom Abschaum in der Gosse trennten.

Vor über drei Jahren war sie gemeinsam mit Elizabeth auf die Insel gekommen, mit demselben Schiff, aber unter denkbar unterschiedlichen Voraussetzungen: Elizabeth als Tochter eines reichen Hochadligen und Ehefrau eines hoffnungsvollen Pflanzerssohns, ausgestattet mit einer Mitgift von schwindelerregender Höhe, und sie selbst mit nichts als ein paar eleganten Kleidern und dem, was der Verkauf ihrer Juwelen ihr eingebracht hatte. Und ihrem Körper, der ihr größtes Kapital war.

Wachsam sah sie ihre Besucherin an. Allmählich dämmerte ihr, auf welche Art von Hilfe Elizabeth aus war. Doch etwas in ihr sträubte sich dagegen, die Frau länger anzuhören. Die Kränkung, die Duncans Zurückweisung ihr zugefügt und die sie überwunden geglaubt hatte, war so plötzlich wieder da, als hätte sie all diese schmählichen Empfindungen erst gestern durchlitten. Worte drängten sich auf ihre Zunge. Sie wollte Elizabeth fortschicken, sie loswerden, ebenso wie alle Erinnerungen an diesen kaltherzigen, lächelnden Herzensbrecher. Aber nur einen Lidschlag später wich diese Aufwallung von Hass einer spekulativen Neugier. Schon immer hatte sie einen guten Handel riechen können, bevor noch jemand ein Wort darüber äußerte. Und diese Sache hier roch nach einem *sehr* guten Handel.

»Kommt zur Sache«, sagte sie ein wenig unwirsch. »Weshalb seid Ihr hier?«

Elizabeth umfasste die Lehnen des Stuhls und beugte sich vor, den ausladenden Bauch wie eine große Kugel auf ihren Schenkeln. Ihre Stimme klang wieder so fest wie zu Beginn.

»Ich will Euch etwas abkaufen – Eure Hilfe und Euer Wissen. Und ich zahle gut.«

8

Deirdre saß kurz vor dem Erreichen ihres Ziels ab und führte den Wallach am Zügel neben sich her. Es ging hügelaufwärts. Immer wieder rutschte das Pferd mit den Hufen ab, es sträubte sich und blieb ständig stehen. Hier war der Dschungel noch dicht und urtümlich, die nächsten menschlichen Behausungen waren meilenweit entfernt. Von dem vorangegangenen Regenguss dampfte die Erde. Glitzernd tropfte die Feuchtigkeit aus den langen Moosfäden, die überall wie Haar von den Bäumen hingen. Immer wieder musste Deirdre auch Schlingpflanzen beiseitestreifen, die an jeder Wegbiegung aufs Neue nach ihr zu greifen schienen. Der Pfad war überwuchert von all diesen Gewächsen. Überdies war er schmal und rutschig, bei jedem dritten Schritt glitt sie aus und hatte Mühe, den Wallach zum Mitkommen zu bewegen. Sie atmete auf, als sie endlich den roten Felsen vor sich sah, die Wegmarke, an der sie erkannte, dass sie fast da war. Hinter dem zerklüfteten Steinklotz zog sie den Gaul ein letztes Stück vorwärts bis zu einer verwachsenen Steineiche und band ihn dort an einer Stelzwurzel fest. Von hier aus war es nicht mehr weit. Noch eine kurze Kletterpartie den Hügel hinauf, dann hinter einem Riesenfarn ein Stück weit nach links ins Dickicht hinein, und schließlich von der Anhöhe noch hundert Schritt in die Senke hinunter, in der Edmond seine Hütte inmitten einer Felsformation errichtet hatte. Früher hatte er seinen Unterschlupf an einer anderen Stelle gehabt, doch dieser Ort war während des Aufstands von Sklavenjägern entdeckt worden, worauf er sich einige Meilen davon entfernt eine neue Behausung gesucht hatte. Zu den Gottesdiensten, die er inmitten dieser Wildnis an den Sonntagen abhielt, fand sich allerdings kaum noch jemand ein. Die irischen Knechte und Mägde fürchteten sich vor Strafe, wenn sie offen ihren Glauben lebten. Nur selten wagte es einer, sich von der Plantage seines Dienstherrn fortzustehlen, um zur Beichte zu gehen oder die heilige Kommunion zu empfangen.

Dessen ungeachtet hielt Edmond unverzagt die Stellung. Sein Gottvertrauen war durch nichts zu erschüttern.

Deirdre ließ den vereinbarten Pfiff hören, während sie sich durch das Pflanzengewirr vorankämpfte. Man sah die Hütte erst, wenn man direkt davorstand. Sie bestand aus kaum mehr als ein paar behelfsmäßig zusammengezimmerten Brettern, deren Ritzen notdürftig mit Erde und Moos ausgestopft waren. Edmond hockte auf einem umgestürzten Baumstamm und rasierte sich mit dem Messer, das sie ihm unlängst mitgebracht hatte. Den kleinen Handspiegel hatte er in eine Astgabel geklemmt. Strahlend blickte er ihr entgegen.

»Deirdre! Du kommst gerade richtig, um mir den Spiegel zu halten. Er rutscht ständig weg, ich habe mich schon zweimal geschnitten.«

Tatsächlich floss ihm Blut aus frischen Schnitten, einer unter dem rechten Ohr, einer neben der Nase. Sie lüpfte ihren Rock, zog den Saum ihres Unterkleids hervor und tupfte ihm mit einer sauberen Stelle die Kratzer ab, bevor sie ihm das Messer aus der Hand nahm.

»Lass mich das machen. Du bringst dich nur damit um.«

Wie immer rührte es sie, wie sehr er trotz der widrigen Umstände, unter denen er lebte, auf seine Körperpflege bedacht war. Er schabte sich nicht nur einen um den anderen Tag den Bart, sondern reinigte sich auch die Zähne mit dem Putztuch und der Paste, die sie für ihn zubereitet hatte, und die beiden Hemden, die er besaß, wusch er jede Woche im nahen Bach. Deirdre stutzte ihm gelegentlich das Haar und stopfte sein Wams, wenn es nötig war. Sie brachte ihm regelmäßig Essen mit, so wie an diesem Tag auch – Käse und Maisbrot und ein paar hart gekochte Eier, lauter Leckerbissen, mit denen er tagelang seinen kargen Speisezettel anreichern konnte.

Während sie ihm die Bartstoppeln abschabte, sah sie seine schmalen Handgelenke, und als er sich vorbeugte, um sich besser im Spiegel betrachten zu können, bemerkte sie auch seine hervorstehenden Rippen. Er war in den letzten Wochen noch dünner geworden, was an der Fastenzeit lag. Als müsste er sich hier in dieser Wildnis nicht schon genug plagen, hatte er es sich auch noch in den Kopf gesetzt, den Herrn durch zusätzliche Askese zu ehren, indem er sich nur noch das Nötigste an Nahrung gönnte. Zum Glück waren es nur noch ein paar Tage bis Ostern.

Sie war fertig mit der Rasur und klappte das Messer zusammen, während sie das Ergebnis ihrer Arbeit prüfte. Sein Gesicht sah jung und frisch und wehrlos aus. Edmond war fünfundzwanzig, aber manchmal kam es Deirdre so vor, als sei sie die Ältere und er so arglos wie ein Kind. Er glaubte immer noch an das Gute im Menschen, obwohl ihm bereits vielfach und auf grausame Weise das Gegenteil bewiesen worden war. Seine Kleidung, die er immer so eifrig wusch, war zerlumpt und durchlöchert, seine Haut beständig von Mücken zerstochen, sein Gesicht verbrannt von zu viel Sonne. Sie hatte ihm einen Moskitoschleier besorgt, doch er vergaß meist, zum Schlafen darunterzuschlüpfen. Ihr Gewissen plagte sie immer häufiger, wenn sie ihn so sah, abgemagert, einsam und weit ab von allem, was ihm das Leben ein wenig hätte erleichtern können. Wäre sie bei ihm geblieben und hätte sie weiterhin sein Los hier im Wald geteilt, wäre er nicht in einem derart bejammernswerten Zustand. Sie hätte jeden Tag darauf geachtet, dass er genug aß. Vielleicht hätte sie ihn auch längst überredet, dieses Leben aufzugeben und endlich nach Dublin heimzukehren. Er hatte dort eine Zukunft. Sein Vater war wohlhabend und er selbst ein Mann von Stand und Ehre. Er hätte eine richtige Pfarrgemeinde haben können anstelle dieser Hütte mitten im Dschungel, von der er sich einbildete, sie sei eine Kirche wie jede andere auch.

Ihre Kraft hatte nicht ausgereicht, weiterhin mit ihm unter diesen armseligen Bedingungen zu kampieren. Gott mochte ihr beistehen, sie liebte ihn über alles, obwohl er ein geweihter Priester war. Wahrscheinlich würde sie dafür eines Tages in der Hölle enden. Doch ihr Verlangen nach einem sauberen Bett und regelmäßigem Essen war stärker gewesen als ihre Liebe. Einerseits verfluchte sie sich dafür, weil es ihr wehtat, ihn so elend zu sehen, andererseits war sie auch erleichtert, denn jeder Tag, den sie in seiner Nähe verbrachte und sich nach seinen Blicken und Berührungen verzehrte, brachte sie um ihr Seelenheil. Sie hatte ihr Gewissen beschwichtigt, indem sie ihm einige Bücher mitgebracht hatte, die sie Lady Elizabeth abgeschwatzt hatte, Abenteuerromane über tapfere Ritter und kühne Seefahrer, die aus Roberts Nachlass stammten – wenigstens etwas Gutes, das von dem Mistkerl noch auf Erden verblieben war. Über die unverhoffte Lektüre hatte Edmond sich unbändig gefreut, sein

Gesicht hatte förmlich geleuchtet vor Begeisterung. Seither wünschte Deirdre sich nichts weiter, als ihn wieder so glücklich zu erleben.

Sie spielte bedrückt mit dem kleinen Spiegel herum.

»Heute bin ich hier, um Abschied von dir zu nehmen«, platzte sie schließlich heraus. »Ich will mit Lady Elizabeth fortgehen.«

»Du willst … Oh.« Er schluckte heftig und schwieg. Sein Gesicht war starr vor Schreck und Kummer, und Deirdre verfluchte sich. Warum musste sie derartig mit der Tür ins Haus fallen und ihnen beiden so den letzten gemeinsamen Nachmittag verderben? Doch ihre Entscheidung war gefallen, so hart es sie auch angekommen war, und irgendwie musste er es erfahren. Bis zuletzt hatte sie die feste Absicht gehabt, hierzubleiben, bei Edmond, egal wie viel Verzicht das bedeutete. Aber dann war ihr immer klarer geworden, dass sie sich damit vollständig selbst aufgeben würde, und schließlich hatte die Vernunft gesiegt. Sie wollte weg von der Insel, und wenn das hieß, dass sie auch Edmond verlassen musste, dann sollte es eben so sein. Es zerriss ihr das Herz, aber ihr Entschluss stand unverrückbar fest.

Sie hätte es ihm bloß schonender beibringen müssen, auch wenn sie nicht wusste, wie. Außerdem war noch keineswegs ausgemacht, dass sie wirklich in der kommenden Nacht von Barbados wegkamen. Lady Elizabeth hatte es heute zwar nochmals bekräftigt und bei Gott geschworen, dass sie es schaffen würden, und wenn sie dafür persönlich zum Gefängnis marschieren und die Wachen totschießen müsste. Sie spielte ein waghalsiges Spiel und riskierte viel, um Master Duncan vor dem Strick zu bewahren. Deirdre kannte keine Einzelheiten des Plans und wollte sie auch gar nicht erfahren, denn je mehr sie gewusst hätte, umso mehr Sorgen hätte sie sich gemacht. Sie hatte nur ihre Hilfe angeboten, so wie sie es stets tat, wenn sie spürte, dass es nötig war. Doch Lady Elizabeth hatte nur gemeint, sie solle ihre Sachen packen und sich bei Einbruch der Dunkelheit bereithalten. Und das würde sie tun, so wahr ihr Gott helfe. Ruckartig wandte sie sich von Edmond ab und hob den Leinensack auf, den sie mitgebracht hatte. Das Essen für ihr gemeinsames Abschiedsmahl. Ohne Edmond anzusehen, holte sie nacheinander Brot, Käse und Eier heraus, richtete alles auf einem Tuch an und öffnete den Weinkrug, den sie ebenfalls eingepackt hatte.

»Trink. Das wird dir guttun.« Sie reichte ihm den Krug, und er trank mechanisch. Er nahm auch von dem Essen, das sie ihm hinhielt. Sie pellte eines der Eier, und er biss davon ab und kaute, die Lider halb gesenkt, der Blick wie betäubt.

»Um Himmels willen, Edmond!« Sie ertrug es nicht länger. »Ich kann nicht … Ich halte es nicht aus, dich ganz allein hier zurückzulassen! Du würdest verhungern! Wenn dich nicht vorher die Suchkommandos finden.«

»Mit Gottes Hilfe werde ich es überstehen.«

»Gar nichts wirst du!« Deirdre merkte, wie ihr die Tränen kamen. »Wobei soll Gott dir denn helfen? Hier im Dschungel zu hocken und zu beten, für dich ganz allein? War das dein Plan? Ein Einsiedler zu werden, der ständig Angst davor haben muss, ergriffen und aufgehängt zu werden? Weißt du denn nicht, dass sie jeden Tag ein Stück Wald mehr unter den Pflug nehmen? Die Zuckerfelder breiten sich immer weiter aus. In ein paar Monaten ist hier nichts mehr, wohinter du dich verstecken kannst.«

»Ich kann in die Höhlen gehen.«

Deirdre kannte die Höhlen, sie waren nicht weit entfernt, doch als Zuflucht eigneten sie sich nur bedingt.

»Da unten ist es feucht und dunkel. Und ein gutes Versteck sind sie die längste Zeit gewesen, wenn hier erst Zuckerland ist.« Bittend sah sie ihn an. »Edmond, sieh doch ein, dass das kein Dasein mehr für dich ist! Gewiss, du meinst es nur gut und glaubst auch daran, dass du das Richtige tust, aber du bist hier nicht sicher! Die Gefahr rückt immer näher. Denkst du, sie werden dich schonen? Willst du dein Leben denn wirklich einfach so wegwerfen? Wem willst du damit einen Dienst erweisen? Bitte sag mir das, Edmond!«

Er schwieg verstockt. Der Schreck, den sie ihm mit der Ankündigung ihrer Abreise eingejagt hatte, war wieder dem gewohnten Starrsinn gewichen, und wo dieser nicht reichte, taten die ehernen Prinzipien seines Glaubens das ihre dazu. Er war der festen Überzeugung, es sei der Wille des Allmächtigen, dass er hier im Urwald ausharrte, seine Tage mit Gebeten anfüllte und darauf wartete, dass sich aus Gottes Herde irgendwann wieder katholische Schäfchen von den umliegenden Plantagen hierher verirrten. Dann würde er wieder Messen halten und Beichten abnehmen und sich um die Mühseligen und Beladenen kümmern, so wie es seiner angestammten Pflicht entsprach.

Deirdre stand von dem Baumstamm auf, drehte sich von ihm weg und fing an zu weinen. Schluchzend schlang sie beide Arme um sich und wiegte sich vor und zurück. Wie sollte sie es ertragen, ohne ihn zu sein?

»Um Gottes willen, Deirdre!« Bestürzt legte Edmond ihr die Hände auf die Schultern. Er stand hinter ihr, sie spürte seinen Atem in ihrem Nacken. »Hast du wirklich solche Angst um mich?«

Nein, du Idiot, dachte sie. Ich liebe dich und habe Angst, dass mir der Kummer das Herz bricht, wenn du nicht mit mir kommst.

Doch davon sagte sie kein Wort, sondern nickte nur stumm und weinte weiter, trostlos in ihrem Elend gefangen.

»Vielleicht hast du recht«, hörte sie ihn plötzlich sagen. »Womöglich helfe ich wirklich niemandem damit, wenn ich hier herumsitze. Es kommt ja kaum noch jemand in der letzten Zeit. Nur du. Und wenn du Barbados verlässt, dann …« Er hielt inne und ließ ein Seufzen hören. Deirdres Tränen versiegten, sie drehte sich hoffnungsvoll zu ihm um.

Er wich ihrem Blick aus, doch in seiner Miene offenbarten sich die Zweifel, mit denen er sich quälte.

»Es wäre schlimm für mich, dich nie wiederzusehen, Deirdre.«

»Dann komm doch mit!«

»Ich will nicht zurück nach Dublin. Dort stünde ich nur wieder unter der Fuchtel meines Vaters. Mein Leben in Irland war alles andere als leicht.«

»Aber wir müssen doch gar nicht zurück nach Dublin, wenn du es nicht willst. Mir hat es dort auch nicht gefallen. Es war die Hölle, um genau zu sein. Wir können auf Raleigh Manor bleiben, so heißt Lady Elizabeths Besitz in England. Das ist ein Gut mit großen Ländereien. Wir könnten ein Stück Land bebauen …«

»Ich bin ein Mann Gottes, Deirdre. Ich kann keine Äcker bestellen.«

»Du könntest … Pferde züchten.«

»Ach Deirdre.« Er schüttelte den Kopf. »Es hat keinen Sinn. Ich wäre allen doch nur im Weg. Der Sinn meines Lebens liegt darin, Gottes Werk auf Erden zu verrichten. Nur darin kann ich meine Erfüllung finden.« In seinen Zügen spiegelte sich Resignation. Deirdre begriff, dass er lieber den Schmerz über ihre Trennung ertragen würde, als dieses vermeintliche Refugium zu verlassen.

Er hat Angst, durchfuhr es sie. Angst vor der Nutzlosigkeit und dem Versagen! Solange er hier war, konnte er sich einreden, dass alles wieder so werden würde wie im letzten Jahr, als er den Menschen eine echte Zuflucht geboten hatte. Er konnte nicht damit umgehen, dass diese Zeiten vorbei waren.

Dann kam ihr ein Gedanke, der von so jäher, leuchtender Klarheit war, dass sie sich in ihrem Bemühen verhaspelte, ihn so rasch wie möglich vorzutragen.

»Edmond, ich weiß, was wir tun können! Lady Elizabeth und Master Duncan wollen nicht lange auf Raleigh Manor bleiben. Sie planen, nach der Geburt des Kindes in die Karibik zurückzukehren. Sie wollen sich eine Insel suchen, auf der sie in Frieden leben können. Master Duncan hat sich bereits auf den Antillen umgetan, ich habe sie beide darüber reden hören, wie es auf diesen Inseln aussieht. Edmond, auf fast allen Antilleninseln leben Eingeborene! Master Duncan hat sie gesehen, er sagte, die meisten seien friedliebende Menschen, aber zugleich auch Heiden, die noch kaum je Gottes Wort gehört hätten. Edmond, wenn du mit uns kommst, könntest du sie zum wahren Glauben bekehren!« Sie war so entzückt von dieser spontanen Idee, dass sie ihn, immer noch unter Tränen, strahlend anlachte und seine Hände ergriff. »Sag bitte Ja!« Sie wusste, dass er zustimmen würde, noch bevor sich das erste zögernde Lächeln in seinen Mundwinkeln zeigte.

»Du meinst wirklich, ich könnte … Dieser Gedanke ist in der Tat sehr …« Er suchte nach Worten, während er langsam nickte. Seine Augen nahmen einen Glanz an, den Deirdre lange nicht mehr darin gesehen hatte. Seine Schultern strafften sich. »Du hast recht. Dort hätte ich eine Aufgabe. Gottes Wort zu verkünden, wo es noch nie gehört wurde – welcher Dienst am Herrn könnte lohnender sein?«

Deirdre gab ihrer überschäumenden Freude nach, packte seine Hände fester und tanzte mit ihm im Kreis. Er ließ sich lachend herumziehen, hielt sie dann aber fest. Taumelig blieb sie stehen und presste sich die Hände an die erhitzten Wangen. Sie konnte nicht glauben, dass sie noch vor einer Minute so unglücklich gewesen war, während ihr jetzt mit einem Mal das Herz bersten wollte vor begeistertem Übermut. Doch dann wurde sie ernst.

»Du musst gleich mitkommen, Edmond. Denn wenn es so klappt, wie es soll, müssen wir noch heute Nacht in aller Heimlichkeit aufbrechen.«

»Keine Sorge, ich achte darauf, dass man mich nicht erkennt. Mit Hut und Umhang werde ich niemandem auffallen.«

»Oh. Nein, nicht deinetwegen muss es heimlich vonstattengehen. Jedenfalls nicht nur. Es ist nötig, damit Master Duncan unbehelligt von der Insel verschwinden kann. Denn anderenfalls wäre er morgen Mittag ein toter Mann.«

9

Gouverneur Doyle blätterte lustlos in den Dokumenten, die sein Adjutant Eugene Winston ihm am Morgen zur Unterschrift vorgelegt hatte. Er konnte an nichts anderes denken als an den kommenden Tag. Wäre es doch nur schon vorbei! Hätte er während der unseligen Gerichtsverhandlung bloß nicht dermaßen die Beherrschung verloren! Er ahnte, dass ihm der ganze Vorgang wegen seines aufbrausenden Temperaments noch reichlich Ärger bescheren würde. Die Gier nach dem Gold hatte ihm den Verstand vernebelt, er hätte besser nachdenken sollen, bevor er sich darauf einließ. Nicht Eugene würde sich mit den Konsequenzen dieser Hinrichtung auseinandersetzen müssen, sondern allein er selbst. Stumm, aber inbrünstig verfluchte er den Tag, an dem Eugene ihm die vermaledeite Anklageschrift vorgelegt hatte, auf deren Grundlage er Duncan Haynes zum Tode verurteilt hatte. Allein der hanebüchene Vorwurf! Eugene hatte behauptet, die juristische Auslegung der Gesetze lasse eine begründete Anklage zu, aber Doyle wusste, dass es eine absichtliche Verzerrung der Wahrheit war, und wenn *er* es schon wusste, würden es auch bald alle anderen erfahren – darunter einige, die es sehr übel aufnehmen würden. Duncan Haynes hatte bei seinem angeblichen Verrat im erklärten Interesse des Commonwealth gehandelt – und vor allem im Einvernehmen mit Admiral Ayscue. George Ayscue war Duncan Haynes nicht nur zu Dank verpflichtet, sondern auch ein Mann von Macht und Einfluss, er hatte direkte Verbindungen zu Oliver Cromwell. Zweifellos reichten ein paar zornige Worte von Ayscue über den Gouverneur von Barbados, um die rasche Aufdeckung dieser dummen, von Eugene angezettelten Intrige ihren Lauf nehmen zu lassen. Dann würde es ihm nicht anders ergehen als seinem Vorgänger – er würde unehrenhaft aus dem Amt entlassen und in Schmach und Schande nach England zurückbeordert werden. Er hatte sich dieses Amt und alle damit verbundenen Privilegien teuer erkauft und dafür alles eingesetzt, was er besaß. Eine Rückkehr kam für ihn nicht infrage. Umso mehr nagte es an ihm, dass sein neues Leben bereits nach kurzer Zeit eine derart unersprießliche Wendung nahm. Und dabei hatte es wirklich vielversprechend begonnen: Das warme Klima linderte seine Gelenkschmerzen, die Sonne schien wahre Wunder zu wirken. Er hatte zwei schwarze Hausdiener, die keinen seiner Wünsche unerfüllt ließen.

Angeödet schob er den Papierstapel zur Seite und klappte seine Schnupftabaksdose auf, doch gerade als er sich ein Häufchen bereitgelegt hatte, ging die Tür auf und Eugene kam herein. Falls er geklopft hatte, war er dabei so leise ans Werk gegangen, dass es unmöglich zu hören war. Vor Schreck ließ Doyle die immer noch offene Tabaksdose fallen und bestäubte mit dem Inhalt seine makellos sauberen, frisch geplätteten Kniehosen. Wütend fegte er die Krümel mit der Hand weg, während Eugene sich artig verneigte und sich nach seinem Befinden erkundigte. Das vergaß er nie, der Bengel. Doyle hätte ihm gern die nun leere Schnupftabaksdose an den Kopf geworfen, doch derlei kindische Anwandlungen verkniff er sich besser. Ohne seinen Adjutanten war er – man konnte es leider nicht anders sagen – mit all diesem Papierkram rettungslos überfordert. Allein schon das Lesen der ganzen Ratsbeschlüsse und Verfügungen ermüdete ihn, und hätte Eugene ihm nicht immer alles mit zusammenfassenden Worten erläutert und zum Abzeichnen vorgelegt, wäre ihm gewiss keine freie Minute mehr geblieben.

»Mir ging es schon besser«, murrte Doyle. »Die Hinrichtung dieses Freibeuters liegt mir im Magen. Ich habe darüber nachgedacht, die Vollziehung für ein paar Wochen auszusetzen. Wenn der Kerl erst eine Weile bei karger Kost hinter Gittern gesessen hat, wird er sich schon besinnen und um Gnade betteln. Die wir ihm dann großzügig gewähren können. Denn wir wollten ja in erster Linie das Gold.«

»Gewiss«, stimmte Eugene zu. »Aber es wäre ein Zeichen kläglicher Inkonsequenz, den Mann davonkommen zu lassen. Ihr habt mit dem Ausspruch des Urteils Eure Stärke und Eure Durchsetzungskraft herausgestellt, ein besseres Zeichen Eurer Willenskraft und Eurer Unnachgiebigkeit hättet Ihr gar nicht setzen können.«

»Meint Ihr wirklich?« Die Schmeichelei stimmte Doyle milder, war aber nicht dazu angetan, seine Zweifel zu dämpfen. »Soll das heißen, Ihr plädiert für eine planmäßige Durchführung der Hinrichtung?«, vergewisserte er sich.

»Unbedingt. Es gibt keinen Grund, das Urteil auszusetzen.«

»Abgesehen von dem Gold, das uns damit durch die Lappen geht.« Doyle betrachtete Eugene mit verengten Augen. »Ich hörte, Ihr habt bereits das Schiff dieses Freibeuters danach durchsuchen lassen.«

Eugene errötete leicht. »Nur um sicherzugehen, dass sich seine Matrosen nicht damit davonmachen können.«

Doyle lehnte sich zurück und bemerkte dabei weiteren Tabakstaub auf seiner Hose, den er verärgert fortwischte, bevor er Eugene tadelnd anblickte.

»Versucht nicht, hinter meinem Rücken eigene Pläne zu schmieden«, sagte er kühl.

»Das täte ich nie«, sagte Eugene eifrig. »Im Gegenteil, ich wollte Euch gerade einen neuen Plan vorschlagen, mit dem wir uns trotzdem in den Besitz des Goldes bringen können.«

»Wen meint Ihr mit *wir?*«

»Damit meine ich natürlich Euch allein«, beteuerte Eugene eilfertig. »Als Sachwalter des Parlaments und Träger des höchsten Amtes auf dieser Insel. Als einzig berechtigten Vertreter und Gesamtbevollmächtigten des Commonwealth auf Barbados. Ich bin nur ein unbedeutender Adjutant und damit zufrieden, Euch die bestmöglichen Vorteile zu verschaffen, um Eure Macht zu festigen.«

»Das Gold gehört Lady Elizabeth, es ist ihr alleiniges Vermögen. Wenn Duncan Haynes gevierteilt unter der Erde liegt, haben wir kein Druckmittel mehr, dass sie es herausrückt.«

»Wir können für ein neues Druckmittel sorgen.«

»Eine Anklage? Sie hat sich nichts zuschulden kommen lassen.«

»Nun, das ist noch die Frage. Wie wäre es beispielsweise mit dem Vorwurf der Hexerei?« Eugene hatte lauernd die Lider gesenkt. Er wirkte wie einer dieser trägen, unbeweglichen Echsen, die es sich gern in der Wärme bequem machten, aber bei der kleinsten Störung verschwanden.

»Hexerei? Ihr scherzt wohl.«

»Ich könnte Zeugen dafür bringen, dass die Frau schwarze Magie praktiziert.«

»Sicher könnt Ihr das«, spottete Doyle, doch in seinem Inneren flackerte ein gieriges Flämmchen auf. Elizabeth

Haynes hatte das Zeug zu einer Hexe, ohne Frage. Sie ritt mit offen herabwallendem Haar im Herrensattel und scherte sich auch sonst nicht im Geringsten um Konventionen. Sie war eine wilde, unberechenbare Person und sicherlich zu teuflischen Taten imstande. Sie war … nein, es war zu absurd. Auf derlei Blödsinn würde er sich nicht einlassen.

»Sie ist guter Hoffnung«, sagte er ablehnend.

»Zweifellos mit dem Kind des Satans«, versetzte Eugene, als hätte er den Einwand vorausgesehen.

»Schluss damit.« Doyle kam wieder zur Vernunft, bevor er sich noch tiefer in diese unsäglichen Machenschaften verstricken lassen konnte. Stirnrunzelnd blickte er den jungen Mann an, der mit auf dem Rücken verschränkten Händen vor ihm stand, die untersetzte, für sein Alter viel zu aufgeschwemmte Gestalt in geckenhafte Gewänder gekleidet. Spitzenjabot und Samtwams, dazu feinste lederne Schuhe, die eher auf einen Ball als in diese nüchternen Amtsräume passten – der Himmel allein wusste, woher der Junge seinen Geschmack in Bekleidungsfragen hatte. Am lächerlichsten aber waren die kanariengelben Beinkleider, die Farbe tat förmlich in den Augen weh. »Ich will von diesem Unfug nichts mehr hören. Lasst mich jetzt allein. Ach ja, und wechselt Eure Hose. Dieses Gelb ist grauenvoll. Wenn Ihr meinen Rat annehmen wollt: Sucht Euch einen neuen Schneider.«

Die Röte in Eugenes rundlichen Wangen vertiefte sich.

»Ich werde es mir vormerken«, sagte er ein wenig steif.

»Was wolltet Ihr überhaupt?«, fragte Doyle. Er versuchte nicht länger, seine üble Laune zu verbergen, zumal diese größtenteils auf Eugenes Anwesenheit zurückzuführen war.

»Ich habe eine vertrauliche Nachricht für Eure Exzellenz. Ein Bote kam gerade damit zur Residenz.« Eugene zog ein gesiegeltes Schriftstück aus seinem Gürtel und überreichte es Doyle. Der brach das Siegel auf und klappte den Brief auseinander, während Eugene abwartend stehen blieb, um ihm über die Schulter zu spähen. Doyle verdeckte wütend die Schriftzüge mit der Hand.

»Hinaus mit Euch, Winston. Lesen kann ich immer noch allein.«

»Sehr wohl.« Mit gekränkter Miene verneigte Eugene sich und verließ den Raum, während Doyle die Zeilen überflog und anschließend aufgeschreckt den Brief sinken ließ. Mit einem Mal hatte er Mühe, richtig zu atmen. Dann fing er an, fieberhaft nachzudenken.

10

Der Constitution River glitzerte im Mondlicht. Er durchschnitt mit sachtem Rauschen die Ortschaft und verbreiterte sich im Bereich der Bucht, bevor er ins Meer mündete. Die Brücke, die ihn überspannte, hatte der Stadt einst ihren Namen gegeben: Bridgetown, benannt nach der ursprünglich von Indianern errichteten Holzbrücke, die mittlerweile längst von den Kolonisten erneuert worden war. Die Sümpfe, die früher hier die Umgebung bestimmt hatten, waren in den letzten Jahrzehnten trockengelegt worden. Die Stadt war nach Ankunft der ersten Siedler vor gut fünfundzwanzig Jahren rasch gewachsen. Überall waren Häuser wie Pilze aus dem Boden geschossen. Es gab eine Kirche, eine Festung und eine Residenz, und der Hafen war gesäumt von hölzernen Docks, Bootsstegen und Schuppen. In den Gassen rund um den Hafen drängten sich Schankstuben, Wirtshäuser und Spielhöllen aneinander. Hier herrschte auch zu nächtlicher Stunde noch reges Leben. Bei Fackellicht torkelten Betrunkene umher, zumeist Seeleute, die nach den wochen-, oft monatelangen Entbehrungen jede Gelegenheit nutzten, um über die Stränge zu schlagen. Offenherzig gekleidete, geschminkte Frauen standen vor verräucherten Spelunken, um nach Luft zu schnappen und ein Schwätzchen zu halten. Die eine oder andere schäkerte mit liebesbedürftigen Matrosen, und an einer Ecke wurde lautstark über den Preis eines späten Schäferstündchens verhandelt. Hier und da hockte ein Zecher an einer Hauswand und schlief an Ort und Stelle seinen Rausch aus.

Der Weg, der zwischen den Häusern hindurchführte, war schlüpfrig von einem abendlichen Regenguss und von den Hinterlassenschaften einer Schweineherde, die bei Tag von einem Frachter entladen worden war und dem Hirten, der sie an Land treiben sollte, unter ohrenbetäubendem Quieken entwischt war. Es stank zum Gotterbarmen, obwohl vom Meer her ein kräftiger Wind wehte. Gegen Abend hatte es merklich aufgefrischt; einige der Matrosen, die in Claire Dubois' Schenke eingekehrt waren, hatten erklärt, es werde in der Nacht noch einen Sturm geben. Claire, die höchsten Respekt vor tropischen Unwettern hatte, war daraufhin unverzüglich zur Tat geschritten, wie immer, wenn sie fürchtete, es könne einen Orkan geben. Sie hatte ihre wertvollere Habe in Kisten packen und ein Stück weit landeinwärts vergraben lassen. Beim letzten Hurrikan, der eine Flutwelle über das Land getrieben hatte, war von ihrem Besitz nicht viel übrig geblieben. Sie hatte nicht nur ihr Haus, sondern auch all ihre guten Kleider und mehrere kostbare Teppiche verloren, das sollte ihr nicht wieder passieren. Während Jacques, ihr großer bretonischer Beschützer und Handlanger, den Abtransport überwachte, kümmerte Claire selbst sich darum, dass Eugene Winston keinen Unfug anstellen konnte. Er lag in ihrem Bett, schläfrig von dem Rum, den sie ihm kurz zuvor kredenzt hatte. Das Mittel, das sie hineingemischt hatte, wirkte schnell. Er würde später nicht wissen, ob seine Erschöpfung von dem anstrengenden Liebesakt herrührte oder vom Schnaps. Benommen blinzelnd versuchte er, sich aufzusetzen, als sie das Zimmer betrat.

»Wa… was is los?«, lallte er. »Muss … ich aufstehen?«

»Natürlich musst du das, aber du darfst ruhig noch ein halbes Stündchen ausruhen, wenn du willst.« Sacht drängte sie ihn zurück in die Kissen und bedeckte seinen feisten, weißen Leib mit einem Laken. »Du bist der letzte Besucher, und wie es scheint, bist du sehr müde, mein Lieber. Sicher hattest du einen harten Tag. Schlaf ein bisschen. Danach sehen wir weiter.«

Während Eugene in Claires Gemach in ohnmächtigen Schlaf sank, ließ sich der Gouverneur in der Residenz den todgeweihten Gefangenen Duncan Haynes zum Verhör vorführen.

Der junge Leutnant, dem er diesen Befehl gab, nahm vorschriftsmäßig Haltung an, als sein oberster Amtsherr ihn mit diesem Ansinnen von seinem Posten aufscheuchte.

»Wie Ihr wünscht, Exzellenz.« Er wirkte höchst befremdet, erhob aber keine Einwände.

Nachdem die Wachleute den in Ketten gelegten Delinquenten in Doyles Amtszimmer gebracht hatten, befahl dieser ihnen, draußen vor der Tür zu warten. Der Leutnant gestattete sich den Einwand, dass der Gefangene sicherlich gefährlich sei. Doyle zeigte verärgert auf den Säbel an seinem Gürtel.

»Sehe ich etwa aus, als sei ich außerstande, des Angriffs eines in Ketten gelegten Mannes Herr zu werden?«

Der Leutnant beteuerte augenblicklich das Gegenteil und zog sich mit seinen Männern zurück, um draußen vor der Tür Stellung zu beziehen. Duncan war abwartend in der Mitte des Raums stehen geblieben und sah reglos zu, wie Doyle murrend in der Lade eines Schreibtischs herumkramte und schließlich einen Schlüssel zum Vorschein brachte.

»Wie wollt Ihr später den Zweck dieses nächtlichen Verhörs begründen?«, erkundigte Duncan sich. »Euer übereifriger Adjutant wird bestimmt nicht der Einzige sein, der danach fragen wird.«

»Nun, ich werde behaupten, Eure anstehende Hinrichtung habe mich um den Schlaf gebracht. Das Schicksal Eurer Gattin und Eures ungeborenen Kindes habe mein tiefes Mitgefühl geweckt. Weshalb ich Euch habe nahelegen wollen, ein Gnadengesuch einzureichen, um die Strafe abzumildern. Beispielsweise auf schlichtes Erhängen.« Doyle lächelte ein wenig angestrengt. »Ein jeder weiß, dass ich kein Freund drakonischer Hinrichtungen bin.«

»Es war allein Eure Entscheidung, mich zum Tode zu verurteilen.«

»Ihr habt mir keine andere Wahl gelassen. Eure impertinente, dreiste Art hat diese Strafe förmlich herausgefordert.« Doyle reckte die Schultern. Sein verlebtes Gesicht zeigte einen Ausdruck rechtschaffener Entrüstung. »Ihr habt es Euch selbst zuzuschreiben. Außerdem kann auf Hochverrat nur die Todesstrafe ausgesprochen werden. So will es das Gesetz.«

»Zum Glück verbietet Euch das Gesetz nicht, mein Angebot zur Auflösung dieses Dilemmas anzunehmen.«

»Angebot? Ihr meint wohl eher Erpressung!«

»Nennt es, wie Ihr wollt. Hauptsache, es ist mit einem schönen Batzen Gold verbrämt. Welches Ihr Euch zudem einstecken könnt, ohne dass irgendwer je davon erfährt. Ihr müsst keinem deswegen Rechenschaft ablegen. Weder dem Rat der Pflanzer noch Eugene Winston. Und umgekehrt erfährt kein Mensch etwas über Eure heimlichen … Neigungen. Gebt es ruhig zu, einen besseren Handel hättet Ihr kaum eingehen können.«

Das konnte Doyle schlecht abstreiten. Er hätte schwören können, dass kein Mensch von seinem Hang zu jungen schwarzen Männern wusste, denn heimlicher als diese Treffen im Schutze der Nacht konnte kaum ein Schäferstündchen vonstattengehen. Seine beiden Sklaven hatten gewiss kein Sterbenswörtchen verlauten lassen. Schließlich wussten sie genau, dass man sie anderenfalls sofort aufgeknüpft hätte. Im Übrigen hatten sie als seine persönlichen Hausdiener ein fabelhaftes Leben bei ihm – kein Vergleich mit der Schinderei auf den Plantagen –, und das hätten sie gewiss nicht aufs Spiel gesetzt, indem sie plauderten. Aber wenn sie nichts verraten hatten – wer dann? Irgendwer musste es herausbekommen haben, auf welchem Weg auch immer. Und nun wusste nicht nur Duncan Haynes davon, sondern mindestens noch eine weitere Person, jene, die den Brief geschrieben hatte. Denn der stammte zwar von einem anonymen Absender, aber es stand auch fest, dass dieser verfluchte Freibeuter ihn nicht verfasst haben konnte, weil er kein Schreibzeug in der Zelle gehabt hatte. Höchstwahrscheinlich hatte seine Frau die Feder geführt, die Schreibweise war flüssig und fehlerfrei und das Papier von teurer Machart. Ja, keine Frage, Elizabeth Haynes hatte das geschrieben. Was insofern von Vorteil war, als sie zusammen mit Haynes bald verschwinden würde. Dann war sein Geheimnis – hoffentlich – wieder sicher. Künftig würde er einfach noch besser achtgeben müssen.

Nachdenklich betrachtete er den Schlüssel in seiner Hand. Nach Lage der Dinge kam er bei dem Handel mit Duncan Haynes wirklich nicht allzu schlecht weg. Bei Licht betrachtet, enthob ihn diese Regelung sogar einer ganzen Reihe von Sorgen, vor allem solcher, die ihm wegen einer Hinrichtung dieses Freibeuters noch hätten bevorstehen können.

»Die Ketten«, mahnte Duncan ihn. »Schließt sie endlich auf.«

»Habe ich Euer Ehrenwort, dass Ihr auf Nimmerwiedersehen verschwindet?«

»Selbstverständlich«, sagte Duncan.

»Und dass Ihr fortan Stillschweigen über diese … Absprache bewahrt?«

»Das ist der Kern unserer Vereinbarung, oder nicht?« Duncan musterte ihn interessiert. »Soll ich Euch niederschlagen, um es ein wenig glaubwürdiger wirken zu lassen?«

»Du lieber Himmel, untersteht Euch! Es reicht, wenn ich es behaupte. Niemand wird mein Wort anzweifeln.«

»Wenn Ihr das sagt. Und nun die Ketten, bitte.«

Doyle lachte nervös und schloss mit leicht zittrigen Fingern die Ketten auf.

»So, jetzt seid Ihr frei. Nun seht zu, dass Ihr fortkommt.«

»Ich bin schon so gut wie weg.« Duncan rieb sich die Handgelenke und lockerte die Muskeln seiner Arme. Doyle holte ein Bündel hinter seinem Schreibtisch hervor – einen zusammengerollten Umhang und einen Hut mit tief sitzender Krempe.

»Damit solltet Ihr unerkannt bis zum Hafen kommen.« Er reichte Duncan die Kleidungsstücke. »Draußen steht ein Windlicht, das könnt Ihr mitnehmen. Achtet darauf, dass Ihr unsichtbar bleibt, bis Ihr Euer Schiff erreicht habt. Ich habe dafür gesorgt, dass die Wachen im Hafen abgezogen werden. Und danach hoffe ich, Euch nie wiederzusehen.«

»Diese Hoffnung beruht durchaus auf Gegenseitigkeit«, pflichtete Duncan ihm bei. Mit katzenhaft schnellen Schritten war er bei der Hintertür und drückte die Läden auf. Er schob den Kopf ins Freie, spähte nach allen Seiten und lauschte in die Dunkelheit.

»Ich schätze, Euch bleibt nicht viel mehr als eine Stunde«, sagte Doyle. »Länger wird dieser pflichtbewusste junge Leutnant draußen vor der Tür sicher nicht warten, bis er nach dem Rechten schaut.«

»Eine Stunde reicht mir. Und Euch hoffentlich der Rest Eures Lebens, um das Gold auszugeben, das Euch dieser Handel eingetragen hat.« Duncan blickte über die Schulter zurück. »Nehmt Euch vor Eugene Winston in Acht.«

»Diesem jungen Schnösel werde ich schon noch Benehmen beibringen«, erwiderte Doyle. Doch Duncan Haynes war bereits in der Nacht verschwunden.

11

Elizabeth versuchte, das schwache Ziehen im Rücken zu ignorieren, als sie Pearl in der Nähe des Bootsstegs an einem Gatter festband. Mit dem Handballen rieb sie die schmerzende Stelle, in der Hoffnung, dass es bald wieder verging.

Sie stand vor einem Pferch, in den immer die Afrikaner getrieben wurden, bevor sie versteigert wurden. Kein Pflanzer auf Barbados kam ohne Sklaven aus, sogar der Menschenfreund William kaufte sich welche, auch wenn er darum bemüht war, sie gut zu behandeln. Man brachte die Schwarzen von den anlandenden Sklavenschiffen stets hierher in diesen Pferch, damit die weißen Herren sie sich ansehen konnten, bevor sie ihr gutes Geld ausgaben. Sie konnten sich ungeniert von den Qualitäten ihres neuen Besitzes überzeugen, indem sie die Stärke der Muskeln und den Wuchs prüften oder auch Zähne oder Geschlechtsteile in Augenschein nahmen.

Erst am Vortag hatten portugiesische Menschenhändler wieder mehrere Dutzend Schwarze an Land gebracht und dabei mit Stöcken und Peitschen auf die schwarzen Leiber eingeprügelt, egal ob es sich um Männer oder Frauen handelte. Es waren sogar Kinder darunter gewesen. Elizabeth hatte sie selbst gesehen; sie war hier vorbeigekommen, als sie den demütigenden Gang zu Claire Dubois' Taverne auf sich genommen hatte. Entsetzen hatte sich ihrer bemächtigt, als sie das Klatschen der Peitsche und das Weinen gehört hatte. Noch lange hatten ihr die gequälten Laute in den Ohren gehallt, obwohl sie rasch weitergegangen war. Nur mit Mühe hatte sie dem Drang widerstanden, dem Aufseher die Peitsche zu entreißen und ihn damit zu züchtigen, ebenso auf ihn einzuschlagen, wie er es bei den wehrlosen Schwarzen tat, doch sie hatte sich zurückgehalten, um ihren Plan nicht zu gefährden. Duncans Leben stand über allem anderen, sie durfte keine Aufmerksamkeit auf sich lenken. Winstons Männer waren stets in der Nähe, sie behielten die *Elise* beständig im Auge, als lauerten sie nur darauf, dass jemand das Gold an Bord bringen und mit dem Schiff fliehen wollte. Elizabeth hatte sich vorsehen müssen. Wenn jemand sie im Hafenviertel beobachtet hätte, wäre ihr Vorhaben aufgeflogen.

Auch jetzt war sie vorsichtig, obwohl zu dieser vorgerückten Stunde nicht mehr viele Menschen zu sehen waren. Hier beim Gatter war niemand, der Marktplatz war leer, die nächstgelegenen Häuser dunkel. Der Lärm aus den Hafengassen war weitgehend verstummt. Das Ende der Hundswache war nahe, ihre Flucht stand unmittelbar bevor.

Sie hörte ein Geräusch und blickte auf. William trat aus den Schatten hinter dem Pferch und näherte sich mit raschen Schritten. Halb unter dem Umhang verborgen trug er eine kleine Talgleuchte, deren spärliches Licht gerade ausreichte, um seine angespannten Gesichtszüge zu erhellen.

»Lizzie«, flüsterte er. »Ist alles in Ordnung?«

»Ja«, gab sie ebenso leise zurück. In Wahrheit war ihr erbärmlich zumute. Sie legte die Hand auf Pearls Hals und bezwang mit Macht die aufsteigenden Tränen. Es half ja doch nichts! Die Stute mitzunehmen war unmöglich, es hätte sie alle in Gefahr gebracht. Dafür hätte die *Elise* am Kai anlegen und Pearl mit einem Ladekran an Deck gehievt werden müssen, es hätte Lärm und Aufsehen gegeben. Folglich musste das Pferd hierbleiben.

»Master Duncans Leben geht vor«, hatte Duncans Bootsmaat John Evers es zusammengefasst, mit einer Entschiedenheit, die jede Debatte von vornherein ausschloss. Doch Elizabeth hätte ihm ohnehin nicht widersprochen, denn die Angst um Duncan brachte sie beinahe um. Er hatte John Evers befohlen, mit ihr und Johnny in See zu stechen, falls seine Flucht misslingen sollte; sie war dabei gewesen, als er es ihm gesagt hatte.

»Egal wie es ausgeht – bring meine Familie in Sicherheit.«

Sie wusste nicht, ob sie die Kraft haben würde, ohne ihn die Insel zu verlassen. Vielleicht würde sie es am Ende tun, um ihrer Kinder willen. Doch ihr Herz wollte bei dem bloßen Gedanken in Stücke brechen.

William trat zu ihr und nahm ihre Hände in seine.

»Was ist?«, flüsterte er, als er ihr Zittern bemerkte.

»Ich habe Angst.«

»Alles wird gut. Doyle hat das Gold genommen, und er wird seinen Teil tun, um zu verhindern, dass er bloßgestellt wird. Vor einer halben Stunde hat er Duncan zu sich bringen lassen. Ich habe es aus einem Versteck heraus beobachtet. Mach dir keine Sorgen, Lizzie.«

»Ich kann erst aufatmen, wenn wir aus der Bucht ausgelaufen sind.«

»Das wird nicht mehr lange dauern. Aber vergiss das Wichtigste nicht – hier, der Rest deines Goldes.« William zog die beiden Beutel, die um einiges leichter waren als noch vor Tagen, von seinem Gürtel und hängte sie über das Gatter. Die fehlenden Goldstücke waren teils in den Besitz des Gouverneurs, teils in den von Claire Dubois übergegangen, und ein weiterer Teil war bei William selbst verblieben. Elizabeth hatte darauf bestanden, denn sie wusste, dass William nach den Verlusten des vergangenen Jahres nicht auf Rosen gebettet war. William hatte zunächst protestiert, war aber am Ende Geschäftsmann genug, um einzusehen, dass diese Zuwendung keine Gefälligkeit, sondern wirtschaftlich unverzichtbar war. Die Verwaltung von Rainbow Falls, die er für Elizabeth übernommen hatte, würde eine Menge Geld kosten, bevor die nächsten Zuckerernten ausreichende Erträge abwarfen.

Bittend blickte sie zu ihm auf. »William, Pearl muss auf der Insel bleiben. Es ist schrecklich für mich, aber es lässt sich nicht ändern. Kannst du sie nach Summer Hill mitnehmen?«

»Natürlich. Ich werde mich gut um sie kümmern.«

»Sie ist nicht an Sporen gewöhnt, und auch auf die Gerte habe ich immer verzichtet.«

»Ich werde sie behutsam behandeln.«

»Daran zweifle ich nicht. Du kannst gar nicht anders, denn du bist die Güte und Sanftmut in Person. Ich weiß nicht, womit ich es verdient habe, dass du so viel für mich tust.« Elizabeth schluckte heftig und versuchte, die Tränen zu unterdrücken, die sich nun mit Macht Bahn brachen.

»Lizzie!« Bestürzt streckte William die Arme aus und zog sie an sich. »Weine doch nicht! Alles wird gut gehen!«

Sie schluchzte an seiner Brust, während er sie vorsichtig an sich drückte und ihr übers Haar strich wie einem traurigen Kind. Trotz ihres ausladenden Leibes kam sie sich klein vor in seiner Umarmung, so brüchig und substanzlos wie ein Blatt im Wind. Ihre ganze Kraft war auf einen Schlag von ihr gewichen. Die ganze Zeit war sie Herrin der Lage gewesen, alle hatten geglaubt, nichts könne sie erschüttern. Ruhig und umsichtig hatte sie alle Pläne in die Tat umgesetzt. Sie hatte den Aufbruch überwacht und darauf geachtet, dass er ohne jedes Aufsehen vonstattenging. Über Stunden hinweg hatte sie Felicity beruhigt, Anne gut zugeredet und Deirdre beim Packen der letzten Habseligkeiten geholfen. Kurz nach Mitternacht hatte John Evers dann Felicity, Anne, Johnny, Deirdre und Pater Edmond abseits der Mole mit einem Boot abgeholt und aufs Schiff gebracht, und gleich würde er ein weiteres Mal zur *Elise* übersetzen, diesmal mit ihr selbst und mit Duncan an Bord. Alles war vorbereitet, es fehlte nur noch Duncan selbst. Doch nun, da alles so dicht vor dem erfolgreichen Abschluss ihrer Planungen stand, war ihre Stärke mit einem Mal namenloser, lähmender Angst gewichen. Sie konnte nicht mehr denken, nur noch untröstlich schluchzen und sich von William umfangen lassen. Er hielt sie fester und legte seine Lippen an ihre Schläfe. »Hab keine Furcht! Was immer auch geschieht – du kannst auf mich zählen. Niemals würde ich dich im Stich lassen. Ich werde dich mit meinem Leben beschützen und jeden töten, der dich bedroht.«

»Das übernehme wohl lieber ich«, kam es aus der Dunkelheit hinter ihm. Duncan trat zu ihnen, die Gestalt von einem schwarzen Umhang verhüllt und das Gesicht unter einem tiefgezogenen Hut verborgen.

Elizabeth stieß einen unterdrückten Aufschrei aus und entwand sich Williams Armen. Mit zwei Schritten war sie bei Duncan und umschlang ihn. Sie schluchzte immer noch, aber diesmal vor Glück.

»Du bist frei«, stammelte sie immer wieder. »Du bist frei!«

»Dann wollen wir doch zusehen, dass es auch dabei bleibt.« Duncan küsste sie auf Stirn und Wangen und schließlich auf den Mund. Anschließend wandte er sich zu William um. »Danke, alter Freund. Ich stehe tief in deiner Schuld.«

William neigte nur kurz den Kopf. Er schaute ein wenig betreten drein, gleichzeitig aber auch erleichtert. Es war ihm erkennbar peinlich, dass Duncan ihn in Umarmung mit Elizabeth vorgefunden hatte, obwohl es diesem völlig einerlei zu sein schien.

»Alsdann. Wir müssen los.« Duncan schulterte die Goldsäcke und schlang einen Arm um Elizabeth, bevor er sich noch einmal zu William umwandte. »Vielleicht sieht man sich eines Tages wieder. Irgendwo, irgendwann.«

»Wenn das Schicksal es so will. Pass bis dahin nur gut auf meine Schwester auf.«

»Das werde ich.« Duncan zögerte. »Und falls … sollte ich je … ich meine, wenn mich aus irgendwelchen Gründen der Teufel holt, dann solltest du … Ich meine, Lizzie und die Kinder …« Er stockte, offenbar brachte er es nicht heraus, doch William verstand ihn auch so.

»Mit meinem Leben und allem, was ich habe«, sagte er einfach. »Wann immer sie mich braucht – ich bin zur Stelle. Dafür hast du mein Ehrenwort.«

»Leb wohl, William«, sagte Elizabeth leise. »Ich danke dir für alles.«

»Leb wohl, Lizzie. Ich vergesse dich nie.«

Der Abschiedsschmerz nahm ihr den Atem. Gern hätte sie ein letztes Mal seine Hände genommen und in sein Gesicht gesehen, damit sie es besser in Erinnerung behielt, doch ihr blieb keine Zeit. Duncan zog sie mit sich, und erst als sie das Ende des Pferchs erreicht hatte, blickte sie über die Schulter zurück. William stand reglos neben Pearl, beide nur noch nächtliche Schemen, die Augenblicke später ganz von der Dunkelheit verschluckt wurden.

Duncan sprach nicht viel, während sie durch die Nacht eilten. Elizabeth atmete schwer vor Anstrengung. Sie stolperte mehrmals, weil es so dunkel war und sie wegen ihres Umfangs nicht sehen konnte, wohin sie ihre Füße setzte, doch Duncan stützte sie immer wieder und versuchte, so gut es ging, mit dem kleinen Windlicht, das er bei sich trug, den schmalen Trampelpfad auszuleuchten. Sie umgingen das Hafenviertel und bewegten sich abseits der Gassen und Häuser. Am Rand der Bucht, hinter ein paar morschen Lagerschuppen, wartete John Evers mit dem Boot. Er hatte es auf den Strand gezogen und hockte auf einem Felsklotz.

»Wurde auch Zeit«, brummte er.

Duncan half Elizabeth ins Boot, bevor er und John es gemeinsam ins Wasser schoben und selbst hineinstiegen. John nahm sofort die Riemen und ruderte zügig drauflos, während Duncan die Laterne hielt, zum Hafen hin abgeschirmt, damit sie von dort aus nicht gesichtet werden konnten.

»Hast du die *Elise* schon ins Schlepptau gelegt?«, fragte Duncan.

»*Aye,* das hab ich«, bestätigte John. »Die Männer sitzen schon in der Schaluppe.« Sein hageres, von Falten durchfurchtes Gesicht sah im Widerschein des Windlichts aus wie in Stein gehauen, und seine kräftigen Schultern und Arme bewegten sich mit der Präzision eines Uhrwerks.

Die Mastleuchten der im Hafen ankernden Schiffe blieben hinter ihnen zurück, während sie auf das nächtliche Meer hinausfuhren. Der Wind hatte an Stärke zugenommen, er trieb schäumende Wellen gegen das Boot, es bewegte sich auf und nieder und wurde von wirbelnder Gischt umhüllt. Binnen kürzester Zeit waren sie bis auf die Haut durchnässt.

Als sie endlich die *Elise* vor sich liegen sah, stöhnte Elizabeth erleichtert auf. Eine Zeit lang hatte sie gefürchtet, das

Schiff wäre abgetrieben worden oder John wäre daran vorbeigerudert, weit hinaus auf die offene See. Unter ihrem Umhang presste sie sich beide Hände ins Kreuz, dorthin, wo es am meisten schmerzte. Diese Wehe dauerte länger als die vorangegangenen, Elizabeth spannte sich an, während der brausende Wind ihr gepeinigtes Ächzen übertönte. Duncan saß mit dem Rücken zu ihr, er bemerkte nichts davon, doch John Evers warf ihr einen besorgten Blick zu. Er legte sich stärker in die Riemen, sie hatten das Schiff fast erreicht.

»Geh an Backbord längsseits, das bringt uns vielleicht noch ein paar Minuten«, befahl Duncan, worauf Evers gehorsam um das Schiff herumruderte, zu der dem Land abgewandten Seite der *Elise.*

Mit einem Schaben stieß das Boot gegen den Rumpf der Fregatte. Von oben lugten Gesichter über die Reling, eine Strickleiter wurde herabgeworfen. Duncan erhob sich und ergriff sie, und als er die freie Hand ausstreckte, um Elizabeth aufzuhelfen und sie zur Leiter zu ziehen, blähte eine plötzliche Bö seinen Umhang und wehte ihn ihr ins Gesicht. Der schwere Stoff verschluckte das schmerzvolle Stöhnen, das die nächste Wehe ihr entlockte. Einige Augenblicke krampfte sie beide Hände um die Tampen des Fallreeps, während das Boot unter ihr schwankte und Duncan sie von hinten mit beiden Armen hielt und stützte.

»Schaffst du es?«, rief er.

Sie nickte und machte sich schwerfällig an den Aufstieg, Duncan dicht hinter sich. Oben angekommen, wurde sie von Oleg in Empfang genommen, der sie unter den Schultern fasste und sie über die Reling hob, als wöge sie nicht mehr als eine Feder. Elizabeth hielt mit beiden Händen ihren Umhang fest und taumelte ein paar Schritte über das Deck, bevor sie von festen Händen ergriffen und gehalten wurde.

»Mylady! Dem Himmel sei Dank«, rief Deirdre. Der Wind zerzauste ihr Haar, ihre Röcke umwehten sie, doch sie stand sicher auf den Planken und stützte Elizabeth. Gleich darauf war auch Pater Edmond bei ihr, und zu zweit führten sie sie zur Kapitänskajüte. Während sie in den von Kerzenlicht erfüllten niedrigen Raum stolperte, rechts und links gehalten von Deirdre und Edmond, hörte sie hinter sich Duncan das Kommando übernehmen.

»Anker lichten!«, rief er mit befehlsgewohnter Stimme. »Beiboot hochziehen! Und macht sofort jede einzelne verdammte Laterne an Bord aus! Und dann pullt!« Seine ganze Aufmerksamkeit galt nun der *Elise*. Er musste das Schiff aus der Bucht bringen, alles andere war unwichtig. Noch waren sie in Reichweite der Festungsgeschütze, ein einziger gut gezielter Treffer konnte sie alle miteinander auf den Grund des Meeres befördern. Duncan hatte Elizabeth erklärt, dass dies der gefährlichste Moment ihrer ganzen Flucht sei. Er traute Doyle keine Handbreit über den Weg.

»Vermutlich haben seine Kanoniere das Schiff schon die ganze Zeit im Visier. Wenn es nach ihm geht, liegt die *Elise* noch vor dem nächsten Stundenschlag auf dem Meeresgrund, und wir ebenfalls. Eine bessere Gelegenheit, uns beide gleichzeitig mundtot zu machen, bekommt er nie wieder. Wie ich ihn einschätze, wird er sie nutzen – genau im Moment des Auslaufens.«

In der Kajüte saßen Anne und Felicity an dem großen Tisch, auf dem Duncan seine Seekarten auszubreiten und seine Mahlzeiten einzunehmen pflegte. Sie sprangen auf, als Elizabeth hereinkam.

»Lizzie, da bist du ja!«, rief Felicity erleichtert. »Gepriesen sei Gott der Herr!« Sie hatte Johnny auf dem Arm, der noch blass und schwach von dem überstandenen Fieber war, aber bereits wieder regen Anteil an seiner Umgebung nahm.

»Mommy!« Er streckte die Ärmchen nach ihr aus, doch Elizabeth konnte ihn nicht nehmen. Sie spürte die nächste Wehe herannahen. Mit zusammengebissenen Zähnen stützte sie sich an der Wand ab.

»Mylady?«, fragte Deirdre beunruhigt.

»Es geht mir gut«, sagte Elizabeth mit gepresster Stimme. Deirdre musterte sie zweifelnd und wollte etwas sagen, doch dann kam Sid hereingestürzt und löschte die von der Decke hängende Öllampe, worauf es schlagartig dunkel in der Kajüte wurde.

»Setzt euch alle hin, damit niemand fällt.«

»Warum machst du das Licht aus?«, fragte Felicity entsetzt. Sie hasste die Dunkelheit, hatte regelrechte Angstzustände, wenn bei Nacht keine Kerze in ihrer Nähe brannte.

»Wir dürfen kein Ziel bieten«, kam es knapp zurück, dann war er wieder draußen. Das auf den Wellen schwankende Schiff setzte sich behäbig in Bewegung, gezogen von den Schleppleinen, die Evers am Bug der *Elise* hatte festmachen lassen.

»Pullt!«, hörte sie Duncan ein ums andere Mal brüllen. »Pullt!«

Sie spürte die Gefahr, eine körperlose Drohung, doch zugleich so präsent wie der rußige Gestank der Öllampe, die Sid gelöscht hatte, oder wie das laute Knarren der Taue und die erregten Rufe an Deck. Dann ertönte ein zischendes Heulen, dicht über ihr an Deck, unmittelbar gefolgt von einem krachenden Geräusch wie von berstendem Holz. Das Schiff erbebte unter einem harten Schlag. Die Frauen in der Kajüte schrien entsetzt auf, oben an Deck brüllten die Männer.

»Pullt!«, schrie Duncan abermals. »Pullt!«

Ein weiteres Mal war das tödliche Singen einer Kanonenkugel zu hören, begleitet von dem dumpfen, entfernten Knall des Schwarzpulvers an Land, mindestens eine Viertelmeile weit weg. Doch der Einschlag blieb aus. Diesmal hatten sie vorbeigeschossen.

Elizabeth klammerte sich an den geschnitzten Aufsätzen der Kommode fest, in der Duncan seine Wäsche und persönlichen Habseligkeiten aufbewahrte. Jetzt befanden sich auch ihre und Johnnys Sachen darin. Nicht einmal bei heftigem Wellengang konnte das Möbelstück verrutschen, weil es am Boden befestigt war. Dieser belanglose Gedanke kam ihr in den Sinn, während sie auf den nächsten Schuss wartete. Doch er kam nicht. Die Rufe an Deck wurden leiser, nur Duncan war noch zu hören. Er erteilte seinen Männern Befehle. Elizabeth wusste, dass er jetzt oben auf der Kommandobrücke stand, direkt über ihr auf dem Achterschiff. Er konnte nichts sehen, genauso wenig wie sie, doch sie bezweifelte nicht, dass er die Fregatte auch blind navigieren konnte. Er war auf Schiffen groß geworden, die *Elise* war viele Jahre lang sein einziges Zuhause gewesen und die karibische See die Welt, in der er lebte. Sie hörte das Brausen des Windes und das Knattern von Segeltuch, und da wusste sie, dass Duncan sie in Sicherheit bringen würde. Sie waren noch einmal davongekommen.

Die darauffolgende Wehe war die bisher schlimmste. Elizabeth schrie auf, als der Schmerz sie durchfuhr.

»Lizzie? Meine Güte, Lizzie, was ist los mit dir?« Das war Felicity. Ihre Stimme klang schrill vor Besorgnis. »Deirdre, was hat sie? Sie wird doch nicht …«

In der Dunkelheit stießen Hände gegen sie. Deirdre umfasste sie sanft.

»Mylady, Ihr solltet Euch hinlegen.« Deirdre zog sie an der Wand entlang zu dem Alkovenbett. Elizabeth ließ sich auf die Matratze sinken.

»Wann haben die Wehen angefangen, Mylady?« Deirdre betastete ihren Leib.

»Am Nachmittag«, sagte Elizabeth matt. Die ganze Zeit hatte sie es gut aushalten können. Die Abstände waren lang und unregelmäßig gewesen, sodass sie zuerst sogar gehofft hatte, es würde wieder aufhören. Doch vorhin, während der Überfahrt zum Schiff, hatte der Schmerz mit solcher Wucht eingesetzt, dass es keinen Zweifel mehr gab – die Geburt war in vollem Gange.

»Lizzie?« Das war Annes Stimme. »Kann ich irgendwie helfen?«

»Wir brauchen Licht«, sagte Deirdre. »Sofort.«

Irgendwer stolperte durch die Kajüte in Richtung Tür. Ein feuchter Windstoß fuhr herein, als sie geöffnet wurde. Von draußen waren Duncans scharfe Kommandos zu hören.

»Die Schaluppe nach achtern. Und dann rauf mit euch an Bord, aber schnell. Hoch mit der Fock, und brasst die Rahen!«

Seine Stimme wurde von dem immer lauter heulenden Wind und dem Knattern der Segel übertönt. Edmond brachte eine Lampe in die Kajüte, und der trübe Lichtschein erhellte die bestürzten Mienen ringsum.

»Was ist los?«, fragte Felicity mit hysterisch bebender Stimme. Der Kleine, der auf ihrem Schoß saß, hatte die Augen weit aufgerissen, seine Unterlippe zitterte.

»Mommy?«, fragte er verängstigt.

Elizabeth krümmte sich bereits unter der nächsten Wehe. Sie atmete flacher, bis der Schmerz verebbte. Reden konnte sie nicht.

»Ihr geht jetzt besser mit dem Kleinen unter Deck«, sagte Deirdre zu Felicity. »Edmond, bring die Damen und den Jungen nach unten. Ich kümmere mich um alles.«

»Aber das Kind kann doch noch nicht auf die Welt kommen, es ist viel zu früh«, rief Felicity voller Entsetzen. Sie brach in Tränen aus, als Anne sie unter beruhigendem Gemurmel von der Bank hochzog und ihr den Kleinen abnahm, der darauf ebenfalls anfing zu weinen. Elizabeth hätte sie alle gern beruhigt, besonders Johnny, der schreckliche Angst haben musste. Doch ihre Wahrnehmungsfähigkeit trübte sich bereits. Die Gedanken in ihrem Kopf wirbelten durcheinander und lösten sich auf. Nichts war mehr von Belang. Ihr Blickfeld verengte sich auf die schwankende Lampe, die Edmond anstelle der anderen, die Sid vorher gelöscht hatte, an die Decke hängte, bevor er mit Anne, Felicity und dem Kind die Kajüte verließ. Sie sah die hölzernen Bohlen des Fußbodens, als Deirdre sie in eine sitzende Haltung hochzog, um ihr die durchnässte Kleidung auszuziehen. Elizabeth ließ es über sich ergehen, als sei es nicht sie, sondern eine andere Frau, die sich dort auf dem Bett in Qualen krümmte. Aber dann war sie wieder sie selbst, gefangen in ihrem Körper, der von schneidenden Schmerzen zerrissen wurde. Es war, als würden Messer tief unten in ihren Rücken gestoßen. Sie warf den Kopf zurück und wimmerte, bis Deirdre ihr ein Stück Stoff zwischen die Zähne schob.

»Beißt darauf, Mylady, es wird Euch helfen.«

Elizabeth tat es, und dann schnappte sie nach Luft, als die Wehe wieder verebbte.

»Es wird alles gut, Mylady«, sagte Deirdre beruhigend. »Bald kommt das Kind, dann habt Ihr es geschafft.«

Doch sie sagte nicht die Wahrheit, das spürte Elizabeth. Sie merkte selbst, dass etwas anders war als bei der ersten

Geburt, und in dem Moment, als sie das begriff, wurde ihr klar, dass sie vielleicht in dieser Nacht sterben würde. Doch das machte nichts. Duncan und Johnny waren gerettet. Das war das Wichtigste.

Der Nachthimmel war von tief hängenden Sturmwolken bedeckt, es herrschte schwärzeste Dunkelheit. Duncan hatte die Deckslaternen eine nach der anderen wieder anzünden lassen, und in ihrem Licht hatte er den Schaden begutachtet, den die Kanonenkugel angerichtet hatte. Eine Drehbasse war mitsamt einem guten Stück von der Reling und einem Teil des Schanzkleides hinweggefetzt worden – ein vergleichsweise harmloser Treffer. Die Reparatur konnte bis zum nächsten Tag warten. In dieser Nacht galt es nur, ausreichende Entfernung zwischen Barbados und die *Elise* zu legen. Das Schiff fuhr nach dem Kompass und kreuzte vor dem Wind, der in heftigen Böen von Nordwest kam. Es war kein Hurrikan – die kamen erst im Sommer –, dennoch setzte der Sturm der *Elise* mächtig zu. Sie hob und senkte sich in den schweren Wellen. Das Meer türmte sich vor dem Bug zu bedrohlichen Bergen auf, Gischt sprühte hoch und verwandelte das Deck in eine einzige Rutschbahn. Duncan sah vom Achterdeck aus, wie Felicity, Anne und der Pfaffe die Kajüte verließen, um den Niedergang zum Kanonendeck hinabzusteigen, wo für die Passagiere ein Schlafquartier hergerichtet war. Anne, die Johnny in den Armen trug, geriet ins Straucheln, worauf Duncan eine Warnung hinunterbrüllte, dass sie sich gefälligst alle gut festhalten sollten, doch der Sturmwind riss ihm die Worte von den Lippen. Gleich darauf hatten sie die Luke erreicht, und Edmond half den Frauen hinunter. Duncan übertrug John Evers das Kommando, weil er nach Elizabeth sehen wollte. Er war noch auf dem Niedergang, als er ihren Schrei hörte. Mit Riesensätzen sprang er die letzten Stufen hinab und stolperte mehrfach in seiner Eile, zur Kajüte zu gelangen. Elizabeth lag stöhnend im Alkovenbett, entkleidet bis aufs Hemd. Im blakenden Licht der Öllampe war ihr Gesicht verzerrt vor Schmerzen, die Augen dunkel umschattet. Ihr Haar hing in feuchten Strähnen herab, und sie hatte sich die Unterlippe blutig gebissen. Am schlimmsten aber war der Ausdruck ihrer Augen. Es war der eines gequälten, gefangenen Tiers, trüb umflort und kaum von Bewusstsein erhellt.

Deirdre kauerte neben ihr, doch sie tat nichts weiter, als ihre Hand zu halten. Als Duncan hereingestürzt kam, richtete sie sich auf.

»Kommt das Kind?«, entfuhr es ihm. Seine Stimme war rau vor Angst. Als sie wortlos nickte, herrschte er sie an: »Hast du Erfahrung in solchen Dingen?«

»Ich hab oft zugesehen. Dreimal bei meiner eigenen Mutter. Sehr viele Male bei anderen. Zwei hab ich selbst auf die Welt geholt. Aber ich bin keine Hebamme.«

Er kniete sich neben das Bett und umfasste Elizabeths Gesicht. Ihre Augen waren halb geschlossen, sie schien ihn gar nicht wahrzunehmen.

»Was ist los mit ihr?«, fragte er Deirdre.

»Sie ist nicht richtig bei sich.«

»Was soll das heißen?«

»Ich weiß nicht, wie ich es anders sagen soll.« Sie zuckte die Achseln. »Wehen sind die schrecklichsten Schmerzen. Man kann es einem Mann schlecht erklären, aber stellt Euch vor, man würde Euch bei lebendigem Leib in der Mitte durchschneiden. So ähnlich fühlt es sich an, jedenfalls hat das meine Mutter gesagt. Wenn die Schmerzen zu heftig werden, kann der Körper sie noch ertragen, der Geist aber nicht mehr. Männer würden bei solchen Schmerzen ohnmächtig werden. Die Natur hat es jedoch so vorgesehen, dass eine Frau unter der Geburt nicht das Bewusstsein verliert. Sie muss es bis zum Ende aushalten. Ihr ganzer Körper besteht nur noch aus Schmerz. Doch ihr Geist …« – Deirdre machte mit der Hand eine flatternde Bewegung – »… verlässt sie für eine Weile.«

»War sie auch so, als sie Jonathan bekommen hat?«

Deirdre schüttelte den Kopf und senkte die Augen, während sie sich an der Wand abstützte, um die schlingernden Bewegungen des Schiffes auszugleichen. Sie winkte ihn zur Seite, und er kam zögernd mit.

»Das Kind liegt falsch«, flüsterte sie.

»Was heißt *falsch?«* Duncan kämpfte vergeblich gegen die Panik an, die ihn zu überwältigen drohte. Er merkte, dass seine Stimme viel zu schroff klang, und unternahm einen hilflosen Versuch einzulenken. »Erklär es mir. Erklär mir alles!«

»Es müsste mit dem Kopf nach unten liegen, aber es liegt quer. Ich kann es tasten. Deshalb geht es mit der Geburt nicht richtig voran. Sie hat die schlimmsten Schmerzen, aber es passiert nichts weiter, weil das Kind nicht herauskann. Damals, bei Johnny, ging es ganz schnell, als die Wehen so stark wurden, wie sie jetzt sind. Sie musste pressen, und der Kleine kam.« Deirdres schmales, sommersprossiges Gesicht war blass, ihr Blick zutiefst kummervoll.

Duncan war erstarrt, ihm war eiskalt geworden.

»Willst du damit sagen … Nein, das meinst du nicht, oder?«

Sie nickte stumm und mit gesenktem Blick.

Duncan wollte seine Furcht und seinen Zorn hinausschreien, er ballte die Fäuste und holte Luft, um sich zu beherrschen.

Vom Bett her kam ein lang gezogenes Stöhnen, das sich

binnen Augenblicken zu einem klagenden Schrei steigerte. Duncan war sofort bei ihr und hielt sie, spürte voller Hilflosigkeit die Anspannung ihres Körpers, sah entsetzt die Venen an ihrem Hals, die wie Stricke hervortraten, und hörte die grauenvollen Schreie. Starr saß er bei ihr, bis es nachließ und sie wieder erschöpft und benommen zusammensank. Als er hörte, wie Deirdre leise murmelnd ein Ave-Maria betete, hielt es ihn nicht länger in dem Alkoven. Er sprang auf und lief in der Kajüte hin und her. Es musste doch etwas geben, das man tun konnte! Dann blieb er abrupt stehen. Oleg! Er würde den Kirgisen fragen. Der verstand sich nicht nur aufs Kämpfen, sondern war auch in der Heilkunst bewandert und hatte schon manche üble Wunde verarztet. Duncan hatte ihn Blutvergiftungen und Gelbfieber und rote Ruhr heilen sehen. Wenn jemand helfen konnte, dann der Kirgise! Er *musste* helfen, egal wie!

Duncan stöberte ihn unter Deck auf, wo der große Seemann, wie die meisten anderen aus der Mannschaft, die Freiwache zum Schlafen nutzte. Als Duncan ihn weckte und ihm befahl mitzukommen, verzog er keine Miene und begleitete Duncan zur Kapitänskajüte. Unterwegs setzte Duncan ihm mit hastigen Worten die Situation auseinander. Deirdre wich zurück, als Oleg sich daraufhin ohne großes Federlesens in den Alkoven beugte und mit seinen riesigen Händen Elizabeths Bauch betastete. Plötzlich krängte das Schiff in einem Wellental und legte nach Backbord über, worauf Deirdre stolperte und zu fallen drohte. Blitzartig streckte Oleg den Arm aus und bewahrte die junge Irin durch festes Zupacken vor einem Sturz, Beweis seiner Koordinationsgabe, die Duncan schon bei anderen Gelegenheiten aufgefallen war. Der große Mann gab ihr einige Handzeichen, worauf sie sofort nickte und zur Tür eilte.

»Wo willst du hin?«, fragte Duncan.

»Er braucht Jerry, der für ihn sprechen soll.«

»Aber du kannst ihn doch auch verstehen.«

»Ich kann nicht die ganze Zeit zu ihm hinschauen, wenn ich mich um Mylady kümmere.« Sie eilte hinaus und kam bald darauf mit Jerry wieder, der zerzaust und übernächtigt aussah. Beim Anblick von Elizabeth legte er in einer Geste entsetzter Ehrerbietung die Hand an die Stirn.

Elizabeth schrie unter der nächsten Wehe auf. Jerrys erschrockene Blicke huschten zwischen Oleg und dem Bett hin und her, doch dann sammelte er sich und beobachtete aufmerksam Olegs Handbewegungen.

»Er braucht ein dünnes Seil, aber es muss sehr sauber sein. Und dieses Frauenzimmer hier muss genau tun, was er sagt. Ähm, was *ich* sage. Er selbst kann es nicht machen, weil seine Hände zu groß sind.«

»Ein Seil«, stieß Duncan hervor. »Ich hole eins!« Er wollte hinauslaufen, ohne die geringste Ahnung, wo er in diesem Augenblick ein dünnes und zugleich sauberes Seil herbekommen sollte, doch Deirdre hielt ihn auf.

»Wartet.« Sie sprang auf, lief zu der Kommode und holte eins von Elizabeths Unterkleidern heraus, das am Halsausschnitt einen Hohlsaum aufwies, der mit einer Kordel verschlossen wurde. Deirdre zog sie heraus und hielt sie fragend hoch. Oleg betrachtete sie kurz und nickte dann. Er hatte Elizabeth auf seine Arme gehoben und trug sie zum Tisch, und auf sein aufforderndes Grunzen hin fegte Jerry mit einer einzigen Handbewegung alles herunter, was daraufstand und vorhin in der Eile des Aufbruchs vergessen worden war. Speisebretter mit Brotresten, ein Buch, Nähsachen, das Spielzeugschiff des Kindes. Oleg legte Elizabeth auf den Tisch, und auf sein Zeichen hin hastete Jerry zum

Bett und holte zwei Kissen. Eins schob Oleg Elizabeth unter den Kopf, das andere unter ihr Becken. Jerry wandte schamhaft den Kopf ab, als Oleg ihr das Hemd bis über die Hüften hochrollte, doch Oleg gab ihm einen Tritt und machte einige rasche Handzeichen. Jerry glotzte ihn an und schluckte mehrmals heftig.

»Das kann nicht dein Ernst sein!«

Oleg warf ihm nur einen harten Blick zu, dann ergriff er die Kordel und knüpfte geschickt eine Schlinge hinein, worauf Jerry ein letztes Mal schluckte und sich an Deirdre wandte.

»Ihr müsst nachsehen, ob ihre … ähm, weibliche Öffnung weit genug ist. Dann müsst Ihr mit Eurer Hand hinein. Auf sein Kommando. Ganz langsam und vorsichtig. Ihr müsst die Schlinge über einen Fuß des Kindes ziehen.«

»Oh Gott«, flüsterte Duncan.

Oleg bewegte die Hände, eine Geste, die jeder verstand.

»Sie wird sonst sterben«, führte Jerry aus. »Es ist ihre einzige Chance. Das Kind kann nicht geboren werden, wenn Ihr die Schlinge nicht anbringt.«

»Ich weiß nicht, ob ich das schaffe!«, rief Deirdre verzweifelt aus. »Einmal habe ich gesehen, wie man es macht. Eine Hebamme hat das getan, sie hat das Kind geholt. Aber die Frau starb und das Kind auch. Und wenn Mylady … Nein, ich kann es nicht! Ich will nicht die Schuld tragen, wenn es misslingt!«

»Du musst es tun!« Duncan schrie sie an, als sei er von Sinnen. »Elizabeth stirbt, wenn du es nicht wenigstens versuchst. Dann bist du auf alle Fälle schuld!«

Deirdre schluchzte entsetzt auf und schlug sich die Hände vors Gesicht.

Oleg machte einige Bewegungen, und Jerry übersetzte.

»Ihr müsst nur die Schlinge festmachen. Den Rest erledigt Oleg.«

Elizabeth stöhnte unter einer weiteren Wehe auf, und Duncan stimmte in den gequälten Schrei ein, als spürte er selbst den reißenden Schmerz.

»Hab Erbarmen!«, brüllte er Deirdre an.

Draußen heulte der Sturmwind, und in dem immer stärker werdenden Wellengang schlingerte das Schiff heftig. Duncan hielt Elizabeth fest, sonst wäre sie vom Tisch gerollt. Oleg trat zu Deirdre und legte ihr die Hand auf die Schulter. Mit weit aufgerissenen Augen sah sie ihn an. Sein Blick senkte sich in ihren, und mit einem Mal schien sich etwas von seiner Entschlossenheit auf sie zu übertragen. Sie holte zitternd Luft, dann ergriff sie die zur Schlinge geknüpfte Kordel. Oleg fasste nach ihrer Hand und zeigte ihr, wie sie anzulegen war, bevor er Jerry weitere Zeichen gab. Jerry stierte ihn an, dann erklärte er, was zu tun war.

»Master Duncan, Ihr müsst Mylady festhalten. Gemeinsam mit mir. Ich nehme ein Bein, Ihr nehmt eins. Sie muss ruhig liegen. Oleg hält die Schultern und Arme.« Er wandte sich an Deirdre. »Und Ihr müsst sofort nach dem Ende einer Wehe mit der Schlinge hineinfassen und fertig sein, bevor die nächste kommt.«

Duncan zögerte nicht, der ihm geltenden Anweisung nachzukommen. Gemeinsam mit dem rothaarigen jungen Schotten umklammerte er Elizabeths Beine, während sie sich wand und aufschrie, gepeinigt von der nächsten Wehe, die mit kurzem Abstand nach der vorherigen einsetzte. Oleg hielt Elizabeths Oberkörper und hinderte sie daran, sich zu winden, während Deirdre vor den weit geöffneten Schenkeln der Kreißenden stand und auf Olegs Befehl wartete. Sie fuhr mit den Fingerspitzen über die prall gespannte Bauchdecke, spürte den Umrissen des Kindes nach und versuchte die Stelle zu lokalisieren, zu der sie sich gleich vortasten musste. Gleichzeitig suchte sie sich mit beiden Füßen einen festen Stand, um das Stampfen des Schiffes auszugleichen. Dann verebbte die Wehe, und Oleg gab das Zeichen. Als Deirdre tief Luft holte und tat, was vorher besprochen worden war, schloss Duncan die Augen. Er, der schon Schädel gespaltet und Gliedmaßen abgehackt hatte, konnte den Anblick dessen, was dort vor seinen Augen mit Elizabeth geschah, nicht ertragen. Er hielt ihr Bein umklammert und hörte ihr Wimmern, doch er war außerstande hinzusehen. Als er die Augen wieder öffnete, hatte Deirdre ihre Hand wieder zwischen Elizabeths Beinen hervorgezogen. Duncan sah das Ende der Kordel, blutbeschmiert wie Deirdres Finger. Auf dem Tisch hatte sich eine Lache ausgebreitet, es tropfte über den Rand.

»Das Fruchtwasser«, stammelte Deirdre. »Es ist abgegangen. Aber ich habe die Schlinge um einen Fuß gelegt.«

Wieder folgte eine Wehe, die abgewartet werden musste, dann handelte Oleg sofort. Mit beiden Händen griff er zu. Seine Linke zog an der Kordel, behutsam, doch zugleich nachdrücklich, und mit der Rechten schob und drängte er das Kind mit kräftigem Druck auf die Bauchdecke herum, bis es aufrecht lag. Danach ging alles sehr schnell. Schon bei der darauffolgenden Wehe trat ein Füßchen hervor, dann glitt der winzige Körper mit einem angelegten Beinchen heraus, das sich sofort strampelnd neben dem zuerst erschienenen ausstreckte. Ein Stück der pulsierenden Nabelschnur folgte.

»Es ist ein Mädchen!«, rief Jerry. Dann fügte er fassungslos hinzu: »Es ist mit dem Kopf drinnen stecken geblieben! Wieso zieht Ihr es nicht ganz raus?«

»Das darf man nicht«, sagte Deirdre. Es kommt von allein. Noch eine Wehe, und es ist da.«

Duncan konnte nicht denken und nichts sagen, Benommenheit hatte ihn erfasst. Wie betäubt sah er zu, als bei der folgenden Wehe, die sich beinahe unmittelbar an die vorangegangene anschloss, das Kind vollständig aus Elizabeth herausgepresst wurde und nach wenigen Augenblicken den Mund zu einem dünnen, aber unverkennbar wütenden Schrei aufriss. Deirdre nahm es vom Tisch, wickelte es hastig in ein Tuch und gab es Oleg, in dessen großen Händen das Bündel beinahe verschwand. Deirdres Gesicht war ernst und konzentriert, während sie die Nabelschnur durchtrennte und dann vorsichtig daran zog. Von ihrer Unsicherheit war nichts mehr zu spüren, doch die Angst stand ihr immer noch ins Gesicht geschrieben.

»Großer Gott«, stotterte Jerry, als unmittelbar darauf am anderen Ende der Nabelschnur ein großer, blutiger Gewebeklumpen zwischen Elizabeths Beinen herausglitt. »Was um alles in der Welt ist *das?*«

»Die Nachgeburt«, sagte Deirdre. Sie drehte und wendete den Klumpen und besah ihn sich aufmerksam, dann tauschte sie einen Blick mit Oleg und nickte. Auf ihrem Gesicht stand ein Ausdruck ungläubiger Erleichterung. Sie beugte sich über Elizabeth, drückte fest mit beiden Händen auf ihren Leib und förderte auf diese Weise einen Blutschwall zutage, der Jerry ein erschrockenes Aufstöhnen entlockte und Duncan um ein Haar vor Entsetzen ohnmächtig werden ließ.

»Sie verblutet!«, stieß er hervor.

»Nein, das war eine normale Menge.« Deirdres Stimme zitterte von der durchlebten Anspannung. Sie bekreuzigte sich. »Es ist ein Wunder. Die Muttergottes hat unsere Gebete erhört.« Sie hob an zu beten, während draußen der Sturmwind unter lautem Heulen Gischt und Wasser gegen die Kajüte peitschte und die Wellen das Schiff hin und her warfen.

Der Schreck fuhr Duncan in die Glieder, als Elizabeth völlig unerwartet die Hand nach dem Kind ausstreckte. Ihr Gesicht war bleich wie der Tod, doch sie war wach, ihre Augen klar.

»Beten kannst du später noch. Jetzt will ich meine Tochter sehen.«

Zweiter Teil

Dominica

Frühsommer 1652

12

Ich will auch Milch trinken«, sagte Johnny, während er zusah, wie Elizabeth Faith an die Brust legte. Seit ihrer Ankunft auf Dominica war sein Wortschatz rapide gewachsen. Manchmal kam es Elizabeth so vor, als hätte er über Nacht gelernt, in vollständigen Sätzen zu sprechen. Und vor allem, die solcherart geäußerten Wünsche mit aller Entschiedenheit, die ihm mit seinen zweieinhalb Jahren zu Gebote stand, durchzusetzen. Wenn er nicht bekam, was er wollte, konnte er ein Wutgebrüll anstimmen, von dem die Wände wackelten.

»Geh zu Deirdre, die gibt dir Milch.«

»Ich will aber *deine* Milch. Nicht die von Betty.«

Betty war die Milchziege, die hinterm Haus angebunden war. Sonst trank Jonathan gern Ziegenmilch, doch diesmal ging es ihm offenbar ums Prinzip. Er wollte dasselbe, was seine kleine Schwester auch bekam. Elizabeth seufzte still. Sie hatte gehofft, er würde sich leichter an den Familienzuwachs gewöhnen, doch bisher sah es nicht danach aus. Manchmal war er geradezu rührend in seiner brüderlichen Liebe, dann herzte und küsste er die Kleine und wollte schier überfließen vor Zärtlichkeit. An anderen Tagen quengelte er jedoch herum und unternahm alles, um selbst genug Aufmerksamkeit zu bekommen. Er war zu klein, um vernünftig zu sein oder zu begreifen, dass ihm die Liebe seiner Mutter immer sicher war. Er sah nur das quäkende, nimmersatte Bündel, das von früh bis spät nahezu ununterbrochen an ihrer Brust hing, und fühlte sich entsprechend zurückgesetzt. Es half nichts, dass auch Deirdre und Felicity den lieben langen Tag für ihn da waren. Er wollte seine Mutter für sich allein haben, und zwar mit einer Inbrunst, die an dem Ausmaß seiner Eifersucht nicht den geringsten Zweifel ließ.

»Mein Schatz, du bist zu groß, um noch an der Brust zu trinken. Das tun nur Babys.«

»Ich will aber!« Es klang kläglich, fast verzweifelt.

»Nein, Johnny«, sagte Elizabeth mit sanfter Stimme. Es schnitt ihr ins Herz, doch in dem Punkt konnte und wollte sie ihm nicht nachgeben.

Jonathan blickte sie tief verletzt an. Seine Augen waren nass vor ungeweinten Tränen, und seine Unterlippe bebte. Impulsiv streckte sie den freien Arm nach ihm aus.

»Komm her, mein Kleiner. Setz dich auf meinen Schoß. Dann kannst du ganz nah bei mir sein. So wie Faith. Mommy hat dich sehr lieb.« Sie zog ihn hoch auf ihre Knie, und er schmiegte sich sofort erleichtert an sie, die Nase dicht vor ihrer entblößten Brust, an der sich Faith wie eine kleine hungrige Schnecke festgesaugt hatte und unermüdlich trank.

»Faith hat Durst«, stellte er fest. Es schien ihm vollauf genug zu sein, von ihr gehalten zu werden.

»Ja, sie ist durstig. Sie ist noch klein und muss wachsen.«

Faith war mit ihren fast sechs Wochen immer noch winzig, kaum so groß wie Johnny bei seiner Geburt, aber die Kleine hatte von Anfang an einen erstaunlichen Lebenswillen an den Tag gelegt. Über einen Monat zu früh geboren und zart wie eine Flaumfeder, schien sie alles daranzusetzen, diesen Nachteil so bald wie möglich aufzuholen. Elizabeth gab dem Baby zu allen Tages- und Nachtzeiten die Brust, wann immer sich das hungrige Krähen erhob. Das Stillen war eine neue Erfahrung für sie. Johnny hatte Miranda als Amme gehabt, doch auf der *Elise* und hier auf Dominica war außer Elizabeth niemand da gewesen, der diese Aufgabe hätte erfüllen können. Es war unglaublich kräftezehrend, vor allem der ständige Schlafmangel setzte ihr zu, aber nichtsdestoweniger war sie froh und dankbar, dass es so gut klappte. Faith wuchs und gedieh, dass es eine reine Freude war. Die mageren Ärmchen und Beinchen begannen sich zu runden, die Bäckchen nahmen Konturen an. Sie war, daran gab es nichts zu deuten, ein kerngesundes kleines Mädchen.

»Sie kommt nach dir«, hatte Duncan gemeint. »So temperamentvoll und lebenshungrig – ich wette, du warst als Baby genauso.«

Elizabeth hatte über seine launigen Worte gelacht, doch sie glaubte, dass er vielleicht recht hatte. Alle ihre Geschwister waren tot, drei Brüder von den Pocken hinweggerafft, eine Schwester im Kindbett gestorben und die andere an einer Blutvergiftung, und zwei weitere hatten das Säuglingsalter nicht überlebt. Nur sie selbst schien als Einzige vom Schicksal begünstigt zu sein. Kein Fieber, keine Krankheit hatten ihr bisher etwas anhaben können, sogar die furchtbare Geburt hatte sie ohne Folgen überstanden.

Niemand konnte jedoch voraussagen, ob ihr Glück von Dauer war, und in diesem Augenblick, da sie auf ihren Sohn und ihre Tochter hinabblickte und sich bewusst machte, wie gut der Himmel es bislang mit ihr gemeint hatte, erfasste sie eine leise Bangigkeit bei dem Gedanken, wie zerbrechlich dieses Glück war und wie vielfältig die Gefahren, die es bedrohten. In der Nacht, als Faith auf die Welt gekommen war, hatte ein Sturm die *Elise* bis in die Morgenstunden hin und her geschleudert, sie mit rasender Geschwindigkeit vor sich hergejagt und mehrfach fast zum Kentern gebracht. Einer der Matrosen war über Bord gegangen, und die achtern treibende Schaluppe war von Wellen fortgerissen worden. Der Bugspriet war gebrochen, viele Ellen Segeltuch zerfetzt. Elizabeth, die sich nach der schweren Geburt ohnehin dem Tode nah gefühlt hatte, war davon überzeugt gewesen, dass sich nun ihr Schicksal erfüllen und sie auf dem Grund des Meeres enden würde. Doch gütige Mächte hatten es anders gefügt. Beim ersten Tageslicht hatte der Ausguck Land gemeldet – eine Antilleninsel, die Duncan sofort wiedererkannte, da er schon dort gewesen war: Dominica. Dass der Sturm sie nicht weit aufs offene Meer hinausgetrieben hatte, sondern bis vor die Gestade dieser grünen Insel, war ein weiterer Beweis für die Gnade Gottes.

»Störe ich?« Duncan betrat das Zimmer, und sie lächelte ihn an, während er ihr den Kleinen abnahm und ihn durch die Luft schwenkte. Johnny jauchzte begeistert, seine Eifersucht war vergessen. Wenn sein Vater Zeit für ihn hatte, interessierte ihn nichts anderes mehr. Er quietschte, als Duncan ihn abküsste.

»Daddy, du kratzt!«

»Oh ja. Stimmt, ich habe mich heute noch nicht rasiert.« Duncan rieb sich über das stoppelbärtige Kinn, setzte den Jungen ab und beugte sich zu Elizabeth. Sie erwiderte seinen Kuss, der kurz, aber unverkennbar hungrig ausfiel. Sie spürte die Leidenschaft, die zwischen ihnen aufflammte, und als sie ihn anblickte, sah sie das Begehren in seinen Augen. Sie erwiderte seinen Blick mit einem stummen Versprechen. Nach der langen Enthaltsamkeit brannten sie beide darauf, wieder das Lager zu teilen, auch wenn die Umstände alles andere als passend dafür waren. Sie waren selten allein miteinander, schon wegen Faith, doch sie würden eine Möglichkeit finden, bevor Duncan wieder in See stach, das hatte Elizabeth sich geschworen.

Seine bevorstehende Abreise lastete auf ihr wie ein schwarzer Schatten. Es würde viele Wochen, wahrscheinlich sogar Monate dauern, bis er zurück war. Vor dieser langen Trennung fürchtete sie sich, so sehr, dass sie es vermied, überhaupt darüber zu sprechen. Wäre es nach ihr gegangen, wäre er einfach dageblieben. Sie hätten sich hier auf Dominica zusammen etwas aufbauen können, die Insel bot alle Voraussetzungen. Doch sie sah ein, dass ihm keine andere Wahl blieb, denn wenn sie künftig in Frieden und ohne Verfolgung leben wollten, musste er sich rehabilitieren, und dazu war es nötig, dass er in London bei den richtigen Stellen vorsprach. Admiral Ayscue würde ohne Frage rasch dafür sorgen, dass das über Duncan verhängte Todesurteil als das entlarvt wurde, was es darstellte – einen dreisten Versuch, in unredlicher Bereicherungsabsicht die Herrschaft des Commonwealth zu unterlaufen.

Elizabeth hatte überlegt, ob sie es wagen konnte, ihn auf der Reise zu begleiten, statt mit den Kindern hierzubleiben, doch Duncan war strikt dagegen. Bevor Faith nicht mindestens ein Jahr alt sei, so hatte er mit aller Entschiedenheit erklärt, wolle er ihr eine so lange Seereise unter keinen Umständen zumuten. Elizabeth hatte ihm, so schwer es auch fiel, letztlich recht geben müssen. Die Entbehrungen während der Überfahrt von England nach Barbados waren ihr noch allzu gut in Erinnerung. Der ständige Durst, die Hitze, der unerträgliche Schmutz, die einseitige Kost, die Gefahren, die aus Stürmen und Flauten erwuchsen – es wäre egoistisch gewesen, ein so winziges Menschlein solchen Strapazen auszusetzen. Duncan war ein erfahrener Kapitän, einer der besten, doch auch er war auf See schon oft in Situationen geraten, die er nur mit viel Glück überlebt hatte. Hinzu kam, dass die Fahrt von der Karibik nach Europa oft beschwerlicher verlief als in umgekehrter Richtung, weil Winde und Meeresströmungen ungünstiger waren und die Reise daher entsprechend länger dauern konnte – ein weiterer Grund für Elizabeth, mit den Kindern auf Dominica zu bleiben und Duncans Rückkehr abzuwarten.

Er streckte die Hand aus und fuhr sacht mit den Fingerspitzen über den hellen Haarflaum des Babys, so vorsichtig, wie es ihm möglich war. Er tollte bei jeder Gelegenheit mit Jonathan herum, doch Faith wagte er kaum zu berühren, aus Angst, dieses zarte kleine Geschöpf zu verletzen. Elizabeth legte sie ihm hin und wieder in die Arme, so auch diesmal.

»Da, nimm sie bitte kurz. Sie ist satt und freut sich bestimmt, auch einmal bei ihrem Vater zu sein.« Sie reichte ihm das Kind, und er hielt es und blickte es in einer Mischung aus Ehrfurcht und Liebe an. Als die Kleine die Ärmchen über den Kopf streckte und dabei herzhaft gähnte, musste er lachen, weil es so drollig aussah. Das wiederum brachte Faith dazu, ihn mit einem breiten, sabbernden Grinsen zu betören. Sie hatte erst vor wenigen Tagen begonnen zu lächeln, eine Entwicklung, die Duncan über die Maßen entzückte. Er wurde nicht müde, sich über das Baby zu beugen und es zu animieren, sein Grinsen zu erwidern.

»Was bist du für ein schönes Mädchen«, sagte Duncan bewundernd zu seiner Tochter. »Genau dieselbe Herzensbrecherin wie deine Mutter!« Er betrachtete die Kleine aufmerksam. »Bei Gott, Lizzie, sie wird dir wirklich jeden Tag ähnlicher!«

»Ich finde, sie gleicht eher dir.«

»Mir hässlichem altem Kerl? Willst du das Kind beleidigen?«

»Du weißt, dass du fabelhaft aussiehst.« Elizabeth verkniff sich ein Grinsen. »Wahrscheinlich bist du nur wieder auf Komplimente aus.«

»Unsinn. Aber mal ernsthaft: Sie ist dein Ebenbild.«

»Nur weil sie blond ist?« Elizabeth schüttelte belustigt den Kopf. »Sie hat deine Augen, und auch dein Grübchen hat sie geerbt.«

»Meinst du?« Duncan sah das Baby nochmals eingehend an, dann hauchte er einen vorsichtigen Kuss auf die kleine Stirn und gab Elizabeth das Kind zurück, denn Johnny hatte angefangen, an seinem Hosenbein zu zerren.

»Daddy«, quengelte er.

»Komm her, mein Sohn.« Duncan hob den Jungen auf und setzte ihn sich auf die Hüfte. »Gleich nach dem Essen gibt es Arbeit, und zwar für richtige Männer. Du kannst mir helfen. Wir müssen eine Menge Holz entladen. Heute sind wieder zwei volle Flöße angekommen.«

»Lass ihn keinen Unfug anstellen«, sagte Elizabeth.

»Keine Sorge, ich passe auf ihn auf. Wir sind sowieso fast fertig. Noch schätzungsweise eine Bootsladung, und die Frachträume sind voll.«

Duncan und seine Mannschaft hatten die Zeit seit ihrer Ankunft auf Dominica nicht tatenlos verbracht, sondern dafür gesorgt, dass sie mit einer großen Ladung kostbaren Tropenholzes nach England zurückkehren konnten. Duncan dachte bei seinen Reisen immer auch ans Geschäft, von daher traf es sich hervorragend, dass der Sturm sie hierher verschlagen hatte. In den dichten Wäldern von Dominica wuchsen exotische Bäume, deren Holz in England sehr begehrt war, etwa der Bayrumbaum, aus dem wertvolles Öl gewonnen wurde, oder der Blauholzbaum, der zur Erzeugung von Farbe diente. Dominica war kaum besiedelt und daher nahezu flächendeckend von Urwald bewachsen, ein wahres Füllhorn der Natur. Zahlreiche Flussläufe durchzogen die Insel, was den Transport der Stämme vom bergigen Inneren der Insel zur Küste erleichterte.

Duncan und seine Männer hatten in den vergangenen Wochen hart gearbeitet. Das Holz, das sie bisher gefällt hatten, würde ihnen ein hübsches Sümmchen einbringen. Duncan war zufrieden mit dieser reichhaltigen Ausbeute und voller Tatendrang. Seine glänzende Laune wirkte ansteckend, obwohl Elizabeth ihre Furcht vor dem bevorstehenden Abschied nie ganz verdrängen konnte. Auch Felicity und Anne würde sie Lebewohl sagen müssen, weil beide mit Duncan reisen würden. Felicity wollte zu ihrem Verlobten Niklas Vandemeer nach Amsterdam, um endlich seine Ehefrau zu werden. Anne dagegen hatte noch keine festen Pläne. Sie wollte einfach nur ihre englische Heimat wiedersehen, weiter hatte sie bisher nicht gedacht.

»Miss Jane lässt übrigens ausrichten, dass sie gleich das Mittagessen auf den Tisch bringt«, sagte Duncan.

»Oh, das ist gut. Ich habe unglaublichen Hunger.« Elizabeth erhob sich aus dem Lehnstuhl, auf dem sie während des Stillens immer saß, und streckte sich ein wenig. Sie war müde, wie stets um die Mittagszeit, doch ihr Hunger überwog ihre Erschöpfung bei Weitem, und die Vorfreude auf das Essen ließ ihr das Wasser im Mund zusammenlaufen. Sie legte das schläfrige Baby in die Wiege neben ihrer Bettstatt und verließ gemeinsam mit Duncan und Johnny die Kammer.

Auf der Veranda des Hauses hatten sich bereits die Frauen versammelt – Anne, Felicity und Deirdre. Gemeinsam mit Miss Jane deckten sie den Tisch und trugen das Essen auf.

»Setzt Euch!« Das rundliche Gesicht von Miss Jane war rosig angelaufen von der Hitze des Kochfeuers, ihr Kattungewand, das ihre füllige Gestalt umspannte, nass vor Schweiß. »Nehmt Euch von dem Fleisch, bevor alles in den hungrigen Mäulern der Männer da draußen verschwunden ist!«

Diejenigen Matrosen von der *Elise*, die Duncan zum Holzfällen abkommandiert hatte, aßen im Freien vor dem offenen Küchenhaus, wo sie auf roh gezimmerten Bänken hockten, ein rundes Dutzend rauer Gesellen, umweht vom Rauch des mit Zweigen und Blättern abgedeckten Holzfeuers, über dem sie Fleisch und Fisch brieten. Diese Art, das Essen zuzubereiten, stammte von den Eingeborenen, die es *buccan* nannten und damit die köstlichsten Fisch- und Fleischgerichte hervorbrachten. Schon vor vielen Jahren hatten die Seefahrer der Antillen diese Methode übernommen.

Duncans Männer kümmerten sich selbst um ihre Versorgung, indem sie mit dem Beiboot zum Fischen hinausfuhren oder in den Wäldern mit der Armbrust Wildschweine erlegten. Gemüse, Obst und Kleinvieh erhielten sie von den Eingeborenen, die gelegentlich über den Fluss mit ihren Kanus in die Bucht kamen und Bataten, Bohnen, Ananas, Nüsse und Mais brachten, im Tausch gegen Kleinigkeiten – ein paar Knöpfe, ein Stück Leinen, eine Handvoll Nägel oder Glasperlen. Nie vergaßen die Männer, von dem eingetauschten Essen einen Teil bei Miss Jane abzuliefern, vor deren Haus sie kampierten und deren Bootssteg sie benutzten. Auch Fisch und Fleisch brachten sie ihr regelmäßig und bekamen dafür reichlich von dem Ale, das sie selbst braute.

Jane Douglas, die Witwe eines walisischen Handelskapitäns, von allen trotz ihrer vierzig Jahre und ihrer behäbigen Körperfülle nur kurz *Miss Jane* genannt, war wegen ihrer fröhlichen, zupackenden Art allseits beliebt. Ihre Hilfsbereitschaft und ihre Gastfreundschaft kannten keine Grenzen, und die großherzige Fürsorglichkeit, mit der sie Duncan, Elizabeth und die anderen bei sich aufgenommen hatte, war beispiellos. Sie hatte darauf bestanden, dass die Frauen und Kinder in ihr Haus zogen. Ihre eigene Tochter war im vergangenen Jahr an einem Fieber gestorben, und Miss Jane war glücklich, wieder Leben im Haus zu haben. Von den zwei Schlafkammern ihres Blockhauses hatte sie auf der Stelle eine für Elizabeth und die Kinder geräumt. Duncan, Edmond und die übrigen Männer schliefen in behelfsmäßigen Hütten, die sie in der Nähe errichtet hatten. Deirdre, Anne und Felicity hatten ihr eigenes kleines Blockhaus. Sie alle hatten sich, so gut es ging, häuslich eingerichtet und fühlten sich recht wohl bei Miss Jane, die es sich nicht nehmen ließ, Elizabeth zu umsorgen, damit diese sich rasch von der schweren Geburt erholen konnte. Sie bekam eine angemessene Entlohnung dafür, doch sie betonte stets, dass sie es auch ohne Bezahlung getan hätte.

Das Blockhaus gehörte zu einer kleinen, primitiven Ansiedlung an der Mündung eines Flusses, den die Siedler *Indian River* nannten. Der Ort selbst hatte noch keinen festen Namen. Es lebten zu wenige Menschen hier für ein richtiges Gemeinwesen; mehr als ein paar Hütten und einen Bootsausleger gab es nicht.

Im Verhältnis zu den übrigen Unterkünften war das Haus, in dem Elizabeth und die Ihren untergekommen waren, recht geräumig, denn Miss Janes verstorbener Gatte war kein armer Mann gewesen und hatte seiner Frau ein bequemes Leben bieten wollen. Vor drei Jahren hatte ihn der Schlagfluss jäh aus dem Leben gerissen, aber Miss Jane kam zurecht – mit zwei Knechten betrieb sie einen Holzhandel, der ihr genug zum Leben einbrachte. Zwar wurde Dominica, anders als die Zuckerinsel Barbados, nicht zielgerichtet von großen Kauffahrern angelaufen, aber auf dem Weg zwischen

Europa und der karibischen See gingen hier immer häufiger Schiffe vor Anker, um Vorräte aufzunehmen und noch verfügbaren Frachtraum mit Tropenholz zu füllen. Plantagenanbau wie auf Barbados gab es auf Dominica nicht, abgesehen von ein paar kleinen Indigopflanzungen, doch am Holzhandel ließ sich gutes Geld verdienen. Eine Handvoll unerschrockener, überwiegend französischer Siedler und einige wenige englische hatten sich an der windgeschützten Westseite der Insel niedergelassen und betrieben von dort aus ihren Handel, wann immer Frachtschiffe vor Anker gingen. Dabei war es ohne Belang, ob es sich um französische, niederländische, englische oder sogar spanische Schiffe handelte – Hauptsache, sie kamen in friedlicher Absicht. Die offizielle Herrschaft über die Insel hatte im Laufe der letzten Jahrzehnte zwischen England und Frankreich gewechselt, doch die überwiegend unzugänglichen Küsten und die gebirgige Landschaft ließen die Kolonisierung wenig lohnenswert erscheinen, weshalb die Insel für die europäischen Mächte bisher kaum Bedeutung erlangt hatte – außer als Zwischenhalt für die Seefahrer auf der Karibikroute von Europa nach Westindien. So gesehen war Dominica genau die Art von Insel, die Elizabeth für das künftige Zuhause ihrer Familie vorschwebte – es gab keine schwarzen Sklaven oder geschundenen irischen Schuldknechte, die von grausamen Herren zur Feldarbeit gezwungen wurden. Die auf der Insel beheimateten Kariben lebten friedlich in ihren Ansiedlungen, und ebenso taten es die Weißen in den ihren.

Elizabeth setzte sich gemeinsam mit Duncan an den großen Esstisch auf Miss Janes Veranda. Sie bediente zuerst ihren Mann und dann sich selbst von dem Brett mit dem knusprig gebratenen Fisch und der Reisschüssel und tat auch Johnny auf, der bei Deirdre auf dem Schoß saß und mit seinem eigenen kleinen Löffel aß. Wie immer war das Essen köstlich, Elizabeth nahm zweimal einen Nachschlag. Zu trinken gab es Wein aus dem Laderaum der *Elise*, frisches Ale und kaltes Quellwasser. Elizabeth stillte ihren Durst lieber mit Wasser, denn Wein oder Ale würden sie nur müde machen, und das wollte sie gerade heute auf keinen Fall. Unter dem Tisch berührte Duncans Oberschenkel den ihren, und ab und zu warf sie ihm einen verstohlenen Seitenblick zu, den Duncan mit einem unverkennbaren Funkeln in den Augen erwiderte. Hitze stieg in ihr auf, und mit einem Mal wurde ihr Verlangen nach seinen Berührungen so stark, dass ihr die Kehle eng wurde. Es war viel zu lange her, dass sie in seinen Armen gelegen hatte!

Während sie aß, langte er unversehens unter den Tisch und drückte ihr Knie, sodass sie sich fast verschluckte vor Aufregung. Erschrocken blickte sie sich um, doch niemand hatte etwas bemerkt. Ihr gegenüber saßen Anne und Felicity, in ein angeregtes Gespräch vertieft. Anne war in den Wochen seit ihrer Ankunft ein wenig aufgeblüht. Ihr verhärmtes Gesicht hatte etwas Farbe angenommen, und hin und wieder blitzten ihre Augen auf, als würde sie allmählich ihre frühere Lebensfreude zurückgewinnen. Zwar verfiel sie immer noch oft in Schwermut, doch sie blieb nie lange allein, denn immer war eine der Frauen in der Nähe, um sie aufzumuntern. Auf diese Weise fand Anne nach und nach ins Leben zurück.

Felicity hatte Anne von ihren eigenen grauenhaften Erlebnissen berichtet, und seitdem hatten sich die beiden Frauen einander mehr und mehr angenähert. Für Elizabeth war diese wachsende Freundschaft eine Erleichterung, nicht nur, weil sie beide wie Schwestern in ihr Herz geschlossen hatte, sondern weil es wichtig war, dass die zwei sich verstanden, da sie während der Überfahrt auf der *Elise* ein Quartier teilen und folglich miteinander auskommen mussten.

Felicity schien sich mit ähnlichen Überlegungen zu befassen.

»Duncan, hast du schon entschieden, wann genau wir reisen wollen? Du weißt, dass du es rechtzeitig sagen musst, oder? Schließlich müssen wir noch packen, Anne und ich.«

Duncan zögerte, und Elizabeth merkte, dass es ihm widerstrebte, vor den anderen darüber zu reden, denn ihr selbst hatte er noch nicht gesagt, wann er aufbrechen wollte. Sie wusste nur, dass es bald sein würde. Ihr war klar, dass sie jederzeit selbst danach hätte fragen können, doch bisher hatten sie beide das Thema gemieden. In ihrem Inneren schnürte sich plötzlich alles zusammen. Sie ahnte, dass seine Antwort ihr nicht gefallen würde.

»In drei Tagen.« Er wandte sich Elizabeth zu, als wollte er um Verständnis bitten, doch sie hatte den Blick gesenkt. Mit tauben Fingern schob sie ihren Teller weg. Das eben noch so schmackhafte Essen schien ihr mit einem Mal ungenießbar.

13

Deirdre packte im Küchenhaus etwas kalten Fisch und Maisbrot in einen Korb und ging damit zu Edmonds Hütte. Sie hatte ihn vorhin nicht bei den anderen am *buccan* sitzen sehen. Er sonderte sich häufig von den übrigen Männern ab, denn die meisten waren rohe Kerle, die nicht viel auf Gottes Wort gaben. Sie unterwarfen sich allein den Befehlen ihres Kapitäns, dem sie sogar bis in die Hölle folgen würden. Nur wenige von ihnen gehörten dem katholischen Glauben an, und nicht einmal die hielten viel vom Beten. Den meisten reichte die Sonntagsmesse, aber auch die durfte nicht zu lange dauern.

Auf dem Weg zu der Hütte, die Edmond sich mit einigen anderen teilte, folgten Deirdre begehrliche und sehnsüchtige Blicke. Sie konnte es den Männern nicht verübeln, wenngleich sie darauf achtete, zu niemandem hinzusehen, um nur ja keine falschen Erwartungen zu wecken. Manch einer hätte sonst auf den Gedanken kommen können, sich zu nehmen, was sie nicht zu geben bereit war.

Auf Barbados hatte es genug willige Mädchen für alle Seeleute gegeben, doch Hafendirnen wie in Bridgetown suchte man hier in dem namenlosen Nest, das nur aus ein paar verstreuten Blockhütten und Schuppen bestand, vergebens. Einige der Männer hatten versucht, Eingeborenenfrauen zu umgarnen, jedoch ohne Erfolg. Die Wilden, die sich mit ihren Tauschwaren in der Nähe des von Weißen besiedelten Dorfs blicken ließen, waren fast ausnahmslos Männer, und wenn doch einmal Frauen dabei waren, blieben sie im Hintergrund und ließen sich außer einem neugierigen Lächeln nichts entlocken.

Irgendwer hatte berichtet, dass es bereits kriegerische Auseinandersetzungen mit den auf der Insel lebenden Eingeborenen gegeben hatte, von denen es, auf etliche Dörfer verteilt, wohl einige Tausend gab, doch mussten diese Konflikte eine Weile zurückliegen, denn niemand, mit dem Deirdre bisher darüber gesprochen hatte, hatte selbst erlebt, dass die Indianer die wenigen Siedlungen an der Westküste angegriffen hätten.

Die hier beheimateten Wilden waren kleine, braunhäutige Menschen von scheuem Wesen. Manche von Duncans Männern meinten, es seien Kariben, die in den Tiefen des Urwalds kannibalistischen Ritualen frönten, wogegen Miss Jane erklärt hatte, sie sei in der Zeit, die sie schon hier lebte, noch keinen Menschenfressern begegnet. Solange niemand versuche, den Indianern ihr Land wegzunehmen, würden sie friedlich bleiben. Bekriegt hätten sie nur die Spanier, und das sei gewiss schon hundert Jahre her.

Edmond hatte bislang keine Gelegenheit ausgelassen, mit den Eingeborenen zu reden, oder zumindest das zu tun, was dem nahekam – er versuchte, sich mit Händen und Füßen verständlich zu machen, und es schreckte ihn nicht im Geringsten ab, dass seine Bemühungen kaum von Erfolg gekrönt waren. Er war wild entschlossen, Gottes Wort auf der Insel zu verbreiten, und wenn es dafür nötig war, dass er die fremde Sprache erlernte, so würde er das tun.

»Stell dir vor, was ich gehört habe«, empfing er Deirdre, als sie mit dem Korb zu seiner Hütte kam. »Vor mir war schon ein anderer Priester hier auf der Insel! Der hat die Wilden in ihren Dörfern besucht und eine Art Glossar über den karibischen Dialekt zusammengestellt.«

»Was du nicht sagst.« Sie packte den Korb aus, richtete ihm auf einem mitgebrachten Brett das Essen an und reichte es ihm. Er bedankte sich und fing ohne Umschweife an, es zu verzehren. Sie sah, was für einen Hunger er hatte, und konnte kaum an sich halten, ihn nicht wegen seiner entsagungsvollen Zurückhaltung zu schelten. Die lange Zeit im Dschungel hatte ihn menschenscheu werden lassen. Während er in seinem Eifer, die Wilden näher kennenzulernen, jede Schüchternheit ablegte, ging er seinen weißen Zeitgenossen zumeist beharrlich aus dem Weg. Er mochte nicht einmal abends mit ihr und den anderen auf Miss Janes Veranda zusammensitzen, obwohl sie ihn schon mehrfach dazu eingeladen hatte.

Er hockte unter einem Schatten spendenden Baum, von dessen Ästen langfädiges spanisches Moos herabhing. Als Sitzplatz diente ihm ein umgedrehtes leeres Fass. Das Speisebrett auf den Knien, berichtete er voller Begeisterung von dem französischen Gottesmann, der vor Jahren auf Dominica gelebt hatte. Nebenher schlang er achtlos das Essen hinunter. Deirdre bemühte sich, seinen Erläuterungen zu folgen, obwohl sie darauf brannte, ihm ihre eigenen Neuigkeiten mitzuteilen. Mit kaum bezähmter Ungeduld hörte sie an, was er zu erzählen hatte.

»Dieser Pater hat in jahrelanger Arbeit eine Abhandlung über die karibische Sprache und die Gebräuche der Eingeborenen verfasst. Leider nicht auf Latein, wie ich gehofft hatte, sondern auf Französisch. Was ich dummerweise überhaupt nicht kann.«

»Miss Felicity beherrscht es wie ihre Muttersprache. Ihre

Kinderfrau war Französin. Allerdings wird sie wohl keine Zeit mehr finden, es für dich zu übersetzen, denn es soll schon nächsten Samstag auf die Reise gehen, und wie ich sie kenne, wird sie jeden freien Augenblick mit Packen zubringen.« Atemlos hielt sie inne und beobachtete Edmond angespannt. Wie er die Nachricht über die bevorstehende Abreise wohl aufnahm? Ob er sich vielleicht noch besann und nach Europa zurückwollte? Doch Edmond war zu sehr mit seinen eigenen Problemen beschäftigt, und zu denen gehörte eine Rückreise nach Irland offenbar nicht.

»Sie könnte es momentan sowieso nicht übersetzen«, meinte er. »Denn ich habe das Glossar gar nicht. Jedenfalls noch nicht. Allerdings hege ich die Hoffnung, eine Abschrift davon in meinen Besitz bringen zu können. Nach diesem Pater – sein Name war übrigens Breton – kamen zwei weitere französische Geistliche nach Dominica, und ich bin zuversichtlich, dass er ihnen eine Kopie seines Breviers überlassen hat. Einer von ihnen soll noch immer hier leben, südlich von hier, in einem Dorf, wo es sogar eine richtige Kirche geben soll. Ich werde wohl bald dort hingehen und mich erkundigen, vorausgesetzt, es ist nicht zu weit. Aber die Insel soll ja nicht sehr groß sein, vermutlich ist es höchstens ein Tagesmarsch. Einige Wörter der Sprache kenne ich schon, aber ich will sie richtig beherrschen.« Er breitete enthusiastisch die Arme aus. »Wenn ich es schaffe, die Sprache der Kariben zu erlernen, kann ich sie auch zum wahren Glauben bekehren! Deirdre, ich brenne förmlich darauf, mich dieser Aufgabe zu widmen!«

Deirdre verfluchte sich stumm, ihn überhaupt erst darauf gebracht zu haben.

»Edmond, hast du eigentlich gerade gehört, was ich gesagt habe?«, fragte sie drängend.

»Was denn?« Ein wenig erstaunt blickte er sie an.

»Dass die *Elise* nächsten Samstag in See sticht. Noch können wir uns entscheiden mitzufahren. Mylady hat mich vorhin wieder gefragt, was wir machen wollen, du und ich. Ob wir mitfahren oder hierbleiben.«

»Natürlich bleiben wir hier.« Edmond sagte es voller Überzeugung. Er sah sie dabei an, als sei es ihm unerklärlich, wieso sie immer wieder von dem Thema anfing. »Hier liegt meine Bestimmung! Und das verdanke ich allein dir.« Seine Augen leuchteten auf. »Hättest du mir nicht aufgezeigt, welche Möglichkeiten sich in diesem heidnischen Land einem aufrechten Gottesmann bieten, würde ich heute noch allein und verlassen im Dschungel von Barbados sitzen.«

So gesehen hatte er natürlich recht. Sein derzeitiges Leben war deutlich besser und vor allem ungefährlicher als das, was er vorher geführt hatte – er musste nicht hungern oder in Knechtschaft leben, wurde nicht von der Obrigkeit verfolgt und durfte unbehelligt seinen Glauben ausüben. Kurzum, er war ein freier Mann. Dennoch hätte er, davon war Deirdre nach wie vor überzeugt, in seiner Heimat ein besseres Leben haben können. Auch wenn er wenig Gutes über seine Familie zu sagen hatte, war Deirdre sicher, dass man den tot geglaubten Sohn freudig aufnehmen würde, sobald er heimkehrte. Doch davon wollte Edmond nichts wissen, also hatte sie es aufgegeben, mit ihm darüber zu diskutieren.

Seufzend blickte sie ihn an. Sein schmales Gesicht mit den jungenhaften Zügen, seine nie versiegende Begeisterungsfähigkeit, seine arglose Güte – die sanfte Sehnsucht in ihrem Inneren weitete ihr die Brust, bis es wehtat. Er war so stark und gleichzeitig so schwach, und er rührte auf eine Weise an ihr Herz, die sie unentrinnbar zu ihm hinzog. Wie gern hätte sie ihn umarmt und die kleine Sorgenfalte von seiner Stirn geküsst! Dabei waren ihre Gefühle alles andere als schwesterlicher Natur. Manchmal wachte sie in den frühen Morgenstunden auf, wenn draußen der Regen niederrauschte, und dann stellte sie sich vor, in seinen Armen zu liegen. In jenen traumverlorenen Momenten meinte sie beinahe zu spüren, wie er sie fest umschlang und küsste, während der Regen auf sie beide hinabströmte, wie ein gnädiges Zeichen des Himmels, als Segen für ihre Liebe. Es war nur ein Traum, doch er kehrte häufig wieder, immer an der Schwelle zum Erwachen und so intensiv, dass er sich auch tagsüber in ihre Gedanken stahl.

Edmond war ein geweihter Priester, er hatte körperlicher Liebe und ehelichem Glück auf immer entsagt, doch Deirdre wusste, dass manche Priester sich einen Dispens geben ließen. Sie sprach niemals mit Edmond darüber – vermutlich hätte es ihn entsetzt, dass sie solche Gedanken überhaupt hegte –, doch es ging ihr nicht aus dem Sinn. Warum musste er noch länger ein Priester sein? Er hatte in der Karibik keine Pfründe und keine Gemeinde, es gab niemanden hier, der ihm den Wunsch nach einem weltlichen Leben übel nehmen würde. Keinen hätte es gekümmert, wenn er sich einfach über seine Gelübde hinweggesetzt hätte, sie am allerwenigsten – im Gegenteil, sie wünschte sich nichts mehr als das. Wenn er schon unbedingt in der Karibik bleiben wollte, wieso nicht als einfacher irischer Siedler, ohne den Zwang des Zölibats? Sie wusste, dass er sie begehrte, er war auch nur ein Mann. Jedes Mal, wenn sie bei ihm war, sah sie es in seinen Augen: Er reagierte auf ihre Reize und konnte es nicht verbergen. Häufig wurde er rot, wenn sie ihn anlächelte, und wenn sie dann versuchte, ihm näherzukommen, atmete er schneller.

Sie zweifelte nicht daran, dass sie ihn glücklich machen

konnte, nur ihm selbst schien diese Möglichkeit so fern zu liegen, dass er niemals auch nur eine winzige Andeutung darüber verlieren würde.

»Ach Edmond.« Sie seufzte und nahm ihm das mit bröckeligen Resten übersäte Speisebrett weg. An seinem Mundwinkel haftete ein Krümel, und ohne nachzudenken, streckte sie die Hand aus und wischte ihn weg. Die Berührung seiner Lippen ließ ihre Fingerspitzen kribbeln, und er schien dasselbe zu spüren, denn tiefe Röte zog sich vom Kragenrand seines vielfach geflickten, aber wie immer sauberen Hemdes über seinen Hals hinauf in seine Wangen. Er räusperte sich.

»Natürlich kann ich nicht für dich mit entscheiden, Deirdre. Wenn du lieber nach Dublin zurückwillst, möchte ich dir nicht dreinreden.«

»Glaubst du wirklich, ich würde ohne dich zurückwollen?«

Er zuckte die Schultern und gab keine Antwort.

»Natürlich bleibe ich bei dir«, sagte sie.

Die Röte in seinen Wangen verstärkte sich, und er nickte stumm.

»Im Grunde bin ich froh, dass du bleiben willst«, behauptete sie. »Denn ich will ja auch nicht fort. Zwar glaube ich, dass du es in Dublin gut hättest, auf jeden Fall besser als hier. Aber ich entbehre hier ja nichts. Außerdem möchte ich Mylady und die Kinder nicht verlassen. Folglich trifft es sich gut, dass auch du hierbleibst, denn wir beide sind im Laufe der Zeit gute Freunde geworden.«

»Das sind wir tatsächlich.« Seine Stimme klang rau. »Ich bin auch sehr froh, dass du hierbleibst.« Mehr sagte er nicht dazu, und sie wusste, dass dies das Äußerste war, was sie je an Worten der Zuneigung von ihm würde erwarten können.

»Das Essen hat sehr gut geschmeckt«, platzte er heraus, als sei ihm jede Ablenkung recht. Er deutete ein wenig zögernd hinab zum Strand. »Es ist sehr heiß, aber hättest du … würdest du gern ein Stück mit mir am Meer spazieren gehen?«

»Oh ja. Das würde ich sehr gern.« Sie tippte an ihren breitrandigen Strohhut. »Außerdem bin ich gut gegen die Sonne geschützt.«

»Ich habe auch einen Hut.« Er sprang auf, verschwand in der Hütte und kam mit einem schiefen, aus Binsen geflochtenen Ding zurück, das eher einer Schüssel ähnelte als einer Kopfbedeckung. »Sieh nur, den habe ich selbst gemacht. Der große Kirgise hat mir gezeigt, wie es geht.«

»Oleg?«

»Ja. Er hat sehr geschickte Hände.«

Ich weiß, wollte sie sagen, *er kann mit nur einer Hand eine Schlinge knüpfen.* Doch dann ließ sie es sein, weil sie ihm sonst womöglich von den schrecklichen Einzelheiten der Geburt erzählen musste. Dass sie mit ihrer bloßen Hand tief in Myladys Leib hineingefasst hatte, eine Erfahrung, die sie immer noch mit Entsetzen, aber auch Ehrfurcht erfüllte. Sie und Oleg waren für einige Augenblicke Herrscher über Leben und Tod gewesen. Zwischen ihr und dem großen, stummen Mann hatte eine rätselhafte Verbindung bestanden, ein Einvernehmen, durch das sie seine Gedanken so deutlich gespürt hatte, als hätte er sie ausgesprochen. Sie hatten gemeinsam ein Kind gerettet und die Mutter dazu. Es konnte nur Gottes Wille gewesen sein, davon war sie überzeugt. Aber Edmond würde das, was sie und Oleg getan hatten, vielleicht für Teufelswerk halten. Es war besser, er erfuhr es gar nicht erst. Master Duncan hatte Jerry verboten, es herumzuerzählen. Er wollte nicht, dass seine Frau im Mittelpunkt von Gerede stand. Oleg sprach ohnehin nicht darüber, also konnte auch sie schweigen. Niemand musste davon wissen. Sie kannte Frauen, die aus weit harmloseren Gründen der Hexerei bezichtigt worden waren. Irgendwer fand sich immer, der einen beim nächstbesten Richter anschwärzte. Dafür reichten die nichtigsten Anlässe.

Edmond setzte den Hut auf. Die Binsen hingen ihm ins Gesicht, und Deirdre musste lachen, weil es komisch aussah.

»Ich glaube, als Hutmacher muss ich noch viel lernen.« Er lächelte verschmitzt und sah in diesem Augenblick so unwiderstehlich aus, dass es sie fast körperlich schmerzte, ihn nicht umarmen zu dürfen. Doch auf dem Weg zum Strand hakte sie sich kurzerhand bei ihm ein, dagegen war nichts einzuwenden. Er versteifte sich und blickte sich rasch um, aber es war niemand zu sehen. Zögernd entspannte er sich, und gemeinsam gingen sie zum Strand. Das Meer erstreckte sich in funkelndem Türkisblau von den Rändern der feinsandigen Bucht bis zum Horizont, überdacht von einem strahlenden, wolkenlosen Himmel. Hinter ihnen ragten steil die Bergketten auf, in allen Schattierungen von Grün. Nach den eher sanften Hügeln, die Deirdre von Barbados kannte, muteten diese hohen Gipfel seltsam an. Sie hatte gehört, dass manche von ihnen Rauch ausspien, und im Landesinneren sollte es sogar kochende Seen geben, aus denen Höllendämpfe emporstiegen. Einladende Strände wie auf Barbados gab es auf Dominica kaum; diese Bucht war eine der wenigen Ausnahmen. Vielerorts gab es jäh abfallende Klippen, die meisten Küstenabschnitte waren schroff und felsig und von unberechenbaren Untiefen gesäumt. Lady Elizabeth würde ihre Badeausflüge einschränken müssen, dachte Deirdre, während sie mit Edmond durch den Sand stapfte und versuchte, diesen unerwarteten gemeinsamen Ausflug zu genießen.

Er ging schneller, auf einmal erschien er ihr merkwürdig zielstrebig, als wüsste er genau, wohin er wollte.

Dann sah sie das Boot.

Oleg hatte es sich auf einem Felsen oberhalb der Bucht bequem gemacht und beobachtete einen Leguan. Das vorsintflutliche Tier hatte seinen Platz im Geäst eines Baums verlassen und sich auf Futtersuche begeben. Oleg schaute zu, wie die grüne Echse Schnecken von den Felsen pflückte und sich danach den Inhalt eines Vogelnestes einverleibte. Bisher hatte er immer geglaubt, Leguane ernährten sich nur von Pflanzen, doch dieser dort schien neben Früchten und Blättern auch tierische Kost nicht zu verschmähen. Sogar ein toter Frosch stand auf seinem Speiseplan, wie Oleg als Nächstes sehen konnte. Fasziniert sah er zu, wie die fast mannsgroße Echse einen hohen Felsen erklomm, offenbar auf der Suche nach weiterer Nahrung. Der steile Anstieg forderte die Kletterkünste des Tieres heraus, aber es war den Schwierigkeiten nicht gewachsen – es rutschte ab und plumpste aus mindestens zehn Fuß Höhe auf den sandigen Boden zurück. Doch der Sturz schien ihm nicht viel auszumachen. Sofort richtete es sich wieder auf und schnappte reflexartig nach einem vorbeiflatternden Falter, der die Größe einer Faust hatte. Das Insekt verschwand im gezähnten Maul des Leguans, während dieser bereits nach dem nächsten Fang Ausschau hielt.

Plötzlich verharrte das Tier. Absolut reglos verschmolz es mit der Umgebung, und Oleg tat es ihm gleich, als er die Stimmen hörte. Der Priester und Deirdre. Sie kamen über den Strand näher. Der Leguan wähnte sich in Gefahr und suchte das Weite, wobei er eine bemerkenswerte Geschwindigkeit an den Tag legte. Er floh auf allen vieren, stemmte sich aber zu Olegs Verblüffung nach wenigen Augenblicken auf die Hinterbeine hoch und rannte aufgerichtet die letzten Schritte bis zum Meer. Es war die einzige Fluchtrichtung, die dem Tier offen stand, denn hinter ihm befanden sich die Felsen und seitlich davor am Strand der Einbaum der Kariben. Platschend warf die große Echse sich in die Wellen und paddelte mit schlängelnden Bewegungen rasch davon. Oleg, der zum ersten Mal sah, wie ein Leguan schwamm, staunte über dessen Geschicklichkeit. Im Wasser bewegte er sich deutlich eleganter als beim Klettern. Doch dem Tier war kein Glück beschieden. Während es vor den vermeintlichen Angreifern flüchtete, hatte es die wahre Gefahr übersehen. Ein Speer sauste durch die Luft und durchbohrte seinen Leib. Das Wasser färbte sich rot, als der Leguan sich mit zuckendem Schwanz herumwarf und versuchte, sich davonzumachen. Doch seine Bewegungen wurden rasch langsamer, und als der junge Karibe, der den Speer geschleudert hatte, lachend durch das Wasser auf ihn zuwatete und seine schuppige Beute mitsamt dem Speer in Richtung des am Ufer liegenden Einbaums zog, erlahmte das Gezappel vollends. Der braunhäutige kleine Jäger zerrte die nun schlaffe Echse auf den Strand, und unter begeisterten Ausrufen begutachteten die Kariben den unverhofften Fang. Leguane galten als Delikatesse. Oleg hatte ebenfalls bereits von ihrem Fleisch gegessen. Es war zart und schmackhaft.

Unten am Strand näherten sich Edmond und Deirdre. Oleg konnte ihre Gesichter nicht sehen, da sie von Sonnenhüten beschirmt waren. Edmond sah mit seinem Hut ein wenig lächerlich aus, was er selbst wusste. Doch er musste ihn tragen. Nahezu alle Iren wurden wegen ihrer hellen Haut in der Sonne rot wie gesottene Krebse, wenn sie sich nicht wenigstens während der heißesten Tageszeit schützten. Deirdre hingegen stand ihr Hut vorzüglich. Ihr rostrotes

Haar quoll in glänzenden Locken unter der Krempe hervor, wie immer war sie der Inbegriff von jugendlichem Liebreiz. Während der Arbeit hüllte sie sich stets in formlose graue Kittel, aber diesmal trug sie, wie an jedem Sonntag, ein Kleid aus hellem Kattun und mit engem Mieder, das ihre schmale Taille und die runden Brüste betonte. Keine Frage, sie hatte sich für den Pfaffen hübsch gemacht.

Deirdres Bewegungen waren zögerlich, sie ließ sich eher von Edmond ziehen, als dass sie selbst vorwärtsstrebte. Oleg sah, wie die Kariben sich von der erlegten Echse abwandten und um Deirdre und Edmond scharten. Die Körperhaltung der Eingeborenen – es waren sechs Männer – drückte neugierige Erwartung aus, als Edmond mit ausholenden Gesten anfing, sich mit ihnen zu verständigen. Er zeigte zuerst auf sich und dann auf Deirdre. Oleg hörte einzelne Wortfetzen, verstand aber nicht, was geredet wurde. Edmond stand zu weit weg, und das Rauschen des Meeres verschluckte seine Stimme. Plötzlich trat einer der Wilden – es war der Älteste unter ihnen, vermutlich der Kazike – auf Deirdre zu und streckte die Hand nach ihr aus. Oleg richtete sich wachsam auf. Dann glitt er ohne zu zögern aus seinem Versteck und machte sich daran, den felsigen Abhang hinabzuklettern.

Deirdre zuckte zurück, als der Wilde ihr Haar anfasste, doch er hielt unbeirrt eine ihrer Locken fest und rieb sie zwischen den Fingern. Er sagte etwas zu den anderen, worauf alle lachten. Edmond wirkte ein wenig irritiert, machte aber keine Anstalten einzuschreiten. Er fuhr fort, mit vielen Gesten und ein paar Worten aus der Eingeborenensprache zu erklären, wer er war und was er wollte. Die Männer nahmen es kaum zur Kenntnis, sie schienen sich eher für Deirdre zu interessieren. Vor allem der, der ihr Haar befühlte, war offensichtlich von ihr angetan. Er fragte Edmond etwas, worauf dieser die Hand hinter sein Ohr hielt und so zum Ausdruck brachte, dass er es nicht verstanden hatte. Der Wilde wiederholte die Frage ungeduldig, und wie um sein Ansinnen zu unterstreichen, zeigte er zuerst auf Deirdre und dann auf sich.

»Ich verstehe nicht«, sagte Edmond befremdet.

»Edmond, wir sollten wohl besser wieder gehen. Es gefällt mir nicht, wie dieser Mann mich ansieht.« Deirdre hatte kein Wort von dem verstanden, was die Wilden in ihrer Sprache redeten, aber für die Blicke des Mannes brauchte sie keine Übersetzung. Die braunhäutigen Eingeborenen machten ihr Angst. Groß waren sie nicht, aber ihre Arme und Beine waren kräftig und muskulös. Die tätowierten, runden Gesichter waren glatt und flachnasig, und unter pechschwarzen Haarschöpfen musterten sie große dunkle Augen. Die Bekleidung der Männer bestand aus Lederschnüren, die sie um den Leib geschlungen hatten und von denen grob gewirkte Stoffstücke hingen, mit denen sie notdürftig ihre Scham bedeckten. Allesamt trugen sie Waffen – Steinmesser, Speere, Bogen zum Verschießen von Pfeilen, primitive Äxte. Einer hatte sogar eine Armbrust, vermutlich bei einem der Siedler eingetauscht.

»Diese Männer sind absolut friedlich«, sagte Edmond beruhigend. »Keine Sorge, sie tun dir nichts. Ich schätze, es geht um dein Haar. Wahrscheinlich haben sie noch nie jemanden mit so rotem Haar gesehen. Wenn ich nur wüsste …« Er wandte sich an den Eingeborenen, der abermals die Hand nach Deirdre ausstrecken wollte, worauf sie zwei Schritte zurückwich. »Haar«, sagte Edmond langsam und akzentuiert. Er nahm den Hut ab, zupfte an einer Haarsträhne und tat dann dasselbe bei Deirdre. »Haar.« Zu Deirdre meinte er:

»Man muss jede Gelegenheit ausnutzen, sie auch Worte aus unserer Sprache zu lehren. Denn wie sollen sie sonst je unsere Gebete sprechen können?«

»Haah«, sagte der Eingeborene. Er zog etwas aus dem Beutel, den er um den Hals hängen hatte. Zwischen seinen Fingern blinkte es, als er den Gegenstand hochhielt und ihn Edmond zeigte. Dann deutete er abermals auf Deirdre.

»Das ist eine Golddublone«, sagte Edmond überrascht. »Was er wohl damit will?« Sein Gesicht hellte sich auf. »Deirdre, ich glaube, er möchte etwas von deinem Haar! Diese Eingeborenen! Immer und überall wollen sie tauschen.« Mit verbindlichem Lächeln wandte er sich an den Indianer. »Sie wird dir leider nichts davon geben können.« Er zeigte auf Deirdres Haar und schüttelte gleichzeitig bedauernd den Kopf. »Kein Haar«, sagte er.

Der Wilde schien sich nicht damit abfinden zu wollen. Er schaute unzufrieden drein und besprach sich in einer schnellen, gutturalen Folge von Worten mit seinen Stammesbrüdern.

Deirdre hörte misstrauisch zu. Sie verstand zwar nichts, war aber auf der Hut. Dann zuckte sie erschrocken zusammen, denn plötzlich erschien Oleg auf der Bildfläche. Sie hatte ihn nicht kommen hören. Geräuschlos trat er von hinten an sie heran und stellte sich dicht neben sie. Die Eingeborenen starrten ihn an, machten aber keine Anstalten zurückzuweichen. Oleg legte den Arm um Deirdre und zog sie an sich. Verblüfft fühlte sie sich an seinen großen, von der Sonne erhitzten Körper gepresst. Er gab einen Grunzlaut von sich und legte die freie Hand auf seine Brust. Als der Eingeborene ihm das Goldstück hinhielt, schüttelte er den Kopf, worauf der Karibe sich achselzuckend abwandte und in den Einbaum stieg. Auf sein Kommando warfen seine Stammesgenossen die Echse in das Boot, bevor sie es ins Wasser schoben und ebenfalls hineinsprangen. Jeder nahm ein Paddel und bewegte es im Gleichklang mit den anderen, worauf der Einbaum mit wachsendem Tempo davonglitt und sich, der Küstenlinie folgend, rasch entfernte.

Edmond blickte dem Boot enttäuscht nach.

»Zu dumm, dass sie so schnell wieder fortwollten. Ich hätte gern noch eine Weile mit ihnen geredet.«

Olegs Miene zeigte einen Ausdruck, der zwischen Mitleid und Verachtung schwankte. Er machte ein paar Gesten, die Deirdre aufmerksam verfolgte; anschließend nickte sie.

»Ja«, sagte sie. »Das glaube ich auch.«

»*Was* glaubst du auch?«, wollte Edmond wissen. »Was hat er gesagt? Verstehst du seine Gebärden?«

»Gewiss«, erwiderte sie geistesabwesend. Wie gut, dass Oleg zufällig in der Nähe gewesen war!

»Was hat er gesagt?«, wiederholte Edmond seine Frage.

»Dass der Wilde mich kaufen wollte. Und wenn Oleg nicht so getan hätte, als würde ich ihm gehören, hätten die Männer mich mitgenommen.«

»Das hätte ich niemals zugelassen!«

»Sie hätten dich vielleicht getötet, wenn du versucht hättest, gegen sie zu kämpfen.«

»Das ist Unsinn, Deirdre. Ich sagte doch, diese Menschen sind friedfertig! Anderenfalls hätte ich dich nicht hergeführt. Um diese Tageszeit sind sie manchmal zum Fischen und Tauschen hier, ich wollte, dass du sie kennenlernst. Damit du siehst, wie freundlich und neugierig sie sind. Fast so wie Kinder.«

Oleg ließ ein Schnauben hören, Deirdre übersetzte es auf ihre Weise.

»Mir kamen sie nicht kindlich vor, Edmond.«

»Sie haben nicht mal *versucht,* uns anzugreifen.«

»Weil sie Angst vor Oleg hatten.« Zumindest dem konnte Edmond schlecht widersprechen. Im Vergleich zu den Eingeborenen war der Kirgise ein Riese. Sein Leibgurt war mit Säbel, Pistolen und Entermesser bestückt, alles gut sichtbar und griffbereit. Wenn jemand wie ein siegreicher Krieger aussah, dann Oleg.

Oleg vollführte weitere Gesten.

»Was sagt er?«, fragte Edmond. Es klang ein wenig gereizt.

»Er meint, dass es andere Kariben sind als die, die sonst hier leben. Er glaubt, sie sind von einer anderen Insel hergekommen.«

»Für mich sahen sie so aus wie alle übrigen, die ich bisher sah. Sie sprachen auch genauso.«

»Es kann aber trotzdem stimmen, Edmond. Miss Jane hat erzählt, dass in der letzten Zeit häufiger Kariben von anderen Inseln kommen. Sie werden überall auf den Antillen vertrieben, von Spaniern, Franzosen, Engländern – dort, wo neue Kolonien entstehen, werden Plantagen angelegt und die Eingeborenen verjagt. Miss Jane hat gesagt, Indianer lassen sich nicht versklaven. Eher essen sie Erde, bis sie sterben. Also werden sie umgebracht, oder sie fliehen und suchen sich eine neue Heimat. Miss Jane meinte, dass auch schon schwarze Sklaven hergekommen sind, die sich in den Bergen verstecken. Auf Dominica können sie sich noch sicher fühlen, denn es herrscht Frieden zwischen den Eingeborenen und den Weißen, weil hier kein Land für den Zucker gebraucht wird.« Sie hielt inne. Oleg wandte sich ab und stapfte durch den Sand davon, während Edmond bedauernd den Kopf schüttelte.

»Er sieht immer nur das Schlechte in den Menschen«, sagte er.

Deirdre lag der Hinweis auf der Zunge, dass gesundes Misstrauen lebensrettend sein konnte, doch dann schwieg sie lieber, denn Edmonds Glaube an das Gute im Menschen war unerschütterlich. Er würde sich sowieso nicht vom Gegenteil überzeugen lassen.

»Komm, wir gehen zurück«, sagte sie. Die Freude am gemeinsamen Spaziergang war ihr gründlich verdorben.

14

Unter Duncans Aufsicht befestigten die Männer die Holzstämme am Ladekran und hievten sie einen nach dem anderen an Deck der *Elise.* Er hatte die Bäume zerlegen lassen, doch die einzelnen Stücke waren teilweise immer noch länger als ein Mann und entsprechend schwer. Besonders das Blauholz würde viel Geld bringen, denn neben Indigo war es die wichtigste Pflanze zur Gewinnung blauen Farbstoffes.

John Evers stand neben ihm auf dem Steg und wischte sich den Schweiß ab. Sein kantiges Gesicht spiegelte Zufriedenheit wider. Der Bootsmann konnte es kaum erwarten, dass sie endlich in See stachen. Für ein Leben an Land war er nicht gemacht, er brauchte Schiffsplanken unter den Füßen und die Bewegungen der Wellen, um sich wohlzufühlen. Duncan war es in der Vergangenheit oft ähnlich ergangen, er hatte es selten lange an Land ausgehalten. Seit er eine Familie hatte, war das anders. Sein erklärtes Ziel war es seitdem, für Elizabeth und die Kinder ein Heim zu schaffen. Früher hätte er nie geglaubt, dass er zu solchen Gefühlen imstande sein konnte, doch sein Beschützerdrang und der Wunsch, Elizabeth glücklich zu machen, bestimmten mittlerweile sein Leben in einem solchen Ausmaß, dass seine Männer bereits anfingen, ihn für verweichlicht zu halten. Aber was andere von ihm dachten, hatte ihn noch nie groß gekümmert. Allen heimlichen Spötteleien zum Trotz würde er die *Elise* niemals aufgeben, zumindest nicht freiwillig. Allerdings würde er künftig ein anderes Leben führen als früher, eines, das nicht in dem Maße mit Gefahren behaftet war wie das Freibeuterdasein, jedoch tunlichst genug Verdienst abwarf, damit er Elizabeth ein standesgemäßes Leben bieten konnte.

»Pass mit dem Seil auf! Das sieht schon mitgenommen aus, es könnte reißen«, rief Duncan einem der Männer zu, der gerade einen Strick an einem sechs Fuß langen Baumstück befestigte. Der Mann ging unverzüglich eine neue Seilrolle holen. Mochte auch der eine oder andere aus der Besatzung den Kapitän für sanftmütiger als früher halten – seine Befehle stellte keiner infrage.

»Sieh mal, da kommt ein Schiff in den Hafen«, sagte John. Er beschirmte mit der Hand seine Augen gegen die Sonne. »Eine Fregatte. Scheint ein Engländer zu sein.«

Duncan nahm sein Fernrohr vom Gürtel und spähte hindurch. Vor der Linse erschien gestochen scharf ein Segler, der schon bessere Zeiten gesehen hatte. Der Rumpf war vom Salzwasser ausgelaugt, die Aufbauten wurmstichig. Oben am Mast wehte die englische Flagge.

»Du hast recht«, sagte er. »Hab den Kahn noch nie gesehen, aber er fährt unter der Fahne des Commonwealth.«

Gemeinsam sahen sie zu, wie das Schiff in die Bucht einlief und in nicht allzu weiter Entfernung von der *Elise* vor Anker ging. Ein Beiboot wurde zu Wasser gelassen. Drei Männer stiegen über die Strickleiter hinein, einer von ihnen ergriff die Riemen und ruderte das Boot an Land.

»Der eine trägt Uniform«, sagte John Evers leise und warnend zu Duncan. »Er könnte geradewegs von Barbados kommen!«

»Dann würde er wohl kaum so unbefangen in unmittelbarer Reichweite unserer Kanonen ankern«, gab Duncan zurück. Er hatte denselben Gedanken wie John gehabt, ihn aber sofort verworfen. Nicht nur das Schiff, sondern auch die Männer sahen aus, als hätten sie eine monatelange Seefahrt hinter sich. Sie wirkten abgerissen, ausgelaugt und verhärmt. Gleich darauf sollte sich sein Eindruck bestätigen.

Der älteste der drei Männer, ein schmächtiger Mittvierziger mit blassen Augen und grauem, im Nacken zusammengebundenem Haar, setzte als Erster den Fuß an Land, gefolgt von seinen Männern. Er trug eine schmuddelige, vielfach geflickte Jacke, die trotz der ausgeblichenen Farbe noch als Uniform der Parlamentsflotte zu erkennen war. Die beiden anderen waren wie normale Seeleute angezogen, zerlumpt, verdreckt und ungepflegt.

Duncan hakte entspannt die Daumen in den Gürtel und blickte den Männern entgegen. Vor ihm angekommen, blieb der Schmächtige stehen und musterte ihn fragend.

»Sir, könnt Ihr mir vielleicht sagen, auf welcher Insel wir hier sind?« Seine Stimme klang leicht schnarrend, ohne Höhen und Tiefen und ebenso emotionslos wie sein Blick.

»Auf Dominica.«

Erleichterung zeigte sich in den Zügen des Mannes.

»Gott sei Dank. Keine spanische Insel.« Er wies über die Schulter zurück zu der heruntergekommenen Fregatte. »Und ich dachte, ich müsste diesem Trottel von Kapitän noch die letzte Haut vom Rücken peitschen wegen seiner erbärmlichen Navigation. Ich war sogar so weit zu glauben, dass wir niemals mehr Land sehen. Eine Flaute hat uns viele Wochen ziellos umhertreiben lassen. Wir haben keinen Tropfen Wasser mehr.«

»Das passiert in diesen Breiten häufig«, sagte Duncan mit abwartender Höflichkeit.

Der Mann nahm Haltung an. »Vergebt mein schlechtes Benehmen, Sir. Ich vergaß, mich vorzustellen. Mein Name ist Arthur Howard. Ich bin Befehlshaber dieses Schiffes und Truppenkommandant.«

»Seid Ihr hier, um Wasser und Vorräte aufzunehmen?«, fragte Duncan, der es wohlweislich unterließ, sich ebenfalls vorzustellen. Für den Fall, dass der Mann vorhatte, nach Barbados weiterzufahren, brauchte keiner zu wissen, wem er hier begegnet war.

»Oh nein, ich bleibe hier. Genauer, ich will mit meinen Leuten die Festung bemannen.« Sein suchender Blick glitt über die Hügel. »Ist sie vielleicht hier irgendwo?«

»Es gibt nur eine Garnison hier auf der Insel, und die befindet sich einen halben Tagesmarsch südlich von hier. Ihr könnt sie sehen, wenn Ihr die Küste entlangsegelt. Allerdings ist sie verlassen. Früher waren dort englische Soldaten stationiert, danach Franzosen. Der letzte Kommandant war ein besonnener und umsichtiger Mann, wie ich hörte. Die Besatzung der Garnison hatte jedoch schlicht nichts zu tun, und das über lange Zeit. Irgendwann wurden die Soldaten abgezogen. Die meisten kehrten in ihre Heimat zurück, ein paar ließen sich auf der Insel nieder. Soweit ich weiß, sind England und Frankreich schon vor etlichen Jahren übereingekommen, die Insel als neutralen Boden zu betrachten, zum einen, weil sie sich nicht sonderlich für den Plantagenanbau eignet, zum anderen, weil es hier zu viele Kariben gibt. Von denen immer mehr herkommen, weil sie von den anderen Antilleninseln vertrieben werden. Irgendwo müssen sie ja bleiben und ein friedliches Leben führen können.«

»Die Zeiten des Friedens sind vorbei«, sagte Arthur Howard. »Zwischen England und den Niederlanden herrscht

Krieg. Es hat in den letzten Monaten zahlreiche Scharmützel auf See gegeben.«

»Ich hörte davon. Aber was hat das mit Dominica zu tun?«

Arthur Howard richtete seinen blassen Blick auf Duncan. »Das Commonwealth will seine Besitztümer in der Karibik besser bewachen.«

»Erhebt das Parlament wieder Anspruch auf die Insel? Davon ist mir nichts bekannt.«

»Es geschieht viel in Europa in diesen Monaten. Es kann gut sein, dass Frankreich in dem derzeitigen Krieg Partei ergreift, so wie es in der Vergangenheit schon häufig geschehen ist. Auch den Spaniern ist das zuzutrauen, wie wir aus leidvoller Erfahrung wissen. Dass England sich mächtiger Feinde erwehren muss, kann leicht andere Widersacher auf den Plan rufen, die diese Gelegenheit nicht ungenutzt vorübergehen lassen wollen, weil sie glauben, es mit einem geschwächten Gegner zu tun zu haben.« Der Kommandant deutete auf die hoch aufragenden Berge oberhalb der Bucht. »Noch ist dies neutrales Land, aber wenn wir uns nicht vorsehen, kann sich das bald ändern.« Er betrachtete Duncan ein wenig herablassend. »England könnte seinen Einfluss in der Karibik schneller verlieren, als so manch einer glauben möchte, der hier auf der Insel lebt und nichts von den blutigen Schlachten in der Heimat weiß.«

Duncan setzte zu einer verärgerten Erwiderung an. Der Ton des Mannes gefiel ihm nicht. Doch dann schwieg er lieber. Was kümmerte es ihn, welche Taktiken die englischen Bürokraten am anderen Ende der Welt ausgeheckt hatten? Sollte der Bursche doch ruhig die verlassene Garnison beziehen. Er würde bald merken, dass es nichts zu bewachen gab, weil weder Spanier noch Holländer oder Franzosen herkommen und die Insel besetzen würden.

»Ob es hier in der Nähe wohl frisches Wasser gibt?«, wollte Arthur Howard wissen. »Ich sollte meinen Männern zu trinken geben, bevor wir das letzte Stück unseres Weges zurücklegen.«

»Frisches Wasser müsst Ihr nicht lange suchen.« Duncan wies auf eine gut sichtbare Flussmündung, die keine Viertelmeile entfernt war. »Dort drüben findet Ihr welches.« Er gab sich Mühe, seine Stimme nicht spöttisch klingen zu lassen. Der Mann war ihm aus unerfindlichen Gründen suspekt – einer jener Menschen, die auf den ersten Blick ein Gefühl von Abneigung in ihrem Gegenüber hervorriefen.

Nach einem weiteren höflichen, aber nichtssagenden Wortwechsel beendeten sie das Gespräch. Duncan kümmerte sich wieder um das Verladen des restlichen Holzes, während Arthur Howard leere Wasserfässer von seinem maroden Schiff an Land holen ließ.

»Eigenartiger Bursche«, sagte John Evers, während er Arthur Howard nachschaute, der mit schnarrender, weithin hörbarer Stimme seinen Männern Anweisungen erteilte. »Sieht aus, als hätte er einen Stock verschluckt. Den er aber gern rausholen und damit auf andere eindreschen möchte.«

»In der Karibik werden die seltsamsten Glücksritter an Land gespült«, stimmte Duncan zu. »Der Kerl wird beizeiten wieder verschwinden, wenn er erst merkt, dass er sich hier als tapferer Streiter für das Commonwealth weder Ruhm noch Ehre erwerben kann. Diese Insel taugt nicht dazu, umkämpft zu werden oder einen Kriegshafen zu unterhalten. Was soll hier auch verteidigt werden? Es wäre viel zu mühselig, das Land für den Zucker urbar zu machen.«

»Und wäre das für dich ein Grund, hier sesshaft zu werden? Keine Sklavenwirtschaft, keine Pflanzergesellschaft, keine englische Bürokratie?« John musterte ihn neugierig.

»Die Männer reden darüber, dass du ein Zuhause für deine Familie suchst. Denkst du darüber nach, dich hier niederzulassen?«

»Vielleicht.« Mehr sagte Duncan nicht dazu. Elizabeth hatte schon die eine oder andere Bemerkung in dieser Richtung fallen lassen. Es gefiel ihr auf der Insel. Er selbst konnte sich nicht recht entscheiden. Dominica lag an einer günstigen Stelle, der Wind trieb die Schiffe auf ihrer Passage in die Karibik fast von allein her. Doch für seine Pläne eignete sich Antigua ebenso gut, wenn nicht besser. Dort gab es, in einer tiefen Bucht gelegen, einen natürlichen Hafen, der vor den häufigen Tropenstürmen wesentlich besser geschützt war als Dominica. Für den Bau einer Werft würde sich diese Bucht hervorragend eignen. Und Elizabeth würde die Strände von Antigua lieben. Duncan hatte in der gesamten Karibik noch nie so viele feine weiße Sandstrände allein auf einer einzigen Insel gesehen.

Bald würde er eine Entscheidung treffen müssen, doch zuvor musste er Anne und Felicity sicher nach England bringen. Und dann dafür sorgen, dass Ayscue das unsägliche Todesurteil aus der Welt schaffte. Ein Hauch von Düsternis erfüllte ihn, wenn er an dieses Vorhaben dachte. Der zupackende, kühne Optimismus, der ihn sonst immer durchströmte, wenn er eine Überfahrt vorbereitete, hatte sich im Laufe der letzten paar Tage zusehends verflüchtigt. Was blieb, war das wehe Gefühl im Herzen – der Preis für den bevorstehenden Abschied von seiner Familie.

Am Abend saßen sie bei Kerzenlicht auf Miss Janes Veranda. Sie tranken spanischen Rotwein, den die Witwe ihnen ausgeschenkt hatte. Sie hatte ihn von einem Tauschhändler bekommen, der ihn ihr für ein Fass Kokosfett überlassen hatte, welches sie wiederum bei den Kariben eingetauscht hatte.

Duncan erzählte von den Soldaten, die in der Garnison Stellung beziehen wollten, worauf Miss Jane von weiteren Neuankömmlingen berichtete.

»Sie kamen am Nachmittag kurz an Land, bevor sie weiter nach Norden ruderten. Drei Dutzend Männer in einem einzigen Kanu, so wahr ich hier sitze. Ein Einbaum, so lang, wie ich ihn selten sah.«

»In der letzten Zeit sind häufiger Kariben von anderen Inseln hergekommen«, warf Deirdre ein. Sie saß auf der Bank vor dem Geländer, das die auf Pfählen ruhende Veranda umgab. Ihr Haar lockte sich in der feuchten Abendluft. Hin und wieder schlug sie nach einer der vielen Mücken, die es aus unerfindlichen Gründen mehr auf sie als auf die anderen abgesehen hatten. Neben ihr saß Elizabeth, deren Augen im Kerzenschein funkelten. Ihr Blick wanderte immer wieder zu Duncan hinüber, und obwohl sie sich bemühte, ihre Unruhe nicht allzu offen zu zeigen, schwante ihr, dass jeder in der Runde wusste, wie sehr sie sich danach sehnte, endlich mit Duncan allein zu sein. Er saß ihr direkt gegenüber, keine drei Schritte entfernt, auf einem der roh gezimmerten Stühle, die Miss Janes verstorbener Gatte eigenhändig gebaut hatte, und schaute Elizabeth auf eine Weise an, die ihren Herzschlag aus dem Takt brachte. Sein Blick war heiß und hungrig. Während die übrigen sich unterhielten, hörte Elizabeth kaum, worüber gesprochen wurde.

»Diesmal waren es nicht nur Kariben«, sagte Miss Jane. Sie bewegte sich in ihrem Schaukelstuhl vor und zurück und wedelte sich mit einem großen Palmblatt Luft zu, bevor sie einen Schluck von dem Rotwein nahm. »Es waren auch Schwarze darunter. Geflohene Sklaven von den anderen Inseln. Anscheinend tun sie sich mit den Indianern zusammen.«

»Mir scheint, dabei kann nicht viel Gutes herauskommen«, meinte Anne. Besorgnis klang aus ihrer Stimme. »Flüchtige Schwarze sind voller Hass auf die Weißen. Sie könnten die Indianer aufstacheln.«

»Sie wollen sicher nur in Frieden leben«, widersprach Felicity. Sie wirkte ein wenig niedergeschlagen. Immer wieder betonte sie, dass sie die Abreise kaum erwarten könne, doch keinem konnte entgehen, wie sehr der bevorstehende Abschied von Elizabeth und den Kindern ihre Vorfreude auf ein Wiedersehen mit Niklas Vandemeer trübte. Beim nichtigsten Anlass brach sie in Tränen aus und konnte sich kaum wieder beruhigen.

»Du hast nicht gesehen, was die Schwarzen letztes Jahr unserem Aufseher und seiner Familie angetan haben«, sagte Anne. Ihre Stimme zitterte leicht. Sie sprach so gut wie nie über das Massaker, das aufständische Sklaven auf Summer Hill verübt hatten, doch jetzt brach es aus ihr heraus. »Sie haben sogar seine schwangere Frau und seine Kinder abgeschlachtet!«

»Das weiß ich doch!« Sofort wandte Felicity sich ihr zu und legte ihre Hand auf ihre. »Die Schwarzen haben in ihrem Zorn Menschen umgebracht. Aber die, die sich hier niederlassen, wollen bestimmt einfach nur ihre Freiheit. Die werden sie nicht aufs Spiel setzen, indem sie Weiße überfallen. Warum sollten sie das auch tun? Es ist genug Platz auf der Insel. Und es gibt keine Plantagen, auf denen Sklaven gebraucht werden. Außerdem – morgen sind wir doch sowieso fort. In England gibt es keine Schwarzen.« Beschwichtigend lächelte sie Anne an, doch die schüttelte nur den Kopf.

»Glaubst du etwa, ich mache mir um mich selbst Sorgen? Ich denke dabei nur an Lizzie und die Kinder.«

Elizabeth hörte ihren Namen und reagierte notgedrungen

darauf. Widerwillig lenkte sie den Blick von Duncan weg und hin zu ihrer Freundin.

»Anne, um mich und die Kinder musst du wirklich keine Angst haben. Oleg, Jerry und Sid werden schon auf uns aufpassen.« Duncan hatte schon vor Tagen bestimmt, dass die drei zu ihrem Schutz auf der Insel bleiben würden.

»Ja, vor Oleg haben die Indianer Respekt. Sie fürchten sich vor ihm. Das konnte ich heute selbst beobachten.« Diese von Deirdre mit großer Entschiedenheit vorgebrachte Äußerung lenkte die Aufmerksamkeit aller auf die junge Irin. Verlegen senkte Deirdre die Lider und tat so, als müsste sie einen Moskito verscheuchen. Elizabeth sah es und verspürte einen Anflug von Mitleid. Deirdre saß abends gern mit ihnen zusammen, sie genoss diese entspannten Stunden zum Ausklang des Tages, aber es war noch ungewohnt für sie, sich ohne Rücksicht auf ihren Stand an der Unterhaltung zu beteiligen. Elizabeth hatte ihr schon längst angeboten, sie Lizzie zu nennen, so wie es Anne und Felicity auch taten, doch das hatte Deirdre bisher nicht über sich bringen können. Beharrlich blieb sie bei dem förmlichen *Mylady,* und sobald Duncan den Raum betrat, knickste sie, so wie es sich für eine Magd geziemte, wenn der Herr des Hauses erschien.

»Nun, wenn immer mehr Kariben und Schwarze nach Dominica kommen, ist es vielleicht von Vorteil, dass dieser englische Colonel hier aufgetaucht ist, um die Disziplin aufrechtzuerhalten«, meinte Miss Jane. Ihre grauen Haarsträhnen flatterten, während sie unablässig mit dem Palmblatt vor ihrem Gesicht herumwedelte. »Wie hieß er gleich, Master Haynes?«

»Arthur Howard.« Duncan stand auf und streckte sich. »Ich gehe noch ein wenig hinunter zum Strand und vertrete mir die Füße.« An seine Frau gewandt, fügte er hinzu: »Willst du nicht mitkommen, Liebes?«

Elizabeth atmete tief durch. Glühende Wärme stieg ihr in die Wangen, und ein wenig schamhaft wandte sie das Gesicht zur Seite, während sie sich ebenfalls erhob. Sie sah nicht zurück, als sie mit ihm gemeinsam die Stufen von der Veranda hinabstieg. Er umfasste mit vollendeter Höflichkeit ihren Arm und führte sie vom Haus weg. Über den festgetretenen Lehmpfad gingen sie das kurze Stück hinunter zum Meer. Duncan hatte eines der Windlichter mitgenommen. Die unruhig brennende Kerze erhellte die Umgebung nur schwach, man sah höchstens ein paar Schritte weit. Im Hintergrund tönte das sirrende Singen der Zikaden. Irgendwo schrie ein Nachtvogel. Elizabeth lauschte dem durchdringenden Geräusch und sagte kein Wort.

»Du bist so still«, meinte Duncan nach einer Weile. »War es dir sehr peinlich vorhin?«

»Ziemlich«, gestand Elizabeth. »Dir nicht?«

»Nicht sehr. Andere Eheleute gehen zusammen ins Haus und teilen dort das Lager. Das ist uns derzeit verwehrt, weil wir keine gemeinsame Schlafkammer haben. Also bleibt uns nur die freie Natur.«

»Aber jetzt werden alle wissen, was wir gleich tun.«

»Na und? Du willst es doch genauso wie ich, oder?«

»Gewiss! Mehr als alles in der Welt! Es ist nur …« Elizabeth suchte nach Worten. »Sie haben da gesessen und uns nachgesehen, und …« Ihr fielen keine passenden Worte ein, die in ausreichendem Maße ihre Verlegenheit hätten beschreiben können.

Duncan sah es pragmatischer, seine Feinfühligkeit hielt sich in Grenzen.

»Du bist meine Frau. Und dies ist unsere erste gemeinsame

Nacht nach sehr langer Zeit. Und eine der letzten für mindestens genauso lange.«

»Rede nicht darüber. Ich will nicht daran denken, dass du fortfährst.«

»Dann denk nicht dran. Küss mich lieber.« Sie hatten einen kleinen Palmenhain erreicht. Duncan stellte das Windlicht neben einem schief gewachsenen Stamm ab und zog Elizabeth in seine Arme. Ihr Herz klopfte stürmisch, es klang in ihren eigenen Ohren so laut, dass es sogar das Rauschen des Meeres übertönte. Sie sah, dass er ein Lager für sie beide vorbereitet hatte, eine Strohmatratze mit einer Decke. Während er sie fest mit beiden Armen umschlang, stellte sie sich vor, wie er vor Einbruch der Dunkelheit mit dem Strohsack und der Decke hierhergegangen war. Anders als vorhin war es ihr nicht im Mindesten peinlich, dass vielleicht der eine oder andere ihn dabei beobachtet haben könnte. Sie fühlte nichts außer ihrer Liebe, so überschäumend und schrankenlos, dass daneben nichts anderes mehr wichtig war. Duncan hatte recht. Sie war seine Frau, gehörte zu ihm mit Leib und Seele. Tränen stiegen in ihr auf, blindlings umklammerte sie ihn, in jäher Furcht, ihn zu verlieren. Tausende von Meilen würden bald zwischen ihnen liegen. Der Atlantik war nicht nur riesig, sondern barg auch tückische Gefahren. Unwetter und Riffe, Piraten, der Seekrieg. Und nicht zu vergessen das unselige Todesurteil, das auf ihm lastete wie ein böser Fluch. So viele Hindernisse und Gefahren, die seinen Weg säumten! Für einen Moment schloss sie die Augen und hielt die Luft an, weil sie es kaum ertragen konnte, daran auch nur zu denken. Wie sollte sie weiterleben, wenn er nicht zu ihr zurückkam?

Seine Hände fuhren über ihren Körper, zogen an ihrer Kleidung. Seine Lippen waren auf ihrem Hals, sie spürte die Wärme seines Körpers und die Härte seiner Erektion. Von einem Augenblick auf den nächsten wurde ihre Angst von anderen Gefühlen hinweggeschwemmt, verlor sich in der Begierde, die in ihr siedete und sich nun in ungezügelten Küssen und keuchenden Atemzügen entlud.

»Lizzie«, stieß er hervor, während er ihr das Gewand von den Schultern zerrte und versuchte, ihr das Mieder zu öffnen. »Oh Gott, es ist so lange her. Ich weiß nicht, ob ich mich beherrschen kann.«

»Dann beherrsch dich nicht.«

Er ging in die Knie und zog sie mit sich herab auf das Strohlager, drängte sie rücklings zu Boden und schob ihr die Röcke hoch, während sie selbst fieberhaft mit beiden Händen sein Hemd zur Seite streifte und nach seiner nackten Haut suchte. Er berührte sie, streichelte sie und stöhnte laut, als er ihre Nässe spürte. Im nächsten Moment war es wirklich um seine Beherrschung geschehen. Es war fast wie beim ersten Mal, als er in sie eindrang, so stürmisch und unaufhaltsam wie ein Orkan, der alle Hindernisse wegfegte. Sie schrie auf, hob zitternd die Hüften und empfing ihn tief in ihrem Leib. Ihre Erregung war so groß, dass es nur Augenblicke dauerte, bis sie den Höhepunkt ihrer Lust erreichte. Ihr gesamtes Inneres schien sich zu einem winzigen Punkt zusammenzuziehen, um dann in Myriaden von funkelnden Sternen zu zerbersten.

Es dauerte lange, bis sie wieder richtig atmen konnte. Er hatte sich vorsichtig aus ihr zurückgezogen und lag neben ihr, einen Arm unter ihren Kopf geschoben, den anderen besitzergreifend und zugleich schützend über ihren Körper gelegt.

»Habe ich dir wehgetan?«, fragte er leise.

Sie hörte die Besorgnis aus seiner Stimme und schüttelte matt den Kopf. Sprechen konnte sie nicht.

»Es tut mir leid«, sagte er. »Es ging zu schnell. Ich wollte sanft sein, doch ich konnte es nicht.«

»Es muss dir nicht leidtun«, murmelte sie. Es klang zittrig, so wie auch ihr Körper immer noch bebte von der Nachwirkung des heftigen Aktes, mit dem Duncan sie zu der Seinen gemacht hatte. Sie mit Leib und Seele an sich geschmiedet hatte, so wie damals, als das Schicksal sie in jenem englischen Winter auf dem alten Cottage am Meer zusammengeführt hatte.

»Es muss dir nicht leidtun«, wiederholte sie, diesmal mit festerer Stimme. »Ich wollte es ja.« Sie wandte den Kopf und schob ihr Gesicht an seine Halsbeuge. Mit Bedacht drückte sie ihre Lippen auf die dort klopfende Ader. Der rasende Puls verriet, wie heftig seine Erregung noch nachwirkte. Seine Haut war feucht und schmeckte leicht nach Salz. Er roch nach Leder, frischem Schweiß und dem unverwechselbaren Duft nach tropischem Holz, so dunkel und verführerisch wie der Dschungel im Regen. Tief sog sie seinen vertrauten Geruch ein. Eine ganze Weile blieben sie so liegen, stumm und die Körper so dicht aneinandergeschmiegt, dass kein Grashalm dazwischen gepasst hätte. Elizabeth lauschte seinen ruhiger werdenden Atemzügen.

»Duncan«, begann sie zögernd. »Die Geburt von Faith … Wir haben nie darüber gesprochen. Du hast gesehen, wie … Du hast alles gesehen. Hast du nicht … Empfindest du keinen Abscheu vor …« Sie suchte nach einem passenden Ausdruck. »Vor meiner Weiblichkeit?«, schloss sie ein wenig unbeholfen.

Duncan lachte leise. Das Geräusch war wie ein sanftes Donnergrollen, dort, wo ihr Ohr an seinem Hals lag.

»Ich hab nicht hingesehen«, sagte er mit gutmütigem Spott.

»Oh«, erwiderte sie, ein wenig unzufrieden mit der Antwort, die im Grunde keine war, oder zumindest nicht die, die sie erhofft hatte. Er hob die Hand und fuhr ihr sacht durchs Haar.

»Wenn du mitgekriegt hättest, was Deirdre und Oleg da mit dir taten, hättest du auch die Augen zugemacht.«

Sie rückte ein wenig von ihm ab, um ihn ansehen zu können. Im unruhigen Schein des Windlichts konnte sie nicht viel von seinen Gesichtszügen erkennen, doch das, was sie sah, zeigte ihr, dass sie richtig vermutet hatte: Er wollte sie aufziehen. Mutwillig grinste er sie an.

»Himmel, Lizzie! Hattest du vorhin den Eindruck, ich hätte *Abscheu vor deiner Weiblichkeit?«* Er wiederholte ihre eigenen Worte und betonte sie dabei auf eine Weise, die keinen Zweifel daran ließ, wie unbegründet ihre Sorgen waren. »Einen größeren Unsinn habe ich nie gehört, wirklich.« Dann nahm seine Stimme einen sachlichen Tonfall an. »Ich hatte nicht die ganze Zeit die Augen zu. Als Faith kam, habe ich wieder hingeschaut. Zuerst ein Beinchen, dann der Körper mitsamt dem zweiten, dann alles Weitere, bis auf den Kopf. Der brauchte dann noch so lange, dass ich fast gebrüllt hätte vor Angst, es könnte vielleicht nicht weitergehen. Aber dann war sie auf einmal da, so unfassbar winzig, aber an einem Stück und gesund, und ich dachte nur, dass irgendjemand bei Gott ein gutes Wort für mich eingelegt haben musste, sonst hätte er mir nicht diese Gnade erwiesen.« Seine Brust hob sich, als er tief einatmete. Seine Stimme war rau, während er weitersprach. »Lizzie, dabei zuzusehen, wie du unserer Tochter das Leben geschenkt hast, war das größte Wunder, das mir in meinem ganzen bisherigen Leben widerfahren ist. Nichts kann das je übertreffen. Ich wünschte, ich hätte auch sehen können, wie unser Sohn auf die Welt kam. Das, und *nur* das hat mich an der ganzen Sache wirklich gewaltig gestört – dass ich bei Johnny nicht dabei sein konnte. Alles andere … Mein Liebling, nichts von dem, was da auf dem Tisch in meiner Kajüte geschehen ist, könnte je deine Schönheit und deine unwiderstehliche Anziehungskraft mindern. Ich bin so verrückt nach dir wie eh und je. Und das, was wir vorhin getan haben, war grandios.« Einschränkend fügte er hinzu: »Abgesehen davon, dass es viel zu schnell vorbei war. Aber die Nacht ist ja noch jung.«

Sie seufzte erleichtert auf.

»Dachtest du wirklich, ich würde dich weniger begehren, weil ich bei Faiths Geburt zugesehen habe?«, wollte er wissen.

»Ja, das dachte ich. Offenbar habe ich mich geirrt.« Voller Zärtlichkeit strich sie über seine Brust und seinen flachen, harten Bauch. Als ihre Finger auf seine anschwellende Männlichkeit trafen, durchlief sie ein Schauer.

»Siehst du?«, meinte er mit leiser Ironie. »Es reicht sogar schon, wenn wir nur darüber reden.« Er umfasste ihr Gesicht mit beiden Händen. »Lizzie, du bist mein Alles. Ich liebe dich so sehr, dass meine Männer hinter meinem Rücken schon Witze darüber reißen und Wetten darauf abschließen, wann ich die letzte Fahrt auf der *Elise* mache, bevor ich mich endgültig in eine Landratte verwandle.«

»Aus dir wird niemals eine Landratte werden.« Sie musste kichern. Dann wurde sie unvermittelt wieder ernst. Es lag ihm nicht, über seine Gefühle zu reden. Sie wusste, dass er sie liebte, doch die wenigen Male, die sie es ihn hatte sagen hören, konnte sie an einer Hand abzählen. Dass er in dieser Nacht über seine Liebe sprach, erfüllte sie zugleich mit Freude und Traurigkeit. Der Schmerz, den seine Abreise ihr bereiten würde, war schon jetzt fühlbar. Sie mochte gar nicht daran denken, wie schlimm es sein würde, wenn es wirklich so weit war.

»Denk nicht an den Abschied«, bat er sie. »Denk an jetzt. An uns beide.«

»Wie soll ich nicht an den Abschied denken? Wie soll ich es aushalten, die *Elise* langsam am Horizont verschwinden zu sehen, mit dir an Bord?«

»Ich war schon öfter fort.«

»Das waren immer nur ein paar Hundert Meilen. Du bist nicht über den ganzen Ozean gefahren. Es gab keine Kriegsschiffe und kein Todesurteil. Und Felicity und Anne – vielleicht sehe ich die beiden nie wieder! Ich kann den Gedanken kaum ertragen.«

»Es muss kein Abschied für immer sein. Ihr werdet euch wiedersehen, ganz bestimmt.«

Gedankenverloren blickte sie zu ihm auf. Seine Gesichtszüge lagen nun im Dunkeln, der Kerzenschein umriss die Form seines Kopfes als Schatten dicht über ihr. Über seiner Schulter hing voll und rund der weiße Mond, so unwirklich groß, als müsste sie nur die Hand ausstrecken, um ihn anfassen zu können. Außerhalb des milchigen Scheins, der ihn umgab, blinkten die Sterne, so unendlich viele, als hätte ein Riese mit verschwenderischer Hand ungezählte Diamanten auf schwarzen Samt gestreut. Niemals hatte sie einen größeren Mond und mehr Sterne erblickt als am Nachthimmel der Tropen.

»Ich muss oft an meinen Vater denken«, sagte sie. »Wie ich ihm damals Lebewohl sagte und dann in der Kutsche davonfuhr. Er stand am Wegesrand und sah mir nach. Ich schaute aus dem Fenster und winkte ihm, solange ich ihn sah. Sogar danach noch, als seine Gestalt längst aus meinem Blickfeld entschwunden war. Ich weinte, weil es mir so schwerfiel, ihn zu verlassen. Aber ich verschwendete keinen einzigen Gedanken daran, dass ich ihn vielleicht niemals wiedersehen würde. Wie dumm ich damals war!«

»Du warst einfach nur jung.«

Damit hatte er wohl recht. Elizabeth dachte an die kindliche Zuversicht, mit der sie als Siebzehnjährige in England aufgebrochen war. Natürlich hatte es sie geschmerzt, ihren Vater zu verlassen. Doch sie hatte wirklich geglaubt, es würde nicht lange dauern, bis sie ihn wiedersah, höchstens ein Jahr, denn es nahm ja nur einige Wochen in Anspruch, um mit dem Schiff in die Karibik zu reisen. Hätte sie damals nur gewusst, was sie heute wusste. Niemals hätte sie ihren Vater alleingelassen! Vor allem aber hätte sie gar nicht erst Robert geheiratet.

In Augenblicken wie diesem, wenn sie liebevoll geborgen in Duncans Armen lag, wünschte sie sich manchmal glühend, die Zeit zurückdrehen zu können. Einmal hatte sie es Duncan gegenüber erwähnt, doch er hatte nur gelacht und gemeint, dass sie beide sich dann ja niemals auf Barbados endgültig gefunden hätten.

»Man muss die Karten nehmen, die das Schicksal einem zuteilt«, hatte er geantwortet. »Und manchmal, wenn es sich ergibt, versucht man eben, sie zu zinken, um besser abzuschneiden.«

Dieser Ausspruch passte zu ihm. Felicity hatte im vergangenen Jahr, als sie noch keine besonders hohe Meinung von ihm gehabt hatte, voll grimmiger Überzeugung behauptet, er habe immer ein paar zusätzliche Trümpfe in der Tasche, denn das Falschspielen liege ihm im Blut. Anfangs hatte Elizabeth das als lächerlich abgetan, aber mittlerweile glaubte sie, dass etwas dran war. Er hatte das Wesen eines Hasardeurs. Nur nicht dann, wenn es um sie und die Kinder ging: Da war er die Bedachtsamkeit in Person und mied, sofern es irgend möglich war, jedes überflüssige Risiko. Wenn er doch nur auf sich selbst immer so gut achtgeben würde!

»Woran denkst du jetzt schon wieder?«, fragte er leise.

»Ach Duncan«, murmelte sie.

»So viele Sorgen? Komm, ich lasse sie dich vergessen.« Er streichelte ihr Gesicht und erstickte ihr Seufzen mit einem Kuss, der sanft begann und rasch immer leidenschaftlicher wurde.

Danach dauerte es nur Augenblicke, bis das Verlangen wieder die Oberhand gewann. Duncan hielt Wort. In dieser Nacht dachte sie nicht mehr an den nahen Abschied und die Zeit der Trennung. Sie lag in seinen Armen, und sie liebten sich, als gäbe es kein Morgen.

15

Elizabeth blieb am Strand stehen und sah sich nach allen Seiten um. Dies war ihr erster Tauchausflug seit ihrer Ankunft auf Dominica. Duncan war seit sechs Wochen fort, er konnte es ihr nicht verbieten. Oleg, Jerry und Sid, die als einzige von seinen Männern auf der Insel geblieben waren, zimmerten am Bootsschuppen eine neue Schaluppe. Auch Deirdre war beschäftigt. Elizabeth hatte ihr erst gar nicht gesagt, was sie plante. Stattdessen hatte sie absichtlich gewartet, bis Deirdre mit ihrem Essenskorb zur Hütte von Pater Edmond aufgebrochen war, der wieder vergessen hatte, zu der gemeinsamen Mahlzeit zu erscheinen. Niemand war in Sicht gewesen, der ihr den Ausflug hätte ausreden können. Zu Miss Jane hatte sie gesagt, sie wolle sich für ein Stündchen am Strand die Füße vertreten, was streng genommen nicht mal eine Lüge war. Miss Jane, die sich immer gern um Johnny und Faith kümmerte, hatte ihr wie erhofft sofort angeboten, eine Weile auf die Kinder achtzugeben.

Elizabeth marschierte in nördlicher Richtung weiter, durch hügeliges, von dichter Vegetation bewachsenes Gelände, bis sie die menschenleere Nachbarbucht erreicht hatte. Hier gab es keine Hütten, keine Anlegestellen und keine Viehkoppeln. Unberührte Natur, so weit das Auge reichte. Vor dem Hintergrund der steil ansteigenden, mit dichtem Dschungel bedeckten Berge säumten Sträucher voller tropischer Blüten und vereinzelte Felsformationen das sandige Ufer. Das Meer erstreckte sich in atemberaubender Weite bis zum Horizont, wo es sich in einer goldflimmernden Linie mit dem leuchtenden Blau des Himmels vereinte.

Elizabeth streifte Kleid und Schuhe ab, zog sich das hinderliche Mieder aus und flocht sich das Haar zu einem festen Zopf. Sie seufzte vor Behagen, als sie langsam ins Wasser hineinwatete. Die flachen Wellen plätscherten köstlich warm gegen ihre Beine und durchnässten ihr Hemd, das sie zwischen den Schenkeln festgeknotet hatte, da es sonst beim ersten Untertauchen nach oben getrieben wäre und ihren Kopf umhüllt hätte. Sie wagte nicht, es auszuziehen, weil sie nicht völlig sicher sein konnte, dass sie unbeobachtet blieb. Die Siedlung war eine gute Viertelstunde Fußmarsch entfernt und das nächste Eingeborenendorf rund eine Stunde, doch die Indianer hatten die beunruhigende Eigenschaft, zuweilen aus heiterem Himmel und gänzlich unerwartet aufzutauchen. Sie paddelten in ihren Kanus über die Flüsse und entlang der Küsten, und wo auch immer sie auf weiße Siedler oder Seefahrer trafen, boten sie ihre mitgeführten Tauschwaren feil. Am Morgen waren wieder einige von ihnen in der Ansiedlung gewesen, mit Fischen und Krabben und einer Menge frischem Obst. Voller Stolz hatten sie am Strand ihre Schätze ausgeladen und mit dem Koch eines portugiesischen Seglers verhandelt. Ein kleiner Ballen Kattun, eine Rolle Seil, eine Handvoll bunte Glasperlen und einige Nägel hatten den Besitzer gewechselt, vor allem aber hatten die Kariben es auf den Rum abgesehen, von dem der Koch ihnen einige kleine Becher voll ausgeschenkt hatte, die sodann an Ort und Stelle genussvoll leer geschlürft wurden. Auch Miss Jane gab den Kariben manchmal im Austausch gegen Waren selbst gebrannten Schnaps.

»Man darf ihnen nur nicht zu viel davon überlassen, sie vertragen es nicht«, hatte sie zu Elizabeth gesagt. »Außerdem – je weniger sie von einer Sache bekommen, umso wertvoller ist es für sie.«

Elizabeth wusste nicht recht, was sie davon halten sollte. Ihrer Ansicht nach schnitten die Indianer bei diesem Handel schlecht ab. Pater Edmond war sogar gänzlich dagegen, den Indianern Alkohol zu geben.

»Das ist so, als würde man Kinder Schnaps trinken lassen«, hatte er Miss Jane getadelt. Doch die Witwe hatte nur auf ihre pragmatische Art die Schultern gehoben und gemeint, jeder müsse hier auf dieser gottverlassenen Insel sehen, wo er bleibe. Edmond hatte zur allseitigen Erleichterung keine seiner üblichen Debatten über den Umgang mit Indianern vom Zaun gebrochen, sondern stattdessen die Gelegenheit genutzt, sich mit den Eingeborenen zu verständigen, was ihm inzwischen besser gelang als zu Anfang. In einer anderen Ansiedlung, die etwa einen halben Tagesmarsch entfernt lag, hatte er die Hinterlassenschaft eines Missionars aufgestöbert, eine Art Wörterbuch, das Begriffe in der Eingeborenensprache enthielt. Die französische Übersetzung hatte er mithilfe eines provenzalischen Händlers, dessen Schiff vor zwei Wochen in der Bucht geankert hatte, fast vollständig ins Englische übertragen und lernte nun eifrig alle Worte, die der Missionar dokumentiert hatte. Gestikulierend und radebrechend hatte er seine neuen Kenntnisse bei den Indianern ausprobiert und damit einige Erheiterung ausgelöst, denn anscheinend ließ seine Aussprache manches zu wünschen übrig.

Elizabeth sah sich ein letztes Mal um, während sie tiefer ins Wasser watete. Der Strand lag einsam in der Sonne, weit und breit war keine Menschenseele in Sicht. Entschlossen holte sie Luft und tauchte unter. Das Musselinhemd bildete große Blasen um ihren Körper, doch der Stoff war fein und durchlässig und behinderte sie daher kaum beim Tauchen. Perlende Luftblasen stiegen vor ihrem Gesicht auf, während sie mit zügigen Bewegungen weiter hinausschwamm.

Als sie tiefer hinabtauchte, fühlte sie sich zum ersten Mal seit Wochen befreit, beinahe glücklich. Die farbenschillernde Unterwasserwelt schlug sie sofort in ihren Bann. Die verzweigten Korallengewächse, die leuchtenden Fische und das klare, warme Wasser schienen ihre Gedanken vollständig gefangen zu nehmen. Weit weg war auf einmal der Trennungsschmerz, der ihr seit Wochen das Herz schwer machte, verflogen die schlimmen Erinnerungen an den tränenreichen Abschied. Als Duncan, Anne und Felicity auf der *Elise* davongesegelt waren, hatte sie dem Schiff nachgestarrt, bis sie es nicht mehr sehen konnte, und danach hatte sie sich stundenlang in ihrer Kammer eingesperrt und die Kinder Deirdre überlassen, weil sie niemanden um sich haben mochte. Das laute Schluchzen Felicitys, als diese, Arm in Arm mit Anne, ein letztes Mal vom Deck der *Elise* herübergewinkt hatte, Duncans trauriger Blick – all das hatte sich, einem düsteren Bildnis gleich, mit schmerzhafter Eindringlichkeit so tief in ihr Gedächtnis gegraben, dass sie es immer noch vor Augen hatte. Nur hier unter Wasser schien sich mit einem Mal aller Kummer aufzulösen. Nichts war mehr wichtig, nur noch die enorme, bizarr geformte Muschel dort am Meeresboden oder der ungewöhnlich lange, hellgelbe Fisch weiter drüben. Elizabeth berührte vorsichtig die anemonenähnlichen Auswüchse an einem Felsen, bestaunte einen kugeligen, von kleinen Buckeln übersäten Fisch, der auf den ersten Blick einem Stein verblüffend ähnelte, und beobachtete fasziniert das Herannahen eines großen Oktopoden, der im

Vorbeischwimmen mit einem blitzartigen Auseinanderzucken seiner langen Kopftentakel einen arglos vor ihm treibenden Fisch schnappte und verschlang.

Mit einem letzten langen Rundumblick betrachtete sie das bunte Panorama des Meeresgrundes, bevor sie sich gemächlich wieder ans Auftauchen machte. Das Wasser über ihr war durchdringend hell und glasklar, bis auf die Stelle, wo das einfallende Sonnenlicht von einem schwarzen Schatten getrübt wurde. Schon bevor ihr Kopf die Oberfläche durchstieß, spürte Elizabeth die Bedrohung, und ihr befreites Gefühl verwandelte sich gleich darauf in nackte Angst.

Zena hatte ihre Ausbeute an duftenden Zweigen zu einem festen Bündel zusammengerollt, das sie auf dem Rücken trug. Die Weißen, denen sie es verkaufen wollte, kochten die Blätter und schöpften das austretende Öl ab, um sich damit die Haut einzureiben, damit sie gut rochen. Angesichts des Gestanks, mit dem manche von ihnen geschlagen waren, ein lohnendes Unterfangen, doch zumeist hielten es vornehmlich die, die am ärgsten rochen, am wenigsten für nötig, dagegen anzugehen. Sie stanken nach fauligen Zähnen, ranzigem altem Schweiß und dem widerlichen Geruch, der ständig getragener Kleidung entströmte. Trotzdem hielten sie es für ihr angestammtes Recht, sich den eingeborenen Frauen aufzudrängen, als hätten diese nur darauf gewartet, von ihnen beglückt zu werden. Zena hatte Mitleid mit denen, die sich aus freien Stücken den stinkenden Weißen für bunte Perlen oder Eisenmesser hingaben. Von einer oder zweien hatte sie gehört, dass es aus Liebe geschehen sei, und sie hatte auch schon Kinder aus solchen Verbindungen gesehen. Oftmals wurden diese jedoch gemieden, erst recht von den Weißen, denen die Mischlinge noch weniger zu gelten schienen als die *Callinago*. Zena war glücklich, dass aus der gewaltsamen Vereinigung, die sie vor sechs Monden über sich hatte ergehen lassen müssen, kein Kind hervorgegangen war. Ihr Leib hatte sich bereits gerundet von der verhassten Frucht des Samens, den der betrunkene Seemann in sie gepflanzt hatte, doch dann hatten vor einigen Tagen die Wehen eingesetzt. Sie war ins Meer gegangen, um das Übel herauszupressen, und als es vorbei war, hatte sie das Wasser wieder verlassen und nicht zurückgeblickt. Sobald sie das nächste Mal blutete, würde sie ins Dorf zurückkehren und weiterleben wie immer.

Sie hörte die Stimmen vom Wasser her und versteckte sich in den Büschen. Das Boot hatte sie schon vor einer Weile bemerkt, es kam schnell mit dem Wind näher, das Segel gebläht. Zwei Männer saßen darin. Einer steuerte den Kahn mit der Pinne, der andere bediente die Leinen. Es waren Weiße. Zena erstarrte, als sie den einen wiedererkannte. Das hässliche bärtige Gesicht, das struppige stumpfgraue Haar, die fassähnliche Gestalt in der speckigen Lederweste. Sie hatte gehofft, ihn nie wiedersehen zu müssen. Ihre Hand krampfte sich um den Schaft ihres Messers, das sie um die Wade gebunden hatte. Eine steinerne Klinge nur, aber zum Abschneiden der Äste und zum Ausnehmen von Fischen war sie allemal gut genug. Mit raschem Blick vergewisserte sie sich, dass auch ihr Fischspeer in Reichweite war.

Das Segel wurde schlaff, das Boot langsamer. Beide Männer beugten sich über den Bootsrand, als hätten sie dort etwas Erstaunliches entdeckt. Dann sah Zena den Kopf zwischen den Wellen – das war die Frau, die bei Miss Jane wohnte! Das schwere Haar, das sonst leuchtete wie poliertes Gold, trieb wie ein dickes Tau hinter ihr auf dem Wasser. Die von der Sonne dunkel gebräunte Haut, auf der sich, anders als bei den meisten anderen Weißen, nicht der Hauch eines Sonnenbrandes zeigte, glänzte vom Salzwasser. Das Gesicht zeigte panische Angst. Mit raschen, kraftvollen Schwimmbewegungen strebte die Frau dem Ufer zu, in verzweifelter Anstrengung, den Männern zu entfliehen. Doch der eine hatte bereits die Ruder ausgelegt und zog sie durchs Wasser. Die Frau schwamm gut, doch das Boot war schneller, es kam ihr immer näher. Die Männer johlten und lachten, es war dasselbe Lachen, das der Graubärtige ausgestoßen hatte, als er über Zena hergefallen war, so roh und widerwärtig, dass sie es niemals vergessen würde. Es nun abermals zu hören, rief einen Würgereiz in ihr wach, den sie kaum unterdrücken konnte.

Die Frau war nun dicht am Ufer, sie hatte Grund unter den Füßen und watete an Land. Das dünne Hemd klebte ihr durchsichtig am Körper, was dem Bärtigen ein obszön klingendes Grölen entlockte.

Zena wusste, was der Frau bevorstand. Die Männer würden sie töten. Doch vorher würden sie sie gewaltsam nehmen, wahrscheinlich nicht nur einmal, sondern auf alle nur erdenklichen scheußlichen und grausamen Arten. Für die weißen Männer gab es kaum Frauen auf der Insel, viele waren ausgehungert vor Gier. Zena hatte es am eigenen Leib erlebt. Die hellhaarige Frau musste den beiden wie die Fleisch gewordene Erfüllung all ihrer Wünsche erscheinen, denn sie war schöner als sämtliche anderen weißen Frauen, die Zena bislang zu Gesicht bekommen hatte. Wäre ihre Haut nicht so braun gebrannt, hätte sie ausgesehen wie einer dieser golden strahlenden Engel auf den Bildnissen in dem Gebetbuch, aus dem Pater Raymond ihr einst vorgelesen hatte.

Bald würde sie nicht mehr wie ein Engel aussehen. Nicht mehr lange, dann wäre sie nur noch blutendes, geschundenes Fleisch. Damals, als der Bärtige über Zena hergefallen war, hatte er sie hinterher einfach liegen lassen. Er hatte sich nicht die Mühe gemacht, sie umzubringen. Wozu auch? Eine Strafe für die Schändung ihres Leibes musste er nicht erwarten. Es war ihm völlig gleichgültig gewesen, ob sie noch lebte oder tot war. Bei der hellhaarigen Frau würde er sich jedoch vergewissern, dass sie später nicht mehr reden konnte, denn sonst würden die drei Männer, die zusammen mit ihr auf der Insel geblieben waren, grausame Rache an ihm üben. Einer von ihnen war fast so groß wie zwei Männer zusammen und hatte Arme, die so dick waren wie ein Baum. Er würde den Bärtigen zerquetschen wie eine Fliege.

Zena hockte sich auf die Fersen und spähte durch das Geäst des Strauchs, hinter dem sie sich verborgen hielt. Die Frau war nicht weit von ihr entfernt. Keuchend und mit rudernden Armen schlitterte sie durch den Sand und erreichte die Stelle, an der sie ihre Kleidung abgelegt hatte. Gleich darauf hatten die Männer sie eingeholt, der Bärtige packte sie an der Schulter und riss sie herum. Der andere Mann streckte beide Arme aus, um sie zu fangen. Die Frau versuchte, den beiden auszuweichen, doch es gelang ihr nicht. Zena hörte ihren gellenden Schrei.

Das Messer! Sie musste irgendwie an ihr Messer kommen! Mit einem wilden Aufschrei entwand Elizabeth sich dem Griff des Mannes. Ihr Hemd zerriss der Länge nach, als sie zur Seite stolperte. Ein zerfetztes Stück Musselin blieb in seiner Faust hängen, während sie vor ihm zurückwich. Der andere hatte nach ihrem Zopf gegriffen und ihn zu fassen bekommen, doch das Haar war nass und schlüpfrig und rutschte ihm durch die Finger, er konnte es nicht festhalten.

Laut auflachend setzte er ihr nach. Die Männer hatten sie

in die Zange genommen, sie kamen von zwei Seiten. Einen Fluchtweg gab es nicht, denn vor ihr lag das Meer, hinter ihr der steile, von Gestrüpp bewachsene Abhang. Aus den Augenwinkeln sah sie den unordentlichen Stoffhaufen im Sand, wo sie ihr Oberkleid und ihr Mieder hingeworfen hatte. Darunter lagen ihre Schuhe und irgendwo dazwischen das Messer, ohne das sie niemals das Haus verließ. Erst gegen Ende der Schwangerschaft hatte sie es abgelegt und nach Duncans Abreise wieder angefangen, es zu tragen. Unter dem Rock, in einem kleinen Futteral am Strumpfband. Genauso, wie Claire Dubois es ihr einst auf ihrer gemeinsamen Überfahrt von Europa nach Barbados gezeigt hatte.

»Eine Frau sollte sich schützen«, hatte Claire in dem ihr eigenen lakonischen Ton angemerkt. »Wenn sie keinen Ehemann und keinen Leibwächter hat, sollte sie unbedingt ihre eigenen Waffen tragen. Und die sollten möglichst tödlich sein.«

Der Bärtige brüllte etwas auf Portugiesisch oder Spanisch, Elizabeth konnte es wegen seiner verwaschenen Aussprache nicht richtig einordnen. Er war angetrunken, sie roch den Schnapsdunst in seinem Atem. Und den widerwärtigen Gestank seines Körpers, nach Fisch, Schweiß und Verwesung. Die Weste, die er trug, bestand aus unzureichend gegerbter Tierhaut, die Hose aus fadenscheinigen Lumpen. Der andere Mann roch nicht viel besser, und sein Äußeres war nicht minder abstoßend – bis auf einen zotteligen Haarkranz war er kahl, und sein lückenhaftes Gebiss war so verrottet wie seine Stiefel. Elizabeth hatte die beiden schon vor Tagen in der Siedlung gesehen; sie gehörten zur Mannschaft eines heruntergekommenen Sklavenschiffs. Sie hatte sofort gewusst, was die beiden ihr antun wollten, bereits im Augenblick ihres Auftauchens. Die vor Gier verzerrten Fratzen, das rohe Gelächter, die wilden, von zu viel Rum getrübten Blicke – ein Lidschlag hatte gereicht, ihren eigenen Tod in diesen blutunterlaufenen Augen zu sehen, und ebenso schnell hatte sie sich herumgeworfen, um der Gefahr davonzuschwimmen. Doch sie war zu langsam gewesen.

»Komm doch, Schätzchen«, lallte der eine der beiden in schlechtem Englisch. Er sprang vor und packte sie, bevor sie zurückweichen konnte. Von seinem eigenen Schwung vorwärtsgetragen, prallte er gegen sie und brachte sie zu Fall. Er grunzte und lachte, als er auf sie fiel, offenbar gefiel ihm das Ergebnis seiner Ungeschicklichkeit. Mit einer Hand griff er ihr grob ins Haar und bog ihr den Kopf zurück, während er mit der anderen eine ihrer Brüste packte und mit den Knien ihre Schenkel auseinanderdrängte. Elizabeth hielt die Luft an, bis ihr schwarz vor Augen wurde. Ihr rechter Arm war zwischen seinem und ihrem Körper eingeklemmt, der andere hinter ihrem Rücken. Sein betäubender, nach Fusel und Fisch stinkender Atem schlug ihr ins Gesicht, sie spürte sein Glied an ihrem Bein. Als er sein Gewicht verlagerte, um in sie eindringen zu können, gelang es ihr endlich, ihre Rechte zu befreien und in den Stoffhaufen zu fassen, der dicht neben ihrem Kopf lag. Der Matrose bäumte sich auf und ergriff sein Glied. Seine Erektion reichte nicht aus, um den schändlichen Akt zu vollziehen. In diesem Moment ertastete Elizabeth das Messer. Sie riss es aus dem Futteral und stieß es ihrem Peiniger ohne Umschweife ins Gesicht. Sie hatte sein Auge treffen wollen, doch die scharfe kleine Klinge rutschte am Jochbein ab und schlitzte dem Mann die Wange auf. Mit einem Aufschrei drehte er den Kopf zur Seite und stemmte sich schwerfällig hoch, was ihr Gelegenheit gab, noch einmal zuzustoßen. Diesmal traf sie besser – sie stach ihm seitlich in den Hals, und als sie das Messer mit einem Ruck wieder zurückzog, sprudelte Blut hervor. Der Matrose griff sich verdutzt an den Hals, spürte die Flüssigkeit und nahm die Hand wieder weg. Verständnislos betrachtete er seine rot gefärbten Finger, dann starrte er auf den pumpenden dünnen Strahl, der seitlich unterhalb seines Kinns aus seinem Hals spritzte, im Rhythmus seines Herzschlags. Langsam, als sei er von einer plötzlichen Lähmung befallen, torkelte er zur Seite. Der andere Seemann schrie etwas Unverständliches und stürzte sich mit einem wilden Ausruf auf Elizabeth. Ihr blieb keine Zeit, ihm auszuweichen. Er hatte sein Messer gezogen, einen großen Sarazenendolch. Mit den Knien drückte er sie gewaltsam zu Boden, während er ihren Zopf packte, ihr den Kopf nach hinten bog und die Klinge auf ihre Kehle senkte. Sie schloss die Augen, um die rachsüchtige Fratze ihres Mörders nicht als letzten Anblick mit in den Tod nehmen zu müssen.

Doch der erwartete Schmerz blieb aus, das Messer berührte sie nicht. Sie hörte einen gepressten Aufschrei und öffnete die Augen wieder. Der Mann über ihr starrte sie an, sein Mund stand weit offen, er wirkte fassungslos. Seine Augen waren aufgerissen, und dann verdrehten sie sich nach oben. Sein Körper sackte zusammen. Elizabeth schob sich hastig von ihm weg, und während sie sich keuchend und schluchzend auf die Knie hochkämpfte, sah sie den Fischspeer zwischen den Schulterblättern des Mannes stecken. Nur einen Schritt von ihr entfernt stand eine braunhäutige Frau, kaum größer als ein zwölfjähriges Mädchen. Sie ließ ein paar schrille, fremdartige Laute hören, dabei trat sie dem am Boden liegenden Mann, der wie ein Karpfen auf dem Trockenen nach Luft schnappte, hart in die Seite. Seine Hände und Füße zuckten. Aus seinem Mund floss Blut und färbte den grauen Stoppelbart rot.

Elizabeth kam taumelnd auf die Füße. Ihr war schlecht, alles drehte sich um sie. Mit einem Würgen beugte sie sich vor und erbrach sich neben dem sterbenden Mann.

Der andere lag nur ein paar Schritte entfernt. Er gab kein Lebenszeichen mehr von sich.

Die junge Indianerin bückte sich, zog den Speer aus dem Rücken des Bärtigen, rollte ihn mit einem Fuß auf den Rücken und betrachtete sein Gesicht. Sie sagte ein paar Worte in ihrer Sprache, dann nahm sie den Dolch des Sterbenden und kniete neben ihm nieder. Elizabeth beobachtete in sprachlosem Entsetzen, wie sie ihm zwischen die Beine griff und mit ein paar entschlossenen Schnitten sein Glied abtrennte. Der Mann stöhnte, war aber dem Tode schon zu nahe, um auch nur eine Hand zur Abwehr zu heben. Gleich darauf tat er seinen letzten rasselnden Atemzug, und die Frau ging mit dem blutverschmierten Speer und dem Messer zum Wasser, um beides dort abzuwaschen. Elizabeth konnte sich kaum auf den Beinen halten, der Schock und die überstandene Todesangst ließen ihr die Knie einknicken. Sie stolperte ein paar Schritte zur Seite und setzte sich in den Sand, während die junge Indianerin zurückkam und auf die Leichen deutete.

»Wegmachen«, sagte sie mit schwerem Akzent, aber deutlich.

»Was meinst du?«

»Wegmachen.« Die Indianerin deutete mit grabenden Bewegungen an, was sie meinte.

Elizabeth holte tief Luft. Mit aller Willenskraft versuchte sie, sich zu konzentrieren.

»Du meinst, wir sollen sie vergraben?«

Die Indianerin nickte.

Im ersten Moment wollte Elizabeth diesen Plan als Unsinn

abtun, schließlich hatten sie in Notwehr gehandelt. Die beiden Kerle waren Vergewaltiger und Mörder und hätten sowieso ihr wohlverdientes Ende am Galgen gefunden. Kein Mensch würde ihr einen Vorwurf machen. Doch dann dachte sie genauer nach. Es würde böses Blut geben, vor allem, wenn herauskam, dass eine Indianerin einen der beiden Männer getötet hatte. Eine ganze Schiffsbesatzung, bestehend aus abgefeimten, gottlosen Halunken könnte in dem Vorfall einen willkommenen Anlass sehen, plündernd und mordend über das nächstbeste Eingeborenendorf herzufallen. Es gab niemanden, der sie daran hindern würde. Dieser merkwürdige Colonel Howard, der mit seinen Soldaten die alte Garnison im Süden bemannt hatte, war ohnehin schlecht auf die Eingeborenen zu sprechen.

»Diese Wilden sind allesamt heimliche Menschenfresser. Man sollte sie vom Angesicht der Erde tilgen wie Ungeziefer.«

Das jedenfalls waren seine Worte gewesen, als er unlängst mit ein paar von seinen Männern auf einer Inspektionsrunde ins Dorf gekommen war und sich den dort lebenden Siedlern und Händlern vorgestellt hatte. Er hatte auch Miss Jane seine Aufwartung gemacht und auf ihrer Veranda einen Becher Ale getrunken, während er seine Umgebung mit einem seltsam unbeteiligten Blick gemustert hatte. Elizabeth, die ihn durch das offene Fenster beobachtet hatte, ohne dass er es bemerkte, hatte sofort eine spontane Abneigung gegen ihn gefasst.

Die junge Indianerin war abwartend stehen geblieben. Ihr Körper war nackt bis auf einen kurzen Lendenschurz aus grober Baumwolle und einen Gürtel aus hellen Muscheln. Dichtes schwarzes Haar fiel über kleine Brüste. Die lange Mähne umrahmte ein rundes, ebenmäßiges Gesicht mit mandelförmigen Augen und einer flachen Nase. Über der Stirn war es kantig abgeschnitten, und als es vom Wind nach hinten geweht wurde, konnte man die eintätowierten Zeichen über ihren Brauen sehen, fein gestanzte blaue Punkte, die zweifellos eine besondere Bedeutung hatten, ähnlich wie die runenartigen Verzierungen auf dem polierten Stein, den sie an einer Lederschnur um den Hals trug.

Unvermittelt erkannte Elizabeth, wie wenig sie über die Eingeborenen wusste. Sie war nun schon so viele Wochen auf Dominica, doch immer noch hatte sie so gut wie nichts über die Insel und die hier lebenden Menschen in Erfahrung gebracht. Sie wusste nichts über ihre Sprache, den Glauben, die Sitten und Gebräuche. Ob es wirklich stimmte, dass die Eingeborenen Kannibalen waren? Oder handelte es sich nur um gezielt ausgestreute Gerüchte, von Leuten wie Arthur Howard in die Welt gesetzt, um damit die Vertreibung und Ausrottung auf den karibischen Inseln zu rechtfertigen? Wie auch immer, diese junge Frau hatte ihr das Leben gerettet. Elizabeth war ihr zu Dank verpflichtet.

»Ich heiße Elizabeth.« Sie hob die Hand und legte sie sich auf die Brust. »Lizzie.« Das war kürzer und ließ sich besser aussprechen. »Ich bin Lizzie. Und du?«

Die junge Frau kopierte ihre Geste. Sie legte sich die Hand auf die Brust und lächelte kurz. Ihre Zähne waren weiß und makellos.

»Zena.« Ihre Stimme klang ein wenig guttural, aber leicht verständlich. Sie deutete auf Elizabeth und sagte akzentuiert: »Li-zzie.«

»Genau.« Elizabeth lächelte zögernd. »Sprichst du meine Sprache?«

»Etwas. Wenig Worte. Französisch mehr.«

»Wo hast du es gelernt?«

»Weiße«, kam es knapp zurück. Zena deutete auf die beiden Toten. »Wegmachen. Jetzt.«

Elizabeth wandte sich erschaudernd zu den Leichen um. Widerwillig betrachtete sie sodann die Umgebung, auf der Suche nach einer Stelle, die sich für ein verstecktes Grab eignete. Zena ging die Sache schneller an. Zwischen den Büschen am Fuße der Felswand begann sie, mit beiden Händen Sand und Geröll wegzuschaufeln. Emsig grub sie tiefer und tiefer und bedeutete Elizabeth mit einer Kopfbewegung, es ihr gleichzutun. Zu zweit hoben sie mit bloßen Händen eine flache Grube aus. Gemeinsam zerrten sie anschließend die Leichen in die Senke und bedeckten sie mit Sand, Steinen und Zweigen. Elizabeth überwand ihren Ekel und bemühte sich bei jedem Handgriff um Zielstrebigkeit und Effizienz. Sie wünschte sich möglichst weit weg, doch zuerst mussten alle Spuren beseitigt werden. Nachdem die Männer verscharrt waren, besah sie sich das Grab mit den Augen eines zufällig vorbeikommenden Betrachters. Verborgen von dem ringsum wachsenden Gesträuch, wirkte die Stelle aus einigen Schritten Entfernung völlig unauffällig. Dennoch half ihr diese Gewissheit kaum dabei, ihre Fassung zurückzugewinnen. Sie musste tief durchatmen, um die immer wieder aufsteigende Übelkeit zu bezwingen.

Zena warf Sand über den blutgetränkten Boden, wo die Männer gestorben waren, während Elizabeth sich daranmachte, ihr Hemd auszuziehen. Es hatte Blutspritzer abbekommen, die sich nicht auf die Schnelle entfernen ließen, also vergrub sie es kurz entschlossen in der Nähe der Leichen. Ihr Oberkleid war zum Glück sauber geblieben, was sie der Notwendigkeit enthob, sich für Deirdre, die sich um ihre Wäsche kümmerte, langatmige Erklärungen ausdenken zu müssen. Elizabeth hatte es gerade wieder übergestreift und sich die Schuhe angezogen, als ihr siedend heiß das Boot einfiel. Hastig wandte sie sich zum Wasser um, doch der Kahn der beiden Männer war bereits weit abgetrieben worden.

»Verdammt«, entfuhr es ihr, wobei es sie wenig störte, dass sie ihren ganzen Verfehlungen mit diesem Fluch noch die Sünde der Gottlosigkeit hinzufügte. »Wenn jemand das Boot findet, wird man nach den beiden suchen.«

Zena, die ihrem Blick gefolgt war, schüttelte den Kopf. »Weiße nicht suchen. Denken, große Fisch kommen und fressen.«

»Du meinst, ein Hai?« Elizabeth dachte nach und nickte schließlich. »Du hast recht. Außerdem waren die beiden schwer betrunken. Da kann man leicht ins Wasser fallen. Was sie wohl hier wollten?«

»Frau«, sagte Zena. Es klang lakonisch.

Elizabeth nickte peinlich berührt, es war ihr unangenehm, dass sie nicht von allein darauf gekommen war. Natürlich waren die Männer ihr gefolgt. Sie hatten mitgekriegt, wie sie sich allein aufgemacht hatte, zu einem Spaziergang abseits vom Dorf. Sie hatten nichts weiter tun müssen, als sich in ihr Boot zu setzen und ihr gemächlich hinterherzurudern. Elizabeth schluckte hart, doch der Kloß in ihrem Hals ließ sich damit nicht loswerden. Das alles hätte nicht passieren müssen. Zwei Männer waren tot, ihretwegen. Mochten sie auch schlimme Schurken gewesen sein, so hatten sie doch nur dieses eine Leben gehabt, und das war jetzt ausgelöscht.

Elizabeth setzte sich auf einen Felsen und stützte den Kopf in die Hände. Hinter ihren Schläfen hatten hämmernde Schmerzen eingesetzt. Ihr Magen zog sich krampfartig zusammen, doch es war nichts mehr darin, was sie hätte ausspeien können. Matt hob sie den Kopf, als die junge Indianerin vor sie hintrat.

»Alles gut?«, fragte Zena.

Elizabeth zuckte mit den Schultern. Nichts war gut.

»Böse Mann«, sagte Zena. Ihre Stimme klang wütend, und erstaunt blickte Elizabeth zu ihr auf. Zena hatte die Lippen zusammengepresst, ihre Augen glühten vor Hass. »Hat gemacht auch mit mir.« Mit eindringlichen Gesten beschrieb sie es.

Fassungslos starrte Elizabeth die junge Frau an.

»Wer? Der mit dem Bart?«

Ein weiteres Nicken. »Hat Kind gemacht.« Sie deutete auf ihren Leib.

»Er hat dich vergewaltigt, und du warst schwanger davon? Wann war das?«

»Sechs Monde.« Zena deutete auf das Wasser. »Dort bekommen. Drei Tage her.«

»Du meinst, du hast … Und das Kind …? Wo …?«

»Fische fressen«, sagte Zena gleichmütig.

Erschüttert rang Elizabeth nach Worten, doch dann verstummte sie abrupt. Gegen die Sonne hoben sich näher kommende Gestalten ab. Zena wich ein paar Schritte zurück zwischen die Sträucher. Elizabeth sprang von dem Felsen auf, bereit zur Flucht. Doch dann stieß sie erleichtert den angehaltenen Atem aus. Das war Deirdre! Und begleitet wurde sie von Oleg, Jerry, Sid und Edmond.

»Das sind meine Leute«, sagte sie zu Zena, die wachsam herüberspähte, die schmale kleine Gestalt fast ganz von den wilden Hibiskusbüschen verborgen. Ihre dunklen Augen lugten zwischen den Blüten hervor, und über ihrem Kopf erhob sich die Speerspitze. »Du kannst wieder rauskommen. Sie sind hier, um mich zu suchen.«

Zögernd trat Zena zwischen den Büschen hervor. Deirdre fing an zu rennen, als sie Elizabeth bei den Felsen sah.

»Um Himmels willen, Mylady! Wir haben uns solche Sorgen gemacht!«

»Es tut mir leid, ich war spazieren und habe die Zeit vergessen.«

»Ihr wart *schwimmen!«* Anklagend betrachtete Deirdre Elizabeths nasses Haar. »Allein! Wie konntet Ihr nur!«

»Oh bitte, mach nicht so ein Gewese darum. Es geht mir gut.« Elizabeth gab sich unbefangen, sie ignorierte die vorwurfsvollen und besorgten Blicke. Deirdre musterte Zena mit sichtlichem Misstrauen.

»Wer ist das?«, wollte sie wissen.

»Eine Indianerin. Wir sind zufällig ins Gespräch gekommen.«

»Oh, sie spricht unsere Sprache?«, erkundigte Edmond sich interessiert. Er trat näher, blieb aber in angemessener Entfernung stehen, als Zena Anstalten machte zurückzuweichen. »Ich bin Priester«, sagte er freundlich. »Ein Mann Gottes.«

Zena betrachtete ihn stumm.

»Mein Name ist Edmond. Pater Edmond. Und wie heißt du, mein Kind?«

»Zena«, sagte Elizabeth. Ihr war heiß, sie fühlte sich elend. Die Brüste taten ihr weh, die einschießende Milch plagte sie. Sicher schrie Faith bereits vor Hunger, sie hätte sie längst stillen müssen.

»Lasst uns zurückgehen. Ich möchte Miss Jane nicht länger warten lassen.«

»Möchtest du mit uns kommen, Mädchen?«, fragte Edmond hoffnungsvoll. »Wir könnten miteinander reden. Du sagst mir Wörter in deiner Sprache, und ich sage dir dafür welche aus meiner.«

»Edmond«, meinte Deirdre ungeduldig. »Ich glaube nicht, dass sie das möchte. Was hätte sie denn auch davon?«

»Nun, eine fremde Sprache zu lernen, ist immer ein Gewinn! Zumal sie dann richtig beten könnte.« Fragend betrachtete er das Mädchen. »Hast du schon einmal gebetet?«

»Mit ein bisschen Stoff wäre ihr besser gedient als mit Gebeten«, meinte Jerry. Er gab sich Mühe, nicht die nackten Brüste der jungen Eingeborenen anzustarren, aber es misslang ihm kläglich. Man sah seinen Adamsapfel hüpfen, als er schluckte. Oleg betrachtete unterdessen mit stoischer Gelassenheit die Umgebung. Seine Haltung war entspannt, sein Gesichtsausdruck unergründlich. Für das Mädchen schien er sich nicht zu interessieren.

»Vielleicht will sie eher Glasperlen«, sagte Sid. »Alle Indianer wollen welche.« Er bedachte Zena mit einem werbenden, zahnlosen Lächeln. »Willst du ein paar Perlen, Mädchen? Ich glaube, ich habe noch welche in meinem Seesack.«

»Man darf diese Menschen nicht mit solchem Tand abspeisen«, erklärte Edmond. »Man muss ihnen das Wort Gottes nahebringen. Das ist ungleich wertvoller als all der nutzlose Kram, mit dem die Weißen sie fortwährend ködern.«

Elizabeth wollte nur noch weg. Ungeduldig machte sie der Unterhaltung ein Ende.

»Sie kann mitkommen, wenn sie möchte.« Sie wandte sich direkt an das Mädchen. »Zena, willst du mitkommen? Du bekommst zu essen und ein Hemd. Beten musst du nicht dafür, wenn du es nicht willst.«

Edmond murmelte einen Protest, doch Elizabeth störte sich nicht daran. Fragend betrachtete sie die junge Eingeborene.

»Was ist, kommst du mit?«

Zena zuckte die Achseln, und als alle Übrigen sich in Bewegung setzten, blieb sie stehen. Edmond schloss nur zögernd zu den anderen auf, er blickte immer wieder über die Schulter zurück, in der Hoffnung, das Mädchen möge sich noch besinnen. Nach einer Weile blickte Elizabeth zurück und sah, dass die Indianerin ihnen in einiger Entfernung folgte.

16

Auch ohne dass irgendwer es erwähnt hatte, wusste Felicity, dass es nun endlich so weit war. Aufgeregt lief sie an der Reling hin und her und betrachtete die Landmasse, die sich vor ihnen am Horizont abzeichnete. Der Wind fuhr ihr unter die Röcke, und sie hielt den schweren Stoff mit beiden Händen fest, denn die Seeleute auf dem Vorderschiff warteten nur darauf, ein Stück von ihren Beinen zu sehen zu kriegen. Das Haar flatterte ihr vor den Augen, sie strich es sich ungeduldig aus dem Gesicht. Mit einer Hand das wehende Kleid und mit der anderen das Haar bändigend, starrte sie in die Ferne. Das war Europa! Es *musste* Europa sein! Nachdem sie wochenlang wegen einer nicht enden wollenden Flaute inmitten der unendlichen Wasserwüste festgesessen hatten, waren günstige Winde aufgekommen, die das Schiff weitergetragen hatten. Bei den Azoren hatten sie ein paar Tage vor einer gottverlassenen Insel geankert, um Wasser und Proviant aufzunehmen, bevor es endlich weiterging in Richtung Heimat. Tag um Tag hatte Felicity Ausschau gehalten und den Horizont beobachtet. Jedes Mal, wenn sie meinte, dass sich in der Ferne ein Landstrich gegen die endlose See abhob, rannte sie zu John Evers, um sich sein Fernrohr zu borgen. Der Bootsmaat überließ es ihr stets gutmütig und forderte sie auf, es ihm sogleich zu melden, falls sie Land sichtete. Das kam gelegentlich tatsächlich vor, und sie teilte es ihm stets getreulich mit, doch meist waren es zu ihrer Enttäuschung nur bedeutungslose Inseln. Sie wusste, dass sie ihn und Duncan mit ihrer kindlichen Erwartung belustigte, doch das war ihr egal.

An diesem Morgen war etwas Großes am Horizont aufgetaucht, eine lang gezogene, massive Küstenlinie. Wieder lief sie zu John Evers, der unter dem straff gespannten Segel beim Fockmast stand und die Matrosen beaufsichtigte, und als sie ihn diesmal um das Fernrohr bat, empfing er sie mit einem breiten Grinsen.

»Ja, junge Lady, Euer Gefühl hat Euch nicht getrogen. Das da drüben ist Portugal. Jetzt kommen wir der Sache wirklich näher.«

Sie ließ ein befreites Lachen hören und eilte in die Kapitänskajüte, wo Duncan über den großen Tisch gebeugt dastand und nautische Berechnungen vornahm. Er hob den Kopf, als sie hereingestürmt kam, und flüchtig wunderte sie sich, wie er nach all den Wochen auf See noch so ordentlich aussehen konnte. Er rasierte sich jeden Tag, kämmte sorgfältig sein Haar, wechselte mindestens zweimal wöchentlich das Hemd und ließ sich gelegentlich sogar Wasser zum Waschen bringen. Sie selbst fühlte sich nun, da das Ende der Reise näher rückte, wie ein Ferkel in der Suhle. Die Kleidung stinkend und starr vor altem Schweiß, die Röcke von Flecken übersät, dass Haar fettig, die Kopfhaut juckend, die Zähne pelzig. Letzteres fand sie besonders beklagenswert, denn sie hatte wahrlich an alles gedacht beim Packen ihrer Habe, nur den kleinen Beutel mit dem Zahntuch hatte sie vergessen. Anne hatte ihr großmütig die Benutzung ihres Tuchs angeboten, doch davon hatte Felicity keinen Gebrauch gemacht. Anne hatte bereits vor einigen Jahren einen Backenzahn verloren, man sah es, wenn sie lachte. Ein

Bader hatte ihn ihr wegen Zahnfäule ziehen müssen, und Felicity sorgte sich, dass sie durch die Benutzung desselben Zahntuchs womöglich ebenfalls von diesem Leiden heimgesucht würde. Duncans Zahntuch hätte sie wohl benutzt, seine Zähne waren, soweit sie es überschauen konnte, vollzählig vorhanden und für einen Mann über dreißig erstaunlich intakt, doch sie scheute sich, ihn zu fragen. So vertraut waren sie nun auch wieder nicht miteinander, und wenngleich Felicity ihn inzwischen gut leiden mochte, war sie dennoch nicht imstande, die Scheu, die sie jedes Mal in seiner Gegenwart empfand, gänzlich zu überwinden. Die Art, wie er an Deck das Kommando ausübte, mit einem einzigen Wink oder einem herrischen Wort ein Dutzend Männer dazu brachte, in schwindelnde Höhen zu klettern oder auf den Knien die Decksplanken zu schrubben, rief immer noch Ehrfurcht in ihr wach. Anders als am Anfang ihrer Bekanntschaft hatte sie keine Angst mehr vor ihm. Sie wusste genau, dass er ihr niemals etwas antun würde, auch wenn er früher als Pirat die schrecklichsten Untaten verübt hatte. Doch schon der Anblick der Pistolen und der schweren Säbel an der Wand seiner Kajüte reichte aus, um ihr einen Schauer über den Rücken zu jagen. Auch wenn seine Haltung noch so entspannt und sein Gesichtsausdruck noch so verbindlich war – sie wusste genau, dass er sich bei Gefahr augenblicklich in einen ganz anderen Menschen verwandeln konnte. In jemanden, der bedenkenlos tötete. Lizzie hatte ihr von dem Überfall erzählt, dem sie und Duncan während des Aufstands um ein Haar zum Opfer gefallen wären. Duncan hatte im Handumdrehen drei der Angreifer niedergemacht, und das nur im Vorbeireiten.

»Er war schneller als der Blitz«, hatte Lizzie gesagt. »Und ich bin sicher, dass keiner von ihnen mehr aufstand.«

Felicity fragte sich, wieso sie ausgerechnet jetzt an diese Geschichte denken musste, wo sie doch eigentlich nur Freude verspüren sollte.

»Draußen kann man schon Europa sehen«, platzte sie heraus.

Ein amüsiertes Lächeln zuckte um seine Mundwinkel auf.

»So, kann man das?«

»Ja. John Evers hat es selbst gesagt. Es ist Portugal, meint er.«

»Dann sind wir in der korrekten Richtung unterwegs.«

Sie merkte, dass er sie aufzog. Mit leisem Groll wechselte sie das Thema.

»Wo ist Anne?«, wollte sie wissen.

»Unter Deck. Einer der Matrosen ist krank.«

»Oh. Na gut, dann warte ich hier auf sie.«

Sie setzte sich auf die Bank und versuchte, ein wenig in einem von Annes Büchern zu lesen, doch sie konnte sich nicht konzentrieren und rutschte hin und her. Sie brannte darauf, Anne davon zu erzählen, dass sie Europa gesehen hatte, doch ihr Widerwillen, in die Quartiere der Seeleute hinabzusteigen, hinderte sie daran, die Freundin zu suchen. Sie wusste nur zu gut, wie es dort unten aussah. Vor drei Jahren, auf der Reise von England nach Barbados, hatten sie und Lizzie wochenlang im Zwischendeck gehaust, unter Bedingungen, wie man sie sich kaum elender und schmutziger vorstellen konnte. Dicht an dicht baumelten dort die Hängematten von den Sparren, und die einzige Luftzufuhr kam durch die Geschützpforten und den Niedergang. Es war dunkel und feucht unter Deck, ganz zu schweigen von den betäubenden Ausdünstungen der Matrosen, die während der gesamten Reise nie die Kleidung wechselten und kaum je mit Wasser in Berührung kamen, jedenfalls nicht, um sich damit zu waschen. Die meisten von ihnen sahen zum Fürchten aus, mit bärtigen Gesichtern, zotteligem Haar und unverschämten Blicken, wann immer Felicity einem von ihnen über den Weg lief. Letzteres kam zum Glück nicht allzu häufig vor, denn die Matrosen hausten auf dem Vorderschiff, während sie selbst sich fast ausschließlich auf dem Achterschiff aufhielt. Felicity fand es hochanständig von Duncan, dass er ihr und Anne für die Dauer dieser Reise seine Unterkunft überlassen hatte. Sie teilten sich das breite Alkovenbett, während Duncan im Vorbau auf der Bank schlief. Tagsüber hielten sie sich gemeinsam in der Kajüte auf, wo sie auch die Mahlzeiten einnahmen und Duncan am Kartentisch seine Berechnungen anstellte. Bis auf die lange Flaute war die gesamte Fahrt ohne Zwischenfälle oder größere Unannehmlichkeiten verlaufen. Felicity wusste, dass sie darüber froh und dankbar sein sollte. Dennoch konnte sie es kaum erwarten, es endlich hinter sich zu haben. Sie hasste das Leben auf See mit solcher Inbrunst, dass es sie manchmal mit stiller Sorge erfüllte. Schließlich würde sie bald einen Kapitän heiraten. Niklas liebte sein Schiff, er war mit Leib und Seele Seemann, und sie konnte nur hoffen, dass er nicht von ihr erwartete, ihn auf seinen Fahrten zu begleiten. Er befehligte einen Westindienfahrer, die *Eindhoven,* die nahezu doppelt so groß war wie Duncans *Elise,* und auch seine Kabine war um einiges geräumiger und komfortabler als diese hier, doch Felicity wünschte sich glühend, dass Niklas künftig ein gemeinsames Leben an Land seinen Schiffsreisen vorzog. Erst recht in diesen unsicheren Zeiten. Der Krieg, so hatte man sich bereits vor ihrem Aufbruch auf Dominica erzählt, weitete sich immer mehr aus. Hoffentlich gab es keine Schwierigkeiten, wenn sie zu Niklas nach Amsterdam reisen wollte! Am liebsten wäre es ihr gewesen, die *Elise* hätte gleich dort anlegen und sie von Bord lassen können, bevor es nach England weiterging, doch Duncan hatte bereits abgewinkt – es war ihm zu gefährlich.

»Wir können von Glück sagen, wenn wir heil nach England kommen«, hatte er lapidar bemerkt, als sie das Thema angesprochen hatte. »Dieser Krieg ist ein Seekrieg, Felicity. Er findet zu Wasser statt, zwischen Schiffen, die einander beschießen. Die Küstengewässer sind besonders unsicher. Glaub mir, es ist besser, du kommst zunächst mit nach Raleigh Manor, und dort können wir dann in aller Ruhe überlegen, wie du mit einem ordentlichen Geleitschutz nach Amsterdam gelangst. Uns wird schon etwas einfallen. Keinesfalls setze ich dich irgendwo ab und überlasse dich deinem Schicksal.« Damit hatte sie sich zufriedengeben müssen, auch wenn es sie verzagt in die Zukunft blicken ließ. Es würde alles so lange dauern!

Anne hatte versucht, sie aufzumuntern, was Felicity als Beweis sah, dass die Freundin ihre Melancholie fast überwunden hatte. Manchmal wirkte sie sogar regelrecht unternehmungslustig.

»Wenn du niemanden findest, der dich nach Holland begleitet – ich tu's«, hatte sie erklärt. »Du wirst nicht allein dorthin reisen müssen!«

Felicity war froh, Anne an ihrer Seite zu wissen. Sie war eine angenehme Gesellschafterin. Es war nicht dasselbe wie mit Lizzie, an der Felicity mit solcher Liebe hing, dass es immer noch wehtat, wenn sie an den Abschied zurückdachte. Aber dafür war das Leben mit Anne auch nicht ganz so anstrengend. Anne war von ruhigem, gleichmäßigem Wesen, immer freundlich und gefasst. Nie fuhr sie aus der Haut, nie schien sie sich zu ärgern. Lizzie war oft der Kragen geplatzt, sie konnte jederzeit gewittrige Stimmung verbreiten, wenn ihr etwas nicht passte – zumeist im Zusammenhang mit Duncan, der es jedes Mal mühelos fertigbrachte, sie zur Weißglut zu treiben. Anne war da ganz anders, zuweilen sogar langweilig, aber das hatte sich bereits gebessert. Hatte sie am Anfang der Reise manchmal noch stundenlang tatenlos und in Gedanken versunken in der Kajüte gesessen, war sie mit der Zeit immer lebhafter geworden. Sie hatte angefangen zu sticken und ein Reisetagebuch zu führen – wobei Felicity sich ernsthaft fragte, was es jeden Tag dort hineinzuschreiben gab –, und sie kümmerte sich neuerdings um die kranken Matrosen.

Felicity saß wie auf heißen Kohlen, bis Anne endlich wieder die Kajüte betrat.

»Stell dir vor, Anne! Ich habe die Küste von Europa gesehen! Wir sind bald da!«

Anne nickte nur flüchtig, als sei es kein besonderer Grund zur Freude, dass ihre Reise bald ein Ende nehmen würde. Felicity fühlte Ärger in sich aufsteigen, weil Anne sich ausgerechnet diesen euphorischen Augenblick aussuchen musste, um ihrem pessimistischen Gemütszustand freien Lauf zu lassen. Doch dann sah sie die Besorgnis in der Miene der Freundin.

»Was ist denn los?«, fragte sie verunsichert.

Anne wischte sich mit einem Tuch die Hände ab, und zu ihrem Schrecken sah Felicity, dass der Stoff mit Blut gesprenkelt war.

Duncan legte den Zirkel, mit dem er eben noch gearbeitet hatte, abrupt auf den Kartentisch zurück. Auch er blickte Anne fragend an.

»Peter?«, wollte er wissen.

Anne nickte bekümmert. Felicity biss sich auf die Lippe. Peter war der Schiffsjunge, der Einzige von der Besatzung, der ihr keine Angst einjagte, wenn sie ihn sah. Er war von allen an Bord derjenige, der – neben John Evers, dem Bootsmann – am häufigsten nach achtern kam, denn er war für die Sauberkeit in der Kapitänskajüte zuständig. Er wischte die Bodenplanken, kümmerte sich um die Wäsche des Kapitäns und servierte die Mahlzeiten, die der Koch in der mittschiffs befindlichen Kombüse zubereitete. Er war ein munterer Bursche von dreizehn Jahren, mit zahlreichen Sommersprossen und störrischem hellem Haar. Vor zwei Jahren war er von daheim ausgerissen, weil er die Prügel von seinem trunksüchtigen Stiefvater nicht länger ausgehalten hatte, und Duncan hatte ihm auf der *Elise* ein neues Zuhause gegeben. John Evers hatte den Jungen unter seine Fittiche genommen; für den Bootsmann war er der Sohn, den er selbst nie gehabt hatte.

»Ich habe ihm heiße Brustwickel gemacht und ihm einen Kräutersud eingeflößt«, sagte Anne. »John ist jetzt bei ihm.« Ihr Blick war traurig, und ihre Stimme zitterte ein wenig. Felicity begriff, dass das Leben des Jungen in Gefahr war. Sie hatte ihn häufig husten hören in den letzten Wochen, und sie erinnerte sich, dass Duncan ihn des Öfteren in sein Quartier geschickt hatte, damit er sich ausruhte. Ihr fiel nun auch auf, dass er seit mindestens drei Tagen überhaupt nicht mehr an Deck gewesen war.

»Wie steht es?«, fragte Duncan rundheraus.

Anne schüttelte nur den Kopf. Felicity schluckte entsetzt, mit einem Mal stand ihr wieder mit bestürzender Klarheit vor Augen, welche Opfer eine Überfahrt über den Atlantik fordern konnte. Auf ihrer ersten Seereise vor drei Jahren hatte sie nahezu täglich mit ansehen müssen, wie Matrosen, die während der Fahrt gestorben waren, auf See ihr kaltes und einsames Grab gefunden hatten. Niklas hatte gemeint, das sei nun mal so, es lasse sich nicht verhindern, ebenso wenig wie die Bestrafungen. Häufig hatte er es für nötig befunden, unbotmäßige Besatzungsmitglieder an den Mast zu binden und auszupeitschen. Das, so hatte er ihr erklärt, sei eben das Leben auf einem Schiff. Ungehorsam, Prügeleien, Messerstechereien, Diebstahl – irgendwer verstieß immer gegen die Regeln, und wenn man als Kapitän nicht mit allen Mitteln die Ordnung aufrechterhielt, hatte man beizeiten eine Meuterei am Hals. Felicity hatte das Klatschen der Neunschwänzigen Katze gehasst, fast noch mehr als die gequälten Aufschreie der geschundenen Übeltäter, doch sie hatte es als gottgegebene Tatsache hingenommen. Erst in diesem Moment, da Anne mit dem blutbesprenkelten Tuch vor ihr stand, wurde Felicity zum ersten Mal bewusst, dass es auf der *Elise* bisher weder eine Auspeitschung gegeben hatte noch eines jener deprimierenden Seebegräbnisse, wie sie auf der *Eindhoven* an der Tagesordnung gewesen waren. Stirnrunzelnd überlegte sie, woran das liegen mochte. Die *Eindhoven* war sehr viel größer als die *Elise*, und die Mannschaft des holländischen Westindienfahrers bestand aus sehr viel mehr Männern – vielleicht hing es damit zusammen. Sie beschloss, Duncan einmal danach zu fragen, doch dann erkannte sie von allein den wahren Grund: Die Männer auf der *Elise* waren frei. Keiner von ihnen war zur Arbeit an Bord gezwungen worden, wie es auf der *Eindhoven* der Fall war. Duncans Männer segelten mit ihm, weil sie es nicht anders wollten und weil es das Leben war, das sie gewählt hatten. Sie waren immer noch Piraten, eine verschworene Gemeinschaft, die sich einem Anführer unterworfen hatte. Aber auch wenn sie schon lange nicht mehr mit ihm auf Kaperfahrt gegangen waren, so bekamen sie doch in ausreichendem Maße von den Erlösen seiner Handelsfahrten ab und wurden so für ihren Einsatz belohnt. Auf den großen Westindienfahrten sah es hingegen anders aus. Dort mussten die Kapitäne Presspatrouillen in die Städte entsenden, um überhaupt genügend

Seeleute aufs Schiff zu bekommen. Bei Nacht und Nebel wurden gesunde junge Männer von eigens dafür angeheuerten Schlägern niedergeschlagen und entführt, und wenn sie auf hoher See zu sich kamen, blieb ihnen nichts anderes übrig, als zu schuften, wenn sie essen und trinken wollten. Auch das hatte Niklas als naturgegebene Notwendigkeit dargestellt, und Felicity hatte sich bemüht, es ebenso zu sehen, doch nun, da ihr Blick auf Duncan fiel, dessen Miene Besorgnis, ja beinahe schon Verzweiflung wegen eines kranken Schiffsjungen offenbarte, kamen ihr ernstliche Zweifel, ob Niklas' Einstellung wirklich die richtige war.

Er muss damit aufhören!, schoss es ihr durch den Kopf. Es ist nicht recht, Menschen zu so einem Leben zu zwingen!

Sie schwor sich, ihn davon zu überzeugen, die Seefahrt aufzugeben, jedenfalls die Art, wie er sie bisher betrieben hatte. Schon deshalb, weil es viel zu gefährlich war. Jeder Mensch hatte nur ein einziges Leben, und sie würde nicht zulassen, dass er seines fortwährend aufs Spiel setzte.

Wie zerbrechlich ein einzelnes Leben war, wurde zwei Tage später deutlich, als Peter starb. Anne hatte die ganze Nacht bei ihm gewacht und mehrfach versucht, das Fieber doch noch zu senken, doch der Bluthusten quälte ihn über Stunden hinweg. Sein junger Körper wehrte sich gegen das Unausweichliche, die Krämpfe schüttelten ihn, bis er schließlich noch vor Tagesbeginn zusammensank und seinen letzten Atemzug tat. Duncan trat an seine Hängematte, als es zu Ende ging; er hatte John befohlen, ihn holen zu lassen. Er nahm die Hand des Jungen und hielt sie, als Peter starb. Mit zusammengebissenen Zähnen stand er dort und blickte auf den weißblonden Haarschopf nieder, auf das vom Todeskampf gezeichnete, noch kindliche Gesicht. John hockte auf einem Schemel auf der anderen Seite, er hatte den Kopf in beide Hände gestützt, seine Schultern zuckten, während er lautlos weinte. Anne, die neben ihm stand, die Augen von der durchwachten Nacht in tiefen Höhlen, sagte kein Wort. Ihre Lippen waren zusammengepresst, ihr Blick zeigte eine Mischung aus Zorn und Trauer. Irgendwann fand Duncan die Kraft, ein kurzes Gebet zu sprechen, in das John und Anne zögernd einfielen. Der Stückmeister kam und nähte Peters Körper in die Hängematte ein, so wie es Brauch war unter den Seeleuten. Bei Beginn der Frühwache brachten sie den Leichnam an Deck und versammelten sich mittschiffs an der Reling, wo Duncan eine kurze Ansprache hielt. Dichter Nebel wallte um das Schiff und verlieh der Szenerie einen zusätzlich düsteren Anstrich. Sie hatten während der Nacht die iberische Halbinsel hinter sich gelassen und hielten in Sichtweite der französischen Küste auf die Einfahrt zum Ärmelkanal zu, wo sie bei heraufziehender Morgendämmerung von einer Nebelbank empfangen worden waren – ein waberndes, feuchtkaltes Grau, das Duncan zwang, die Segel einzuholen und in regelmäßigen Abständen das Logscheit auswerfen zu lassen, um die *Elise* vor Untiefen zu bewahren.

Alle Männer, die nicht zwingend arbeiten mussten, bildeten einen Halbkreis an Deck. Mit gesenkten Köpfen, die Hände gefaltet, standen sie dort und gedachten des Jungen, dessen fröhliches Lachen noch eine Woche zuvor über das Deck geschallt war und der wenige Tage vor seinem vierzehnten Geburtstag gestorben war. Felicity und Anne, die ein Stück weit von den Männern entfernt beim Steuerhaus standen, weinten trostlos.

John Evers war im Begriff, den Leichnam über die Reling zu hieven, als aufbrüllender Kanonendonner die Luft um sie herum zerriss. In einem Schauer explodierender Holzsplitter barst über ihren Köpfen der Fockmast, und mit einem vielstimmigen Aufschrei stoben alle an Deck auseinander. Duncan sah aus dem Augenwinkel, wie zwei der Männer stürzten und liegen blieben. Einem ragte ein gewaltiger Splitter aus dem Auge, er war tot. Der andere lebte noch, aber die Blutlache, die sich unter ihm ausbreitete, ließ keinen Zweifel daran, dass sein letztes Stündlein geschlagen hatte. Duncan rieb sich den Kopf, etwas hatte ihn dort erwischt, doch er war noch bei Sinnen, auch wenn ihm kurz schwarz vor Augen geworden war. Er brüllte Befehle, stieß die hilflos herumirrenden Frauen in Richtung Kajüte und rannte aufs Kommandodeck, um die Lage zu peilen.

Das Schiff, von dem aus der Angriff erfolgt war, lag steuerbords, keine hundert Schritt entfernt. Es war eine holländische Fleute, mit gedrungenem, kräftigem Rumpf und flachen Aufbauten. Aus den Stückpforten ragten die schweren eisernen Geschütze, von deren Mündungen Qualm hochstieg und sich mit den treibenden Nebelschwaden vermischte.

»Großsegel hissen!«, schrie Duncan, während er zu der achtern verankerten Drehbasse rannte, weil er von allen am nächsten dran war. »Leinen am Fockmast kappen! Backbordgeschütze klarmachen!« Mit fieberhaften Bewegungen versuchte er, die hintere Bordkanone zu laden, doch die Kugel rutschte ihm durch die Finger, und mit vagem Erstaunen sah er, dass sie mit Blut beschmiert war. Während er noch überlegte, wo zum Teufel das herkam, bemerkte er, dass es ihm aus dem Ärmel lief. Eines der umherfliegenden Trümmerstücke hatte ihn getroffen. Mit einem Mal spürte er den sengenden Schmerz in der Schulter, und auch der Kopf tat ihm plötzlich weh. Auch von dort kam Blut, wenn auch nicht so viel wie aus der Schulterwunde. Er versuchte, die Verletzungen zu ignorieren, doch in einer Mischung aus Erstaunen und Zorn gewahrte er, dass er in den Knien einknickte und alles sich um ihn drehte. Widerstrebend und nur um nicht hinzufallen, setzte er sich auf die Decksplanken, die bereits schlüpfrig von seinem Blut waren.

»John! Hierher! Und bring eine verdammte Bandage mit!« Er wollte es schreien, doch seine Stimme klang erbärmlich schwach. Um ihn herum taten alle, was er ihnen befohlen hatte, und noch einiges mehr, denn unter Deck war die gebieterische Stimme des Geschützmeisters zu hören, und über ihm das Scharren und Flattern des schweren Flachstuchs am Großmast. Das Segel füllte sich zögernd. Duncan merkte, wie das Schiff sich in Bewegung setzte und aus der Gefahrenzone glitt.

Er wollte Feuerbefehl geben, doch er brachte keinen Ton mehr heraus. Seine Sicht begann sich zu trüben.

»Duncan?« Das war John. »Verflucht, Junge, du bist getroffen! Lass mich sehen!« Hände machten sich an ihm zu schaffen, betasteten seinen Kopf, seinen Arm. Hoch oben in seiner Schulter fühlte es sich an, als würde ihm ein glühender Schürhaken ins Fleisch gebohrt. Duncan wollte schreien, doch nicht einmal das bekam er hin. Stattdessen sank er in eine alles verschlingende Schwärze.

Anne konnte kaum atmen vor Angst. Der Geschützdonner dicht unter ihren Füßen ließ sie vor Schreck aufschreien, es war so unerwartet gekommen, obwohl unmittelbar vorher ein gebrüllter Feuerbefehl an Deck ertönt war. Auch vom gegnerischen Schiff aus wurde wieder geschossen, und sie stieß einen weiteren Schrei aus, als sie das Krachen des Einschlags hörte. Es kam vom Bug her, doch es war immer noch nah genug, um Todesangst bei ihr wachzurufen. Die *Elise* war unter Segeln, sie fuhr dem Feind davon, tief hinein in den schützenden Nebel, doch war sie auch schnell genug? Beißend drang der Qualm der abgefeuerten Kanonen ins Innere der Kajüte, und nun sah sie, dass ein Loch in der Decke war – ein Stück der abgerissenen Fockmastspitze hatte sich durch die Planken gebohrt.

Felicity saß seltsam teilnahmslos auf der Bank, sie blickte mit stumpfem Gesichtsausdruck vor sich hin, beide Arme um ihren Leib geschlungen, als wolle sie sich selbst trösten. Sie blickte nicht einmal auf, als die Tür aufflog und John hereingestolpert kam. Er schleifte Duncan mit sich, einen Arm über seine Schulter gezogen und ihn zugleich umklammernd, um ihn aufrecht zu halten. Anne sah das Blut und stieß einen weiteren Schrei aus, doch ihr Entsetzen wich sofort heilsamem Tatendrang. Gemeinsam mit John schleppte sie Duncan zum Tisch, und beide legten sie ihn darauf. Duncan stöhnte, kam aber nicht richtig zu Bewusstsein.

»Er hat viel Blut verloren«, sagte John. »Ich hab's nur provisorisch bandagiert, Ihr müsstet ihm einen richtigen Verband anlegen. Die Ohnmacht kommt daher, dass ihm was auf den Kopf gefallen ist. Dreht ihn auf die Seite, kann sein, dass es ihm noch mal hochkommt, er hat vorhin schon gekotzt.« Er eilte zurück zur Tür. »Ich muss wieder hoch und zusehen, dass wir den verfluchten Holländern entkommen. Vielleicht ist die Fleute nur Teil einer Flotte. Dann sind die übrigen Schiffe aus dem Verband nicht weit und schießen uns in Fetzen, sobald sie uns sichten. Schafft Ihr es allein, Master Haynes ordentlich zu verbinden?«

»Es wird schon gehen«, sagte Anne, über Duncan gebeugt. »Ich kümmere mich um ihn!«

John warf einen scharfen Blick in Felicitys Richtung.

»Um Miss Felicity solltet Ihr Euch ebenfalls kümmern.« Mit diesen Worten verließ er die Kajüte.

Anne, die bereits damit beschäftigt war, frische Tücher aus der Kommode zu holen, drehte sich alarmiert um. Felicity saß immer noch zusammengesunken da, das Gesicht grau und eigenartig verzerrt.

»Felicity!« Erschrocken lief Anne zu ihr. »Was hast du?«

Anstelle einer Antwort kam nur ein mattes Stöhnen, und als Anne vorsichtig Felicitys Arme zur Seite zog, sah sie den großen dunklen Fleck. Zwischen Rippen und Hüfte war das Kleid nass von Blut.

»Du bist verletzt!«, rief Anne schockiert. »Lass mich sehen!« Sie lief zu ihrer Reisekiste und holte eine Schere heraus, mit der sie hastig Felicitys Kleid aufschnitt.

»Nicht«, protestierte Felicity schwach. »Zuerst Duncan …«

»Der wird es schon aushalten, er ist zäh.« Anne hielt die Luft an, als sie die Wunde in Felicitys Seite sah. Ein Loch klaffte seitlich in der Taille, so groß, dass man zwei Finger auf einmal hätte hineinstecken können.

»Ein großer Splitter«, murmelte Felicity. »Ich hab ihn rausgezogen, aber es hört nicht auf zu bluten.« Sie zuckte zusammen, wobei Anne nicht zu sagen wusste, ob es vor Schmerz war oder vor Schreck, weil in diesem Moment wieder Kanonendonner ertönte. Doch diesmal war es weiter weg. Sie hatten sich von dem angreifenden Schiff entfernt.

Hastig machte sich Anne daran, Felicitys Wunde zu verbinden. Sie drückte ein sauberes Tuch darauf und wickelte einen festen Leinenverband um den verletzten Leib, und noch während sie damit beschäftigt war, verlor Felicity das Bewusstsein. Sie kippte einfach ohne Vorwarnung zur Seite, und Anne schaffte es gerade noch, sie zu halten. Duncan lag unterdessen immer noch reglos auf dem Tisch. Als das Schiff unversehens in schwere Dünung geriet, musste Anne mit beiden Händen zupacken, damit er nicht zu Boden fiel.

Gleichzeitig drohte auch Felicity von der Bank zu rutschen, was Anne nur knapp verhindern konnte, indem sie sich dicht neben sie setzte. Sie blickte zwischen beiden Verletzten hin und her und fühlte bei aller Verzweiflung eine gewisse hysterische Erheiterung. Hier saß sie nun und musste zwei Freunden, die allem Anschein nach dem Tode näher waren als dem Leben, gleichzeitig beistehen, und dabei hatte sie nur zwei Hände! Sie bezwang die aufsteigende Panik und machte sich so gut es ging ans Werk. Zunächst legte sie Felicity vorsichtig der Länge nach auf die Bank. Unter beherztem Einsatz der Schere befreite sie sodann Duncans Oberkörper von aller hinderlichen Bekleidung. Als sie das zerfetzte, blutgetränkte Hemd und den provisorischen Verband entfernt hatte, war zu sehen, dass seine Wunde nicht ganz so schlimm war wie befürchtet. Ein fingerdicker Splitter hatte sich unterhalb des Schultergelenks ins Fleisch gebohrt, doch er war nicht so tief eingedrungen wie bei Felicity. Eine frische Kompresse und eine feste Bandage stillten die Blutung fürs Erste zufriedenstellend. Dann nähte sie die Platzwunde an seinem Hinterkopf und verband sie ebenfalls. Mehr konnte sie nicht tun. Sie hätte ihn gern ins Bett verfrachtet und Felicity gleich neben ihn gelegt, dann hätten beide wenigstens eine weiche Unterlage gehabt. Das Alkovenbett war dafür breit genug. Doch sie allein war nicht stark genug dafür. John oder jemand anderes würden ihr helfen müssen. Das Schiff befand sich mittlerweile wieder in ruhigerem Fahrwasser. Mit einem letzten Blick vergewisserte Anne sich, dass ihre Patienten sicher auf Bank und Tisch lagen, bevor sie es wagte, an Deck zu gehen, um nach John Evers zu suchen.

Draußen war es feucht und kühl und eigenartig still. Immer noch waberte Nebel um die *Elise*. John stand auf dem Schanzkleid oberhalb vom Steuerhaus und spähte angestrengt in die trübe Suppe, die sie von allen Seiten umgab. Zwischendurch zog er den Kompass zurate und rief dem Steuermann mit gedämpfter Stimme einen Befehl zu. Anne wollte gerade zu ihm hinaufsteigen, als sie das Stöhnen hörte. Jetzt erst bemerkte sie die Verletzten, die am Fuß des Hauptmastes auf den Planken lagen. Der Angriff hatte schwere Opfer gefordert. Überall waren Blutpfützen, und das ganze Deck war übersät mit großen und kleinen Holzsplittern. Sie stammten vom Fockmast, dessen obere Hälfte von der ersten einschlagenden Kanonenkugel zerfetzt worden war und sich in unzählige tödliche Geschosse verwandelt hatte. Zwei Männer hatten es nicht überlebt. Die Matrosen hatten sie zur Seite geschleppt und neben dem Niedergang abgelegt, wo die Leichname nicht im Weg waren. Die Verwundeten wurden vom Schiffskoch versorgt, der seiner Aufgabe mehr schlecht als recht nachging. Eigentlich wäre dies Sache des Segelmeisters gewesen, der sich gut auf das Vernähen von Wunden verstand, doch der war einer der beiden Toten. Anne zögerte nicht. Sofort holte sie frisches Verbandsmaterial aus der Kapitänskajüte. Unterwegs bat sie zwei Männer der Besatzung, ihr zu folgen und dabei zu helfen, den Kapitän und Mistress Felicity ins Alkovenbett zu legen. Bevor die Männer zur Tat schreiten konnten, hüllte Anne Felicitys nackten Oberkörper in ein Laken. Einer der Männer trug die Verletzte zu dem Alkovenbett, dann kam der Kapitän an die Reihe. Sie gingen vorsichtig mit ihm um, doch er kam zu sich und befahl den beiden Männern, ihn auf die Beine zu stellen. Sie gehorchten umgehend, worauf er in den Knien einknickte und anschließend doch ins Bett verfrachtet wurde. Dort lag er Seite an Seite mit Felicity und starrte benommen an die Decke, bis ihm langsam wieder die Augen zufielen. Anne eilte zurück an Deck, um den anderen Verwundeten zu helfen. Sie verband zahlreiche Verletzungen und half dem Koch dabei, den Armbruch des Geschützmeisters zu schienen. Der Mann hatte die ganze Zeit stoisch weiter seine Arbeit verrichtet, einhändig und den gebrochenen Arm mit einer aus seinem Hemd gefertigten Schlinge an den Körper gebunden. Er erduldete die zweifellos sehr schmerzhafte Prozedur, ohne auch nur zu stöhnen. Irgendwann war alles getan, und Anne ging zu John aufs Achterdeck. Seine Augen waren blutunterlaufen vor Anstrengung, sein zerfurchtes Gesicht müde und angespannt. Er stand breitbeinig da und blickte immer noch unablässig in den Nebel, der allmählich lichter zu werden schien. Dafür hatte es angefangen zu nieseln, und auch der Wind frischte auf. Über ihnen spannten sich die aufgezogenen Segel knatternd in der Brise und trieben die *Elise* vorwärts über die kabbelige See. Schwankend trat Anne zu dem Bootsmann und hielt sich an der Reling fest.

»Kommen wir voran?«, fragte sie, bloß um etwas zu sagen.

Er nickte nur.

»Dann gehe ich jetzt mal wieder zum Kapitän und zu Miss Felicity.« Auf dem Weg in die Kajüte merkte sie, wie erschöpft sie war. Die durchwachte Nacht und die stundenlange Arbeit forderten ihren Tribut. Nur zu gern hätte sie sich hingelegt. Doch dafür stand nur die harte Bank zur Verfügung. Also bekämpfte sie ihre Müdigkeit und setzte sich kurzerhand auf den Fußboden neben das Bett, um näher bei Felicity und Duncan zu sein.

Nach kurzer Zeit wachte Felicity auf und wollte stöhnend wissen, wo sie sei, worauf Anne sie beruhigte und ihr etwas von dem Mohnsaft einflößte, den sie in den vergangenen Tagen auch schon Peter, dem Schiffsjungen, verabreicht hatte. Felicity trank ein paar Schlucke und wurde rasch wieder müde.

»Wie geht es Duncan?«, fragte sie, ohne zu merken, dass sie neben ihm lag. Bevor Anne ihr antworten konnte, war Felicity auch schon wieder eingeschlafen. Auch Anne fühlte sich von Müdigkeit eingelullt. Das Schiff bewegte sich in stetem Rhythmus von Wellental zu Wellental, und mit der Zeit fielen ihr die Augen zu. Sie träumte von Barbados, von kristallklaren Lagunen, reinweißen Stränden und dem lichten Grün der Zuckerrohrfelder. Von Summer Hill, ihrem Zuhause, dem einzigen, das sie je gekannt hatte. Ein Zufluchtsort voller Liebe, umhüllt von goldenem Sonnenschein, bevor Harold Dunmore alles zerstört hatte. Wie so häufig verwandelte sich die freundliche, helle Traumwelt in bedrohliche, böse Dunkelheit. Bilder des Entsetzens suchten sie heim. Ihre Schneiderin, die ihr gerade das Brautgewand anpassen wollte und vor ihr kniete, um die Säume zu prüfen. Ihr eigenes Spiegelbild, das eine nicht mehr ganz junge, aber leidlich ansehnliche Braut zeigte. Die schwingenden Röcke und das edel bestickte Oberteil, mit dem sie richtig hübsch aussah, ganz anders als sonst. Und dann Harold. Wie er mit dem bluttriefenden Messer ins Zimmer kam und die Schneiderin erstach, bevor er auf sie selbst losging. Die wilde Flucht. Auf der Treppe die tote Magd, ebenfalls von Harold hingemetzelt. Auf der Veranda ihre Mutter, mit aufgeschlitzter Kehle, unter ihr ein See von Blut, während Harold die Treppe herunterkam. Und dann der Dschungel. Sie lief und lief und konnte dem Mörder doch nicht entkommen. Er war zu dicht hinter ihr, und sie stolperte ständig über das lange Kleid. Sie hörte seinen Atem, roch das Blut an seinen Händen. So nah! Sie musste …

Keuchend fuhr sie hoch, der Albdruck wie ein Mühlstein auf ihrer Brust. Den Traum hatte sie schon oft gehabt. Die erste Zeit fast jede Nacht, erst in den letzten Wochen seltener. Mittlerweile suchte er sie kaum noch heim. Sie führte es darauf zurück, dass sie Summer Hill verlassen hatte. Je weiter sie sich von dort entfernte, desto weniger Macht hatten die Träume über sie. Es war richtig, dass sie fortgegangen war!

Während sie sich dumpf fragte, warum sie sich das immer wieder mit solcher Eindringlichkeit selbst beteuern musste, lenkte Duncan ihre Aufmerksamkeit auf sich. Er war aufgewacht.

»Anne«, murmelte er mit belegter Stimme. »Das Schiff … Die Männer … Gott, mein Schädel dröhnt! Wo ist John?«

»Er hat alles bestens im Griff«, behauptete sie, obwohl sie keine Ahnung hatte, ob es stimmte. Sie wusste nicht einmal, wie lange sie geschlafen hatte. »John hat das Kommando übernommen und sorgt dafür, dass wir heil ankommen.« Sie rappelte sich vom Boden hoch und betrachtete Duncan. Er sah schrecklich aus. Sein Gesicht war unter dem dunklen Bartschatten bleich wie der Tod, die Augen lagen tief in den Höhlen. »John kümmert sich um alles«, wiederholte sie. »Wir sind den Holländern entkommen und machen gute Fahrt. Sicher werden wir bald die englische Küste anlaufen. Du bist verletzt, aber die Wunde an der Schulter ist nicht schlimmer als die, die du dir letztes Jahr bei dem Sturm zugezogen hast. Die Kopfwunde ist auch nicht tief. Ich habe sie ordentlich genäht.«

»Was zum Henker …« Er hatte gemerkt, dass Felicity neben ihm lag. Sie schlief noch; das Mittel tat seine Wirkung. Kraftlos versuchte er, sich aufzurichten, doch Anne hinderte ihn daran.

»Sie ist verletzt, Duncan. Ein Splitter hat ihr die Seite aufgerissen. Ich habe sie verbunden, aber sie hat viel Blut verloren und benötigt Ruhe.«

»Lass mich aufstehen, ich gehe unter Deck. Mir reicht eine Hängematte.«

»Nein, das tut es nicht. Ihr seid beide schwer verletzt und braucht ein bequemes Lager. Für übertriebene Feinfühligkeit oder Rücksichtnahme besteht kein Anlass. Das Bett ist breit genug für zwei, schließlich schlafe ich jede Nacht mit Felicity darin. Nachdem deine Männer sich so abgemüht haben, dich und Felicity hierherzuschleppen, bleibst du nun gefälligst liegen und erholst dich. Wenigstens noch für ein paar Stunden, sonst riskierst du, dass die Wunde wieder anfängt zu bluten.«

»Du bist ziemlich gut im Befehle geben.« Er musterte sie mit trübem Blick, dann fing er an zu würgen. Anne hielt ihm den bereitgestellten Kübel hin, und nachdem er den Rest seines Mageninhalts von sich gegeben hatte, sank er stöhnend zurück. »Verdammt, was ist los mit mir? Wieso ist mir so speiübel?«

»Dir ist bei dem Mastbruch irgendwas auf den Kopf gefallen.« Sie unterdrückte einen Anflug von Belustigung. »Jetzt kannst du nachfühlen, wie es ist, seekrank zu sein.«

Mit finsterer Miene schob er den Kübel weg, dann verlagerte er ein wenig sein Gewicht, um so weit wie möglich von Felicity abzurücken. »Wie geht es ihr?«, wollte er wissen.

»Ich konnte die Blutung stillen, aber die Wunde ist tief.« Anne seufzte. »Ich bin kein Medicus, meine Kenntnisse und Fähigkeiten beschränken sich auf das, was ich mir bei Mutter und dem Bader abgeschaut habe, wenn unsere Sklaven oder Schuldknechte krank und verletzt waren. Meine Wundnähte sind ordentlich, und der Sud aus den Mohnsamen, den ich gebraut habe, nimmt die Schmerzen. Aber viel mehr kann ich nicht tun.« Bedrückt hielt sie inne. »Jemand, der sich besser mit der Heilkunst auskennt als ich, hätte Peter vielleicht retten können.«

»Gegen den Bluthusten ist kein Kraut gewachsen. Man kann nur beten, dass es die anderen nicht auch noch kriegen.«

»Bis jetzt hat keiner an Bord Husten bekommen.«

»Hoffen wir, dass es so bleibt.« Stirnrunzelnd betrachtete er das Loch in der Decke der Kajüte. »Ist das die Mastspitze da oben? Es kommt Regen herein. Wir müssen schnellstmöglich zur nächsten Werft.«

»Zuerst einmal musst du gesund werden.«

Er wollte etwas erwidern, fing dann aber erneut an zu würgen, brachte jedoch nichts mehr hervor außer Schleim und Spucke. Ächzend fiel er anschließend zurück auf das Lager, mit einem Gesichtsausdruck, der keinen Zweifel daran ließ, wie wenig er von diesem erbärmlichen Zustand hielt.

»Wie wäre es mit ein bisschen Rum?«, brummte er.

»Nein, danke, das vertrage ich nicht.«

»Nicht für dich, sondern für mich.«

»Oh, gewiss. Ich besorge dir welchen in der Kombüse.« Sie ging zur Tür.

»Und sag dem Koch, er soll auch den Männern eine Extraration zuteilen. Auf den Schreck haben sie einen ordentlichen Schluck verdient.«

»Aye, Captain.« Anne konnte sich eines erleichterten Lächelns nicht erwehren. Sie beeilte sich, seinem Wunsch Folge zu leisten. Sein Tonfall war fast schon wieder so gebieterisch wie immer, es klang, als würde er nicht allzu lange brauchen, um sich zu erholen. Blieb nur zu hoffen, dass sie ohne weitere Zwischenfälle England erreichten. Auf dem Weg zur Kombüse sprach Anne ein stilles Gebet.

17

Elizabeth hatte es sich in der Hängematte bequem gemacht, die Oleg für sie zwischen zwei Palmen aufgespannt hatte. Nach dem letzten Regenschauer glänzte die Welt wie frisch poliert. Ein warmer Wind hatte die Nässe rasch getrocknet, und die Sonne ließ den Nachmittag in goldenem Glanz erstrahlen. Das Meer war so weit und tiefblau, dass die Augen sich kaum sattsehen konnten an dieser lichtfunkelnden Pracht. Über ihr bewegten sich die Palmwedel sacht in der Brise, die von Osten kam und reinweiße Wolkenfetzen über den azurblauen Himmel trieb.

Kinderlachen drang an ihr Ohr, Johnny tobte mit Sid am Strand herum. Der Kleine liebte den hässlichen, zahnlosen Maat, der nie um Scherze verlegen war und immer neue Spielchen erfand, um den Jungen bei Laune zu halten. Sid hatte Johnny eine primitive kleine Angel gebastelt, bei der tatsächlich ein Fisch angebissen hatte, was Johnny zuerst begeistertes Jauchzen, dann aber lautes Schluchzen entlockt hatte, als ihm klar wurde, dass der Fisch getötet werden musste, wenn er ihn wie geplant auf den *buccan* legen wollte. Sid musste sein Messer wegstecken und den Fisch wieder ins Wasser werfen, bevor er an der Luft einging.

»Eines Tages musst du lernen, Fische abzustechen«, hörte Elizabeth ihn sagen. »Nur tote Fische kann man essen.« Einschränkend fügte er hinzu: »Jedenfalls meistens. Ich hab auch schon den einen oder anderen lebendig weggeputzt. Einmal waren wir halb verdurstet, das war anno dreiundvierzig. Sechs Wochen ohne einen Tropfen frisches Wasser, nur noch brackige Reste in den Fässern. Die Zungen hingen uns aus dem Hals. Auch der Rum war längst alle. Manche von uns wollten schon anfangen, Meerwasser zu saufen, was der sichere Tod gewesen wäre. Wir hatten Netze ausgeworfen, außerdem alle Leinen mit Haken bestückt, und eines Morgens hatten wir Glück – ein großer Thunfisch biss an, ein gewaltiges Biest, doppelt so lang wie ich selber, so wahr ich hier stehe. Ach, was sage ich – dreimal so lang! Wir zogen ihn mit zehn Mann an Bord, so viel Kraft war nötig, ihn aus dem Meer zu holen. Und da lag er auf den Planken und zappelte, und Jim – so hieß damals unser Koch, der hat aber inzwischen abgemustert – stieß ihm das Messer rein bis zum Heft. Er wusste genau, wohin er stechen musste, denn er wollte die Leber, und bei Gott, er schnitt sie raus, und wir kriegten alle davon ab und schlangen sie roh runter. Der Fisch zappelte die ganze Zeit, während wir seine Leber fraßen.« Er hielt inne. »Wie komme ich überhaupt jetzt darauf? Hm. Ach so, wir sprachen über tote Fische.«

Elizabeth verkniff sich ein Lachen. Johnny hatte dem langen Monolog gar nicht zugehört. Er planschte in den flachen Wellen herum und setzte Sid gleich darauf mit fröhlichem Gekreisch davon in Kenntnis, dass er eine Riesenmuschel gefunden hatte. Jerry, der ein paar Schritte von den beiden entfernt im Sand saß und an einem Stück Treibholz herumschnitzte, forderte den Kleinen auf, ihm den neu entdeckten Schatz zu bringen. Er zeigte sich gebührend beeindruckt und hob an, eine Geschichte zu erzählen, in der er mitten auf hoher See bis auf den Meeresgrund getaucht war und dort eine Muschel gefunden hatte, die mindestens hundertmal so groß gewesen war wie diese. Eine wunderschöne Prinzessin hatte darin gewohnt, über und über mit Perlen behängt, und sie hatte anstelle von Beinen einen Fischschwanz gehabt.

»Ich hätte sie geheiratet«, erklärte er Johnny. »Wenn nicht dieser Fischschwanz gewesen wäre. Ich meine – wie soll ein Mann da seinen ehelichen Pflichten nachkommen?«

»Was sind ehelisse Pichten?«, wollte Johnny wissen.

»Mhm, das fragst du besser deine Mommy. Aber nicht jetzt. Erst, wenn sie mit ihrem Mittagsschläfchen fertig ist.«

Elizabeth war schon seit einer Weile wach und lugte unbemerkt durch die Maschen der Hängematte, um die friedliche Szenerie am Strand zu betrachten. Sie genoss das Spiel aus Licht und Schatten um sich herum, das immerwährende Rauschen des Meeres. Vor allem aber die Ausgelassenheit und Zufriedenheit ihres Sohnes, der bei Sid und Jerry in bester Obhut war, auch wenn die beiden mit ihrem Seemannsgarn zuweilen ein wenig zu dick auftrugen. Mit seinen knapp drei Jahren war Johnny noch zu klein, um Geflunker und Wahrheit auseinanderhalten zu können, doch das machte nichts, weil es bei den Märchen von Elfen, Trollen und Riesen, die Deirdre ihm manchmal erzählte, auch nicht anders zuging.

Ein ungehaltenes Krähen drang an Elizabeths Ohr – so hörte es sich an, wenn ihre Tochter Hunger hatte. Am Rande ihres Blickfelds war Zena aufgetaucht. Sie hielt Faith in ihren Armen und setzte sich zu Füßen der Palme nieder, an der das Kopfende der Hängematte befestigt war. Mit breitem Lächeln sah sie zu Elizabeth auf, dann glitt ihr Blick zu dem strampelnden Bündel in ihren Armen, während sie das Baby an die Brust legte. Sofort verstummte das unwillige Maunzen und wurde durch zufriedene Sauggeräusche ersetzt.

Es war ein wirklicher Segen, dass Zena zu ihnen gestoßen

war. Infolge ihrer Totgeburt hatte sie Milch, und zwar genug, um sich mit Elizabeth beim Stillen abzuwechseln, womit Elizabeth zum ersten Mal seit Monaten ein ungestörter Nachtschlaf zuteilwurde – ein Luxus, den sie nach all den anstrengenden Wochen wahrlich zu schätzen wusste. Ganz aufgeben wollte sie das Stillen ihrer Tochter jedoch nicht, denn woher sollte sie wissen, ob Zena in ein paar Tagen oder Wochen immer noch bei ihnen sein würde? Die Eingeborenen, so hatte Miss Jane mehr als einmal betont, eigneten sich nicht als Diener, da sie es nicht schätzten, sich den Befehlen der Weißen zu unterwerfen. Sie taten nur Dinge, die ihnen Freude machten, das war jedenfalls Miss Janes Überzeugung.

»Sie sind wie Kinder, sie leben in den Tag hinein und kennen keine Uhrzeiten und keine Pflichten. Alles, was ihre Freiheit beschränken könnte, betrachten sie mit Argwohn und Ablehnung.«

Elizabeth hatte ein Lächeln nicht unterdrücken können.

»Eigentlich ist das eine sehr vernünftige Einstellung, denn so würden wir doch alle gern leben«, hatte sie dazu gemeint, was Miss Jane nur ein missbilligendes Schnauben entlockt hatte. Die Witwe hielt nicht viel davon, dass eine Indianerin ein weißes Baby stillte.

»Seht nur, wie klein gewachsen diese Menschen sind, allzu viel kann deren Muttermilch nicht taugen.«

Von dieser Ansicht ließ sie sich nicht abbringen, obwohl sie selbst früher eine schwarze Sklavin besessen hatte, die ihrer Tochter die Brust gegeben hatte, weil ihre eigene Milch nicht ausgereicht hatte. Auch auf Barbados waren schwarze Ammen gang und gäbe, und deren Milch war gewiss nicht anders oder minderwertiger als die der Eingeborenenfrauen, weshalb Elizabeth von Miss Janes Vorurteilen nichts hören wollte. Zena war seit einer Woche bei ihnen, und Faith gedieh weiterhin großartig. Sie war nach dem Trinken bei Zena genauso satt wie bei ihr, und das freudige Strahlen, das sich auf dem kleinen Gesicht ausbreitete, wenn die Indianerin sich über ihr Bettchen beugte, ließ an Zutraulichkeit nichts zu wünschen übrig.

Auch in die übrige Gemeinschaft hatte Zena sich eingefügt, nur den Männern ging sie lieber aus dem Weg. Sie hielt sich zumeist in Elizabeths Nähe auf, wie ein kleiner brauner Schatten, das runde Gesicht mit den dunklen Augen halb verborgen von dem tiefschwarzen Haar. Um nicht zu viele Blicke auf sich zu ziehen, hatte sie auf Anraten von Miss Jane ein Hemd aus Kattun angelegt, das ihr in groben Zipfeln bis über die Knie hing. Nachts schlief sie auf einer Binsenmatte neben Faiths Wiege, um gleich zur Stelle sein zu können, wenn die Kleine aufwachte. An dem Baby hing sie mit großer Zärtlichkeit, und wenn sie es in den Armen hielt, strahlte sie vor Glück.

Sprach man sie an, lächelte sie meist nur unergründlich und gab keine Antwort. Nur selten machte sie von ihren spärlichen Sprachkenntnissen Gebrauch. Es schien ihr lieber zu sein, nicht viel reden zu müssen. Hin und wieder ließ sie sich herab, Edmond beim Erstellen seines Glossars zu helfen, dann fragte er sie, was dieses oder jenes in ihrer Sprache bedeutete, und sie nannte ihm das passende Wort, das er sogleich notierte. Zu seinem Erschrecken fand er dabei mit der Zeit heraus, dass es unter den karibischen Stämmen unterschiedliche Dialekte gab, ja sogar völlig voneinander abweichende Sprachen, von denen eine überwiegend von den Frauen, die andere von den Männern gesprochen wurde.

Elizabeth betrachtete die junge Eingeborene, die sich mit Faith unter die Palme gehockt hatte und das Kind stillte. Das Kattunhemd hatte sie über das Köpfchen gezogen, sodass kein Sonnenstrahl die empfindliche helle Haut treffen konnte. Sie wusste, dass die Kleine während der heißen Stunden des Tages im Schatten bleiben musste, Elizabeth hatte es ihr geduldig erklärt. Auch mit Johnny war sie in seinem ersten Lebensjahr sehr vorsichtig gewesen und hatte ihn selten der Sonne ausgesetzt. Erst als er laufen konnte und einen dichten, schützenden Lockenschopf hatte, war sie mit ihm an den Strand gegangen und hatte ihn dort mit ihrem liebsten Element vertraut gemacht. Gemeinsam hatten sie in den Wellen getollt und gespielt, fast ganz von allein hatte er das Schwimmen und Tauchen gelernt und war mittlerweile kaum noch vom Wasser wegzubringen. Wie bei Elizabeth hatte seine Haut inzwischen die satte Farbe geölter Haselnüsse angenommen, sodass er fast so dunkel war wie die jahrelang von Sonne, Wind und Wetter braun gebrannten Seeleute. Auch Faith würde rasch braun werden; ihre Haut begann bereits jetzt, immer mehr Farbe anzunehmen. Elizabeth war dankbar dafür, denn es gab unter den Weißen auch viele, die nicht so widerstandsfähig waren, vor allem die oftmals rot- oder flachshaarigen Engländer und Iren. Deirdre ging selten ohne Hut und langärmelige Kleidung in die Sonne, anderenfalls musste sie es mit schmerzhaften Rötungen der Haut büßen. Der niemals endende Sommer in der Karibik hatte sie nicht dagegen abgehärtet. Während der heißen Mittags- und Nachmittagsstunden hielt sie sich lieber im Haus auf.

Von der Hängematte aus konnte Elizabeth Deirdre auf der Veranda sehen, den Kopf über eine Stopfarbeit gebeugt. Johnny zerriss beim Spielen ständig seine Sachen, aber auch die Männer brachten gelegentlich zerlöcherte Hemden oder Beinkleider mit lockeren Nähten vorbei. In Miss Janes Haushalt gab es immer etwas zu flicken. Die Frauen teilten sich diese Arbeit, doch Deirdre hatte den Löwenanteil übernommen, weil sie am geschicktesten mit der Nadel umgehen konnte.

Miss Jane kam mit einem vollen Wäschekorb aus dem Küchenhaus und sagte etwas zu Deirdre, worauf diese den Kopf hob und sie anlächelte. Die rundliche Witwe ging weiter zum Bach, der unweit des Hauses durch das Dorf floss. Dort trafen sich häufig die wenigen Frauen der Siedlung, um Wäsche zu waschen und ein Schwätzchen zu halten, so wie auch an diesem Nachmittag. Elizabeth hörte ihr Kichern und einzelne Wortfetzen. Die Frau des Krämers hielt sich die rechte Wange. Vermutlich berichtete sie von der Tortur, die ihr Mann ihr zugefügt hatte, als er ihr vor zwei Tagen den faulen Zahn entfernt hatte. Die Frau des Schotten, der am Rand der Siedlung eine kleine Tabakpflanzung angelegt hatte, zeigte mit einer ausladenden Geste den Leibesumfang ihrer Magd an, die in wenigen Wochen niederkommen sollte, mit dem Kind eines holländischen Holzhändlers, der tragischerweise beim letzten großen Sturm ertrunken war. In der Nähe kreischten Wasservögel, die sich um einen Fisch zankten. Aus dem Dschungel, der sich an der hinter dem Dorf ansteigenden Bergflanke hinaufzog, drang der entfernte Schrei eines Affen.

Das Jauchzen ihres Sohnes und das gutmütige Lachen der Männer untermalten die friedliche Szenerie ebenso wie das zufriedene Glucksen des Babys und das zärtliche Gurren der jungen Indianerin, die der Kleinen in ihrer Sprache sanfte Worte zumurmelte.

Elizabeth schwelgte in diesen Augenblicken der Behaglichkeit. Mit Duncan hätte das Leben nahezu vollkommen sein können. Dominica kam dem, was sie sich für ihre gemeinsame Zukunft ausgemalt hatte, sehr nahe. Irgendwer – in der Regel war es die Frau des Tabakpflanzers, die notorisch griesgrämig war – prophezeite zwar ständig unheilvolle Ereignisse, meist im Zusammenhang damit, dass immer mehr Kariben und entflohene Schwarze von anderen Inseln auf Dominica landeten, doch Elizabeth gab nicht viel auf derlei düstere Prognosen. Die Schwarzen, sofern es sie wirklich in nennenswerter Anzahl auf der Insel gab, traten nie in Erscheinung, jedenfalls hatte Elizabeth noch keinen von ihnen im Dorf gesehen. Und die Kariben, die sich in der Gegend blicken ließen, kamen nur her, um Handel zu treiben. Die Gerüchte über kriegerische Indianer von anderen Inseln, die angeblich nur darauf aus waren, Weißen den Garaus zu machen, entbehrten jeglicher Grundlage.

Elizabeth entschied sich widerstrebend zum Aufstehen, sie hatte lange genug gefaulenzt. Mit geübten Bewegungen schwang sie sich aus der Hängematte, streckte sich und lächelte Zena an, die mit großen Augen unter den dichten Haarfransen zu ihr hochlugte. Sie strich sich das verschwitzte Haar aus dem Nacken und schüttelte ihr vom Liegen zerdrücktes Gewand aus, ein ärmelloser, in der Mitte gegürteter Baumwollkittel. Auf das Mieder hatte sie wegen der Wärme verzichtet, aber zum Abendessen würde sie es wieder anziehen. Miss Jane legte Wert auf ein gesittetes Äußeres an ihrem Tisch.

Die Witwe kam vom Waschen zurück, die beleibte Gestalt bebend vor Aufregung.

»Stellt Euch vor, einer von den Kariben soll einen Soldaten umgebracht haben!«

»Wer sagt das?«, wollte Elizabeth wissen.

»Die Engländer aus der Garnison. Sie haben Bewaffnete hergeschickt, die haben es erzählt.« Die Witwe deutete in Richtung Bootssteg, wo eine Barkasse angelegt hatte. Bewohner der Ansiedlung hatten sich am Ufer versammelt und palaverten mit den Neuankömmlingen. Bei der Debatte schien es hoch herzugehen. Trotz der Entfernung war zu hören, dass der eine oder andere laut wurde.

»Was wollen sie hier?«, fragte Elizabeth.

»Die Wilden jagen«, versetzte Miss Jane. Ihr feistes Gesicht verzog sich unwillig. »Seht, Colonel Howard kommt herüber.« Stirnrunzelnd deutete sie auf den grauhaarigen Uniformierten, der sich dem Haus näherte. »Was er wohl von uns will?«

»Zena, komm mit mir ins Haus«, sagte Elizabeth aus einem Impuls heraus. Zena stand sofort auf und folgte Elizabeth zur Blockhütte. Als sie die Stufen zur Veranda hinaufstiegen, blickte Deirdre ihnen fragend entgegen.

»Alles in Ordnung, Mylady?«

»Hast du mein Mieder schon geflickt? Und mein blaues Kleid geplättet?«

»Liegt beides in der Kammer.«

Elizabeth nahm sich die Zeit, Deirdre dafür zu danken, bevor sie gemeinsam mit Zena ins Haus ging. In der Kammer zog sie den Kittel aus und stattdessen ein leinenes Unterkleid an, darüber das Mieder und schließlich den blauen Rock. Das Haar bändigte sie unter einer sauberen Haube. Als sie sich anschließend in dem schmalen, von der feuchten Witterung stark angelaufenen Spiegel betrachtete, fand sie an ihrer Erscheinung nichts auszusetzen. Abgesehen davon, dass sie für eine edle Dame viel zu braun war, sah sie genauso aus, wie sie vor diesem hergelaufenen Kommandanten auftreten wollte – wie eine untadelige englische Lady.

Durch das offene Fenster sah sie, wie Arthur Howard sich mit einer angedeuteten Verbeugung vor Miss Jane aufbaute und den breitrandigen Hut abnahm. Er trug einen von der Sonne ausgebleichten, dafür jedoch fleckenlosen Waffenrock und ein mit Munition gespicktes Bandelier. Seine Miene war grimmig, das hagere Gesicht trotz der Wärme eigenartig blass. Die straff aufgerichtete Gestalt ließ seine innere Anspannung erkennen. Miss Jane, die Elizabeth den Rücken zukehrte, hatte skeptisch den Kopf zur Seite geneigt. Ihre ganze Haltung signalisierte Ablehnung.

Elizabeth atmete entschlossen durch und ging zur Tür. Bevor sie die Kammer verließ, drehte sie sich zu Zena um.

»Du bleibst hier«, sagte sie zu der jungen Indianerin, die sich mit Faith auf ihre Binsenmatte gekauert hatte. Die Kleine gurgelte fröhlich vor sich hin und bewegte strampelnd die Ärmchen und Beinchen. Zena drückte sie an sich und wiegte sich mit dem Kind in den Armen hin und her. Ihre Miene war unergründlich, doch Elizabeth kam es so vor, als zeigte sich eine Spur von Sorge in ihrem dunklen Blick.

Festen Schritts ging sie nach draußen und gesellte sich zu Miss Jane, die sich erleichtert zu ihr umwandte.

»Da seid Ihr ja, Mylady. Jetzt könnt Ihr es ihm selbst erklären.«

Arthur Howard wirkte irritiert. Zögernd verneigte er sich.

»Ich glaube, wir hatten noch nicht das Vergnügen«, sagte er mit steifer Höflichkeit.

»Lady Elizabeth ist die Tochter und alleinige Erbin von Lord Raleigh, einem echten Viscount«, sagte Miss Jane nicht ohne Stolz. »Sie weilt mit ihren Kindern und ihrem Gefolge bei mir zu Gast, bis ihr Gatte aus England zurückkehrt.« Sie wandte sich an Elizabeth. »Das ist Colonel Howard.«

»Ich hörte von Euch«, meinte Elizabeth betont gelangweilt. »Man sagte mir, Ihr wäret als Garnisonsoffizier auf die Insel gekommen. Was führt Euch zu uns, Colonel?«

»Ich hörte, dass eine dieser Wilden bei Euch lebt«, sagte er mit seiner schnarrenden Stimme. »Ich würde sie gern vernehmen.«

»Sie spricht unsere Sprache nicht. Außerdem ist sie keine Wilde, sondern eine unbescholtene und vertrauenswürdige junge Karibin. Sie heißt Zena und ist die Amme meiner Tochter.«

Als sie die Verachtung in seinen Augen sah, loderte ihr Zorn auf. Sie widerstand nur mühsam dem Drang, sich auf dem Absatz umzudrehen und ihn ohne ein Wort stehen zu lassen wie einen missliebigen Lakai.

»Diese braunen Menschenfresser sind nicht besser als Tiere.«

»Dass die Kariben Kannibalen sind, ist eine reine Behauptung. Oder habt Ihr etwa schon mit eigenen Augen zugesehen, wie sie Menschenfleisch verzehren?«

»Ich hörte genug darüber, um den Berichten Glauben zu schenken.«

Es widerstrebte Elizabeth zutiefst, darauf zu antworten, folglich zog sie es vor zu schweigen. Miss Jane hatte jedoch eine eigene Meinung dazu und hielt nicht damit hinterm Berg.

»Sir, ich denke auch, dass die Kariben im Vergleich zu uns Weißen weniger klug und gebildet sind. In gewisser Weise sind sie wie Kinder. Aber Tiere sind sie auf keinen Fall! Auch nicht die Schwarzen. Sie sind Gottes Geschöpfe wie wir alle!« Sie gestikulierte lebhaft, um ihre Worte zu unterstreichen, doch der Colonel wirkte wenig beeindruckt.

Er würdigte Miss Jane keines Blickes. Stattdessen sah er Elizabeth lange und abwägend an.

»Ihr mögt die braunen kleinen Teufel ja für harmlos halten, aber sie sind es nicht. Die Wilden haben einen unserer Soldaten umgebracht. Und das war nicht der erste Fall. Vor ein paar Tagen wurden zwei tote Portugiesen in der Nachbarbucht entdeckt. Massakriert und verscharrt.«

»Das könnte jeder getan haben«, entfuhr es Elizabeth. Sie starrte ihm unverwandt ins Gesicht, obwohl ihr Herz hämmerte. »Die portugiesischen Seeleute streiten oft. Sie prügeln sich, so wie alle Matrosen es tun, und vielleicht ist bei so einer Keilerei …«

»Ich sagte doch, sie wurden massakriert. Ich habe sie mir selbst angesehen. Sie waren schon ziemlich verwest, aber dass sie wie Schweine abgestochen worden sind, war noch gut zu erkennen. Dem einen wurden die …« Er besann sich gerade noch und führte den Satz ein wenig umständlich, aber mit einem Ausdruck zu Ende, der in Gegenwart von Damen gerade noch hinnehmbar war. »Ihm wurden gewisse männliche Körperteile abgeschnitten. Das machen nur die Kariben. Sie verhöhnen so ihre Feinde.«

»Ihr werdet wohl nicht unterstellen wollen, dass meine junge Amme eine solche Tat begangen haben könnte«, sagte Elizabeth kühl. »Sie geht mir kaum bis zur Schulter und hat nicht mehr Kraft als ein Kind.«

»Ich will der Frau nichts unterstellen, sondern nur mit ihr sprechen. Vielleicht hat sie was gesehen. Oder weiß, aus welchem Dorf die Kerle stammen, die das getan haben.«

»Es gibt gewiss Tausende Kariben auf der Insel, warum sollte sie ausgerechnet jene kennen, die diese Tat verübt haben?« Einschränkend fügte Elizabeth hinzu: »Sofern es überhaupt Kariben waren. Auch andere Völker haben raue Sitten.«

»Ihr meint die Schwarzen?« Arthur Howard spitzte die Lippen und sog geräuschvoll die Luft ein. »Da sprecht Ihr allerdings ein wahres Wort aus, dem kann ich nur voll und ganz zustimmen! Den afrikanischen Halunken traue ich genauso wenig über den Weg wie den Menschenfressern. Sie beten Götzen an und töten ihre Besitzer, wo immer sie Gelegenheit dazu finden. Habt Ihr von dem Aufstand auf Barbados gehört?«

»Flüchtig«, behauptete sie. Scheinheilig fügte sie hinzu: »Seid Ihr denn dabei gewesen?«

»Nein, ich bin erst vorigen Monat von England herübergekommen. Aber ein Sklavenhändler hat mir von den Ereignissen berichtet. Ein solches Blutbad wird es hier auf Dominica nicht geben. Nicht, solange ich für die Geschicke dieser Insel eintrete.« Ein fanatischer Ausdruck trat auf sein Gesicht. »Ich werde hier für Recht und Ordnung sorgen, so wahr mir Gott helfe!«

»Was ist mit dem Soldaten geschehen?«, erkundigte Elizabeth sich hastig, um ihn abzulenken. »Wie ist er ums Leben gekommen?«

»Durch einen Pfeil aus einem Blasrohr«, sagte der Colonel lakonisch. »Er steckte in seinem Auge. Gefiedert wie die Pfeile der Wilden, stinkend von dem Gift, das sie dafür benutzen.«

»Das ist außerordentlich tragisch. Ich bedaure den Tod dieses armen Mannes sehr und hoffe, der Mörder wird gefasst. Doch ich sehe wirklich nicht, wie ich Euch bei Euren Nachforschungen behilflich sein kann. Ich sagte Euch schon, dass die Amme meiner Tochter unsere Sprache nicht beherrscht, von ihr könnt Ihr folglich keine Aufklärung des Sachverhalts erwarten. Aus diesem Grund führt unsere Unterredung leider nicht weiter, weshalb ich sie an dieser Stelle als beendet betrachten muss.« Sie sprach nun mit kühler Überheblichkeit, genau im selben Ton, mit dem sich ihr Vater früher auf Raleigh Manor allzu gieriger Steuereintreiber erwehrt hatte. Miss Jane musterte sie bewundernd, sichtlich angetan von so viel hochherrschaftlicher Herablassung.

»Gehabt Euch wohl, Colonel«, sagte Elizabeth mit knappem Nicken, während sie sich bereits zum Gehen wandte.

Miss Jane tat es ihr gleich.

»Sir«, sagte sie gnädig, bevor sie mit erhobener Nase hinter Elizabeth hermarschierte.

In ihrem Rücken ertönte die schnarrende Stimme.

»Wartet. Der eigentliche Grund meines Kommens ist ein ganz anderer.« Der Colonel wartete, bis Elizabeth sich widerwillig zu ihm umgedreht hatte, dann deutete er zum Strand, wo Johnny immer noch herumtollte. »Sagt, ist das Euer Sohn?«

»Ja«, meinte Elizabeth mit unverhohlener Ablehnung. »Warum fragt Ihr danach?«

»Ach, aus keinem besonderen Grund. Nur aus Interesse.« Seine blassen Augen hatten sich verengt. Plötzlich sah er verändert aus, wie ein Reptil auf der Lauer. »Es geht mir eher um diese drei Männer, die bei ihm sind.«

Sie folgte seiner Blickrichtung. Johnny watete durch das flache Wasser, sein Kittelchen war bis zum Bauch durchnässt. In den Händen hielt er ein undefinierbares Etwas, das schleimig in der Sonne glitzerte und verdächtig nach einer toten Qualle aussah. Sid nahm es ihm schimpfend weg und warf es in hohem Bogen zurück ins Meer. Jerry, der immer noch mit überkreuzten Beinen im Sand hockte und an dem Treibholz herumschnitzte, rief dem Kleinen etwas zu und lachte dabei. Auch Oleg hatte sich inzwischen eingefunden, eine riesenhafte Gestalt, die niemand übersehen konnte. Er lehnte an einer Palme, mit gewohnt stoischer Miene und vor der Brust verschränkten Armen. Sein Blick war auf die Versammlung beim Bootssteg gerichtet, die immer noch eifrig debattierte. Dann wandte er sich unvermittelt zu Elizabeth um, doch er sah nicht sie an, sondern Arthur Howard, als wollte er ergründen, was von diesem zu erwarten war.

»Was sind das für Männer?«, wollte der Colonel wissen.

»Sie stehen in meinen Diensten.«

»Ah.« Arthur Howard wirkte nachdenklich. Er legte einen knochigen Zeigefinger ans Kinn und ließ dabei die Männer unten am Strand nicht aus den Augen. Die Entfernung von rund fünfzig Schritt schien ihn nicht daran zu hindern, alle Einzelheiten, die er vor sich sah, mühelos zu erfassen.

»Seeleute, oder? Sie scheinen kräftig und gesund zu sein. Vor allem dieser eine da. Er sieht fremdartig aus. Wo kommt er her?«

»Das weiß niemand genau.«

»Master Duncan meint, Oleg stamme aus Vorderasien«, erklärte Miss Jane wichtigtuerisch. »Doch er kann nicht sprechen. Er ist stumm.«

Elizabeth stöhnte unhörbar, und tatsächlich folgte auf der Stelle die erwartete Frage.

»Wer ist Master Duncan?«

»Myladys Gatte, ein sehr berühmter und erfahrener Kapitän«, sagte Miss Jane, bevor Elizabeth es verhindern konnte. »Er bringt gerade mit der *Elise* – so heißt sein Schiff – eine große Ladung feinstes Blauholz nach England.«

»Ich glaube nicht, dass der Colonel sich für solche privaten Belanglosigkeiten interessiert«, sagte Elizabeth scharf. Miss Jane nickte zögernd, aber der Ärger über die Zurechtweisung war ihr anzumerken.

»Ich gehe mal nach der Wäsche sehen«, sagte sie, bevor sie das Feld räumte und zum Haus hinüberging. Ihr ausladendes Hinterteil wackelte entrüstet hin und her.

»Ich glaube, ich bin Eurem Gatten schon begegnet«, sagte der Colonel. »Am Tage, als ich auf der Insel ankam. Er war der erste Mensch, der mich hier auf Dominica begrüßt hat. Er schien mir ein tüchtiger und zupackender Mann zu sein.« Er kratzte sich am Kinn, und Elizabeth sah, dass seine Fingernägel gelblich verfärbt und zersplittert waren. Die äußere Erscheinung schien zu seinem Wesen zu passen. In seiner ganzen Art erinnerte er sie plötzlich so stark an Harold Dunmore, dass sie am liebsten davongerannt wäre.

Er betrachtete sie unverwandt.

»Diese drei Burschen dort – sie stehen wohl unter dem Befehl Eures Mannes?«

Elizabeth nickte nur stumm.

»Nun, dann verstehe und bewundere ich die Umsicht Eures Gatten erst recht. Ohne Frage hat er seine besten und erfahrensten Männer zurückgelassen, um Euch und Eure Kinder zu beschützen. Gewiss würden sie unter Einsatz ihres Lebens dafür sorgen, dass keiner dieser schwarzen oder braunen Wilden Euch und den Kindern ein Leid antun kann.«

»Das täten sie bestimmt«, sagte Elizabeth.

»Das trifft sich gut. Dann sollten wir uns einig sein.«

»Worin?« Voller Misstrauen erwiderte sie seinen Blick, davon überzeugt, dass er einen Plan ausgeheckt hatte, der nichts Gutes bringen konnte.

»Darin, dass Eure Männer sich unserer Sache anschließen.«

»Welcher Sache?«, fragte Elizabeth mit klopfendem Herzen, obwohl sie es bereits ahnte.

»Ich will zu einer Strafexpedition aufbrechen«, sagte der Colonel knapp. Er deutete auf die nahe Flussmündung. »Ein Stück weit den Fluss hinauf gibt es eine Siedlung, die nehme ich mir vor, denn es ist das größte Dorf auf der Insel. Nach den heimtückischen Morden ist es nötig, diesem Ungeziefer zu zeigen, dass wir uns nichts gefallen lassen. Wenn wir an den Wilden ein ordentliches Exempel statuieren und eines von ihren Dörfern ausräuchern, werden sie es rasch begreifen.«

»Ihr wollt jetzt gleich dorthin gehen?« Elizabeth konnte kaum ihr Entsetzen verbergen.

»Nein, aber morgen, spätestens übermorgen. Mit den übrigen Soldaten der Festung. Außerdem will ich noch ein paar mehr Männer zusammentrommeln und Einsatzübungen mit ihnen machen.« Er deutete zum Bootssteg hinunter, wo immer noch laut debattiert wurde. »Auch von hier wollen sich einige anschließen. Der Kapitän des portugiesischen Schiffes hat zwei Mann abgestellt, aber es sollten noch mehr mitmachen. Da kommen mir drei starke, waffenerprobte Kämpfer wie die Euren gerade recht. Jeder, der mit Pistole oder Säbel umgehen kann, zählt.« Er deutete auf Oleg. »Die Männer erzählen über ihn, dass er auf fünfzig Schritt jeden Angreifer trifft. Genau so jemanden brauche ich.«

»Schlagt Euch das aus dem Kopf.« Elizabeth brannte vor Zorn. Sie versuchte erst gar nicht, sich zu mäßigen. »Eine derart unsinnige Idee ist mir noch nie zu Ohren gekommen! Ich erlaube meinen Männern nicht, an so einer Sache teilzunehmen!«

»Nun, wie Ihr schon zutreffend bemerktet, stehen diese Männer nicht unter Eurem Befehl, sondern unter dem Eures Mannes. Mit anderen Worten, Ihr habt darüber im Grunde gar nicht zu befinden.« In seinen blassen Augen schwelte es mit einem Mal, und an seiner Wange zuckte ein Muskel. »Ich hingegen bin als Befehlshaber der Parlamentstruppen auf dieser Insel befugt, jeden Untertanen des Vaterlandes zu den Waffen zu rufen und in den Kampf zu führen.«

Elizabeth ballte die Fäuste, so heftig, dass sich die Nägel in die empfindlichen Innenflächen ihrer Hände bohrten. Der

Schmerz verstärkte ihre Wut und verlieh ihrer Stimme einen harten Unterton.

»Untertanen des Vaterlandes? Ihr meint also Engländer? Dann seht nur zu, wo Ihr welche für Euren Rachefeldzug findet! Unter meinen Männern gewiss nicht.« Sie holte Luft und zwang sich zu innerer Ruhe. Eisig schloss sie: »Der eine ist Kirgise, der zweite Schwede, der dritte Franzose.« Die Lüge kam ihr glatt über die Lippen. Entschlossen fuhr sie fort: »Sie tun das, was ich ihnen befehle, solange mein Mann nicht hier ist. Und ganz bestimmt werden sie nicht auf mein Geheiß die Hand gegen unschuldige Eingeborene erheben. Und nun lebt wohl, Colonel. Ich habe Wichtigeres zu tun, als über so abenteuerliche Pläne wie den Euren zu diskutieren.«

Auf ihrem Weg zum Haus fühlte sie seinen brennenden Blick in ihrem Rücken, und in diesem Moment war ihr klar, dass er alles daransetzen würde, ihr diese Niederlage heimzuzahlen.

Deirdre schlug eine Mücke tot, die sich auf ihren Hals gesetzt hatte, ungefähr die hundertste seit ihrem Aufbruch. Hier auf dem Wasser gab es besonders viele der geflügelten, summenden Ungeheuer. Es kam ihr so vor, als würde sie bei lebendigem Leib von ihnen aufgefressen, und es gab keine Möglichkeit, ihnen auszuweichen.

Sie saß am Ende des Kanus, das von drei Kariben in gleichförmigem Takt gerudert wurde. Dicht vor ihr hockte Edmond, der in seinem dunklen Priestergewand nicht weniger unter der Hitze litt als sie, doch er tat einfach so, als machte es ihm nichts aus. Seine Mission war ihm wichtiger als ein paar blutgierige Moskitos oder die sengende Sonne. Lady Elizabeths Bericht von den schrecklichen Plänen des Colonels hatte Edmond so sehr empört, dass er sofortige

Gegenmaßnahmen beschlossen hatte. Er war durchdrungen von dem Wunsch, die Eingeborenen zu retten. Und wenn er dann schon einmal in deren Dorf sei, so seine mit großer Überzeugung vorgetragene Überlegung, könne er auch gleich versuchen, den Indianern die Grundlagen des christlichen Glaubens zu vermitteln. Deirdre hatte ihn gerade noch davon abbringen können, nicht auf der Stelle loszumarschieren, sondern wenigstens den nächsten Morgen abzuwarten. Trotz aller Vorbehalte hatte Deirdre sich ihm angeschlossen, mit dem festen Willen, ihm beizustehen, was immer auch geschah. Sie hatte ihn nicht auf diese Insel geschleppt, um ihn ausgerechnet dann, wenn er sie am nötigsten brauchte, im Stich zu lassen.

Sie waren in der Frühe aufgebrochen. Edmond war vorangegangen und hatte ihnen mit der Machete einen Weg durch dichten Farn und andere tropische Gewächse freigeschlagen. Sie hatten sich in der Nähe des Flusses gehalten, denn sie wussten, dass er zum Dorf der Indianer führte. Nach einer schweißtreibenden Wanderung durch unwegsames, hügeliges Gelände waren sie am Ufer auf drei Indianer gestoßen, die dort um ein Feuer hockten und Fisch brieten. Edmond hatte gestenreich und mit diversen Begriffen aus seinem frisch erworbenen karibischen Wortschatz versucht, ihnen begreiflich zu machen, welche Gefahr ihnen drohte, doch sie schienen es nicht zu verstehen. Daraufhin hatte Edmond sie – abermals mittels zahlreicher Gebärden – gebeten, ihn schnellstmöglich zu ihrem Stammeshäuptling zu führen, womit sie sich erstaunlich bereitwillig einverstanden erklärt hatten.

Deirdre fühlte sich alles andere als wohl dabei, denn sie hatte einen der Männer wiedererkannt – es war derjenige, der am Strand ihr Haar angefasst hatte. Er saß mit gekreuzten Beinen in der Spitze des Kanus. Ab und zu blickte er über die Schulter nach hinten. Sein glattes, von Tätowierungen bedecktes Gesicht, das nicht den geringsten Bartwuchs aufwies, war gleichbleibend freundlich. Er lächelte jedes Mal, wenn er sie ansah, und Edmond, der vor ihr saß, lächelte zurück, weil er höflich sein wollte und die Leutseligkeit des Eingeborenen auf sich selbst bezog.

Deirdre wich den Blicken des Indianers aus und starrte auf den Fluss, dessen trübes Wasser sich kräuselnd vor dem Bug des schmalen, langen Einbaums teilte.

»Hast du Durst?«, fragte Edmond.

Ihr war klar, dass er damit in Wahrheit zum Ausdruck bringen wollte, dass *er* Durst hatte. Sie schüttelte den Kopf und reichte ihm unaufgefordert den Wasserschlauch, den sie wohlweislich mitgenommen hatte, ebenso wie ausreichenden Proviant. Er selbst hätte es glatt vergessen, weil er es mit dem Aufbruch so eilig gehabt hatte. Nur an das Hemd zum Wechseln und die Bibel hatte er gedacht.

Eine leise Zärtlichkeit überkam sie, als sie ihn beim Trinken beobachtete. Er hatte den Kopf zurückgelegt, sein Adamsapfel bewegte sich, und beim Anblick seines schmalen, verletzlichen Halses hätte sie am liebsten die Hand ausgestreckt und ihn gestreichelt. Seine Augen waren geschlossen, während er trank, die Wimpern flatternde Bogen auf den von der Sonne geröteten Wangen. Die schmerzliche Sehnsucht, die sie an ihn band, vertiefte sich und lastete mit einem Mal auf ihr wie ein Fels. Sie wäre so gern frei gewesen, wollte nicht länger unter diesen bittersüßen Gefühlen leiden, aber ihre Gefühle für ihn waren zu stark, viel stärker als ihr Wille. Ihr Leben war untrennbar mit dem seinen verbunden, seit jenem Tag im Dschungel auf Barbados, als sie geschunden und zerschlagen zu ihm gekommen war und er sie aufgenommen hatte, in dieser erbärmlichen Holzhütte, die seine Kirche gewesen war. Er hatte sein spärliches Mahl mit ihr geteilt und ihr Obdach gegeben, und seine Kraft, die er aus dem Glauben schöpfte, hatte sie gerettet und ihr neuen Mut gegeben. Damals, als ihre Liebe zu ihm erwacht war, hatte sie noch gehofft, es könne ein gemeinsames Leben für sie beide geben, so wie es andere Frauen mit ihren Männern hatten. Edmond liebte und begehrte sie, sie hätte blind sein müssen, um das nicht zu sehen. Doch es half nichts, denn seine Liebe zu Gott schloss sie von alldem aus, was sie sich erträumte.

Das Wasser hatte Edmond erfrischt, er war zu einem Gespräch aufgelegt.

»Wusstest du übrigens, warum man die Indianer *Kariben* nennt?«, fragte er sie.

»Nein«, behauptete sie. Irgendwer hatte es ihr schon mal erzählt, doch es tat gut, mit ihm zu reden, denn das hielt sie vom Denken ab.

»Sie selbst nennen sich *Callinago* oder auch *Calina*. Die Spanier, die als Erste auf die Antillen kamen, haben es in *Kaniba* oder *Kariba* umgewandelt, daher kommt also der Name.«

»Glaubst du, dass es Menschenfresser unter ihnen gibt?«

Edmond wiegte ein wenig sorgenvoll den Kopf. »Das ist schwer zu sagen. Ich las einen Bericht des französischen Priesters, in welchem er einen Fall schilderte, der ihm zu Ohren gekommen war. Selbst gesehen hat er es aber nicht.«

»Da ist bestimmt nichts dran«, sagte Deirdre mit mehr Entschiedenheit, als sie empfand. »Miss Jane meinte, das alles sei nur ein böses Gerücht, das einst von den Spaniern in die Welt gesetzt wurde.«

»Zu dieser Ansicht neige ich ebenfalls! Wie gut, dass wir uns da einig sind!« Edmond strahlte, und wie immer war seine jungenhafte Begeisterung ansteckend. Deirdre erwiderte sein Lächeln, während er anhob, ihr weitere karibische Ausdrücke zu erläutern.

»Das Wort der Eingeborenen für Häuptling heißt *Kazike*«, sagte er.

Der Indianer drehte sich zu ihnen um. Diesmal lächelte er nicht. Edmond bemerkte es nicht, er hatte sich Deirdre zugewandt und erzählte angeregt weiter.

»Das Wort Hurrikan kommt auch aus ihrer Sprache, von *huracán*. Und auch das Wort *tobaco* kann man sich leicht merken, denn wir haben unseren Tabak danach benannt.«

Deirdre hörte ihm kaum noch zu. Sie fühlte sich zunehmend unwohl in der Gegenwart der Indianer. Anfangs hatte sie sich damit beruhigt, dass die Männer, sofern sie ihr oder Edmond etwas hätten antun wollen, längst zur Tat geschritten wären. Doch mittlerweile war sie dessen nicht mehr sicher. Die Blicke, die der Eingeborene ihr über die Schulter zuwarf, wurden aufdringlicher, und allmählich schien es auch Edmond zu bemerken. Er sagte nichts, rutschte aber unruhig herum und beobachtete die drei Eingeborenen mit wachsender Aufmerksamkeit. Sie waren alle drei nicht sonderlich groß, aber sehnig und stark. Ihre Körper waren bis auf die Lendenschurze nackt. Arme und Beine hatten sie mit seltsamen Symbolen in roter und schwarzer Farbe bemalt, was den Eindruck von Fremdartigkeit noch verstärkte

Deirdre zog ihren Hut tiefer ins Gesicht, zum einen, um sich besser gegen die Sonne zu schützen, zum anderen, um den Blicken des Indianers zu entgehen.

Der Fluss erstreckte sich in zahlreichen Windungen nach Südosten. Das Ufer war an diesem Abschnitt von Mangroven überwuchert, ein Dickicht vielfach verzweigten Gehölzes, das bis ins Wasser reichte und allerlei Getier Raum zum Leben bot. Hier und da quakten Frösche, und zwischen den Stelzwurzeln flatterten Vögel, deren lärmender Gesang über den Fluss schallte. Einmal sah Deirdre eine enorme Schlange in einem der Bäume, ein anderes Mal eine Gruppe schreiend bunter Papageienvögel. Die Luft war schwül und zum Schneiden dick.

Der Fluss war an dieser Stelle viel schmaler als an der Mündung. Zu beiden Seiten wucherten Wurzelwerk und Lianen über die Ufer, es wurde immer beengter. Sehr viel weiter würde das Kanu nicht mehr fahren können.

Tatsächlich paddelten die Indianer kurz darauf ans Ufer, wo der Anführer – Deirdre zweifelte nicht daran, dass er der Kazike war, denn er war von den dreien der Älteste und gab den beiden anderen Anweisungen – ihnen bedeutete auszusteigen. Sie tat es, ganz steif vom unbequemen Sitzen und nass geschwitzt von der feuchten Wärme. Das Kleid klebte ihr unangenehm eng am Körper. Besorgt sah sie sich nach Edmond um, der hinter ihr ans Ufer kletterte, den Reisesack geschultert und das Gesicht von der Hitze gerötet.

Sie waren umgeben von Dschungel, einem Gewirr aus sattgrünen Pflanzen, bestehend aus Blättern, Stängeln, Wurzeln, Stämmen, Lianen, Moos, Blütenbüscheln – alles war ineinander verschlungen und verwachsen, sodass ein Durchkommen unmöglich schien. Erst als Deirdre dieser Gedanke kam, erkannte sie, dass sie sich unbewusst gefragt hatte, ob sie und Edmond den Indianern wohl durch eine rasche Flucht würden entkommen können.

Sei nicht albern, befahl sie sich. Keiner wird uns etwas tun! Warum sollten sie auch? Wir meinen es doch nur gut mit ihnen!

Die drei Indianer zogen das Kanu an Land und legten es mitsamt den Paddeln am Fuß eines gewaltigen, von Schlingpflanzen überwucherten Urwaldriesen ab. Nun sah Deirdre auch den schmalen Trampelpfad, der vom Ufer in den Wald führte, tief hinein in das wildwüchsige Dickicht. Eine Spur von Rauch lag in der Luft, und aus nicht allzu weiter Ferne ertönte das Lachen eines Kindes, gefolgt vom Gezeter einer Frau. Ganz in der Nähe musste sich das Dorf der Eingeborenen befinden.

»Wir sind da«, sagte Edmond. Er wirkte überrascht, als hätte er schon nicht mehr daran geglaubt, dass die Indianer ihn wirklich an das ersehnte Ziel bringen würden.

»Ja«, sagte Deirdre mit flacher Stimme. »Wir sind da.«

Der Kazike hatte sich zu ihr umgedreht und starrte sie an. Offen und unverhohlen. Sein Blick sagte alles. Er hatte sie mitgenommen, weil er sie besitzen wollte. Sie setzte an, es Edmond zu sagen, doch der war schon losgestapft, hinein in den Wald. Er folgte den beiden jüngeren Indianern auf dem Weg in ihr Dorf.

Deirdre setzte sich hastig in Bewegung, um aufzuschließen, doch sie hatte kaum den ersten Schritt getan, als ihr von hinten der Hut herabgezogen wurde. Eine Hand schlang sich in ihr Haar und hielt sie fest. Der Kazike löste ihr den Zopf und strich mit den Fingern durch die schweren roten Flechten, bis sie sich zu lockigen Strähnen aufplusterten. Er gab ein entzücktes Seufzen von sich, ließ sie dann aber zu ihrer Erleichterung wieder los und gab ihr einen Schubs in Richtung Dorf. Stolpernd entfernte sie sich von ihm und versuchte, Edmond einzuholen, doch bei jedem ihrer Schritte spürte sie die Nähe des Indianers, der dicht hinter ihr blieb. Ihr Herzschlag tönte in ihren Ohren so laut wie Donner. Sie war erfüllt von lähmender Angst.

18

Duncans Schulter schmerzte, als er vom Pferd stieg und das Halfter dem Rossknecht übergab, der vor dem Mietstall auf Kundschaft wartete. Er hätte doch besser die Kutsche nehmen sollen, auch wenn es deutlich länger gedauert hätte. Der Ritt auf dem alten Gaul, den er sich von seinem Verwalter ausgeborgt hatte, war alles andere als angenehm gewesen. Die Wunde, die der Holzsplitter hinterlassen hatte, war zwar gut verheilt, doch weil er fast an derselben Stelle eingedrungen war, an der es ihn auch schon im vorigen Jahr während des Hurrikans auf Barbados erwischt hatte, verzögerte sich die Narbenbildung. Jede Bewegung mit dem rechten Arm tat noch weh, zweifellos eine Folge seiner Ungeduld. Anne hatte ihm prophezeit, dass die Schmerzen umso länger anhalten würden, je weniger er sich schonte. Er wusste, dass sie recht hatte – so wie fast immer –, doch das hatte ihn nicht davon abgehalten, nur wenige Tage nach dem Angriff der Holländer mit einem festen Verband um der Schulter wieder aufs Oberdeck der *Elise* zu steigen und dort die Reparaturarbeiten zu beaufsichtigen. John hatte die Fregatte sicher durch den Kanal nach Hause gebracht, zur südlichen Küste von Essex, wo sie nun im Trockendock lag. Duncan hatte bei der Werft, die ihm sein Großvater vermacht hatte, zu seiner Erleichterung alles in bester Ordnung vorgefunden. Das Geschäft florierte, besser hätte Duncan es selbst auch nicht machen könnten. Guy Hawkins, dem er im vergangenen Jahr die Verwaltung des Betriebs übertragen hatte, erledigte seine Sache gut, er hatte mehrere Aufträge an Land gezogen und sogar neue Zimmerleute eingestellt. Für die Arbeiten an der *Elise* standen genug Männer zur Verfügung. Der Kanonenbeschuss der Holländer hatte einigen Schaden hinterlassen, aber in einer Woche würde das Schiff wieder seeklar sein.

Anne und Felicity befanden sich noch in dem Haus, das Duncan ebenso wie die Werft von seinem Großvater geerbt hatte. Guy Hawkins, der mit seiner Familie dort wohnte, hatte eilends eine Schlafkammer für die unerwarteten Gäste geräumt. Felicity brauchte viel Ruhe, nach dem schweren Blutverlust würde es noch eine Zeit lang dauern, bis sie wieder auf den Beinen war. Anne umturtelte sie wie eine Glucke ihr Küken, sie ließ nicht zu, dass Felicity auch nur einen Finger rührte. Die Weiterreise, so hatte sie kategorisch erklärt, würde eben warten müssen, egal wie sehr Felicity darauf fieberte, endlich nach Holland aufzubrechen.

Einstweilen war Duncan froh, die zwei Frauen überhaupt lebendig über den Ozean befördert zu haben. Demnächst würde er sie erst einmal nach Raleigh Manor bringen, wo er ohnehin nach dem Rechten sehen musste. Ob und wie es von dort aus nach Holland weiterging, würde sich schon finden. Irgendwie musste er es möglich machen, das war er ihr schuldig. Er würde schon dafür sorgen, dass sie heil und sicher bei ihrem geliebten Kapitän landete!

In Gedanken versunken, schritt Duncan zügig in Richtung Whitehall aus. Am Morgen hatte es geregnet, es war trotz der sommerlichen Jahreszeit kühl. Die Luft war feucht und diesig, dabei aber alles andere als frisch. Der Rauch unzähliger Herdfeuer drang aus den Schornsteinen und senkte sich mit beißendem Gestank hinab in die Gassen, wo er sich mit dem üblen Geruch voller Latrinen vermischte, sodass man mit jedem Atemzug davon belästigt wurde. Aus den Traufen und von den überkragenden Fassaden triefte es aufs Pflaster. Ein vorbeifahrendes Fuhrwerk rumpelte durch eine Pfütze, Wasser spritzte von den eisenbeschlagenen Rädern. Duncan sprang hastig zur Seite, damit er nicht von oben bis unten durchnässt wurde.

Als er auf die zum Palast führende Hauptstraße einbog, traten zwei in Schwarz gekleidete Kaufleute aus einem der Häuser und warfen ihm unter ihren tief gezogenen Hüten einen misstrauischen Blick zu, bevor sie weitergingen. Eine Frau, die er überholte, sah ihn erschrocken von der Seite an. Ihm war klar, dass er mit seinem sonnenverbrannten Gesicht und dem gut bestücken Waffengurt einen ungewöhnlichen Anblick bot. Ohne Säbel und Pistole wäre er sich jedoch nackt vorgekommen. Für ihn gab es keinen Grund, darauf zu verzichten, schon gar nicht in London, wo Raubgesindel an jeder Straßenecke lauerte. Er hatte absichtlich den Umhang offen gelassen, damit jeder sehen konnte, dass er sich im Bedarfsfall seiner Haut zu wehren wusste.

Alles in allem erweckte London an diesem Nachmittag einen tristen Eindruck, der auch durch die imposanten Dimensionen des vor ihm liegenden Gebäudekomplexes nicht aufgewogen wurde. Über Jahrhunderte hinweg immer wieder erneuert und erweitert, umfasste der Palast von Whitehall zahlreiche sich aneinanderreihende Bauten, die in ihrer Gesamtheit fast wie eine eigene Stadt wirkten. Im Angesicht der Ehrfurcht gebietenden Mauern fühlte Duncan sich auch diesmal wieder fehl am Platze, obwohl er schon häufiger hier gewesen war. Er fragte sich, ob dies das London war, das Anne suchte und zu finden hoffte, und ob es ihr die Heimat ersetzen konnte, die sie mit Barbados aufgegeben hatte. Sie hatte London das letzte Mal in ihrer Kindheit gesehen, weshalb sich erst zeigen musste, ob ihr der Anblick der Stadt wirklich so vertraut und freundlich erscheinen würde, wie sie es sich erträumte. Duncan fühlte sich stets unbehaglich, wenn er nach London kam. Im Vergleich zur Weite des Meeres und der offenen, strahlenden Helligkeit des Tropenhimmels war die Stadt ein Gefängnis. Die beeindruckende Architektur der Paläste und Kirchen und der Prunk einiger Straßenzüge und Plätze vermochten nicht darüber hinwegzutäuschen, dass London von Hunderttausenden überwiegend armer, oftmals sogar am Rande des Elends dahinvegetierender Menschen bewohnt war, deren Hoffnung auf ein Leben nach dem Tod bisweilen der einzige Anreiz war, sich dem freudlosen Dasein im Diesseits zu unterwerfen.

Vor dem Gebäude der Kommandantur meldete Duncan sich beim wachhabenden Offizier an. Er wies sich durch seinen Kaperbrief aus, der mit dem Siegel der Admiralität versehen und immer noch gültig war, jedenfalls war ihm bislang nichts Gegenteiliges zu Ohren gekommen. Wie er von Guy Hawkins erfahren hatte, waren die politischen Verhältnisse immer noch unverändert, abgesehen davon, dass England nun auch noch die Niederlande zum Feind hatte und Duncan somit berechtigt war, auch deren Schiffe aufzubringen und auszurauben. So wollte es das Gesetz.

Der Wachoffizier studierte umständlich das Dokument.

»Der Admiral weilt nicht in London«, meinte er schließlich. »Wie Ihr zweifellos gehört habt, befinden wir uns im Krieg, und der Admiral hat als Kommandant des Flaggschiffs ein Geschwader zu befehligen.«

»Davon habe ich gehört.« Duncan bemühte sich um einen höflichen Ton, obwohl sich Enttäuschung in ihm breitmachte. Natürlich war ihm klar gewesen, dass George Ayscue möglicherweise gar nicht in London sein würde, doch er hatte gehofft, ihn anzutreffen und so noch an diesem Tag das vermaledeite Todesurteil aus der Welt schaffen zu können.

»In dem Fall würde ich gern bei Admiral Blake vorstellig werden«, bat er. Blake war der Oberbefehlshaber der Parlamentsflotte, in der Hierarchie der Admiralität noch eine Stufe höher als Ayscue. Er hatte Duncan vor drei Jahren persönlich den neuen Kaperbrief ausgestellt und ihm ausdrücklich sein Vertrauen ausgesprochen.

»Ich bedaure, der ist auch nicht da.«

»Dann möchte ich mit Lord Montagu sprechen.« Sir Edward Montagu, ein einflussreicher Parlamentspolitiker, hatte seinerzeit ebenfalls an dem Gespräch teilgenommen, in dessen Verlauf die drei Herren der Flottenkommandantur Duncan auf die Wahrung der Interessen des Commonwealth eingeschworen hatten.

Der Offizier studierte erneut den Kaperbrief. Seine Augen hatten sich verengt, eine steile Falte stand über seiner Nasenwurzel.

»Captain Duncan Haynes«, las er langsam vor, während er den Zeigefinger über die Zeilen gleiten ließ. »Ihr kommt aus der Karibik, sagtet Ihr?«

»Ja doch«, gab Duncan mit wachsendem Unmut zurück. »Ich kenne alle drei genannten Herren persönlich und habe als Gewährsmann von Admiral Ayscue während des Konflikts um die Antilleninsel Barbados bei der Niederschlagung der Revolution geholfen.«

Der Offizier schien alles andere als begeistert. Er vermittelte eher den Eindruck, als sei der Besucher ein lästiger Störenfried, den es rasch loszuwerden galt. Duncan unterdrückte eine Aufwallung von Zorn. Die Vorstellung, dass er den beschwerlichen Ritt auf sich genommen hatte, nur um jetzt an einem unwilligen Wachmann zu scheitern, versetzte ihn in eine gefährlich reizbare Stimmung.

»Wollt Ihr nun nachsehen, ob Sir Montagu mich empfängt?«

»Wartet hier«, beschied ihn der Offizier. Er verschwand durch das Tor im Inneren der Kommandantur und ließ Duncan draußen stehen. Im Durchgang zur Wachstube hielten sich weitere Wachleute auf, die in einer Mischung aus Langeweile und Neugier herüberschauten, sich dann aber wieder in ihr Gespräch vertieften, bei dem es um die Feuerkraft der *Resolution* ging, des Flaggschiffs der Parlamentsflotte. Duncan rieb sich vorsichtig die Schulter. Die Schmerzen waren wieder schlimmer geworden. Er spürte die Erschöpfung von dem langen Ritt in allen Knochen.

Gerade überlegte er, in welchem der Gasthäuser, die er unterwegs gesehen hatte, er wohl am besten die Nacht verbringen würde, als der Offizier zurückkehrte.

»Kommt mit mir, Ihr sollt empfangen werden«, befahl er. Etwas in seiner Miene kam Duncan seltsam vor, dennoch trat er zögernd vor.

»Ergreift ihn!«, rief der Offizier im nächsten Moment, und bevor Duncan zurückweichen konnte, hatten sich die versammelten Wachleute auf ihn gestürzt. Zwei von ihnen packten ihn, und als er sich wehrte, rangen sie ihn zu Boden, während zwei andere sich mit gezückten Spießen vor ihm aufbauten. Der Offizier brachte eine Steinschlosspistole in Anschlag.

»Wenn Ihr Widerstand leistet, schieße ich!«, rief er. Es klang, als wünsche er sich nichts sehnlicher.

Schmerzen schossen durch Duncans rechte Seite, er schrie auf und wand sich, aber nicht weil er sich wehren wollte, sondern weil einer der Männer ihm den Arm verdrehte und seine Schulter sich anfühlte wie von zahllosen Messern durchbohrt.

»Verflucht!«, brüllte er. »Lasst mich los! Ich halte ja schon still!«

»Legt ihn in Ketten und schafft ihn nach Newgate«, befahl der Anführer der Wachmannschaft. »Er ist ein gefährlicher Verräter und zum Tode verurteilt.«

Sie legten ihn in Eisen und trieben ihn mit harten Stockschlägen zu einem Karren, der ihn zum Gefängnis von Newgate brachte. Dort kettete man ihn in einem stinkenden Kerker an die Wand. Benommen auf dem Boden sitzend, versuchte er seiner Schmerzen Herr zu werden, doch es fiel ihm schwer, einen klaren Gedanken zu fassen. Er hatte schon oft von dem berüchtigten Gefängnis hinter den Wehrmauern des Stadttores gehört, wo die Todgeweihten auf ihre Hinrichtung warteten, doch die Wirklichkeit übertraf alle geschilderten Schrecknisse. Die steinernen Wände strömten eisige Kälte aus, er fror erbärmlich. Stiefel und Umhang hatte man ihm zusammen mit dem Waffengurt weggenommen, denn nichts davon würde er je wieder brauchen. Das laute Stöhnen und Kettenscharren, das von seinen Mithäftlingen kam, vereinte sich mit den hallenden Stiefelschritten der Wächter und dem Klagegeheul, das aus einer der anderen Zellen herüberdrang, zu einer Kakofonie des Untergangs.

Der Tag ging in die Nacht über, allmählich senkte sich Dunkelheit über das Verlies. Trotz seiner Erschöpfung blieb Duncans Schlaf oberflächlich. Immer wieder wurde er von einem Stöhnen oder Wimmern oder Scharren geweckt, oft genug stammte es von ihm selbst. Einmal trat ihn ein Mitgefangener in die Seite.

»Sei still, du Jammerlappen!«, zischte es aus der Dunkelheit.

Draußen regnete es, der Wind wehte die Nässe durch die vergitterten Fenster in die Zelle und überzog alles mit klammer, kalter Feuchtigkeit. Nach Tagesanbruch kam ein Wärter mit einer dünnen Hafersuppe. Duncan schlang das wässrige Gemisch gierig hinunter, denn er ahnte, dass die anderen es ihm wegnehmen würden, falls er es verschmähte. Der Anblick der ausgemergelten, halb verhungerten Gestalten um ihn herum, ein halbes Dutzend an der Zahl, sprach für sich.

Zerlumpt, von Flohbissen übersät und mit blutunterlaufenen Augen hockten sie auf den schmutzigen Binsen, die den Zellenboden bedeckten. Zwei oder drei von ihnen starrten den Neuzugang an, die anderen lehnten lethargisch an der Wand, als hätten sie sich längst aufgegeben.

Duncan sammelte sich und sprach den Mann, der ihm am nächsten war, mit rauer Stimme an.

»Lassen die Wärter mit sich reden?«

»Du meinst für Geld?«, kam es krächzend zurück.

Duncan nickte, und der Mann, der nur noch aus Haut und Knochen bestand und dessen Stummelzähne ebenso schwarz waren wie seine nackten Füße, zuckte kraftlos die Achseln.

»Wenn du welches hast – sicherlich. Aber den Hals rettest du dir damit nicht. Du kriegst höchstens besseres Essen oder eine Decke.« Der Blick des Mannes wurde lauernd. »Hast du welches? Geld, meine ich.«

»Natürlich nicht. Sie haben mir alles weggenommen, was ich dabeihatte.«

»Klar. Aber du weißt, dass ich nicht dieses Geld meine, sondern das, was du woanders versteckt hast.«

»Vielleicht habe ich welches, vielleicht nicht.«

»Ich könnte dir sagen, welcher Wärter am ehesten bereit

ist, was für dich zu tun.« Der Mann taxierte ihn, als wollte er ergründen, was bei ihm zu holen war. »Dann sparst du dir unnütze Zeit. Denn nicht jeder lässt mit sich reden. Und manche stecken sich auch einfach nur das Geld ein und tun nichts.«

»Was willst du dafür? Eine Decke?«

»Nein, die nützt mir nicht mehr viel.« Der Mann beugte sich mit rasselnden Ketten vor, und Duncan wich vor seinem fauligen Atem zurück.

»Ich will was für meine Tochter. Sie heißt Nell und arbeitet als Bedienung im *Goldenen Anker.*«

»Wo ist das?«

»London Bridge. Die Schenke gehört einem Vetter von mir. Viel Gesindel dort, aber meine Nell ist ein ehrliches und sauberes Mädel. Ich will, dass sie Geld kriegt, um nach Bedford zurückzugehen. Da sind wir her, dort hat sie es besser. Ihre Tante lebt noch da, meine Schwester. Hat ein Cottage mit Ziegen und Schafen und so. Da soll Nell hin und ein ordentliches Leben führen.«

»Wie heißt du?« Duncan sprach leise, die anderen mussten nicht unbedingt hören, was er hier zu bereden hatte.

»Samuel. Kannst mich Sam nennen.«

»Und warum bist du hier, Sam?«

»Hab einem feinen Herrn die Börse abgeschnitten, um für mein kleines Mädchen neue Schuhe kaufen zu können.«

»Ich schwöre dir beim Grab meiner Mutter, dass deine Tochter genug Geld für die Heimreise kriegt. Außerdem lasse ich ihr drei Goldstücke zukommen, wenn der Wärter, den du mir gleich nennst, eine Botschaft für mich übermittelt und ich dadurch rauskomme. Womit ich fest rechne, wenn die Nachricht bei dem Mann landet, der sie kriegen soll.«

»Gemacht«, sagte Sam. »Aber viel Zeit hast du nicht mehr.«

Mit seiner mageren Hand deutete er in die Runde. »Wir alle hier sind nämlich in drei Tagen eingeladen, auch du.«

»Eingeladen? Wohin?«

»Na, zum Tanz.« Sam ließ ein schauriges Lachen hören. »Zum Totentanz am Tyburn-Baum.«

Das musste er nicht näher erklären. Jedes Kind kannte den großen Dreiecksgalgen, an dem man bis zu zwei Dutzend Menschen gleichzeitig aufknüpfte. Duncans Elend nahm ungekannte Ausmaße an. Hatte er schon vorher die ganze Zeit gefroren, so war das nichts gegen die eisige Kälte, die sich nun in ihm ausbreitete. Er hatte darauf vertraut, dass ihm mehr Zeit blieb. Wenn sich jedoch weder Ayscue noch Blake noch Montagu in der Stadt aufhielten, war niemand da, der ihm noch helfen konnte.

Es fiel ihm immer schwerer, gegen die wachsende Hoffnungslosigkeit anzukämpfen. Nur der Zorn auf Eugene Winston half noch dabei. Dieser junge Schnösel hatte eine erstaunliche Durchtriebenheit bewiesen, indem er die Zeit, die Duncan auf Dominica verbracht hatte, für seine Zwecke genutzt hatte. Der Bursche hatte ganz richtig vorausgesehen, dass Duncan versuchen würde, in London an höchster Stelle gegen das Todesurteil zu intervenieren, und es war ihm tatsächlich gelungen, vorher eine Botschaft an die englischen Behörden zu übermitteln. Ausgesucht hatte er sich dafür offensichtlich jemanden, der in der Admiralität genug Einfluss und Autorität besaß, um die wachhabenden Offiziere auf das mögliche Erscheinen des zum Tode verurteilten Verräters vorzubereiten, zugleich aber auch sicherstellte, dass weder Blake noch Ayscue oder Montagu davon erfuhren – die einzigen Personen, die über die wahren Hintergründe von Duncans angeblichem Verrat Bescheid wussten.

Die Stunden verstrichen in quälender Langsamkeit. Weil

er in der Nacht so schlecht geschlafen hatte, döste Duncan immer wieder ein. Als sich gegen Mittag die Zellentür öffnete und das Essen verteilt wurde – ein grauer Brei aus Kohl und eingeweichtem Brot –, stellte sich zu Duncans Schrecken heraus, dass nicht der erwartete Wärter es brachte, sondern ein anderer, der Duncan kurzerhand mit dem Knüppel auf den Kopf schlug, als dieser sein Anliegen vorbringen wollte. Duncan blieb benommen im Dreck liegen. Sam half ihm vorsichtig, sich aufzusetzen.

»Ehrlich, ich dachte, es ist derselbe, der mittags immer Dienst hat!« Sam war kaum weniger entsetzt als Duncan. Zuvor hatte es ihn fast euphorisch gestimmt, gleichsam noch auf dem Weg zum Galgen für die Zukunft seiner Tochter sorgen zu können.

Die beiden folgenden Tage zogen sich zäh dahin. Duncan brummte der Schädel von dem Schlag mit dem Knüppel, aber dafür ließen die Schmerzen in der Schulter nach. Allem Unrat und Gestank zum Trotz wütete der Hunger in seinen Eingeweiden – und bald auch der Durchfall, der bei dem fauligen Wasser, das die Häftlinge zu trinken bekamen, nicht ausblieb. In Reichweite der Gefangenen stand ein Kübel, auf dem man seine Notdurft verrichten konnte – sofern er nicht gerade besetzt war. Fast immer saß irgendwer darauf, weshalb die Männer sich gezwungenermaßen auf den Boden erleichterten. Der Gestank war grauenvoll, Schlimmeres hatte Duncan in seinem ganzen Leben nicht gerochen außer in den Laderäumen der Sklavenschiffe.

Am Tag vor der Hinrichtung brachte abermals ein anderer Wärter das Essen.

»Ist er das?«, wollte Duncan leise von Sam wissen. Der schüttelte resigniert den zottigen Kopf, doch Duncan hatte nichts zu verlieren.

»Willst du Geld verdienen?«, fragte er den Wärter. »Viel Geld?«

Der Mann spie vor ihm aus und betrachtete ihn mit höhnischer Herausforderung.

»Was will einer, der morgen am Tyburn-Baum baumelt, noch an Geld haben?«

»Ich rede von Gold. Einer Menge davon. Das kriegst du, wenn du dafür sorgst, dass ich hier rauskomme.«

In dem Verlies erhob sich wüstes Gelächter, und am lautesten lachte der Wärter. Er verpasste Duncan einen rohen Tritt in die Seite, bevor er den leeren Essenskübel nahm und ging.

»Du musst nichts weiter tun, als eine Botschaft für mich zu überbringen!«, rief Duncan ihm hinterher. Doch der Mann schlug ungerührt die Zellentür hinter sich zu, während die Gefangenen sich unter durchdringendem Kettengerassel auf ihre Näpfe stürzten.

Duncan tat etwas, womit er sich schon lange nicht mehr beschäftigt hatte – er fing an zu beten.

Die folgende Nacht verbrachte er, steif vor Schmerzen und von grässlichen Albträumen gequält, halb schlafend, halb wachend, während die Männer um ihn herum ebenso wenig zur Ruhe fanden wie er. Leises Schluchzen, gemurmelte Gebete und unterdrückte Flüche erfüllten das dunkle Verlies. Jeder ging mit der Todesangst auf seine Weise um. Als der Morgen graute und der Wärter die schwere Tür aufschloss, kämpfte Duncan sich mühevoll auf die Beine. Geschwächt von Kälte und Hunger, konnte er sich kaum aufrecht halten und musste sich an der Wand abstützen. Es war leicht nachzuvollziehen, warum Sam und die anderen so abgezehrt und hinfällig aussahen – schon wenige Tage in diesem Loch reichten, um einen Mann aller Kräfte zu berauben.

Mehrere Wärter drängten sich in die Zelle. Sie waren in Begleitung eines Beamten erschienen, der mit gewichtiger Miene vor der Tür stehen blieb und laut die Namen der Verurteilten von einem Stück Papier ablas. Die Wärter lösten die Wandketten und trieben die Gefangenen einen nach dem anderen zur Tür hinaus. Lautes Wehklagen hallte von den Mauern des Verlieses wider. Vor allem Sam schluchzte und schrie, doch nicht um seinetwillen haderte er mit seinem Schicksal, sondern wegen seiner Tochter. Immer wieder stieß er weinend ihren Namen hervor. Bevor er fortgezerrt wurde, wandte er sich zu Duncan um, den die Wärter als Nächsten losketteten.

»Frag den Beamten da!«, stammelte er unter Tränen. »Er hilft dir vielleicht! Und vergiss nicht, was du mir versprochen hast, wenn es gelingt!«

Duncan zögerte nicht. Hastig wandte er sich dem misstrauischen Beamten zu.

»Zehn Goldstücke für Euch, wenn Ihr dem Parlamentspolitiker Sir Edward Montagu eine Botschaft von mir überbringt. Geht zu ihm nach Whitehall und richtet ihm aus, dass Captain Duncan Haynes dafür hängen soll, dass er die Insel Barbados an die englische Flotte ausgeliefert hat. Sagt ihm, der neue Gouverneur dort hat das Urteil gefällt, weil er hoffte, meine Frau werde mich loskaufen.«

Der Beamte, ein ältlicher Puritaner in abgeschabter Amtstracht, schien nicht darauf erpicht, sich das Flehen eines Todgeweihten anzuhören. Die argwöhnisch zusammengezogenen Brauen und die verkniffenen Mundwinkel sprachen Bände.

»Raus mit ihm und zu den anderen auf den Karren!«, befahl er knapp.

»Meine Frau ist die alleinige Erbin des Viscounts von Raleigh

Manor! Ihr bekommt das Gold, das schwöre ich Euch als Ehrenmann!« Duncan fühlte sich erbärmlich, denn für den Beamten war er ersichtlich nichts weiter als ein winselnder Bittsteller, der ihm kostbare Zeit stahl. Doch er hatte keine Wahl. Wenn er sich zwischen seiner Würde und seinem Leben entscheiden musste, kam das Leben zuerst. Er durfte nichts unversucht lassen. Als seine Bitten nichts fruchteten, verlegte er sich aufs Drohen. »Alles, was ich sage, ist wahr! Sir Montagu weiß, was ich für das Commonwealth getan habe. Deshalb wird er darauf bestehen, das Todesurteil zu lesen, und dann wird er sogleich sehen, dass es sich um ein Komplott gegen mich handelt. Er wird Euch aufs Schafott bringen, wenn er erfährt, dass Ihr mich dem Henker überlassen habt! Und er *wird* es erfahren, denn nicht nur mit Sir Montagu bin ich gut bekannt, sondern auch mit den Admirälen Blake und Ayscue. Auch die werden Euren Kopf für diese Tat fordern. Dann könnt Ihr noch so sehr um Gnade betteln.« Er stolperte über seine Fußfesseln, während ihn die Bewaffneten hinauszerrten. »Ihr könnt Euch entscheiden – Gold oder Tod! Ich bin Captain Duncan Haynes, hört Ihr? Merkt Euch diesen Namen gut, Ihr werdet ihn nämlich noch verfluchen, denn er wird das Letzte sein, an das Ihr denkt, wenn Euer Kopf auf dem Richtblock liegt und das Beil des Henkers auf Euren Nacken niedersaust!«

Er brüllte es voller Zorn heraus, doch die barschen Befehle der Wärter übertönten seine Stimme, er wurde geschlagen und getreten und weitergeschubst, hinaus ins Freie. Geblendet vom hellen Tageslicht schloss er die Augen, und als er sie wieder öffnete, sah er den großen Ochsenkarren vor sich. Der Reihe nach wurden die Männer hinaufgedrängt, er selbst als Letzter, obwohl er sich verzweifelt wehrte. Einer der Wärter half mit einem brutalen Knüppelschlag auf Duncans Hinterkopf nach.

Benommen fiel Duncan zwischen die stöhnenden und klagenden Gefangenen auf den schmutzigen Boden des Karrens, den Kopf zwischen die aneinandergeketteten Arme gezogen, um sich vor weiteren Hieben zu schützen. Doch das Gefährt setzte sich bereits in Bewegung und geriet außer Reichweite des immer noch schimpfenden Wärters. Holpernd rollte der Karren vorwärts. Mit jedem Schritt des dahintrottenden Ochsen verringerte sich die Entfernung zwischen Gefängnis und Richtstätte. Duncan lauschte dem Rumpeln der Räder, das sich mit dem Hämmern in seinen Schläfen zu einem steten Rauschen vereinte. Sein Kopf rollte auf den Bodenbrettern des Karrens haltlos hin und her. Ihm war schwindlig, immer wieder wurde ihm schwarz vor Augen. Von ferne war bereits das Johlen der versammelten Menschenmenge zu hören. Der Tanz am Tyburn-Baum war ein beliebtes Spektakel, an Hinrichtungstagen drängten sich dort unzählige Besucher. Sogar Tribünen wurden für die Zuschauer gebaut, damit möglichst viele etwas davon hatten. Duncan selbst hatte noch nie dabei zugesehen, aber schon oft gehört, wie es vonstattenging.

»Gut gestorben!«, schrien die Leute, wenn ein Delinquent fromme und reumütige letzte Worte sprach und anschließend ohne Geflenne den Henker seine Arbeit tun ließ. Und sie pfiffen diejenigen aus, die vor Todesangst schrien, während der Karren langsam unter ihren Füßen weggezogen wurde. Dafür jubelten die Zuschauer umso lauter, wenn die jammervollen Gestalten ihren zuckenden Totentanz am Strang vollführten und dabei ihre Gedärme entleerten.

Duncan fragte sich, wie er selbst wohl sterben würde, doch im Grunde wusste er es bereits: mit einem Fluch auf den Lippen. So wie es sich für einen Piraten geziemte. Und er wollte sich nicht zur Erheiterung der Meute am Galgen zu

Tode zappeln, sondern mit dem Strick um den Hals vom Karren springen, unter Aufbietung aller Kraft, die er aufbringen konnte. Wenn er Glück hatte, starb er am Genickbruch, statt langsam von seinem eigenen Gewicht stranguliert zu werden.

Bei dem Gedanken, die Gaffer um das erwartete Schauspiel zu bringen, überkam ihn eine seltsame Ruhe, aber dann merkte er, dass ihm lediglich abermals die Sinne schwanden. Am Rande der Bewusstlosigkeit trieb er in einem Meer aus Grau und wartete darauf, dass es wieder heller wurde, doch ein harter Tritt eines Mitgefangenen, ob absichtlich oder aus Versehen, traf ihn an der Schläfe. Schmerz explodierte hinter seinen Augen und erfüllte ihn mit gnädiger, alles auslöschender Schwärze.

Dritter Teil

Dominica

Sommer 1652

19

Zena wiegte das Baby in ihren Armen und sog dabei tief den unverwechselbaren Duft des Kindes ein, ein Gemisch aus warmer, blütenzarter Haut, halb vergorener Milch und etwas Unbenennbarem, Süßem, das sie mit schierer Freude erfüllte. Zena war sicher, dass es der Geruch von Glück war, und sie glaubte, dass nur Kinder ihn verströmten, die in Liebe gezeugt worden waren. Sie hatte nicht den geringsten Zweifel daran, dass das Kind, das der stinkende Barbar ihr aufgezwungen hatte, niemals diesen Geruch hätte entfalten können. Es war eine faulige Frucht gewesen, die in ihrem Leib herangewachsen war, und deshalb war es gut, dass das Meer sie verschlungen hatte, bevor sie reif werden konnte. Manchmal dachte sie noch daran, aber nicht oft, und das Wissen, den bärtigen Fremden mit eigenen Händen verscharrt zu haben wie Aas, versöhnte sie mit dem erlittenen Unrecht. Andere Weiße hatten ihn wieder ausgegraben und suchten nach den Mördern, so viel hatte sie mitbekommen. Doch ihre Sorge darüber hielt sich in Grenzen, denn die Herrin würde sie gewiss nicht verraten, und außer ihr wusste niemand, was geschehen war. Das Messer, das sie von dem Mann erbeutet hatte, trug Zena nicht bei sich, sondern hatte es gut versteckt. Wenn sie zu ihrem Dorf zurückkehrte, würde sie es mitnehmen.

Zena murmelte und lachte mit der Kleinen und wurde von

einem sabbernden Lächeln belohnt, bei dem sich Grübchen in den kleinen Wangen bildeten. Die Augen des Kindes waren hell wie der Himmel, umgeben von einem Strahlenkranz dunkler Wimpern, ein Anblick von so berückender Schönheit, dass Zena den ganzen Tag darin hätte versinken mögen. Die milchige Haut und das von goldenem Haarflaum bedeckte Köpfchen waren empfindlich. Zena achtete sorgsam darauf, dass die Kleine nie direkter Sonneneinstrahlung ausgesetzt wurde. Sie hütete das Kind wie einen Augapfel, stillte es und trug es umher, wenn es weinte, wickelte und wusch es in angewärmtem Wasser, wenn es die Windeln voll gehabt hatte, und wachte über seinen Schlaf, wenn es in der Wiege lag. Die Herrin vertraute ihr voll und ganz und war glücklich, eine so gute Amme für das Kind gefunden zu haben. Sie stillte das kleine Mädchen noch hin und wieder selbst, doch ihre Milch würde, wie Zena wusste, nach und nach versiegen. So war es immer, wenn ein Kind eine Amme bekam.

»Faith«, murmelte Zena und küsste das Baby sanft auf die Stirn und die weichen kleinen Wangen. »Faith.« Mittlerweile konnte sie den Namen aussprechen, genauso wie Mylady Lizzie es tat, mit diesem ungewohnten Laut am Ende, der in vielen Worten der Weißen vorkam. Die Franzosen kannten diesen Laut nicht, aber dafür benutzten sie andere, die nicht minder seltsam klangen. Das Französische verstand Zena weit besser als die englische Sprache. Sie hatte es einst bei Pater Raymond gelernt. Er hatte ihr und ein paar anderen Kindern Gebete beigebracht und nebenher die Worte aufgeschrieben, die die Kinder ihm erklärten. Meer. Wald. Baum. Mann. Kind. Häuptling. Er hatte alles wissen wollen und es gewissenhaft in ein Buch notiert, mit dem kratzenden Kiel einer Gänsefeder. Er hatte sie beobachtet, unauffällig und freundlich, und nie hatte er vergessen, kleine Geschenke mitzubringen, denn damit erhielt er sich das Wohlwollen der Ältesten und des Kaziken. Eines Tages war er weggegangen, zurück auf die Insel, von der er gekommen war. Ein anderer Priester hatte seine Stelle eingenommen, doch auch der war inzwischen wieder fort. Nun wollte der Weiße namens Edmond die Menschen im Wald besuchen. Auch er war Priester, wie Zena mittlerweile wusste. Er hatte mit ihr gesprochen und neue Wörter von ihr gelernt, und umgekehrt hatte auch sie die Bedeutung vieler englischer Wörter erfahren.

Miss Jane hatte gemeint, die Indianer würden Edmond wohlwollend aufnehmen, da sie schon zu dem französischen Priester freundlich gewesen seien, und Mylady hatte gesagt, wie froh sie sei, dass Edmond die Indianer vor dem Colonel warne, denn sonst hätte sie einen ihrer Männer losgeschickt, um diese Aufgabe zu übernehmen. Es passte ihr jedoch nicht, dass Deirdre einfach mitgegangen war und vor ihrem Aufbruch lediglich einen Zettel hinterlassen hatte. Deirdre war eine freie Frau und konnte gehen, wohin sie wollte, aber Mylady Lizzie machte sich dennoch große Sorgen um sie.

Es hatte eine Weile gedauert, bis Zena sich alles zusammengereimt hatte, aber Miss Jane und Mylady Lizzie hatten in den beiden vergangenen Tagen häufiger darüber gesprochen, und allmählich war Zena klar geworden, was los war. Der Colonel wollte mit einem Haufen Männer zum Dorf der Indianer gehen und sie bestrafen. Für den Tod eines Soldaten sowie der beiden Männer, die in Wahrheit Mylady und Zena umgebracht hatten. Der Soldat war durch die Hand eines Indianers gestorben, das wusste Zena, aber es war kein hinterhältiger Angriff gewesen, sondern Notwehr. Der Soldat hatte versucht, die Frau des Indianers mit Gewalt zu nehmen. Dieser hatte nur sein Weib schützen wollen. Vor ein paar Tagen waren Kanuten da gewesen, um frisch gegerbte

Häute und Kalebassen zu bringen. Sie hatten Zena vom Tod des Soldaten erzählt. Der Colonel hatte kein Recht, deswegen über die Indianer herzufallen, schon gar nicht in dem Dorf, das er sich für seine Rache ausgesucht hatte, denn der Mann, der den Soldaten getötet hatte, stammte nicht von dort, sondern aus einem Dorf weiter im Süden, das näher bei der Festung lag. Aber Zena wusste, dass es dem Colonel nicht darum ging, die wirklichen Täter zu bestrafen, denn für ihn waren alle Indianer schuldig. Er wollte einfach so viele wie möglich umbringen. Vielleicht hatte er sich aber auch dieses Dorf ausgesucht, weil es dort schwarze Sklaven gab. Mylady hatte diese Vermutung geäußert. Sie hatte gemeint, dass der Colonel die Schwarzen noch mehr hasste als die Indianer.

Im Dorf lebten zwei schwarze Männer, Zena hatte sie gesehen, bevor sie fortgegangen war. Diese Schwarzen waren vor einer Weile mit den fremden Indianern gekommen, von denen einer sofort die Herrschaft im Dorf an sich gerissen hatte, nachdem der alte Kazike auf der Jagd von einem wilden Eber getötet worden war. Die übrigen Männer des Dorfs hatten ihn als ihren neuen Anführer anerkannt, denn er war stärker und schneller als alle anderen und traf mit seiner Armbrust, die er von seiner Heimatinsel mitgebracht hatte, jedes Ziel, weshalb er ein Anrecht darauf hatte, der neue Führer des Stamms zu werden.

Er hatte Zena mit Begehren angeblickt, und vielleicht hätte er sie zum Weib erwählt, doch dann hatte sie das Dorf verlassen, weil ihr Leib anzuschwellen begann. Dennoch hatte der Kazike ihr gefallen, und sie hatte sogar überlegt, ob er sich über ihre Rückkehr freuen würde. Später hatte sie jedoch aus ihrem Versteck zwischen den Felsen beobachtet, wie er am Strand Deirdres Haar berührt hatte, das die Farbe von Feuer hatte. Vielleicht hätte der Kazike Deirdre an jenem Tag bereits mitgenommen, doch der große Mann mit dem Zopf war dazwischengegangen. Zena wusste, dass Oleg Deirdre selbst begehrte. Er bemühte sich, es zu verbergen, doch sie hatte mehr als einmal gesehen, wie er Deirdre ansah, wenn er glaubte, dass keiner es mitbekam.

Zena lauschte müßig in die nur vom Meeresrauschen untermalte Stille. Das Hämmern und Sägen, das den ganzen Morgen über ertönt war, hatte aufgehört. Das Baby strampelte und riss dann den kleinen Mund zu einem ausgedehnten Gähnen auf, das ansteckend wirkte. Am liebsten hätte Zena sich mit der Kleinen auf die Matte gelegt und ein wenig gedöst, doch Mylady Lizzie legte Wert darauf, dass das Kind in der Wiege schlief, unter dem Moskitoschleier. Zena hätte Faiths Haut mit dem Saft einer Pflanze einreiben können, die sie vor Mückenstichen bewahrte, doch dann hätte die Kleine hässlich gerochen, weshalb sie es lieber sein ließ. Sie selbst wurde kaum je von einer Mücke gestochen, ein Umstand, über den sie nie viel nachgedacht hatte, bis sie erfahren hatte, wie sehr manche der Weißen darunter litten. Deirdre beispielsweise schien auf Moskitos zu wirken wie ein Köder.

Ob der Kazike sie schon auf sein Lager geholt hatte?

Zena stemmte sich mit einer fließenden Bewegung hoch, das nun schlafende Kind in ihren Armen. Behutsam legte sie es in die Wiege, zog den Moskitoschleier zurecht und betrachtete das friedliche kleine Gesicht. Liebe durchströmte ihr Herz. Sie würde eigene Kinder bekommen, aber das Wissen, dieses eine hier irgendwann nicht mehr bei sich zu haben, verdunkelte ihre Stimmung, nachdem sie eben noch so glücklich gewesen war. Eine sorgenvolle Ahnung stieg in ihr auf, dass alle, die jetzt noch freundlich zu ihr waren, sie vielleicht hassen würden, wenn Deirdre und Edmond in dem Dorf ein Leid geschah.

Als hätte sie durch ihre Gedanken die weitere Entwicklung heraufbeschworen, trat ihr der große Mann in den Weg, als sie die Hütte verließ, um sich im Küchenhaus ein Stück Räucherfisch zu holen. In seiner Begleitung befand sich der Mann mit den krausen roten Haaren, Jerry. Er hatte ihr ein paar Glasperlen geben wollen, die sie jedoch zurückgewiesen hatte, weil er offensichtlich bestimmte Erwartungen an das Geschenk geknüpft hatte, die sie nicht erfüllen wollte. Zum Glück hatte er es ihr nicht übel genommen, sondern hatte sie weiterhin freundlich behandelt. Jerry war ein lustiger Mensch, der viel lachte und immer gute Laune verbreitete.

»Oleg will mit dir sprechen«, sagte er.

Zena sah nicht ihn an, sondern Oleg. Wachsam schaute sie zu dem stummen großen Mann auf. Seine dunklen Augen waren von ähnlichem Schnitt wie die der Kariben, und auch seine Hautfarbe glich der ihren. Wäre er nicht so riesig gewesen, hätte man ihn leicht für einen Kariben halten können.

Oleg erwiderte ihren Blick und machte einige schnelle Handbewegungen, die Jerry in Worte fasste.

»Er will wissen, ob du aus dem Dorf stammst, zu dem Miss Deirdre gegangen ist.«

Zena zuckte die Achseln, was sich als Fehler erwies, denn sie erkannte sofort, wie in den schwarzen Augen des großen Mannes Wut aufglomm. Er merkte ihr an, dass sie sich absichtlich dumm stellte. Widerwillig bejahte sie die Frage durch ein kurzes Nicken.

Eine weitere schnelle Abfolge von Gesten, die Jerry übersetzte.

»Er will wissen, ob auch der Indianer dort lebt, der neulich Miss Deirdre kaufen wollte.« Er besann sich kurz, dann setzte er drohend hinzu: »Versuch nicht, uns anzulügen, denn wir kriegen es sowieso raus, und dann würdest du eine Menge Ärger bekommen. Also, du stammst aus dem Dorf. Und dieser Indianer? Oleg meint, der Kerl wäre dort der Häuptling.«

»Ich nicht weiß.« Sie gab sich unwissend, doch auch diesmal durchschaute Oleg sie. Er machte eine einzige harte Handbewegung, die sie sofort verstand, obwohl sie die Gebärdensprache der Weißen nicht kannte.

»Du lügst«, stellte Jerry ärgerlich fest. Angespannt betrachtete er Mimik und Gestik des großen Mannes, bevor er sich wieder an Zena wandte. »Oleg weiß, dass du an jenem Tag am Strand warst. Er sagt, du hast dich versteckt, aber er hat dich gesehen. Also hast auch du den Indianer gesehen. Er hat Miss Deirdres Haar angefasst und Gold geboten, um sie zu kaufen.«

»Er Kazike.« Sie versuchte nicht länger, ihr Wissen zu verbergen. Warum auch, wenn Oleg sowieso schon ahnte, was auch sie befürchtete?

»Er ist also dort«, konstatierte Jerry. Seine Stimme wurde drängend. »Was denkst du, was der Kerl macht, Zena? Ob er dem Pater und Deirdre was antut?«

Wieder zuckte sie die Achseln. Diesmal wusste sie es wirklich nicht. Sie kannte den Kaziken nicht und wusste nicht, was er für ein Mensch war. Der alte Häuptling war ein freundlicher und friedliebender Mann gewesen, er hatte Pater Raymond gemocht und den Weißen nie etwas Böses getan. Doch der Kazike war anders. Sein Auftreten war kriegerisch, und es hieß, er habe schon viele Feinde getötet.

Oleg sah sie mit stechendem Blick an, und für einen Moment war es ihr, als könnte er ihre Gedanken lesen. Dann wandte er sich abrupt ab. Gefolgt von Jerry, eilte er in Richtung Strand, wo Mylady Lizzie mit hochgebundenen Röcken im seichten Wasser stand und gemeinsam mit Miss Jane an langen Stecken in Ufernähe Reusen befestigte. Bis zum nächsten Morgen würden sich darin viele Fische und Krabben verfangen, die sie anschließend nur einsammeln mussten. Die Natur auf der Insel war wie ein reich gedeckter Tisch, sie hielt Nahrung in Hülle und Fülle bereit. Das Meer, die Flüsse und die Wälder quollen förmlich über davon, Mylady Lizzie hatte gemeint, es sei wie im Paradies. Zena wusste, was sie damit meinte. Pater Raymond hatte ihr und den anderen im Dorf erklärt, was das Paradies war. In der Sprache der Kariben gab es kein besonderes Wort dafür, und er hatte gemeint, das komme daher, dass die Indianer schon auf Erden lebten wie im Paradies – in einem Zustand immerwährender Seligkeit, friedfertig und fröhlich wie Kinder, eins mit sich und der Welt.

Doch darin irrte er sich. Schon vor langer Zeit war die Schlange ins Paradies gekommen, so wie in dem heiligen Buch, aus dem Pater Raymond ihr vorgelesen hatte. Sie hatte ihr hässliches Haupt erhoben, als die ersten großen Schiffe der Weißen am Horizont aufgetaucht waren. Und in ihrem Schatten lauerten Zwietracht und Tod.

Elizabeth strich sich das Haar aus der Stirn und spürte dabei den Schweiß an ihren Fingerspitzen. Ihr war heiß, obwohl die große Mittagshitze erst bevorstand – es war noch früh am Tag. Der Himmel war klar, die Luft frisch. Bald würde es wieder dunstiger werden, und die Schwüle würde zunehmen. Dann war an Arbeiten nicht mehr zu denken. Es war anstrengend, die Reusen aufzustellen, doch einer musste es tun, wenn sie zu essen haben wollten, und sie konnte Miss Jane nicht alles allein machen lassen. Sid war mit Johnny unterwegs, und Oleg und Jerry hatten den ganzen Morgen an der neuen Schaluppe gezimmert, so wie sie es häufig die letzten Wochen über getan hatten.

Elizabeth schirmte die Augen mit der Hand ab, als sie die beiden näher kommen sah.

»Ist das Boot etwa fertig?«, fragte sie. »Ich habe euch gar nicht mehr hämmern gehört.«

»Ja, vorhin haben wir den letzten Nagel eingeschlagen, Mylady«, sagte Jerry. »Wir haben uns rangehalten. Ist eine feine Schaluppe geworden. Später wollen wir auf Jungfernfahrt gehen.«

»Oh, das ist fabelhaft!« Elizabeth lächelte die Männer an und strich ein paar Haarsträhnen zurück, die sich aus ihrem Zopf gelöst hatten. »Master Duncan wäre stolz auf euch!«

»Ja, das wäre er sicher.« Jerry trat unbehaglich von einem Bein aufs andere. »Wir wollen uns mit Euch besprechen, Mylady. Oleg und ich glauben, dass vielleicht was passiert ist.«

Elizabeth ließ die Reuse, die sie gerade festbinden wollte, abrupt fahren und watete um die Stange herum aus dem Wasser. Besorgt sah sie sich nach allen Seiten um.

»Ist was mit Johnny? Wo steckt er?«

Dann hörte sie das Lachen ihres Sohnes, er kam hinter einer der Hütten hervorgerannt, den schimpfenden Sid auf den Fersen. Der Kleine hatte sich einen Gegenstand unter den Arm geklemmt, der eindeutig nicht ihm gehörte. Bei näherem Hinsehen stellte sich heraus, dass es die Perücke von Mister Pebbles war, dem Landvermesser. Der neigte trotz seiner jungen Jahre zu verfrühter Glatzenbildung und hatte das zottelige Ding für viel Geld einem holländischen Kaufmann abgekauft. Er trug die dicke Perücke trotz der tropischen Hitze mit heroischer Tapferkeit von früh bis spät.

»Willst du das wohl hergeben, du kleiner Halunke?«, rief Sid. »Mister Pebbles wird dir sonst den Hintern versohlen!« Doch er lachte dabei übers ganze Gesicht, als hätte er den Streich selbst eingefädelt.

»Mommy, schau!« Johnny kam auf Elizabeth zugerannt und schwenkte seine haarige Beute. Sie fing den Kleinen mitten im Lauf und wirbelte ihn herum. Dabei war sie sich der Blicke der Männer bewusst. Das Unterkleid klebte ihr nass am Körper, aber darüber trug sie eine formlose lange Bluse aus dunklem Kaliko, die ihre Gestalt ausreichend verhüllte. Seit dem blutigen Zwischenfall in der Nachbarbucht war sie darauf bedacht, sich immer ausreichend zu bedecken. Sie wusste, dass Duncans Männer sich niemals mehr herausnehmen würden als den einen oder anderen verstohlenen Blick, aber unter den Holzfällern, die regelmäßig in die Bucht kamen, gab es ein paar zweifelhafte Gesellen, die schon das Auftauchen einer Frau als halbe Einladung betrachteten. Dasselbe galt für die Seeleute, die nach jeder erdenklichen Art von Zerstreuung hungerten, wenn ihre Schiffe nach wochenlangen, entbehrungsreichen Überfahrten in der Bucht vor Anker gingen. Elizabeth, die mittlerweile gelernt hatte, auf jedes noch so kleine Zeichen übermäßigen männlichen Interesses zu achten, war wild entschlossen, das Schicksal nicht noch einmal herauszufordern.

Sie stellte den Kleinen wieder auf die Füße und wandte sich zu Oleg und Jerry um.

»Was ist los? Worüber wollt ihr mit mir reden?«

»Es ist wegen Miss Deirdre und Pater Edmond«, platzte Jerry heraus. »Kann sein, dass es ein schwerer Fehler von den beiden war, zu dem Indianerdorf zu gehen.«

Elizabeth versuchte, sich ihr jähes Erschrecken nicht anmerken zu lassen. Ruhig hob sie Johnny hoch, der wie ein kleiner Derwisch um sie herumrannte. Er zappelte ein bisschen, hielt dann aber still und legte die Ärmchen um ihren Hals. Kichernd drückte er seine Nase gegen ihre Wange.

»Du bist ganz nass, Mommy.«

»Ich war im Wasser, mein Schatz.« Zu Jerry sagte sie: »Heraus mit der Sprache.«

»Wir glauben, dass Deirdre bei den Indianern nicht sicher ist. Oleg hatte es in der Nase, dass da vielleicht was nicht stimmt. Eben haben wir das Mädchen gefragt.« Jerry deutete über die Schulter zur Blockhütte, wo Zena immer noch mit angezogenen Knien auf der obersten Verandastufe hockte. »Sie sagt, der Kerl wohnt in dem Dorf.«

»Welcher Kerl?«

»Da war mal ein Indianer hier, der war scharf auf Miss Deirdre und wollte sie kaufen. Oleg hat es verhindert.«

»Du meinst, die Indianer könnten Deirdre und Pater Edmond vielleicht gegen ihren Willen im Dorf festhalten?«

»Ja, das glaube ich. Vielmehr glaubt Oleg es, und weil *er* es glaubt, tu ich es auch.« Jerry senkte die Stimme. »Wobei es natürlich auch schlimmer sein könnte, Ihr wisst schon.« Den Rest behielt er mit vielsagender Miene für sich, doch Elizabeth hatte keine Schwierigkeiten, sich vorzustellen, was gemeint war. Angst stieg in ihr auf. Schon die ganze Zeit hatte sie ein ungutes Gefühl gehabt, seit sie den Zettel gelesen hatte. In ungelenk gemalten Kinderbuchstaben und mangelhafter Orthografie hatte Deirdre ihr mitgeteilt, dass sie und Edmond die Wilden nicht nur vor dem Colonel warnen, sondern auch gleich ein paar Tage dort bleiben würden, weil Edmond das tun wollte, was er schon lange vorgehabt hatte – missionieren. »Ich gehe mit, weil er mich braucht«, hatte der letzte Satz der Botschaft gelautet.

Elizabeth hatte sich eingeredet, dass schon alles gut ausgehen und Deirdre zurück sein würde, bevor der Colonel sich mit seinem Trupp in den Dschungel aufmachte.

»Was hat sie sich nur dabei gedacht?«, entfuhr es ihr. Dabei war es nicht sonderlich schwierig, es sich vorzustellen.

Vermutlich hatten die beiden geplant, mit den Indianern weiterzuziehen, zu einer anderen, sicheren Lagerstätte, und dass hernach Edmond, gestärkt durch das Ansehen, das ihm durch seinen selbstlosen Einsatz als Retter des ganzen Dorfs zuteilgeworden wäre, bei den Indianern ein offenes Ohr für seine Predigten finden würde.

Elizabeth hatte selbst darauf vertraut, dass es auf diese Weise ablaufen würde, sonst hätte sie ganz bestimmt nicht tatenlos zwei Tage gewartet. Geistesabwesend stellte sie Johnny wieder ab.

»Lauf zu Zena und geh mit ihr zum Küchenhaus. Sie soll dir ein Stück Ananas geben.«

Der Kleine war sofort angetan von diesem Vorschlag und stürmte los. Die Perücke hatte er fallen lassen, sie trieb wie ein ersäuftes Tier im Wasser. Miss Jane, die der Unterhaltung stumm gefolgt war, fischte das Ding vorsichtig heraus und strich die triefenden Strähnen glatt, bevor sie einen besorgten Blick mit Elizabeth tauschte.

»Was wollt Ihr jetzt tun?«

»Es besteht die Möglichkeit, dass die Indianer noch in ihrem Dorf sind. Vielleicht konnte Edmond sie gar nicht mehr warnen, weil …« Elizabeth schüttelte den Kopf, denn sie wollte es nicht aussprechen. »Wie dem auch sei, ich gehe davon aus, dass Deirdre noch lebt. Wir müssen sie da rausholen, bevor der Colonel mit seinen Leuten dorthin aufbricht.«

»Vielleicht ist er schon da gewesen!«, sagte Jerry.

»Nein, das ist er nicht«, erklärte Miss Jane. »Anderenfalls hätten wir ihn gesehen, denn es gibt nur einen passierbaren Weg zu dem Dorf, und der führt den Fluss hinauf.«

»Außerdem braucht er noch die Freiwilligen, die er unter den portugiesischen Seeleuten rekrutiert hat. Die warten schon darauf, dass er zurückkommt.« Sid deutete auf die

Galeone, die am Rand der Bucht ankerte. »Hab heute Morgen mit einem der Burschen geredet. Die sind voller Blutdurst, sie brennen förmlich darauf, das Dorf niederzubrennen und die Indianer aufzuspießen. Ihr habt recht, Mylady, wir müssen denen zuvorkommen.« Er warf Oleg einen fragenden Blick zu. »Was meinst du? Wäre das eine gute Jungfernfahrt?«

»Mit dem Boot?«, vergewisserte Elizabeth sich. »Aber es geht flussaufwärts!«

»Der Fluss ist salzig.«

»Was heißt das?«

»Kaum Strömung. Kein Gefälle. Wir können rudern.«

»Dann sollten wir uns aber beeilen«, warf Sid ein. Mit seiner dreifingrigen Hand zeigte er zum südlichen Ende der Bucht, wo der Umriss einer Barkasse unter Segeln aufgetaucht war. »Wenn mich nicht alles täuscht, ist das da drüben der Kahn, mit dem vorgestern der Colonel hier war.«

»Dann müssen wir schneller sein«, sagte Elizabeth. »Wir brechen sofort auf. Miss Jane, kann ich darauf zählen, dass Ihr Euch meiner Kinder annehmt?«

»Du liebe Güte, Mylady, Ihr wollt doch nicht etwa …« Die Witwe starrte sie erschrocken an.

»Doch«, sagte Elizabeth. Entschlossen eilte sie zum Haus. Jerry folgte ihr und überholte sie.

»Was habt Ihr vor, Mylady?«

»Mich rasch umziehen. Und meine Pistole holen. Wir brechen sofort auf.«

»Soll das heißen, Ihr wollt mitkommen?«, erkundigte er sich entgeistert.

»Selbstverständlich werde ich das«, teilte Elizabeth ihm mit, während sie die Stufen der Veranda hinaufstieg. Vor der Tür wandte sie sich zu ihm um. »Macht sofort das Boot klar. Wir fahren, sobald ich hier fertig bin. Und ich will keine Widerrede hören.«

»Aber Mylady!«, rief Jerry. »Ihr könnt auf keinen Fall … Das wäre viel zu … Master Duncan wird uns umbringen, wenn wir …« Den Rest seiner gestammelten Einwände hörte sie nicht mehr, denn sie befand sich bereits in der Kammer, wo sie ihren Kopf tief in die aufgeklappte Kiste steckte und zwischen der Wäsche nach der Steinschlosspistole suchte. Mit der Waffe hatte sie schon einmal ein Leben gerettet, denn wenn sie Harold Dunmore in der Nacht des großen Sturms nicht damit niedergeschossen hätte, wäre Anne durch seine Hand gestorben. Er hatte schon mit dem Dolch zum tödlichen Stich ausgeholt. Sie hatte ihn mit einem Bauchschuss niedergestreckt, so wie Duncan es ihr eingeschärft hatte, als er ihr den Umgang mit der Waffe erklärt hatte.

»Ziel immer auf die Mitte, denn der Kopf ist schwer zu treffen. Von allen Schützen, die ich kenne, schafft nur Oleg es jedes Mal. Bauch oder Brust sind leichtere Ziele, und auch wenn der Schuss nicht sofort tödlich ist – er hält den Feind in jedem Fall auf.«

Ihr Schuss *hatte* Harold aufgehalten, sodass Celia ihm mit seinem eigenen Dolch den Garaus hatte machen können. Elizabeth hatte lange das Bild des Sterbenden vor Augen gehabt, ebenso wie bei dem Seemann, den sie erstochen hatte. Aber sie wusste genau, dass sie jederzeit wieder töten würde, wenn sie damit das Leben eines ihr nahestehenden Menschen retten konnte. Etwa das von Deirdre.

Sie fand die Pistole und schob sie in das dazugehörige Futteral. Pulverhorn, Zündsteine und Kugeln packte sie in einen Beutel. Laden konnte sie die Waffe auf dem Boot. Hastig machte sie sich daran, sich umzuziehen. Viel Zeit blieb ihnen nicht bis zum Aufbruch.

Natürlich hatte Jerry recht, Duncan würde gewaltigen Ärger machen, wenn er davon erfuhr. Aber es würde schon alles gut gehen, darauf baute sie. Sollten sie das Dorf verlassen vorfinden, würden sie einfach wieder heimkehren und getrost Deirdres und Edmonds Rückkehr abwarten. Elizabeth betete dafür, dass Deirdre und Edmond sich gemeinsam mit den Indianern in Sicherheit gebracht hatten, irgendwo tief im Dschungel, wo noch nie Weiße gewesen waren und wo der Colonel und seine Mordbande sie nicht finden würden. Und falls die Indianer doch im Dorf geblieben waren und Deirdre womöglich gefangen hielten … So oder so, Elizabeth musste sich Gewissheit verschaffen. Und sie musste selbst dorthin, sie hatte keine andere Wahl. Ließe sie die Männer allein losfahren, wäre das ihr sicherer Tod, denn von den dreien würde keiner lange fackeln, sondern sofort die Waffen sprechen lassen. Drei gegen hundert oder mehr Gegner – es wäre ein ungleicher Kampf. Einige der Wilden konnten sie vielleicht töten, aber dann würden sie binnen Augenblicken in einem Hagel von Pfeilen sterben. Edmond hatte ihr davon erzählt, er hatte in unterschiedlichen Aufzeichnungen davon gelesen. Die Indianer tauchten die Pfeilspitzen in das Gift eines Frosches, das auf der Stelle den Tod herbeiführte. Sie schossen die Pfeile mit Blasrohren ab oder mit dem Bogen, und sie trafen sehr genau. Dass es sich bei diesen Schilderungen nicht um Übertreibungen handelte, stand angesichts des getöteten Soldaten außer Frage.

Nein, wenn sie Deirdre heil wieder heimbringen wollte, durfte sie keine Konflikte heraufbeschwören. Sie musste mit den Indianern verhandeln. Und es gab nur einen Menschen, der ihr dabei helfen konnte.

20

In der ersten Zeit hatte Duncan nicht viel von dem mitbekommen, was mit ihm geschah. Es waren nur lauter verwaschene Eindrücke zwischen Ohnmacht und kurzem Erwachen.

Der rumpelnde Karren auf dem Weg nach Tyburn Hill, die johlende Menschenmenge. Das raue Schluchzen um ihn herum, als einer nach dem anderen namentlich aufgerufen und weggezerrt wurde. Das Betteln um Gnade, die letzten Gebete.

Dann rief jemand seinen Namen. Es war so weit. Er wollte sich hinstellen, denn nur wenn er stand, konnte er weit genug vom Henkerskarren wegspringen. Doch er kam nicht einmal auf die Knie. Würgend sackte er wieder zurück. Abermals wurde sein Name gerufen.

»Duncan Haynes. Wo zum Teufel ist der Mann?«

»Das ist der hier. Er kommt als Nächster dran.« Ein Tritt traf ihn in die Seite, es wurde wieder dunkel um ihn.

Als er das nächste Mal aufwachte, war er immer noch auf dem Karren, dessen Räder sich unter ihm bewegten. Dann erkannte er, dass er sich nicht mehr auf dem Transportkarren befand, sondern in einer Kutsche. Sein Kopf lag auf einem nach Tabak riechenden Kissen. Bevor er ergründen konnte, wie er von der Hinrichtungsstätte in eine Kutsche gekommen war, verlor er abermals die Besinnung.

Er wachte von einer sanften Frauenstimme auf.

»Ihr müsst das trinken, Master Haynes.«

Ein Becher wurde ihm an die Lippen gehalten, und er trank gierig, weil er schrecklichen Durst hatte. Ein Kräuteraufguss, der widerlich bitter schmeckte, doch das war ihm egal. Er konnte nicht viel sehen, aber das Wenige reichte ihm. Jemand hatte ihn ausgezogen und in ein Bett verfrachtet, das mit feinen, sauberen Laken bespannt war. Er lag halb aufgerichtet darin, den Rücken gestützt von weichen Kissen. In der Ecke des Zimmers brannte eine Kerze, deren Licht auf eine junge Frau mit einer hellen Haube fiel. Sie beugte sich über ihn und flößte ihm den Trunk ein. Er wollte sie fragen, wo er war und wer ihn vor dem Henker bewahrt hatte, doch er bekam nur ein schwaches Ächzen heraus. Was letztlich vielleicht besser war, denn am Ende träumte er womöglich alles nur und war in Wirklichkeit längst tot.

Die Frau verschwand und kam wenig später in Begleitung eines Mannes zurück. Der Anblick des kräftig gebauten Mittdreißigers reichte, um Duncan ein befreites Seufzen zu entlocken. Auch der Mann wirkte zutiefst erleichtert.

»Dem Himmel sei Dank«, sagte Admiral Ayscue. Mit gewohnt federnden Schritten kam er zum Bett und betrachtete Duncan forschend. »Wir glaubten schon, Ihr würdet nie mehr erwachen.«

Duncan versuchte zu antworten, doch die Stimme versagte ihm. Ayscue hob die Hand.

»Strengt Euch nicht an. Am besten schlaft Ihr gleich weiter. Catherine hat Euch einen Schlaftrunk gegeben, denn der Arzt meinte, für Euren Schädel sei es am besten, wenn Ihr ein paar Tage so viel schlaft wie nur möglich.« Er bemerkte Duncans verständnislose Miene und fügte hinzu: »Ihr habt ein ziemliches Loch im Kopf, mein Freund. Einer der Büttel hat wohl ein bisschen zu hart zugeschlagen. Der Medicus musste Euch leider Gottes trepanieren, sonst hättet Ihr diese Verletzung höchstwahrscheinlich nicht überlebt.«

Duncan wollte Ayscue fragen, was zum Teufel er mit *trepanieren* meinte, doch dann fiel es ihm von selbst ein. Der Arzt hatte ihm mit einem Bohrer ein Loch in die Schädeldecke gebohrt. Das hatte der Wärter zu verantworten, der ihn mit dem Knüppel traktiert hatte. Aber die eigentliche Schuld trug Eugene Winston. Duncan wartete auf die sengende Flamme der Wut in seinem Inneren, doch er spürte nur die schwere Müdigkeit, die ihm das Denken unmöglich machte. Die Augen fielen ihm zu, er konnte nichts dagegen tun.

»Schlaft nur und werdet gesund«, hörte er Ayscue noch sagen, dann versank er wieder in der Dunkelheit.

Beim nächsten Aufwachen war es taghell im Zimmer. Duncan fühlte sich immer noch schwach, aber er konnte Arme und Beine bewegen und sich aus eigener Kraft im Bett aufsetzen. Vorsichtig betastete er die schmerzende Stelle am Hinterkopf. Als Erstes stellte er dabei fest, dass ein Teil seines Schädels kahl war. Man hatte ihm also nicht nur ein Loch in den Kopf gebohrt, sondern ihm auch eine gute Handbreit Haare abgeschoren. Die Wunde selbst war unter einem Verband verborgen, aber er bildete sich ein, die Ränder des aufgebohrten Knochens ertasten zu können. Schaudernd zog er die Hand weg. Ob das Loch je wieder zuheilte? Oder würde er für den Rest seines Lebens mit einer Öffnung von der Größe eines Daumennagels im Schädel herumlaufen? Zum Glück hatte er noch genug Haare. Sobald sie ausreichend nachgewachsen waren, würden sie die Stelle hoffentlich bedecken. Und es gab ja noch Hüte, von denen er einige recht passable besaß.

Ein menschliches Bedürfnis verdrängte seine Überlegungen hinsichtlich etwaiger Kopfbedeckungen. Er versuchte aufzustehen, doch das hätte er besser gelassen, denn er konnte sich gerade noch am Bettpfosten festhalten, sonst wäre er der Länge nach zu Boden gefallen. Er ließ sich wieder in die Kissen zurücksinken und wollte gerade einen zweiten Anlauf nehmen, als sich die Tür öffnete und die Magd hereinkam, die es offenbar übernommen hatte, sich um ihn zu kümmern. Ein Lächeln breitete sich auf ihrem niedlichen runden Gesicht aus, als er sie beim Namen nannte.

»Gott zum Gruße, Catherine. Ist es wohl möglich, dass Ihr mir ein … ähm, gewisses Behältnis bringt?«

»Ihr seid wieder richtig bei Euch!«, sagte sie erfreut.

»*Richtig* würde ich es nicht nennen. Aber ich schätze mal, ich mache auf dem Weg dorthin Fortschritte.«

Sie brachte ihm den Nachttopf und wandte sich diskret ab, während er, auf der Bettkante sitzend, sein Geschäft verrichtete und sich dabei fragte, wie dieser Vorgang wohl während seiner Bewusstlosigkeit vonstattengegangen war. Er konnte sich nicht erinnern, Wasser gelassen zu haben, also hatte er während dieser Zeit wohl Windeln getragen. Er stellte den Topf vorsichtig auf dem Boden ab, dann legte er sich, erschöpft von dieser kurzen Anstrengung, wieder ins Bett, während Catherine geschäftig im Zimmer herumwuselte. Sie bestand darauf, ihm beim Anziehen eines sauberen Hemdes zu helfen, eine Aktion, die ihn abermals alle Kraft kostete.

»Ich bin schwach wie ein Säugling«, stellte er missmutig fest.

»Ihr wart dem Tode nah, Master Haynes.«

Er fuhr sich über den Bart und bemerkte, dass er dringend eine Rasur brauchte.

»Wie lange bin ich schon hier?«

»Vier Tage. Die meiste Zeit habt Ihr geschlafen.«

»Ist Lord Ayscue im Haus?«

»Im Augenblick ist er unterwegs, aber gegen Mittag wird er wieder da sein.«

»Das ist gut. Dann habe ich noch Zeit, mir dieses Gestrüpp abzuschaben. Ob Ihr wohl so freundlich wäret, mir Rasierzeug zu bringen, Catherine?«

Die junge Magd half ihm bei der Rasur und legte dabei eine Umsicht an den Tag, die darauf schließen ließ, dass sie dergleichen nicht zum ersten Mal tat. Danach brachte sie Duncan ein leichtes Frühstück, bestehend aus etwas Rührei und weißem Brot. Dazu trank er süßen Tee. Anschließend erfasste ihn wieder bleierne Müdigkeit und hinderte ihn daran, über seine Lage nachzudenken. Er döste ein und wachte wieder auf, als George Ayscue erschien, diesmal in der Amtstracht der Marine. Er wirkte besorgt, doch zu Duncans Erleichterung hatte das nichts mit ihm zu tun, sondern mit dem Kriegsgeschehen.

»Ich muss heute schon wieder in See stechen«, sagte Ayscue. »Die Holländer geben keine Ruhe. Scheint so, als müssten wir ihnen zeigen, dass nur der Bessere gewinnen kann.« Die Bemerkung sollte launig klingen, doch Duncan erkannte die Anspannung dahinter. Er wusste, wie wenig George Ayscue von diesem Krieg vor der eigenen Haustür hielt. Der Admiral war mit Männern aus der niederländischen Marine befreundet, so wie auch Duncan Niklas Vandemeer zu seinen Freunden zählte. Auf Befehl der Politik zu Feinden erklärt, mussten sie Schlachten schlagen, die nicht die ihren waren.

»Möget Ihr der Bessere sein«, sagte er daher nur.

Ayscue betrachtete ihn forschend. »Was macht der Kopf?«

»Ich überlege noch, ob ich mit dem Loch darin besser denken kann«, gab Duncan trocken zurück.

Ayscue lachte. Er zog sich einen Schemel ans Bett, setzte sich und schlug die Beine übereinander.

»Nach Lage der Dinge hattet Ihr ein immenses Glück. Ich konnte Euch gerade noch dem Henker entreißen. Besser ein kleines Loch im Kopf als einen langen Strick um den Hals. Die Trepanation war ein geringer Preis für Euer Leben.«

»Oh, es kostet mich mehr als das. Ich werde diesem nichtsnutzigen Gefängnisbeamten noch zehn Goldstücke zahlen müssen.«

»Wofür?«

»Nun, er war doch bei Euch und hat Euch von meiner bevorstehenden Hinrichtung informiert, oder nicht?«

»Nicht dass ich wüsste.«

»Wie habt Ihr denn davon erfahren?«

»Ein Bote aus Essex kam her und fragte nach Euch. Er wollte wissen, ob Ihr mit mir oder Blake oder Montagu gesprochen hättet. Ich erklärte ihm, dass ich gar nichts von Eurer Anwesenheit in London wisse und dass ich ferner davon überzeugt sei, dass es sich bei Blake und Montagu ebenso verhalte, da sie mir anderenfalls sicher von einem Gespräch mit Euch erzählt hätten. Darauf machte er ein besorgtes Gesicht und meinte, dass ich in diesem Fall unbedingt die Botschaft lesen müsse, die er dabeihabe. Er gab mir einen Brief, der von einer gewissen Lady Anne Noringham verfasst war, in welchem sie mir auseinandersetzte, was für einem perfiden Schurkenstreich Ihr auf Barbados zum Opfer gefallen seid.«

»Anne hat Euch geschrieben?«, entgegnete Duncan überrascht.

»Mir scheint, Ihr kennt die Dame.«

»Sie ist die beste Freundin meiner Frau. Schwester von Lord William Noringham, dem Eigner von Summer Hill.«

»Ah, dieser verwegene junge Patriot, der sich die hübsche Verfassung für Barbados ausgedacht hat.« Ayscue schüttelte mit gutmütigem Lächeln den Kopf. »Der Bursche war wirklich sehr überzeugend. Ich frage mich immer noch, ob es wohl richtig war, während meiner kurzen Zeit als Interimsgouverneur diesem Vorhaben zum Gelingen zu verhelfen. Am Ende wollen noch alle Kolonien eine Verfassung, mit der Begründung, dass gleiches Recht für alle gelte. Und mir werden sie im Parlament die Schuld daran geben.«

»Was tatet Ihr, nachdem Ihr den Brief gelesen hattet?«

»Hab mein Pferd aus dem Stall geholt und bin sofort nach Whitehall, wo ich von der Verhaftung erfuhr. Ich habe an Ort und Stelle eine Begnadigung erwirkt, mit der ich nach Tyburn geprescht bin. Gerade noch rechtzeitig.« Er lachte ungläubig, als könnte er selbst nicht glauben, wie knapp Duncan dem Strang entronnen war.

»Ich bin Euch zu höchstem Dank verpflichtet«, sagte Duncan. Seine Stimme klang rau.

»Ihr schuldet mir keinen Dank.« Ayscue wischte Duncans Bemerkung mit einer ungeduldigen Handbewegung beiseite. »Ohne Eure Hilfe hätte die Revolution auf Barbados ein blutiges Ende genommen. Viele Menschen hätten ihr Leben verloren, Engländer hätten Engländer töten müssen. Das habt Ihr verhindert und Euch damit nicht nur um die Insel, sondern auch um das Commonwealth verdient gemacht. Die Art, wie man auf Barbados mit Euch umgesprungen ist, stinkt zum Himmel. Ein Widerruf des Todesurteils zur vollständigen persönlichen Rehabilitierung wäre angemessener gewesen als die Begnadigung, aber dafür reichte die Zeit leider nicht. Was nicht heißt, dass man es nicht nachholen kann. Schon allein, um diesen Taugenichts von Gouverneur in die Schranken zu weisen. Und erst recht seinen durchtriebenen Adjutanten.« Ayscue schüttelte verärgert den Kopf. »Eugene Winston also. Dieser geckenhafte kleine Mistkerl. Ich fand ihn schon bei den Friedensverhandlungen auf Barbados unerträglich.«

»Irgendwann läuft er mir wieder über den Weg. Man begegnet sich immer zweimal im Leben.«

»Oh, das könnte in diesem Fall schneller geschehen, als Ihr glaubt. Er ist in der Stadt. Zumindest war er es noch vor ein paar Tagen. Kann sein, dass er sich inzwischen wieder eingeschifft hat, um etwaigem Ärger aus dem Weg zu gehen, denn dass Ihr begnadigt wurdet, dürfte ihm gewiss nicht entgangen sein.«

»Er ist in London?« Ungläubig starrte Duncan seinen Gastgeber an. »Habt Ihr ihn gesehen?«

»Ich selbst nicht, aber andere. Winston war persönlich in Whitehall und hat die Urkunde mit Eurem Todesurteil dort hinterlegt.«

»Und gleichzeitig hat er ein paar Wachoffiziere geschmiert«, sagte Duncan grimmig. »Damit die es weder Blake noch Euch erzählten, sondern mich gleich ins Loch warfen, sobald ich auftauchte.«

»So wird es wohl gewesen sein«, sagte Ayscue. »Beweisen kann man es leider nicht.« Er lächelte flüchtig. »Aber Ihr werdet sicher Mittel und Wege finden, Euch Genugtuung zu verschaffen.«

»Im Augenblick bin ich nur froh, dass ich überhaupt am Leben bin«, bekannte Duncan. Das Reden hatte ihn angestrengt, er war schon wieder müde. Wie lange es wohl dauern würde, bis er sich von der Kopfverletzung erholt hatte? Bisher hatte er in den vielen Kämpfen, die er schon zu Lande und zu Wasser ausgefochten hatte, alle möglichen Wunden davongetragen, sein Körper war von Narben übersät. Aber er war nicht gut darin, geduldig im Bett zu liegen und zu warten, bis er genesen war. Meist war er schon längst wieder auf den Beinen gewesen, wenn der Arzt ihm noch strengste Ruhe verordnet hatte. Diesmal schien es ihm jedoch, als habe der Ratschlag des Arztes seine Berechtigung, denn es war ihm schlechterdings unmöglich, so zu tun, als sei er wieder gesund. Erschöpft schloss er die Augen.

»Verzeiht meine Unhöflichkeit«, murmelte er.

»Unsinn«, sagte Ayscue. »Ihr braucht den Schlaf. Und ich muss sowieso fort.« Er stand auf und legte Duncan die Hand auf die Schulter. »Betrachtet mein Haus als das Eure, bis ich zurückkomme. Ruht Euch aus und werdet wieder gesund. Und dann denkt darüber nach, ob Ihr nicht Interesse habt, zur Abwechslung ein wenig in heimischen Gewässern zu kreuzen. Ich könnte noch einen guten Geschwaderkommandanten brauchen.«

Duncan zog es vor, sich schlafend zu stellen. Der Admiral verließ mit leisen Schritten den Raum.

Annes Ziel in London war nur noch einige Straßen weit entfernt, als ein Radbruch ihre Reise jäh enden ließ. Die Kutsche brach zur Seite weg und kam in starker Schräglage auf dem schlammigen Untergrund zum Stillstand. Der Kutscher fluchte in allen Tonlagen, und Anne rieb sich den Kopf, den sie sich am Holm gestoßen hatte. Gemeinsam mit den beiden anderen Mitreisenden stieg sie aus, ein mühseliges Unterfangen angesichts der himmelwärts weisenden Tür. Männer eilten herbei und bockten das beschädigte Gefährt am Straßenrand hoch, während ein Laufbursche bereits zur nächsten Wagenschmiede unterwegs war. Anne, die mit leichtem Gepäck reiste, zog es vor, den Rest des Weges zu Fuß zurückzulegen, statt sich auf die umständliche Suche nach einem anderen Fuhrwerk zu machen. Der Kutscher wies in die Richtung, die sie einschlagen musste, und weil einer der Reisenden – ein elegant gekleideter Dandy namens Creed, der seine Mutter besuchen wollte – denselben Weg hatte, musste sie nicht allein gehen.

Nach der ländlichen Stille von Raleigh Manor war die lärmende Betriebsamkeit Londons ein unerwarteter Schock. Die Erinnerungen hatten wenig mit dem zu tun, was sie hier sah. Statt breiter, gepflegter Straßen mit festem Pflaster hatte sie von Unrat übersäte Gassen vor sich. Sie passierten einen Misthaufen, um den unzählige blaue Fliegen herumschwirrten. An der nächsten Ecke stand eine Karre mit faulendem Abfall im Weg. Allenthalben herrschte Lärm und Gedränge. Sie stolperte hinter Mister Creed her, über einen kleinen Marktplatz, der vollgestopft war mit Ständen, Tischen, Fässern und großen Körben. Hier war alles Mögliche zu haben, von Hausrat, Flechtwerk und Stoffen über billigen Tand bis hin zu Kräutern und Pasteten. Die Rufe der Marktschreier hallten von allen Seiten zu ihr herüber. Bellende Hunde, gackernde Hühner, greinende Kinder, rumpelnde Karren – der Radau war unbeschreiblich. Anne schien es, als müsse ihr der Kopf davon platzen. Ein Bettler kreuzte ihren Weg und streckte die mit Geschwüren übersäte Hand aus, und als sie ihm nichts gab, betastete er mit bittendem Lächeln ihre Reisetasche.

Mister Creed sah es und stieß den Mann weg.

»Auf das Gesindel müsst Ihr achten, Mylady, die stehlen Euch die Schuhe unter den Füßen weg!«

Sie ignorierte heldenhaft den beleidigten Protest des Bettlers und eilte weiter, um Mister Creed in dem Gewühl nicht zu verlieren. Ein Seifensieder rührte vor seinem Laden in einem stinkenden Kessel, und gerade als Anne an ihm vorbeikam, warf er eine Ladung Knochen in die brodelnde Brühe. Sie sprang zur Seite, um nicht von den Spritzern getroffen zu werden, während Mister Creed weniger Glück hatte. Er bedachte den Mann mit herzhaften Flüchen und tupfte im Weitergehen unter allerlei Lamento seinen vornehmen blauen Gehrock ab. Auch seine Perücke hatte etwas abbekommen. Immer wieder schnüffelte er daran und machte dabei ein jammervolles Gesicht.

Der Gestank war allerdings ohnehin allgegenwärtig, Anne fühlte sich teilweise dem Ersticken nahe. Es roch nach Qualm, Kloaken, Schweinemist und verfaulten Küchenabfällen. Rauch quoll aus den Schornsteinen, aber auch aus den Türen und Fenstern der Häuser, die dicht an dicht standen.

Mister Creed zupfte ein mit Veilchenöl gesprenkeltes Tuch aus seinem Beutel und hielt es sich vor die Nase.

»Gott, ich vergesse immer wieder, wie verräuchert es hier in der Gegend ist. Eines Tages brennt noch ganz London ab! All die Holzhäuser! Dächer aus Stroh und Schindeln! Und so viele Kochfeuer, Hunderte und Aberhunderte auf engstem Raum! Nur ein Funke zu viel, und die ganze City steht in hellen Flammen.«

Sie wichen zwei schwitzenden Burschen in grober Kleidung aus, die eine Sänfte vorbeitrugen.

Mister Creed blickte ihnen bedauernd hinterher.

»Das hätten wir vielleicht auch tun sollen. Aber nun ist es ja nicht mehr weit.« Neugierig wandte er sich zu Anne um. »Wie ist Euer erster Eindruck von der Stadt nach all den Jahren, Mylady?«

Auf der Fahrt von Essex in die Stadt hatte Anne sich mit ihm unterhalten und ihm einiges aus ihrem Leben erzählt.

Auf seine Frage hin zuckte sie jedoch nur stumm die Achseln. Was hätte sie ihm auch antworten sollen? Dass sie sich an ein ganz anderes London erinnerte? Die Stadt erschien ihr wie ein Moloch, ein Ungetüm, das Menschen verschlang und wieder ausspie und dabei an seinen Ausdünstungen zu ersticken drohte.

Nach dem ersten Schrecken hatte sich Enttäuschung in ihr breitgemacht, die selbst dann nicht wich, als Mister Creed sie nach einer weiteren Querstraße in eine breite, saubere Allee führte, die ähnlich aussah wie jene, über die sie einst mit ihren Eltern spaziert war, früher, in einem anderen Leben und zu einer anderen Zeit. Möglicherweise war es sogar dieselbe wie damals, doch an ihrer Ernüchterung änderte das nichts. Ihr war längst klar, dass sie sich naiven Illusionen hingegeben hatte. Sie hatte sich Hoffnungen gemacht, die auf nichts anderem fußten als auf kindlichen Träumen.

Vielleicht lagen ihre falschen Erwartungen darin begründet, dass sie niemals hier gewohnt hatte und die Stadt folglich gar nicht richtig kannte. Das Landgut, von dem sie stammte, lag in Wiltshire. Ihre Eltern hatten sie lediglich zweimal mit nach London genommen, weil ihr Vater geschäftlich in der Stadt zu tun hatte und ihre Mutter die Großmutter besuchen wollte, die ein Haus am Covent Garden besaß. Dort war es sauber und ordentlich gewesen, ein schöner Platz, gesäumt von gepflegten Straßen. Das Haus selbst war ein Schmuckstück der Baukunst und stand immer noch. Bis vor ein paar Jahren war es sogar noch im Besitz der Familie gewesen, doch nach dem Tod der Großmutter hatte William es verkauft, weil sie das Geld für die Erweiterung und Modernisierung der Plantage gebraucht hatten. Auf See hatte Anne noch gedacht, wie schade es doch sei, dass der alte Londoner Familiensitz nun Fremden gehörte, sie hätte sonst gut dort wohnen können. Nun erkannte sie, wie töricht diese Idee gewesen war, denn diese Stadt war nicht ihr Zuhause. Sie würde sich hier niemals wohlfühlen, auch wenn sie sich die ganze Zeit das Gegenteil eingebildet hatte.

Ob es wohl anders gewesen wäre, wenn das Rad an der Kutsche nicht gebrochen wäre? Wenn sie nicht durch die schmutzige, stinkende Londoner City hätte gehen müssen, nicht die vielen zerlumpten, lärmenden Menschen gesehen hätte, sondern erst hier in dieser feudaleren Gegend ausgestiegen wäre?

Anne dachte darüber nach und kam zu dem Ergebnis, dass es nichts geändert hätte. Sie hätte höchstens länger gebraucht, um es zu begreifen.

»Da wären wir, Mylady«, sagte Mister Creed. Er deutete auf ein stattliches Gebäude. »Dies ist das Haus, zu dem Ihr wolltet.«

»Ich danke Euch, dass Ihr mich herbegleitet habt, Mister Creed.«

»Nicht doch. Es liegt ja auf meinem Weg. Nur ein paar Schritte noch, dann bin ich ebenfalls da. Falls Ihr noch einmal meine Hilfe benötigt – scheut Euch nicht, nach mir zu fragen! Ich werde für mindestens zwei Wochen in der Stadt sein. Fragt in der Drury Lane einfach nach der Witwe Mathilda Creed, dort könnt Ihr mich finden.«

Anne hatte auf einmal das Bedürfnis zu lächeln.

»Danke sehr, Mister Creed. Falls Ihr je in die Karibik kommt, vorzugsweise auf die Insel Barbados – zögert nicht, mir Eure Aufwartung zu machen. Ihr seid von Herzen eingeladen, dort auf Summer Hill unser Gast zu sein.«

»Oh«, sagte Mister Creed erstaunt. »Aber Ihr sagtet doch … Soll das heißen … Wollt Ihr denn gar nicht hier in Eurer alten Heimat wohnen bleiben?«

Anne starrte ihn an, dann dämmerte ihr, was seine Worte bedeuteten.

»So ist es«, platzte sie heraus. »Ich will nicht hierbleiben. Ich will … nach Hause.« Sie lauschte ihren eigenen Worten nach, und während sie mit halbem Ohr Mister Creed zuhörte, der sich mit ausschweifender Höflichkeit von ihr verabschiedete und sie seiner immerwährenden Freundschaft versicherte, stieg eine schmerzliche Sehnsucht in ihr auf. Sie hatte alles hinter sich gelassen, was ihr je teuer gewesen war. Ihren Bruder, den sie so innig liebte, dass es ihr mit einem Mal das Herz zerriss, wenn sie daran dachte, wie allein er sich jetzt fühlen musste. Die Insel, auf der sie aufgewachsen war, mit dem palmengesäumten Meer, der wärmenden Sonne, den duftenden, raschelnden Pflanzen. Jäh begriff sie, dass sie um die halbe Welt gefahren war, nur um zu erkennen, wo sie wirklich zu Hause war.

Sie winkte Mister Creed nach, der sich immer wieder zu ihr umdrehte, als wollte er sich vergewissern, dass alles mit ihr in Ordnung war.

Schließlich ging sie zu dem Haus und betätigte den Türklopfer. Die Sorge um Duncan, um dessentwillen sie hier war, gewann wieder die Oberhand.

Zu ihrem Erstaunen wurde sofort geöffnet, kaum dass sie den schweren metallenen Löwenkopf ein einziges Mal gegen das Holz geschlagen hatte. Wie aus dem Boden gewachsen stand ein Mann vor ihr, mittelgroß und von athletischer Gestalt. Er mochte Ende dreißig sein und hatte angenehme, klare Gesichtszüge. Gekleidet war er in eine braune Uniform mit roter Schärpe. Überraschung über ihr unverhofftes Erscheinen zeichnete sich auf seinem Gesicht ab. Offenbar hatte er gerade das Haus verlassen wollen.

»Admiral Ayscue?«, fragte sie ein wenig verlegen.

»Ganz recht. Was ist Euer Begehr, Madam?« Er musterte sie mit abwartender Höflichkeit von oben bis unten, und sie widerstand dem Drang, an sich herabzusehen, um zu überprüfen, ob alles in Ordnung war oder ob ihr Gewand vielleicht doch von der Brühe des Seifensieders Flecken davongetragen hatte.

»Mein Name ist Anne Noringham. Ich hatte Euch geschrieben. Bitte verzeiht, dass ich so mit der Tür ins Haus falle, aber mir liegt das Schicksal von Duncan Haynes sehr am Herzen.«

Sein Gesichtsausdruck veränderte sich. Er verbeugte sich formvollendet und öffnete weit die Tür.

»Kommt bitte herein, Mylady.«

»Ihr wart im Aufbruch begriffen, Sir. Ich wollte Euch nicht aufhalten.«

»Eine kleine Weile habe ich noch Zeit.« Er lachte kurz und ein wenig unfroh. »Der Krieg wird gewiss auch ohne mich weitergehen.«

Er geleitete sie in einen holzgetäfelten Raum, der zugleich als Empfangs- und als Arbeitszimmer diente. Mit dem von Papieren, Seekarten und Büchern überquellenden Schreibtisch erinnerte der Raum Anne an Duncans Kapitänskajüte auf der *Elise.* Hier gab es jedoch anstelle einer Holzbank ein gepolstertes Sofa und zwei Lehnstühle. Auf Bitten von Ayscue nahm Anne auf dem Sofa Platz, während er selbst nach dem Dienstmädchen rief und es aufforderte, Tee und Gebäck zu bringen. Anschließend ließ er sich auf einem Lehnstuhl nieder und eröffnete ohne Umschweife das Gespräch. Er schien zu spüren, wie sehr sie darauf brannte, alles über Duncans Schicksal zu erfahren. Ihr entging nicht, dass er ihr bei seinen Schilderungen schlimme Einzelheiten vorenthielt, um ihre Nerven zu schonen, doch das, was er ihr berichtete, war schrecklich genug. Sie hatte Mühe, nicht in Tränen auszubrechen.

»Ihr habt ihm das Leben gerettet!«, sagte sie bewegt, als er geendet hatte.

»Nein, nicht ich. Ihr tatet es.« Sein Blick drückte Respekt aus. »Und das, wenn ich es hinzufügen darf, mit bemerkenswerter Umsicht. Was brachte Euch dazu, diesen Brief zu schreiben?«

»Duncan kam am nächsten Tag nicht zurück und am übernächsten auch nicht. Da wusste ich, dass etwas geschehen sein musste. Ich habe sofort einen berittenen Boten losgeschickt, mit der strengen Anweisung, Euch persönlich den Brief zu bringen.«

»Was für ein Glück, dass ich zu Hause war.«

»Glück gehört manchmal dazu«, bestätigte Anne. »Der Bote hatte jedoch auch die Anweisung, mit der Nachricht hilfsweise schnellstens bei Lord Montagu oder Lord Blake vorzusprechen, falls er Euch nicht angetroffen hätte. Duncan hatte vor seinem Aufbruch erwähnt, dass er sich von seiner Bekanntschaft mit diesen Herren die Wiederherstellung seiner Reputation versprach.«

»Wie ich schon sagte – Ihr habt mit ungewöhnlicher Umsicht gehandelt.«

Sie merkte, wie sie unter seinem Blick errötete, und sie schalt sich für diese alberne, mädchenhafte Verlegenheit.

»Sir, das hängt weniger mit meiner Umsicht zusammen als mit meinem Hang zum Briefeschreiben. Wobei ich zuweilen auch ein wenig vorschnell bin. So habe ich beispielsweise, als ich hörte, wie übel Duncan mitgespielt wurde, sogleich eine Nachricht nach Barbados gesandt, um meinen Bruder von der Entwicklung zu informieren.«

»Was soll daran vorschnell gewesen sein?«

»Nun, ich schrieb ihm, Duncan sei schwer verletzt und ringe mit dem Tode«, bekannte sie.

»Was zwei Tage lang voll und ganz den Tatsachen entsprach. Dass er sich wieder erholt hat, könnt Ihr Eurem Bruder in einem weiteren Brief mitteilen.«

»Der ihn vermutlich erst Wochen nach dem ersten erreichen wird.« Anne seufzte. »Bis dahin hat William sich höchstwahrscheinlich längst nach Dominica eingeschifft, wie ich ihn kenne.«

»Warum sollte er das tun?«

»Um Duncans vermeintliche Witwe und die Kinder unter seine Fittiche zu nehmen.«

»Vielleicht kann sie sehr wohl die Hilfe Eures Bruders brauchen. Wie ich unlängst hörte, steht die Lage dort nicht gerade zum Besten. Es kommen immer mehr Kariben und Schwarze von den übrigen Antilleninseln nach Dominica, und die meisten davon sollen kriegslüstern sein. Vor wenigen Tagen erst sprach ich mit dem Kapitän eines Kauffahrers, der auf dem Rückweg von Maracaibo dort Vorräte aufnahm. Er berichtete von einem selbst ernannten Festungskommandanten, der sich zum Bewacher der Insel aufgeschwungen haben soll. Es soll bereits zu bewaffneten Konflikten gekommen sein.«

Anne hatte ihm mit wachsender Besorgnis zugehört. Gleichzeitig war sie erleichtert, dass sie William die Nachricht geschickt hatte. Sollte er doch die Lage aus eigener Anschauung beurteilen und dann entscheiden, was zu tun war.

Das Dienstmädchen servierte Tee und Scones und warf Anne dabei verstohlene, aber erkennbar neugierige Seitenblicke zu. Sie war eine hübsche, dralle Person und höchstens zwanzig. Bevor sie den Raum wieder verließ, knickste sie und lächelte Ayscue voller Zuneigung an. Anne fühlte eine unbestimmte Enttäuschung, überspielte diese Anwandlung jedoch mit einem aufgeräumten Lächeln, während sie von dem Tee nippte.

»Das war Catherine«, sagte Ayscue. »Meine Nichte. Sehr anstellig.«

»Natürlich.«

Ayscue durchschaute ihre Gedanken und lachte.

»Sie ist wirklich meine Nichte – die älteste Tochter meiner Schwester. Und zugleich mein Mündel. Im Moment bemuttert sie mich ein bisschen. Sie hat es sich mit Erlaubnis ihrer Mutter zur Aufgabe erkoren, mir den Haushalt zu führen und mir über meine Trauer hinwegzuhelfen. Wobei ich den Verdacht hege, dass sie nur eine Gelegenheit gesucht hat, vom Lande wegzukommen und in der Stadt zu leben, um sich hier unter vielversprechenden Heiratskandidaten umzutun.«

»Oh, Ihr habt einen Todesfall zu beklagen?« Anne ärgerte sich ein wenig über die unerklärliche Erleichterung, die sie bei seinen Worten verspürte.

»Meine Frau ist vor Kurzem verstorben.«

»Das tut mir leid«, sagte sie betroffen.

»Wir standen uns nicht sehr nahe«, erklärte Ayscue freimütig. »Die Heirat wurde von unseren Eltern arrangiert, uns beide fragte niemand. Sie liebte einen anderen, ich liebte ebenfalls eine andere. Und so wurde unsere Ehe zu einem Geschäft, welches darauf basierte, dass wir uns gegenseitig in Ruhe ließen.«

»Ich verstehe. Und jene andere Frau …«

»Sie ist ebenfalls vor einigen Jahren gestorben.« Ein Hauch von Düsternis glitt über sein Gesicht, doch dann trank er rasch seinen Tee aus und erhob sich. »Ich fürchte, ich muss nun wirklich fort.« Als sie ebenfalls aufstehen wollte, hielt er sie zurück. »Bitte behaltet Platz, Mylady. Und kostet von diesen kleinen Kuchen. Catherine kann wirklich ausgezeichnet backen. Sie kümmert sich übrigens sehr fürsorglich und mit großer Anteilnahme um Captain Haynes. Sobald er aufwacht, wird sie Euch zu ihm führen. Außerdem wird sie Euch ein Zimmer herrichten.«

»Aber ich kann doch unmöglich …«

»Ihr seid mein Gast, solange Ihr es wünscht«, fiel er ihr ins Wort, während er den kleinen Teetisch umrundete und vor ihrem Stuhl stehen blieb. Er beugte sich zu ihr, nahm ihre Rechte und deutete einen Handkuss an. »Wünscht mir Glück auf See, Lady Anne. Es würde mich sehr freuen, wenn wir uns bald wiedersehen.«

Anne, völlig konsterniert von dieser Geste der Ehrerbietung, starrte ihm nach, während er hinausging. Sie atmete tief ein. Der Raum roch noch nach ihm, obwohl er bereits die Tür hinter sich geschlossen hatte – eine angenehme Mischung aus Pfeifentabak, Sandelholz und Bayrum. Ihr Herz klopfte unvernünftig schnell.

21

Hungrig schlug Deirdre ihre Zähne in das knusprig gegrillte Fleisch, das die Indianerin ihr reichte. Es handelte sich um den Schenkel eines riesigen Frosches, den die Eingeborenen über dem *buccan* zubereiteten, so wie vieles andere, das sie in den Wäldern und unten am Fluss jagten und fingen. Beim Essen stellte sie sich vor, es sei Hühnchen, das half beim Kauen und Schlucken. Außerdem schmeckte es nicht schlecht, zumindest viel besser als so manches, was sie früher in Dublin heruntergewürgt hatte, weil sie andernfalls verhungert wäre.

In dem nach zwei Seiten hin offenen Langhaus brannten mehrere Kochfeuer, deren Rauch größtenteils nach draußen abzog, doch ein paar Schwaden verbreiteten sich auch in dem Raum und bissen in den Augen. Die Indianer schienen sich nicht daran zu stören, aber die mussten es ja auch nicht den ganzen Tag hier drin aushalten. Deirdre hatte darum gebettelt, dass man sie losband und hinausließ, wenigstens kurz, damit sie sich am Fluss waschen oder ihre Notdurft für sich allein verrichten konnte, doch die Frauen ignorierten ihre Bitten. Wenn Deirdre zu laut oder gar wütend wurde, reagierten sie mit Tritten und groben Püffen oder gaben ihr einfach nichts mehr zu trinken, bis ihr vor Durst die Zunge am Gaumen klebte und sie für einen Schluck Wasser alles getan hätte.

Sie legte den abgenagten Knochen zur Seite und trank aus dem Tonbecher, den eine der Frauen ihr gegeben hatte. Viel war es nicht, doch die Aussichten, vor dem Abend noch einmal welches zu bekommen, standen schlecht. Die Indianerinnen waren nicht grausam, schienen aber Deirdres Anwesenheit als lästig zu empfinden und reagierten entsprechend verärgert, wenn sie sich allzu laut bemerkbar machte. Am ersten Abend hatte sie den Fehler begangen, verzweifelt nach Edmond zu rufen, immer wieder, bis schließlich eine der älteren Frauen, eine mit Federn und Muschelketten behängte Matrone, sie so lange mit dem Stock geschlagen hatte, bis sie still war. Seither verstrich die Zeit in quälender Langsamkeit. Die Frauen gingen tagsüber geschäftig ihrer Arbeit nach, versorgten die überall herumwuselnden Kinder, rupften Vögel oder nahmen Fische aus, bereiteten auf flachen, erhitzten Tonscheiben Maisfladen zu, flochten Matten aus Schilf oder fertigten an primitiven kleinen Webstühlen aus fest gedrehten Pflanzenfasern Stoffstücke an. Hin und wieder schlichen Kinder um Deirdre herum und betrachteten sie mit großen Augen, und mehr als einmal versuchten sie, ihr Haar zu berühren, das für sie offenbar das Erstaunlichste an der weißen Frau war. Doch wenn Deirdre mit ihnen reden wollte, rannten sie weg. Manchmal erschien auch ein Mann in der Hütte, stolzierte an den Arbeitsstätten vorbei und sah nach dem Rechten, scheinbar ohne Deirdre dabei besondere Aufmerksamkeit zu widmen. Aber ihr entging nicht, dass er sie beobachtete. Es war einer der Männer, die sie und Edmond ins Dorf gebracht hatten, und sie ahnte, dass er sie auf Befehl des Kaziken im Auge behalten und ihm Bericht erstatten sollte. Der Kazike selbst hatte sie bisher in Ruhe gelassen. Wenn sie ihn überhaupt zu Gesicht bekam, würdigte er sie kaum eines Blickes, aber sie wusste, dass seine Gleichgültigkeit nur gespielt war.

Zur Schlafenszeit gingen die Frauen und Kinder zu ihren Hütten und nahmen Deirdre mit. Die erste Nacht hatte man sie draußen angebunden. Das Rascheln zahlreicher Tiere in der Dunkelheit und die Sorge um Edmond hatten sie wach gehalten. Erst im Morgengrauen war sie in einen erschöpften Schlaf gesunken, aus dem die alte Frau sie jedoch kurz darauf geweckt und in das große Haus gezerrt hatte, wo man sie erneut angepflockt und den ganzen Tag nicht beachtet hatte. In der letzten Nacht hatte sie in der Hütte der alten Frau geschlafen, wo sie an einen Pfosten gefesselt die Nacht auf festgestampftem Lehmboden verbracht hatte, während die Alte – so wie die übrigen Indianer auch – in einer aus Baumwollfäden geknüpften Hängematte schlief.

Nun war sie schon den dritten Tag hier im Indianerdorf, und immer noch gab es von Edmond kein Lebenszeichen. Sie hatte keine Ahnung, was die Wilden mit ihm gemacht hatten. Ihre Angst um ihn wurde von Stunde zu Stunde quälender. Immer wieder zog vor ihrem inneren Auge der Ablauf der Geschehnisse vorbei, jedes Mal versuchte sie den exakten Zeitpunkt festzuhalten, an dem sie, wenn sie sich nur richtig verhalten hätte, alles noch zum Guten hätte wenden können. Doch sosehr sie sich auch gedanklich abmühte, der Moment ließ sich nicht bestimmen, denn alles hatte ganz harmlos angefangen. Sie waren mit dem Kaziken und den beiden anderen Männern ins Dorf gekommen, eine Ansammlung schilfgedeckter Hütten auf einer Lichtung im Dschungel. Mittelpunkt des Dorfs war das große Haus, in dem die Frauen arbeiteten, das aber zum Schlafen und Ausruhen den Männern vorbehalten war. Bei ihrer Ankunft hatte dort ein halbes Dutzend Männer auf einer hölzernen Erhöhung gesessen und sich von den Frauen das Essen bringen lassen. Sofort hatten sich alle neugierig um die Fremden geschart. Einer der Männer hatte besonders imposant gewirkt. Grauhaarig, mit Federn und Perlen geschmückt, hatte er die Weißen mit würdevollem Interesse betrachtet. Edmond hatte ihn für den Häuptling gehalten und sich höflich und mit allerlei Gebärden vorgestellt. Danach hatte er sich kurz zu Deirdre umgedreht und sie ein wenig verzagt angesehen.

»Nun muss ich ihm erklären, dass die Soldaten bald kommen und dass die Dorfbewohner ihre Hütten aufgeben müssen. Ich hoffe, ich finde die richtigen Worte! Mir scheint, das alles hier ist schwieriger, als ich dachte. Die Zeit war wohl doch viel zu kurz, um eine neue Sprache zu lernen.«

Was immer er dem vermeintlichen Häuptling hatte sagen wollen – es blieb unausgesprochen. Der Kazike – der richtige – war aus der Schar der Übrigen vorgetreten. Unterstützt von den beiden Männern, die mit ihnen zusammen ins Dorf gekommen waren, hatte er Edmond ohne Vorwarnung gepackt und ins Freie gezerrt. Edmonds laute Protestrufe verhallten in dem aufgeregten Geschnatter der Frauen und Kinder, die den Männern nach draußen folgten. Deirdre wollte ihnen nach, aber mehrere Frauen hielten sie fest und legten ihr Fesseln an.

Seitdem war sie die Gefangene der Indianer.

Inzwischen wusste sie, dass der alte Mann nicht der Häuptling des Dorfs war, sondern nur ein Schamane. Die Indianer behandelten ihn ehrerbietig, aber den größten Respekt zollten sie dem jüngeren Mann, dessen Befehle sie stets unverzüglich befolgten.

Am Vorabend hatte sie bei einer religiösen Zeremonie zugesehen, bei der sich die Indianer um den Alten versammelt und seinem gleichförmigen, seltsam hypnotischen Singsang gelauscht hatten. Sie hatten Tabakblätter und Kräuter angezündet, den aufsteigenden Rauch inhaliert und sich dabei summend hin und her gewiegt, während der Alte auf einer mit Tierhaut bespannten Kalebasse trommelte und dazu sang. Deirdre fühlte sich beim Anblick dieser Zusammenkunft an die Riten der Schwarzen auf Barbados erinnert. Auch dort hatten meist alte Männer als heidnische Zauberpriester fungiert und seltsamen Riten gefrönt.

An diesem Tag wurde wieder eine Zeremonie vorbereitet. Die Frauen und Kinder bemalten sich ausgiebig mit frischen Farben, die sie aus zerstoßenen Pflanzen und Erde zubereitet hatten, und auch Deirdre wurden Gesicht, Arme und Beine mit dem feuchten Brei eingerieben. Sie ließ es geschehen, weil sie keinen Wert darauf legte, von der alten Frau, die mit energischen Bewegungen die Prozedur bei ihr durchführte, wieder mit Stockhieben traktiert zu werden. Kleid und Hemd hatten die Frauen ihr vor dem Bemalen grob vom Körper gezerrt und ihr stattdessen einen Lendenschurz und ein kurzes Leibchen aus kratziger Baumwolle übergestreift. Auf der einen Seite war sie froh, das durchgeschwitzte, rettungslos verdreckte Zeug los zu sein, auf der anderen erfüllte es sie mit Unbehagen, dass ihre bloßen Arme und Beine nun den Blicken der Wilden ausgesetzt waren.

Vor der offenen Längsseite des großen Hauses sah sie die Männer, von denen sich mehr versammelt hatten als am Vortag. Die meisten hatten sich ebenfalls frisch bemalt.

Endlich ließ die Alte ihre Gefangene in Ruhe und zog mit ihren Farbtöpfen ab. Zu Deirdres Erleichterung fühlte sich die trocknende Farbschicht sehr angenehm auf der Haut an. Sie hielt die Moskitos fern und linderte das Jucken der bereits vorhandenen Stiche. Nach einer Weile – sie wusste nicht, wie viel Zeit vergangen war, aber der Tag war noch lange nicht vorbei – wurde sie losgebunden und ins Freie geschubst, wo einer der Männer sie mit dem Strick, der um ihren Hals lag, an einen Baum fesselte und ihr erneut Hände und Füße zusammenband. Ihre Gelenke waren zerschunden von den groben Stricken, an manchen Stellen trat bereits Blut hervor, doch das schien niemanden außer ihr zu stören. Sie hatte es aufgegeben, darüber zu jammern, weil sie sich damit statt Mitleid nur Ärger einhandelte.

Von hier aus konnte sie das Dorf gut überblicken. Einige der Männer, noch im Jünglingsalter, liefen herum und fochten mit primitiven Äxten oder Stöcken Schaukämpfe aus, während andere mit ihren Bogen Pfeil um Pfeil auf Gebilde aus Fell und Holz verschossen, die sie an Ästen aufgehängt und in Bewegung versetzt hatten. Jubelgeheul begleitete jeden Treffer. Kinder flitzten hin und her, ihr ausgelassenes Geschrei schallte über die Lichtung. Frauen und Mädchen trugen Gefäße mit frisch zubereitetem Essen. Auch sie lachten und schwatzten fröhlich durcheinander.

»Schönes Fest, was?«, sagte eine Männerstimme. Deirdre fuhr herum und schrie beim Anblick der furchterregenden Gestalt auf. Das pechschwarze, mit bunten Streifen bemalte Gesicht, die weiß leuchtenden Augäpfel – auf den ersten Blick glaubte sie, einen Dämon vor sich zu haben. Dabei war es nur ein Afrikaner, wenngleich er ein wenig anders aussah als die übrigen, die sie bisher auf den Plantagen von Barbados gesehen hatte. Es dauerte einen Moment, bis Deirdre den Unterschied erkannte – er hatte sich im Gegensatz zu den anderen schwarzen Sklaven nicht das Haar geschoren, sondern trug es lang. Wie ein aufgeplusterter Ball aus krauser Wolle stand es ihm vom Kopf ab, durchsetzt von kunstvoll mit Bast verflochtenen und mit Glasperlen verzierten Zöpfen.

»Wer bist du?«, fragte sie.

»Badru.«

»Wo kommst du her? Von Barbados?«

»Virginia.«

»Warst du dort Sklave?«

»Fünf Jahre, auf Tabakfarm.«

»Wie bist du nach Dominica gekommen, Badru?«

»Sind von Farm abgehauen. Zum Meer. Da haben uns französische Piraten geschnappt und nach Guadeloupe verkauft. Wieder abgehauen, mit ein paar Indianern. Mit denen hergekommen.«

»Gibt es hier noch mehr Schwarze?«

»Noch einen. Mein Bruder. Waren mehr, aber die anderen sind nach Süden gezogen.«

»Und wo ist dein Bruder?«

»Helfen bei Vorbereitung.«

»Vorbereitung für was? Für das Fest? Was soll denn gefeiert werden?«

Badru starrte sie an, dann grinste er breit.

»Du nicht weißt, oder?«

»Was weiß ich nicht?«

»Was sie heute mit dir tun.«

»Nein, ich weiß es nicht. Sag es mir!«

»Wird Überraschung«, sagte er geheimnisvoll. Es schien ihm zu gefallen, dass er mehr wusste als sie. Er kicherte vergnügt.

Sie schluckte hart. Plötzlich fühlte sich der Strick um ihren Hals an wie eine Würgeschlinge.

»Badru, weißt du, was mit dem weißen Mann geschehen ist? Er ist mit mir zusammen hier angekommen, aber die Indianer haben ihn weggeschleppt.«

»Unten am Fluss in Käfig. Aber kommt gleich wieder. Männer holen ihn her.«

Die Erleichterung darüber, dass Edmond noch am Leben

war, durchströmte sie mit solcher Macht, dass ihr die Tränen kamen.

»Mann muss sterben«, fuhr Badru in einem Ton fort, als sei das völlig selbstverständlich.

»Was sagst du da?« Ihre Stimme überschlug sich vor Entsetzen. »Was meinst du damit?«

»Mann wird getötet.«

»Aber warum? Er hat doch nichts getan!«

»Er gesagt, er bringt richtige und einzige Gott zu uns. Kazike und Behike wütend. Sie sagen, weiße Mann sehr schlecht für Indianer, weil gegen die Götter. Behike und Kazike haben Götter gefragt. Mann muss sterben.«

»Bitte, binde mich los!«, flehte sie trotz ihrer Panik so leise wie möglich. Doch außer Badru nahm niemand Notiz von ihr. Alle Indianer strömten am Rand der Lichtung zusammen. Auch der Schwarze richtete sich auf und schlenderte hinüber.

»Warte!«, bettelte sie. »So hilf mir doch!«

Doch er ging einfach weiter und gesellte sich zu den anderen. Die Indianer hatten sich vor einem großen Baum versammelt, wo zwei von ihnen lange Stricke über einen Ast warfen und dann mit vereinten Kräften ein schweres Gewicht hochzogen. Deirdre stieß einen wilden Schrei aus, als sie die Gestalt sah, die kopfunter von dem Ast herabbaumelte. Sie hatten ihn an den Füßen aufgehängt. Die Hände waren hinter seinem Rücken gefesselt. Sein Körper drehte sich mit grauenvoller Langsamkeit um die eigene Achse, bis Deirdre sein Gesicht sehen konnte.

»Edmond!«, schrie sie. »Oh mein Gott! Edmond!«

Sein Gesicht war von Blutergüssen bedeckt, ein Auge völlig zugeschwollen, der Mund eine blutige Masse. Doch er sah sie direkt an und versuchte, etwas zu sagen.

Und dann trat der Kazike vor, ein langes Messer in der Faust.

»Nein!«, schrie Deirdre. »Nein! Nein!« Sie schrie es immer wieder und wieder, auch noch, als es schon längst vorbei war und der Kazike mit dem bluttriefenden Messer auf sie zukam.

Die schrillen Frauenschreie waren bereits von Weitem zu hören.

»Das ist Deirdre!«, rief Elizabeth entsetzt.

Jerry ließ das Ruder los und sprang auf. Mit verengten Augen starrte er hinüber zum Ufer.

»Es kommt aus dem Wald«, meinte er. Seine Stimme zitterte vor Schreck.

»Hier Dorf«, bestätigte Zena. Sie hockte achtern und beäugte aufmerksam die von dichtem Grün bewachsenen Ufer.

»Lasst uns anlegen!«, rief Elizabeth. »Schnell!«

Oleg und Sid hatten sich schon mit Macht in die Riemen gelegt und hielten auf das Ufer zu. Dort sahen sie einen Käfig, ein aus groben Holzstäben zusammengezimmertes Gebilde, das kaum größer war als eine Kleidertruhe und größtenteils im Wasser steckte, umgeben von Schilf und vom Moos herabhängender Äste. Als der Rumpf der Schaluppe auf Grund stieß, bemerkte Elizabeth das Wams. Es trieb im Käfig umher, von den sachten Wellen des Flusses gegen die Stäbe gedrückt. Mit den ausgebreiteten Ärmeln und dem geblähten Rücken sah es aus wie ein schlaffer Torso. Elizabeth holte entsetzt Luft, als ihr klar wurde, was das zurückgelassene Kleidungsstück zu bedeuten hatte – Edmond war hier eingesperrt gewesen, den Körper im Wasser und über sich gerade nur so viel Luft, dass er mit Mühe den Kopf über die Oberfläche strecken konnte.

Sie sprangen ans Ufer, und während Sid und Jerry mit fieberhafter Geschwindigkeit das Boot vertäuten, rannte Oleg mit Riesenschritten den schmalen Trampelpfad entlang, der zwischen Schlinggewächsen und Baumriesen vorbei in den Wald führte.

»Warte!«, rief Elizabeth ihm beschwörend nach, doch er hörte sie nicht mehr. Unverzüglich folgte sie ihm, voller Furcht, dass er entgegen allen Absprachen wie ein blindwütiger Berserker in das Dorf einfallen und schon nach wenigen Schritten im tödlichen Pfeilhagel sterben würde. Doch zu ihrer Erleichterung wurde er bald darauf langsamer und schlich sich von Baum zu Baum, immer darauf bedacht, in Deckung zu bleiben. Sie tat es ihm gleich, die Röcke mit einer Hand gerafft und mit der anderen die zurückschnellenden Zweige abwehrend. Geduckt huschte sie Stück für Stück vorwärts und lauschte dabei nach allen Seiten. Zena war dicht hinter ihr, lautlos wie ein Schatten. Sid und Jerry holten ebenfalls auf, Elizabeth hörte ihre Schritte im Dickicht.

Sie waren nun nah beim Dorf. Deirdres Schreie waren in ein abgehacktes Schluchzen übergegangen. Es waren keine Schmerzenslaute, so viel war sicher. Oleg sah es offenbar ebenso, sonst hätte er wohl längst mit Brachialgewalt und ohne Rücksicht auf Verluste das Dorf im Alleingang zu stürmen versucht. Er blieb hinter einem Baum stehen und sah sich fragend zu Elizabeth um.

»Wir machen es so, wie wir es auf dem Boot besprochen haben«, flüsterte sie. »Ihr bleibt hier, du und Jerry und Sid. Ich gehe mit Zena ins Dorf und verhandle mit den Indianern. Ihr gebt uns Rückendeckung und lasst euch erst blicken, wenn ich rufe, vorher auf keinen Fall.«

Er nickte zögernd. Ihm war nicht wohl in seiner Haut, und obwohl er es sonst so meisterhaft verstand, seine Empfindungen zu verbergen, stand ihm auf die Stirn geschrieben, was er dachte. Zweifellos war ihm soeben wieder in den Sinn gekommen, was sein Kapitän von ihm erwartete – Elizabeth jederzeit und überall mit seinem Leben zu beschützen. Stattdessen ließ er sie allein in die Höhle des Löwen gehen.

Aber Elizabeth wusste, dass er sie gar nicht erst in die Nähe der Wilden gelassen hätte, wenn er damit nicht die verzweifelte Hoffnung auf Deirdres unbeschadete Rückkehr verbunden hätte. Sein Antrieb war weit mächtiger als der ihre – sie handelte aus Loyalität und Verantwortung und freundschaftlicher Zuneigung heraus, er hingegen aus Liebe. Es wussten wohl mittlerweile alle, wie der große Kirgise zu Deirdre stand, bis auf Deirdre selbst.

Elizabeth legte ihm die Hand auf die Schulter.

»Ich versuche alles, das verspreche ich.«

Er nickte mit unbewegter Miene, aber in seinen Augen standen Angst und Sorge.

Zena hatte die Führung übernommen, und Elizabeth heftete sich an ihre Fersen. Nach ein paar Schritten wandte die junge Indianerin sich zu ihr um.

»Ich rede«, flüsterte sie.

Elizabeth nickte. Ihr Herz klopfte zum Zerspringen, während sie Zena in Richtung Dorf folgte. Nun waren auch die Stimmen der Dorfbewohner zu hören. Sie lachten und redeten durcheinander, hier und da wurde auch gesungen. Jemand spielte auf einer Flöte, eine schlichte Tonfolge, beinahe wie der Gesang eines Vogels.

Zena blieb so abrupt stehen, dass Elizabeth fast gegen sie geprallt wäre. Drei Indianer waren wie aus dem Nichts aufgetaucht und standen vor ihnen, die dunklen Gesichter bemalt, das glatte schwarze Haar zu federgeschmückten Frisuren hochgebunden. Sie waren mit Spießen bewaffnet, deren

Spitzen gefährlich dunkel glänzten. Elizabeth fühlte misstrauische und ablehnende Blicke auf sich ruhen. Einer der Männer hob den Speer, als wollte er zustoßen, und Elizabeth zuckte in der Erwartung des Angriffs reflexartig zurück. Doch blitzschnell hob Zena beide Hände und begann in einer schnellen Wortfolge auf den Indianer einzureden, der ihr zuerst stumm zuhörte und dann widerwillig auf die Fragen, die Zena ihm stellte, Antworten gab. Schließlich machte er mit einem kurzen Grunzen den Weg frei, sodass sie weitergehen konnten.

»Worüber habt ihr gesprochen?«, flüsterte Elizabeth.

»Später. Keine Zeit jetzt. Ich rede, du still.«

Auf der vor ihnen liegenden Lichtung hatte sich anscheinend der ganze Stamm versammelt. Männer, Frauen und Kinder saßen und standen überall herum, es herrschte eine festliche Stimmung. Als die Ersten bemerkten, dass unerwartete Besucher unter ihnen waren, drehten sie sich um. Erstaunte Ausrufe wurden laut, Elizabeth spürte den Argwohn, der ihr entgegenschlug, aber dafür löste Zenas Ankunft große Freude aus. Von allen Seiten liefen die Frauen herbei und begrüßten sie unter allerlei fragenden Ausrufen. Sie betasteten das Kattunkleid, das sie trug, und bewunderten lautstark das Messer, das sie sich umgegürtet hatte. Elizabeth sah es jetzt erst, folglich musste Zena es erst auf dem Weg hierher angelegt haben. Wenn sie nicht alles täuschte, war es der Dolch des toten Portugiesen. Sie erschauderte bei dem Anblick, denn er erinnerte sie daran, mit welcher Selbstverständlichkeit Zena das Messer benutzt hatte – und wofür.

Die männlichen Eingeborenen warteten im Hintergrund und legten dabei eine erhöhte Wachsamkeit an den Tag. Verstohlen blickte Elizabeth sich nach allen Seiten um, in der Hoffnung, irgendwo Deirdre oder Edmond zu sehen, doch die vielen Indianer, die sie und Zena umringten, versperrten ihr die Sicht. Dann trat einer von ihnen vor, dessen Feindseligkeit fast mit Händen zu greifen war. Flankiert wurde er von zwei bedrohlich aussehenden Kariben, die mit ihrem martialischen Gehabe seine Autorität noch unterstrichen. Er war mit einer Armbrust bewaffnet, die er hinter der linken Schulter befestigt hatte. An seiner Hüfte hing ein großes Messer. Seine Aufmachung war noch um einiges auffälliger als die der Übrigen. Er hatte sich mit Federn und Perlenschnüren herausgeputzt, und um den Hals hatte er Goldschmuck hängen. Dicht vor Elizabeth und Zena blieb er stehen und ließ einen wütenden Ausruf hören. Elizabeth merkte, dass Zena sich versteifte.

»Was hat er gesagt?«, wollte sie nervös wissen.

»Wir sollen gehen.«

Elizabeths Anspannung brach sich Bahn. Sie wandte sich um und erhob die Stimme. »Deirdre? Deirdre!«, rief sie wiederholt und nach allen Seiten.

»Ich bin hier, Mylady!«, kam es zurück. Deirdres Stimme zitterte vor unterdrücktem Schluchzen. »Ich bin wohlauf!«

Elizabeth stieß den angehaltenen Atem aus. Gott sei Dank! Deirdre war am Leben!

Der Kazike schrie Elizabeth in seiner Sprache an, und Zena antwortete ihm. Seine Augen verengten sich, und sein stechender Blick traf Elizabeth. Er sagte etwas zu ihr, und Zena übersetzte.

»Er fragen, was du für Frau zahlst.«

»Heißt das, ich kann sie freikaufen?« Elizabeth fühlte sich von Erleichterung durchströmt. »Was will er? Gold?«

Zena nickte, sagte aber gleichzeitig leise: »Er sehr schlau. Wird nehmen Gold und Deirdre dazu. Und dich vielleicht auch. Er nicht wie meine Leute hier. Er und die zwei da von fremdem Stamm auf andere Insel. Falsche Zunge und böses Herz.«

Elizabeth versuchte, sich ihr Erschrecken nicht anmerken zu lassen.

»Sag ihm, dass ich viel Gold für sie gebe. Aber ich will sie vorher sehen. Ich muss wissen, ob es ihr gut geht.«

Zena übersetzte es, und der Kazike scheuchte die umstehenden Indianer mit einer herrischen Geste aus dem Weg. Die bemalten, halb nackten Gestalten wichen zur Seite und gaben den Blick auf die Lichtung frei. Elizabeth hielt nach Deirdre Ausschau, aber das, was sie als Erstes sah, brachte sie zum Würgen. Sie versuchte, es zu unterdrücken, aber es gelang ihr nicht. Mit einem gepressten Laut beugte sie sich vornüber und erbrach sich auf den festgetretenen Waldboden. Keuchend richtete sie sich wieder auf, verzweifelt bemüht, nicht in hysterisches Schluchzen auszubrechen.

Sieh nicht hin! Denk an Deirdre! Sie braucht dich jetzt! Nur du kannst sie retten!

Doch das Grauen über den Anblick von Edmonds kopfunter baumelndem Leichnam hatte sie mit solcher Macht gepackt, dass sie kaum noch klar denken konnte. Sie hatte nur flüchtig gesehen, was sie mit ihm gemacht hatten, doch sie wusste, dass sie es für den Rest ihres Lebens niemals wieder würde vergessen können.

Lieber Gott, betete sie stumm. *Bitte gib mir Kraft! Hilf mir, stark zu sein!*

Währenddessen hielt sie abermals nach Deirdre Ausschau und stöhnte erleichtert, als sie sie endlich sah. Man hatte sie an einem Baum am Rand der Lichtung festgebunden. Ihre Hände und Füße waren gefesselt, und um ihren Hals lag ebenfalls ein Strick. Sie hatten ihr die Kleidung weggenommen und sie in einen kurzen Rock und ein noch kürzeres Oberteil gesteckt, das ihren Bauch unbedeckt ließ. Arme und Beine waren mit roten, weißen und schwarzen Symbolen bemalt, und auch ihr Gesicht war ein buntes Gemisch aus Farben, zerlaufen vom Weinen. Nur das rote Haar war unverkennbar, es ringelte sich in wilden Locken über ihre Schultern. Elizabeths Füße setzten sich wie von allein in Bewegung, sie lief einfach los, ohne den Kaziken um Erlaubnis zu fragen. Zena sagte etwas zu dem Mann, was dieser mit einer unwirschen Bemerkung beantwortete, aber er hinderte Elizabeth nicht daran, zu Deirdre zu gehen.

»Deirdre! Gott sei Dank bist du am Leben!« Elizabeth sank vor der jungen Frau in die Knie und schlang die Arme um sie. Weinend hielten sie einander umfangen.

»Er hat Edmond umgebracht!«, stieß Deirdre hervor. »Er hat ihn einfach getötet!« Ihr Körper wurde geschüttelt von haltlosem Schluchzen.

Elizabeth konnte nichts sagen. Deirdres Leid und ihre eigene Angst schnürten ihr den Atem ab. Sie konnte nichts weiter tun, als Deirdre fest an sich zu pressen.

Erst als sie aus den Augenwinkeln den Kaziken neben sich sah, gewann sie wenigstens einen Teil ihrer Beherrschung zurück. Hastig stand sie auf und winkte Zena zu sich.

»Sag ihm, dass ich ihm alles Gold gebe, was ich dabeihabe.« Sie zog den Beutel, den sie um den Hals hängen hatte, aus dem Ausschnitt ihres locker fallenden Gewandes und nestelte ihn von der Schnur los. Ohne auf den lauernden Blick des Kaziken zu achten, fuhr sie an Zena gewandt fort: »Sag ihm, es sind zehn Goldstücke. Das ist mein gesamtes Vermögen. Es ist mehr, als es auf der ganzen Insel gibt, und auch mehr, als er jemals in seinem Leben auf einem Haufen sehen wird.«

Zena übersetzte es mit lauter Stimme, worauf sich im Gesicht des Kaziken ein begehrlicher Ausdruck zeigte.

»Frag ihn, ob ich Deirdre für diese Summe freikaufen kann«, forderte Elizabeth Zena auf.

Der Kazike ließ es sich übersetzen und gab eine barsche Antwort.

»Er will das Gold«, sagte Zena.

»Und er gibt mir Deirdre dafür?«

Der Kazike machte eine nachlässige Handbewegung.

»Er sagt Ja, Mylady.« Zena fügte murmelnd hinzu: »Falsche Zunge!«

»Ich weiß. Schneide sie los. Jetzt!« Elizabeth warf dem Kaziken den Beutel zu, der ihn überrascht auffing und in der Hand wog, offenbar angetan von dem Gewicht. Er zog die Schnur auf und schaute hinein. Dann blickte er unter gesenkten Lidern zu seiner Gefangenen, die Zena soeben mit raschen Schnitten ihres Messers von den Fesseln befreite. Triumph, gepaart mit einer Spur von Verachtung, zeigte sich in seinen Zügen. Es war klar, dass er den Handel nicht einhalten wollte.

»Bring sie weg«, befahl Elizabeth Zena. »So schnell du kannst. Lauft!« Sie hatte die Hand seitlich in den Ausschnitt ihres Gewands geschoben, so, als wollte sie die lose hängende Lederschnur wieder hineinstecken und ihr Unterkleid richten. Zena hatte Deirdre untergefasst und rannte mit ihr in Richtung Fluss. Der Kazike ließ die zwei nicht weit kommen. Drei, vier Hütten konnten sie passieren, aber noch bevor sie die gegenüberliegende Seite der Lichtung erreicht hatten, rief er einen lauten Befehl, und die beiden Männer neben ihm liefen los, ebenso zwei Schwarze, die Elizabeth zwar schon unter den anderen bemerkt, in Anbetracht der angespannten Situation aber nicht weiter beachtet hatte. Offenbar gehörten auch sie zu der zugewanderten Gruppe um den Kaziken. Die übrigen Eingeborenen machten keine Anstalten, in das Geschehen einzugreifen. Nicht wenige wirkten befremdet, auf einigen Gesichtern war sogar vorwurfsvolle Ablehnung zu erkennen. Elizabeth spürte ihren Unmut, der sich jedoch diesmal nicht gegen sie, sondern gegen den Kaziken richtete.

Der beobachtete siegesgewiss, wie seine Männer die fliehenden Frauen verfolgten und dabei schnell aufholten. Deirdre stolperte mehrmals, geschwächt von der tagelangen Gefangenschaft. Zena stützte sie und zog sie vorwärts. Der Kazike brüllte einen weiteren Befehl. Einer der Kariben warf aus vollem Lauf seinen Speer auf Zena, der die junge Frau nur um Haaresbreite verfehlte. Vereinzelt waren entsetzte Aufschreie unter den Indianern zu hören, hier und da erhob sich wütender Protest, doch der Kazike störte sich nicht daran. Die zwei Kariben und die Schwarzen hatten die Flüchtenden fast eingeholt. Einer der beiden Indianer packte Zena am Schopf, riss sie zurück und holte mit dem Messer aus. Sie war darauf vorbereitet und schlitzte ihm mit ihrem eigenen Dolch das Gesicht auf, worauf er mit einem dumpfen Laut zurückwich und fassungslos die tiefe Wunde in seiner Wange betastete. Die beiden Schwarzen packten Deirdre und schleiften sie zurück in Richtung Lager, während der zweite Karibe mit gezückter Axt auf Zena losstürmte.

Das Krachen des Schusses war ohrenbetäubend. Der Karibe ließ vor Schreck die Axt fallen und blieb stocksteif stehen. Ein weiterer Schuss, fast wie ein Echo des ersten, donnerte über die Lichtung. Einer der Schwarzen brach tödlich getroffen zusammen. Deirdre konnte sich dem Griff des zweiten entwinden und humpelte hastig zurück zu Zena. Die Indianer waren zu Elizabeth herumgefahren, die mit der rauchenden Pistole in der Hand dastand und reihum in verängstigte Gesichter blickte. Langsam wichen die Eingeborenen vor ihr zurück. Niemand versuchte, sie anzugreifen.

»Lauft!«, rief Elizabeth den beiden Frauen zu.

Sie selbst zielte auf den Kaziken und baute darauf, dass er glaubte, sie könne mit der Pistole mehrmals schießen. Der eine Schuss, den sie abgefeuert hatte, war in die Luft gegangen, auf die Entfernung war es um ihre Schießkünste miserabel bestellt. Dafür hatte Oleg besser gezielt – seine Kugel hatte den Schwarzen getroffen und ihn wie einen Klotz zu Boden stürzen lassen. Rückwärts gehend entfernte sie sich Schritt für Schritt von der Menschenansammlung und ließ den Kaziken nicht aus den Augen. Als sie an dem überlebenden Schwarzen und den beiden Kariben vorbeikam, rührte keiner von ihnen auch nur eine Hand. Ihnen war offenbar nicht entgangen, dass Elizabeth mit Verstärkung hergekommen war.

Zena war mit Deirdre zwischen den Bäumen verschwunden. Elizabeth hatte beinahe den Rand der Lichtung erreicht, als der Kazike entschied, sie nicht davonkommen zu lassen. Er hätte einfach das Gold behalten und sie gehen lassen können, so wie es ausgemacht war, aber er fürchtete wohl den Gesichtsverlust. Mit einer raschen Bewegung nahm er seine Armbrust vom Rücken und legte auf Elizabeth an, doch bevor er abdrücken konnte, erstarrte er. Von allen Seiten ertönte ein einstimmiger Aufschrei, der in aufgeregtes Stimmengewirr überging. Die Augen des Kaziken verdrehten sich, er fiel der Länge nach in den Staub. Tief vergraben in seinem Hinterkopf steckte eine Axt. Ein älterer Indianer mit ergrautem Haar hatte den Schlag ausgeführt. Hochaufgerichtet stand er über dem Toten und blickte sich herausfordernd nach allen Seiten um, aber niemand machte Anstalten, die Tat zu ahnden. Im Gegenteil, die Indianer schienen sie zu billigen. Der Alte bückte sich, nahm Axt und Armbrust an sich und befestigte beides unter den zustimmenden Blicken der anderen an seinem Gürtel. Dann schaute er quer über die Lichtung zu Elizabeth und nickte ihr kurz zu, als wollte er ihr sagen, dass damit nun alles sein Bewenden haben sollte. Es war schwer zu sagen, ob er Angst vor ihrer Pistole hatte oder ob ihm klar war, dass nicht sie den Schwarzen erschossen hatte, sondern ein Weißer, der nur ein paar Schritte hinter ihr im Dickicht kauerte. Falls er es wusste, ließ er jedenfalls nichts davon erkennen. Vielleicht wollte er auch einfach nur dasselbe wie sie – dass es vorbei war. Sie ließ die Pistole sinken, drehte sich um und lief mit großen Schritten davon.

»Bei allen Teufeln«, keuchte Jerry. »Ich will ein ganzes Segel auffressen, wenn Ihr nicht die mutigste Frau seid, die ich je gesehen habe!« Er trampelte hinter Elizabeth über den Dschungelpfad in Richtung Fluss. Oleg, der einige Schritte hinter ihm war und sich immer wieder wachsam umdrehte, bildete die Nachhut. Sid, Zena und Deirdre liefen voran. Den halben Weg zum Fluss hatten sie schon zurückgelegt, und Elizabeth konnte immer noch nicht glauben, dass sie Deirdre befreit hatten. Aber Edmond …

Ich hätte mit dem Alten verhandeln müssen. Bestimmt hätte er erlaubt, dass wir Edmonds Leichnam mitnehmen. Wir hätten ihn in Würde und nach den Riten der katholischen Kirche bestatten können.

Doch dafür war es zu spät. Sie konnten nicht umkehren, denn wer wusste schon, wie lange der Sinneswandel der Indianer vorhielt. Ein erneutes Eindringen in ihr Dorf mochten sie als feindlichen Akt betrachten und entsprechend angriffslustig darauf reagieren. Dieses Risiko durfte sie kein weiteres Mal eingehen, nicht um eines Toten willen. Vielleicht würden die Wilden Edmond ja einfach begraben, dann wäre es fast wie eine normale Bestattung. Hauptsache, sie würden seinen Körper nicht … Nein, daran durfte sie jetzt nicht denken. Und sie würde auch Zena nicht danach fragen, denn es war möglich, dass die Antwort ihre schlimmste Befürchtung bestätigt hätte. Deshalb wollte sie es lieber gar nicht erst wissen. Es hätte sie für den Rest ihres Lebens um den Schlaf gebracht. Aber auch so war es grauenhaft genug.

Sie blickte kurz über die Schulter zurück. Jerrys roter Schopf leuchtete zwischen den Zweigen, und dahinter war Oleg zu sehen, ein großer, schneller Schatten mit zwei Pistolen im Anschlag. Er hatte beide Waffen im Laufen nachgeladen. An der nächsten Wegbiegung stieß sie auf Sid, Deirdre und Zena, die dort schwer atmend stehen geblieben waren und auf sie warteten.

»Was ist los?«, wollte Elizabeth besorgt wissen.

»Scheint so, als käme Besuch.« Sid deutete in Richtung Flussufer.

Elizabeth lauschte und hörte entfernte Männerstimmen.

»Das muss der Colonel sein. Die Eingeborenen wissen offenbar nicht, dass sie in Gefahr sind.« Sie wandte sich dann an Deirdre. »Es ist euch nicht mehr gelungen, sie zu warnen, oder?«

Deirdre schüttelte trotzig den Kopf. Es war klar, was sie dachte. Soweit es sie anging, konnten nicht genug von den Indianern mit ihrem Leben dafür bezahlen, was sie Edmond angetan hatten. Es zerriss Elizabeth das Herz, als sie in Deirdres von Leid umschattete Augen blickte, aber sie durfte das nicht zulassen. Dort oben im Dorf gab es Dutzende unschuldiger Kinder, allein um derentwillen musste sie versuchen, das drohende Massaker zu verhindern.

»Wir müssen den Colonel und seine Männer aufhalten«, sagte sie entschieden. »Was können wir tun?« Sie wandte sich an Oleg, in der Hoffnung, dass er Rat wusste. Der große Kirgise schüttelte nur den Kopf.

»Mylady, wir müssen zusehen, dass wir uns selber in Sicherheit bringen«, sagte Jerry. »Lasst doch Zena ins Dorf gehen. Soll sie ihre Leute warnen!«

Elizabeth setzte an, Zena zu fragen, ob sie damit einverstanden sei, doch die Ereignisse, die im nächsten Moment auf sie einstürmten, machten schlagartig alle vorherigen Überlegungen zunichte. Oleg tat einen Satz auf Deirdre zu und stieß sie zu Boden, während nur den winzigen Bruchteil eines Augenblicks später ein zischendes Geschoss über sie hinwegfuhr und vibrierend in dem Baumstamm stecken blieb, vor dem sie eben noch gestanden hatte. Es war der Bolzen einer Armbrust. Ein weiteres Zischen ertönte, und Zena wurde rücklings zu Boden geschleudert. Elizabeth sah das Ende des Bolzens aus der Schulter des Mädchens ragen und schrie fassungslos auf.

»Gütiger Gott, Zena!« Sie kniete sich neben die Indianerin, während diese stöhnend nach ihrer Schulter tastete und mit einem Ruck den Bolzen herausriss.

Die Angreifer waren unterdessen aus dem Gebüsch gekommen. Sie waren zu dritt, abgerissene Kerle zweifelhafter Herkunft und bis an die Zähne bewaffnet. Der Colonel hatte offenbar eine Vorhut ausgesandt, Männer, die sich auf geräuschloses Anschleichen und Auskundschaften verstanden, vermutlich Jäger oder Fallensteller. Der Anführer, ein bulliger Kerl in speckigem braunem Leder, legte erneut auf Zena an, doch Elizabeth stellte sich zwischen ihn und das Mädchen.

»Wagt es!«

»Was habt Ihr mit dem braunen Pack zu schaffen?« Wütend starrte er sie an, die Armbrust immer noch erhoben. »Zur Seite mit Euch!«

Elizabeth dachte gar nicht daran, seinem Befehl Folge zu leisten. Hinter ihr raschelte es, und als sie sich umdrehte, war von Zena nichts mehr zu sehen. Die Indianerin hatte sich in Sicherheit gebracht, sie war im Dickicht verschwunden. Erleichtert atmete Elizabeth aus, bevor sie sich empört dem hinterhältigen Schützen zuwandte.

»Was fällt Euch ein, auf uns zu schießen?«

Der Mann achtete nicht auf sie, stattdessen musterte er Deirdre mit scharfem Blick. »Du hast rote Haare, aber bist bemalt und angezogen wie eine verdammte Indianerin. Sag mir einen vernünftigen Grund, warum ich dir nicht auf der Stelle den Hals umdrehen soll.«

Oleg baute sich zwischen Deirdre und dem Mann auf, die beiden Pistolen über der Brust gekreuzt. Sein Gesicht zeigte keine Regung, aber in seinen Augen loderte es.

»Deirdre war eine Gefangene, wir haben sie freigekauft«, sagte Elizabeth mit zornig erhobener Stimme. »Und das unbescholtene junge Mädchen von eben, das Ihr so hinterhältig beschossen habt, hat uns dabei geholfen.«

Der Kerl in Leder ignorierte sie. Sein stechender Blick ruhte auf Oleg und erfasste jede fremdartige Einzelheit von dessen Erscheinung.

»Und wer zur Hölle bist du? Ein anständiger Christenmensch sieht anders aus. Der Teufel soll mich holen, wenn du nicht einer von den Wilden aus dem Wald bist. Ist dieses bemalte Weibsstück da dein Liebchen? Wem hast du die Pistolen gestohlen?«

Einer der beiden anderen Männer sagte etwas auf Französisch, worauf der Anführer knapp nickte. Seine Hand mit der Armbrust bewegte sich wie zufällig. Oleg hob beide Pistolen gleichzeitig und drückte ab. Der doppelte Knall zerriss die Luft in einem dröhnenden Donnerschlag, Rauch und weißer

Pulverdampf vernebelten die Sicht. Elizabeth rappelte sich hustend hoch und wich ein paar Schritte zurück, bis sie besser sehen konnte. Der in Leder gekleidete Kundschafter lag leblos und blutüberströmt auf dem Boden. Der zweite Mann war ein paar Schritte entfernt zusammengebrochen – ebenfalls tot. Über dem dritten hockte Jerry, ein blutbeschmiertes Messer in der Faust, während der Mann unter ihm gurgelnd sein Leben aushauchte.

Oleg rannte zu Sid, der verkrümmt zwischen den langen Stelzwurzeln eines Baumes lag. Der Kirgise kniete sich neben ihn, hob ihn vorsichtig an und legte den Arm um ihn. Er strich Sid sanft das Haar aus dem Gesicht, dann blickte er auf und schüttelte den Kopf.

Jerry ließ einen gotteslästerlichen Fluch hören. Aus seiner Stimme klang unterdrücktes Schluchzen.

»Verdammt, ich war zu langsam! Ich hab genau verstanden, dass der Dreckskerl vorgeschlagen hat, uns umzubringen, aber er hatte die Armbrust schon oben, ich konnte nichts mehr machen!« Er hockte sich neben Sid auf die Fersen und fing an zu weinen. Deirdre legte ihm die Hand auf die Schulter und blickte entsetzt und hilflos zu Elizabeth hinüber, die wie gelähmt da stand, außerstande, einen klaren Gedanken zu fassen. Erst als Oleg sich hastig aufrichtete und ihr warnende Zeichen gab, kam wieder Leben in sie. Sie begriff, was zu tun war, noch bevor Jerry, den Oleg mit einem Tritt hochscheuchte, es ihr eilig erklärte. Sie mussten schnell machen, denn der Colonel und seine übrigen Männer konnten jeden Augenblick auftauchen. Elizabeth hörte sie bereits näher kommen. Zweifellos hatten sie ihr Tempo verschärft, als sie die Schüsse gehört hatten. Vielleicht blieb den Eingeborenen noch genug Zeit, um zu fliehen. Zumindest aber konnten sie alles daransetzen, sich zu verteidigen.

Einen Überraschungsangriff würde es jedenfalls nicht mehr geben.

»Zena?«, rief Elizabeth mit gedämpfter Stimme. Doch es kam keine Antwort.

»Sie hat sich bestimmt zum Dorf durchgeschlagen, um ihre Leute zu warnen!« Jerry zog sie am Ärmel. »Wir müssen los, Mylady! Sie sind schon fast hier!«

Zu viert hasteten sie in ungeordneter Flucht hinab in Richtung Fluss, Jerry als Erster, immer wieder herabhängendes Moos und Zweige zur Seite streifend, während Elizabeth, die dicht hinter ihm war, sich ständig ducken musste, um den zurückschnellenden Gewächsen auszuweichen. Oleg und Deirdre folgten ihr auf dem Fuße. Oleg stützte Deirdre, am Ende trug er sie, weil sie sich nicht mehr auf den Beinen halten konnte. Es dauerte nicht lange, bis ihnen der vom Colonel geführte Zug entgegenkam. Elizabeth drängte sich nach vorn, weil sie als Erste mit dem Kommandanten sprechen wollte.

Arthur Howard blieb perplex stehen, als sie so unvermutet vor ihm erschien. Elizabeth blickte über seine Schulter. Er hatte eine schlagkräftige Truppe mitgebracht. Immer mehr Männer tauchten hinter ihm auf dem engen Pfad zwischen den Bäumen auf, vielleicht an die drei Dutzend, allesamt zweifelhafte Gestalten. Manche steckten in Uniformen, die so verdreckt und zerschlissen waren, dass die Männer damit wie Karikaturen von Soldaten wirkten. Viele von ihnen trugen über den Wämsern schartige, rostige Harnische und dazu verbeulte alte Helme. Einige waren Matrosen wie Jerry und Oleg, auch wenn die Ähnlichkeit – abgesehen von der Bewaffnung – bei der Art der Bekleidung schon aufhörte, denn sie waren von so liederlichem, zerlumptem Äußeren, dass sie mehr von Strauchdieben hatten als von Seefahrern.

»Sir, wir stellen uns unter Euren Schutz!«, rief Elizabeth.

Howard starrte sie verdattert an, dann heftete sich sein Blick auf Deirdre. Oleg trug sie auf seinen Armen. Die blauroten Fesselmale an ihren Handgelenken und Fußknöcheln waren trotz der überall verschmierten Farbe gut zu sehen. Von ihren bloßen Füßen tropfte Blut.

»Die Indianer hielten meine Zofe gefangen«, sprudelte Elizabeth hervor. »Wir konnten sie freikaufen, aber dann … Auf dem Rückweg trafen wir auf Eure Männer. Jedenfalls nehme ich an, dass es Eure waren.«

»Was ist mit ihnen geschehen?«

»Ich weiß es nicht. Wir sind an ihnen vorbeigerannt, sie wollten uns Deckung geben. Kurz darauf fielen die Schüsse. Es gab wohl einen Kampf.« Gespielt ängstlich blickte sie über die Schulter zurück in den Wald.

»Habt Ihr die Wilden etwa vorgewarnt?«, wollte der Colonel wissen, einen Unterton von Argwohn in der Stimme. Sein hageres Gesicht war von ungesunder Blässe, doch in seinen Augen stand ein Ausdruck unbeugsamer Entschlossenheit.

»Hätte ich das getan, wären sie längst über alle Berge. Mit einem Trupp wie dem Euren können sie es niemals aufnehmen. Ich habe ihnen kein Wort von Eurer Strafexpedition gesagt.«

Er starrte sie an, als wollte er ergründen, inwieweit er ihr trauen konnte. In gespielter Verzweiflung fuhr sie fort: »Gewiss seid Ihr verärgert, weil wir auf eigene Faust zu dem Dorf gegangen sind, aber ich war krank vor Sorge um meine Zofe und konnte daher nicht warten. Sie steht mir nahe wie eine Schwester.«

»Die Witwe sprach davon, dass Ihr sie suchen wolltet, weil sie Euch lieb und teuer ist«, räumte Howard ein. »Ich unterhielt mich kurz mit ihr, bevor wir den Fluss hinauffuhren.

Sie hat berichtet, dass der Pfaffe die Indianer zum Glauben bekehren wollte und dass Eure Zofe ihn begleitet hat.« Er spähte an Oleg und Jerry vorbei den Dschungelpfad hinauf. »Wo steckt der Kerl?«

»Pater Edmond ist im Dorf geblieben«, sagte Elizabeth.

»Dann soll er sich nicht wundern, wenn wir ihm gleich versehentlich das Fell verbrennen«, versetzte Howard grob. Er winkte seinen Leuten. »Lasst sie durch. Und dann alle Mann weiter. Aber passt höllisch gut auf, denn nun sind sie vorbereitet. Sie können hinter jedem Busch lauern. Schießt auf alles, was sich bewegt!«

Die Männer traten zur Seite und bildeten eine Gasse. Elizabeth wollte weitereilen, aber Howard hielt sie am Ärmel fest. In seiner Miene spiegelte sich Argwohn.

»Sollte ich herausfinden, dass Ihr mich hintergeht und mit den Indianern paktiert, werde ich Euch zur Rechenschaft ziehen. Ich habe als Kommandant die Gerichtsgewalt inne und ahnde jede Insubordination mit schwersten Strafen. Glaubt nicht, dass Ihr davon ausgenommen seid, nur weil Ihr von *Adel* seid.« Er spie das Wort förmlich hervor. Dann wandte er sich an Oleg und Jerry. »Wenn ihr die Frauen an Bord gebracht habt, erwarte ich, dass ihr sofort zurückkommt und euch uns anschließt.«

»Mylady?« Jerry warf Elizabeth einen Hilfe suchenden Blick zu.

»Habt Ihr nach allem, was Eurer Zofe widerfahren ist, etwa immer noch Einwände dagegen, Eure Männer in den Dienst der guten Sache zu stellen, *Mylady?«* Wieder betonte Howard das Wort mit besonderer Verachtung und sah Elizabeth dabei herausfordernd an.

»Wenn es Euch so wichtig ist – meinethalben.«

Doch er schien ihr immer noch nicht zu trauen, denn er

wies einen seiner Männer an, sie zu begleiten und die Einhaltung der Abmachung zu überwachen.

Dann endlich durften sie weiter. Als sie sicher sein konnten, dass Howards Truppen außer Hörweite waren, setzte Oleg Deirdre vorsichtig ab.

»Was ist los?« Der Wachhund des Colonels drehte sich misstrauisch zu ihm um, die Pistole im Anschlag. Jerry nutzte den Moment der Unaufmerksamkeit und stach ihn ohne ein Wort nieder. So schnell sie konnten, legten sie anschließend die restliche Wegstrecke zum Flussufer zurück. Vier Boote lagen neben der Schaluppe vertäut, zwei Mann waren als Bewachung zurückgelassen worden. Sie brachten ihre Pistolen in Anschlag, als die Gruppe so unerwartet zwischen den Bäumen auftauchte, doch als sie sahen, dass es sich um Weiße handelte, steckten sie die Waffen weg und halfen den Frauen sogar beim Besteigen der Schaluppe. Elizabeth erzählte ihnen dasselbe Märchen wie dem Colonel, worauf sie ergrimmt beteuerten, die Indianer dafür bluten zu lassen. Während Oleg mit dem langen Ruder die Schaluppe vom Ufer abstieß und sich dann gemeinsam mit Jerry in die Riemen legte, kümmerte Elizabeth sich um Deirdre, die unter krampfartigem Schluchzen dasaß, die Beine dicht an den Leib gezogen und den Kopf auf die Knie gelegt. Ihr kupferrotes Haar fiel in wirren Strähnen herab bis zu ihren geschundenen Füßen. Elizabeth schlang beide Arme um sie und wiegte sie tröstend, obwohl ihr selbst die Tränen über das Gesicht liefen. Die starke Anspannung, unter der sie die ganze Zeit gestanden hatte und die ihr geholfen hatte, nicht die Beherrschung zu verlieren, wich der Trauer und dem Entsetzen über Edmonds und Sids Tod. Die blutigen Bilder standen ihr unauslöschlich vor Augen, vor allem der Anblick des hingeschlachteten jungen Priesters, den Deirdre so verzweifelt geliebt hatte und der in seinem ganzen Leben nie etwas anderes gewollt hatte, als den Menschen Gutes zu tun.

Die Schaluppe hatte beinahe die nächste Biegung des Flusses erreicht. Oleg und Jerry ruderten zügig. Elizabeth blickte nicht zurück, dafür jedoch Jerry, der wachsam das Ufer im Auge behielt.

»Achtung! Runter! Auf den Boden, Mylady!«

Der Knall eines Schusses ließ Elizabeth zusammenzucken, hastig zog sie Deirdre auf die Planken des Bootes nieder. Abermals ertönte ein Schuss, diesmal riss die Kugel dicht über ihren Köpfen eine Scharte in den Mast. Ein weiteres Geschoss peitschte nur wenige Zoll neben der Schaluppe ins Wasser.

»Die Mistkerle schießen auf uns«, stellte Jerry überflüssigerweise fest. Sein jungenhaftes Gesicht verzerrte sich vor Wut und Anstrengung, während er fieberhaft ruderte. Oleg bedeutete ihm mit einem Grunzen und einer kurzen Geste innezuhalten. Er stieg über Elizabeth und Deirdre hinweg, stellte sich breitbeinig hin und zückte nacheinander die Pistolen. Er zielte beide Male sorgfältig, bevor er sie abfeuerte.

»Ja!«, brüllte Jerry. »Die zwei hast du erwischt! Gut gemacht, Großer!«

Elizabeth lugte über das Dollbord. Am Ufer lagen die zwei Wachen leblos auf dem Boden, ein dritter Mann beugte sich über sie. Offenbar hatte der Colonel ihn zum Fluss hinuntergeschickt, nachdem er die toten Franzosen entdeckt und dabei erkannt hatte, was wirklich geschehen war. Trotz der Entfernung war die ohnmächtige Wut des Mannes zu erkennen, dem nun die undankbare Aufgabe zufiel, dem Colonel Bericht zu erstatten. Es war nicht weiter schwer, sich auszumalen, wie Arthur Howard es aufnehmen würde, dass sie ihn nicht nur nach Strich und Faden hereingelegt, sondern auch ein halbes Dutzend seiner Männer umgebracht hatten. Elizabeth fröstelte unwillkürlich, während sie sich aufsetzte und auch Deirdre zu einer bequemeren Position verhalf.

Oleg hatte wieder seinen Platz auf der Ruderbank eingenommen. Sein Gesicht zeigte keine Regung, aber ab und zu warf er einen verstohlenen Blick zu Deirdre hinüber, die zusammengekauert neben Elizabeth hockte und ins Leere starrte.

Die Schaluppe kam zügig voran, nach einer Weile setzten sie Segel und legten die restliche Strecke bis zur Mündung bei guter Fahrt zurück. Elizabeth wusste, dass sie den Vorsprung brauchten. Sofern der Colonel lebend zurückkehrte, würde er sich augenblicklich daranmachen, sie für ihren vermeintlichen Verrat zu bestrafen. Er würde nicht eher ruhen, bis sie und ihre Männer tot waren.

Zena verspürte keinen Schmerz, als sie sich durch den Dschungel kämpfte. Ihr linker Oberarm und die Schulter fühlten sich taub an. Sie wusste, dass es später sehr wehtun würde, aber nicht, solange ihr Inneres aufgepeitscht war von der Wut und der Angst, die ihr mehr Kräfte verliehen, als es bei ihrer Verletzung eigentlich möglich war. Sie hatte im Vorbeilaufen ein großes Blatt von einem Baum gerissen und es sich auf die Wunde gepresst, so fest und so lange es ging, bis die Blutung allmählich schwächer geworden war. Sie wusste, dass viele Männer durch den Wald kamen. Die drei Franzosen waren nur die ersten gewesen.

Dicht vor ihrer Nase zischte ein Pfeil vorbei. Sie verstand die Warnung und blieb stehen. Der Wächter hätte sie leicht treffen können, aber sie war eine Frau aus dem Dorf, und es gab keinen Grund, sie zu töten. Es musste jedoch sichergestellt sein, dass sie allein gekommen war. Überall ringsherum hatten sich die jungen Männer des Stamms versteckt. Sie wussten genau, dass ein Angriff bevorstand. Der Behike hatte ihr und den anderen einen Späher nachgeschickt, als sie das Dorf verlassen hatten, Zena hatte ihn hinter sich gehört. Er hatte gesehen, was passiert war, und erkannt, welche Gefahr dem Dorf drohte. Doch wie es schien, war ihnen das volle Ausmaß dessen, was ihnen blühte, nicht klar, denn sonst hätten sich alle in Sicherheit gebracht. Hütten konnte man ersetzen, Leben nicht.

Sie verlor keine weitere Zeit und schrie ihre Warnung heraus – dass die weißen Männer zu Dutzenden kamen, mit Rohren, die Feuer spuckten, und alle töten würden, so wie den Kaziken und den Schwarzen, und dass alle fliehen sollten, so schnell sie konnten. Der Jäger, der sie aufgehalten hatte, wies sie zornig zurecht.

»Wir bewachen das Dorf! Wir laufen nicht weg! Unsere Pfeile werden sie töten, bevor sie selbst schießen können!« Wie zum Beweis deutete er auf den gefüllten Köcher an seinem Rücken.

Sie gab nicht auf. Laut rufend eilte sie durch das Dorf, von Hütte zu Hütte, doch dort war niemand mehr. Die Männer hockten in ihren Hinterhalten und warteten auf die weißen Eindringlinge, und die Frauen und Kinder hatten sich im Haupthaus versammelt. Davor hatten sich weitere Männer postiert, die wachsam nach allen Seiten Ausschau hielten.

»Bringt die Frauen und Kinder fort!«, rief Zena ihnen verzweifelt zu. »Die Weißen kommen!« Ihre Wunde hatte wieder angefangen zu bluten, sie fühlte sich schwach, ihre Knie gaben nach. »Es sind zu viele! Sie töten uns alle!«

Doch auch hier wollte niemand auf sie hören. Dann ertönte der erste Schuss und gleich darauf ein weiterer. Brüllend stürmten die Angreifer in Scharen auf die Lichtung, sie warfen Fackeln auf die Hütten, die sofort wie Zunder anfingen zu brennen. Rauch erfüllte die Luft und verbreitete sich rasch. Hier und da sackte einer der weißen Männer zusammen, getroffen von Pfeil oder Axt. Die Indianer mischten sich unter sie und suchten den Zweikampf, doch die Weißen waren besser bewaffnet. Ihre Messer und Beile waren aus Stahl, ihre Lanzen wiesen eiserne Spitzen auf, und da viele von ihnen Rüstungen trugen, prallten die meisten Pfeile wirkungslos an ihren Körpern ab. Einer der Weißen kam auf Zena zu und holte mit dem Schwert aus. Sie duckte sich und wich dem Schlag aus. Als er erneut nach ihr hieb, traf ihn ein Pfeil in den Oberschenkel, worauf er fluchend herumfuhr und nach dem Schützen Ausschau hielt. Zena torkelte durch den dichter werdenden Qualm davon und versteckte sich hinter einem liegenden Baumstamm, der schon halb ausgehöhlt war und später als Kanu mindestens acht Männern Platz bieten sollte. Doch Zena wusste, dass dieses Boot nun nie mehr fertig werden würde. Sie tastete nach ihrer Schulter. Der Schmerz hatte eingesetzt, stechend und brennend fuhr er tief durch ihr Fleisch und brachte sie zum Stöhnen. Das Blut lief wieder in Strömen heraus und benetzte Brust und Leib. Sie merkte, dass ihr die Sinne zu schwinden drohten, und wünschte sich die Ohnmacht herbei, damit sie das Sterben nicht mehr mit ansehen musste. Doch so gnädig waren die Götter nicht.

Die Weißen hatten das Haupthaus in Brand gesteckt, die Frauen und Kinder kamen schreiend herausgerannt, mitten in das Kampfgetümmel, dem sie nicht ausweichen konnten, weil es überall war. Die jungen Krieger, die sie hatten bewachen sollen, fielen einer nach dem anderen. Zena sah die Weißen wüten und Leben nehmen, es gab keine Gnade. Einer von ihnen schwang sein Schwert wie besessen. Er schlitzte einer schwangeren Frau den Leib auf, dann fuhr er herum und schlug einem Kind den Kopf ab. Als er sich erneut umdrehte und nach weiteren Opfern Ausschau hielt, sah Zena seine Augen aus dem blutbespritzten Gesicht leuchten, beseelt vom Geist des Bösen. Es war der Kommandant.

Erschöpft und ausgelaugt erreichten Elizabeth und die anderen schließlich die Ansiedlung in der Bucht. Miss Jane brach in Tränen aus, als sie erfuhr, was geschehen war. Ihr Entsetzen über Deirdres Zustand verwandelte sich jedoch auf der Stelle in mütterliche Fürsorge. Sie bereitete ein Bad zu und wusch Deirdre von Kopf bis Fuß mit ihrer besten Seife. Anschließend steckte sie das Mädchen in saubere Kleidung und nötigte sie auch, etwas zu essen. Deirdre ließ alles über sich ergehen. Die meiste Zeit verhielt sie sich teilnahmslos, als ginge sie das alles nichts an, aber zwischendurch fing sie immer wieder an zu weinen und zu zittern.

Johnny, der bei ihrer Ankunft geschlafen hatte, war aufgewacht und hockte eingeschüchtert auf der Veranda. Elizabeth hatte ihm befohlen, still sitzen zu bleiben. Ganz entgegen seinem sonst so ungebärdigen Naturell schien der Kleine den Ernst der Lage zu begreifen und blieb gehorsam auf Miss Janes großem Lehnstuhl sitzen. Nur einmal fragte er nach Sid, und als Elizabeth ihm sagte, dass Sid zu einer langen Reise aufgebrochen sei, fing auch er an zu weinen. Darauf erbarmte Jerry sich seiner und spielte mit ihm. Er und Oleg hatten ihre Sachen bereits gepackt und die Schaluppe mit Vorräten und Trinkwasser beladen. Auch Elizabeth und Deirdre waren bereit zum Aufbruch. Elizabeth hatte das Baby gestillt, in der Hoffnung, dass sie bald wieder mehr Milch haben würde. Miss Jane hatte der Kleinen während ihrer Abwesenheit etwas verdünnte Ziegenmilch gegeben und gemeint, damit könne man die Zeit überbrücken, bis der Milchfluss wieder stärker in Gang kam oder eine neue Amme zur Verfügung stand. Sie war untröstlich, als Elizabeth ihr eröffnet hatte, dass sie und die Kinder fortmussten, doch als es ans Packen ging, zögerte sie nicht, tatkräftig mitzuhelfen.

»Ihr werdet mir fehlen, Mylady«, sagte sie. »Und die Kinder erst! Vergesst ja nicht, mir zu schreiben, hört Ihr?«

»Ich versprech's«, erwiderte Elizabeth.

Schließlich war es so weit. Der Himmel färbte sich bereits rot, als Elizabeth mit Deirdre und den Kindern nach einem tränenreichen Abschied von Miss Jane an Bord der Schaluppe ging. Unter den neugierigen Blicken der wenigen Anwohner stachen sie in See. Miss Jane stand am Anleger und winkte ihnen nach, bis ihre Gestalt zu einem winzigen Punkt in der dunkler werdenden Ferne zusammengeschrumpft war.

22

Der September war mit Regen und peitschendem Wind gekommen. Es war kühl und grau, und in den Gassen vermischte sich der Nebel mit dem Rauch von den Kaminfeuern. Vom Krieg merkte man nicht viel in der Stadt, die Leute gingen wie üblich ihrer Arbeit und ihren Geschäften nach. Nur auf den Werften gab es mehr zu tun als sonst, denn die Seeschlachten forderten ihren Tribut, die Docks waren voll von beschädigten und havarierten Schiffen. Guy Hawkins hatte vor einigen Tagen eine Nachricht nach London gesandt, der Duncan entnommen hatte, dass das Geschäft im Schiffsbau derzeit besser lief denn je, ein Umstand, der Duncan beruhigte. Das Wissen, dass das großväterliche Erbe ihm bei der Verwirklichung seiner Zukunftspläne weiterhin nützlich war, verschaffte ihm ein Gefühl von Sicherheit. Davon konnte er nach Lage der Dinge gar nicht genug brauchen. Es hatte Wochen gedauert, bis er sich wieder halbwegs aufgerappelt hatte. Allein der Kraftakt, den es ihn gekostet hatte, schwindelfrei von einer Ecke des Zimmers in die andere zu gehen – er war sich vorgekommen, als müsste er von Europa zu den Antillen schwimmen, ohne Schiff. Anfangs hatte er sich bei jedem Schritt an Ayscues Nichte oder an Anne festhalten müssen und sich wie ein steinalter Invalide gefühlt. War er zu lange auf den Beinen, bildeten sich schwarze Wirbel vor seinen Augen, von den einknickenden

Knien ganz zu schweigen. Anne und Catherine hatten sich aufopferungsvoll um ihn bemüht, aber er war kein besonders duldsamer Patient gewesen und am Ende immer grantiger und ungeduldiger geworden. Beide waren heilfroh gewesen, als er wieder ohne Hilfe gehen und seine Körperpflege selbst übernehmen konnte. Natürlich hatte er dann auch gleich übertreiben müssen. Er hatte es sich in den Kopf gesetzt, einen Waffenschmied aufzusuchen, und bei dem Versuch, das Haus zu verlassen, war er die Treppe hinabgestürzt. Dank eines gnädigen Schutzengels hatte er sich nichts gebrochen, aber schwere Prellungen und ein gefährlich brummender Schädel hatten ihn abermals aufs Krankenlager gezwungen. Beim nächsten Mal war er vorsichtiger gewesen und hatte es langsam angehen lassen. Die vielen Male, die er unermüdlich und ohne innezuhalten einfach nur von einer Seite des Zimmers auf die andere marschiert war, konnte er unmöglich zählen, doch er hatte nicht nachgelassen. Irgendwann hatte er endlich das Gefühl gehabt, wieder sicher auf den Beinen zu sein. Anschließend hatte er sich darangemacht, den Rest seines Körpers zu ertüchtigen – auf eine Art, die ihm von jeher die meisten Muskeln verschafft hatte: In dem kleinen Hof hinter Ayscues Haus schlug er Holz klein, Klafter um Klafter. Er hatte schon so viele Scheite aufgestapelt, dass Ayscue Jahre brauchen würde, um alles zu verbrennen.

Ayscue selbst war froh, dass Duncan und Anne weiterhin seine Gäste waren. Er hatte sie gedrängt, noch länger zu bleiben. Mitte August hatte er eine schwere Niederlage auf See erlitten und war seither *persona non grata* beim Parlament. In einer großen Schlacht vor Dover war die englische Flotte von dem niederländischen Kommandanten de Ruyter aufgerieben worden. Ayscue hatte siebenhundert Mann verloren, mehr als zehnmal so viel wie der Feind. Das Geschwader hatte er zwar retten können, doch die schmähliche Niederlage in Sichtweite des heimischen Hafens hatte seinen strahlenden Stern bei der Admiralität jäh verlöschen lassen. Man hatte ihm ohne Federlesens das Kommando über die Flotte entzogen. Sein einziger Trost bestand darin, dass auch andere hoch dekorierte Admiräle versagt hatten: Nur zwei Wochen später hatten die Niederländer in einer Seeschlacht bei Elba einen weiteren Sieg errungen, was unter den englischen Machthabern für wachsende Unruhe sorgte.

Seit der verlorenen Schlacht bei Dover kämpfte Ayscue nicht nur gegen drückende Schuldgefühle, sondern auch gegen den Verlust seines Ansehens. Er versuchte, durch regelmäßige Antrittsbesuche bei allen wichtigen Entscheidungsträgern seine Stellung wieder zu festigen, war jedoch bisher damit nicht sehr weit gekommen. Viele Freunde und Mitstreiter hatten sich von ihm abgewandt, was seine Niedergeschlagenheit noch verschlimmerte. An den Abenden kehrte er meist resigniert nach Hause zurück. Das Beisammensein mit Duncan und Anne brachte einen Hauch von Normalität und Wärme in sein Leben. Ayscue hatte dazu ein wenig lakonisch angemerkt, dass er sich ohne ihre Gesellschaft gewiss längst dem Suff ergeben hätte.

Sein Mündel Catherine hielt sich häufig außer Haus auf, offiziell bei Freundinnen, doch ihre beständig leuchtenden Augen und die rosigen Wangen kündeten von nahenden Veränderungen. Ayscue hatte läuten hören, dass es einen ernst zu nehmenden Verehrer gab, der in absehbarer Zeit bei ihm vorsprechen und um ihre Hand bitten würde.

»Wenn sie erst unter der Haube ist, bin ich wohl ganz allein«, hatte er erklärt, doch neuerdings klangen solche Äußerungen aus seinem Mund eher nach Sarkasmus als nach Selbstmitleid. Er blickte wieder selbstbewusster in die Zukunft, denn er hatte entschieden, sein Glück außerhalb Englands zu suchen. Nach den schweren Verlusten des Dreißigjährigen Krieges wurde in Schweden eine Flotte aufgebaut. Ayscue hatte in London den Gesandten der Krone kennengelernt, der ihm ein neues Wirkungsfeld als Kommandeur angetragen hatte.

Auch Duncan war im Begriff, seine Zelte in London abzubrechen und die Rückreise in die Karibik in Angriff zu nehmen. In der zurückliegenden Woche hatte er eine Reihe von Käufen getätigt und auf Leichtern nach Essex liefern lassen, hauptsächlich Schiffsausrüstung, die er auf seiner Werft nicht herstellen lassen konnte: Geschütze, Kanonenkugeln, Beschläge, Werkzeug, Nägel und anderes schmiedeeisernes Zubehör, daneben Schießpulver, Munition und Zündkraut, Lampen und Farbe, aber auch Waffen, vornehmlich Pistolen neuerer Bauart, außerdem Äxte, Spieße und Degen. Guy Hawkins würde alles auf die *Elise* bringen, die schon zum Auslaufen bereit war. Außerdem hatte er die Besatzung wieder vervollständigt. Nicht alle hatten es so lange an Land ausgehalten, ungefähr ein Viertel der Mannschaft hatte auf anderen Schiffen angeheuert. Duncan hatte sich die neuen Männer sorgfältig ausgesucht und sich dabei auch Ayscues Hilfe bedient, der ihm einige erfahrene Seefahrer empfohlen hatte. Duncan hatte sie bereits nach Essex beordert, weil er spätestens in der kommenden Woche auslaufen wollte. Bis dahin versuchte er, endgültig seine alte Form zurückzugewinnen. Er hatte Gefallen am Florettfechten gewonnen und ging täglich zu Ayscues Waffenmeister, um dort zu üben, als Ersatz für das Holzhacken, mit dem er wegen des anhaltend schlechten Wetters aufgehört hatte. Mittlerweile fühlte er sich dank der vielen sportlichen Bewegung wieder fast auf der Höhe, auch wenn er manchmal das Gefühl hatte, auf dem linken Auge nicht mehr so gut zu sehen wie früher. Der Arzt, der am Tag vor der geplanten Abreise vorbeikam, um sich nach seinem Zustand zu erkundigen, meinte, eine Schwächung der Sehkraft könne nach einer Trepanation durchaus vorkommen, sei aber angesichts der sonst viel gravierenderen Folgen eines solchen Eingriffs eine überaus harmlose Beeinträchtigung und könne auch wieder vergehen. Er habe schon Patienten behandelt, die danach leider in geistiger Umnachtung verblieben seien. Was jedoch, so sinnierte er, dem Tode immer noch vorzuziehen sei.

Duncan vermochte diese Einschätzung nur unter Einschränkungen zu teilen, war aber nichtsdestoweniger froh, die ganze Sache gesund und mit klarem Kopf überstanden zu haben. Bei dieser Gelegenheit erfuhr er auch, dass der Arzt das Loch in seinem Kopf mit einem Stück flach gehämmerten Silbers verschlossen hatte, das unter der Haut saß. Er hatte sich bereits gewundert, warum die Stelle sich so hart anfühlte, und irrtümlich angenommen, die Schädeldecke sei von allein wieder zugewachsen.

Der Arzt befühlte das Ergebnis seiner Arbeit und zeigte sich sehr zufrieden.

»Falls Euch wieder mal einer draufschlägt – Ihr werdet es gewiss aushalten!«

Duncan erklärte, es keinesfalls darauf ankommen zu lassen, versprach dem Arzt auf dessen Bitte hin jedoch, ihn wärmstens weiterzuempfehlen.

An diesem späten Nachmittag im September saßen Ayscue und seine Gäste ein letztes Mal beisammen. Sie hatten es sich in seinem Studierzimmer bei Tee und Brandy gemütlich gemacht und sprachen über die Zukunft. Im Kamin prasselte ein Feuer, die Stimmung war entspannt, aber auch ein wenig wehmütig. Mittlerweile waren sie recht gute Freunde geworden, jedenfalls soweit es Duncan und George Ayscue betraf. Was Ayscue und Anne anging, so war *Freundschaft* womöglich nicht das passende Wort.

Duncan konnte nicht umhin, die Blicke zu bemerken, die zwischen Ayscue und Anne hin- und hergingen. Ihm war klar, dass sie nicht nur hiergeblieben war, um ihm während seiner Rekonvaleszenz zur Seite zu stehen, sondern dass diese Aufgabe vielmehr eine willkommene Begründung gewesen war, sich wochenlang in Ayscues Haus aufzuhalten, was sonst jeglichem Gebot der Schicklichkeit widersprochen hätte.

Bedächtig trank Duncan seinen Brandy aus und stand auf. »Ich glaube, ich muss noch einmal los. Mir fällt gerade ein, dass ich die neue Pistole noch abholen muss.«

»Aber es regnet«, gab Anne zu bedenken. Ihre Wangen hatten sich sanft gerötet.

»Es hat vorhin aufgehört«, behauptete Duncan, obwohl das Plätschern vor den Fenstern deutlich zu hören war.

»Du hast doch schon längst wieder eine neue Pistole«, meinte Ayscue. »Hast du nicht vor ein paar Tagen damit sogar im Hinterhof ein Übungsschießen veranstaltet? Jedenfalls hat sich hinterher die Witwe von nebenan über den Krach beklagt. Sie glaubte, es seien holländische Truppen im Anmarsch.«

»Gewiss, ich habe meine neuen Waffen. Sogar deren zwei, beide ausgezeichnete doppelläufige Steinschlosspistolen. Und dazu eine hervorragende Muskete. Dein Waffenmeister ist ein wahrer Künstler in seinem Metier. Und aufs Fechten versteht er sich wie kein Zweiter.« Duncan lockerte die Schulter ein wenig. An manchen Tagen tat die rechte Seite immer noch weh, vor allem, wenn er stundenlang im Fechtstand gewesen war. »Die Pistole, die ich noch zusätzlich in

Auftrag gegeben hatte, ist eine Spezialanfertigung. Nicht größer als eine Hand und wesentlich leichter als die anderen. Sie ist für meine Frau.« Die Kehle wurde ihm eng, als er von ihr sprach, und rasch verließ er den Raum, bevor die anderen ihm anmerkten, wie ihm zumute war. In der letzten Zeit wurde es immer schlimmer, er vermisste Elizabeth mit solcher Intensität, dass er einmal sogar nachts aufgewacht war, weil er sie im Traum in seinen Armen gespürt hatte. Schwitzend und zitternd vor Erregung war er hochgefahren, nur um festzustellen, dass er allein war. Er wusste, dass andere Männer in seiner Situation nicht gezögert hätten, die Dienste einer Hure in Anspruch zu nehmen, doch das kam für ihn nicht infrage. Nicht nur, weil er Lizzie damit das Herz gebrochen hätte, sondern auch, weil es ihm schlichtweg falsch vorgekommen wäre. Dabei war es keineswegs so, dass er Treue gegenüber einer Frau als eines seiner angestammten Prinzipien betrachtet hätte. Vor seiner Ehe mit Elizabeth hatte er die eine oder andere länger andauernde Beziehung gepflegt und es darin recht gut ausgehalten. Einmal hatte es eine junge Witwe in Portsmouth gegeben, zu der er über zwei Jahre lang immer wieder zurückgekehrt war, wenn er aus der Karibik nach England kam. Sie hatte ihn jedes Mal sehnsüchtig erwartet, und er hatte sich sehr wohl bei ihr gefühlt, doch das hatte ihn nicht daran gehindert, sich auch mit anderen Frauen zu vergnügen, wenn es sich so ergab. Eines Tages hatte er nach einem halben Jahr wieder vor ihrer Tür gestanden, aber sie war in der Zwischenzeit an einem Fieber gestorben. Er hatte ein paar ziemlich niedergeschlagene Wochen durchlebt und dann weitergemacht wie immer.

Mit Claire war es ähnlich gewesen. Für eine Weile hatten sie gut zusammengepasst. Er wusste wohl, dass sie ihn geliebt hatte, auf ihre kapriziöse und ganz und gar selbstsüchtige

Art, aber er hatte stets so getan, als merkte er es nicht. Wann immer sie Anstalten machte, über tiefer gehende Gefühle oder gemeinsame Zukunftspläne zu reden, hatte er dringende anderweitige Pflichten vorgeschützt und war so schnell wie möglich wieder in See gestochen. Elizabeth allein zu lassen war dagegen eine Erfahrung gewesen, die er nicht mehr zu oft machen wollte. Die Trennung von ihr und den Kindern hatte ihm Kummer bereitet, der seitdem nicht nachgelassen hatte. Vom Augenblick des Abschieds an hatte er sich danach gesehnt, sie wieder in die Arme schließen zu können. Ihr war er, seit sie ihm angehörte, immer treu geblieben, und für den Rest seines Lebens wollte er es ebenso halten.

Duncan schlug den Kragen seines Umhangs hoch und rückte sich den Hut zurecht. Es regnete heftig, aber das war für ihn kein Grund, für den kurzen Weg eine Kutsche zu nehmen. Er nutzte jede Gelegenheit, sich zu bewegen. Außerdem hatte er nichts gegen Regen – auf See und in der Karibik hatte er ganz andere Unwetter erlebt als hierzulande. In Gedanken versunken, legte er den Weg von Ayscues Haus zur Werkstatt des Waffenschmieds zurück. Es wurde höchste Zeit, dass er wieder Schiffsplanken unter den Füßen hatte. Nach allem, was ihm hier in London widerfahren war, erschien ihm ein baldiger Aufbruch erst recht erstrebenswert. Die Tage im Gefängnis, die Fahrt nach Tyburn Hill, die quälende Todesangst – bei Gott, diese Stadt würde niemals heimatliche Gefühle in ihm wachrufen.

Ayscue hätte gern dafür gesorgt, dass ein Freispruch Duncans Ehre vollständig wiederherstellte, doch nachdem er wegen der verlorenen Seeschlacht in Ungnade gefallen war, galt sein Wort nichts mehr. Die meisten Rundköpfe in der Regierung hatten dem Admiral ohnedies schon lange misstraut, weil seine Gesinnung ihnen zu royalistisch war. Im Grunde hatten sie nur auf eine passende Gelegenheit gewartet, ihn auszubooten. Duncan musste sich folglich mit der Begnadigung zufriedengeben, auch wenn das zugleich bedeutete, dass er gegen Doyle und Winston nichts in der Hand hatte und sie wegen der gegen ihn angezettelten Verschwörung nicht offiziell zur Rechenschaft ziehen konnte.

»Eines Tages ändern sich die politischen Verhältnisse«, hatte Ayscue ihm versichert. »Dann haben wir wieder einen König und ich ein neues Flottenkommando und Freunde an den richtigen Stellen. Dann werde ich dafür sorgen, dass dir Gerechtigkeit widerfährt.« Mit einem düsteren kleinen Lächeln hatte er hinzugefügt: »Sofern du es bis dahin nicht selbst in die Hand genommen hast.«

Die Werkstatt des Waffenhändlers lag nahe bei der Themse, hinter den Docks am Temple Pier.

Das Hämmern war schon von Weitem zu hören. Rauch stieg aus der Esse, und die Wärme des Schmiedefeuers drang durch das offene Tor nach draußen. Es war, als näherte man sich einem Ofen. Ein Geselle des Schmieds stand am Amboss und formte mit wuchtigen Hammerschlägen ein Werkstück. Der Meister bearbeitete im Hintergrund den Lauf einer Muskete mit der Feile. Er wischte sich die Hände an der Schürze ab, als Duncan die Werkstatt betrat. Eilfertig holte er die Pistole, die Duncan für Elizabeth bestellt hatte, aus einer Lade und führte sie vor.

»Seht nur, wie schmal sie ist und wie leicht sie in der Hand liegt!« Er reichte Duncan die Waffe. »Genau das Richtige für eine zarte Dame!«

»Meine Frau ist das Gegenteil von zart.« Unwillkürlich stellte Duncan sich Elizabeth beim Schwimmen und Tauchen vor, voll unbändiger Kraft und strotzend vor Energie.

Und nackt, wie Gott sie geschaffen hatte. Bei dem Gedanken strömte das Blut in seine Lenden. Er umfasste den Schaft der Pistole und malte sich aus, wie er ihr die Waffe in die Hand drückte und ihr zeigte, auf welche Weise man sie am besten hielt. Er würde hinter ihr stehen und mit beiden Händen die ihren umschließen, den Kopf über ihrer Schulter, Wange an Wange, sodass sie gemeinsam ein imaginäres Ziel anpeilen konnten. Sie würde über irgendetwas lachen und dann den Kopf zur Seite drehen, sodass ihre Lippen seinen Mund streiften …

»Ist Euch nicht gut?«

Die besorgte Frage des Schmieds riss Duncan aus seinen Gedanken. Umgehend beteuerte er, dass er sich selten besser gefühlt habe und dass die Waffe wirklich großartig in der Hand liege. Gemeinsam mit dem Schmied ging er in das Hinterzimmer, wo es einen Schießstand gab. Er feuerte ein paar Kugeln in die große hölzerne Zielscheibe und war wie erwartet hoch zufrieden mit der Pistole. Sie ließ sich leicht bedienen und war treffsicher, und dank des Doppellaufs konnte man zweimal schießen. Elizabeth würde begeistert sein.

»Ich habe auch ein passendes Lederfutteral machen lassen«, sagte der Schmied. »Und dazu einen Leibgurt. Man kann ihn verstellen, er ist also auch für eine … ähm … korpulentere Dame geeignet.«

Duncan musterte den Mann irritiert, dann unterdrückte er ein Grinsen.

»Ach, da habt Ihr mich falsch verstanden.« Er hätte den Irrtum aufklären können, doch damit wollte er sich nicht aufhalten. Stattdessen fragte er den Schmied, ob er Zeit für eine Fechtstunde habe, was dieser freudig bejahte, denn Duncan bezahlte ihn fürstlich für diese Waffenübungen.

Umhang und Hut trockneten vor dem Feuer, während Duncan eine gute Stunde lang mit dem stumpfen Florett übte und dabei ins Schwitzen geriet. Der Waffenmeister war trotz seiner vierschrötigen Gestalt ein glänzender Fechter und verpasste Duncan so manchen Treffer, aber Duncan merkte auch, dass seine eigene Behändigkeit zunahm und dass seine Ausdauer kaum noch zu wünschen übrig ließ. Am Ende zeigte er sich deutlich überlegen, er wich den Stößen schneller aus und traf selbst häufiger.

Schnaufend legte der Waffenmeister schließlich das Florett weg und erklärte, ihm nichts mehr beibringen zu können. Duncan vernahm es mit Vergnügen. Bevor er ging, entlohnte er den Mann, und anschließend nahm er eine Mietkutsche und fuhr zur London Bridge. Dort hatte er noch eine Angelegenheit zu erledigen.

Anne und George Ayscue saßen eine Weile schweigend beisammen, nachdem Duncan das Haus verlassen hatte.

Anne flocht abwechselnd nervös ihre Finger ineinander und zupfte an ihrem tadellos sitzenden Kleid herum. Sie wusste nicht, was sie sagen sollte. Ayscue schien es nicht besser zu gehen.

»Es regnet noch«, stellte er irgendwann zusammenhanglos fest.

Sie hob den Kopf und nickte, dann stand sie mit linkischen Bewegungen auf und schenkte ihm Tee nach, obwohl der längst kalt geworden war.

Ayscue wiederum erhob sich, um das Feuer im Kamin zu schüren. Der Umriss seiner Gestalt zeichnete sich vor dem hellen Widerschein der Flammen ab. Er stand mit dem Rücken zu ihr und zog den Schürhaken durch die brennenden Scheite.

»Bis ich all das Holz verbrannt habe, das Duncan mir beschert hat, braucht es wahrscheinlich Jahre«, meinte er. »Er hat es wirklich zu gut mit mir gemeint.«

»Ich glaube, er hat es hauptsächlich für sich getan«, sagte Anne. »Um wieder zu Kräften zu kommen.« Sie war verlegen mitten im Raum stehen geblieben, unschlüssig, was sie als Nächstes tun oder sagen sollte. Ayscue wandte sich zu ihr um. Ein fragender Ausdruck stand in seinem Gesicht, aber auch Sorge und eine Spur von Verzweiflung.

Sie konnte nicht an sich halten und ging auf ihn zu.

»Das ist unser letzter gemeinsamer Abend, George. Ich bin … traurig, dass ich morgen fortmuss. Die Zeit hier in deinem Haus … sie hat mir viel bedeutet.« Sie lächelte ein wenig zittrig. »Weißt du, an dem Tag, als ich dich das erste Mal sah, war ich kurz vorher zu der Überzeugung gelangt, dass eine schnelle Heimkehr nach Barbados das einzig Richtige für mich sei. Dass ich nur dort auf Summer Hill wieder richtig glücklich werden könne. Ich hielt mich für dumm und naiv, weil ich unbedingt nach London gewollt hatte. Die Stadt kam mir so hässlich und abstoßend vor. Aber dann …« Sie hielt inne, und er blickte sie fragend an, während sie nach Worten suchte. »Auf einmal wollte ich gar nicht mehr weg. Jedenfalls nicht so schnell. Fast war ich froh, dass Duncans Verletzung ihn an dieses Haus gefesselt hat. Du hast alles verändert, George. Du hast *mich* verändert. Erst durch dich habe ich wirklich meine Lebensfreude zurückgewonnen.«

»Das ist Unfug. Ich habe doch nichts getan.«

»Doch. Du warst da. Du hast … mich angesehen und mir das Gefühl gegeben, wieder am Leben zu sein.« Sie wusste nicht, was sie ihm noch sagen sollte, doch weitere Worte waren ohnehin überflüssig. Er wusste genau, was in ihr vorging, und umgekehrt galt dasselbe. Sie waren beide nicht mehr jung, aber sie begehrten einander. Anne wollte dieses kleine Stückchen Glück, das ihnen in der kurzen Zeit noch blieb, sie wollte es so sehr, dass sie alle Prinzipien frommer und damenhafter Sittsamkeit bedenkenlos über Bord warf. Vorsichtig streckte sie die Hand aus und berührte seine Schulter – eine unerhörte Kühnheit; sie hätte von sich selbst niemals geglaubt, dass sie dergleichen über sich bringen konnte. Durch den Stoff seiner Uniformjacke spürte sie die festen Muskeln, und sie bemerkte seine Anspannung.

»Verdammt, Anne«, sagte er rau. Sonst nichts. Er holte tief Luft, dann ergriff er ihre Hand und drückte sie. Mit der anderen Hand strich er ihr eine Haarsträhne aus dem Gesicht. Ihr Herz setzte einen Schlag aus und schlug dann, wie ihr schien, mit doppelter Geschwindigkeit weiter.

»Ich kann dir nichts versprechen und dir nichts bieten, Anne. Alles, was ich bin und habe, ist die Marine, und die hat man mir genommen. Ich habe kein nennenswertes Vermögen, und mein Name ist kaum noch die Tinte wert, mit der man ihn schreibt. Ich bin deiner nicht würdig.«

»Ach George, rede bitte nicht so von dir«, sagte sie weich. Sie drückte seine Hand gegen ihre Wange. Die Schwielen an seiner Haut fühlten sich hart an, doch ließen sie ihn zugleich auf eine besondere Weise verletzlich erscheinen. Sie fühlte sich ihm so nah wie nie zuvor.

»Eines Tages«, sagte er leise, »wenn ich erst …« Er brach ab, als sie den Kopf schüttelte.

»George, mir ist klar, dass du mir nichts versprechen kannst, und du sollst es auch gar nicht. Niemand weiß, ob und wann wir uns wiedersehen.« Als er protestieren wollte, legte sie ihm den Finger auf die Lippen. »Wenn es sein muss, warte ich mein Leben lang auf dich. Aber heute ist unser letzter Tag. *Heute,* verstehst du?«

Seine Augen leuchteten auf. Ein wenig unbeholfen legte er die Arme um sie und vergrub das Gesicht in ihrem Haar.

»Was meinst du, wie lange Duncan noch wegbleibt?«, murmelte er.

»Lange genug«, sagte sie. »Denn er ist allein um unseretwillen gegangen. Und Catherine sagte, sie werde frühestens zum Einbruch der Dunkelheit wieder da sein.« Sie schmiegte sich an ihn und seufzte tief, und als er sie endlich küsste, war es ihr, als sei sie nach langen Irrwegen nach Hause gekommen.

Als Duncan auf der London Bridge ausstieg, war der Regen in ein sanftes Nieseln übergegangen. Die Themse wälzte sich träge und grau vorbei. Über die Brücke ergoss sich ein steter Strom von Menschen und Fuhrwerken in die Stadt, durch das Tor, über dem auf langen Spießen die Köpfe der Hingerichteten steckten. Aus toten Augen blickten sie auf das Gewimmel herab. Man hatte sie mit Teer bestrichen, damit sie länger haltbar blieben und alle, die unter ihnen einherschritten, möglichst lange daran erinnerten, was jenen blühte, die gegen das Gesetz verstießen.

Nach einigem Herumfragen fand Duncan die Kneipe, die er suchte. *Der Goldene Anker* war ein ziemlich heruntergekommenes, von Kohlgestank und Qualm umnebeltes Wirtshaus mit rauchgeschwärzter Fassade. Die Fenster hatten keine Glasscheiben, sondern waren mit aufgespannten Schweinsblasen vernagelt. Als Duncan den Schankraum betrat, trafen ihn von allen Seiten argwöhnische Blicke. Ringsum an den Tischen hockten hauptsächlich Flößer, Fischer und Dockarbeiter, schmutzige und nach Schweiß stinkende Männer, die sofort sahen, dass jemand wie er hier nichts verloren hatte.

Ein ungeschlachter Mann schob sich hinter dem Schanktisch hervor und vollführte einen missglückten Bückling. Geschäft war Geschäft.

»Womit kann ich dienen, Sir?«

»Ich suche eine gewisse Nell.«

»Und wer genau sucht sie?« Das Gesicht des Wirts nahm einen lauernden Ausdruck an.

»Ein Freund ihres Vaters.«

»Der ist seit Monaten unter der Erde.« Der Wirt lachte meckernd. »Genauer: Teile von ihm. Ein anderer Teil steckt drüben beim Südtor auf einer langen Stange.«

Duncan warf ihm ein Silberstück zu.

»Hol sie her.«

Der Wirt katzbuckelte erneut, diesmal mit mehr Verve, und verschwand in einem Hinterzimmer. Kurz darauf kam er mit einem etwa dreizehnjährigen Mädchen zurück, ein dünnes kleines Ding mit feinem Flachshaar.

»Komm mit raus«, sagte Duncan. »Ich habe dir was von deinem Vater auszurichten. Bevor er starb, sprach ich mit ihm.«

Die Augen des Mädchens weiteten sich. Duncan sah die ungeweinten Tränen darin, und ihm entging auch nicht, wie schlecht sie genährt war. Der Wirt gab ihr nicht genug zu essen. Ihre Hände waren rot, die Haut an den Fingern aufgesprungen. Ihre Schürze war nass vom Spülwasser. Es war nicht zu übersehen, dass sie hier weidlich ausgenutzt wurde.

»Ich bin ihr Onkel«, sagte der Wirt wichtigtuerisch. »Was immer Ihr zu sagen habt, könnt Ihr auch gleich hier erzählen.«

Duncan warf dem Mann einen drohenden Blick zu.

»Komm mit raus«, sagte er abermals zu dem Mädchen, und diesmal widersprach der Wirt nicht. Gefolgt von den neugierigen Blicken der übrigen Gäste ging Duncan mit dem Mädchen ins Freie. Er trat zur Seite, weil ein Hütejunge eine

Schar laut schnatternder Gänse vorbeitrieb, und gleich darauf musste er einem mit Fässern beladenen Fuhrwerk ausweichen. Das Mädchen hatte sich eng an die Hauswand gedrückt, die dünnen Arme um den Leib geschlungen. Sie war erbärmlich blass und sah krank aus, und Duncan verfluchte sich, weil er nicht schon eher hergekommen war. Nicht dass er seinem ehemaligen Zellengenossen gegenüber im Wort gestanden hätte, denn was sie ausgemacht hatten, war nicht zur Durchführung gelangt – die in Aussicht gestellte Rettung war von gänzlich anderer Seite gekommen als gedacht. Dennoch hatte Duncan nicht vergessen können, wie der Mann über seine Tochter gesprochen hatte. Wie viel Liebe aus diesem ausgemergelten und gequälten Gesicht geleuchtet hatte. Immer wenn er sich der schrecklichen Tage in Newgate entsann, hatte er diesen Ausdruck in Sams Gesicht vor Augen, und aus unerklärlichen Gründen musste er dabei an Faith denken. Seine eigene Tochter war noch ein winziges Menschlein, und doch war seine Liebe zu ihr schon jetzt so allumfassend und gewaltig, dass ein einziger Blick in ihre Augen ausreichte, um die ganze Welt stillstehen zu lassen. Die Liebe zum eigenen Kind, so wusste er mittlerweile, war die mächtigste Antriebskraft auf Erden. Nichts konnte dem je gleichkommen. Der Gedanke an Sam und seine Tochter Nell hatte ihn nicht losgelassen, und so hatte er sich entschlossen, seinen Teil des Handels doch noch zu erfüllen.

»Bevor dein Vater starb, habe ich viel mit ihm geredet, Nell.«

»Was hattet Ihr mit Dad zu schaffen?« Ihre Stimme klang kindlich und verängstigt.

»Ich war wie er zum Tode verurteilt, aber man hat mich begnadigt. Heute bin ich hier, um seinen letzten Wunsch zu erfüllen.« Er zog seine Börse und förderte vier Goldstücke zutage. Als er sie ihr hinhielt, machte sie keine Anstalten, sie zu nehmen. Ihr Blick verriet ihr Misstrauen.

»Was wollt Ihr dafür von mir haben?«

Duncan seufzte und betrachtete mitleidig ihre verschlissene, verdreckte Kleidung und die viel zu großen Holzschuhe, die ersichtlich von einem Mann stammten, vermutlich dem Besitzer des Wirtshauses.

»Ich will nichts von dir, das kannst du mir ruhig glauben. Dein Vater hat sich für dich gewünscht, dass du nach Bedford zurückkehrst, zu deiner Tante. Ich habe mit ihm ausgemacht, dir dieses Gold zu schenken, damit du sicher heimkehren und dort ein neues und besseres Leben anfangen kannst.«

»Das hat er gesagt?« Ihre Stimme zitterte, und nun liefen doch noch die Tränen. Sie schniefte und putzte sich mit dem Handrücken die Nase ab. »Hat mein Dad … hat er schlimm leiden müssen?«

»Nein«, behauptete Duncan aufs Geratewohl.

»Sie haben seinen Kopf auf eine Stange gesteckt«, stieß sie schluchzend hervor. »Er konnte nicht mal anständig begraben werden!«

Nach kurzem Überlegen gab er seinem Herzen einen Stoß. »Ich gehe zu den Torwächtern und sorge dafür, dass sie ihn runternehmen und zum Friedhof bringen. Dann kann er in Frieden ruhen.«

Sie betrachtete die Münzen mit nassen Augen.

»Mein Onkel nimmt sie mir sofort weg. Ich darf kein eigenes Geld haben und Gold schon gar nicht.«

Duncan musste nicht lange überlegen. Er hatte erwartet, dass es dieses Problem geben würde.

»Hol dein Bündel und komm dann wieder raus. Ich warte hier.«

»Aber mein Onkel …«

»Hat keine Befehlsgewalt über dich, zumal er überhaupt nicht dein richtiger Onkel ist, sondern nur ein Vetter deines Vaters. Wenn er Schwierigkeiten macht, schreist du. Dann komme ich rein und prügle ihn windelweich.«

Sie dachte kurz nach, dann atmete sie tief durch. Mit einem Mal wirkte sie sehr entschlossen.

»Ich habe keine Sachen zum Mitnehmen«, sagte sie. »Mir gehört nur das, was ich am Leib trage. Und die Schuhe sind nicht mal meine, sondern bloß geborgt.«

In ihrer Stimme lag dumpfe Resignation. Duncan unterdrückte ein mitleidiges Seufzen. Das Leben der armen Leute in London war häufig noch entbehrungsreicher und härter als das von karibischen Sklaven und Schuldknechten. Die bekamen wenigstens immer satt zu essen, da ihr Nutzen davon abhing, dass sie bei Kräften blieben.

»Wenn das so ist, dann würde ich sagen, du fährst gleich los«, erklärte er.

»Losfahren?«, fragte sie zweifelnd.

»Komm mit.« Er führte sie zu der Kutsche, die ihn hergebracht hatte und auf ihn wartete. Er gab dem Fahrer Geld für eine längere Fahrt, womit sich die Ausgaben, die er an diesem Tag bereits getätigt hatte, beträchtlich summierten. Sein Gewissen meldete sich, weil es Elizabeths Vermögen war, das er hier so freigiebig unter die Leute brachte, denn die Erlöse aus dem Verkauf des Tropenholzes und die Erträge der Werft waren inzwischen für all die teuren Investitionen der letzten Wochen draufgegangen. Der Neuanfang, den er und Elizabeth planten, sollte genauso werden, wie er es sich vorstellte. Halbe Sachen kamen nicht infrage.

Auf Duncans Geheiß stieg Nell zögernd in den Wagen, während er dem Kutscher sagte, wo es hinging, und anschließend zurücktrat. Das Gefährt rollte an, und als Nell, die immer noch fassungslos dreinschaute, den Kopf aus dem Fenster streckte, winkte er ihr zum Abschied zu.

»Kauf dir neue Schuhe!«, rief er ihr nach.

Anschließend ging er zurück in den *Goldenen Anker* und teilte dem Wirt in knappen Worten mit, dass er dem letzten Wunsch von Nells Vater entsprochen und das Mädchen in ihr Heimatdorf geschickt habe. Das protestierende Gejammer des Mannes ignorierend, verließ er ungerührt die Schenke und ging zum Südtor, um wie versprochen einen der Wächter zu bestechen. Der wiederum kratzte sich zweifelnd am Kopf und betrachtete die Reihen der schaurigen Schädel.

»Ein Kerl namens Samuel? Den Zunamen wisst Ihr wohl nicht, was?«

»Für das Geld da in Eurer Hand solltet Ihr es wohl selbst herausfinden können.«

»Ich tu mein Bestes«, versprach der Wächter.

Duncan gab sich keinen Illusionen hin. Der Mann würde einfach den nächstbesten Kopf herunterholen und zum Totengräber bringen, aber da Nell es sowieso nicht mehr mitbekam, spielte das keine Rolle. Allein die Geste zählte, fand Duncan. Folglich ließ er es dabei bewenden und bestieg die nächste verfügbare Mietkutsche, um zu Ayscues Haus zurückzufahren. Wo sich hoffentlich mittlerweile einiges zwischen Anne und George geklärt hatte. Falls es die zwei während seiner Abwesenheit immer noch nicht geschafft hatten, ihren Gefühlen Ausdruck zu verleihen, konnte er ihnen auch nicht mehr helfen. Beide waren alt genug und hatten keine Zeit mehr zu verlieren. Der Himmel allein wusste, ob sie einander wiedersehen würden. Anne wollte in die Karibik zurück, und Ayscue strebte ein neues Flottenkommando bei den Schweden an, ungünstiger hätten die Dinge für die zwei kaum stehen können. Ob ihre Wege sich je wieder kreuzen würden, stand in den Sternen.

Die Kutsche rollte die Fleet Street entlang. Duncan blickte müßig aus dem offenen Fenster. Der Regen hatte endlich aufgehört, und an manchen Stellen war der Himmel so hell, dass man tatsächlich glauben konnte, an diesem Tag noch einmal die Sonne zu sehen. Im Einmündungsbereich der Fetter Lane sah Duncan einen Mann aus einem Gasthaus treten. Er sog scharf die Luft ein und erstarrte, dann hieb er mit der Faust gegen die Innenwand der Kutsche und befahl dem Fahrer, auf der Stelle anzuhalten. Der Wagen war kaum zum Stillstand gekommen, als Duncan auch schon hinaussprang.

»Warte hier«, befahl er dem Kutscher.

Mit großen Schritten rannte er über die Straße, ohne nach rechts oder links zu schauen. Er entging nur um Haaresbreite dem Zusammenstoß mit einem berittenen Offizier, der ihn mit derben Flüchen belegte. Duncan achtete nicht auf ihn. Er sprang über eine Pfütze hinweg und erreichte die andere Straßenseite. Der Mann, auf den er es abgesehen hatte, war weitergegangen, ohne ihn zu bemerken, doch als er die Schritte hinter sich hörte, drehte er sich um. Das aufgeschwemmte Gesicht unter dem eleganten Barett wurde bleich. Reflexartig hob er beide Hände zur Abwehr, doch das half ihm nichts. Duncans Faust traf mit voller Wucht ihr Ziel. Das Nasenbein von Eugene Winston brach mit einem zufriedenstellenden Knacken. Duncan sah mit Genugtuung, wie das hervorschießende Blut sich über das feine, taubenblaue Samtwams verteilte und auch die edlen Schuhe und Beinkleider besudelte. Er wartete darauf, dass Eugene sich wehrte, doch der schien eher darauf bedacht, weiteren Schlägen zu entgehen. Stöhnend taumelte er zurück und befingerte sein Gesicht, als wollte er ergründen, woher auf einmal das viele Blut kam. Dabei stellte er mit entsetztem Wimmern fest, dass ihm mehrere Vorderzähne abhandengekommen waren.

»Was hast du mir zu sagen, Winston?«, fragte Duncan gefährlich leise. Seine Hand tat höllisch weh von dem Schlag, doch es war ein hochwillkommener Schmerz, der ihn innerlich frohlocken ließ.

Die ersten Gaffer sammelten sich. Nicht jeden Tag bot sich Gelegenheit, auf offener Straße einem Faustkampf beizuwohnen.

»Ich hab doch gar nichts gemacht!«, behauptete Eugene weinerlich und mit starkem Lispeln wegen der Zahnlücke. Mitleid heischend blickte er in die Runde. »Ich hab dem Mann nichts getan! Er hat mich einfach überfallen und geschlagen! Aus heiterem Himmel!«

»So kam es mir auch vor«, meldete sich einer der Umstehenden, dessen Gerechtigkeitssinn offenbar stärker ausgeprägt war als bei den Übrigen. Die verlangten lautstark von Eugene, sich zur Wehr zu setzen.

»Schlag doch zurück!«, rief ein Zuschauer launig.

»Gib ihm Saures!«, stimmte ein anderer zu. »Na los! Bist doch viel jünger als er!«

»Aber auch üppiger um die Mitte und mit weniger Zähnen«, sagte jemand lachend.

»Dafür hat er einen langen Degen. Ob er ihn wohl auch benutzen kann?«

Die Rufe kamen von allen Seiten.

»Nun mach schon! Zahl es ihm heim!«

»Sei keine Memme!«

»Ja, schlag mich«, forderte Duncan Eugene auf. Seine Stimme triefte vor Sarkasmus. »Oder nimm dein Rapier, dann fechten wir es aus wie Männer.« Er legte die Hand an den Knauf seines Degens, in der frustrierenden Gewissheit, dass Eugene weder blankziehen noch sich sonst wie verteidigen würde.

»Jawohl, ein Fechtkampf!«, schrie jemand aus der Schar der Zuschauer, die sich innerhalb von nur einer Minute verdoppelt hatte. Duncan hörte, wie die ersten Wetten abgeschlossen wurden. Eugene erhielt eine jämmerliche Quote – und wurde ihr gerecht. Er gab den Kampf verloren, bevor dieser beginnen konnte. Gehetzt blickte er sich nach allen Seiten um, dann entfernte er sich vom Ort des Geschehens. Eugene drängte sich an ein paar enttäuscht dreinschauenden Zuschauern vorbei und lief mit einer für seine Körperfülle bemerkenswerten Geschwindigkeit davon.

Duncan blickte ihm mit düsterer Genugtuung nach.

23

Felicity musterte die Narbe im Spiegel und fand, dass sie wieder ein kleines bisschen weniger scheußlich aussah als noch vor einer Woche. Zumindest hatte Anne das gemeint, und die hätte dergleichen sicher nicht behauptet, wenn es nicht wahr gewesen wäre. Anne tat und sagte immer das, was sie für richtig hielt, vor allem in der letzten Zeit. Seit sie mit Duncan aus London zurückgekehrt war, kam sie Felicity verändert vor. Irgendwie … selbstbewusster und entschiedener in ihrem ganzen Wesen. Sie sagte oft Dinge wie: »Ich war früher eine solche Gans!«, oder: »Ich habe mir einfach immer zu viel gefallen lassen, nur um es den Leuten recht zu machen!«, oder auch, und das hatte Felicity besonders beeindruckt: »Manchmal muss man sich vom Leben nehmen, was es einem freiwillig nicht geben will, Felicity!«

Felicity erinnerte sich nicht mehr an den genauen Zusammenhang, in dem dieser Satz gefallen war, doch er schien ihr von unübertroffener Klarheit und Wahrheit, je länger sie darüber nachdachte. Tatsächlich passte er so genau auf ihre eigene Situation, dass sie ihn manchmal, wenn niemand es hören konnte, leise vor sich hin sagte, um seinen Sinn besser zu verinnerlichen, bis sie vollständig davon durchdrungen war. Oh ja, auch sie wollte sich vom Leben nehmen, was sie nicht von allein bekam. Wenn sie nur gewusst hätte, wie sie es anstellen sollte! Sie hatte ein Dutzend Briefe an Niklas auf den Weg gebracht, alle paar Tage einen neuen. Jeder, der auch nur halbwegs den Eindruck erweckte, sich auf eine Seereise begeben zu wollen, bekam einen in die Hand gedrückt, doch es tat sich nichts. Woche um Woche verstrich in quälender Langsamkeit, während sie voller Ungeduld darauf wartete, dass endlich etwas geschah. Als Anne sich nach London aufgemacht hatte, war es noch schlimmer geworden, denn sie war kurzerhand dort geblieben, um Duncan gesund zu pflegen. Dabei hätte Felicity ebenfalls noch ihre Hilfe brauchen können. Die Wunde war zwar ordentlich verheilt, jedenfalls hatte der Arzt das gesagt, aber es hatte noch sehr lange bei jeder Bewegung wehgetan. Der große Splitter, der so tief in ihren Körper eingedrungen war, hatte nicht nur die Haut verletzt, sondern auch die darunter liegende Rippe und das Zwerchfell. So jedenfalls hatte Anne es ihr erklärt. Sie hätte leicht verbluten oder an einer inneren Entzündung sterben können. Entsprechend langwierig war der Heilungsprozess gewesen. Bis vor Kurzem hatte sie kein Mieder tragen und ihren Arm kaum auf Schulterhöhe heben können. Beim An- und Auskleiden war sie nicht ohne fremde Hilfe zurechtgekommen, und zu ihrem Leidwesen war diese Aufgabe während Annes Abwesenheit Mistress Hawkins zugefallen, der Gattin des Werftverwalters. Die Frau hatte sich alle Mühe gegeben, aber Felicity hatte sie kaum in ihrer Nähe ertragen können, denn niemals zuvor hatte sie jemanden gekannt, der so entsetzlich aus dem Mund stank. Ein Gutes hatte diese Fürsorge dennoch gehabt – Felicity hatte sich unerwartet schnell wieder einigermaßen selbst helfen können. Sie hatte einfach die Zähne zusammengebissen und es so lange versucht, bis es wieder ging. Mittlerweile, nach gut zwei Monaten, sah die Narbe, die sich über ihre Rippen zog, immer noch hässlich aus, rot und wulstig und so groß, dass sie anfangs bei jedem Hinschauen in Tränen ausgebrochen war. Dabei sorgte sie sich nicht etwa darum, dass Niklas daran Anstoß nehmen könnte, denn sie wusste genau, dass er sie wegen dieser Verletzung nicht weniger lieben würde. Doch ihr Körper war immer makellos gewesen, ihr ganzer Stolz. Nicht einmal die grauenhaften Qualen, die sie während der Vergewaltigung durch die Schotten hatte durchmachen müssen, hatten bleibende Spuren hinterlassen.

Seufzend zog sie das Leibchen wieder herab und legte das Mieder an. Richtig zuschnüren konnte sie es noch nicht, die Verstärkungen drückten zu stark auf die Narbe. Sie kaschierte den schlechten Sitz mit einem Umschlagtuch. Ihre Aufmachung interessierte momentan sowieso niemanden. Duncan und Anne waren zwar seit drei Tagen zurück, aber andauernd auf dem Gut unterwegs. Duncan ließ sich vom Verwalter die Ländereien zeigen und prüfte die Haushalts- und Pachtbücher, und Anne verteilte milde Gaben an die Armen und kümmerte sich um kranke Kinder.

Felicity hatte unterdessen ihre Habe gepackt und war gerade dabei, zum dritten oder vierten Mal alles wieder aus den Kisten zu holen und es neu zu ordnen. Sie war verzweifelt, weil sie sicher war, bis zum Beginn der Reise nicht damit fertig zu werden und Dinge zurücklassen zu müssen, auf die sie unmöglich verzichten konnte. Anne hatte mit mildem Spott bemerkt, dass der ganze Kram durch das ständige Umpacken sicher nicht weniger werde, was Felicity wiederum an Elizabeth erinnert hatte, die immer ähnliche Kommentare beigesteuert hatte, wenn es ans Packen gegangen war.

Duncan hatte gemeint, es sei am besten, wenn sie einfach hierbliebe, denn auf Raleigh Manor sei es sicher, und außerdem habe sie hier doch alles, was sie brauche: eine vertraute Umgebung, ein schönes großes Haus, Dienstboten und hervorragendes Essen. Irgendwann sei der Krieg mit Holland vorbei, dann könne sie ungefährdet nach Amsterdam reisen und müsse sich nicht sorgen, einem Angriff der Niederländer zum Opfer zu fallen, wie es bereits einmal um ein Haar geschehen sei. Oder, und diese Option hob Duncan besonders hervor, sie könne einfach warten, bis Niklas Vandemeer sie nach dem Krieg, der bestimmt nicht mehr lange dauern werde, auf Raleigh Manor holen komme. Im Übrigen werde es gewiss auch Elizabeth sehr schätzen, wenn Felicity hierbleibe, dann sei wenigstens jemand von der Familie im Haus und könne ein Auge auf den Besitz haben; es sei doch sonst wirklich jammerschade, alles so lange ungenutzt zu lassen.

Felicity hatte sich seine Argumente ungeduldig angehört und zu allem Nein gesagt. Zugegeben, das Essen war wirklich sehr gut, die Köchin verstand sich auf ihr Handwerk, und auch die Sauberkeit der Wäsche ließ nichts zu wünschen übrig. Das Hausmädchen war anstellig und flink, Felicity musste an Bequemlichkeiten nichts entbehren. Die meisten Frauen in ihrer Lage hätten gejubelt über die Möglichkeit, auf einem so ansehnlichen Landsitz zu wohnen. Doch sie wollte nur eines – Niklas. Es war ihr völlig gleichgültig, wo sie mit ihm leben würde, und wenn sie in einer verfallenen Hütte hausen mussten. Hauptsache, sie waren zusammen!

Also hatte sie Duncan das Versprechen abgerungen, alles Menschenmögliche dafür zu tun, bevor er zu Elizabeth und den Kindern in die Karibik zurückkehrte. Sie waren übereingekommen, dass er sie auf der *Elise* zu einem deutschen Hafen bringen und sie dann von dort aus bis zur nächsten Zollstelle begleiten würde. Ab da würde sie den restlichen Weg nach Amsterdam allein zurücklegen müssen, da man Duncan, den seine Papiere als englischen Kapitän auswiesen, zweifellos an der Grenze arretieren würde. Sie selbst, so hatte sie entschieden, würde sich einfach als Französin ausgeben. Wozu hatte sie schon als kleines Kind die Sprache gelernt?

Duncan hatte sie beschworen, ihr Herz nicht über den Verstand zu setzen und einfach das Ende des Krieges abzuwarten, aber sie war beharrlich geblieben. *Manchmal muss man sich vom Leben nehmen, was es einem freiwillig nicht geben will.*

Außerdem, so hatte sie ihm vorgehalten, ging er ein ebenso großes Risiko ein wie sie, denn er hatte beschlossen, in die Karibik zu segeln, obwohl die Zeit der Stürme noch nicht vorbei war. Darauf hatte er unbekümmert zurückgegeben, dass er bislang noch jedem Sturm davongefahren sei. Am Ende war der schönste Streit darüber entbrannt, wem die größeren Gefahren drohten. Schließlich hatte Duncan nachgegeben und sich ihren Wünschen gefügt.

Anne hatte sich dafür entschieden, mit ihm in die Karibik zurückzukehren. Sie plante, von Dominica aus das nächstbeste Schiff zu nehmen, das nach Barbados fuhr, denn Duncan selbst konnte sich dort vorerst nicht blicken lassen. Das Todesurteil gegen ihn war zwar aufgehoben worden, aber der Gouverneur würde gewiss nicht zögern, Vorwände für eine neue Anklage zu ersinnen. Dafür würde schon Eugene Winston sorgen, der Duncan nach der Tracht Prügel, die dieser ihm verabreicht hatte, sicher noch mehr hasste.

Ach, es war alles so vertrackt! Felicity seufzte tief und blickte trübselig im Zimmer umher. Es war noch genauso eingerichtet wie damals, als sie zusammen mit Elizabeth hier gelebt hatte. Das große Bett mit den geschnitzten Pfosten und den bauschigen Federkissen. Die Truhe aus Intarsienholz. Das zierliche Schreibpult beim Fenster. Der Kamin aus hellem Marmor, die getäfelten Wände. Es lagen sogar noch

Bücher auf dem Pult, die sie und Elizabeth damals vor dem Aufbruch in die Karibik gelesen hatten. Wie Schwestern hatten sie alles miteinander geteilt. Bei dem Gedanken, Elizabeth und die Kleinen vielleicht nie wieder zu sehen, kamen Felicity die Tränen. Warum musste dieses riesige Meer zwischen ihnen liegen?

Gedankenverloren kniete sie sich vor eine Kleiderkiste und holte ein Unterkleid heraus, um es gleich darauf sorgsam wieder zusammenzufalten und zurückzulegen. Ebenso verfuhr sie mit einigen anderen Kleidungsstücken. Sie war so in diese beruhigende Tätigkeit versunken, dass sie aufgeschreckt hochfuhr, als die Tür aufging und Anne hereinschaute.

»Ich hatte geklopft«, sagte sie.

Felicity zuckte nur die Achseln, doch dann bemerkte sie, wie aufgeregt Anne war. Ihre Augen funkelten, und ihre sonst so bleichen Wangen waren gerötet.

»Du wirst nicht glauben, wer geschrieben hat!«, rief sie.

Felicity stemmte sich hoch. Die Narbe tat weh, doch das störte sie nicht.

»Elizabeth?«, fragte sie hoffnungsvoll. Oh bitte, lieber Gott!, dachte sie. Lass Elizabeth geschrieben haben!

»Kapitän Vandemeer! Dein Verlobter Niklas!« Anne schwenkte den Brief hin und her, bevor sie ihn Felicity überreichte, die ihn fassungslos anstarrte. Ihre Hände bebten so sehr, dass sie kaum das Siegel öffnen konnte. Die Buchstaben tanzten vor ihren Augen und wollten sich nicht zusammenfügen – es kam ihr plötzlich so vor, als hätte sie nie lesen gelernt. Tief durchatmend versuchte sie, den Sinn des Geschriebenen zu erfassen, aber es ging nicht. Ihre Hände hörten nicht auf zu zittern.

Anne nahm ihr behutsam den Brief weg.

»Soll ich ihn dir vorlesen?«

Felicity schluckte heftig, dann nickte sie.

Mit ruhiger, fester Stimme begann Anne zu lesen. Mehrmals musste sie neu anfangen, weil Felicity in ihrer Aufregung ständig vergaß, was ein paar Sätze weiter vorn gestanden hatte, und alles noch einmal hören wollte.

Niklas hatte mehrere ihrer Briefe erhalten. Es ging ihm gut! Er war immer noch Kapitän der *Eindhoven!* Und was das Erstaunlichste war – er befuhr wieder die Westindienroute! Natürlich konnte er Barbados und die anderen englischen Antilleninseln nicht mehr anlaufen, aber dafür Saba, St. Martin und St. Eustatius, wo immer das auch sein mochte. Auf alle Fälle befanden sich diese Inseln im Besitz der Niederlande. Niklas schrieb, es gebe da immer mehr Zuckerrohrplantagen, der Transport von dort werde allmählich sehr lohnend. Und hin und wieder steuere er auch Surinam an, das sei ein neues Land in Südamerika, wo sich viele englische Royalisten niedergelassen hätten, darunter auch frühere Bewohner von Barbados, sogar der ehemalige Gouverneur. Man hatte angefangen, dort Tabak und Zucker anzubauen, aber niemand versuchte, die leidigen Navigationsakte durchzusetzen, zumal derzeit sämtliche englischen Seestreitkräfte durch den Krieg an europäische Gewässer gebunden waren. Das Geschäft, so resümierte Niklas, gehe glänzend, er habe keinen Grund zu klagen – außer darüber, dass Felicity immer noch nicht seine Frau war. Felicity brach in Tränen aus, als Anne diese Stelle vorlas. Danach bekam sie vom Rest kaum noch etwas mit.

Sie presste sich die Handballen gegen die Schläfen, weil die Gedanken wie aufgescheuchte Hummeln in ihrem Kopf herumschwirrten. Völlig aufgelöst marschierte sie kreuz und quer durchs Zimmer, ohne darauf zu achten, dass ihre Narbe durch die ungewohnt heftigen Bewegungen spannte und brannte.

»Lies mir noch mal die Stelle über Amsterdam und Dominica und die Antillen vor!«

»Die kenne ich auswendig.« Anne lächelte. »Du sollst nicht nach Amsterdam kommen, das sei im Augenblick wegen des Krieges für Engländer zu gefährlich. Er schreibt, du sollst mit Duncan nach Dominica zurückkehren und dort auf ihn warten. Er könne sich vorstellen, mit dir auf den Niederländischen Antillen zu leben.«

»Ja, das hat er geschrieben«, sagte Felicity schwach. Sie ließ sich auf der Bettkante nieder, weil ihr plötzlich die Knie wackelten. Anne setzte sich zu ihr und legte den Arm um sie.

»Freust du dich?«

»Natürlich!« Felicity lachte und weinte gleichzeitig. »Ich war in meinem ganzen Leben noch nicht so glücklich!« Die starke Anspannung, unter der sie monatelang gelitten hatte, verwandelte sich in wilde Euphorie. Bald würde sie nicht nur Niklas wiedersehen, sondern auch Elizabeth und die Kinder! Und sie musste sich nicht von Anne trennen! Unbändige Freude erfüllte sie, am liebsten hätte sie laut gejauchzt. Stattdessen sprang sie auf. Sie hatte lange genug herumgetrödelt.

»Was hast du vor?«, wollte Anne wissen.

»Was wohl?« Felicity kniete bereits vor ihrer Reisekiste und wühlte in den Kleidungsstücken, bis alles rettungslos durcheinander war. »Jetzt wird erst einmal gepackt.«

24

Die sinkende Sonne überzog die Umgebung des Herrenhauses mit einem staubig-rötlichen Licht. Unterhalb des Hügels schimmerte das Meer, zuerst orange, dann kupfrig und schließlich violett. William Noringham saß mit zurückgelegtem Kopf auf dem Schaukelstuhl und sah zu, wie der Feuerball hinter dem Horizont versank und die Wasseroberfläche allmählich tintenschwarz wurde. Auch danach blieb er noch sitzen und blickte in die abendliche Dämmerung, darauf wartend, dass Celia ihm sein Abendessen brachte. Er hatte seit dem Sonnenaufgang geschuftet und würde auch später noch einmal zur Zuckermühle zurückkehren, doch der Hunger hatte ihn zu einer Pause gezwungen.

Insekten kreisten taumelnd um die Laternen in den Ecken der Veranda, während in den tiefen Schatten neben dem Haus die ersten Grillen ihr Lied anstimmten. Von den Unterkünften der Schwarzen ertönte ein melancholisches Trommeln und dazu der dunkle Gesang einiger Frauen. Die meisten Sklaven von Summer Hill hatten sich in ihre Hütten zurückgezogen, nachdem sie die Ernte des Tages eingebracht und die riesigen Bündel frisch geschnittenen Rohrs bei der Zuckermühle abgeladen hatten. William ließ die Presse mittlerweile in zwei Schichten laufen, anders waren die großen Mengen Rohr nicht zu bewältigen. Seit er die Bewirtschaftung von Rainbow Falls für Elizabeth übernommen hatte, musste die komplette Ernte der Nachbarplantage mit verarbeitet werden, und das klappte nur, wenn die Mühle auf Summer Hill ständig in Betrieb blieb. Nachts ließ er bei Fackellicht arbeiten, und die Sklaven und Schuldknechte, die er dafür einsetzte, bekamen dafür entweder zu anderen Zeiten frei oder konnten sich die Zusatzarbeit von ihren Kontrakten abziehen lassen. In diesem Punkt machte er keine Unterschiede mehr zwischen Schwarzen und Iren – sie alle kamen nach spätestens sieben Jahren frei. Oder auch früher, wenn sie sich zu Doppelschichten bereitfanden, was wiederum den Ertrag ständig wachsen ließ. Der Absatz war zwar zeitweilig ins Stocken geraten, weil wegen des englisch-holländischen Seekriegs die niederländischen Westindienfahrer, die früher zuverlässig allen Zucker mitgenommen hatten, die Insel nicht mehr anliefen, aber mittlerweile hatten die Handelskompanien des Commonwealth diese Lücke nach und nach geschlossen. Die Frachtführer hatten sich zunehmend auf Konvoifahrten verlegt, was nicht nur größere Transportmengen ermöglichte, sondern auch besseren Schutz auf dem Seeweg gewährleistete. Schwer bewaffnete Begleitschiffe sorgten dafür, dass das begehrte weiße Gold in ausreichenden Mengen die englischen Häfen erreichte, und weil der Bedarf daran weiterhin beständig anstieg, musste sich keiner der Pflanzer auf Barbados um sein Geschäft sorgen. Auf der Insel ging es nur noch darum, wer die größte Landfläche kultivierte und dafür die meisten Arbeiter mobilisieren konnte. Nicht nur auf Barbados, sondern auch auf den anderen westindischen Inseln wurde immer mehr Zucker angebaut, und an der Küste von Virginia dehnten sich die Tabakplantagen aus. Einige Händler waren dazu übergegangen, zunächst Tauschgüter in Form von Waffen, Glas oder Stoffen an die afrikanische Sklavenküste zu bringen, wo ihnen im Gegenzug die von Menschenjägern eingefangenen Schwarzen ausgeliefert wurden, welche wiederum schnellstmöglich auf die Kolonien befördert wurden. Dort wurden die Schiffe mit Zucker, Tabak oder Baumwolle beladen, all jene Produkte, von denen wiederum England nicht genug bekommen konnte.

Noch steckte diese Art von Handel in den Anfängen, aber man konnte absehen, was einst daraus werden würde – genau das, was William schon vor Jahren befürchtet hatte. Der Sklavenhandel verwandelte sich in ein gewaltiges, blühendes Geschäft, das untrennbar mit der Plantagenwirtschaft in den Kolonien verbunden war. Ohne Sklaven keine Plantagen, ohne Plantagen kein Zucker, keine Baumwolle und kein Tabak.

William grübelte oft über diesen unheilvollen Kreislauf nach und fühlte sich dabei zwischen seinen idealistischen Wunschvorstellungen und den Zwängen des Pragmatismus gefangen. Seine Bemühungen, beides zu einem akzeptablen Weg zusammenzuführen, mussten zwangsläufig in Resignation münden, denn mehr als ein fauler Kompromiss konnte niemals dabei herauskommen. Als er einmal mit Celia darüber gesprochen hatte, weil er ihre Gedanken dazu erfahren wollte, hatte sie gemeint, es sei seine verdammte Pflicht und Schuldigkeit, Sklaven zu halten, und zwar so viele wie möglich, denn anderenfalls würden sie allesamt zu anderen Herren gebracht und von denen zu Tode geschunden. Nur auf Summer Hill hätten sie die Hoffnung auf Freiheit und vielleicht sogar eines Tages auf eine Heimkehr. Sie müssten hart arbeiten, aber sie bekämen zu essen und würden nicht ausgepeitscht oder gequält.

»Wer, wenn nicht Ihr, würde auf diese Weise für sie sorgen?«, hatte sie ihn gefragt. Darauf hatte er nichts zu sagen gewusst und sie nur angesehen, ihr schmales zimtbraunes Gesicht mit den lohfarbenen Augen und diesem schön geschwungenen Mund, von dem er sich wünschte, er möge öfter lächeln.

Der Schaukelstuhl bewegte sich in einem einschläfernden Rhythmus vor und zurück. William schloss die Augen und atmete den Duft der Frangipani ein, der sich mit dem Geruch seines Schweißes vermischte. Unerwartet legte sich ein sattes Aroma von Rum darüber, scharf und angenehm. Überrascht öffnete er die Augen. Celia stand neben ihm und hielt ihm ein Glas hin.

»Hier, trinkt. Sonst schlaft Ihr noch ein. Das Essen bringe ich Euch auch sofort.« Mit gleitenden Schritten verschwand sie wieder im Haus.

William nippte von dem Rum und genoss die leicht beißende Wärme des Alkohols auf der Zunge. Ein paar Schlucke, und er fühlte sich wohlig entspannt. Celia kam mit einem Tablett voller Speisen, alles appetitlich angerichtet. Dünn aufgeschnittener Schinken, frisches, krosses Brot, kleine, würzig gefüllte Pasteten, eine Schale gebratener Krabben in scharfer Tunke. Es roch köstlich, William seufzte erwartungsvoll.

»Ich könnte einen ganzen Ochsen essen«, bekannte er.

Sie servierte ihm das Essen auf dem Verandatisch und schenkte ihm kühlen Weißwein dazu ein, dann nahm sie sich selbst ein Glas davon und setzte sich zu ihm. Er hasste es, allein zu essen, und hatte sie schon vor geraumer Zeit gebeten, ihm bei den Mahlzeiten Gesellschaft zu leisten. Vor allem die Abende konnte er sich ohne sie nicht mehr vorstellen. Die Gespräche mit ihr waren abwechslungsreich und anregend. Sie konnte zu allen Themen bedenkenswerte Ansichten beisteuern und hatte ihre eigene Meinung, die sich durchaus nicht immer mit der seinen deckte. Ob sie nun über die Plantage redeten oder über Politik oder über den neuesten Klatsch auf der Insel – die Unterhaltungen mit ihr waren nie langweilig.

»In der nächsten Zeit solltet Ihr Euch vorsehen«, sagte sie. »Sonst kann es sein, dass Ihr plötzlich vor dem Traualtar steht, bevor Ihr wisst, wie Euch geschieht.«

»Wie das?«, wollte er perplex wissen.

»Oh, Miss Janice Caruthers hat schon lange ein Auge auf Euch geworfen.« Celia lächelte und trank von dem Wein. »Seit Monaten liegt sie ihrer Mutter in den Ohren, endlich ihren Dad dazu zu bringen, bei Euch vorzusprechen und eine anständige Mitgift anzubieten.«

»Oje! Woher weißt du das schon wieder?«

»Amy hat's mir erzählt. Das ist ihre Haussklavin. Janice hatte einen Tobsuchtsanfall, weil ihr Vater behauptet hat, für solche Sperenzchen kein Geld übrig zu haben.«

»Gott sei Dank.«

»Soll das heißen, Ihr mögt die süße kleine Janice nicht?«

»Lieber Himmel, sie ist noch ein Kind.«

»Sie ist sechzehn.«

»Sag ich doch – ein Kind.« William lachte und aß ungerührt weiter. Wie immer schmeckte es köstlich, Celias Kochkünste waren unübertroffen. Er lobte sie.

»Diese Pasteten sind fabelhaft. Keiner kocht so gut wie du, Celia.«

»Ihr wisst ja, wer es mir beigebracht hat.«

»Mutter hat sicher sehr gut gekocht, aber du kannst es noch etwas besser.«

»Unsinn.«

»Sie hat es selbst gesagt, Celia.«

»Wenn es so gut ist, solltet Ihr mehr davon essen.«

»Das würde ich gern, aber leider bin ich schon satt.« Bedauernd schob er den Teller weg. »Was täte ich nur, wenn du mich nicht versorgen würdest!«

Ihr Gesicht verschloss sich, doch sie ließ ihn nicht aus den Augen.

»Irgendwann werdet Ihr Euch eine Frau nehmen müssen.«

»Die mich statt deiner bekocht?«

»Nein. Weil Ihr eine Familie haben solltet. Sonst wäre alles, was Ihr hier tut, letztlich umsonst. Ohne einen Erben, der Summer Hill eines Tages weiterführt, schuftet Ihr Euch doch für nichts und wieder nichts ab.«

Er trank sein Glas leer, um sie nicht ansehen zu müssen. Celia hatte einen wunden Punkt berührt. Wem nützte es, wenn er Jahr um Jahr diese riesige Plantage bewirtschaftete, ohne die Aussicht, das Erreichte irgendwann einem Sohn und Erben übergeben zu können, so wie sein Vater es bei ihm getan hatte?

Er war jetzt sechsundzwanzig, beileibe nicht alt. Duncan Haynes war schon deutlich über dreißig gewesen, als er Elizabeth zur Frau genommen hatte. Lizzie … William griff zur Karaffe und schenkte sich das Glas voll, um den Wein anschließend in einem Zug herunterzustürzen. Lizzie wäre seine Frau geworden, wenn Haynes nicht gewesen wäre.

Wann immer William ans Heiraten gedacht hatte, war sie diejenige gewesen, die ihm dabei vor Augen gestanden hatte. Die Vorsehung hatte es gefügt, dass sie statt seiner Duncan Haynes gewählt hatte. Einen Piraten und Abenteurer. Zugegeben, Duncan hatte sich ihrer mittlerweile als würdig erwiesen, aber dennoch … William machte sich nichts vor. Er hatte die Hoffnung auf Lizzie immer noch nicht ganz aufgegeben. Sie hatte schon einmal einen Mann verloren, und Duncan Haynes führte ein gefährliches Leben, das keine Gewähr fürs Altwerden bot. Die hatte sowieso niemand. William hasste sich für solche Gedanken, doch er kam nicht dagegen an.

»Ihr habt die Krabben noch nicht probiert«, sagte Celia. Er blickte auf und sah sie ein wenig irritiert an, denn einen Moment lang glaubte er, sie sei verärgert. Doch das musste eine Täuschung sein, denn sie lächelte. Im Licht der kleinen Laterne, die sie auf den Tisch gestellt hatte, war sie umwerfend schön. Ihre perlweißen Zähne, das sanfte Schimmern ihrer Haut und die großen, dunklen Augen lenkten ihn auf der Stelle von allen anderen Gedanken ab, und wieder einmal fragte er sich, ob sie wohl wusste, wie bezaubernd sie aussah. Vermutlich schon, dazu musste sie ja nur in den Spiegel schauen. Doch sie gehörte nicht zu der Art Frauen, die sich um ihr Äußeres Gedanken machten. Es war ihr schlicht egal.

Ihr ebenmäßiges Gesicht mit den hohen Wangenknochen und den wie Rabenschwingen geformten Brauen wies nicht die geringste Ähnlichkeit mit Harold Dunmore auf. Was diesen Umstand anging, wäre William von allein niemals auf die Idee gekommen, auch nur einen einzigen Gedanken daran zu verschwenden, wenn sie nicht eines Tages selbst damit angefangen hätte.

»Ihr müsst es bloß sagen, wenn Ihr mich nicht mehr um Euch haben wollt«, hatte sie patzig gemeint. Er hatte sie nur verblüfft anstarren können, denn er hatte in diesem Moment nicht einmal gewusst, womit er ihren Ärger geweckt hatte.

»Worauf willst du hinaus?«, hatte er befremdet wissen wollen.

»Tut nicht so! Ich bin die Tochter dieses Scheusals! Von seinem Fleisch und Blut! Seit Ihr es wisst, könnt Ihr sicher an nichts anderes mehr denken und überlegt nur noch, wie Ihr mich loswerden könnt!«

Er war zuerst perplex gewesen, dann entrüstet, denn der Gedanke, dass sie ihn solcher Regungen für fähig hielt, empörte ihn. Er hatte sie entsprechend zurechtgewiesen, und ihre Erleichterung hatte ihn besänftigt. Doch er hatte ihren Unmut auch zum Anlass genommen, sie genauer zu betrachten und erstmals nach Ähnlichkeiten zu suchen. Er hatte keine entdeckt. Auf unbestimmte Weise hatte ihn das beruhigt, aber wenn er genauer darüber nachdachte, wäre es ihm so oder so egal gewesen. Dunmore hatte zu seinen Lebzeiten nicht das Geringste mit Celia zu tun gehabt, außer dass er ihr nach dem Leben getrachtet hatte. Der Mistkerl hatte sie mehr als einmal fast umgebracht, aber am Ende war sie diejenige gewesen, die ihm das Messer in sein rabenschwarzes Herz gestoßen hatte. Streng genommen war sie damit eine Vatermörderin, doch auch das focht William nicht im Mindesten an. Sie war und blieb einfach das Mädchen, das sie schon immer gewesen war. Er kannte sie von klein auf, anfangs als zierliches Püppchen mit Ringellocken und riesigen Augen, das seine ersten wackligen Schritte auf der Veranda des Herrenhauses getan hatte, und später als neugierigen Wirbelwind, der ständig um seine Mutter und Anne herumgesprungen war und jeden Winkel des Hauses erkundet hatte, einschließlich seines Zimmers. Einmal, da musste sie ungefähr zwölf oder dreizehn gewesen sein, hatte er sie dabei erwischt, wie sie vor der offenen Schublade seiner Kommode gestanden und die Nase in ein frisch geplättetes Hemd von ihm gedrückt und daran geschnuppert hatte. Als sie seiner Anwesenheit gewahr geworden war, hatte sie planlos die restliche Wäsche in die Schublade gestopft und dann fluchtartig das Weite gesucht.

Summer Hill ohne Celia war schlicht nicht vorstellbar. Frühmorgens war sie der erste Mensch, dem William begegnete, wenn er nach unten kam. Sie hatte meist schon sein Frühstück fertig und saß bei ihm, während er es verzehrte, weil sie wusste, dass er lieber in Gesellschaft aß. Mittags und abends hielten sie es genauso, es war wie ein vertrautes Ritual zwischen ihnen geworden. Sie kümmerte sich um seine Wäsche und beaufsichtigte die Hausdiener, die sie selbst unter den Schwarzen ausgesucht hatte, als das neue Herrenhaus bezugsfertig gewesen war. Er hatte darauf bestanden, dass sie mit ins Haus zog. Ihren Widerspruch hatte er im Keim erstickt und betont, dass er nicht die geringste Lust habe, allein die vielen Zimmer zu bewohnen, und außerdem wolle er keine Haushälterin, die in einer ärmlichen Hütte hause. Das sei seines Standes unwürdig. Letzteres hatte er hinzugedichtet, rein vorsorglich, um etwaige Vorbehalte, die sie noch hätte äußern können, gleich zu unterbinden. Celia hatte sich die kleinste Kammer im Obergeschoss ausgesucht, den Raum, der eigentlich als Nähzimmer gedacht war. Doch da Anne, die daran Bedarf gehabt hätte, weit weg war und vielleicht nie mehr zurückkommen würde, spielte es keine Rolle, dass die Kammer nun anderweitig Verwendung fand. Das Haus war ohnehin viel zu groß mit all den leeren Räumen. Seufzend schob William das Weinglas weg.

»Ich muss noch einmal bei der Zuckermühle nach dem Rechten sehen«, sagte er.

»Ihr habt schon genug gearbeitet, Mylord. Für heute solltet Ihr es gut sein lassen.«

»Das klingt, als wolltest du mich bevormunden«, meinte er schmunzelnd.

»Wenn das wirklich so klingt, dann ist es wohl auch so gemeint.« Ein wenig ungeduldig strich sie sich eine widerspenstige Locke aus der Stirn. »Der Aufseher kann genauso nach dem Rechten sehen. Er macht seine Sache doch gut, das habt

Ihr selbst gesagt! Immer müsst Ihr alles selber erledigen, egal wie lange Ihr auf den Beinen seid! Ihr arbeitet härter und länger als jeder Schwarze auf Summer Hill. Ihr esst nicht genug und schlaft Euch niemals richtig aus. Wenn Ihr nicht besser auf Euch achtgebt, wird es noch ein schlimmes Ende mit Euch nehmen. Eines Tages trifft Euch der Schlag, und Ihr fallt tot um. Dann werdet Ihr sehen, wie recht ich hatte.«

Er warf den Kopf zurück und lachte, was ihr ein Kichern entlockte. Fasziniert sah er, wie sich dabei ihr Gesicht veränderte. Sie wirkte mit einem Mal übermütig wie ein Kind, so mitreißend fröhlich und entzückend, dass ihm für einen Moment der Atem stockte, ohne dass er den Grund dafür kannte. Er räusperte sich, um seiner plötzlichen Verlegenheit Herr zu werden.

»Du hast vergessen, dass ich ab und zu ausreite. Es ist also nicht so, als täte ich überhaupt nichts zu meinem Vergnügen.«

»Das macht Ihr nur, weil Ihr Lady Elizabeth versprochen habt, die Stute regelmäßig zu bewegen.«

Er entschloss sich, auf diese Bemerkung nicht einzugehen.

»Vielleicht sollte ich es tatsächlich für heute gut sein lassen.« Er streckte sich, dann lehnte er sich zurück. »Bleibst du noch ein bisschen bei mir sitzen, oder bist du schon zu müde?«

»Ich bleibe hier.« Sie schenkte ihm Wein aus der Karaffe nach.

»Nimm dir auch noch welchen.«

»Ich hatte schon ein ganzes Glas. Er ist nicht verdünnt, und ich vertrage nicht so viel.«

»Und ich trinke nicht gern allein.«

»Na gut.« Sie füllte ihr Glas. »Aber dann seid Ihr schuld, wenn ich morgen nicht aus dem Bett komme.«

»Vielleicht solltest du deine eigenen Worte beherzigen und mal ausschlafen«, schlug er gutmütig vor.

Sie kicherte, und er merkte, dass sie tatsächlich nicht viel vertrug. Und dass sie reizend war, wenn sie ein bisschen beschwipst war. Er beschloss, ab sofort häufiger einen kleinen geselligen Umtrunk auf der Veranda einzuplanen. Die harmlosen Freuden des Feierabends mussten einem hart arbeitenden Mann erhalten bleiben, das wollte er beherzigen. Und ihr tat es auch gut, nach der vielen Arbeit ein wenig auszuspannen.

»Ich sitze gern hier mit dir zusammen, Celia.«

»Ich auch mit Euch, Mylord.«

»Celia, ich möchte, dass du aufhörst, mich Mylord zu nennen. Wir sind zusammen aufgewachsen. Es wäre mir lieb, wenn du mich duzt.«

»Es käme mir … seltsam vor, Mylord.«

»Versuch es. Sag *du* zu mir. Das ist eine Bitte. Ich hoffe, du kannst sie mir erfüllen.«

»Du«, sagte sie vorsichtig.

»Sehr gut. Und dabei bleiben wir jetzt.« Langsam trank er sein Glas leer und betrachtete sie, während sie von ihrem Wein nippte. Sie hatte das Glas mit beiden Händen umfasst. Ihre Finger waren lang und schlank. Die vollendet geformten nackten Arme, die sie auf dem Tisch aufgestützt hatte, schimmerten wie polierte Bronze.

»Celia, habe ich dir eigentlich schon mal gesagt, was für eine wunderschöne junge Frau du bist?«, entfuhr es ihm. Im selben Moment, als die Worte draußen waren, hätte er sie am liebsten zurückgenommen. Wie zum Teufel sollte sie eine solche Bemerkung aus seinem Mund auffassen, wenn nicht auf jene eine fatale Weise, durch sie sich zwangsläufig in eine bestimmte Ecke gedrängt fühlen musste? William hatte die Pflanzer, die sich an ihre Mägde und Sklavinnen heranmachten und ihre Abhängigkeit ausnutzten, stets tief verachtet. Nie hatte er seine diesbezüglichen Grundsätze verletzt. Umso verwerflicher war es, so mit Celia zu reden, die er in hohem Maße wertschätzte und respektierte.

Mit gespielter Geschäftigkeit stellte er das Glas hin und stand auf. Er zupfte seinen Hemdkragen zurecht, dann deutete er auf einen kleinen Papierstapel, den er durch die offene Verandatür auf dem Tisch im Salon liegen sah und der ihm nun wie ein rettender Anker erschien.

»Sind das die Lieferdokumente vom heutigen Wareneingang?«, fragte er sachlich. »Die sehe ich mir rasch noch an, bevor ich zu Bett gehe.«

»Ja, das sind die Dokumente. Außerdem hat der Lieferant auch einige Briefe mitgebracht.« Celia war ebenfalls aufgestanden und räumte mit gesenktem Kopf Geschirr und Gläser zusammen.

William ging in den Salon und blätterte die Papiere durch. Er hatte bei einem als zuverlässig geltenden Londoner Händler einiges an Hausrat bestellt, Kleinmöbel und Stoff für Draperien, ein paar Teppiche, Porzellan, Kandelaber. Am Mittag war ein Fuhrwerk vom Hafen heraufgekommen und hatte die Sachen gebracht. Er hatte selbst beim Abladen geholfen. Es war alles in Ordnung gewesen. Von daher hatte kein Anlass bestanden, die Lieferscheine durchzugehen, zumal die Ware bereits bezahlt war.

Bei den Unterlagen befanden sich die Briefe, die Celia erwähnt hatte. Ein Schreiben von seinem Bankbeauftragten in London, der dort für ihn die Geldgeschäfte führte. William hatte einen Teil des zuletzt mit dem Zuckeranbau erwirtschafteten Erlöses in England angelegt, was ihm sicherer erschien, als es hier auf Barbados aufzubewahren. Nachdem der Gouverneur sich als ebenso skrupellos wie raffgierig entpuppt hatte, traute William ihm jederzeit weitere Schlechtigkeiten zu. Der Kerl hatte die *Elise* vor dem Auslaufen tatsächlich unter Beschuss nehmen lassen; William hatte stundenlang gebangt, bis der heraufziehende Morgen gezeigt hatte, dass Elizabeths und Duncans Flucht trotz des feigen Hinterhalts geglückt war. Am liebsten hätte er noch in der Nacht den Gouverneurssitz gestürmt und den Kerl windelweich geprügelt. Und hinterher alle Mitglieder des Pflanzerrats von den verbotenen Neigungen des Gouverneurs in Kenntnis gesetzt, so wie er es ihm in jenem anonymen Brief angedroht hatte, den Anne mit spitzer Feder und noch spitzeren Worten für ihn aufgesetzt hatte. Aber Rache genoss man bekanntlich besser kalt. Überdies war das Problem mit einer Tracht Prügel oder übler Nachrede nicht endgültig zu lösen, hier mussten härtere Geschütze aufgefahren werden. Wenn jedoch alles weiterhin so klappte, wie er es sich vorstellte, würde Frederic Doyle bald das Handwerk gelegt werden, ohne dass William selbst viel dazu tun musste.

Er las den Brief fertig und nahm zufrieden zur Kenntnis, dass die Geschäfte in London hervorragend gingen. Sein Gewährsmann hatte auftragsgemäß einen Teil des Geldes in verschiedene Manufakturen investiert, die lohnende Gewinne abwarfen.

Ein weiterer Brief stammte von seinem langjährigen Freund Niklas Vandemeer. Hastig überflog William die Zeilen, in der Hoffnung, nicht nur von Felicitys glücklicher Ankunft in Amsterdam zu erfahren, sondern auch Neuigkeiten über seine Schwester und Elizabeth. Doch der Inhalt des Briefes war enttäuschend. Niklas schrieb, er warte immer noch auf Felicity und wollte von William wissen, welches der Stand der Dinge sei, da er lange nichts von ihr gehört habe.

William schaute auf die Datumsangabe – das Schreiben war mehrere Monate alt, abgefasst zu einer Zeit, als Felicity und die anderen Barbados noch gar nicht verlassen hatten. Zweifelsohne war der Brief auf Umwegen nach Barbados gelangt, denn ein direkter Schiffsverkehr zwischen Holland und den englischen Kolonien existierte wegen des Krieges schon seit geraumer Zeit nicht mehr.

William legte den Brief zurück und ordnete die Unterlagen. Dabei fand er einen dritten Brief, der zwischen zwei Lieferscheine gerutscht war. Er stammte von seiner Schwester! Mit fliegenden Fingern brach William das Siegel auf und las zuerst erleichtert, dann mit wachsender Sorge und schließlich entsetzt, was Anne ihm geschrieben hatte.

Mein geliebter Bruder!
Da in diesen Zeiten die Beförderung der Post nach den Westindischen Inseln großen Unsicherheiten ausgesetzt ist, schreibe ich Dir heute diese Zeilen in der Hoffnung, dass Du meinen letzten Brief, den ich gleich nach unserer Ankunft in England an Dich abgeschickt hatte, schon erhalten hast. Unseligerweise laufen viele Schiffe, die von England zu den Antillen segeln, zuerst andere Küsten an, etwa Afrika, um dort Sklaven zu holen, womit sich die Fahrtzeiten um Wochen verzögern. Für den Fall, dass mein erster Brief dich noch nicht erreicht haben sollte – der Bote, dem ich das Schreiben mitgab, meinte, derzeit gingen auch sehr viele Briefe wegen des Krieges auf dem Seeweg verloren –, fasse ich hier noch einmal kurz die Geschehnisse seit meinem Aufbruch von Barbados zusammen. Den hinterhältigen Beschuss der Elise *hast du sicherlich mitbekommen, doch dank Duncans vorausschauender Taktik kamen wir davon. Elizabeth hat in derselben Nacht einer kleinen Tochter na-*

mens Faith das Leben geschenkt, ein bildschönes Kind, das ganz nach der Mutter schlägt. Weil Elizabeth bei der Geburt fast gestorben wäre und auch das Kind sehr klein und zart war – es kam ja lange vor der Zeit –, haben wir die Insel Dominica angelaufen, damit Elizabeth sich erholen konnte. Eine überaus gastfreundliche Witwe namens Jane Douglas hat uns in ihrem Haus aufgenommen; die Ansiedlung befindet sich in einer halbkreisförmigen Bucht im Nordwesten der Insel.

Wir hielten uns einige Wochen dort auf und setzten dann wieder Segel. Elizabeth blieb jedoch mit den Kindern und Deirdre zurück, denn die kleine Faith hätte die Reise über den Atlantik nicht verkraftet.

Auf dem Weg nach England gerieten wir in einen Hinterhalt und wurden von einer holländischen Fregatte beschossen. Duncan und Felicity wurden dabei verletzt; Felicity sehr schwer. John Evers hat sich große Verdienste erworben, indem er das Schiff sicher durch die umkämpften Seegebiete steuerte und uns nach Essex brachte, wo wir in Duncans dortigem Haus, das von seinem Verwalter bewohnt wird, Aufnahme fanden. Felicitys Zustand hat sich glücklicherweise rasch gebessert. Eine Reise nach Amsterdam ist unter den gegebenen Umständen jedoch nicht möglich, zum einen, weil Holland in erbittertem Krieg mit England liegt, zum anderen, weil Duncan nicht in der Lage ist, wie geplant Felicitys weitere Reise zu organisieren.

Damit komme ich nun zu den Ereignissen, die sich seit meinem vorangegangenen Brief zugetragen haben und die leider Anlass zu großer Sorge geben: Nachdem Duncan sich nach London aufgemacht hatte, um sich von dem ungeheuerlichen Vorwurf des Hochverrats reinzuwaschen, liefen die Dinge völlig aus dem Ruder, denn wie sich zeigte, war ihm

Eugene Winston zuvorgekommen. Er hatte sich zwischenzeitlich nach England eingeschifft und dort eine neuerliche Intrige gegen Duncan in Gang gesetzt, was dazu führte, dass Duncan eingekerkert wurde. Es erging Befehl zur Vollstreckung des auf Barbados verhängten Todesurteils. Glücklicherweise konnte ich dies rechtzeitig Admiral Ayscue mitteilen, der, wie Du weißt, Duncan sehr gewogen ist. George Ayscue gelang es, Duncan vorm Galgen zu bewahren und ihn bei sich aufzunehmen. Heute jedoch habe ich von dem Boten, den ich nach London geschickt hatte, die bedrückende Nachricht erhalten, dass Duncan auf Leben und Tod daniederliegt. Der Bote meinte, es stehe nicht gut um ihn. Ich will mich daher gleich nach London aufmachen, um ihm beizustehen.

Aus all diesen Gründen möchte ich Dich bitten, Elizabeth und die Kinder unter deine Fittiche zu nehmen, denn mit einer Rückkehr Duncans in die Karibik kann einstweilen nicht gerechnet werden – so denn überhaupt jemals. Zwar hat Duncan drei seiner besten Männer zu ihrem Schutz dort gelassen, doch wie Du weißt, sind die Zeiten unsicher, und das Leben auf den von Wilden besiedelten Antilleninseln ist manchmal gefährlich. Dominica ist kaum erschlossen, außer einer Handvoll kleiner Hüttendörfer an der Westseite der Insel findet man dort nicht viel. Es geht allenthalben noch sehr primitiv und unzivilisiert zu, man lebt von Fischfang und Holzhandel. Frauen gibt es nur sehr wenige, und die Männer sind zumeist ungehobelte Kerle, denen man nicht allein begegnen möchte. Hin und wieder gehen in der Bucht auch marode Seelenverkäufer vor Anker, mit Besatzungen übelster Konvenienz. Mir ist äußerst unwohl bei dem Gedanken, dass Elizabeth nun schon seit so vielen Wochen dort ausharren muss, voller Ungewissheit und Angst vor der Zukunft. Auch für Duncan wäre es gewiss eine Beruhigung, wenn Du Dich ihrer annimmst.

An dieser Stelle schließe ich für heute und lasse den Brief schnellstmöglich auf den nächstbesten Westindienfahrer bringen, der dann hoffentlich bald und auf nicht allzu langen Umwegen Barbados erreichen wird.

Sobald ich in London Neues erfahre, schreibe ich Dir wieder.

In aufrichtiger Zuneigung, Deine dich schmerzlich vermissende Schwester

Anne

William ließ den Brief sinken. Celia stand in der Tür. Sie hatte die Arme vor der Brust verschränkt und blickte ihn unverwandt an.

»Schlechte Nachrichten?«, fragte sie.

»Ja. Anne hat geschrieben, aus London. Es ist möglich, dass Duncan tot ist.« Er horchte dem Klang seiner Stimme nach und fand, dass er sich eher eifrig als bekümmert anhörte. Seine Müdigkeit war schlagartig verflogen.

»Morgen früh breche ich beim ersten Tageslicht auf«, teilte er Celia mit.

»Wohin willst du denn?« Das *Du* kam ihr ein wenig zögerlich über die Lippen. »Etwa nach England?«

»Nein, nach Dominica. Elizabeth ist dort. Sie braucht mich jetzt. Hätte ich gewusst, dass sie sich nur ein paar Hundert Meilen von hier entfernt aufhält … Ich werde sie keinen Tag länger warten lassen.« Entschlossen eilte er an Celia vorbei zur Treppe. Im Vorbeigehen bemerkte er ihren verstörten Gesichtsausdruck, und im ersten Impuls wollte er sie fragen, was los sei. Aber dann ging er rasch nach oben, ohne sich umzudrehen.

Vierter Teil

Guadeloupe und Barbados

Winter 1652/1653

25

Elizabeth saß auf einem Felsen oberhalb des Dorfs und ließ sich den Wind um die Nase wehen. Sie ging häufig den Hügel hinauf und hielt Ausschau, und jedes Mal, wenn sie in südlicher Richtung Segel am Horizont auftauchen sah, sprang sie auf und strengte ihre Augen an, bis sie die Umrisse des Schiffs erkennen konnte. Doch jenes eine, auf dessen Ankunft sie so sehr hoffte, war bisher nicht gekommen.

Manchmal nahm sie Johnny mit, der zwischen den Felsen kleine Schiffe aus Geröll baute oder Eidechsen beobachtete. Am liebsten aber saß sie allein hier oben, um ungestört ihren Gedanken nachhängen und aufs Meer hinausblicken zu können.

Die Insel Guadeloupe lag bei halbwegs günstigen Windverhältnissen nur eine Tagesreise von Dominica entfernt, doch die Fahrt mit der Schaluppe hierher war ein abenteuerliches und furchterregendes Unterfangen gewesen, obwohl Oleg und Jerry alles souverän gemeistert hatten. Das Boot war auch nach Einbruch der Dunkelheit nicht vom Kurs abgewichen. Jerry hatte Elizabeth gegenüber wiederholt beteuert, dass alles in bester Ordnung sei und dass er und Oleg das schon unzählige Male getan hätten, auf großen wie auf kleinen Schiffen. Es gebe keinen Grund zur Sorge, denn dank Mister Pebbles Seekarte wüssten sie den genauen Weg. Elizabeth hatte ihm es gern glauben wollen, dennoch hatten der stürmische Passatwind und der Wellengang sie um das Leben ihrer Kinder bangen lassen. In jener Nacht hatte sie kein Auge zugetan und so viel gebetet wie seit Jahren nicht. Deirdre hatte mit den beiden Kleinen auf den Planken gekauert, mit einem Wachstuch notdürftig gegen die brausenden Elemente abgeschirmt, während Elizabeth mit einem Kübel das hereingeschlagene Wasser aus dem Boot schöpfte. Oleg und Jerry hatten Segel und Ruder bedient und nach Sternenstand und Kompass die Schaluppe durch die Finsternis manövriert, bis im Morgengrauen endlich der Umriss einer Insel vor ihnen aufgetaucht war. Sie waren an dem winzigen Eiland, das Basse-Terre vorgelagert war, vorbeigesegelt, hinüber zur Westküste der Hauptinsel, die von Anfang an ihr Ziel gewesen war. Miss Jane hatte ihnen geraten, auf Guadeloupe ihr Glück zu versuchen. Sie kannte einige der hier lebenden Siedler von früher und hielt große Stücke auf sie.

Das Dorf bestand aus einer Ansammlung von Holzhäusern und lag zu Füßen eines hoch aufragenden Bergs, dessen Gipfel oft von Wolken umhüllt war. Basse-Terre, der westliche Teil der Doppelinsel Guadeloupe, war stärker besiedelt als Dominica. Es gab, auf mehrere Dörfer verteilt, ein paar Hundert französische Siedler, die der Wildnis die ersten Plantagen abgetrotzt und nach einigen blutigen Zerwürfnissen Frieden mit den karibischen Eingeborenen geschlossen hatten. Auch Sklaven lebten auf der Insel, jedoch bei Weitem nicht so viele wie auf Barbados. Alles in allem, so schätzte Elizabeth, befand sich Guadeloupe auf einer Stufe der Kolonialisierung wie Barbados gut zwanzig Jahre zuvor, mit dem Unterschied, dass es auf Guadeloupe noch Kariben gab. Von denen, so hatte Elizabeth erfahren, setzten sich jedoch immer mehr nach Dominica ab.

Die Verhältnisse auf Basse-Terre ähnelten auch gesellschaftlich denen auf Barbados – einigen sehr reichen, meist adligen Pflanzern war eine Vielzahl besitzloser Arbeiter unterstellt, die über Jahre hinweg ihre Passage in die neue Welt abdienen mussten. Nach Ablauf dieser Zeit fehlten ihnen die Mittel, eigenes Land zu bestellen, weshalb sie meist bis an ihr Lebensende arme Pächter blieben. Die Plantagenwirtschaft gründete sich somit, genau wie auf Barbados, auf Ausbeutung und Unterdrückung, aber was Elizabeth auf der einen Seite mit Widerwillen und Mitleid erfüllte, bot ihr andererseits unverhoffte Vorteile. Dank ihrer Herkunft hatte sie sofort Eingang in die besseren Kreise gefunden – ein Schwager des Gouverneurs hatte sie aufgenommen, Henri de Perrier.

Henri und seine Frau Yvette, ein Ehepaar um die dreißig, bewohnten eines der größeren Häuser im Dorf, mit einer geräumigen Veranda, mehreren Schlafzimmern und einem Salon, der mit einem Sammelsurium von Luxusgegenständen vollgestopft war. Seidenteppiche, Draperien, silberne Leuchter, Gobelins und Ölgemälde bezeugten Yvettes reiche Herkunft und ihren Hang zu vornehmer Lebensart. Es gab sogar ein Virginal, auf das sie ungemein stolz war. Ihr Mann Henri, von eher bodenständigem Charakter, war der Sohn eines der ersten Pioniere auf der Insel und Erbe einer ausgedehnten Tabakplantage.

Das Anwesen der Perriers bestand aus einem Haupthaus und etlichen dahinter verstreuten Hütten, Vorratsschuppen, Stallungen und Gemüsebeeten. Daran angrenzend zogen sich die Tabakfelder den Hügel hinauf. Ein paar Steinwürfe unterhalb der Straße, die aus festgetretener, von Karrenspuren gefurchter Erde bestand, erstreckte sich der Strand mit seinen Bootsschuppen und Anlegern.

Müßig betrachtete Elizabeth das Dorf. Dort unten herrschte emsiges Treiben, doch lag über der ganzen Umgebung zugleich eine friedliche Stimmung. Eingerahmt von der karibischen See auf der einen und der Hügellandschaft auf der anderen Seite, verströmte die Gegend an diesem sonnigen Spätnachmittag eine Atmosphäre anheimelnder Beschaulichkeit. Ziegen grasten hinter den Häusern, in den Gassen spielten Kinder, und auf dem kleinen Markt hielten Frauen ein Schwätzchen. Elizabeth sah jedoch auch die schwarzen Sklaven, die auf dem Weg zu den Trockenschuppen in Reihen den Hügel hinunterkamen, geduckt unter der hoch gestapelten Last frisch gepflückter Tabakblätter. Der Reichtum einiger weniger wurde mit der harten Arbeit vieler erkauft.

Auch Zuckerrohr wurde seit ein paar Jahren auf Basse-Terre angebaut. Henri hatte gemeint, dass er demnächst ebenfalls einige Felder anlegen wolle, denn offenbar liege darin die Zukunft der Antillen. Seine Ankündigung, dafür zusätzliche Sklaven kaufen zu wollen, hatte Elizabeth zunächst mit Unbehagen erfüllt, aber mit der Zeit hatte sie festgestellt, dass die Schwarzen es vergleichsweise gut bei ihm hatten und dass er als umsichtiger, gerechter Herr galt.

Seine Frau Yvette war von gänzlich anderem Wesen als er. Mit ihren langen blonden Locken, den hellblauen Augen und der weißen Haut verkörperte sie den Inbegriff verzärtelter Damenhaftigkeit. Sie hatte einen leichten Überbiss, was ihrer Schönheit jedoch kaum Abbruch tat. Das Haus verließ sie nur ungern, denn sie verabscheute den Schmutz und den Staub, der die Wege bei jedem Regenguss in zähe Schlammlöcher verwandelte.

»Warum soll ich mir meine schönen Kleider ruinieren?«, sagte sie zu Elizabeth, als diese Yvette einmal gefragt hatte, ob sie auf einen Spaziergang mitkommen wolle. »Außerdem vertrage ich die Sonne nicht, sie verbrennt mich sofort.«

Die meiste Zeit des Tages verbrachte sie in ihrem Salon

und beschäftigte sich mit ihren Blumenmalereien und Stickarbeiten, die in zahlreichen Variationen die Wände und Möbel des Hauses zierten. Immer wenn sie wieder eines ihrer Kunstwerke vollendet hatte, zeigte sie es entzückt Elizabeth, die das Werk pflichtschuldigst bewundern musste.

Henri und Yvette sprachen gut Englisch, weshalb die Verständigung kein Problem war. Mit den wenigen Brocken Französisch, die Elizabeth beherrschte, wäre sie auf der Insel nicht weit gekommen.

An manchen Abenden spielte Yvette auf dem Virginal und sang dazu. Als sie erfuhr, dass Elizabeth das Instrument ebenfalls beherrschte, bestand sie darauf, dass diese ihr gesamtes Repertoire zum Besten gab, und schlug anschließend vor, dass sie sich gegenseitig alle Stücke beibringen sollten, die sie kannten.

»Nicht so schnell!«, rief sie, wenn Elizabeth ihr einzelne Lieder vorspielte. »Sonst kann ich die Noten nicht mitschreiben!«

In mancherlei Hinsicht war Yvette wie ein Kind, leicht zu begeistern und neugierig, aber auch sprunghaft und mit der Neigung zum Schmollen, wenn ihr etwas missfiel. Ihre Dünkelhaftigkeit kannte keine Grenzen, weshalb sie, als sie gehört hatte, dass Elizabeth dem englischen Hochadel entstammte, augenblicklich darauf bestanden hatte, ihr Obdach zu gewähren. Allerdings beruhte ihr Standesdenken weniger auf Hochmut oder Oberflächlichkeit, sondern war schlicht ihrer Erziehung geschuldet. Von klein auf verhätschelt und von Dienerschaft umgeben, hatte sie zeitlebens nie einen Finger rühren müssen. Gleichwohl war sie mit natürlicher Herzlichkeit gesegnet und verhielt sich den Sklaven gegenüber ebenso großmütig wie ihr Mann. Sie ließ den Kindern der Arbeiter regelmäßig Naschwerk zukommen und bedachte die Frauen mit Seidenbändern, Glasperlen und anderem Tand.

»Jeder Mensch hat im Leben ab und zu eine kleine Freude verdient«, erklärte sie Elizabeth, als sie wieder einmal einen Diener mit den milden Gaben zu den Hütten der Arbeiter schickte.

In ihrer Art erinnerte sie Elizabeth an die bunten Kolibris, die wie kostbare kleine Edelsteine zwischen den wild blühenden Orchideen hinterm Haus herumschwirrten.

Wenn sie abends nach dem Essen zu dritt auf der Veranda beisammensaßen, sprachen sie über Gott und die Welt. Yvette wollte alles über Elizabeths Leben erfahren, sie bestürmte sie mit tausend Fragen.

»*Mon Dieu!*«, rief sie ein ums andere Mal aus, als Elizabeth die Geschehnisse während des Aufstands auf Barbados schilderte. Immer wieder musste sie erzählen, wie sie Harold niedergeschossen hatte. Yvette wollte die Waffe unbedingt sehen, und als Elizabeth sie aus ihrer Kammer holte, gab Yvette einen spitzen Schrei von sich und musste sich Luft zufächeln.

Nachdem sie sich ein wenig mit Henri und Yvette angefreundet hatte, schenkte sie ihnen auch reinen Wein darüber ein, warum sie von Dominica hatte fliehen müssen.

»Wir wären gern dort geblieben, wenn dieser schreckliche, grausame Kommandant nicht gewesen wäre«, erzählte sie. »Nach allem, was geschehen war, konnten wir unseres Lebens nicht mehr sicher sein.« Sie schilderte die Augenblicke des Schreckens, als Howards Männer auf sie geschossen hatten. »Ich möchte gar nicht wissen, was er den armen Indianern angetan hat!«

Yvette saß gerade aufgerichtet auf ihrem Stuhl, die Augen funkelnd vor Entsetzen und Neugierde. Immer wieder wollte sie Einzelheiten hören, die sie dann jedoch derart aus der Fassung brachten, dass sie ihr Riechsalz holen musste.

Zu Elizabeths Erstaunen hatte Henri bereits von der Strafexpedition gehört. Nur wenige Tage vor ihrer Unterhaltung war ein Handelsschiff vor Anker gegangen, das von Dominica kam. Der Kapitän hatte dort tags zuvor Frischwasser aufgenommen und dabei von einem Massaker an den Indianern gehört. Er habe, so hatte er Henri erzählt, den Anführer Arthur Howard persönlich kennengelernt, der sich damit gebrüstet habe, Dutzende Wilde abgeschlachtet zu haben, viele davon eigenhändig. Der Kapitän hatte einige Fragen gestellt und war dabei zu der Überzeugung gelangt, dass der Mann kein wirklicher Offizier, sondern ein Betrüger sei – eine Ansicht, die Henri teilte.

»Niemand hat diesen Arthur Howard ermächtigt, auf Dominica eine Festung zu bemannen und die Eingeborenen in Angst und Schrecken zu versetzen«, sagte er zu Elizabeth. »Im Gegenteil – Frankreich ist mit England übereingekommen, dass die Insel den Kariben überlassen werden soll. Irgendwo müssen sie ja hin.« Er vollführte eine ausholende Geste und schloss damit die gesamte Karibik ein. »Auf den von Weißen besiedelten Antilleninseln werden sie über kurz oder lang vertrieben. Zu Zeiten meines Vaters hat es hier blutige Kämpfe mit den Indianern gegeben. Jetzt haben wir Frieden, aber nur weil die meisten Wilden entweder tot oder fortgezogen sind. Viele sind nach Martinique gegangen, aber auch da sind sie im Grunde unerwünscht, es gibt immer wieder Ärger mit ihnen. Auf lange Sicht wird ihnen nur Dominica bleiben. Dort ist Plantagenbau ohnehin fast unmöglich, es ist viel zu bergig. Weder England noch Frankreich haben vor, die Insel in Besitz zu nehmen, und daran wird auch dieser größenwahnsinnige Landsmann von Euch nichts ändern.«

Seit Henri die Umstände ihrer Flucht von Dominica kannte, betrachtete er Elizabeth mit neuem Respekt. Mehrmals betonte er, wie sehr es ihn ehre, dass eine so tapfere, kluge und obendrein schöne Frau sein Gast sei, womit er sie jedoch in Verlegenheit brachte, denn sie befürchtete, dass Yvette eifersüchtig werden könnte. Doch diese stimmte ihrem Mann lediglich arglos zu und fragte Elizabeth, ob sie vielleicht Lust auf eine Runde Pikett habe.

So waren die Tage und Wochen seit ihrer Ankunft auf Basse-Terre in freundlichem, gleichförmigem Einerlei verstrichen – und Elizabeths Anspannung nahm beständig zu. Wann endlich würde Duncan von England zurückkehren?

Sie erhob sich von dem Felsen und betrachtete ein letztes Mal den Horizont. Bereits im Begriff, sich abzuwenden, sah sie in der Ferne etwas Helles aufblitzen. Möglicherweise war es nur ein Lichtreflex auf dem Wasser, vielleicht auch Brandungsgischt. Mit verengten Augen sah sie genauer hin und wartete mit angehaltenem Atem, bis sie sicher sein konnte: Es war ein Schiff! Konzentriert starrte sie den hellen Fleck an, während dieser immer größer wurde und allmählich vor dem sattblauen Hintergrund des Meeres Gestalt annahm. Bald war deutlich zu sehen, dass das Schiff nicht die *Elise* sein konnte. Es war kein schnittiger, schlanker Dreimaster, sondern ein deutlich kleineres, plump gebautes Boot. Enttäuscht wandte sie sich ab und begann den Abstieg zum Dorf.

Das Haus der Perriers lag an der breitesten Straße mitten im Ort. Deirdre saß mit Faith auf der Veranda des Hauses und hatte ein Auge auf Johnny, der mit ein paar anderen Kindern spielte. Gemeinsam jagten sie ein Huhn umher und übertönten mit ihrem begeisterten Geschrei das wilde Gackern des armen Vogels.

»Johnny, komm her zu mir!«, rief Elizabeth. Sie hatte das Bedürfnis, ihn in die Arme zu schließen.

Er blickte auf und lachte sie an. Seine Augen leuchteten blau in dem schmutzverschmierten Gesichtchen. In diesem Moment hatte er so viel Ähnlichkeit mit seinem Vater, dass Elizabeth die Luft anhalten musste. Sie vermisste Duncan plötzlich mit einer Heftigkeit, die ihr die Tränen in die Augen trieb. Er war nun schon so lange fort, dass es jeden Tag schwerer wurde, die Hoffnung auf ein Wiedersehen aufrechtzuerhalten. Jedes Schiff, das im Hafen Anker warf, zog sie unweigerlich an den Strand, und sie ruhte nicht eher, bis sie den jeweiligen Kapitän nach Neuigkeiten ausgefragt hatte. Eines der Frachtschiffe war direkt aus London gekommen, und ein darauf mitreisender Händler wollte gehört haben, dass ein karibischer Kaperfahrer wegen Verrats und Piraterie gehängt worden sei, doch Genaueres wusste er nicht. Elizabeth hatte dieses Gespräch nach Kräften verdrängt, doch in ihr lauerte seitdem die Furcht wie ein wildes Tier im Versteck, jederzeit bereit, sich auf sie zu stürzen und mit scharfen Krallen ihr Inneres zu zerfetzen.

»Komm her, Johnny!«

»Mommy, ich hab keine Zeit! Wir fangen das Huhn!«

»Ja, das sehe ich.« Elizabeth lachte gegen ihre Verzweiflung an. »Und ihr macht euch dabei ziemlich dreckig.« Am Nachmittag hatte es geregnet, die Wege waren aufgeweicht und entsprechend verschlammt.

»Nun komm schon her.« Elizabeth klemmte sich Johnny im Vorbeigehen unter den Arm und achtete nicht auf die mit Gestrampel untermalten Proteste. Er war jetzt fast drei und ausgesprochen dickköpfig, und davon abgesehen hatte er ständig Unfug im Kopf. Wenn man ihn nicht dauernd im Auge behielt, heckte er umgehend irgendwelche Streiche

untätig an Land zu hocken war ihre Sache nicht. Elizabeth und die Kinder waren auf Basse-Terre sicher, niemand musste sie beschützen oder bewachen – das Leben auf der Insel verlief in ruhigen und geordneten Bahnen. Ein jeder gab auf den anderen acht, zwischen den Franzosen und den auf der Insel lebenden Kariben herrschte Frieden, und dank des bewachten Forts an der Südspitze konnte sich keine Kriegsflotte unbemerkt nähern.

Auf der Plantage Tabakblätter zu ernten, in einer Reihe mit Sklaven und Schuldknechten, kam für Oleg und Jerry nicht infrage, denn sie waren freie Männer. Also hatten sie sich aufs Fischen verlegt, eine Arbeit, bei der sie wenigstens auf dem Wasser sein konnten. Manchmal zogen sie auch mit einem Trupp von Männern los, um Bäume zu fällen, oder sie halfen bei nötigen Reparaturarbeiten aus, etwa wenn eine gebrochene Deichsel zu richten oder das Dach eines Schuppens zu erneuern war. Ihr handwerkliches Geschick hatte sich rasch herumgesprochen, ebenso wie Olegs Begabung in der Heilkunst. Er hatte schon einige gebrochene Knochen geschient sowie Entzündungen und Wunden versorgt.

Erst am Morgen hatte Yvette Elizabeth zur Seite genommen und verschwörerisch flüsternd wissen wollen, ob der Kirgise sich auch auf die Behandlung von Frauenleiden verstehe. Verschämt hatte sie Elizabeth anvertraut, dass sie keine Monatsblutung habe.

»Die Kräuterfrau aus dem Dorf sagt, auf mir liege ein Fluch, aber Henri meint, sie behaupte das nur, um mir Angst einzujagen. Andererseits – ich will schon so lange ein Kind. Unbedingt! Aber wie soll ich eins kriegen ohne Monatsblutung?«

»Hattest du sie denn überhaupt schon einmal?«

»Ja, aber das ist lange her. Und es war auch nur ganz selten.«

Elizabeth hatte ihr versprochen, Oleg um Rat zu fragen, was ihr nun wieder einfiel. Auf ihre entsprechende Frage zuckte Oleg jedoch nur die Achseln. Jerry übersetzte es auf seine Weise.

»Oleg weiß auch nicht alles.« Wenig hilfreich fügte er hinzu: »Vielleicht sollte sie mehr Rum trinken. Der bringt normalerweise alle Säfte zum Fließen.«

Oleg quittierte diese Anmerkung mit einem Schnauben, womit klargestellt war, dass das Jerrys Meinung war und nicht seine.

Johnny lief um die auf den Strand gezogene und seitlich mit Holzstützen versehene Schaluppe herum.

»Ich will auch kalfatern!«

»Na, dann zeig mal, was du kannst. Aber schön fest reindrücken, klar?« Jerry drückte ihm gutmütig ein Kalfateisen in die Hand, damit der Kleine etwas Werg in die Ritzen der Planken stopfen konnte. Neben dem Boot brannte ein Feuer, über dem ein Kessel mit erhitztem Pech hing. Oleg hob Johnny hoch und trug ihn auf die gegenüberliegende Seite der Schaluppe, damit er weit genug von dem Kessel entfernt war. Elizabeth sah es mit warmer Zuneigung. Die beiden Männer kümmerten sich mit solcher Umsicht um das Kind, dass Duncan sehr zufrieden mit ihnen gewesen wäre.

Ach Duncan! Werde ich dich überhaupt jemals wiedersehen?

Der Gedanke kam so unvermittelt und eindringlich, dass ihr die Kehle eng wurde von der abergläubischen Angst, damit das Unglück erst heraufzubeschwören. Am Ende würde sich das Allerschlimmste nur deshalb bewahrheiten, weil sie es als Möglichkeit in Betracht zog!

Oleg ergriff einen großen Holzhammer, mit dem er das Füllmaterial in den Bootsfugen festklopfte, und das dumpfe Hallen der einzelnen Schläge klang in Elizabeths Ohren, als wollte das Schicksal nachdrücklich darauf pochen, dass sie auf alles gefasst sein sollte.

»Mommy, da kommt das Schiff!« Johnny ließ das eiserne Werkzeug fallen und rannte ein Stück den Strand entlang, um es besser beobachten zu können. Es handelte sich um das Boot, das Elizabeth schon vom Hügel aus gesehen hatte, eine ziemlich heruntergekommene Ketsch mit schmutzigen Segeln.

»Johnny!«, rief sie scharf, dann lief sie dem Kleinen nach und hob ihn hoch, bereit, so rasch wie möglich zum Haus der Perriers zurückzulaufen. Ihre Sorge, Arthur Howard könnte herausgefunden haben, wo sie sich versteckt hielt, hatte sich in den Wochen seit ihrer Ankunft nie ganz gelegt. Sie hatte sich schon oft gefragt, welche Anstrengungen er wohl auf sich nehmen würde, um sich an ihr zu rächen, und sie war jedes Mal zu dem Schluss gekommen, dass er keine Mühen scheuen würde. Er war ein Mann, für den Rache ein zentrales Lebensziel sein konnte. Das hatte er mit dem akribisch vorausgeplanten Gemetzel an den Indianern bewiesen. Es drehte Elizabeth den Magen um, wenn sie sich vorstellte, was er den Indianern – und womöglich auch Zena! – angetan hatte.

Arthur Howard ging planvoll und überlegt vor. Er würde nicht mit militärischem Gehabe hier auftauchen wie auf Dominica. Guadeloupe gehörte den Franzosen, man würde ihn mit Waffengewalt vertreiben, zumal sich seine unrühmliche Rolle inzwischen herumgesprochen hatte. Nein, Howard würde sich einen Überraschungseffekt zunutze machen. Er würde sich einschleichen und wahrscheinlich Kundschafter vorausschicken. Auf einem unauffälligen, harmlosen Einmaster, so ähnlich wie der Kahn, der dort soeben im Hafen einlief.

Gleich darauf schalt sie sich für ihre einfältige Furchtsamkeit. Niemand konnte hier unbemerkt an Land kommen, das ganze Dorf sah ja zu.

»Lass mich runter, Mommy! Ich will zu dem Boot!«

»Gleich. Warte noch einen Augenblick.« Sie setzte Johnny auf ihrer Hüfte zurecht und schirmte mit der freien Hand die Augen ab, während sie beobachtete, wie jemand von der Besatzung das Boot am Steg vertäute. Ein Mann kletterte an Land. Etwas an seiner Haltung und seinen Bewegungen kam Elizabeth bekannt vor.

Sie hielt den Atem an.

»Mommy, lass mich runter!« Johnny fing an zu strampeln, und Elizabeth setzte ihn geistesabwesend ab, bevor sie einen Schritt auf den Anleger zu tat und gleich darauf einen weiteren, um im nächsten Moment Hals über Kopf loszurennen. Sie lief, so schnell sie konnte, die Röcke mit beiden Händen gerafft und ohne auf die neugierigen Blicke der Dorfbewohner zu achten, die verdutzt stehen blieben, als sie an ihnen vorbeistürmte.

»William!«, schrie sie. »William!«

Er hatte sie bereits gesehen und kam ihr entgegen, und als er sie schließlich erreicht hatte, warf sie sich in seine ausgestreckten Arme, ohne groß darüber nachzudenken, ob es schicklich war oder nicht.

»William! Oh mein Gott!« Sie lachte und schluchzte gleichzeitig, während er sie im Kreis herumschwang und sie dann fest an sich presste. Sie fühlte die zuverlässige Stärke und Wärme seines Körpers, das Kratzen seiner bärtigen Wange an der ihren, und das Herz lief ihr über vor Glück. Die schiere Freude, die dieses Wiedersehen in ihr wachrief, war ein so köstliches Gefühl, dass sie davon weinen musste. In Tränen aufgelöst, schmiegte sie sich an ihn und hielt ihn, und er drückte sie so inbrünstig an sich, dass sie ihre Rippen knacken hörte.

»Verzeih.« Zögernd lockerte er seine Umarmung, um ihr intensiv ins Gesicht zu sehen. »Lizzie. Mein Gott, wie froh ich bin!«

»Und ich erst!« Unter Tränen strahlte sie ihn an, nahm seine vertraute Erscheinung in sich auf, das schmale, ausdrucksvolle Gesicht, sein herzliches Lachen, die liebevolle Zuneigung in seinen Augen. Fest ergriff sie seine beiden Hände und sah ihn atemlos an. »Wie hast du mich hier gefunden?«

»Ich war zuerst auf Dominica, wo ich sehr ausdauernd mit einer misstrauischen Witwe verhandeln musste, bis sie endlich bereit war, mir zu verraten, wo du dich aufhältst. Diese Miss Jane ist wirklich ein harter Brocken.«

»Ja, sie hat einiges von einer Glucke an sich, und uns hielt sie für ihre Küken. Hat sie dir von dem schrecklichen Tyrannen erzählt, der uns dort nach dem Leben trachtete?« Ohne seine Antwort abzuwarten, fuhr sie vor Eifer übersprudelnd fort: »Ich habe eine Nachricht für Duncan bei ihr hinterlassen, aber dass du ebenfalls dort auftauchen würdest, konnte ich nicht wissen. Wie bist du darauf gekommen, dort nach mir zu suchen?«

»Ich habe einen Brief von Anne bekommen. Aus England. Elizabeth …« Seine Miene verdüsterte sich, und von jäher Angst erfasst, trat sie einen Schritt zurück.

»Ein Brief von Anne?« Ihre Stimme klang brüchig. »Was … Oh Gott …« Sie holte Luft, und die nächsten Worte schrie sie beinahe. »Was hat sie geschrieben? Ist Duncan … Ist er …« Sie konnte es nicht aussprechen. Ihre Kehle fühlte sich ausgedörrt an. Mit wild klopfendem Herzen starrte sie William an.

»Anne schrieb, er sei schwer verletzt. Mehr weiß ich auch

nicht.« Beruhigend umfasste er ihre Schultern, sein Griff war fest. »Er kann sich längst wieder erholt haben.«

Sie hatte angefangen zu zittern, und wenn er sie nicht gehalten hätte, wäre sie in den Knien eingeknickt.

»Von wann stammt der Brief? Hast du ihn mitgebracht? Kann ich ihn lesen?«

»Gewiss.« Offenbar hatte er mit dieser Bitte gerechnet, denn rasch zog er das Schreiben aus seiner Gürteltasche und reichte es ihr. Mit bebenden Händen entfaltete sie es. Die Buchstaben zerflossen vor ihren Augen. Die ganze Zeit starrte sie nur auf jene eine Stelle, die ihren schlimmsten Befürchtungen Ausdruck verlieh.

… dass Duncan auf Leben und Tod daniederliegt. Der Bote meinte, es stehe nicht gut um ihn …

Ihr Blick glitt zurück an den Anfang des Briefs. Das Datum … Wie viele Wochen waren seitdem verstrichen? Zu ihrer Beschämung wusste sie es nicht. Sie kam sich dumm vor, weil sie William danach fragen musste, doch auch hier kam seine Antwort sofort, als hätte er ihre Hilflosigkeit vorausgesehen.

»Es ist genau zehn Wochen her«, sagte er.

Sie fing an zu rechnen. Zehn Wochen … Eine schwere Verletzung, vielleicht eine, die ihn lange ans Bett gefesselt und lange gebraucht hatte, um zu heilen … Es war durchaus möglich, dass er … Ihre Gedanken überschlugen sich und gerieten in einen beklemmenden Sog. Ebenso gut war es möglich, dass er es nicht überstanden hatte. Duncan Haynes, der Pirat. Er hatte gefährlich gelebt und war dem Tod häufiger von der Schippe gesprungen, als eine Katze Leben hatte. Sein Körper war von so vielen Narben gezeichnet, jede einzelne dieser Wunden hätte sein Ende sein können. Immer wieder hatte er dem Schicksal ein Schnippchen geschlagen und war davongekommen. Doch niemandes Vorrat an Glück war unerschöpflich, auch der seine nicht. *Überleben kann nur der Gewinner* – das war eine seiner Lebensweisheiten gewesen, fast schon ein Leitspruch. Aber am Ende hatte er vielleicht doch verloren.

Elizabeth stand mit hängenden Armen vor William, bis in die Grundfesten erschüttert. Der Brief war ihr unbemerkt entglitten und zu Boden gefallen. William hob ihn auf und steckte ihn wieder ein. Johnny wuselte um ihre Beine herum und wollte wissen, wer der Mann sei, der da gekommen war. Er kannte William natürlich von Barbados, aber das letzte Zusammentreffen lag eine ganze Weile zurück, und so häufig hatte er ihn auch wieder nicht gesehen. Kinder in dem Alter waren zu jung, um sich an flüchtige Bekannte zu erinnern. Doch Johnny überraschte sie.

»Jetzt weiß ich's, jetzt weiß ich's!«, krähte er. »Es ist der Bruder von Tante Anne!«

»Ja«, sagte Elizabeth tonlos. »Es ist Onkel William.« Am liebsten hätte sie ihr Entsetzen und ihre Furcht laut herausgeschrien. Es kostete sie Mühe, an sich zu halten.

»Lizzie …« Williams Stimme klang tröstend, aber es lag auch ein fragender Unterton darin, als wollte er, dass sie ihm sagte, was er für sie tun könne.

»Es geht schon.« Sie atmete durch und zwang sich zur Ruhe. Auf keinen Fall wollte sie den Dorfbewohnern, deren Blicke immer noch neugierig auf ihr ruhten, ein Schauspiel bieten. »Komm, lass uns gehen. Ich will dich unseren Gastgebern vorstellen.«

Williams Erscheinen versetzte Yvette in helle Aufregung. Ein englischer Lord in ihrem Haus, und dazu die Tochter eines Viscounts! Sie zog alle Register, um Eindruck auf sie zu machen. In ihrem besten Seidenkleid, das Haar zu glänzenden, mit Zuckerwasser gestärkten Locken onduliert, sah sie wie ein süßes Kaninchen aus. Unablässig flatterte sie um den neuen Gast herum und achtete darauf, dass beim Abendessen von allem nur das Beste auf seinem Teller landete. Aus der Küche der Perriers wurden Speisen hereingetragen, die jedem Festbankett Ehre gemacht hätten. Yvette hatte alle verfügbaren Dienstboten an die Arbeit gescheucht, damit in der Kürze der Zeit noch ausreichend ansprechende Gerichte zubereitet werden konnten. Es gab gesottenen und gebratenen Fisch, Langusten und Austern, gegrillte Lende, gebackenen Schinken, dazu allerlei gedünstetes und geschmortes Gemüse sowie mit Safran verfeinerten Reis, und als Nachspeisen Cremes und süße Pasteten. Yvette selbst aß wie ein Spatz, sie pickte nur auf ihrem Teller herum, bestand aber darauf, dass William und Elizabeth alles probierten. Immer wieder fragte sie, ob es denn auch wirklich munde, und William musste ein ums andere Mal beteuern, wie hervorragend es ihm schmecke. Nach der langen Überfahrt hatte er zum Glück einen Bärenhunger und konnte den aufgetischten Köstlichkeiten gebührend zusprechen. Dass Elizabeth nur wenig aß und bis auf einsilbige Bemerkungen kaum zur Unterhaltung beitrug, beeinträchtigte Yvettes Stimmung nicht, denn sie selbst redete wie ein Wasserfall und hielt die Unterhaltung schon allein damit in Gang, dass sie William ununterbrochen ausfragte. Mit geröteten Wangen schenkte sie nach dem letzten Gang eigenhändig heißen, aromatisch duftenden Rumpunsch aus, den ein Diener auf der Terrasse flambierte, während Henri eine Schachtel von seinen besten Zigarren hervorholte und William eine davon kredenzte. William, der Elizabeth immer wieder mit besorgten Seitenblicken bedachte, schien die ganze Zeit darauf zu warten, dass sie sich unter irgendwelchen Vorwänden zurückzog, doch sie hatte sich bewusst dagegen entschieden. Sosehr es sie drängte, allein zu sein und sich unbeobachtet ihrem Kummer hingeben zu können, so genau wusste sie auch, dass sie das noch weniger würde aushalten können, als hier mit den anderen zusammenzusitzen und so zu tun, als wäre alles in bester Ordnung. Als die beiden Männer sich jedoch zum Rauchen auf die Terrasse begaben, nutzte auch Elizabeth die Gelegenheit, sich die Füße zu vertreten, obwohl sie Yvette versprechen musste, rasch zurückzukommen.

»Ich möchte nachher noch auf dem Virginal spielen! Und du sollst dazu singen, du hast eine so herrliche Stimme!«

Elizabeth murmelte eine Zustimmung und ging in ihre Kammer, um nach den Kindern zu sehen. Beide schliefen tief und fest, Johnny in seiner Hängematte und Faith in der Wiege, die Oleg für sie gezimmert hatte, gleich in der ersten Woche nach ihrer Ankunft auf Basse-Terre. Auf der Schaluppe hatten sie kaum das Nötigste mitnehmen können. Elizabeth lächelte flüchtig, weil sie dabei an Felicity denken musste, deren ganzes Seelenheil immer davon abhing, dass sie ausreichend Gepäck mit auf ihre Reisen nehmen konnte. Wie es ihr wohl in den vergangenen Wochen ergangen sein mochte? Elizabeth sorgte sich um Felicity, obwohl das im Vergleich zu ihrer Angst um Duncan kaum ins Gewicht fiel. Immerhin bestand ja die Gewissheit, dass Felicity von ihrer Verwundung, so schlimm die auch gewesen sein mochte, genesen war. Ob es ihr trotz der Kriegswirren gelungen war, Niklas wiederzusehen?

Elizabeth beugte sich über Johnny, der zusammengerollt wie ein schlafendes Hündchen in der Hängematte lag, den Kopf mit den zerwühlten dunklen Locken in die Armbeuge gedrückt. Seine Lippen zuckten leicht im Schlaf, er schien lebhaft zu träumen. Elizabeth hauchte ihm einen Kuss auf die Stirn, bevor sie zu der Wiege hinüberging, den Mückenschleier zur Seite schlug und Faith betrachtete. Die Kleine lag auf dem Bauch, die Beinchen unter den Körper gezogen und das Hinterteil in die Luft gereckt. Auch Johnny hatte oft so geschlafen, wie ein kleiner Käfer. Elizabeth fühlte sich von heißer Liebe durchströmt, sie musste der Versuchung widerstehen, das Baby aus der Wiege zu heben und es an sich zu drücken, um seine Nähe und Wärme zu spüren. Stattdessen strich sie sacht mit den Fingerspitzen über die weiche Wange und unterdrückte ein Seufzen, als ein rundliches Ärmchen unter dem Körper hervorrutschte und Faith sich mit zufriedenem Schmatzen den Daumen in den Mund schob. Die Kleine hatte damit angefangen, nachdem Zena als Amme ausgefallen war und Elizabeths Milch nicht ausgereicht hatte, um sie richtig satt zu machen. Bis dann die neue Amme zur Verfügung gestanden hatte, war das Daumenlutschen bei Faith schon zu einer festen Angewohnheit geworden. Die Amme, eine stille, mütterliche Schwarze namens Claudine, die schon vielen *Grand Blancs* gedient hatte, wollte Faith eine bittere Flüssigkeit auf die Daumen streichen, doch das hatte Elizabeth, nachdem sie probehalber davon gekostet hatte, rigoros abgelehnt. Sie würde ihr kleines Mädchen nicht mit einer solchen Tinktur quälen. Außerdem war ihr wieder eingefallen, wie die Köchin von Raleigh Manor einmal erzählt hatte, dass sie als Kind ebenfalls am Daumen gelutscht habe. Offensichtlich hatte es sie weder entstellt noch ihr sonst wie geschadet, also warum sollte sie Faith daran hindern, wenn es der Kleinen doch half, besser zu schlafen und sich schneller zu beruhigen?

Mit einem letzten Blick auf die Kinder verließ sie die Kammer und ging hinaus auf die Terrasse, wo die Männer Zigarren rauchend an der Brüstung lehnten und über Plantagenwirtschaft sprachen. Wieder fiel Elizabeth auf, wie ähnlich William und Henri einander waren, nicht nur äußerlich. Fast hätten sie Brüder sein können. William war ein paar Jahre jünger und einen halben Kopf größer als Henri, doch in ihrer Art zu reden und zu gestikulieren glichen sie einander fast so sehr wie in ihren Anschauungen. Angeregt in ihr Gespräch vertieft, bemerkten sie Elizabeth erst, als sie neben William ans Geländer trat.

»Willst du ein bisschen frische Luft schnappen?«, fragte William. Rasch wechselte er die Zigarre von der Linken in die Rechte, damit der Rauch ihr nicht ins Gesicht stieg.

Sie nickte nur matt. Ihr war nicht nach Reden zumute. William merkte es und ließ sie in Ruhe. Wie schon bei früheren Gelegenheiten gewahrte sie sein ausgeprägtes Gespür für ihre Stimmungen. Niemand war so einfühlsam und höflich wie er. William war ein Gentleman, wie er im Buche stand. Sie wusste genau, wie viel Arbeit er auf Summer Hill hatte. Trotzdem hatte er alles stehen und liegen lassen und war auf das nächstbeste seetüchtige Boot gestiegen, dessen Besitzer zweifellos viel Geld dafür verlangt hatte, mit ihm zwischen den Antillen herumzusegeln. Wieder einmal hatte William weder Kosten noch Mühen gescheut, um ihr zu helfen, und tief in ihrem Inneren ahnte sie, dass er dafür vielleicht noch andere Motive hatte als nur reine Hilfsbereitschaft. Gegen ihren Willen seufzte sie tief auf und umspannte mit beiden Händen die Brüstung, weil sie mit einem Mal das Bedürfnis verspürte, sich festzuhalten. In ihrer Mutlosigkeit hätte sie sich gern an William gelehnt. Sie dachte an die Umarmung heute am Strand, wie beschützt und geborgen sie sich für diese wenigen kostbaren Momente gefühlt hatte. Eine schmerzliche Sehnsucht nach Duncan erfasste sie, nach der innigen Nähe, die sie in seinen Armen immer empfunden hatte. Mit seinen Umarmungen hatte er ihr mehr gegeben als nur Sicherheit – sie hatte sich selbst viel stärker gefühlt, manchmal sogar unbesiegbar. So, als könnte sie alles erreichen, wenn er nur bei ihr war. Was hätte sie darum gegeben, wieder so von ihm gehalten zu werden!

»Ist alles in Ordnung?«, fragte William.

Sie nickte nur stumm und sah zum Sternenhimmel hinauf. In prachtvoller Vielfalt hatten sich die vertrauten Konstellationen am Firmament ausgebreitet, funkelnd wie Diamanten auf schwarzem Samt. Als sie sich wieder zu William umwandte, sah sie, dass Henri sich taktvoll zurückgezogen hatte, damit die Besucher ungestört miteinander reden konnten. Bisher hatten sie noch kein Wort allein wechseln können. Elizabeth holte tief Luft, weil ihr Herz mit einem Mal den Brustkorb zu sprengen drohte, und im nächsten Augenblick brach sie in Tränen aus. Es war, als hätte die Anstrengung, über Stunden hinweg stark und gefasst zu bleiben, ihr letztlich alle Kraft geraubt. Sie fühlte sich schwach und verlassen, so hilflos wie ein Kind, dem jemand befohlen hatte, ein tiefes, unheimliches Gewässer zu durchschwimmen. Sie wusste nicht, ob sie es schaffen würde. Ob sie es überhaupt versuchen oder doch lieber gleich untergehen sollte. Noch nie im Leben hatte sie sich so einsam gefühlt.

William nahm sie ohne zu zögern in die Arme, es störte weder sie noch ihn, was die Perriers von so viel Vertraulichkeit halten mochten. In diesem Augenblick war er einfach nur ein Mensch, auf dessen Nähe Elizabeth verzweifelt angewiesen war. Er drückte sie fest an sich und strich ihr mit der Hand immer wieder über den Hinterkopf, so wie ihr Vater es einst getan hatte, als sie damals vor über fünf Jahren ihre Schwester Jane und deren Kind gleichzeitig zu Grabe getragen hatten. Die beiden waren am selben Tag gestorben. Davor, im Abstand von nur wenigen Monaten, hatten sie Elizabeths andere Schwester, den Bruder und die Mutter beerdigt. Krankheiten und andere Unglücksfälle hatten den größten Teil ihrer Familie hinweggerafft, irgendwann hatte Elizabeth geglaubt, gegen den Schmerz abzustumpfen und keine Tränen mehr zu haben. Doch als am Ende auch noch Jane hatte gehen müssen, zusammen mit dem eben erst geborenen Mädchen, war die Trauer genauso qualvoll gewesen wie bei all den anderen, und ihr Körper hatte Ströme weiterer Tränen hervorgebracht. Damals hatte ihr Vater sie so gehalten, wie William es jetzt bei ihr tat. Tröstlich, innig, voller Mitgefühl. An jenem Tag auf dem Familienfriedhof von Raleigh Manor hatten sie alles verloren, nur nicht einander.

William war ihr ganz nah, und sie schlang die Arme um ihn, bis sie seinen Herzschlag spüren konnte. Ihr Gesicht war an seiner Schulter vergraben, in dem weichen Baumwollstoff seines Hemdes. Er roch nach Sandelholz, Tabak und einem nicht unangenehmen Hauch von männlichem Schweiß. Vage wurde ihr bewusst, wie vertraut ihr sein Geruch war und wie tröstlich seine Berührung. Sein Mund berührte ihre Schläfe, er murmelte Worte in ihr Haar, die sie nicht verstand, deren Klang sie aber beruhigte. Von drinnen waren die sanften Klänge des Virginals zu hören und dazu Yvettes süßer Sopran, ein wehmütiges Lied von Liebe und Tod.

Nach einer Weile fühlte Elizabeth sich besser. Sie schniefte in Williams Hemd und seufzte aus tiefem Herzen.

»Ach William, was täte ich nur ohne dich!«

Er drückte sie noch einmal fest, dann fasste er sie bei den Schultern und schob sie ein Stück zurück.

»Du hast dich den ganzen Abend über bewunderungswürdig in Beherrschung geübt. Keine Frau ist so tapfer wie du, Lizzie.«

»Wie kannst du so was sagen, nachdem ich dein ganzes Hemd vollgeheult habe?« Sie lachte unter Tränen und wischte sich mit dem Handrücken die Wangen ab. »Schau doch nur, es ist wirklich völlig durchnässt.«

»Hauptsache, du konntest dich einmal richtig ausweinen.«

»Da siehst du es. Was ist daran tapfer? Ich fühle mich schrecklich! So verzagt und verängstigt wie ein kleines Kind.«

»Wie solltest du dich sonst fühlen nach dieser wochenlangen Ungewissheit und der Nachricht, die ich dir heute brachte?« Er schüttelte nachsichtig den Kopf. »Sei nicht so streng mit dir, Lizzie. Tapfer wird der Mensch nicht durch Furchtlosigkeit, sondern dadurch, dass er sich auch von der schlimmsten Angst nicht unterkriegen lässt.«

»Ach William, du bist wirklich lieb, aber auch bei dieser Auslegung entspreche ich nicht dem Ideal.« Sie zögerte und suchte nach Worten. »Weißt du, wenn Duncan … wenn er … wenn ich nur wüsste, was mit ihm ist. Dann könnte ich …« Sie brachte es nicht über die Lippen.

»Du könntest um ihn trauern.« Er kleidete es in Worte. »Und an einen Neuanfang denken.«

Davon wollte sie nichts hören. Eigensinnig schüttelte sie den Kopf, blieb aber stumm.

Er umfasste ihr Kinn und hob es leicht an.

»Lizzie, kein Mensch verlangt von dir, dass du ihn verloren gibst. Solange du keine Gewissheit über sein Schicksal hast, bleibt dir sowieso nichts anderes übrig, als auf weitere Nachrichten zu warten. Gestatte mir einfach nur, dir dabei zur Seite zu stehen und dir zu helfen.« Sein Daumen beschrieb einen sachten Bogen über ihre tränennasse Wange. »Komm mit mir nach Barbados zurück, damit ich für dich und die Kinder sorgen kann.«

»William, du hast schon so viel für mich getan. Ich kann dir das nicht zumuten.«

»Unfug«, wehrte er ab. »Das Herrenhaus auf Summer Hill ist fertig, und es ist riesig. Celia und ich verlieren uns darin. Es wird höchste Zeit, dass es von Leben erfüllt wird.«

»Celia ... Wie geht es ihr?«

»Sie ist sehr dickköpfig und hat alles fest im Griff. Einschließlich meiner Person.«

Elizabeth lächelte über diese trockene Bemerkung. Sie konnte es sich bildlich vorstellen, wie Celia dafür sorgte, dass William regelmäßig aß und die Wäsche wechselte und sich wenigstens ab und zu von der schweren Arbeit ausruhte. Ohne Celia wäre dieses Hemd, das er trug, sicher nicht so sorgfältig geplättet und die Beinkleider und Schuhe weniger sauber und gepflegt. Wahrscheinlich half sie ihm sogar beim Rasieren.

William hielt immer noch Elizabeths Kinn umfasst. Er streifte ein letztes Mal mit der Daumenkuppe über ihre Wange und berührte dabei kurz ihren Mundwinkel, sicherlich unabsichtlich, doch Elizabeth bog unbewusst den Kopf ein wenig zurück, und er ließ die Hand sinken, einen peinlich berührten Ausdruck im Gesicht.

»Lady Elizabeth, Sir William!«, rief Yvette von drinnen mit glockenheller Stimme. »Wollt Ihr nicht wieder hereinkommen und uns die Ehre geben? Wir könnten ein wenig Karten spielen!«

»Was gäbe ich drum, dem zu entgehen«, brummte William.

»Damit würden wir sie sehr enttäuschen«, sagte Elizabeth. Die Anspannung, die sie erfasst hatte, löste sich ein wenig.

»Na schön, gehen wir rein. Und morgen reden wir darüber, dass du mit mir nach Barbados zurückkommst, ja?«

»Um dann Scherereien mit diesem heimtückischen Mistkerl von Gouverneur zu bekommen? Darauf kann ich verzichten.«

»Das soll er nur wagen. Was die Zukunft dieses Mannes angeht, so habe ich bereits vorgesorgt und meinem Gewährsmann in London eine Botschaft übermittelt, unter Beifügung mehrerer urkundlicher Zeugenaussagen, die eine Anklage ausreichend untermauern sollten.«

»Eine Anklage? Wegen seiner … Neigungen?« Elizabeth bemühte sich um einen sachlichen Ton.

»Mit seinen Neigungen beschränkt Doyle sich auf seine Sklaven«, antwortete William. »Deren Wort würde nicht viel zählen, ganz zu schweigen davon, dass sie sowieso nichts sagen, weil sie die Ersten wären, die dafür hängen würden. Nein, es gibt andere, gravierendere Vorwürfe, die er nur schwerlich abstreiten kann.«

»Und welche sind das?«

»Betrug. Seine Geldgier kennt keine Grenzen. Er hat angefangen, unbebautes Land zu parzellieren und zu veräußern. Alle aus dem Rat der freien Pflanzer konnten Ansprüche anmelden und ihre Anbaufläche auf diese Weise vergrößern.« William lächelte flüchtig. »Dummerweise hat er das ohne Wissen und Willen des englischen Parlaments getan und sich einfach stillschweigend die Taschen gefüllt. Das wird ihm das Genick brechen.«

»War das seine Idee oder die von Eugene Winston?«

»Ich schätze, Eugene hat es ausgeheckt. Der hat sich allerdings zwischenzeitlich nach England abgesetzt, was darauf schließen lässt, dass er Doyle mit diesem Plan eher schaden als nützen wollte.«

Henri erschien auf der Terrasse. Es war ihm sichtlich peinlich, sie zu stören.

»Verzeiht, wenn ich Eure Unterhaltung unterbreche. Doch

Yvette … sie fleht mich geradezu an, Euch zum Kartenspiel zu bitten …« Er lächelte in komischer Verzweiflung. »Man kann sich ihr nur schwer widersetzen.«

»Es tut uns leid, dass wir Euch warten ließen. Wir hatten ohnehin alles Wichtige besprochen. Also – auf zum Kartenspiel.« Elizabeth umfasste den von William dargebotenen Arm, und gemeinsam gingen sie zurück ins Haus.

Am nächsten Morgen erwachte sie früh, die Sonne war noch nicht aufgegangen. Wie üblich war Faiths Quengeln die Ursache dafür, dass ihre Nacht vorzeitig zu Ende war. Die Kleine meldete sich brabbelnd und wurde dann immer lauter, bis man sie nicht mehr ignorieren konnte. Elizabeth stand auf und nahm das Baby aus der Wiege. Sie herzte und küsste es, und Faith dankte es ihr mit einem verschlafenen Glucksen. Die Windel war rettungslos durchfeuchtet, weshalb Elizabeth sie rasch gegen eine trockene auswechselte und sich anschließend ein dünnes Baumwollgewand überstreifte, bevor sie mit dem Kind in den Armen auf leisen Sohlen das Haus verließ und durch die aufziehende Morgendämmerung zu den Hütten des Gesindes hinüberging. Deirdre und die Amme teilten sich mit zwei Mägden eine Hütte. Die Frauen schliefen noch, als Elizabeth leise die Tür öffnete, doch die Amme erwachte sofort, kaum dass Elizabeth den Raum betreten hatte. Der langjährige Umgang mit Säuglingen hatte ihr einen sehr leichten Schlaf beschert. Wortlos entblößte sie die Brust und legte die Kleine an, während Elizabeth sich schweigend wieder zurückzog. Faith würde nach dem Stillen noch einmal schlafen. Das tat sie immer, meist zwei oder drei Stunden, bevor sie endgültig und hellwach den Tag begrüßte. Die Amme würde sich nach dem Aufwachen um sie kümmern. Zeit genug für Elizabeth, sich ebenfalls noch einmal hinzulegen, bevor die ersten Hähne krähten, was sicher nicht mehr lange dauern würde. Meist gab das Federvieh kaum länger Ruhe als Faith, und hatte erst ein Hahn mit seinem Geschrei angefangen, fielen die übrigen bald ein.

Auf dem Rückweg zum Haus erwachten ringsum die ersten Bewohner der Tabakfarm – einzelne Vögel erhoben zwitschernd ihre Stimmen. In den Bäumen und Sträuchern, die das Herrenhaus gegen die Hütten und Felder abschirmten, begann das melodische Morgenkonzert. Die nachtaktiven Tiere zogen sich derweil in ihre Höhlen und Nester zurück. Vor Elizabeth huschte ein Tausendfüßler über den Weg, daumendick und fast so lang wie ihre Hand. Vor dem Gift dieses Krabbeltiers musste man sich in Acht nehmen, sein Biss war sehr schmerzhaft. Abgesehen davon gab es nicht viele gefährliche Tiere auf Basse-Terre, bloß im Wasser musste man sich vorsehen, etwa vor den schwarzen Seeigeln. Einer davon war einmal als Beifang bei Jerry und Oleg im Fischernetz gelandet und hatte Jerry ein äußerst unangenehmes Andenken beschert. Oleg hatte dem armen Kerl eine Reihe hässlicher Stacheln herausziehen müssen, und Jerry hatte laut fluchend bekundet, auf keinen Fall mehr tiefer als bis zu den Knien ins Wasser zu steigen.

Elizabeth hätte sich gern die Unterwasserwelt vor der Küste einmal näher angesehen. Jerry hatte gemeint, es gebe ausgedehnte Riffgärten mit schönen Korallen, die man bei klarem Wasser sogar vom Boot aus sehr gut sehen könne. Doch vorläufig verzichtete sie lieber auf das Tauchen, zum einen, weil sie ihre Gastgeber nicht gegen sich aufbringen wollte, zum anderen, weil sie fürchtete, wie beim letzten Mal damit unberechenbares Unheil heraufzubeschwören.

Von vager Unrast getrieben, stieg Elizabeth ein Stück den Hügel hinauf, statt zum Haus zurückzugehen. Der schmale Pfad führte an den Feldern vorbei bergan, zu beiden Seiten gesäumt von teilweise schulterhoch wachsenden Tabakpflanzen, deren gerippte Blätter groß wie Schaufeln waren. Die kelchförmigen rosa Blüten, die sich erst in den Abendstunden weit öffneten, wirkten im Morgengrauen matt und farblos. Mit den Stängeln und Blättern bildeten sie ein raschelndes Meer, das sich nur schwach gegen den immer noch dunklen Himmel abhob.

Als Elizabeth das freie Gelände oberhalb der Pflanzung erreichte, fuhr ihr der Wind ins Haar und blähte ihre Röcke. Um diese Tageszeit war er fast kühl. Später, wenn die Sonne am Himmel stand, würde sie alle Feuchtigkeit aufsaugen, und die Hitze würde sich überall ausbreiten. Hier in Küstennähe ging jedoch häufig ein Wind, weshalb die Wärme meist gut erträglich blieb und sich nur selten in jene brütende Schwüle verwandelte, die an manchen Tagen schwer über dem Land lastete.

Elizabeth gelangte zu der von Felsbrocken übersäten Stelle, von der aus sie immer Ausschau nach eintreffenden Schiffen hielt. Über den Bergen zeigte sich der erste rötliche Schimmer, der rasch intensiver wurde. Im Osten bildete sich ein glühender Saum, der Himmel erhellte sich zusehends. Das Grau wurde rosig und begann zu weichen, bis ein noch diffuses, kaum erkennbares Blau an seine Stelle trat. Elizabeth saß auf dem Felsen und betrachtete mit zurückgelegtem Kopf den Morgenhimmel, ohne die Schönheit dieses Naturschauspiels wirklich würdigen zu können. Sie fühlte sich zerschlagen und müde, die Nacht über hatte sie kaum Schlaf bekommen. Erst kurz vor dem Morgengrauen war sie in einen unruhigen Schlummer gefallen, aus dem Faith sie gleich darauf wieder geweckt hatte. Die ganze Nacht hatten ihre Gedanken sich im Kreis gedreht, sie hatte gegrübelt und sich den Kopf zermartert. Tausend Fragen hatten sie gequält.

Welche Verletzungen Duncan erlitten hatte. Was er durchgemacht haben musste. Und ob er dabei an sie gedacht hatte, so wie sie gerade an ihn dachte. Voller verzweifelter Sehnsucht, das Schicksal verfluchend, und dabei von einer so quälenden inneren Einsamkeit erfüllt, dass es die Seele in Fetzen riss.

Sie wandte ihren Blick dem Meer zu, das im zunehmenden Licht des Tages einem wechselnden Farbenspiel ausgesetzt war. Der Horizont leuchtete nun heller, und auch die Wasseroberfläche würde bald strahlend in der Sonne liegen, wie ein riesiger, beweglicher Teppich voller glitzernder Tupfen. Sie umschlang ihre Knie und ließ sich den Wind ins Gesicht fahren. Während des Aufstiegs hatte sie einen Entschluss gefasst, den sie in der vergangenen Nacht beständig im Kopf herumgewälzt und wieder und wieder durchdacht hatte, bis die Entscheidung unverrückbar feststand: Sie würde mit dem nächstbesten Handelsschiff nach England reisen und Duncan finden. Es würde ihr das Herz zerreißen, die Kinder zurücklassen zu müssen, doch sie konnte und wollte die Kleinen nicht den Gefahren des Seekrieges und den Strapazen der Überfahrt aussetzen. Außerdem würden Johnny und Faith es bei William gut haben. Er würde dafür sorgen, dass es ihnen auf Summer Hill an nichts mangelte. Celia liebte Kinder, sie würde sie behandeln wie ihre eigenen.

Sie wünschte sich, dass der Plan, nach England zu reisen, ihr ein wenig inneren Frieden verschafft hätte. Dennoch fühlte sie sich so einsam und verzweifelt wie zuvor, gelähmt von der Furcht, Duncan nicht mehr lebend anzutreffen. Aber sie hatte keine andere Wahl, als sich dieser Angst zu stellen, auch wenn die Hoffnung auf ein gesundes Wiedersehen noch so gering war. Es nicht zu versuchen, hieße, ihn aufzugeben.

Elizabeth legte die Wange auf ihre Knie und schloss die Augen.

Ihre nächste bewusste Wahrnehmung war ein bunter, taumelnder Falter dicht vor ihren Augen. Sie folgte ihm mit ihren Blicken und schaute zu, wie er davonflatterte, leuchtendes Gelb vor einem strahlend blauen Himmel. Es war helllichter Tag und schon ziemlich heiß. Sie hatte geschlafen, sicher eine Stunde oder sogar zwei. Mühsam kämpfte sie sich auf die Beine, in denen es stach wie von ungezählten Nadelstichen, ganz zu schweigen von anderen Befindlichkeiten. Sie verzog das Gesicht und rieb sich die schmerzende Kehrseite. Auf hartem Fels und obendrein im Sitzen einzuschlafen war keine besonders gute Idee gewesen. Wahrscheinlich würde sie ihren Allerwertesten noch tagelang spüren.

Ihre Kehle war ausgedörrt, ihr Mund trocken, und als sie ihren Rock ausschüttelte, huschte ein giftgrüner Gecko zwischen ihren Füßen hervor und verschwand im Geröll.

Sie beschattete ihre Augen mit der flachen Hand und blickte über das Meer, eine Gewohnheit, mit der sie bald brechen konnte, denn dann würde sie selbst diejenige sein, die dort draußen war, unterwegs zum anderen Ende des Ozeans.

Ein Schiff war am Horizont zu sehen, lang und schlank und mit weißen Segeln – und es näherte sich rasch dem Hafen. Doch es konnte unmöglich real sein, höchstens ein Überbleibsel aus einem Traum von vorhin, als sie geschlafen hatte, auch wenn sie sich nicht erinnerte, geträumt zu haben.

Es war eine Fregatte wie die *Elise.* Mit den gleichen Aufbauten, der rötlichen Farbe des Rumpfs, dem tief stehenden Bugspriet, dem spitz zulaufenden Galion. Elizabeth starrte das Schiff mit verengten Augen an, und dann sah sie die Gestalt auf dem Schanzkleid stehen. Winzig von hier oben aus, kaum mehr als ein Punkt.

Sie bewegte die Lippen zu einem stummen Gebet, während sie ihre Rocksäume hochraffte und loslief. In halsbrecherischen Sätzen rannte sie den Hügel hinab, stolperte mehrmals über Steine oder Wurzeln, prallte unterwegs mit einem der Sklaven zusammen, stürzte ins Tabakfeld, rappelte sich wieder hoch und hastete weiter. Keuchend und mit jagendem Herzschlag stürmte sie an Deirdre vorbei, die mit Johnny die Hühner fütterte und erschrocken den Kopf hob, als sie Elizabeth so unvermittelt auftauchen sah. Gleich darauf hatte sie das Herrenhaus passiert, wo William auf der Veranda beim Frühstück saß und aufsprang, während sie in einem Wirbel flatternder Haare und wehender Röcke vorbeilief.

Sie wusste, dass sie ihr alle folgen würden, aber sie selbst würde zuerst an der Anlegestelle sein. Dieser Augenblick gehörte allein ihr. Und wenig später war sie tatsächlich dort, die zitternden Hände vor den Mund gepresst, wie um die Freudenschreie zu dämpfen, die aus ihrer Brust emporstiegen und hinauswollten, damit er sie hören konnte.

Die *Elise* ankerte ein Stück weit vom Anleger entfernt. Sie hatten ein Boot zu Wasser gelassen und kamen zu zweit ans Ufer. John Evers und Duncan.

Er riss den Arm hoch und schrie ihren Namen, als er sie sah, und sie nahm wie erlöst die Hände herunter und rief den seinen, immer wieder, bis ihr die Stimme brach.

Er war zu ihr zurückgekommen.

26

Noch Tage später empfand Elizabeth diese Momente des Wiedersehens wie einen einzigen, anhaltenden Rausch der Gefühle, der sie blind und taub für ihre Umgebung gemacht hatte. Nach der herzzerreißenden Begrüßung hatte sie sich kaum erinnern können, was sie alles gesagt oder getan hatte. Dafür hallte immer noch in ihr nach, was sie dabei gespürt hatte – eine beinahe betäubende Glückseligkeit, die jeden klaren Gedanken auslöschte. Während sie noch weinend in den Armen ihres Mannes lag, kamen Deirdre mit Faith, Johnny und William herbeigelaufen, gefolgt von den Perriers, von Jerry und Oleg sowie etlichen Dorfbewohnern, die schon lange auf das Eintreffen von Duncan Haynes gewartet hatten – längst hatte sich herumgesprochen, dass die englische Lady und ihre beiden Kinder seiner harrten. Dass der am Vortag eingetroffene, von ihr mit freudigem Überschwang begrüßte junge Engländer nicht ihr sehnsüchtig erwarteter Gatte war, hatte zu allerlei Spekulationen Anlass gegeben, die allerdings angesichts der heftigen Gefühlsaufwallung, mit der sie nun den zweiten Neuankömmling in Empfang nahm, auf der Stelle verstummten. Niemand konnte mehr daran zweifeln, dass allein ihm ihre ganze Liebe galt und dass der andere Mann eher wie ein Bruder für sie war. Von Neugier und herzlicher Anteilnahme beflügelt, umringten die Leute Elizabeth und Duncan, um auch ja nichts zu verpassen, während die beiden blind und taub für ihre Umgebung waren und einander umklammerten, als gelte es ihr Leben.

Duncan stammelte unverständliche, abgerissene Worte, und Elizabeth schluchzte und lachte und hielt sich an ihm fest, als er sie mit beiden Armen hochhob und herumwirbelte.

Nach einer gefühlten Ewigkeit stellte er sie wieder auf die Füße und blickte sie lange an. In seinem Gesicht arbeitete es, und sie sah, dass Tränen in seinen Augen standen.

»Lizzie«, sagte er einfach. Es klang beschwörend, als wollte er sich selbst beteuern, dass sie wirklich und wahrhaftig vor ihm stand. Sie selbst lächelte ihn unter Tränen an und schaffte es nicht, ihr Zittern unter Kontrolle zu bringen.

Jerry hüpfte von einem Bein aufs andere und grinste bis zu den Ohren.

»Da soll mich doch einer!«, sagte er ein paar Mal, und dann behauptete er: »Dasselbe meint Oleg übrigens auch.« Vermutlich stimmte es sogar, denn der sonst so stoisch dreinschauende Kirgise lächelte und entblößte dabei – ein seltener Anblick bei ihm – eine Reihe weißer Zähne, was ihm ein erstaunlich attraktives Aussehen verlieh.

Deirdre trat mit Johnny und Faith zu ihnen, woraufhin Duncan seinen Sohn und seine Tochter aufs Innigste begrüßte. Glücklich lachend hielt er beide gleichzeitig in seinen Armen und küsste sie gründlich ab, während Elizabeth strahlend ihre wiedervereinte Familie betrachtete.

»Daddy, Daddy!«, rief Jonathan, die Ärmchen fest um Duncans Hals geschlungen. »Hast du mir was mitgebracht?«

»Aber sicher, mein Sohn. Du kannst nachher mitkommen, wenn wir es vom Schiff holen. Meine Güte, und das ist mein kleines Mädchen? Kann es sein, dass du ungefähr doppelt so groß bist wie beim letzten Mal?«

Faith zeigte sich weniger begeistert. Sie hatte sich versteift und beäugte Duncan misstrauisch, ihre Unterlippe bebte.

»Oje, habe ich ihr Angst gemacht?«

»Nein, das ist nur die ganze Aufregung. Gib sie mir.«

Elizabeth nahm sie ihm rasch ab. Die schmerzliche Wahrheit enthielt sie ihm vor. Er war ein Fremder für die Kleine. Aber das würde sich geben. Faith würde ihren Dad bald genauso anhimmeln, wie ihr Bruder es tat, sie brauchte dazu nur ein bisschen Zeit.

Als Elizabeth sich nach der Amme umsah, bemerkte sie, dass William ein wenig verloren abseitsstand, mit einem Gesichtsausdruck, der widerstreitende Gefühle offenbarte. Einesteils wirkte er erleichtert über Duncans Rückkehr und schien sich mit ihnen zu freuen, andererseits meinte Elizabeth auch, eine Spur von Niedergeschlagenheit bei ihm auszumachen. Als ihre Blicke sich trafen, kam er rasch herüber, um Duncan kameradschaftlich auf die Schulter zu klopfen.

»Dem Himmel sei Dank, dass du lebst, alter Freund!« Bei diesen Worten drückte seine Miene nichts als Aufrichtigkeit aus, doch sein Überschwang hielt sich in Grenzen.

Nur wenig später geriet er jedoch vor Begeisterung außer sich, nachdem John Evers mit dem Beiboot zur *Elise* hinausgerudert war und kurz darauf ohne Vorankündigung mit Anne und Felicity zurückkam. Duncan grinste über die gelungene Überraschung, als Elizabeth fassungslos zu dem näher kommenden Boot hinüberstarrte. Sie drückte Faith der Amme in die Arme und folgte William, der vorausgelaufen war, zum Steg.

»Felicity!«, schrie sie. »Anne!«

Felicity wäre fast über Bord gegangen, weil sie so abrupt aufsprang, dass sie kaum ihr Gleichgewicht halten konnte. Sobald sie den Fuß an Land gesetzt hatte, kam sie völlig aufgelöst in Elizabeths Arme gestürzt und erdrückte sie beinahe.

»Oh mein Gott!«, weinte sie laut. »Oh Lizzie! Du ahnst nicht, wie froh ich bin! Wie lange habe ich auf diesen Augenblick gewartet! Ich habe dich so unendlich vermisst!«

Auch Anne drückte Elizabeth sichtlich bewegt an sich, nachdem sie sich aus der innigen Umarmung ihres Bruders gelöst hatte.

Als endlich alle Freudentränen vergossen waren und die Gemüter sich ein wenig beruhigt hatten, begaben sich alle zum Haus der Perriers, wo Yvette, einem aufgeregten Schmetterling gleich, einherflatterte und das Gesinde herumscheuchte, bis Unmengen an Essbarem auf dem Tisch standen und alle Gläser gefüllt waren. Die gemeinsame Mahlzeit wurde zu einer lärmenden, munteren Angelegenheit. Es gab von allen Seiten viel zu erzählen, dafür sorgte schon Yvette, deren unaufhörlicher Redestrom überwiegend aus Fragen bestand. Bei all den hin und her fliegenden, in fröhlichem Ton gehaltenen Berichten und Kommentaren merkte Elizabeth jedoch, dass vieles von dem, was im Laufe des letzten halben Jahres geschehen war, unausgesprochen blieb. Annes Miene etwa spiegelte einen Hauch von Düsternis wider, und denselben Eindruck hatte Elizabeth von Felicity. Obwohl beide Frauen häufig lachten, schienen sie nicht völlig glücklich.

Um Duncans Mund lag trotz aller offen bekundeten Freude ein Zug von Leid, der ahnen ließ, wie viel er durchgemacht hatte. Über seine Verletzung und seine Zeit im Gefängnis hatte er nur wenige Sätze verloren, wobei seine ebenso knappe wie launige Zusammenfassung höchstens dazu angetan war, dem Ganzen einen komischen Anstrich zu verleihen, so als wollte er nicht, dass jemand ihn bemitleidete oder sich sein Schicksal zu Herzen nahm.

»Da hat mich jemand mit einem ziemlich harten Knüppel ins Land der Träume befördert«, sagte er etwa, als Yvette ihn nach seiner Kopfverletzung fragte, und an anderer Stelle der Unterhaltung bemerkte er lakonisch: »In Newgate sind alle wie eine einzige große Familie – was kein Wunder ist, denn alle schlafen im selben Bett.«

Er war frisch rasiert und hatte noch an Bord der *Elise* saubere Kleidung angelegt, und überhaupt machte er einen gesunden, gepflegten Eindruck. Elizabeth hatte jedoch schon bei der Begrüßung gemerkt, dass er an Gewicht verloren hatte. Er war sehnig und kräftig wie immer, aber die Muskeln, die sonst seinen Körper stämmig und massig gemacht hatten, waren weniger ausgeprägt als früher.

Williams Stimmung war von Anfang an verhalten, auch wenn er versuchte, dem lockeren Unterhaltungston zu entsprechen, der allseitig angeschlagen wurde.

Anne und Felicity erhielten Quartier in einer Gesindehütte, und für Duncan wurde ein zusätzlicher *Hammock* in Elizabeths Kammer aufgehängt. Zu seinem und Elizabeths Leidwesen gab es für sie beide vorerst keine Gelegenheit zum Alleinsein.

Am frühen Abend, als sie zusammen auf der Veranda saßen und Rumpunsch tranken, überraschte William sie mit der Ankündigung, am kommenden Tag nach Barbados zurückkehren zu wollen.

»Aber Mylord!«, rief Yvette aus. »Das müsst Ihr nicht! Ihr seid so lange unser Gast, wie Ihr es wünscht.«

»Betrachtet mein Haus als das Eure«, stimmte Henri entschieden zu.

»Ich kann die Plantage unmöglich länger ohne Aufsicht lassen«, erklärte William. »Jeder Tag, den ich fernbleibe, ist vertane Zeit.«

Felicity protestierte ebenfalls, denn die Aussicht, sich von Anne trennen zu müssen, entsetzte sie. In den letzten Monaten war Anne ihr so sehr ans Herz gewachsen, dass sie sich ein Leben ohne die Freundin nicht vorstellen wollte.

»Aber ihr könnt doch noch bleiben! Wenigstens ein paar Tage.«

»Warum? Ich bin hierhergekommen, um Elizabeth und die Kinder zu holen. Doch nun ist Duncan hier und kann selbst für seine Familie sorgen.« Williams Stimme war frei von Bitterkeit, aber niemand konnte übersehen, dass er sich fehl am Platz fühlte. Der Grund dafür war nicht schwer zu erraten. Elizabeth und Duncan saßen Seite an Seite und boten ein Bild überbordenden Glücks. Immer wieder stahlen ihre Hände sich zueinander hin, dauernd suchte einer des anderen Blick.

Anne ließ ein Seufzen hören.

»Ich stimme William zu, Felicity. Ich möchte ebenfalls zurück nach Barbados. So schwer es für mich ist, euch alle schon wieder verlassen zu müssen – es zieht mich nach Hause. Ich will heim nach Summer Hill.« Sie umfasste Felicitys Hand. »Du kannst mit mir kommen, wenn du magst.«

»Oh, aber du *weißt*, dass das nicht geht!« Felicitys Augen hatten sich mit Tränen gefüllt, ihr hübsches, herzförmiges Gesicht war eine einzige Anklage. »Ich kann dort nicht hin, weil auch Niklas nicht hinkann, wegen dieses schrecklichen, dummen Krieges.«

»Der ist irgendwann vorbei. Es wird sicher nicht mehr lange dauern. Dann kommst du uns besuchen.«

»Mademoiselle, bitte grämt Euch nicht!«, warf Henri ein. Er betrachtete Felicity mitfühlend. »Bei uns könnt Ihr so lange bleiben, wie Ihr möchtet. Hier seid Ihr sicher vor dem Krieg. Ich werde persönlich dafür sorgen, dass Euch kein

Leid geschieht. Wenn Ihr wollt, senden wir eine Botschaft nach St. Eustatius, dort lebt ein früherer Kontorist von mir. Sobald dieser Westindienfahrer – wie hieß er noch …?«

»Niklas.«

»Nein, ich meinte das Schiff.« Henri lachte nachsichtig.

»Eindhoven«, sagte Felicity. »Sein Schiff heißt *Eindhoven*, so wie eine holländische Stadt.«

»Nun, sobald die *Eindhoven* dort wieder einmal vor Anker geht, wird dem Kapitän die Botschaft übermittelt, und dann weiß er, wo er Euch finden kann.«

»Das halte ich für eine ausgezeichnete Idee«, sagte Duncan zu Felicity. »Mir behagt der Gedanke nicht, dich auf einer Insel abzusetzen, wo du niemanden kennst und wo niemand dich beschützen kann.«

»Zumal es auf St. Eustatius wirklich noch recht urtümlich zugehen soll«, führte Henri aus. »Während hier auf Basse-Terre doch alles schon *sehr* zivilisiert und kultiviert ist.«

Felicity blickte unwillkürlich die Straße hinab, die vor der Veranda am Haus vorbeiführte und kaum mehr als ein holpriger Pfad war, gerade breit genug für ein Fuhrwerk. Es dämmerte bereits, aber die ungefügen Holzhäuser rechts und links des Weges waren noch gut zu erkennen. Aus Ziegeln erbaut waren nur die Kirche und die Gouverneursresidenz, in ihrer Bauweise in etwa so nobel wie die Kasernen und Munitionsdepots auf Barbados. Das Haus der Perriers war mit Abstand die anspruchsvollste Unterkunft auf der Insel – es verfügte über einen Salon, eine breite, überdachte Veranda und drei Schlafkammern –, doch von seinen Gesamtmaßen her hätte es zweimal in den großen Saal von Dunmore Hall gepasst. Außerdem täuschte auch der überall von Yvette verteilte Zierrat nicht darüber hinweg, dass das Haus aus unbehauenen Stämmen zusammengezimmert war und nach dem

Pech stank, mit dem die Ritzen ausgefugt waren. Wenn nicht gerade andere Gerüche den Vorrang beanspruchten: Direkt hinterm Haus befanden sich Latrinen und ein Schweinekoben. Wie mochten die Verhältnisse da erst auf St. Eustatius oder den anderen niederländischen Antilleninseln sein?

Elizabeth erriet Felicitys Gedanken.

»Duncan hat recht. Bleib hier bei mir!« Bittend sah sie ihre Cousine an. »Ich würde mich so freuen!«

»Meinst du wirklich?«, fragte Felicity. Es klang verzagt, doch in ihrem Blick lag eine Andeutung von Ergebenheit.

»Wirklich!«, sagten Elizabeth und Duncan einstimmig.

»Wirklich«, kam es als kräftiges Echo von Henri.

»Nun ja, wenn ihr alle es sagt ...« Ein hoffnungsvoller Unterton schlich sich in Felicitys Stimme. »Vielleicht ist es wirklich das Beste.«

»Sobald Mylord abgereist ist, richten wir die Kammer für Euch her«, verkündete Yvette. Die Begeisterung über Felicitys Entscheidung brachte ihre Augen zum Leuchten. Seit sie erfahren hatte, dass Felicity fließend Französisch sprach, kannte ihr Entzücken ohnehin keine Grenzen mehr. Ihre Korkenzieherlocken hüpften, als sie aufsprang und strahlend in die Runde blickte. »Soll ich uns nun etwas auf dem Virginal vorspielen?«

»Gern«, sagte Duncan verbindlich. Er bedachte Elizabeth mit einem Blick, der wie Feuer auf ihrer Haut brannte. »Lass uns nur rasch vorher nach den Kindern sehen, Liebes.«

Sie standen gleichzeitig auf und zogen sich in Elizabeths Kammer zurück. Duncan drückte sorgfältig die Tür ins Schloss, dann riss er Elizabeth ohne Umschweife in seine Arme und küsste sie wie ein Verdurstender. Er stöhnte in ihren Mund und fuhr mit beiden Händen über ihren Körper, als müsste er sich vergewissern, dass noch alles dort war, wo er es beim letzten Mal vorgefunden hatte. Sie erwiderte seinen Kuss voller Begierde. In ihrem Leib pochte und brannte die Lust, sie merkte, wie sie feucht wurde.

»Daddy«, kam es quengelnd von der Seite.

»Oje!«, murmelte Elizabeth. Sie atmete schwer, als Duncan aufstöhnend sein Gesicht in ihrem Haar barg und etwas Unverständliches brummte.

»Wo ist das Geschenk?« Johnny hatte sich in seinem *Hammock* aufgesetzt und spähte verschlafen durch das matte Dämmerlicht zu ihnen herüber. »Ich will es jetzt haben.«

»Verflixt, das hab ich völlig vergessen. Ich hol es rasch.«

»Das hat doch Zeit bis morgen«, widersprach Elizabeth.

»Nein!«, rief Johnny entrüstet.

»Nein«, stimmte Duncan zu. »Das heißt, das Geschenk für Johnny vielleicht. Aber nicht das für Faith. Außerdem habe ich für dich auch ein Geschenk. Du wirst staunen! Ich fahre sofort rüber zum Schiff und bringe alles mit. Bin gleich zurück.«

Und schon war er weg, bevor Elizabeth protestieren konnte. Sie fand, Duncan hätte sich den Weg ruhig sparen können, zumal Johnny schon nach ein paar Minuten wieder tief und fest eingeschlafen war. Sie könnte jetzt bereits in Duncans Armen liegen. Die enge, stickige Kammer war zwar nicht der richtige Ort für die Art von Wiedersehen, das ihr vorschwebte, aber sie hätten sich hinausschleichen und ein ruhiges, ungestörtes Fleckchen suchen können, vielleicht irgendwo am Strand oder oben zwischen den Felsen. Nun schon wieder zum Warten verdammt zu sein, strapazierte ihre Nerven aufs Äußerste. Die Verzweiflung, in die Annes Brief sie am Vortag gestürzt hatte, steckte ihr immer noch zu sehr in den Knochen. Ihre Bereitschaft, sich abermals in Geduld zu fassen, war nicht stärker als ein dünner Seidenfaden, der jederzeit reißen konnte. Angespannt ging sie in der Kammer auf und ab. Nach einer Weile kehrte sie auf die Terrasse zurück, wo nur noch Henri und William saßen und Pfeife rauchten, während die Klänge des Virginals aus dem Salon tönten, untermalt von Yvettes und Felicitys Gesang. Nachdem Felicity sich entschlossen hatte, bis auf Weiteres hierzubleiben, fügte sie sich offenbar sofort in die neue Gemeinschaft ein.

Elizabeth fand, dass die anderen auch ohne ihre Gesellschaft gut auskamen. Sie ging lieber hinunter zur Anlegestelle, um dort auf Duncans Rückkehr zu warten. Am Bootssteg brannte eine Fackel, die in der dichter werdenden Dunkelheit einen trüben Schein verbreitete. Die Lagerschuppen und Boote entlang des Strandes lagen verlassen da, doch dafür herrschte in der Schenke an der Einmündung der Straße reger Betrieb. Zwei betrunkene Seeleute traten aus der Tür und kamen zum Anleger getorkelt.

Beide machten ihr lautstarke Komplimente auf Französisch, die auch ohne Übersetzung leicht zu verstehen waren. Der eine lutschte geräuschvoll an seinem Zeigefinger, der andere fasste sich mit einem gewinnenden Lächeln in den Schritt.

Sie holte die Pistole aus dem Halfter, das sie unter ihrem Schultertuch trug. Die beiden Franzosen hoben bedauernd die Hände und zogen sich zurück, nicht ohne sie anerkennend anzugrinsen. Sie grinste zurück. Die beiden wären vermutlich auch so wieder abgezogen, sie hatten keinen gewalttätigen Eindruck gemacht. Davon abgesehen hätte sie mit ein paar lauten Schreien sofort Helfer auf den Plan rufen können, denn es gab genug Häuser in Hörweite. Dennoch war es ein gutes Gefühl, sich auf diese Weise schützen zu können. Sie war dazu übergegangen, nicht mehr ohne die Pistole zum Strand hinunterzugehen, denn niemand konnte wissen, ob Arthur Howard nicht doch noch eines Tages hier auftauchte. Bewaffnet fühlte sie sich bedeutend sicherer.

Über das dunkel schimmernde Wasser näherte sich das Beiboot der *Elise.* Duncan bediente die Riemen. Vor ihm, mit dem Rücken zum Ufer, saß noch jemand im Boot. Elizabeth unterdrückte einen überraschten Ausruf. Das war doch nicht möglich! Doch dann wandte sich die Frau mit den dunklen Haaren zu ihr um, und Elizabeth sah, dass es tatsächlich Zena war.

»Ich habe es nicht übers Herz gebracht, sie auf Dominica zu lassen«, erzählte Duncan, als er später mit Elizabeth zum Strand ging. Sie hatten eine Laterne mitgenommen und waren auf der Suche nach einem lauschigen Plätzchen, das weit genug von den Häusern und Schuppen entfernt war. Mit einer Hand trug Duncan die Laterne, den freien Arm hatte er um Elizabeth geschlungen. Sie hatte ihrerseits den Arm um seine Mitte gelegt und fühlte sich ein wenig verrucht, aber zugleich barst sie fast vor Vorfreude.

»Wie hast du sie gefunden?«, wollte sie wissen.

»Sie hat *mich* gefunden. Plötzlich stand sie da und wollte mit. Miss Jane war ganz außer sich, als sie das Mädchen sah, denn sie hatte die ganze Zeit geglaubt, die Kleine sei tot. Dieser Dreckskerl von Howard hat ja offenbar das halbe Dorf ausgelöscht. Miss Jane hat erzählt, was das Mädchen für euch getan hat. Dass ihr ohne Zenas Hilfe Deirdre niemals hättet befreien können.« Er zuckte die Achseln. »Ich wollte gerade wieder aufs Schiff zurück, da tauchte sie auf einmal auf und bat darum, mitgenommen zu werden. Sie sagte nur immer: *Muss zu Faith,* es klang fast wie ein Gebet. Und sie hat dabei so geweint, dass ich es am Ende nicht ausgehalten und sie mitgenommen habe.«

»Das hast du richtig gemacht«, befand Elizabeth. Sie war von tiefer Dankbarkeit erfüllt, dass Zena noch lebte. Ihre Wunde war ordentlich verheilt, sie hatte sich bereits wieder allein mit Fischfang und Früchtesammeln durchschlagen können. Radebrechend hatte sie berichtet, welches Gemetzel Arthur Howard mit seinen Männern unter den Indianern angerichtet hatte. Sie selbst war nur davongekommen, weil sie die Besinnung verloren und die Weißen sie daher für tot gehalten hatten. Ein Teil der Dorfbewohner hatte fliehen und sich verstecken können. Auf Elizabeths Frage, warum Zena nicht bei ihnen geblieben sei, hatte diese nur ablehnend die Schultern gehoben. Nach einigen Verständigungsschwierigkeiten war herausgekommen, dass die überlebenden Dorfbewohner sich mit einem anderen Stamm zusammengetan hatten, der von kriegerischer Gesinnung war und auf Rache sann. Ihm gehörten Kariben an, die man von den umliegenden französischen Inseln verjagt hatte, darunter auch viele von Martinique und Guadeloupe. Schaudernd hatte Elizabeth bei dieser Schilderung an den Kaziken denken müssen und an das, was er Edmond angetan hatte. Aber nur wenig später wurden alle bösen Erinnerungen durch die Freude hinweggefegt, als sie beobachtete, wie Zena vorsichtig den Moskitoschleier von Faiths Wiege lupfte und das schlafende Kind anschaute. Selten hatte Elizabeth im Gesicht eines Menschen so viel Liebe gesehen.

Zena hatte keine Milch mehr, aber für Elizabeth war das kein Grund, ihr Faith nicht auf der Stelle wieder anzuvertrauen. Die schwarze Amme stillte die Kleine zwar regelmäßig, hatte aber wenig Lust, sich nebenher um das Kind zu kümmern. Es umherzutragen oder zu hätscheln entsprach nicht ihrem Naturell, davon hielt sie nicht viel. Das Stillen war für sie ein Broterwerb, mehr nicht. Zwar mangelte es Faith nicht an Zuwendung, denn sobald sie ihr Bedürfnis nach Aufmerksamkeit kundtat, waren entweder Deirdre oder Elizabeth selbst zur Stelle, um sie hochzunehmen und sich um die Kinderpflege zu kümmern. Doch alles würde einfacher werden, wenn Zena die Kleine wieder betreute. So gesehen war Duncans *Geschenk* für seine Tochter ein echter Segen.

»Es war richtig von dir, sie mitzubringen«, wiederholte Elizabeth gedankenverloren. Seufzend schmiegte sie sich an Duncans warmen Körper. Er blieb stehen und stellte die Laterne auf den Boden. Sein Gesicht war ernst, seine Haltung angespannt. Sie schluckte, weil sie auf einmal keine Luft mehr bekam. Und dann ging alles ganz schnell. Vor dem ersten wilden Liebesakt fanden sie keine Zeit, sich auszuziehen, nur das Strumpfband mit dem Messer legte sie ab, oder vielmehr: Duncan riss es ihr herunter. Zwischen zwei heißen Küssen meinte er atemlos scherzend, er sei nicht um den halben Erdball hierhergekommen, um sich aus Versehen kastrieren zu lassen. Er zerrte ihr die Röcke nach oben, stemmte sie hoch und nahm sie im Stehen. Sie schlang beide Beine um seine Hüften und klammerte sich an ihm fest. Es ging zu schnell, aber sie wollte es nicht anders, denn alles war genauso wie bei ihrem allerersten Mal, damals im verwilderten Garten des alten Cottage. Es war, als müssten sie dieses ferne Ereignis wachrufen und einander beweisen, dass sie immer noch beliebig von dieser besonderen Quelle der Macht schöpfen konnten, von der sie beide willenlos wurden. Die Magie animalischer Betörung hatte sie einst zueinander hingetrieben, und auch später hatte sich ihre Lust wie von selbst immer wieder aus diesem unerschöpflichen Füllhorn gespeist. Die lange Zeit der Trennung hatte daran nichts geändert. Elizabeth hatte nur seinen Geruch einatmen müssen, und es war, als wäre er nie fort gewesen. Sie kamen zusammen wie der Orkan und das Meer, zwei entfesselte Elemente, in wildem Tanz vereint.

Danach lagen sie im warmen Sand und hielten einander umschlungen. Er legte den Kopf auf ihre Brust und weinte lautlos, sichtlich bemüht, es vor ihr zu verbergen. Schweigend umarmte sie ihn, und obwohl sie geglaubt hatte, selbst so schwach und dünnhäutig zu sein wie nie zuvor in ihrem Leben, fühlte sie sich in diesem Augenblick von einer eigentümlichen Kraft erfüllt.

Nach einer Weile begann er zu reden, stockend zuerst, dann bereitwilliger. Er erzählte von George Ayscue und ihrer beider Freundschaft. Von Anne, die wie ein Fels in der Brandung gewesen war. Von dem Überfall der Holländer und davon, wie er notgedrungen mit Felicity die Koje geteilt hatte. An der Stelle musste Elizabeth kichern, obwohl es doch eigentlich blutiger Ernst war. Nach einigem Zögern sprach er auch über die Zeit im Gefängnis und den Galgenbaum. Sie betastete die Verletzung an seinem Hinterkopf und schluckte hart, als sie die wulstige Naht fühlte. Er musste Schreckliches durchgemacht haben. Ihr Groll kannte keine Grenzen, und es stimmte sie auch nicht versöhnlicher, dass er Eugene Winston im Gegenzug die Nase gebrochen und ein paar Zähne ausgeschlagen hatte. Dafür konnte sie ihm ein wenig Genugtuung verschaffen, als sie berichtete, wie William den Gouverneur ausgebootet hatte.

»Er meint, bis zum Ende des Jahres ist Doyle erledigt«, sagte sie. »Dann bist du vollständig rehabilitiert.«

»Dieser junge Ritter hat wirklich nichts unversucht gelassen, dein Herz zu gewinnen.«

Elizabeth ignorierte den Groll in seiner Stimme.

»Er hat uns *beiden* geholfen«, hob sie hervor. »Vergiss nicht, du hast dir sein Wort dafür geben lassen.«

»Ich weiß. Lass uns über was anderes reden. Aber vorher ziehen wir all dieses verschwitzte und sandige Zeug aus.«

Danach ließ seine Bereitschaft zu reden deutlich nach. Er streichelte und küsste sie voller Verlangen, und sie kam ihm bereitwillig entgegen. Diesmal nahmen sie sich Zeit und erkundeten einander mit genussvoller Zärtlichkeit. Sie fand all seine neuen Narben und küsste jede einzelne, und als er schließlich langsam in sie eindrang, flüsterte sie seinen Namen und sagte ihm, wie sehr sie ihn liebe. In dieser Nacht gab es nur noch sie beide.

William und Anne brachen am nächsten Tag sehr früh auf. Elizabeth bekam davon nichts mit, weil sie zu der Zeit noch schlief. Als sie später während des Frühstücks von Felicity erfuhr, dass die beiden im Morgengrauen abgereist waren, war sie bestürzt. In gewittriger Stimmung blickte sie Duncan an, der neben ihr saß und mit gutem Appetit eine Riesenportion Krebsfleisch mit Kochbanane verzehrte.

»Hast du dich von ihnen verabschiedet?«

Er nickte nur stumm und mit vollem Mund.

»Warum hast du mich nicht geweckt?«

»Du warst zu erschöpft. Du hast selbst erzählt, dass du vorgestern Nacht kaum geschlafen hast. Und letzte Nacht wurde es auch sehr spät.«

Felicity blickte errötend zur Seite, doch das focht Elizabeth nicht an.

»Hättest du nicht einmal deine dumme Eifersucht vergessen können?«, fuhr sie Duncan wütend an. Felicitys Verlegenheit störte sie nicht im Geringsten, und es war ihr auch egal, dass Yvette, die im Salon hantierte, sicher jedes Wort hörte.

»Ich habe es nicht nur meinetwegen getan, Lizzie«, sagte er

sachlich. »Sondern auch, um William ein paar bedrückende und traurige Momente zu ersparen. Was hätte er davon gehabt, wieder einmal von dir Abschied zu nehmen, während ich danebenstehe und zusehe? Lass es einfach gut sein, ja?«

Er blickte sie unverwandt an. Sie erkannte die stumme Bitte in seinen Augen, und ihr Ärger verrauchte. Sie war viel zu glücklich, ihn wieder bei sich zu haben. Außerdem brachte gleich darauf Zena das Baby auf die Terrasse, womit Duncan Gelegenheit bekam, sich wieder mit seiner Tochter vertraut zu machen. Die Kleine lachte und patschte ihm mit beiden Händen ins Gesicht. Die Skepsis vom Vortag hatte sie weitgehend überwunden, was indessen auch an der aufgeräumten Stimmung liegen mochte, die er verbreitete. Nach dem Frühstück gingen sie gemeinsam zum Strand, wo er Johnny das Geschenk vorführte, das er ihm mitgebracht hatte – ein selbst geschnitztes Schiff, das haargenau so aussah wie die *Elise* und sogar kleine Segel aufwies. Man konnte es an einer Leine durch das seichte Wasser ziehen, und wenn der Wind es erfasste, nahm es Fahrt auf. Johnny war über die Maßen begeistert und erklärte, später wolle er ein großes Schiff besitzen.

»Du wirst viele Schiffe haben«, versicherte Duncan ihm, während er die Leine einzog und das Schiff wieder aufrichtete, nachdem der Wind es umgeworfen hatte. »Du kannst sie sogar selber bauen. Später, wenn du alt genug bist, die Werft zu übernehmen.«

»Was ist eine Werft?«

»Ein Ort, an dem man Schiffe baut.«

»Wo ist die Werft?«

»Ich habe eine in England, aber bald werden wir eine noch größere und bessere Werft besitzen. Es wird nicht mehr lange dauern. Dort ziehen wir dann hin und werden da leben.«

Elizabeth, die mit untergeschlagenen Beinen im Sand saß, merkte auf, als sie Duncans Worte hörte.

»Du willst bald wieder los, oder?« Sie spürte, wie sich Unruhe in ihr ausbreitete. Er hatte gesagt, er wolle sie und die Kinder nie mehr verlassen. Doch bisher hatte sie noch immer vorausgeahnt, wenn es wieder so weit war. Es gab bestimmte Zeichen. Die Art, wie er auf das Meer hinausblickte. Wie seine Blicke zur *Elise* glitten, scheinbar beiläufig und ohne besonderen Grund. Sogar an der Art, wie er vorhin das Spielzeugschiff aufs Wasser gesetzt und dabei die Windrichtung geprüft hatte. »Du willst wieder fahren und uns hierlassen! Das war von Anfang an dein Plan!«

»Das stimmt nicht. Ich habe es mir erst überlegt, als ich gesehen habe, wie gut ihr es hier habt. Das kann ich dir woanders noch nicht bieten. Es wäre das letzte Mal, Lizzie. Ich will ein Haus für uns bauen und die Werft einrichten. Die *Elise* ist vollgeladen mit allem, was wir für unser neues Zuhause brauchen.«

»Es macht mir nichts aus, für eine Weile in einer Hütte zu leben. Ich kann mithelfen. Wir können uns gemeinsam alles aufbauen.«

»Ich weiß, dass du arbeiten kannst. Aber ich will, dass ihr es von Anfang an gut habt, du und die Kinder. Ich will vorher die Insel auskundschaften und die besten Plätze finden. Unser neues Zuhause soll kein Provisorium sein.«

»Wie lange?« Sie sah ihm ruhig in die Augen.

»Zwei Monate. Länger auf keinen Fall. Und ich verspreche dir, dass unser Haus an der schönsten Stelle stehen wird, die auf den ganzen Antillen zu finden ist.«

»Und wo soll das sein? Oder musst du auch das erst herausfinden?«

»Nein, das weiß ich schon seit einer Weile. Wir gehen nach

Antigua. Das ist gar nicht so weit von hier, vielleicht sechzig Meilen. In der Zeit, die ich für die Einrichtung der Werft und den Bau unseres Hauses veranschlagt habe, werde ich sicher auch einmal herkommen, da musst du dich nicht sorgen.« Er lächelte sie entwaffnend an. »Und ich fahre auch nicht gleich wieder. Eine Weile bleibe ich schon noch. Aber Vorsicht, ich halte dich auf Trab. Am Ende bist du sicher froh, mich wieder los zu sein.« Grinsend kam er auf sie zu, packte sie und schwang sie übermütig herum. Und dann küsste er sie, bis sie keine Luft mehr bekam und mit beiden Fäusten gegen seine Brust trommelte.

»Duncan! Es sehen Leute zu!«

»Sollen sie doch. Ich bin ein Pirat und nehme mir, was ich will.« Anzüglich murmelte er ihr ins Ohr: »Wollen wir schwimmen gehen? Nur wir beide?«

27

Die Sonne stand hoch am Himmel. Es war fast Mittag, als Celia und Anne von den Sklavenhütten zum Herrenhaus zurückgingen. Celia schöpfte Wasser aus dem Ziehbrunnen, damit sie und Anne sich das Blut abwaschen konnten. Der Sklave, um dessen Leben sie sich verzweifelt bemüht hatten, war ihnen unter den Händen weggestorben. William war noch draußen bei den Quartieren und sorgte dafür, dass der Leichnam für die Bestattung vorbereitet wurde. Der Schwarze war jung gewesen, kaum zwanzig. Er war mit der Hand in die Walze geraten, und bis der Aufseher die Zugtiere zum Stehen gebracht hatte, war dem Jungen schon der halbe Arm zerquetscht worden. Sie hatten ihn über dem Ellbogen amputieren müssen, während er noch drinsteckte. Anne und Celia waren im Eiltempo zur Mühle gerannt und hatten alles versucht, um ihn zu retten, doch er hatte zu viel Blut verloren. Irgendwann hatte er seinen letzten Atemzug getan.

»Ich hätte bessere Sicherheitsvorkehrungen treffen müssen«, sagte William zu Celia, als er nach einer Weile mit versteinerter Miene und blutbesudelt von den Arbeiterhütten zurückkam.

»Du hast ihnen allen oft genug gesagt, dass sie mit ihren Fingern nicht in die Nähe der Walzen kommen sollen.« Celia ging mit ihm in den Innenhof und reichte ihm einen Kübel mit frischem Wasser.

»Der Junge war neu und konnte kein Englisch. Woher hätte er wissen sollen, wie das Walzwerk funktioniert? Es ist allein meine Schuld, dass das passiert ist.« William zerrte sich mit zornigen Bewegungen das Hemd vom Leib und wusch sich. Sein Oberkörper war sehnig und muskulös, und Celia ärgerte sich über sich selbst, weil ihr Herz bei dem Anblick schneller schlug.

»Du musst aufhören, dich ständig für alles und jeden verantwortlich zu fühlen«, sagte sie schärfer als beabsichtigt.

Er runzelte die Stirn, sagte aber nichts, sondern spritzte sich Wasser ins Gesicht und fuhr sich mit den nassen Händen durchs Haar. Sein Zopf löste sich, und die Strähnen ringelten sich über seine Schultern. Celia beobachtete es mit trockenem Mund. Seit sie ihn duzte, hatte sich etwas zwischen ihnen verändert. Sie fühlte sich ihm näher denn je. Dennoch hatte sie noch nicht gewagt, ihn beim Vornamen zu nennen. Es war, als bewegte sie sich ständig entlang einer Grenze zum Verbotenen.

»Das Mittagessen ist fertig«, sagte sie. »Ich kann dir gleich was bringen.«

»Ich habe keinen Hunger.«

»Aber du solltest …«

»Celia«, fiel er ihr barsch ins Wort. »Könntest du vielleicht ein einziges Mal aufhören, mich zu bevormunden?«

»Wenn du es so wünschst«, sagte sie tonlos.

»Ehrlich, du bist schlimmer als meine Mutter und meine Schwester zusammen. Wo ist Anne überhaupt?«

»Sie hat sich hingelegt. Soll ich dir ein frisches Hemd holen?«

Er starrte sie mit verengten Augen an. Sie verzog in einer Aufwallung von Wut das Gesicht.

»Schon gut, William. Ich hab dich verstanden. Keine Bevormundung mehr. Ich vergesse immer wieder, dass du Frauen bevorzugst, denen *du* helfen kannst. Du kannst dir selbst ein sauberes Hemd holen. Und dein verdammtes Mittagessen auch.« Sie wandte sich ab, hob sein blutiges Hemd vom Boden auf und marschierte spornstreichs zum Waschhaus, wo sie auch gleich ihren eigenen Kittel auszog und ihn mit den übrigen Sachen ins Laugenfass steckte. Nackt beugte sie sich über den Kübel und rührte mit dem langen Holzstab in der trüben, nach Seife riechenden Brühe.

Als sie das Geräusch hinter sich hörte, fuhr sie herum. William stand dort, die Gestalt im hellen Rechteck der offenen Tür scharf umrissen wie auf einem Scherenschnitt. Wegen des Gegenlichts konnte sie sein Gesicht nicht erkennen. In einem ersten Impuls wollte sie ein Wäschestück von der hinter ihr verspannten Leine ziehen und sich damit bedecken. Doch dann tat sie nichts dergleichen, sondern straffte sich trotzig. Mit zurückgeworfenem Kopf stand sie da, nackt, wie Gott sie geschaffen hatte, und bot sich seinen Blicken dar. Als er näher kam, fing ihr Herz an zu hämmern. Sie verfluchte sich für die Schwäche in ihren Kniekehlen und hätte sich gern irgendwo festgehalten. Wenn sie ihn nur nicht so sehr gewollt hätte! Noch nie in ihrem Leben hatte sie sich etwas so sehr gewünscht wie seine Berührung. Wie oft hatten ihre Hände gezuckt vor dem Bedürfnis, ihn anzufassen, die Hand in seinen Nacken zu legen, in sein Haar zu fahren – und zwar dann, wenn sie es wollte, weil ihr danach war, und nicht, um ihm den Bart zu scheren. Sie tat es jeden Tag, immer nach dem Frühstück, wenn sie zu ihm in sein Zimmer ging, um ihn zu rasieren. Er saß dann auf dem Schemel, das Gesicht emporgewandt und die Augen geschlossen, während sie mit dem frisch geschärften Rasiermesser hinter ihm stand, sein Kinn anhob und mit sanften Bewegungen die Bartstoppeln abschabte. Sein Hinterkopf drückte sich dabei immer leicht gegen ihre Brüste, und der Geruch seines Haares stieg ihr in die Nase. Er wusch es regelmäßig und kämmte es mit ein paar Spritzern Bayrum glatt. Seine Hemden rochen nach Sandelholz, wofür sie verantwortlich war, weil sie Stücke davon in seine Wäschetruhe legte. Alles an ihm war ihr so vertraut. Sie hätte unter hundert Männern blind die Konturen seines Kopfes und seiner Schultern ertasten und sagen können, dass er es war.

Sie liebte ihn mit solcher Inbrunst, dass sie für einen Kuss hätte sterben mögen. Unwillkürlich gingen ihre Gedanken zu Akin, dessen Gefährtin sie im vorigen Jahr eine Zeit lang gewesen war. Eingefangen von dem seltsamen, heidnischen Voodoo-Zauber seines Volkes, hatte sie seine Visionen geteilt, eine fremde Magie, die mit seinem Tod erloschen war. Sie hatten zusammen geweint, als sie das Kind verlor, das sie von ihm trug, und er hatte ihr geschworen, sie nach Afrika zu bringen, in seine Heimat. Und sie hatte zugestimmt, weil sie wegwollte. Weg von William. Doch dann war alles anders gekommen. Sie hatte hilflos zusehen müssen, wie Akin auf dem Scheiterhaufen verbrannte, den Harold Dunmore aufgeschichtet und in Brand gesteckt hatte. Sie hatte Dunmore dafür erdolcht, ihren eigenen Vater, doch den Anblick der züngelnden Flammen und die gellenden Todesschreie von Akin war sie dadurch nicht losgeworden, ebenso wenig wie die Schuldgefühle. Hätte sie Akin nicht in seinen Fluchtplänen bestärkt und unterstützt, hätte er nicht den Aufstand angezettelt, der ihn letztlich das Leben gekostet hatte.

All diese Gedanken schossen ihr durch den Kopf wie aufgescheuchte Kolibris, während William näher kam.

»Verzeih«, sagte er. Seine Stimme war heiser. »Ich wusste nicht, dass …« Er stockte. Die Hose hing ihm tief auf den

Hüften, der Gürtel hatte sich gelockert, als er vorhin das Hemd ausgezogen hatte. Sie sah nichts, was sie nicht schon vorher gesehen hatte. Wenn sie ihn rasierte, war sein Oberkörper häufig nackt, und sie hatte oft genug im Vorbeigehen mitbekommen, wie er in den Badezuber stieg, den die Hausdiener für ihn vorbereitet hatten. Doch diesmal war alles anders. Sie sah das leichte Gekräusel seiner Brustbehaarung und die ausgeprägten Bauchmuskeln zum ersten Mal auf eine Weise, dass es ihr den Atem verschlug. Vielleicht lag es auch an seinem Gesicht. Es war aufgewühlt, voller unverstellter Emotionen. Sehnsüchtige Begierde stand in seinen Augen, aber auch hilflose Wut, als schämte er sich dafür, dass er so fühlte.

Sein Blick glitt über ihren Körper, er erfasste alle Einzelheiten ihrer Nacktheit. Das war der Augenblick, in dem er sich hätte zurückziehen müssen, doch er tat es ebenso wenig, wie sie sich bedeckt hatte. Zögernd kam er näher, als wäre jeder Schritt eine Qual. Celia setzte sich ruckartig in Bewegung und ging ihm entgegen, denn sie wusste: Wenn er jetzt stehen blieb, würde er sich besinnen und weggehen. Doch sie täuschte sich. Seine Schritte beschleunigten sich, und einen Moment darauf war er bei ihr und riss sie in seine Arme. Sie küssten sich hitzig und mit solcher Gier, wie Celia es sich in ihren wildesten Träumen nicht hätte ausmalen können. Seine Hände fuhren über ihren Rücken, er umfasste ihre Hinterbacken und drängte sie rückwärts zu dem großen Stapel gebrauchter Bettwäsche, die neben dem Zuber lag. Eng umschlungen sanken sie darauf nieder. Er hörte nicht auf, sie zu küssen, streichelte ihr Haar, ihren Hals, ihre Brüste. Sie spürte die rauen Schwielen an seinen Händen und die köstliche Schwere seines Körpers auf dem ihren und hätte weinen können vor überschäumendem Glück. Er stützte sich mit den Ellbogen rechts und links von ihren Schultern auf, und sie spreizte die Beine, sodass sein Unterleib gegen den ihren drängte. Ungeduldig nestelte sie an dem Verschluss seiner Hose, die gleich darauf wie von selbst zur Seite glitt. Sein großes, hartes Glied sprang ihr entgegen, sie umfasste es mit beiden Händen, während er, seinen Mund immer noch auf dem ihren, scharf einatmete. Seine Zunge schmeckte nach der Melasse, die er in der Zuckersiederei probiert hatte, und auch ein wenig nach Pfeifentabak. Manchmal nahm er bei der Arbeit zwischendurch ein paar Züge. Er rauchte noch nicht lange, hatte aber zusehends Gefallen daran gefunden.

Sein Geschmack und sein Geruch machten sie wahnsinnig, sie keuchte vor Verlangen und führte die Spitze seines Gliedes in sich ein, während sie sich ihm gleichzeitig entgegenbäumte. Mit einem heftigen Ruck drang er vollständig in sie ein, und sie fühlte sich von einem fremden, namenlosen Gefühl mitgerissen, wie sie es noch nie erlebt hatte. Heiße Wellen durchliefen ihren Körper, um zwischen ihren Schenkeln zusammenzuströmen und sich dort in flüssiges Feuer zu verwandeln. Er stieß rasch und tief in sie hinein, immer wieder, den Kopf zurückgeworfen und laut stöhnend vor Lust. Zuckend und bebend strebte sie einem bisher nicht gekannten Gipfel der Verzückung entgegen, bis sie mit einem lang gezogenen Aufschrei in einem Schauer der Erlösung verglühte. Er selbst erreichte den Höhepunkt seiner Lust nur einen Herzschlag später, sie spürte das heiße Pochen seines Ergusses. Stöhnend senkte er seinen Kopf neben den ihren, während sie wie betäubt unter ihm lag und nach Luft rang. Nach scheinbar endlosen Augenblicken hob er den Kopf, und sie sah sein entsetztes Gesicht.

»Oh mein Gott!«, rief er. »Was habe ich getan?«

William konnte nicht fassen, was gerade geschehen war. Völlig außer sich stemmte er sich hoch und kniete sich neben Celia, die mit weit aufgerissenen Augen zwischen den Laken lag, die Schenkel besudelt von seinem Samen, das Gesicht wund gescheuert von seinen Bartstoppeln, die Lippen geschwollen von seinen zügellosen Küssen. Er griff nach einem Laken, das weniger schmutzig aussah als die übrigen, und wischte vorsichtig über ihren Leib. Sie stieß seine Hand zur Seite und setzte sich auf.

»Es tut mir so leid, Celia! Ich weiß nicht, was über mich gekommen ist ... Das hätte nie geschehen dürfen ... Es ist einfach unverzeihlich ...« Stammelnd versuchte er, seine Fassungslosigkeit in Worte zu kleiden, doch er war gänzlich außerstande, eine hinreichende Erklärung für diese unbeschreibliche Entgleisung zu finden. Stumm und erschrocken sah sie ihn an, während er sie auf die Füße zog und hastig das Laken um sie legte, bevor er rasch seine Hose schloss. »Geht es dir gut?«, fragte er drängend. »Habe ich dir wehgetan? Himmel, wie konnte ich mich so vergessen? Ich schäme mich unendlich!« Verzweifelt schüttelte er den Kopf. »Ich schwöre dir, es kommt nie wieder vor!« Er wollte noch mehr sagen, aber sie wandte sich ab, bückte sich nach ihrem Kittel, zog ihn an und ging steifbeinig und mit durchgedrücktem Rücken hinaus, ohne sich noch einmal nach ihm umzusehen. William starrte ihr nach und schluckte heftig, doch der harte Klumpen, der ihm plötzlich im Hals steckte, ging davon nicht weg. Er bestand aus Gewissensbissen, Selbsthass und ein paar anderen Dingen, über die er nicht nachdenken wollte. Müde wie ein alter Mann verließ er das Waschhaus. Der Innenhof lag da wie ausgestorben, von den Haussklaven war keiner zu sehen. Zu seiner Erleichterung begegnete er auch im Haus niemandem. Hastig ging er nach oben.

Auf dem Weg zu seinem Zimmer kam er an Celias Kammer vorbei. Vor der Tür blieb er kurz stehen und lauschte. Als er das leise Schluchzen hörte, presste er die Fäuste gegen seine Schläfen und stöhnte. Am liebsten hätte er seinen Kopf gegen die Wand geschlagen, um nachträglich Vernunft hineinzuhämmern. Was hatte er sich nur dabei gedacht? Was musste sie jetzt von ihm denken?

In seinem Zimmer ging er mit Riesenschritten hin und her, von quälenden Gedanken getrieben. Er hatte sich immer zugutegehalten, keiner dieser weißen Schweinehunde zu sein, die sich auf ihren Plantagen wie Könige gebärdeten und zum Herrscher über alles und jeden aufschwangen, einschließlich der Körper ihrer Sklaven. Sie benutzten sie nach Gutdünken, ob es ihnen gefiel oder nicht, und hinterher wurden die missbrauchten Schwarzen wieder mit den Übrigen aufs Feld gescheucht und bekamen die Peitsche zu schmecken, wenn sie nicht spurten.

Er hatte nicht nur Celias Körper geschändet, sondern auch ihr langjähriges Vertrauen mit Füßen getreten, und nun hockte sie in ihrer Kammer und weinte. Tief durchatmend versuchte er, dieses himmelschreiende Dilemma zu lösen. Sie brauchte jemanden, der sie in den Arm nahm und tröstete, aber da er derjenige war, der ihr das angetan hatte, war er zugleich auch der letzte Mensch, den sie jetzt in ihrer Nähe ertragen konnte. Sich ihr jetzt schon wieder aufzuzwingen, und sei es auch in guter Absicht, war somit völlig ausgeschlossen. Ob vielleicht Anne …? Nein. Kopfschüttelnd verwarf er diese Idee sofort wieder. Sobald auch andere erfuhren, dass er Celia wie eine beliebige Hure genommen hatte, würde alles noch viel schlimmer werden.

Ein Klopfen an der Tür ließ ihn herumfahren.

Es war nicht Celia, sondern das schwarze Mädchen, das die

Kammern sauber hielt und als Spülmagd im Küchenhaus arbeitete. In einer undefinierbaren Mischung aus Erleichterung und Bedauern atmete William aus und nahm den Brief entgegen, den sie ihm reichte.

»Hat vorhin ein Bote von der Residenz des Gouverneurs gebracht«, sagte sie mit sittsam gesenktem Blick, die Hände vor der sauberen Schürze gefaltet. »Hat gesagt, ich muss es Euch sofort geben.«

»Danke, du kannst gehen«, gab William zerstreut zurück, während er den Brief öffnete. Es war eine kurze Botschaft, die höchstens eine Stunde alt war, verfasst von einem jungen Leutnant der Wache, den er gut für seine Mühe bezahlt hatte. In William stieg ein grimmiges Gefühl der Befriedigung auf und verdrängte die Sorgen um Celia für einen Moment. Eilig kleidete er sich um und ging nach unten. Er befahl dem Stallknecht, Pearl zu satteln. Die Stute tänzelte und hob unternehmungslustig den Kopf, als er zum Halfter griff und aufsaß. Beim Antraben klopfte er ihr auf den Hals und fuhr ihr durch die seidige Mähne, während sie begeistert auf seinen Schenkeldruck reagierte und Tempo aufnahm. Ihm ging durch den Kopf, dass er wirklich häufiger ausreiten sollte. Die Araberstute hatte Feuer im Blut und musste bewegt werden. Es war ein Jammer, ein so temperamentvolles Pferd ständig im Stall zu lassen – auch eine Sache, in der er seinen Vorsätzen nicht treu geblieben war. Aber dafür würde heute ein anderes wichtiges Versprechen eingelöst werden, und um nichts in der Welt wollte er sich das entgehen lassen.

28

Gouverneur Doyle schickte den schwarzen Jungen, mit dem er die letzte Stunde im Bett verbracht hatte, hinaus, damit er etwas Naschwerk besorgte. Er hatte Appetit auf Süßes. Dazu würde er langsam ein oder zwei Gläser Rum trinken, das würde ihm helfen, sich besser zu fühlen. Der rätselhafte Ausschlag auf seiner Brust und die schmerzhaft geschwollenen Stellen in seinen Leistenbeugen und Achselhöhlen kamen ihm nur halb so besorgniserregend vor, wenn er genug Rum getrunken hatte. Außerdem würde davon vielleicht sein Ärger auf Eugene Winston vergehen. Der Kerl hatte offenbar nicht vor, nach Barbados zurückzukommen, obwohl Doyle ihm keineswegs die Erlaubnis erteilt hatte, dem Dienst einfach fernzubleiben. Als Eugene vorgeschlagen hatte, mit dem nächsten Segler eilig nach England zu reisen, um zu verhindern, dass Duncan Haynes dort Doyles guten Ruf untergrub, war dem Gouverneur nichts anderes übrig geblieben, als diesem Vorhaben seinen Segen zu geben. Frohlockend hatte er zwei Monate nach Winstons Abreise die Nachricht erhalten, dass Haynes seine letzte Reise nach Tyburn-Hill angetreten hatte. Hoffentlich hatten sie seinen Kopf recht lange auf der London Bridge stecken lassen! Aber seitdem hatte er nichts mehr von Winston gehört. Bis vor zwei Tagen, als dieser Brief eingetroffen war, in dem Winston ihm schrieb, dass er sich nicht länger knechten und zu Gesetzesbrüchen zwingen lasse und fürderhin allen Drohungen, die Doyle ihm gegenüber ausgestoßen habe, zu widerstehen gedenke und dies überall dort, wo es vonnöten war, kundtun werde. Doyle hatte sich zuerst keinen Reim darauf machen können und den Kerl für verrückt gehalten. Nach einer Weile war er jedoch ins Grübeln gekommen und hatte schließlich aus dem Brief geschlossen, dass Eugene Winston einfach keine Lust hatte, länger für ihn zu arbeiten. Vielleicht gefiel es ihm in London besser. Der Junge war auf Barbados aufgewachsen, vermutlich hatten die Verlockungen der Großstadt ihm das Gehirn dermaßen vernebelt, dass er beschlossen hatte, dort zu bleiben. Unter anderen Umständen hätte Doyle überhaupt nichts dagegen gehabt, er konnte den jungen Schnösel ohnehin nicht ausstehen. Schon häufiger hatte er überlegt, dass er ohne Winston besser dran gewesen wäre. Aber wenn überhaupt, hätte *er* ihn in die Wüste schicken wollen. Dass Winston es wagte, nicht zurückzukehren, war ein unerträglicher Affront. Noch mehr fuchste es Doyle, dass es geschäftlich nicht mehr so gut lief wie zu der Zeit, als Winston sich noch darum gekümmert hatte. Der Landverkauf ging nur schleppend voran, im Rat waren erste Zweifel geäußert worden, ob das alles rechtens sei. Das Geld war schneller ausgegeben, als es hereinkam. Doyle hatte bereits darüber nachgedacht, zusätzliche Abgaben zu ersinnen, etwa auf den Erwerb von Sklaven oder Bauholz. Oder für den Verkauf von Zucker. Ja, das würde Mittel in seine Taschen spülen, für die es sich zu leben lohnte! Dummerweise war das alles leichter gedacht als getan. Winston hätte besser gewusst, wie sich solche Pläne realisieren ließen. Das musste ihm der Neid lassen – diese kleine Zecke verstand sich aufs Intrigieren wie kein anderer.

Müßig kratzte sich Doyle an den Hoden. Eines der Geschwüre war aufgebrochen und hatte angefangen zu bluten. Ihm schoss durch den Kopf, dass es vielleicht doch die Lues war, aber diesen Gedanken verdrängte er ganz schnell wieder. Er stand auf, zog sich ein Hemd über und ging in den angrenzenden Raum. Wo blieb der Schwarze?

Durch die angelehnten Holzläden war Lärm von der Straße zu hören. Das Trappeln von Pferdehufen mischte sich mit lautem Stimmengewirr. Eine Männerstimme bellte ein Kommando, das Doyle nicht verstehen konnte. Befremdet drückte er die Läden einen Spalt auf und lugte hinaus. Irritiert sah er eine Gruppe von Soldaten dort stehen. Marineoffiziere in der Uniform der Parlamentsflotte. Der diensthabende Leutnant aus der Wachmannschaft der Gouverneursresidenz hatte ein Dokument entrollt, das er umständlich studierte; offenbar hatte es ihm der wichtigtuerisch dreinblickende Offizier überreicht, hinter dem sich ein schwer bewaffneter Begleittrupp aufgebaut hatte. Der Leutnant salutierte, dann machte er kehrt und kam direkt auf die Pforte der Residenz zu. Ein breites, höhnisches Lächeln stand auf seinem Gesicht. In Doyles Magen bildete sich ein Übermaß an Säure, das ihm bis in den Schlund hochstieg und ihn zum Würgen brachte. Hastig suchte er nach seiner Hose, doch es war schon zu spät – die Tür ging auf, und der Leutnant erschien.

»Exzellenz. Oder besser: Mister Doyle.« Der Leutnant maß ihn mit herablassender Verachtung. »Ich fürchte, Ihr seid nicht länger Gouverneur.«

»Wie?«, krächzte Doyle. »Was soll das heißen?«

Der Leutnant reichte ihm das Dokument.

»Hier könnt Ihr es selbst lesen.«

Doyle starrte das Papier mit den ordentlich geschwungenen Schriftzügen und dem Siegel des Parlaments an. Er war seines Amtes enthoben. Und stand außerdem unter Arrest.

Winston!, schoss es ihm durch den Kopf. Dieser Kerl hatte ihm das eingebrockt! Damit erklärte sich auch der Brief. Vermutlich hatte die kleine Ratte *überall dort, wo es vonnöten war,* Abschriften davon verteilt, um selbst als armes Willküropfer dazustehen.

Doyle dachte fieberhaft nach. Wie hatten sie von den Landverkäufen erfahren? Damit hatte er erst nach Winstons Abreise angefangen! Also musste ein anderer es ihnen gesteckt haben. Jemand aus dem Rat? Wie auch immer, sie hatten es herausgefunden. Er war zu leichtsinnig gewesen und bekam jetzt die Quittung.

Doyle quollen die Augen aus dem Kopf, als er einen der Anklagepunkte las: Verleumdung und Verurteilung eines Unschuldigen. Keine Frage, das ging auf Winstons Konto! Er hatte eiligst sein Fähnchen in den Wind gehängt, als sich in London abzuzeichnen begann, dass Doyles Tage als Gouverneur gezählt waren. Ob Winston auch hinter der Erpressung steckte, durch die Doyle gezwungen gewesen war, Duncan Haynes freizulassen? Womöglich hatte er schon damals geplant, ihn zu vernichten!

Doyle knirschte mit den Zähnen. Er merkte gar nicht, dass er sich die ganze Zeit heftig zwischen den Beinen gekratzt hatte. Erst der verächtliche Blick des Leutnants brachte ihn zur Besinnung. Halb wütend, halb erschrocken starrte Doyle auf die Rinnsale von Blut, die ihm die Beine hinabliefen.

»Was ist?«, brüllte er den jungen Offizier an.

»Sir, Ihr solltet Euch von Euren Dienern rasch ein paar Sachen zusammenpacken lassen«, versetzte der Leutnant ungerührt. »Anderenfalls, so fürchte ich, werdet Ihr im Hemd abgeführt.«

»Wann ist dieses Schiff der Navy eingelaufen?«

»Vor etwas über zwei Stunden.«

»Was?«, schrie Doyle außer sich. »Dann wussten ja schon alle außer mir auf dieser gottverdammten Insel, dass die englische Marine hier ist! Wieso wurde ich nicht früher informiert?«

»Ihr wart … nicht abkömmlich.« Der Leutnant lächelte maliziös. »Wenn ich nun um etwas Eile bitten darf … Der Offizier da draußen ist sehr ungeduldig. Er gab Euch eine Viertelstunde. Ein Großteil davon ist schon verstrichen.«

Siedend vor Zorn zog Doyle sich an. Zwischendurch rief er mehrmals nach dem Schwarzen, doch der kam nicht. Notgedrungen warf er unter den scharfen Blicken des Leutnants selbst ein paar Sachen in einen Reisesack. Seine Hände zitterten, jedoch mehr vor Wut als vor Angst. Er würde schon Mittel und Wege finden, in London seine Rechte zu wahren! Im Parlament hatte er einige Gönner. Sie hatten ihm zu diesem Posten auf Barbados verholfen und konnten ihn nicht einfach fallen lassen. Er wusste ein paar Dinge über sie, die es ihnen leicht machen würden, sich mit ganzer Kraft für ihn einzusetzen. In ein paar Monaten war er wieder hier, und alles würde weitergehen wie immer.

Wenig später wurde ihm klar, wie sehr er sich irrte. Als er mit dem Seesack über der Schulter ins Freie trat, wurde er bereits von den Soldaten und Offizieren der Garnison erwartet. Sie bildeten eine Art Spalier, durch das er gehen musste, und die unverhohlen schadenfrohen Blicke, die ihn von allen Seiten trafen, ließen ihm schwallweise weitere Magensäure in die Kehle schießen. Diese Mistkerle waren froh, ihn loszuwerden! Im Hintergrund sah er auch einige Pflanzer stehen, die mindestens genauso erfreut über seine Misere waren wie alle anderen.

Die englischen Offiziere, die das Ende des Spaliers bildeten, nahmen ihn in ihre Mitte. Zu seiner Erleichterung verzichteten sie darauf, ihm Fesseln anzulegen. Die Erniedrigung war auch so schon schlimm genug. Umringt von den Uniformierten, trottete er mit gesenktem Blick in Richtung Hafen. Nur einmal noch hob er den Kopf, als er neben sich ein Pferd schnauben hörte. Er besah sich das Reittier und runzelte die Stirn. Diesen Gaul kannte er doch! Das war die Stute von Elizabeth Haynes! Sein Blick flog hoch, und als er sah, wer im Sattel saß, blieb ihm vor Schreck die Luft weg. Auf einmal wusste er ohne jeden Zweifel, wer wirklich dafür verantwortlich war, dass er wie ein gemeiner Verbrecher von hier fortgetrieben wurde.

»Noringham«, presste er zwischen zusammengebissenen Zähnen hervor.

William, hoch zu Ross, lächelte kalt auf ihn herab.

Die Sonne ging unter, als William wieder auf Summer Hill eintraf. Er hatte sich mit der Rückkehr Zeit gelassen, weil ihm so viel durch den Kopf ging wie selten zuvor in seinem Leben. Von Schuldgefühlen gemartert, fürchtete er sich davor, Celia gegenüberzutreten. Ständig ging er im Geiste unterschiedliche Möglichkeiten durch, wie er sich am besten verhielt, wenn er sie das nächste Mal sah. Irgendwie musste er es hinkriegen, alles wieder in Ordnung zu bringen und sie davon zu überzeugen, dass er nicht der Dreckskerl war, für den sie ihn zweifelsohne seit dem Mittag hielt. Er legte sich Formulierungen zurecht, wie sie kaum vielfältiger hätten sein können, doch allesamt klangen sie schon in seiner Vorstellung völlig unpassend – entweder zu flehend oder zu sachlich oder einfach nur an den Haaren herbeigezogen.

Die Zikaden stimmten ihr nächtliches Lied an, als er vor dem Stall absaß und dem Pferdeknecht die Zügel übergab. William widerstand dem Drang, noch einmal zur Mühle hinauszugehen und nach dem Rechten zu sehen. Er wusste, dass der Aufseher alles unter Kontrolle hatte. Nicht einmal seine mehrtägige Abwesenheit im vorletzten Monat hatte den geordneten Ablauf der Arbeiten beeinträchtigt. Die Welt hörte nicht auf zu existieren, wenn er nicht da war, und auch die Zuckermühle würde sich ohne sein unmittelbares Zutun weiterdrehen, so wie nach dem tödlichen Unfall. Der Aufseher hatte den Sklaven wegtragen lassen und Befehl zum Weiterarbeiten gegeben, und William, der kurz danach hinzugekommen war, hatte nichts Gegenteiliges angeordnet.

Er ging zögernd auf das Haus zu. Auf der Terrasse brannte Licht. Im Schein der Laterne saß Anne. Sie las in einem Brief. Ihr Gesicht sah gelöst aus, fast glücklich. Als sie William hörte, ließ sie den Brief sinken, und ihre Miene nahm einen Ausdruck von Besorgnis an.

»Willy! Wo warst du so lange?«

William verzog das Gesicht. Er fühlte sich wie fünf, wenn sie ihn Willy nannte. Den Kosenamen aus Kindertagen hatte sie seit Lady Harriets Tod öfters verwendet, meist dann, wenn er etwas getan hatte, was ihr nicht passte. Anscheinend hatte er etwas an sich, das alle Frauen in seiner Umgebung dazu brachte, ihn bemuttern zu wollen.

»In Bridgetown«, sagte er. »Ich habe zugeschaut, wie sie diesen abgefeimten Widerling abgeführt haben. Schade nur, dass Duncan und Lizzie es nicht selbst sehen konnten. Ich werde ihnen einen ausführlichen Bericht schicken.« Er setzte sich in seinen Schaukelstuhl. »Du hast Post?«, fragte er, mit gespielter Beiläufigkeit auf den Brief deutend, den sie auf den Tisch gelegt hatte.

Sie nickte nur kurz.

»William, Celia ist weg.«

»Was?!« Er fuhr hoch und warf dabei fast den Stuhl um. »Was meinst du mit *weg*?«

»Sie hat ihre Sachen zusammengepackt und ist gegangen.«

»Wohin?« Verstört sah er seine Schwester an. »Was hat sie denn gesagt?«

»Sie musste nicht viel sagen. Ihr verweintes Gesicht sprach sozusagen für sich. Sie erklärte nur, sie wolle weg. Über ihre Gründe hüllte sie sich in Schweigen, obwohl ich sie bestürmte, es mir zu sagen. Ich beschwor sie, doch bitte zuerst auf deine Rückkehr zu warten und mit dir zu reden, bevor sie übereilte Entscheidungen trifft. Worauf sie mich anschrie, dass sie mit *dir* nie wieder reden wolle und dass sie froh wäre, wenn du tot vom Pferd fielest. Dann warf sie ihr Bündel über die Schulter und stürmte davon. Und nein, ich weiß nicht, wohin sie gegangen ist, denn sie wollte es mir nicht sagen.«

»Du hättest sie aufhalten müssen!«

»Ich hab's versucht. Aber sie ist eine freie Frau und kann gehen, wohin sie will.« Annes Gesicht war ernst. »William, wie konntest du nur? Ausgerechnet bei ihr! Nach allem, was sie letztes Jahr durchmachen musste! Und sie gehört doch fast zur Familie! Sie ist mit uns aufgewachsen, sie war doch immer so was wie eine kleine Schwester.«

Er raufte sich die Haare, bis sie nach allen Seiten abstanden. Verzweifelt schlug er mit der Faust auf den Tisch und brachte damit die Laterne zum Flackern.

»Glaubst du nicht, dass ich mir den ganzen Tag schon unaufhörlich selber Vorwürfe gemacht habe? Anne, ich würde vor ihr auf den Knien rutschen, wenn ich es damit ungeschehen machen könnte!« Mit gewaltigen Schritten durchmaß er die Veranda von der einen Seite bis zur anderen und schritt so die gesamte Länge des Hauses ab, bis Anne ihm mit einer gebieterischen Geste Einhalt gebot und er am Tisch stehen blieb.

»Hör mit dem Gerenne auf«, sagte sie verärgert. »Damit

machst du es nicht besser. Erklär mir lieber, was los war. Wie es überhaupt dazu kam.«

»Sie war so … Auf einmal konnte ich nicht anders. Sie hat etwas gesagt …« Beklommen schüttelte er den Kopf, denn nichts von dem, was Celia zu ihm gesagt hatte, rechtfertigte auch nur im Geringsten, was er ihr angetan hatte.

Doch Anne musterte ihn mit neuem Interesse.

»Was genau hat sie denn gesagt?«

Er rief sich Celias Bemerkungen ins Gedächtnis und gab sie zögernd wieder – vollständig, denn er hatte kein einziges ihrer Worte vergessen.

Anne furchte nachdenklich die Stirn.

»Was ist danach geschehen?«, wollte sie wissen.

Er merkte, wie er rot anlief.

»Das ist … zu intim, um darüber zu reden«, sagte er steif.

Zu seiner Überraschung grinste sie leicht.

»*Das* meinte ich nicht, denn darüber kann ich mir durchaus meine eigenen Vorstellungen machen. Mit *danach* meinte ich einfach hinterher. Also nachdem ihr … Du weißt schon was. Was tatest du da?«

»Ich habe mich selbstverständlich sofort bei ihr entschuldigt. Mehrfach. Ich habe ihr beteuert, wie leid es mir tut und wie furchtbar ich mein Benehmen finde. Anne, ich habe fast geweint vor Scham, so entsetzt war ich über mich selbst!«

»Ah. Ich verstehe.« Anne nickte langsam.

»Was verstehst du?«, erkundigte er sich irritiert.

»Dass du ein Idiot bist.«

»Das weiß ich selber.« Er lachte hohl.

»Nein, ich meine nicht das, was du heute mit ihr gemacht hast.« Nachsichtig schüttelte sie den Kopf. »Meine Güte, du bist auch nur ein Mann, Willy! Auch wenn du immer heldenhaft versuchst, für alle Frauen weit und breit der Ritter auf dem weißen Pferd zu sein.« Sie lachte amüsiert. »Seit du Pearl reitest, stimmt das Bild sogar.«

»Hör auf«, sagte er ärgerlich. »Worauf willst du überhaupt hinaus?«

»Dass du blind bist. Du erkennst das Offensichtliche nicht. Sie ist nicht gegangen, weil sie wütend über deine … ähm … Annäherungsversuche war. Sondern weil du dich dafür entschuldigt und es damit als etwas Schmutziges und Widerwärtiges abgestempelt hast. Als hättest du es aus niedersten Gründen und mit abscheulichsten Absichten getan.«

»Aber es war doch …«

»Hast du ihr Gewalt angetan, William?«

Er schüttelte mit flammenden Wangen den Kopf.

»Hat sie dich zurückgestoßen? Einspruch erhoben?«

»Nein«, sagte er leise.

»William.« Annes Stimme klang sanft. »Celia wollte es auch, genau wie du. Und für sie war es eine wirklich schlimme Kränkung, dass du es hinterher bereut hast.« Kopfschüttelnd fuhr sie fort: »Guter Gott, dass ich selbst die Zeichen nicht gesehen habe! Und dabei gab es sie. Zuhauf sogar. Und das auch früher schon. Nun gut, ich war nach Mutters Tod lange gemütskrank, da konnte ich auf solche Dinge nicht achten, und dann war ich all die Monate fort. Aber in den letzten sechs Wochen …« Erneut schüttelte sie den Kopf. »Ich schätze, ich war genauso blind wie du.«

»Anne, könntest du vielleicht endlich aufhören, in Rätseln zu sprechen, und mir einfach sagen, was zum Teufel du meinst?«

»Aber natürlich.« Sie lächelte leicht. »Celia liebt dich, William. Das tat sie, glaube ich, schon immer.«

»Woher willst du das wissen?«

»Ich weiß es eben. Und ich weiß noch mehr.« Sie hielt kurz

inne, um ihren nächsten Worten mehr Nachdruck zu verleihen. »Du liebst sie ebenfalls.«

»Das ist Blödsinn«, entfuhr es ihm. »Du hast selbst gesagt, dass sie wie eine kleine Schwester ist.«

»Für *mich*«, korrigierte Anne ihn. »Für dich ist sie das schon lange nicht mehr. Du solltest dir ein paar Wahrheiten eingestehen, Willy.«

»Entschuldige mich. Ich gehe sie jetzt suchen.« Er hatte sich bereits abgewandt, um zu den Ställen zu laufen.

Der Schankraum im *Chez Claire* war wie üblich berstend voll, die Luft zum Schneiden dick und von Rauchschwaden verhangen. Es stank nach Tabakqualm, Schweiß und vergossenem Rum. In der Ecke tönte eine Fiedel, ein paar Gäste tanzten mit Claires Mädchen zu der munteren, ohrenbetäubend lauten Musik. William ließ rasch den Blick durch den Raum schweifen und stellte enttäuscht fest, dass Celia nicht hier war. Er wollte die Schenke gerade wieder verlassen, als der große Franzose nach ihm rief. Er hieß, wenn William sich recht entsann, Jacques – ein Koloss von einem Mann mit einem von Narben verwüsteten Gesicht, der Claire auf Schritt und Tritt folgte, wenn sie unterwegs war. Der Mann kämpfte sich durch das Gedränge und schob dabei rücksichtslos jeden beiseite, der ihm im Weg war.

»Noringham!«, brüllte er durch den Lärm. »Kommt mit rauf! Mademoiselle Claire will Euch sprechen!«

»Oh nein«, wehrte William ab. »Ich suche nur jemanden.«

»Deshalb will sie Euch ja sprechen.«

»Ist Celia hier?«, fragte William unumwunden.

Der Franzose nickte. Mit klopfendem Herzen folgte William ihm die Treppe hinauf. Jacques pochte kurz an eine der Türen, die von dem oberen Flur abgingen, worauf Claires knappe Aufforderung zum Eintreten ertönte. Williams Hoffnung, Celia in der Kammer vorzufinden, zerstob im nächsten Augenblick. Sie war nicht da, Claire war allein. Die Französin war ganz in Weiß gekleidet. Mit dem offenherzigen Gewand und dem wasserfallartig arrangierten roten Lockengeriesel sah sie wie eine verruchte Quellnymphe aus. Ihre Aufmachung stand in auffälligem Gegensatz zu ihrer Umgebung – die Kammer war schlicht und unprätentiös eingerichtet, mit einem schmalen Bett, einem zierlichen Schminktisch und einem Lehnstuhl, auf dem Claire saß, ein Buch auf den Knien.

»Ich fragte mich schon, wann du kommst, *mon ami.*«

»Wo ist sie?«

»Ah, aber nun setz dich doch erst einmal!« Sie deutete auf den Hocker vor dem Schminktisch.

»Ich stehe lieber.«

»Warum so unhöflich?« Sie blickte schmollend zu ihm auf. »Bin ich eine so schlechte Gastgeberin?«

»Ich möchte zu ihr.«

»Und ich möchte zuerst mit dir reden.« Claire nickte Jacques zu, der wie ein Fels im Türrahmen stehen geblieben war. »Nimm seinen Hut und sein Wams und schließ dann die Tür.«

Widerwillig händigte William dem Franzosen Barett und Jacke aus und ließ sich voller Unbehagen auf dem Schemel nieder. Claire lächelte ihn kokett an.

»Du warst lange nicht mehr hier, Guillaume.«

Die Art, wie sie seinen Namen auf Französisch sagte, trieb ihm die Röte ins Gesicht. Er war nicht in der Lage, auf geschäftsmäßiger Ebene mit ihr zu sprechen, und für eine freundschaftliche Unterhaltung kannte er sie nicht gut genug. Erst dreimal hatte er sie im Laufe der Jahre in ihrem mit goldenen Troddeln und scharlachroten Samtbordüren überladenen Hurengemach aufgesucht, das am anderen Ende des Flures lag und über eine dunkle Hintertreppe zu erreichen war. Hinterher hatte ihn jedes Mal Scham erfüllt, und es hatte immer viele Monate gedauert, bis die Sehnsucht nach einem warmen Frauenkörper wieder so übermächtig geworden war, dass es ihn erneut ins *Chez Claire* getrieben hatte.

»Kann ich dir etwas zu trinken anbieten?«

»Nein, danke. Ich möchte wirklich einfach nur zu Celia. Wo ist sie?«

»Nebenan im roten Zimmer.«

William sprang auf und stieß dabei den Schemel um. Er hatte die Hand schon am Türknauf, als Claire ihn zurückhielt.

»Keine Angst. Es ist niemand bei ihr. Sie war restlos erledigt, als sie hier ankam. Wofür hältst du mich?«

»Das weiß ich nicht«, sagte William reserviert. Zögernd setzte er sich wieder. Claire lächelte ihn sonnig an.

»Wahrscheinlich schläft sie längst. Der Fußmarsch von Summer Hill nach Bridgetown hat ihr den Rest gegeben. Ich schätze, sie war seit dem Morgengrauen auf den Beinen und sowieso schon halb tot von all der Arbeit, zu der du sie tagein, tagaus zwingst.«

»Hat sie das gesagt? Dass ich sie zum Arbeiten zwinge?«

Claire lachte perlend.

»Ach Guillaume, das war ein Scherz. Jeder hier auf der Insel weiß, dass du niemanden zwingen musst, für dich zu arbeiten. Weil sich nämlich alle, die dir unterstehen, darum reißen.« Ihr Gesicht wurde ernst. »Trotzdem schuftet sie sich halb tot, und behaupte bloß nicht, dass das nicht stimmt.«

»Ich habe ihr schon öfter gesagt, dass sie nicht so viel arbeiten soll«, verteidigte William sich. »Wir haben genug Leute auf Summer Hill. Ich weiß wirklich nicht, warum sie immer so viel selbst macht, wenn es doch genauso gut auch andere erledigen könnten.«

»Vielleicht tut sie es, weil du genauso viel schuftest. Sie betrachtet dich als Vorbild, William. Sie vergöttert dich, weißt du?«

»Das ist Unfug«, sagte er steif.

»Wenn du meinst«, versetzte sie obenhin. Mit halb gesenkten Lidern setzte sie hinzu: »Sie ist eine wunderschöne Frau. Die schönste, die ich je sah. Sie ist ihr Gewicht in Gold wert, und das ist keine Übertreibung. Die Männer werden ihr zu Füßen liegen, ihr Juwelen umhängen und sie mit Goldstücken überhäufen. Sie könnte die elegantesten Kleider tragen. Die neueste Mode aus Frankreich. Wenn es ihr hier auf Barbados zu langweilig wird, könnte sie überallhin gehen. Nach London, Paris, Venedig … Die ganze Welt steht ihr offen.«

William hatte ihr mit wachsendem Entsetzen zugehört.

»Schlag dir das aus dem Kopf! Sie kommt mit mir zurück nach Summer Hill!«

»Aber vielleicht will sie das ja gar nicht. Vielleicht ist sie es leid, ständig in dreckigen, löchrigen Kitteln herumzulaufen und mit den Hähnen aufzustehen. Vielleicht möchte sie ein einziges Mal in ihrem Leben ein Kleid aus Seide tragen und einen Unterrock aus Spitze.« Claire spielte mit der Perlenkette, die um ihren makellos weißen Hals hing. »Vielleicht möchte sie einmal echten Schmuck besitzen.« Sie deutete auf das Buch, das aufgeschlagen auf ihren Knien lag. »Oder ein Buch lesen. Habt ihr das Mädchen lesen lernen lassen, William?« Sie hatte aufgehört, ihn Guillaume zu nennen, und jeder neckische Ton war aus ihrer Stimme verschwunden. Ein harter Zug lag um ihren Mund. »Soll ich dir sagen, warum sie hier ist? Ich hatte es ihr vor langer Zeit angeboten. Und zwar gleich, als ich sie das erste Mal traf, das war …

warte, vor ungefähr drei Jahren. Ich hatte sie auf dem Markt gesehen. Sie trottete mit Einkäufen beladen hinter deiner Mutter her, barfuß und in ihrem hässlichen grauen Kattunkittel, einen ausgeleierten Turban um den Kopf, und sie war dennoch das schönste Geschöpf, das ich je sah. Ich fragte deine Mutter, ob ich Celia kaufen könnte, was sie sehr unhöflich ablehnte.« Claire grinste flüchtig. »Danach wartete ich, bis sie mit einem Händler um einen Stoffballen feilschte, und während sie damit beschäftigt war, nahm ich Celia zur Seite. Ich sagte ihr: Mädchen, wenn du jemals deine Freiheit bekommst und nicht weißt, wohin – komm zu mir, und ich schwöre dir, dass du es gut bei mir haben wirst.« Claire schüttelte den Kopf. »Natürlich wollte sie davon nichts wissen. Wir konnten auch nicht groß drüber reden, denn in dem Moment kam deine Mutter zurück.«

»Ich weiß davon«, sagte William ablehnend. »Sonst hätte ich nicht gleich als Erstes hier nach ihr gesucht.«

Claire achtete nicht auf seinen Einwurf.

»Sie ist nicht hier, weil sie eine Hure werden will. Welches Mädchen will das schon? Nein, sie ist hergekommen, weil sie allein ist. Weil sie niemanden hat, dem sie etwas bedeutet. Ich weiß viel über die Leute auf Barbados, William. Manches höre ich von anderen, und manches sehe ich in den Augen der Menschen, mit denen ich zu tun habe. Soll ich dir sagen, was ich über deine junge Mulattin weiß? Ihr ganzes Leben war ein einziger verzweifelter Kampf. Um Liebe, um Anerkennung, um Geborgenheit. Wer von euch Noringhams hat ihr das je gegeben, *hein?* Mal lebte sie bei den Negern in einer Hütte, mal beim Gesinde in den Dienstbotenkammern. Sie hatte niemanden, zu dem sie *wirklich* gehörte.« Claires Augen verwandelten sich in grüne Schlitze. »Ich kann ihr das alles geben, William. Meine Mädchen sind wie meine Schwestern. Wir achten einander, eine steht für die andere ein. Für jede von ihnen würde ich durchs Feuer gehen, und dasselbe täten sie für mich. Und hast du Jacques gesehen? Er würde für mich sterben, und das nicht etwa wegen meiner schönen Augen. Sondern weil er weiß, dass er hierhergehört. Zu mir.«

Vernichtet hatte William ihr zugehört. Ihm war schlecht. Mit grausamer Treffsicherheit hatte Claire seine verwundbarsten Stellen bloßgelegt. Sie hatte Fragen aufgeworfen, die er sich selbst schon lange hätte stellen sollen. Etwa, welche Wünsche Celia hatte. Was sie sich vom Leben erträumte. Die Wahrheit war beschämend und ließ ihn schlecht dastehen. Dennoch kam es unter keinen Umständen infrage, dass Celia hierblieb. Er straffte sich.

»Manches von dem, was du sagst, trifft zu, Claire. Trotzdem werde ich nicht zulassen, dass Celia ein Leben führt, wie du es ihr in Aussicht stellst. Ich erlaube es nicht. Wenn sie Seidenkleider will, kaufe ich ihr welche. Und Perlen auch. Und sie *kann* lesen, meine Mutter hat es sie gelehrt.« Er erhob sich. Im Schminkspiegel sah er, dass seine Gestalt das schmale Zimmer fast zur Hälfte ausfüllte. Mit einem Mal fühlte er sich selbstsicher und voller innerer Klarheit. »Ich gehe sie jetzt holen und nehme sie mit nach Hause. Sie gehört zu mir.« Mit vagem Erstaunen lauschte er seinen Worten nach. »Sie gehört zu mir«, wiederholte er, leise und eher für sich. Anne hatte recht. Die Liebe, von der sie gesprochen hatte, war die ganze Zeit da gewesen. Er hatte es nur nach Kräften verdrängt, weil er davon überzeugt gewesen war, an die Grenzen des Verbotenen zu rühren. Er hatte Mauern gegen die Gefühle erbaut. Eine um sich selbst und die andere um Celia. Und das alles, weil er geglaubt hatte, das Richtige zu tun. In Wahrheit hatte er alles ruiniert. Doch noch war nichts verloren. Er würde um sie kämpfen.

Claire musterte ihn, ihr Blick war unergründlich.

»Zwingen wirst du sie zu gar nichts. Aber du kannst dein Glück ja versuchen.«

Sie lag auf dem Lotterbett in dem roten, nach Parfüm riechenden Boudoir und schlief. Seitlich zusammengerollt wie ein Kind, eine Hand unter die Wange geschoben und die andere um die Knie geschlungen, wirkte sie verwundbar und schutzlos. Sie trug ein sauberes Hemd, das ihr bis zu den Knöcheln reichte. Ihr Haar war offen und floss wie dunkle Seide über ihren Rücken. William blieb neben dem Bett stehen und betrachtete sie lange. Im Schein der Nachtleuchte, die Claire ihm mitgegeben hatte, war Celia schön wie ein dunkler Engel. Hier hatte Claire mit ihren Lobpreisungen nicht übertrieben, doch das hatte William von jeher auch selbst gewusst. Wie oft er in seinem Leben schon bei irgendwelchen Beschäftigungen hatte innehalten müssen, nur um Celia anzuschauen, konnte er rückblickend schon gar nicht mehr zählen. Meist hatte er sich dafür zur Ordnung gerufen, statt sich einfach an ihrem Anblick zu erfreuen und ihre Schönheit zu bewundern. Zum ersten Mal, seit er sie kannte, stand er nun vor ihr und tat genau das. Nichts drängte ihn mehr, den Blick abzuwenden, so wie er es früher immer getan hatte. Er konnte nicht aufhören, sie anzusehen und jedes noch so nebensächliche Detail ihrer Erscheinung in sich aufzunehmen.

Er hatte nicht gewusst, dass ihr Haar so lang war. Sonst trug sie es immer geflochten oder zu einem festen Knoten eingerollt. Unter ihrem Ohr war ein kleiner Leberfleck, den er vorher auch noch nicht gesehen hatte. Wie sie unter dem Hemd aussah, wusste er. Er hatte sich im Waschhaus am Anblick ihrer Nacktheit geweidet, jeder Zoll ihres Körpers war betörend und makellos. Nur an den Beinen hatte sie ein paar Narben, die stammten vom letzten Jahr. Die Bluthunde hatten sie gebissen, als die Sklavenjäger sie im Dschungel geschnappt hatten. William verfluchte sich rückblickend immer noch, weil er ihre Verhaftung nicht verhindert hatte. Alle Welt hatte geglaubt, sie habe Robert Dunmore getötet, nachdem er sie belästigt hatte. Man hatte bei ihren Sachen ein billiges Schmuckstück von ihm gefunden. William hatte versucht, ihr die Zeit im Gefängnis so angenehm wie möglich zu machen, außerdem hatte er Eingabe um Eingabe beim Rat eingereicht und seinen ganzen Einfluss geltend gemacht. Und dabei nicht ahnen können, dass sadistische Wärter ihr die grausamsten Dinge antaten. Akin war schließlich derjenige gewesen, der sie ohne Rücksicht auf sein eigenes Leben befreit und die Wärter umgebracht hatte. Hinterher hatte William sich mehr als einmal gewünscht, selbst zur Stelle gewesen zu sein.

Schmerzhafte Zuneigung weitete seine Brust, während er auf Celia hinabsah. Bedauern um die verlorene Zeit stieg in ihm auf. All die Jahre … Wie verblendet er gewesen war, sich eine Zukunft mit Elizabeth vorzustellen, obwohl doch von Anfang an klar gewesen war, dass sie zu Duncan gehörte. Warum hatte es so lange gedauert, bis er begriffen hatte, dass ihn mit ihr nichts verband als Freundschaft?

In diesem Moment öffnete Celia die Augen. Traumverloren schaute sie ihn an, ihre Lippen bewegten sich.

»William«, murmelte sie. Als er sie seinen Namen sagen hörte, brach etwas in ihm auf, und zaghafte Hoffnung begann sich in seinem Inneren auszubreiten. Unversehens begriff er, warum er ihr ins Waschhaus hatte folgen müssen. Es war nicht geschehen, weil er roh oder gewissenlos war, sondern weil sie ihn beim Namen genannt hatte – zum allerersten

Mal! Sein Körper hatte dieses Zeichen sehr wohl verstanden und sofort die Befehlsgewalt an sich gerissen, nur sein Kopf hatte bis gerade eben gebraucht, um es zu erfassen.

»Celia«, sagte er rau. Er hielt ihren Blick fest. Unverwandt sah er sie an, endlose Augenblicke, bis sie auch ohne Erklärungen wusste, wie es um ihn stand. Es konnte jedoch nichts schaden, für klare Verhältnisse zu sorgen. Sein Herz schlug stürmisch, als er sich zu ihr auf die Bettkante setzte und sie sanft auf den Mund küsste. Sie zögerte einen Moment, aber dann schlang sie die Arme um ihn, und er umarmte sie so fest, dass er ihren Herzschlag spüren konnte. Er hielt sie lange umschlungen, von berauschenden Glücksgefühlen erfüllt. Alle Bedrückung war von ihm abgefallen. Nach einer Weile hob er sie auf seine Arme und stand vom Bett auf. Sein Blick fand den ihren und sah darin schweigendes Einverständnis. Zeit, dass sie gemeinsam nach Hause gingen.

29

Die Wochen, die Duncan bis zu seiner nächsten Abreise auf Guadeloupe verbrachte, gehörten für Elizabeth mit zur schönsten Zeit ihres bisherigen Lebens. Unbeschwert und leidenschaftlich lebte sie in den Tag und verbrachte jede freie Minute mit ihm. Anders als auf Dominica nahm er sich viel Zeit für sie und die Kinder, sodass sich die Tage aneinanderreihten wie kostbare Perlen. Seine Mannschaft vertrieb sich derweil mit Fischen und Faulenzen die Zeit. Dem einen oder anderen der Matrosen gefiel es so gut auf der Insel, dass manche daran dachten, sich hier niederzulassen. John Evers fing ein Techtelmechtel mit einer Witwe an, die eine kleine Indigoplantage ihr Eigen nannte und alles daransetzte, ihn in den Hafen der Ehe zu lotsen. Duncan meinte dazu scherzhaft, John solle sich diese Option offenhalten, denn sobald sie erst auf Antigua gelandet wären, käme die *Elise* wahrscheinlich sowieso ins Trockendock und John aufs Altenteil.

Elizabeth und Duncan vertrieben sich die Zeit auf ihre Weise. Gemeinsam unternahmen sie Segeltörns die Küste entlang, erkundeten wandernd besonders schöne Teile der Insel und gaben sich den Freuden der Liebe hin, wenn die Gelegenheit günstig war. Duncan fand rasch seine alte Form wieder. Reichliches Essen und viel Bewegung sorgten dafür, dass sein Körper bald wieder vor Muskeln strotzte. Seine Augen blitzten wie eh und je aus dem sonnenverbrannten Gesicht, und sein verwegenes Lachen, bei dem sich neben seinem rechten Mundwinkel jenes tiefe Grübchen bildete, das Elizabeth so liebte, war immer häufiger zu hören. Er küsste und umarmte Elizabeth, wann immer ihm danach war, ob nun Leute in der Nähe waren oder nicht. Auf Konventionen hatte er nie viel gegeben und tat es auch weiterhin nicht.

Immerhin besuchten sie die Sonntagsmesse in der Dorfkirche, jedoch eher aus Höflichkeit gegenüber den Inselbewohnern als aus gläubiger Überzeugung, denn als Anglikaner waren sie im Gegensatz zu den Franzosen nicht dem Papsttum verpflichtet. Trotz dieses Zugeständnisses sorgten sie allein durch ihre Aufsehen erregende Erscheinung und ungewöhnliche Herkunft für allerlei Getuschel, wenngleich dieses von deutlich freundlicherem Interesse begleitet war als auf Barbados. Die Franzosen waren keine sittenstrengen, bigotten Puritaner wie die Mehrzahl der Pflanzer auf Barbados, sondern ein lebensfroher, temperamentvoller Menschenschlag, Neuem gegenüber aufgeschlossen und freundlich zu Fremden. Sie feierten gerne und viel, veranstalteten Tanzfeste und machten bei jeder sich bietenden Gelegenheit Musik. Immer war irgendwo eine Fiedel oder Flöte zu hören, und Yvette Perrier war nicht die einzige Frau auf der Insel, die ein Virginal besaß.

Wenn Elizabeth mit Duncan allein unterwegs war, nahmen sie das kleine Beiboot der *Elise.* Sie segelten meist ein paar Buchten weiter zu einem menschenleeren Strand, um dort zu schwimmen oder Schießübungen zu machen. Die Pistole, die Duncan ihr aus England mitgebracht hatte, lag gut in der Hand, und bald war sie damit genauso schnell und treffsicher wie er.

Er unterwies sie auch in der Kunst des Segelns, bis sie ein Gefühl für den Wind und die Meeresströmung bekam und das Wenden und Halsen so weit beherrschte, dass sie streckenweise allein das Boot bedienen und dabei den Kurs halten konnte. Er brachte ihr bei, Himmelsrichtung und Entfernung nach Sonnenstand und Kompass zu berechnen, und er zeigte ihr auf seinen Seekarten, wo sie sich befanden. Guadeloupe war geformt wie ein Schmetterling, bei dem der linke Flügel – das nach Westen liegende Basse-Terre – bergiger und grüner war als der deutlich flachere im Osten, den die Franzosen Grand-Terre nannten. Umgeben war die Insel von mehreren kleineren Eilanden, auf dessen größtem, Marie-Galante, seit ein paar Jahren ebenfalls Franzosen siedelten.

Ein Stück nördlich die Küste hinauf entdeckten Duncan und Elizabeth einen Korallengarten von großer Schönheit. Während Duncan im Boot blieb und Elizabeth durch die klare Wasseroberfläche mit Argusaugen beobachtete – er hatte sich immer noch nicht mit ihrer Vorliebe für das Tauchen anfreunden können –, erkundete sie voller Begeisterung die lichtblaue Unterwasserlandschaft. Dabei stieß sie auf ein altes Schiffswrack, eine spanische oder portugiesische Galeone, die sicher mehr als hundert Jahre alt war. Sie stöberte in den Überresten herum und förderte zu ihrer Freude mehrere Gegenstände zutage, die einmal einer edlen Dame gehört haben mussten: einen Schildpattkamm, einen silbernen Handspiegel und die Überreste eines aus Elfenbeinstäben bestehenden Fächers. Duncan meinte, manche dieser alten Wracks, die überall verstreut am Meeresgrund lagen, beherbergten sagenhafte Schätze. Schwer beladen mit Silber und Gold seien die spanischen Schiffe häufig in Stürme geraten und gesunken, und wenn man nur einen Bruchteil davon heben könne, habe man fürs Leben ausgesorgt. Elizabeth tauchte sofort noch einmal hinab und suchte nach Gold, doch außer ein paar alten Töpfen fand sie nichts mehr.

Sie liebten sich im warmen Sand des Ufers, umgeben von rosa blühenden, vom Wind zerzausten Strandwinden. Hinterher blieben sie eng umschlungen liegen und dösten. Einmal stand Elizabeth fast eine Stunde lang bis zu den Knien reglos im Wasser, einen zugespitzten Stock in der Hand, so wie Zena es machte, wenn sie in Ufernähe Fische jagen wollte. Sie erlegte tatsächlich einen neugierigen Kugelfisch, der sich aus dem Riff in die Lagune vorgewagt hatte. Anschließend war sie jedoch froh, dass sie ihn ins Wasser zurückwerfen konnte, denn Duncan meinte, der Fisch sei giftig und tauge höchstens dazu, Pfeilspitzen damit zu präparieren.

Duncan konnte sich nicht an ihr sattsehen, egal was sie tat. Sie war schlank und sehnig wie ehedem, nur ihre Hüften und Brüste waren etwas voller als früher. An Schultern, Armen und Beinen hatten sich neue Muskeln ausgebildet, was vom vielen Schwimmen und Schießen kam. Ihre Haut war von der Sonne so dunkel getönt, dass man sie leicht für eine Kreolin mit farbigen Vorfahren hätte halten können, hätten ihr blonder Schopf und die hellen Augen sie nicht zweifelsfrei als Europäerin ausgewiesen. Das Haar war von Salzwasser und Sonnenlicht silbrig ausgebleicht. Wenn sie es offen trug, reichte es ihr bis zur Hüfte. Eines Tages war sie das umständliche Auskämmen nach dem Schwimmen leid und schnitt es zu Duncans Schrecken auf Schulterlänge ab. Als er sich darüber beschwerte, dass sie ihrem Freiheitsdrang noch ihre ganze Weiblichkeit opferte, lachte sie ihn aus und bewarf ihn mit Sand, bis er sie stürmisch in seine Arme zog und sie liebte, als wäre es das erste Mal.

Auf einem ihrer Ausflüge wanderten sie gemeinsam ein Stück weit ins Landesinnere, ohne einer Menschenseele zu begegnen. Sie entdeckten einen verwunschenen Wasserfall und badeten dort wie Adam und Eva im Paradies. Als sie über die flachen Felsen kletterten, sahen sie durchscheinend rosafarbene Echsen, die blitzartig davonhuschten, als sie ihnen zu nahe kamen. Auf dem Rückweg stieß Elizabeth auf ein Insekt, fast so lang wie ihr Unterarm, das auf täuschende Weise einem Zweig glich. Sie erschrak heftig, als es plötzlich Beine bekam und sich eilig davonmachte.

Den letzten Tag vor seiner Abreise verbrachten sie gemeinsam mit den Kindern. Duncan trug abwechselnd Faith umher oder spielte mit Johnny. Sie saßen mit ihren Gastgebern auf der Veranda und tranken Tee, bis ihnen Yvettes Geplapper zu viel wurde und sie unter einem Vorwand das Weite suchten. In der Nacht stahlen sie sich aus dem Haus und gingen durch das raschelnde Tabakfeld hinauf zu Elizabeths Lieblingsplatz, wo sie sich im Licht des vollen Mondes ein letztes Mal liebten.

Am nächsten Morgen ging es ans Abschiednehmen. Duncan wollte bei Sonnenaufgang auslaufen. Johnny weinte herzzerreißend; er wollte nicht begreifen, warum er nicht mitfahren durfte. Auch Faith stimmte in sein Schluchzen ein, als hätte sie die Dramatik dieses Augenblicks bereits begriffen. Elizabeth wiederum hatte Mühe, ihre eigenen Tränen zu unterdrücken, doch sie schaffte es irgendwie. Sie wollte sich nicht vor Duncans Männern, deren Erheiterung angesichts dieser Abschiedsszene nicht zu übersehen war, zum Narren machen, zumal auch Felicity sich keinen Zwang auferlegte und zum Steinerweichen heulte.

Einmal noch nahm Duncan seine Frau in die Arme und versprach ihr, bald zurückzukommen, bevor er auf das Beiboot stieg und mit John zum Schiff hinüberruderte, wo die Mannschaft bereits versammelt war. Zena ging mit Faith und Felicity zurück zum Anwesen der Perriers, während Elizabeth mit Johnny am Strand blieb und zusah, wie auf der *Elise* die Segel gesetzt wurden. Duncan winkte ihr vom Achterdeck aus zu, und sie winkte zurück. Während das Schiff sich langsam entfernte, schaute sie ihm mit brennenden Augen nach.

Unversehens empfand sie ein Gefühl namenloser Bedrohung, fast so wie in ihren schlimmsten Albträumen. Es war wie eine der dunklen Vorahnungen, die sie seit jener Nacht auf Summer Hill im vergangenen Jahr gequält hatten. Damals hatte sie schlafgewandelt und dabei Celia beobachtet, wie sie zum wilden Klang der Negertrommeln einen archaischen Tanz aufgeführt hatte, die nackten Arme mit dem Blut eines Opfertiers bestrichen. Es war nur ein Traum gewesen, aber die Visionen des bevorstehenden Unheils hatten sie nicht losgelassen. Sie hatte vorausgesehen, dass etwas Schlimmes passieren würde. So ähnlich fühlte sie sich jetzt. Es war verkehrt, dass Duncan gefahren war, er hätte jetzt hier sein müssen! Ihr Inneres flüsterte es ihr zu, immer wieder. Elizabeth spürte die Gefahr wie einen Schatten. Komm zurück, rief sie Duncan stumm über das Meer zu. Lass mich nicht allein! Doch es war zu spät. Gefangen zwischen dem Abschiedsschmerz und der konturlosen Furcht vor dem nahen Bösen, sah sie die *Elise* im Dunst der Ferne verschwinden.

Deirdre packte mit an, als Oleg und Jerry den Fang an Land brachten. Zu dritt schleppten sie den in Kübel gefüllten Inhalt der Reusen ans Ufer, um ihn dort zu sortieren. Die Luft war um diese frühe Tageszeit noch angenehm frisch. Vorhin hatte es in kräftigen Schauern geregnet, und als die Wolken wieder aufgerissen waren, hatte sich ein leuchtender Regenbogen gebildet, der sich über den halben Himmel zog. In ein paar Minuten würde er verblasst sein, doch für Deirdre war jeder Regenbogen wie ein Hoffnungsschimmer, und sie war froh, dass es so viele davon gab. Sie waren wie ein Symbol der Erneuerung. Nach jedem Unwetter folgt Sonnenschein, das hatte Edmond einmal gesagt, als sie im Dschungel von Barbados vor schwerem, von Blitz und Donner begleitetem Schlagregen in die undichte Hütte geflüchtet waren und dort prustend und pitschnass das Ende des Gewitters abgewartet hatten. In ihrem Versteck in der Wildnis hatten sie damals harte, entbehrungsreiche Wochen verbracht, doch es hatte auch so viele lichte und fröhliche Momente gegeben. Daran erinnerte Deirdre sich in der letzten Zeit immer häufiger. Es half ihr nicht, das Schreckliche zu vergessen. Das würde sie niemals schaffen, bis an ihr Lebensende nicht. Doch es ließ sich damit ein wenig leichter ertragen. Sich Edmond lachend und übermütig vorzustellen trug dazu bei, die Erinnerung an ihn aus dem Dunkel des Entsetzens zu heben, das sie nach seinem Tod vollständig gefangen gehalten hatte. Er sollte in ihrem Gedächtnis einen schönen, leuchtenden Platz haben, so wie unter diesem Regenbogen.

»Hier, fang! Aber pass auf die Scheren auf!« Jerry warf Deirdre einen Lobster von enormen Ausmaßen zu. Sie fing ihn und packte ihn zu den Langusten, bevor er sie zwicken konnte. Ein zweites Fass war bereits mit Fischen gefüllt, die sie gleich auf dem Markt feilhalten würde. Die Arbeit machte ihr Spaß, viel mehr als die Tätigkeit im Haus. Nur auf Johnny aufzupassen füllte sie nicht aus, zumal der Kleine in den letzten Tagen viel Zeit in Gesellschaft seiner Eltern verbracht hatte. Im Augenblick spielte er, beaufsichtigt von seiner Mutter, in den flachen Wellen mit seinem Spielzeugschiff. Lady Elizabeth saß stumm und niedergeschlagen im Sand, den Blick auf den Horizont gerichtet. Master Haynes war kaum eine Viertelstunde fort, sie würde wohl noch eine

Weile benötigen, um über den neuerlichen Abschied hinwegzukommen. Jeder Kummer auf Erden brauchte seine Zeit. Es gab nichts, womit man es schneller hinter sich bringen konnte.

Deirdre rückte ihren Strohhut zurecht. Sie war ins Schwitzen geraten, doch es war ein gutes Gefühl. Je härter sie arbeitete, desto weniger musste sie grübeln. Oleg und Jerry richteten ihre Gerätschaften für den nächsten Fischfang her, während sie die Fässchen zu einem Unterstand trug, wo sie bis zum Verkauf im Schatten stehen konnten. Sie trank aus dem Wasserschlauch, den sie an einem Pfosten aufgehängt hatte, dann winkte sie den Männern, herüberzukommen, um die mitgebrachte Mahlzeit mit ihr einzunehmen. Auch das erinnerte sie jedes Mal an Edmond. Wie er sich gefreut hatte, wenn sie mit einem Korb voller Essen gekommen war. Sein glückliches, argloses Lächeln hatte ihre Sehnsucht nach ihm ins Unermessliche wachsen lassen. Er wäre wahrscheinlich in seinem Versteck verhungert, wenn sie ihm keine Nahrung gebracht hätte, denn er konnte weder jagen noch fischen noch Fallen stellen. Von den paar Früchten und wilden Beeren hätte er in der Wildnis nicht lange überlebt. In der Zeit, als sich noch mehr irische Flüchtlinge und entlaufene Schwarze zu seinem Camp durchgeschlagen hatten, war es ihm besser gegangen, denn jeder hatte etwas zu essen beigesteuert. Vor allem die Schwarzen waren gute Jäger. Nach dem Aufstand, als die Patrouillen alle eingefangen und vertrieben hatten, war nur noch Deirdre geblieben, die sich um ihn hatte kümmern können.

Sein gewaltsamer Tod hatte ihr Inneres in einen Ozean voller quälender Schuldgefühle verwandelt. Unablässig marterte sie sich mit Selbstvorwürfen. Hätte sie doch Barbados nie verlassen! Wäre sie doch nie auf den Gedanken verfallen, ihn von dort fortzulocken! Allein um ihretwillen war er mitgegangen, in dem Punkt machte sie sich nichts vor. Es war ihre Schuld, dass er gestorben war. Mit dieser Last auf ihrer Seele musste sie weiterleben, und das war vielleicht noch furchtbarer als die Erinnerung an den Moment seines Todes. Wie er sie angesehen hatte, kurz bevor der Kazike das Messer in ihn stieß. Das viele Blut. Der lang gezogene Schrei …

Sie schluckte mühsam und schloss die Augen. Versuchte mit aller Macht, sich sein Lächeln in Erinnerung zu rufen.

Ein Schatten verdunkelte die Sonne. Oleg ließ sich mit überkreuzten Füßen vor ihr im Sand nieder. Sein massiver Körper versperrte ihr die Sicht auf den Strand, und sie reckte sich ein wenig, um nachzusehen, wo Jerry blieb. Der Schotte tollte mit Johnny im Wasser herum, manchmal war er selbst noch das reinste Kind.

Sie öffnete den Deckelkorb, holte Brot und Räucherfisch heraus und teilte beides mit Oleg. Für Jerry behielt sie eine Portion zurück. Oleg trank aus dem Wasserschlauch. An seinem dunkelbraunen Hals bewegten sich die Muskelstränge. Sie staunte immer wieder, wie stark er war. Sogar in Augenblicken der Ruhe, so wie diesem, bemerkte man stets seine Kraft. Mit seinen mächtigen Schultern und Armen war er wie ein unbesiegbares Bollwerk.

Er aß konzentriert und kaute langsam, und dabei sah er sie an. Sie erwiderte seinen Blick und erkannte die Frage darin. Sie nickte kurz und zuckte dabei die Achseln. Ja, sie hatte wieder an Edmond gedacht und, ja, es ging ihr gerade nicht gut. Wie immer verstand auch er sie sofort. Oft bedurfte es keiner Gesten oder Zeichen mehr, sich ihm mitzuteilen, und umgekehrt galt dasselbe. Zwischen ihnen bestand eine besondere Verbindung. Jerry hatte das einmal geäußert, und er hatte ziemlich erstaunt dabei ausgesehen, als könnte er es selbst nicht so ganz begreifen. Er hatte sich immer zugutegehalten, der einzige Mensch zu sein, der richtig verstand, was der stumme Riese ausdrücken wollte. Deirdre hatte Jerry jedoch einiges voraus. Sie erkannte auch die leisen Zwischentöne in Olegs Stimmungen, seine Beweggründe und seine Gedanken. Manchmal reichte ein einziger Blick auf ihn, um anhand seiner Körperhaltung und des Winkels, in dem sein Kopf sich neigte, zu erraten, welcher Ausdruck gerade auf seinem Gesicht stand. Wandte er sich dann zu ihr um, fand sie sich bestätigt. Es war, als hätte sie ungewöhnliche Instinkte, wenn es um ihn ging. Wie Jerry verwendete sie bei der Unterhaltung mit Oleg die Zeichensprache, die ihr von Anfang an keine Schwierigkeiten bereitet hatte. Ihre Großmutter war taub gewesen, Deirdre hatte schon als Kind viele Zeichen beherrscht und sich den Rest von Jerry und Oleg abgeschaut. Doch nicht allein die Gebärden der Taubstummen befähigten sie, Oleg zu verstehen. Es war eher eine intuitive Wahrnehmung, ein stilles Erkennen seines Wesens. Obwohl er noch nie ein Wort gesagt hatte und sie keine Ahnung hatte, woher er stammte oder was er früher getan hatte, kannte sie ihn fast so gut wie sich selbst. Sie wusste, dass er klug und wissbegierig war. Er konnte sogar lesen. In seinem Seesack trug er einige Bücher mit sich herum, in denen er manchmal blätterte. Oft saß er einfach nur da und beobachtete seine Umgebung – einen Pelikan im Sturzflug, eine Karettschildkröte auf ihrem Weg zum Meer, ein auslaufendes Schiff. Kinder hatte er sehr gern. Wenn er mit Johnny spielte, verzog sich sein sonst so ernstes Gesicht sogar manchmal zu einem Lachen. Er war voller Fürsorge und Umsicht und hatte immer alles im Blick. Heckte Johnny Unsinn aus, ahnte Oleg es meist schon vorher und verhinderte die Ausführung. Seine Hände waren so geschickt, dass Deirdre immer wieder darüber staunte. Keiner schlang schneller Knoten als er, und beim Segeln konnte ihn niemand schlagen außer Duncan und vielleicht noch John Evers. Was das Schießen anging, so reichte keiner an Oleg heran. Den Waffengurt legte er nur zum Schlafen ab. Trotz aller offen zur Schau getragenen Wehrhaftigkeit konnte er sanft sein. Nie würde Deirdre vergessen, wie er Faith unmittelbar nach der Geburt gehalten hatte. Wie ein rohes Ei hatte er sie in seine gewaltigen Hände genommen, die den winzigen Körper fast vollständig umschlossen hatten. Später, als alles vorbei war, hatten sie einen langen Blick getauscht und einander damit alles mitgeteilt, was sie fühlten und dachten. Ja, Jerry hatte recht – sie und Oleg waren auf einzigartige Weise verbunden. Es war eine Art von Nähe, die sie noch nie bei einem Mann empfunden hatte, auch nicht bei Edmond. Sie hatte Edmond aufrichtig geliebt, aber er hatte nie zugelassen, dass diese Grenze, die seine Berufung zwischen ihnen zog, überschritten wurde, weshalb ihre Gefühle für ihn immer mit Verzweiflung und Verzicht einhergegangen waren. Mit Oleg hingegen teilte sie ein unerschütterliches, von allen Zweifeln befreites gegenseitiges Verständnis. Die Fremdartigkeit seiner Gesichtszüge zog sie auf unbestimmte Weise an und schien ihn ihr noch näher zu bringen, was sie darauf schob, dass er wie sie entwurzelt war, herausgerissen aus einem anderen Leben.

Sie war sich darüber im Klaren, dass er sie liebte und begehrte. Wie hätte sie es auch nicht wissen können, wenn doch schon ein Blick auf ihn reichte, um es zu spüren? Dieses Gefühl konnte sie nicht erwidern, denn sie hatte ihr Herz Edmond geschenkt, und er hatte es mit sich genommen. Doch sie empfand tiefe Dankbarkeit für dieses Geschenk, das Oleg ihr machte, indem er ihr einfach nur in die Augen sah, so wie er es jetzt gerade tat. Weder fordernd noch sehnsüchtig, sondern einfach nur zuversichtlich, mitfühlend und mit tiefer Zuneigung. Seine Blicke waren wie die Regenbogen – Momente, auf die sie bauen und zaghafte Hoffnung gründen konnte. Ein stummes Versprechen für eine Zukunft, die irgendwann beginnen würde.

Eines Tages, sagten ihr diese Blicke.

Jerry kam vom Strand herüber, schwitzend und triefend von Salzwasser. Er schüttelte sich wie ein junger Hund und lachte.

»Dieser kleine Kerl hat mehr Ausdauer als drei erwachsene Piraten, das schwöre ich euch.« Hungrig schielte er auf den Korb. »Noch was zu essen da?«

Deirdre holte Fisch und Brot aus dem Korb und gab ihm davon, nachdem er sich mit einem zufriedenen Seufzen neben Oleg niedergelassen hatte. Schmunzelnd sah sie zu, wie er mit vollen Backen kaute und in Windeseile alles hinunterschlang. Mit seiner unbekümmerten Art schaffte er es immer wieder, dass die ganze Welt ein wenig freundlicher aussah. Nach einer Weile kam auch Johnny angerannt und hockte sich zu ihnen. Durstig verlangte er nach Wasser. Deirdre gab ihm zu trinken.

»Wo ist deine Mom?«

»Zum Haus zurück. Ich soll hier bei euch bleiben.«

»Dann kannst du nachher mit mir die Fische zum Markt bringen.«

»Oleg und Jerry sollen auch mitkommen.«

»Vielleicht tun sie das ja.« Sie hob den Kopf und erwiderte Olegs Blick. *Eines Tages.*

30

Felicity saß seit Duncans Aufbruch schwitzend auf der Veranda der Perriers und fächelte sich Luft zu, während Yvette unablässig schnatterte und ihr alle paar Minuten Tee nachschenkte, von dem Felicity dann noch mehr schwitzte. Als Henri ihr einen Rundgang über die Plantage vorschlug, nahm sie sein Angebot sofort voller Dankbarkeit an.

»Das ist eine gute Idee«, sagte sie eifrig. »Eine Tabakplantage habe ich bisher noch nicht gesehen. Es ist sicher sehr interessant, einmal die Unterschiede zu den Zuckerrohrpflanzungen zu betrachten.«

Yvette war zu ihrer Überraschung vollauf damit einverstanden.

»Wir können auch morgen noch malen«, meinte sie. »Du solltest dir wirklich die Plantage ansehen! Ich finde die Arbeit, die Henri leistet, ungemein wichtig!« Yvette klopfte Henri neckisch mit ihrem zusammengeklappten Fächer auf den Arm. »Aber entführe mir meine liebe Freundin nicht zu lange, ja?«

Felicity registrierte Henris gequältes Lächeln, offenbar verstand er ihre Nöte nur allzu gut. Aus ihrer Sicht war es nur fair, auch Henri ein wenig Aufmerksamkeit zu widmen, schließlich genoss sie nicht nur Yvettes Gastfreundschaft, sondern auch die seine.

Felicity hatte nichts gegen Yvette, aber mit der Zeit wurde sie schlicht lästig. Mittlerweile war es kaum noch mit ihr auszuhalten.

»Du kannst dich viel besser mit ihr unterhalten«, hatte Lizzie leicht zerknirscht bemerkt, als Felicity sich darüber beklagt hatte, dass Yvette sie dauernd vereinnahmte. »Du bist wirklich ein Schatz, dass du dich dafür opferst, denn ich habe so wenig Zeit!« Tatsächlich war Lizzie ständig mit anderen Dingen befasst. Bis zu Duncans Abreise war sie tagtäglich mit ihm in der freien Natur umhergestreift. Unter anderem übte sie schießen und fechten und ging auch wieder tauchen, doch das hob sie nicht extra hervor, weil Felicity es sowieso wusste und deswegen dieselben Bedenken hegte wie früher schon. Sie selbst hatte noch nie viel von derlei obskuren und gefährlichen Vergnügungen gehalten, aber sie würde es Lizzie ohnehin nicht mehr ausreden können. Folglich fand sie sich widerwillig bereit, ihrer Gastgeberin beim Sticken, Malen und Musizieren Gesellschaft zu leisten, auch wenn sie sich dabei wahrhaftig als Opfer fühlte. Yvette war sprunghaft wie ein Kind und konnte ebenso anstrengend sein. Jede Möglichkeit, ihr zu entrinnen, war willkommen. Henris Einladung kam Felicity da gerade recht.

Sie klappte ihren Sonnenschirm auf und folgte ihm an dem stinkenden Schweinekoben und den nicht minder streng riechenden Latrinen vorbei. Es folgten die Nutzgärten und Viehställe. Auch hier stank es durchdringend. Felicity versuchte, nicht auf den riesigen Dunghaufen zu achten, der von Horden blau schillernder, riesiger Fliegen umsummt war und von Mistkäfern nur so wimmelte. Die Werkstätten und Lagerschuppen sowie die Hütten der Arbeiter und Sklaven lagen ordentlich aufgereiht am Rande der Tabakfelder. Im Grunde sah es nicht viel anders aus als auf den Zuckerplantagen von Barbados. Die Tabakpflanzen waren ein gutes Stück niedriger als das Zuckerrohr, und natürlich war die Verarbeitung eine gänzlich andere, aber das Prinzip des Plantagenanbaus war das gleiche – Sklaven und arme Knechte taten die ganze Arbeit, und die Besitzer wurden davon reich.

Henri schilderte voller Begeisterung, welche einzelnen Schritte nötig waren, um aus einem grünen Riesenblatt wohlriechenden, aromatischen Tabak herzustellen, doch Felicity hörte nur mit halbem Ohr zu. Wie immer, wenn sie sich langweilte, dachte sie an Niklas. Sie hatte ihm seit ihrer Ankunft auf Basse-Terre vorsorglich gleich ein halbes Dutzend Briefe geschrieben und sie an die Kapitäne mehrerer Handelsschiffe verteilt, die alle in den Häfen verkehrten, in denen Niklas ebenfalls anlegte – darunter sogar zwei Holländer. Früher oder später würde er eine Botschaft von ihr erhalten und dann wissen, dass sie sich auf der Hauptinsel von Guadeloupe aufhielt. Eines Tages, so malte sie sich oft aus, würde er dann ganz plötzlich vor ihr stehen und sie in die Arme schließen. Ihr Herz klopfte schneller, wenn sie daran dachte.

»Das ist sehr interessant«, meinte sie geistesabwesend, als Henri ihr das Verfahren der Tabakherstellung erläuterte. Er sprach Französisch mit ihr, so wie Yvette auch. Felicity fühlte sich bei diesen Gesprächen manchmal in ihre frühe Jugend zurückversetzt. Das Französische hatte sie noch vor dem Englischen gelernt, denn ihre Amme, die aus dem Languedoc stammte, war bis zu ihrem zehnten Lebensjahr als Kinderfrau in der Familie geblieben. In den Gesprächen mit Yvette und Henri hatte Felicity anfangs noch nach einzelnen Wörtern suchen müssen, doch inzwischen ging ihr jeder Satz so leicht über die Lippen, als hätte sie zeitlebens nie eine andere Sprache gesprochen.

Henri zeigte ihr ein paar hässlich aussehende Haufen von Grünzeug – hier musste der Tabak vorwelken. Nach ein paar

Tagen wurden die schlaffen Pflanzen in den Trockenschuppen an Schnüren aufgehängt und konnten da weiterwelken, bevor sie über schwelendem Feuer geräuchert wurden. Damit war auch geklärt, warum aus manchen Schuppen Rauchwolken drangen, was Felicitys Aufmerksamkeit immerhin kurzfristig wecken konnte. Flüchtig besah sie sich die überall herumwuselnden Sklaven. Sie sahen genauso aus wie die auf Barbados, meist junge Männer mit kurz geschorenem, wolligem Haar. Die etwas älteren unter ihnen waren Vorarbeiter oder spezialisierte Handwerker, wie Henri ihr gleich darauf erklärte. Nicht ohne Stolz verwies er darauf, wie gut er seine Schwarzen behandelte. Geschlagen wurden sie nur bei schlimmen Vergehen, etwa wenn sie Essen oder Rum stahlen oder sich prügelten.

Felicity zwirbelte ihren Sonnenschirm, sie wurde ungeduldig. Der Spaziergang war weniger ersprießlich als erhofft. Außerdem hatte sie mittlerweile alles gesehen. Henri machte indessen keine Anstalten, sie zum Haus zurückzuführen, sondern umfasste fürsorglich ihren Ellbogen und geleitete sie einen Pfad entlang, der mitten in eines der Felder hineinführte.

»Hier wird es ein wenig unwegsam«, meinte er.

Stirnrunzelnd sah sie sich um. »Wollt Ihr mir auch die Felder zeigen? Die kann man doch auch vom Rand aus sehr gut betrachten.«

Er bog eine Pflanze zur Seite, die in den Weg hineinhing.

»Ich möchte Euch zu einem hübschen Fleckchen Erde bringen, dem schönsten auf der ganzen Plantage. Man kann von dort oben aus alles wunderbar sehen. Eure Cousine geht oft dorthin.«

»Oh, wirklich? Dann will ich es mir gern anschauen.« Sie stieg mit Henri den Hügel hinauf. Es ging recht steil bergan, und Felicity geriet noch mehr ins Schwitzen. Sie hätte nicht so viel Tee trinken sollen. Sehnsüchtig dachte sie daran, wie wunderbar kühl es gerade jetzt in England sein musste. Schon die Sommer dort waren deutlich kälter als die Winter in der Karibik, es war sehr ungerecht verteilt. Aber dann fiel ihr auch wieder ein, wie unangenehm der nasskalte Nieselregen gewesen war. Und wie oft hatte sie im Winter nachts im Bett gefröstelt und trotz aller Decken und wärmenden Ziegelsteine kalte Füße gehabt! Allein die kurze Zeit, die sie unlängst in Essex verbracht hatte, war schrecklich ungemütlich gewesen. Kalte Zugluft im Haus, draußen nichts als wallender Nebel und an manchen Tagen kein einziges Fleckchen blauer Himmel – von Woche zu Woche war sie trübseliger geworden und hatte sich die karibische Wärme zurückgewünscht. Nicht von ungefähr hatte es sie freudig überrascht, dass Niklas plante, mit ihr auf den Antillen zu leben.

Während ihre Gedanken um ein Wiedersehen mit ihrem holländischen Kapitän kreisten, berichtete Henri, wie sich die Plantagenwirtschaft auf Guadeloupe entwickelt hatte.

Normannische Edelleute hatten mit über fünfhundert französischen Auswanderern siebzehn Jahre zuvor die Inselgruppe in Besitz genommen. Einer davon war Henris Vater gewesen, der die Plantage aufgebaut und unter zunehmendem Einsatz von Negersklaven erweitert hatte. Vor fünf Jahren hatte Henri sein Erbe angetreten – ein Pflanzer mit Leib und Seele.

Als Henri mit erkennbarem Stolz von seinen Anfängen als Tabakbauer erzählte, fragte Felicity sich unwillkürlich, ob Niklas sich wohl auch zum Plantagenbesitzer eignete. Es würde ihr gewiss nicht gefallen, wenn er weiterhin ständig den Ozean besegelte, statt bei ihr zu sein. Lizzie und Duncan hatten eine Lösung für dieses Problem gefunden –

er würde eine Werft betreiben. Schiffe wurden immer gebraucht, und er hatte schon als Junge von seinem Großvater gelernt, wie man welche baute. Besorgt erkannte Felicity, dass sie sich über diesen wichtigen Punkt bisher zu wenig Gedanken gemacht hatte. Sie würde mit Niklas darüber reden müssen. Vielleicht könnte er eine Art Laden eröffnen, beispielsweise einen, in dem man Tuche und Hausrat kaufen konnte. Schöne Stoffe waren auf den Inseln oft Mangelware. Auf Barbados gab es solche Läden, aber hier im Dorf hatte Felicity bisher nur einen kümmerlichen Krämer ausgemacht, bei dem es kein Fitzelchen Seide zu kaufen gab, von Spitze oder Samtbrokat ganz zu schweigen. Yvette bestellte alle Stoffe für ihre Garderobe direkt in Paris und musste Ewigkeiten darauf warten.

Während Felicity lebhaft über die Möglichkeiten einer Geschäftseröffnung nachsann, erreichten sie und Henri das Ende des Tabakfeldes. Gleich darauf gelangten sie zu besagter Stelle, von der er ihr vorgeschwärmt hatte. Neugierig schaute Felicity sich um. Henri hatte nicht übertrieben, es war wirklich zauberhaft hier oben. Die Anstrengungen des Aufstiegs waren sofort vergessen. Ringsherum wuchsen Büsche, die sich unter duftenden Blüten bogen und von Schmetterlingen und Kolibris umschwärmt wurden. Ein paar von Wind und Wetter glatt geschliffene Felsen luden zum Verweilen ein – und dazu, von dort aus die herrliche Aussicht zu genießen. Unter ihnen erstreckten sich die weiten grünen Tabakfelder und das Dorf, das von hier aus wie eine Ansammlung von Spielzeughäusern aussah, und zur anderen Seite lag das Meer, eine leuchtende, von spitzenartigen Schaumkronen durchzogene Fläche. Über allem spannte sich ein sattblauer Himmel, vor dem sich der im Hintergrund aufragende Vulkankegel als höchste Erhebung der Insel scharf abhob.

Felicity setzte sich auf einen der Felsen und erfreute sich an dem Ausblick. Ein wenig umständlich nahm Henri neben ihr Platz, die Hände auf den Knien verschränkt.

»Gefällt es Euch, Mademoiselle?«

»Aber ja! Und sagt doch bitte Felicity zu mir, das tut Yvette auch.«

»Gern.« Er zupfte an den Manschetten seines Hemdes herum, und Felicity bemerkte erstaunt, dass er nervös war.

»Felicity. Habe ich Euch schon gesagt, was für eine wunderschöne Frau Ihr seid?« Er wandte sich ihr zu, einen unglücklichen Ausdruck im Gesicht.

»Äh … nein«, gab sie verblüfft zurück.

»Ich verehre Euch, seit ich Euch das erste Mal sah!« Seine Wangen waren tiefrot. Unbeholfen nahm er ihre Hand. Felicity war viel zu verdattert, um sie ihm zu entziehen. »Ich möchte ganz offen mit Euch sprechen«, fuhr Henri stockend fort. »Meine Gefühle – ich habe sie nicht mehr unter Kontrolle. Ihr habt mir mein Herz geraubt! Ich liebe Euch über alles und möchte Euch ersuchen, meine Mätresse zu werden!«

»Henri!« Sie kam zur Besinnung und entriss ihm ihre Hand. »Wie könnt Ihr nur! Ihr seid ein verheirateter Mann!«

»Yvette hat nichts dagegen. Das hat sie selbst gesagt.«

»Ihr lügt mich an!«

»Nein«, beteuerte er. »Es ist wahr! Sie ist einverstanden.«

»Nun, aber ich nicht.«

»Weist mich nicht zurück!«, flehte er. »Dann wäre alles verloren.«

»Was soll dieser Unfug?« Aufgebracht blickte sie ihn an. »Ihr wisst doch, dass ich verlobt bin.«

»Ja, aber es kann doch sein, dass dieser Kapitän im Krieg umkommt. Oder dass sein Schiff sinkt. Ihr habt selbst erzählt, dass es um ein Haar schon einmal geschehen wäre.«

»Er wird mich holen kommen, und dann werde ich seine Frau«, erklärte Felicity kategorisch. Eigentlich hätte sie auf der Stelle aufspringen und zum Dorf hinunterlaufen müssen, aber Henri hatte, nachdem sie ihm die Hand entzogen hatte, keine Anstalten mehr gemacht, sie wieder anzurühren. Er starrte mit feuerrotem Gesicht auf seine Füße. Seine Liebeserklärung schien ihm entsetzlich peinlich zu sein. Obendrein hatte Felicity das seltsame Gefühl, als sei es ihm überhaupt nicht ernst damit gewesen. Seine Worte hatten gar zu gestelzt geklungen, als hätte er sich vorher alles zurechtgelegt und einstudiert. Auch der Spaziergang den Berg hinauf schien ihr mit einem Mal … geplant, so wie überhaupt die ganze Besichtigung. Sogar die Art, wie Yvette sie dazu ermuntert hatte, Henri zu begleiten, kam Felicity rückblickend irgendwie berechnend vor. War es tatsächlich möglich, dass sie Henri zu einer *Menage à trois* ermuntert hatte? Argwöhnisch suchte Felicity seinen Blick.

»Henri, Ihr liebt mich doch in Wahrheit gar nicht. Ich sehe Euch an, wie sehr Euch diese Lüge widerstrebt hat. Was also soll dieser ganze Unsinn?«

Er wand sich. Auf seiner Stirn perlte plötzlich Schweiß. Sichtlich verzweifelt rang er nach Worten.

»Wir wollen ein Kind, Yvette und ich«, platzte er schließlich heraus. »Vor allem Yvette will eins, unbedingt. Sie kann aber keins kriegen. Weil … egal. Es liegt an ihr, nicht an mir. Ich habe schon zwei Bastarde mit schwarzen Frauen. Yvette möchte aber ein richtiges Kind haben.«

»Ein *richtiges?*«, fragte Felicity schockiert.

»Na, ein weißes eben. Und ich hätte auch gern einen Sohn, der eines Tages die Plantage übernimmt.« Bittend sah er Felicity an. »Wir würden Euch fürstlich entlohnen! Und Ihr hättet natürlich zeitlebens ein Zuhause bei uns. Yvette liebt

Euch wie eine Schwester. Und ich … ähm … ja, ich begehre Euch! Das tue ich wirklich!«

Felicity erhob sich von dem Felsen und bedachte ihn mit flammenden Blicken.

»Monsieur, das ist ungeheuerlich!«

»Aber Felicity …«

Sie schleuderte ihm ein Schimpfwort entgegen, von dem sie nie geglaubt hatte, dass es ihr je über die Lippen gekommen wäre. Lizzie hätte sicher ihre helle Freude daran gehabt.

Felicity bebte vor Entrüstung, während sie sich abwandte und zur Siedlung hinunterrannte. Tabakpflanzen peitschten ihr ins Gesicht und vor die Brust, doch sie achtete nicht darauf.

Yvette wollte allen Ernstes, dass Henri ihr ein Kind machte, um es hinterher als eigenes ausgeben zu können! Nach diesem unerhörten Affront war es ausgeschlossen, dass sie und Lizzie und die Kinder noch länger hierblieben. Duncan musste sie alle von hier fortholen, ob es ihm nun passte oder nicht. Gleich nachher musste Lizzie ihm Oleg und Jerry hinterherschicken, vielleicht würden sie es noch schaffen, ihn einzuholen.

Henri war ihr gefolgt, sie hörte seine Schritte hinter sich und gleich darauf auch seine bittende Stimme.

»Felicity!«, rief er. »So wartet doch!«

Das tat sie natürlich nicht, sondern beschleunigte ihre Schritte, während sie über die Schulter zurückblickte. Dabei stolperte sie über ein Hindernis und stürzte der Länge nach zu Boden. Als sie sich schwer atmend wieder hochrappelte, sah sie, dass sie über einen der Sklaven gefallen war. Er lag seltsam verkrümmt auf der Seite. Gefiederte Pfeile ragten aus seinem Rücken. Seine Augen waren in qualvoller Agonie aufgerissen. Er war tot.

31

Zena hatte Faith auf eine Matte gelegt und ihr ein Stück glatt geschälte Kokosnuss gegeben, damit sie darauf herumbeißen konnte. Die Kleine zahnte und musste ihre Kiefer abhärten. Doch Faith hatte eigene Pläne. Nachdem sie ein wenig auf dem Nussschnitz herumgekaut hatte, warf sie ihn zur Seite, drehte sich auf den Bauch und fing an zu robben, auf der Suche nach interessanteren Betätigungsfeldern. Zena beobachtete das Baby, entzückt über dessen Fortschritte. Faith fing auch schon an, sich auf Knie und Hände hochzustemmen, bald würde sie die Welt krabbelnd erkunden. Zena nahm sie hoch, bevor sie von der Matte herunterkriechen konnte. Die Kleine lachte sie an und gab ein vergnügtes Quietschen von sich, als Zena ihr mit gespitzten Lippen gegen das nackte Bäuchlein prustete und ihr dann ein kleines Lied vorsang. Stundenlang konnte sie sich mit dem Kind beschäftigen, nie wurde es ihr langweilig.

Es schmerzte sie, dass sie keine Milch für Faith hatte. Wie glücklich hätte es sie gemacht, das Kind noch selbst nähren zu können! Doch Faith musste ohnehin immer weniger an der Brust trinken. Meist war es schnell erledigt, und die Amme war hinterher jedes Mal froh, die Kleine wieder in Zenas Arme legen zu können. Sie kam nur noch zweimal am Tag her, ihr Schlafplatz befand sich mittlerweile bei einer anderen Familie. Sie hatte einen neugeborenen Knaben in Pflege genommen, um den sie sich kümmern musste und der ihre Milch brauchte. Zena flößte Faith zwischendurch löffelweise ein Gemisch aus Ziegen- und Kokosmilch ein, wovon das Kind prächtig gedieh. Bald würde sie die Dienste der Amme überhaupt nicht mehr benötigen. Auf diesen Tag freute Zena sich bereits, denn dann würde sie sich wieder ganz allein um das Kind kümmern können.

Die Haut der Kleinen war immer noch weiß und zart. Zena gab sorgfältig acht, dass sie die meiste Zeit im Schatten blieb und in der Sonne stets ausreichend bedeckt war. Die französische Herrin hatte eine winzige Haube und ein Hemdchen für Faith genäht. Manchmal ließ sie sich das Kind bringen, hielt es eine Weile auf den Knien und seufzte dabei, während Zena stumm in der Ecke hockte und wartete, bis sie Faith wieder mit zu der Hütte nehmen durfte, die sie sich mit Deirdre teilte.

Mylady Lizzie holte sich das Kind oft. Sie hatte es sogar schon mit zum Meer genommen, das sie besonders liebte. Vorsichtig hatte sie Faith in die seichten Wellen gehalten und sich mächtig gefreut, als die Kleine begeistert mit ihren Händchen ins Wasser gepatscht hatte. Master Duncan war auch dabei gewesen und hatte zugesehen, jedoch mit unverhohlenen Bedenken. Zena wusste, dass seine Sorgen grundlos waren. Genau wie Johnny würde Faith bald schwimmen wie ein Fisch.

Zena hob den Kopf. Sie wusste nicht, was sie da gehört hatte, aber es war ein Geräusch, das nicht zu den übrigen passte. In ihrem Nacken richteten sich winzige Haare auf, sie hielt die Luft an, um besser horchen zu können. Seit der Seemann sie vergewaltigt hatte, war ihr Gespür für alles Verdächtige geschärft. Sie war seitdem immer auf der Hut. Feinde kamen schnell und lautlos. Nach dem Gemetzel in ihrem Dorf war sie noch vorsichtiger geworden, lauschte häufig nach allen Seiten und sah sich jedes Mal genau um, bevor sie mit Faith den Schutz der Hütte verließ.

Wieder hörte sie es, diesmal konnte sie es einordnen: Ein weit entfernter Schrei. Es hätte ein Sklave oben in den Feldern sein können, der nach einem der anderen rief. Aber Zena spürte, dass etwas nicht stimmte. Sie legte Faith in ihren *Hammock* und versetzte ihn in schaukelnde Bewegung. Mit einer raschen Bewegung zog sie ihren Dolch aus dem Sack, in dem sie ihre wenigen Habseligkeiten verwahrte. Lautlos bezog sie Aufstellung neben der Tür. Vorsichtig spähte sie hinaus – und prallte im nächsten Augenblick zurück, denn sie sah eine Reihe geduckter Gestalten aus dem Tabakfeld kommen. Indianer! Sie waren zu viert und näherten sich rasch. Zwei schwarze Sklaven arbeiteten am Rand des Feldes, sie stapelten Tabakblätter. Zena holte Luft, um ihnen eine Warnung zuzurufen, doch dann blieb sie stumm. Sie wollte keine Aufmerksamkeit auf sich lenken. Außerdem war es sowieso zu spät. Die Schwarzen fuhren herum. Bevor sie um Hilfe schreien konnten, sanken sie von Pfeilen gespickt zu Boden. Nur der eine konnte noch einen ächzenden Laut ausstoßen, bevor er reglos liegen blieb. Der Angriff war jedoch nicht unbemerkt geblieben. Vereinzelt erhoben sich nun Schreie, einige weiße Knechte liefen zusammen, mit Macheten und Stöcken bewaffnet, doch gleich darauf brachen auch sie zusammen, zuckend vom tödlichen Gift der Pfeile. Die Sklaven versteckten sich im Feld und in ihren Hütten. Solange sie sich den Angreifern nicht in den Weg stellten, hatten sie nichts zu befürchten – die Kariben wollten Weiße töten. Zena hatte zwei der Indianer schon gesehen, sie kamen von Dominica. Es waren Männer aus dem Stamm, dem sich die Überlebenden aus ihrem Dorf angeschlossen hatten. Offensichtlich stammten sie von Guadeloupe, denn sie kannten das Gelände und hatten sich deshalb heimlich anpirschen können. Mit ihrem Einbaum konnten sie unbeobachtet an jedem beliebigen Küstenabschnitt der Insel landen, weitab von den bekannten Anlegestellen, und sich dann auf Schleichwegen nähern. Sie kamen nicht direkt vom Meer, sondern hatten einen Umweg genommen, um nicht entdeckt zu werden.

Zwei weiße Arbeiter fielen ihnen zum Opfer. Einem spaltete ein Indianer mit der Machete den Schädel, den anderen durchbohrte ein Speer. Das Ganze ging eigentümlich leise vonstatten, es gab kaum Kampflärm. Die Sklaven und übrigen Arbeiter, die sich versteckt hatten, verhielten sich mucksmäuschenstill, und die wenigen, die sich zum Kampf stellten, waren tot, bevor sie schreien konnten.

Die Kariben liefen von Hütte zu Hütte. Nun wurde es lauter. Das Kreischen von Frauen ertönte, es kam aus den Hütten der weißen Arbeiter. Ihre Hautfarbe war ihr Tod. Zena umklammerte das Messer und stellte sich vor den schaukelnden *Hammock*. Die brabbelnden Laute und die Umrisse verrieten, dass ein Baby darin lag, doch der Moskitoschleier verhinderte, dass Faith zu sehen war.

Ein Karibe tauchte vor der offenen Tür auf und starrte Zena an. Sein Gesicht war rotschwarz bemalt, und auch der Körper trug die farbigen Symbole seines Stamms. Das lange Haar war mit Federn und Perlen geschmückt. In der Hand hielt er eine Axt, von der Blut tropfte. Als er Zena erkannte, riss er erstaunt die Augen auf. Er war einer der Männer des Kaziken gewesen und hatte mitbekommen, wie sie damals Mylady Lizzie ins Indianerdorf begleitet hatte. Er wusste daher, dass sie einer weißen Frau diente.

»Was tust du hier?«, wollte er wissen. Das Brabbeln unter dem Mückenschleier ließ ihn aufmerken, er ging zu der Hängematte und zog den Musselinschleier zur Seite. Als er das goldhaarige Baby sah, hob er die Axt. Zena stieß ihm, ohne zu zögern, den Dolch in die Seite. Als er herumfuhr, riss sie die Waffe zurück und zerschlitzte ihm dabei den Unterarm, sodass ihm die Axt entglitt – seine Sehnen waren durchtrennt. Ein weiterer Stoß, diesmal in den Hals, und er sank sterbend zu Boden. Hastig zerrte sie ihn in eine Ecke des Raums und warf die Kokosmatte über ihn. Keinen Moment zu früh – vor der Hütte blieb ein weiterer Karibe stehen, den sie noch nie gesehen hatte. Er betrachtete sie kurz und rannte dann weiter. Zena stand stocksteif da, das blutige Messer hinter dem Rücken. Ihr Inneres war in Aufruhr, aber ihre Hand zitterte nicht. Sie würde jeden töten, der es wagte, einen Fuß in die Hütte zu setzen.

»Oh Gott«, presste Felicity heraus. Sie musste würgen und presste sich die Hand vor den Mund. Wie betäubt stand sie neben dem Leichnam und wusste nicht, was sie tun sollte. Gleich darauf war Henri da. Er sah den Toten und stieß einen Fluch aus. Dann rannte er einfach weiter und ließ Felicity hinter sich.

»Henri!«

Doch er hielt nicht inne. Voller Panik folgte sie ihm. Der Mörder hatte sich vielleicht irgendwo hier in dem dichten Feld noch versteckt und wartete nur darauf, dass sie allein und schutzlos zurückblieb.

»Henri!«, schrie sie abermals, aber sie sah ihn nicht mehr. Als sie endlich am Rande des Tabakfeldes angekommen war, bot sich ihr ein Bild des Grauens. Zwischen den Hütten lagen mehrere tote Menschen, hauptsächlich weiße Knechte, mit Pfeilen erschossen oder von blutigen Wunden gezeichnet. In der Ferne rannte Henri, er war schon fast beim Herrenhaus. Sie wollte hinterher, als ihr plötzlich jemand in den Weg sprang und sie packte.

Kreischend fuhr sie zurück, doch dann gewahrte sie, dass es Zena war. Die Indianerin legte den Finger auf die Lippen.

»Komm«, sagte sie beschwörend.

Zitternd vor Angst und Entsetzen ließ Felicity sich mitziehen, zu der Hütte, in der Zena mit Deirdre wohnte und tagsüber das Baby betreute. Als sie die nur notdürftig bedeckte Leiche in der Ecke bemerkte, stöhnte sie entsetzt und wollte sofort wieder hinaus, doch Zena hielt sie fest und deutete auf den schwingenden *Hammock*.

»Himmel, das ist ja Faith!« Felicity konnte vor Panik kaum noch atmen. »Oh mein Gott! Was sollen wir denn nur tun? Sie werden zurückkommen und uns töten.«

Zena beugte sich über den Toten, hob eine blutverschmierte Axt auf und drückte sie Felicity in die Hand. Sie selbst hatte ein gewaltiges Messer umklammert, von dem noch mehr Blut triefte. Sie deutete auf sich, auf das Messer, auf Felicity und auf die Axt. Und schließlich auf Faith.

»Wir beschützen«, sagte sie entschlossen.

Felicity blickte auf die Axt in ihrer zitternden Hand. Sie konnte kein Wort sagen, die Furcht hatte ihr die Kehle zugeschnürt. Stumm fing sie an zu beten, dann zuckte sie zusammen: Unten beim Herrenhaus krachte ein Schuss.

Den Ersten erwischte Elizabeth auf der Veranda, er sackte tödlich getroffen zu Boden. Der Zweite war im Salon. Sie schleuderte ihm ihren Hut ins Gesicht, während er das Blasrohr zum Mund führte. Er stürzte sich mit gezücktem Messer auf sie, doch sie konnte den zweiten Lauf der Pistole abfeuern, bevor er bei ihr war. Die Kugel fuhr ihm in die Brust und warf ihn zurück. Der dritte Indianer kam aus Yvettes Schlafkammer und sah sie mit der rauchenden Waffe im Salon stehen. Sie zielte mit ruhiger Hand auf ihn, obwohl sie keinen Schuss mehr hatte.

»Raus«, befahl sie. Das Herz schlug ihr bis zum Hals, doch er durchschaute den Bluff nicht. Nach einem hastigen Blick auf seine toten Kameraden verschwand er über die Veranda. Unmittelbar darauf knallte draußen abermals ein Schuss. Elizabeth lief hinaus. Auf der Straße stand mit einer Flinte im Anschlag der Inhaber des Krämerladens, der drei Häuser weiter wohnte. Er hatte auf den flüchtenden Indianer gefeuert, der getroffen im Staub lag. Eilig überzeugte sich der Krämer davon, dass er den Kariben unschädlich gemacht hatte, und als er sah, dass der Mann noch lebte, zertrümmerte er ihm mit dem Kolben seines Gewehrs den Schädel. Weitere Männer aus dem Dorf kamen herbeigelaufen, allesamt bewaffnet, mit Knüppeln, Äxten und Pistolen. Doch da war niemand mehr, den sie hätten bekämpfen können, alle Angreifer waren tot.

Ebenso wie Yvette Perrier. Sie lag mit durchschnittener Kehle in ihrem Schlafzimmer. Henri hatte zwei Pfeile in der Brust, er war auf der Verandatreppe zusammengebrochen, seine Augen im Tod aufgerissen. Elizabeth hatte ihn fallen sehen, während sie vom Strand zurückgekommen war. Die letzten Schritte war sie gerannt, als sie Henri stürzen sah. Doch sie war zu spät gekommen. Nur eine Minute früher, und sie hätte Yvette und ihn vielleicht retten können! Benommen hockte sie neben dem Toten auf der Treppe.

Immer mehr Leute kamen aus der Nachbarschaft und umringten sie. Zwei Männer schleppen Henris Leichnam ins Haus und legten ihn neben Yvette ins Ehebett. Anschließend schleiften sie die toten Indianer hinaus und warfen sie zu dem anderen, den der Krämer niedergeschossen hatte. Sie tätschelten Elizabeth bewundernd den Rücken, zwei Frauen geleiteten sie zu einem Stuhl, damit sie nach dem Schock zu sich kommen konnte. Erst als unter aufgeregtem Geschrei Plantagenarbeiter der Perriers angerannt kamen, wurde klar, dass es oben bei den Hütten weitere Tote gab.

Faith! Elizabeth sprang auf und setzte die Verandatreppe hinab, rannte ums Haus herum und dann mit weiten Sprüngen hügelaufwärts. Beim Anblick der dort verstreut liegenden Leichen verengte sich ihr Gesichtsfeld, ihr drohte schwarz vor Augen zu werden. Nicht Faith!, durchfuhr es sie immer wieder. Bitte nicht Faith!

Als sie Zena und Felicity aus der Hütte treten sah, schrie sie wie von Sinnen Faiths Namen.

Zena verschwand kurz und kehrte mit der Kleinen in den Armen zurück. Sie wollte sie Elizabeth reichen, aber die war japsend auf die Knie gesackt und hielt sich die Seiten, weil sie nach dem rasenden Lauf keine Luft mehr bekam. Gleich darauf nahm sie jedoch das Kind und presste es weinend an sich.

Als sie nach einer halben Ewigkeit zum Haus hinuntergingen, war fast das ganze Dorf zusammengelaufen. Auch Oleg, Jerry und Deirdre waren inzwischen vom Strand zurückgekehrt. Deirdre hielt Johnny auf dem Arm und wollte ihn überhaupt nicht mehr herunterlassen, und Oleg schaute über die Maßen grimmig drein.

»Ihm ist der Schreck in die Glieder gefahren«, vertraute Jerry Elizabeth an. »Und mir auch. Wir hätten bei Euch sein müssen, wisst Ihr? Immerhin ist es unsere Aufgabe, Euch mit unserem Leben zu beschützen.«

»Ich konnte mir selbst helfen.«

»Ja, aber das hätte auch leicht schiefgehen können. Master Duncan wird es Oleg und mir sehr übel nehmen.«

»Er sollte es sich vielleicht lieber selber übel nehmen«, entfuhr es ihr. »Er hätte uns ja mitnehmen können.« Gleich darauf bereute sie diese unangebrachte Bemerkung. Niemandem war damit gedient, wenn sie auf Duncan wütend war. Er hatte immer nur ihr Bestes gewollt.

Jemand hatte zwei der toten Indianer wiedererkannt – es waren Brüder, die von Guadeloupe stammten. Ihr Vater war im vergangenen Jahr wegen Diebstahls verhaftet und gehenkt worden, worauf die Brüder versucht hatten, die Residenz des Gouverneurs niederzubrennen. Man hatte sie geschnappt und ebenfalls zum Tode verurteilt, aber bevor man sie hinrichten konnte, waren sie von der Insel geflohen, zusammen mit ein paar weiteren Kariben und einigen Schwarzen. Henri Perrier hatte damals als Richter fungiert, er hatte die Urteile gefällt. Elizabeth fröstelte, als sie die Leute darüber reden hörte. Das Motiv für den Überfall auf die Plantage war also Rache gewesen. Nur deswegen hatten so viele Menschen an diesem Tag ihr Leben verloren.

Felicity stand immer noch unter Schock, was sich daran zeigte, dass sie kaum sprach und ihre Sachen nicht neu packte. Sie hatte einfach stumm ihre Habe in ihre Kleiderkiste gestopft und sich anschließend daraufgesetzt. So hockte sie seit einer Stunde da und wartete darauf, dass es losging. Elizabeth hatte beschlossen, die Insel noch an diesem Tag zu verlassen. Zena hatte radebrechend und gestikulierend deutlich gemacht, dass die Angreifer wahrscheinlich nicht allein gekommen seien. Sie habe im Dschungel von Dominica Dutzende nach Rache dürstender Indianer gesehen. Niemand könne wissen, ob dem einen Überfall nicht noch weitere folgten. Der Gouverneur war augenscheinlich derselben Meinung. Binnen kürzester Zeit wurden alle bewaffneten Männer des Dorfs zusammengetrommelt, auch die

Wachen aus der Garnison. Unter Befehl des Gouverneurs machten sich Patrouillen auf, *ein paar Indianer auszuräuchern,* wie der Krämer es nannte. Henris und Yvettes Tod müsse gesühnt werden.

All das kam Elizabeth auf grausame Weise bekannt vor. Sie wandte sich persönlich an den Gouverneur, um ihm diese unsinnige Rache auszureden. Ihr Einwand, dass die Mörder der Perriers bereits, tot seien, ließ ihn jedoch unbeeindruckt.

»Sie werden wiederkommen, wenn wir ihnen nicht zeigen, wer der Stärkere ist.« Er sprach sehr gut Englisch, doch die Aufregung ließ seinen französischen Akzent hervortreten. »Wir hatten weiß Gott genug Auseinandersetzungen mit ihnen. Ich dachte, sie könnten Frieden halten, aber anscheinend ist dem nicht so.«

»Aber es wird niemals Frieden herrschen, wenn Ihr sie immer wieder bekriegt!«

»Sie haben angefangen. Habt Ihr nicht selbst gesehen, was sie den Perriers angetan haben?«

»Ihre Mörder sind doch bereits gerichtet!« Sie merkte, dass sie sich mit ihren Argumenten im Kreis drehte.

»Es muss … wie nennt man es? Ein Exempel statuiert werden.« Mit diesen Worten – denselben, die auch Arthur Howard vor dem von ihm verübten Massaker verwendet hatte – wandte er sich ab.

Danach hatte Elizabeth es noch eiliger mit dem Aufbruch. Aufgewühlt von den Geschehnissen und zutiefst entsetzt darüber, dass sie zwei Menschen das Leben genommen hatte, schaffte sie es nur mit äußerster Willensanstrengung, alle Reisevorbereitungen der Reihe nach und geordnet in Angriff zu nehmen. Doch ihr blieb keine Wahl. Dabei war keineswegs die Gefahr weiterer Überfälle der Grund dafür, dass sie so schnell wegwollte – den Entschluss hatte sie schon vorher gefasst. Dieselbe dunkle, wortlose Stimme, die sie damals in der Nacht des Sturms in die Kirche getrieben und die sie an diesem Tag gedrängt hatte, zum Haus der Perriers zurückzukehren, hatte ihr befohlen, Guadeloupe sofort zu verlassen. Einfach fort, egal wohin. Es war wie ein machtvoller Zwang, dem sie sich beugen musste.

Sie hatte Jerry und Oleg bereits zum Hafen hinuntergeschickt, um die Schaluppe klarzumachen. Deirdre und Johnny hatten die beiden begleitet. Elizabeth wollte den Kleinen aus dem Haus haben, weg von den Toten. Wenn sie Glück hatten und der Wind mitspielte, würden sie vielleicht sogar noch vor dem Sonnenuntergang Antigua erreichen. Diesmal mussten sie keine stürmische Überfahrt fürchten. Der Himmel war wolkenlos blau, man konnte meilenweit sehen.

Einer der Knechte lud ihre Reisekisten auf eine Handkarre und ging voraus, gefolgt von Zena, die Faith auf dem Arm trug. Sie hatte das Baby gebadet und es in die hübschen Sachen gekleidet, die Yvette angefertigt hatte. Das feine weiße Leinen mit der zierlichen Stickerei würde Elizabeth immer an die hilfsbereite, gastfreundliche Französin erinnern. Vor dem Aufbruch hatte sie bei den in der Schlafkammer aufgebahrten Toten ein Gebet gesprochen, während Felicity es rundheraus abgelehnt hatte, dasselbe zu tun.

»Verlang das bitte nicht von mir, Lizzie!«

»Aber sie sehen wirklich ganz friedlich aus, als würden sie schlafen! Die Nachbarinnen haben sie hergerichtet. Du kannst ruhig hineingehen und Abschied nehmen. Sie waren doch unsere guten Freunde!«

Doch Felicity blieb bei ihrer Weigerung. Störrisch stapfte sie neben Zena hinter dem Karren her, den aufgespannten Sonnenschirm wie eine Wand zwischen sich und Elizabeth.

Elizabeth beschleunigte ihre Schritte, um aufzuschließen.

Im selben Moment wurde sie von hinten an der Schulter gepackt und zurückgerissen. Mit einem Schrei landete sie rücklings im Staub. Sie schlug hart mit dem Hinterkopf auf dem Boden auf, es wurde schwarz um sie. Als sie wieder zu sich kam, konnten nur Augenblicke vergangen sein. Als Erstes sah sie Felicity, die zu ihr herumgefahren war, das Gesicht ein entsetzt verzerrtes Oval vor dem hellen Stoff des Sonnenschirms. Im Hintergrund Zena, die vor zwei schwer bewaffneten Kerlen zurückwich. Faith hatte angefangen zu schreien. Der Knecht war geflohen. Benommen versuchte Elizabeth, sich aufzurichten. Alles drehte sich um sie.

Jemand beugte sich über sie, und sie erkannte das zu einer höhnischen Fratze verzogene Gesicht von Arthur Howard.

»Ich wusste, dass ich Euch eines Tages kriege«, sagte er zufrieden. Er hatte sie auf die Füße gezerrt und mit einem groben Faustschlag verhindert, dass sie zu ihrer Pistole greifen konnte. Roh riss er ihr das Futteral mit der Waffe herunter und warf es zur Seite. Sie krümmte sich nach dem harten Schlag in die Rippen und versuchte verzweifelt, einem weiteren Schlag auszuweichen, doch er war schneller und hieb ihr brutal in den Bauch. Würgend gab sie ihren Mageninhalt von sich, während Arthur Howard ihr mit hämischem Interesse dabei zuschaute.

Er hatte drei seiner Männer bei sich. Einen erkannte Elizabeth wieder, er hatte sie vom Flussufer aus verflucht, nachdem sie Deirdre auf Dominica aus der Gewalt der Eingeborenen befreit hatten – ein großer, kahler Kerl mit blutunterlaufenen Augen. Er bleckte die schadhaften Zähne und starrte sie an.

»Ich will sie haben, bevor sie aufgeknüpft wird«, sagte er zu Howard.

»Sie untersteht meiner Gerichtsbarkeit. Du kannst dir später auf dem Schiff die Indianerin vornehmen.« Howard wandte sich an Elizabeth. »Wo sind Eure Männer?«

»Mit den übrigen auf Patrouille«, behauptete sie.

Er gab seinen Männern einen Wink, worauf sie Zena und Felicity zu Elizabeth hinüberscheuchten und sie dann gemeinsam vorwärtstrieben. Faith hatte aufgehört zu schreien, Zena hatte ihr den Kokosschnitz zum Nuckeln in die Hand gedrückt. Dafür schluchzte nun Felicity weithin hörbar. Aus den Häusern und Hütten, an denen sie vorbeikamen, lugten Leute, doch als sie die waffenstarrenden Fremden sahen, zogen sie sich sofort zurück. Hier war niemand mehr, der ihnen hätte helfen können. Alle Männer des Dorfs waren ausgeschwärmt, um Kariben zu jagen. Nur eine Hoffnung blieb ihnen noch. Howard war ganz offensichtlich nicht vom Hafen hergekommen, sondern vom Landesinneren, denn andernfalls hätte er Oleg und Jerry unten am Anleger gesehen.

»Wie konntet Ihr uns finden?«, fragte sie ihn, um Zeit zu schinden. Sie atmete flach, weil die Schmerzen von seinen Schlägen kaum zu ertragen waren.

»Es war ganz leicht.« Wie alle geltungssüchtigen Schurken schätzte er es, sich mit seiner Raffinesse zu brüsten. »Irgendwer auf Dominica hat erzählt, dass Ihr und Eure Brut Euch hier verkrochen habt. Ich hab ein paar Leute losgeschickt, die haben alles ausgekundschaftet. Danach bin ich selber los. Wir haben im Südosten geankert, einen halben Tagesmarsch von hier.« Er lachte leise, sein sonst so blasses Gesicht rötete sich vor Stolz. »Dass uns die Indianer freie Bahn bereitet haben, war ein glücklicher Zufall. Alle Männer unter Waffen sind ausgeflogen, besser hätten wir es nicht antreffen können.«

»Offensichtlich wollt Ihr mich tot sehen. Warum bringt Ihr mich nicht einfach um?«

»Weil ich ein Mann des Gesetzes bin. Dies ist keine Verschleppung, sondern eine Verhaftung. Ich sagte doch, dass ich Euch vor Gericht stelle.«

»Welchem Ihr als Richter vorsteht?«

»Natürlich.«

»Warum gehen wir zum Hafen, wenn Euer Boot auf der anderen Seite der Insel liegt?«

»Wir nehmen uns ein anderes Boot. Ich beschlagnahme es im Namen des Gesetzes.«

»Und mit welchem Recht bringt Ihr mein Kind und meine Cousine in Eure Gewalt? Was habt Ihr meiner kleinen Tochter vorzuwerfen? Und meine Cousine ist erst vor zwei Wochen aus London gekommen. Beide haben kein einziges Gesetz gebrochen. Das englische Recht kennt keine Sippenhaft. Wenn Ihr wehrlose Kinder und unschuldige Frauen in Eure Gewalt bringt, seid Ihr folglich selbst ein Verbrecher und gehört vor den Richter.«

Howard furchte die Stirn, in seinen Augen flackerte es unstet. Zu ihrer Überraschung nickte er ruckartig.

»Sie soll das Kind nehmen und hierbleiben.«

Einer seiner Männer, der Felicity schon die ganze Zeit mit lüsternem Blick gemustert hatte, begehrte gegen diese Entscheidung auf.

»Warum kann sie nicht mitkommen?«

»Weil ich es sage!«, blaffte Howard. »Willst du etwa meine Befehlsgewalt untergraben?«

Der Mann warf ihm einen aufsässigen Seitenblick zu, versagte sich jedoch weitere Einwände.

»Felicity, nimm Faith und geh zurück zum Haus«, sagte Elizabeth ruhig.

Felicity weinte laut auf, nahm aber das Baby entgegen, als Zena es ihr auf Elizabeths Befehl hin reichte. Die Augen der jungen Indianerin waren schmal, ihr Gesicht bar jeden Ausdrucks.

»Und jetzt weiter«, sagte Howard. Seine Kiefer mahlten. Offensichtlich hatten Elizabeths Vorhaltungen seiner Überheblichkeit einen Dämpfer versetzt. Elizabeth tat so, als sei sie gestolpert. Sie hielt kurz inne und schaute zurück zu Felicity, die weinend mitten auf dem Weg stand und Faith fest an sich drückte. Geh zurück, beschwor sie sie mit ihren Blicken. Lauf! Bring dich und Faith in Sicherheit!

Felicity schien etwas von dieser stummen Botschaft aufzufangen. Zögernd drehte sie sich um und entfernte sich langsam, sah dabei aber immer wieder über die Schulter zurück, bevor sie bei der nächsten Biegung außer Sicht geriet. Elizabeth, die immer noch unter Atemnot litt, wurde von einem tiefen Gefühl der Erleichterung durchströmt. Was immer nun geschah, ob sie selbst davonkam oder nicht – ihre Tochter würde leben.

Der restliche Weg zur Anlegestelle führte quer über den Marktplatz. Ringsum erhoben sich Schreckensschreie. Weitere Dorfbewohner, vornehmlich Frauen, Kinder und Alte, blieben gaffend stehen, nur um gleich darauf beim Anblick der gezückten Waffen verängstigt zurückzuweichen. Die Aufmerksamkeit der Männer war für einen Augenblick abgelenkt, sie behielten die Leute im Auge. Elizabeth fing Zenas Blick auf und nickte unmerklich.

Es waren nur noch ein paar Schritte bis zum Strand. Howard taxierte die am Ufer vertäuten Boote – und erstarrte. Ihm entfuhr ein unterdrückter Fluch. Einer seiner Männer machte seinem Schrecken auf deutlichere Weise Luft.

»Verdammt!«, schrie er, während er die Pistole hob. Das war das letzte Wort, das er in seinem Leben von sich gab, und es fiel mit dem Krachen eines Schusses zusammen. Von der

Wucht des Einschlags nach hinten geworfen, fiel der Mann dicht neben Elizabeth, die sich zeitgleich mit Zena zu Boden geworfen hatte, damit Oleg frei zum Schuss kam. Ein zweiter Schuss schleuderte einen der anderen Männer von den Füßen. Auch er war tot, bevor er auf dem Boden aufschlug. Ein weiterer Schuss fällte den dritten Mann, während er seine Pistole abfeuerte. Die Kugel fuhr gen Himmel, es stank nach Pulver und Rauch. Arthur Howard packte Elizabeth, zerrte sie mit dem Rücken dicht zu sich heran und hielt ihr ein Messer an die Kehle.

»Noch ein Schuss, und sie ist tot!«, brüllte er in Richtung Anleger. Oleg stand dort breitbeinig am Strand, in jeder Hand eine rauchende Pistole. Und schräg hinter ihm … Elizabeth blinzelte entgeistert. Wie war das möglich? Den Bruchteil eines Augenblicks glaubte sie, einem Trugbild aufzusitzen, doch sie hatte das Schiff schon so oft gesehen, dass sie es unmöglich verwechseln konnte. Es war die *Elise*. Duncan war zurück! Im selben Moment sah sie ihn, aufrecht in dem Beiboot stehend, das John zum Ufer ruderte. Er hatte ebenfalls gefeuert, der letzte Schuss stammte von ihm.

»Ihr kommt jetzt mit mir«, knirschte Howard in ihr Ohr, sein Kopf dicht neben ihrem. »Ganz langsam. Schritt für Schritt.« Die Spitze seines Messers bohrte sich in die ungeschützte Unterseite ihres Kinns. Sein Atem roch säuerlich, und die Hand, die er in ihr Haar gekrallt hatte, zitterte. Er hatte Angst, aber er war zu allem entschlossen. Genau wie sie.

»Zur Hölle mit Euch«, sagte Elizabeth. Ihre Rechte mit dem kleinen Dolch fuhr hoch, über ihre Schulter und in sein Gesicht, während sie mit der Linken blitzartig seine Messerhand wegdrückte. Er taumelte zur Seite und spuckte Blut. Elizabeth sah die große, klaffende Wunde an seinem Hals und wunderte sich vage über das Ausmaß der Verletzung, doch als Howard zu Boden sackte, tauchte Zena hinter ihm auf, den gewaltigen Dolch in der Hand, mit dem sie damals den Portugiesen entmannt hatte. Howards Blut troff von der Schneide auf sein Gesicht, während er starb.

Elizabeth wandte sich schaudernd von ihm ab. Mit unsicheren Schritten setzte sie sich in Bewegung und lief zum Anleger hinunter. Gleich darauf war sie umringt von den anderen. Die Leute aus dem Dorf kamen angerannt, doch Oleg, Jerry und Deirdre waren schneller. Elizabeth schluchzte hemmungslos, während Deirdre sie fieberhaft abtastete und sich vergewisserte, dass ihr nichts geschehen war.

Und dann bildete sich eine Gasse, durch die Duncan auf sie zukam. Er war tropfnass. Offenbar hatte er nicht die Geduld aufgebracht, sich von John ans Ufer rudern zu lassen. Elizabeth lachte unter Tränen und warf sich in seine Arme.

»Wo kommst du denn auf einmal her?«, stammelte sie, während Duncan sich, ebenso wie vorhin Deirdre, eilends davon überzeugte, dass ihr nichts geschehen war.

»Du wirst mich für verrückt halten, wenn ich es dir sage. John meint, ich wäre es sowieso schon längst.« Er zog sie fest in seine Arme und räusperte sich, bevor er leise fortfuhr: »Mir schien plötzlich, als habest du mich gerufen. Gott helfe mir, es war, als stündest du neben mir. In der Sonne war es heiß wie in einem Ofen, aber in meinem Nacken war es kalt wie Eis, kälter als unter dem Tyburn-Baum. Da gab ich Befehl zum Wenden.« Er atmete tief ein, dann lachte er leise. »Ich schätze, ich muss nicht nur eine Werft und ein Haus bauen, sondern auch eine Kirche.«

»Du kannst alles bauen«, gab sie zurück, »solange du es mit mir zusammen tust.«

Barbados, ein Jahr später

Anne legte mit einem glücklichen Seufzen den Brief von George Ayscue zur Seite. Sie hatte ihn dreimal gelesen und auch beim dritten Mal noch Herzklopfen davon bekommen. Seine Zeilen ließen auf ein baldiges Wiedersehen hoffen. Er hatte von den Schweden das ersehnte Flottenkommando erhalten und plante eine Reise in die Neue Welt, vielleicht sogar schon im kommenden Jahr. Anne betrachtete stillvergnügt die Stelle, an der er ihr seine unverbrüchliche Zuneigung beteuerte.

Dein auf ewig, hatte er geschrieben. *Ewig* war ein großes Wort, vor allem im Zusammenhang mit Gefühlen, die doch wie kaum etwas anderes einem raschen und oft unberechenbaren Wandel unterworfen waren. Eher passte es zu Begriffen wie *Ausharren* oder *Dauern.* Hier kam es Anne manchmal tatsächlich so vor, als sei sie zu endlosem Warten verdammt. Die sprichwörtliche ewige Jungfer. Immerhin erhielt sie gelegentlich Briefe von ihrem englischen Admiral, der jetzt den Schweden diente. Seine Post erreichte Summer Hill auf verschlungenen Wegen. Kreuz und quer über die Meere legten diese Botschaften abenteuerliche Reisen zurück, die sie an die Zeit ihrer eigenen großen Fahrten im vergangenen Jahr erinnerten. Seither hatte sie gelernt, sich in Geduld zu üben und es auszuhalten, dass die Dinge ihre Zeit brauchten. Sie war daran gewachsen, den Ereignissen ihren Lauf zu lassen und sich mit dem zu begnügen, was der Himmel an Schönem für sie vorgesehen hatte. Und das war so viel!

Das schwarze Hausmädchen schenkte ihr frisch aufgebrühten Tee ein, den sie mit einem Löffel Zucker süßte, bevor sie den zweiten Brief zur Hand nahm, der ebenfalls heute angekommen war. Er stammte aus Elizabeths Feder und war erst zwei Wochen alt, was bei diesen Entfernungen ein seltener Glücksfall war. Anne hatte ihn schon überflogen, doch wie der von George war er es wert, mehrmals gelesen zu werden.

Antigua, Februar 1654

Liebste Anne, liebster William!
Heute habe ich lauter gute Neuigkeiten für Euch. Vorgestern hat unser Sohn William Duncan Haynes das Licht der Welt erblickt! Mutter und Kind sind wohlauf, wenngleich der Vater noch mit den Nachwirkungen des Rums zu kämpfen hat, den er anlässlich des freudigen Ereignisses im Übermaß genossen hat.

Der Kleine sieht genauso aus wie sein großer Bruder. Johnny möchte ihm am liebsten sofort das Tauchen beibringen. Faith nennt ihn beharrlich Willy – Duncan und ich fangen auch schon damit an – und möchte unbedingt bei ihm in der Wiege schlafen, es ist einfach nur entzückend.

Es gibt weitere frohe Kunde – Felicitys Kapitän ist da! Wider alle Erwartungen lief am gestrigen Abend plötzlich die Eindhoven *ein, und Niklas Vandemeer kam an Land und konnte Felicity endlich in die Arme schließen! Die Ärmste hatte so lange gehofft und gebangt, doch von uns anderen hat kaum noch jemand daran geglaubt, ihn wiederzusehen, denn sie hatte seit Monaten keine Nachricht von ihm er-*

halten. Ihr könnt Euch unser aller Freude sicher vorstellen! Felicity hat stundenlang vor Glück geweint und fängt bereits an zu packen, denn Niklas will sie nach St. Eustatius mitnehmen. Das ist eine holländische Antilleninsel, die nicht sehr weit von Antigua entfernt ist. Wir werden einander besuchen können.

Auch Euch hoffe ich in naher Zukunft wiederzusehen, denn Willy soll doch seinen Patenonkel bald kennenlernen. Und Ihr fehlt mir beide so! Bitte kommt, sobald Ihr könnt! Ihr seid von ganzem Herzen eingeladen, unsere neue Heimat zu besichtigen.

Von Antigua bin ich weiterhin in höchstem Maße begeistert. Die Insel hat die feinsten und weißesten Strände, die man sich nur vorstellen kann, und Korallenriffe gibt es in Hülle und Fülle. Von unserer Veranda aus haben wir einen hübschen Blick aufs Meer. Ganz in der Nähe des Hauses befindet sich die Werft. Das Geschäft geht weiterhin ausgezeichnet, Duncan hat viel zu tun. Das Gute daran ist – er kann nach getaner Arbeit immer sofort nach Hause kommen und muss nicht erst viele Wochen lang übers Meer fahren. Das ist für mich nach wie vor sehr beruhigend.

Die alte Mannschaft von der Elise *ist in alle Winde zerstreut. John Evers hat von Guadeloupe geschrieben, dass ihm die See sehr fehle, doch das Leben als Ehemann sei auch nicht übel. Was die anderen Matrosen machen, wissen wir nicht, abgesehen natürlich von Oleg und Jerry, die uns weiterhin treu ergeben sind. Für Duncan sind sie unverzichtbar, denn sie versorgen die Werft mit Bauholz, das sie aus den Wäldern holen. In der letzten Zeit macht Oleg übrigens Deirdre ganz offen den Hof. Ich sehe die beiden immer häufiger beisammen. Sie scheint glücklich darüber zu sein, und das macht mich sehr froh.*

Nun muss ich schließen. Zena bringt mir den Kleinen, der einen überaus gesunden Appetit mit auf die Welt gebracht hat.

Ich halte Euch in meinem Herzen und umarme Euch!

Eure

Lizzie

Mit einem feinen Lächeln legte Anne den Brief auf den Tisch und strich ihn glatt. Dann wandte sie lauschend den Kopf. Aus dem Obergeschoss drang ungehaltenes Quäken. Ihre kleine Nichte war aufgewacht. Gleich darauf verstummte das Babygeschrei, Celia ließ Amanda nie lange weinen. Sie war die geborene Mutter, so wie William der närrischste und besorgteste Vater war. Dank Amanda waren sie nun eine Familie, doch es hätte des Kindes nicht bedurft, um das Glück der beiden vollkommen zu machen. Sie waren eine Einheit, fest verschworen in ihrer Liebe, wie zwei Seiten einer Münze, verschieden und doch untrennbar verbunden. Es war fast, als hätte all der Kummer, der diese Liebe so lange verhindert hatte, die zwei nur umso fester zusammengeschmiedet. Nichts würde sie je wieder trennen können. Manchmal passten große Worte eben.

Auf ewig.

Anne trank ihren Tee aus und erhob sich, um ins Haus zu gehen.